CB027860

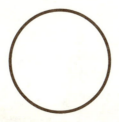

ODISSEIA
HOMERO

TRADUÇÃO **CHRISTIAN WERNER**

ODISSEIA | HOMERO

11	**Apresentação** Richard P. Martin
63	**Introdução** Christian Werner
99	**Da tradução**
119	**Personagens principais**

123 **ODISSEIA**

609	**Posfácio** Luiz Alfredo Garcia-Roza
617	**O silêncio das sereias** Franz Kafka
619	**Ítaca** Konstantinos Kaváfis

621	Glossário de nomes próprios
627	Bibliografia
635	Sobre o autor
636	Sobre o tradutor
637	Agradecimentos

APRESENTAÇÃO RICHARD P. MARTIN

Proezas e performances

A *Odisseia* traça o fim de uma viagem, a volta ao lar, depois de vinte anos, de um guerreiro veterano e marinheiro sofredor. Odisseu retoma a vida na ilha de Ítaca na hora certa. Seu filho, Telêmaco, está no limiar da idade adulta, plena, enquanto a paciente esposa, Penélope, começa a perder as esperanças e considera a possibilidade de se casar outra vez. É mais difícil dizer quando essa história começa, porque o destino de Odisseu está ligado ao da cidade de Troia. E, sob certo ponto de vista, a destruição de Troia pelas mãos das tropas gregas vingadoras estava em progresso havia muito, remontando à origem do cosmos. Podemos recriar a história dos mitos gregos que muito provavelmente eram conhecidos do público da *Odisseia*, e lembrar que já em tempos antigos existiam variantes, versões até mesmo contraditórias desses acontecimentos. Dentre as fontes dessas histórias, encontra-se a *Teogonia*, de Hesíodo (mais ou menos contemporânea do surgimento da poesia homérica, no século VIII a.C.), e os chamados ciclos épicos dos séculos VII e VI a.C. (completando o "ciclo" troiano), dos quais chegaram até nós apenas citações fortuitas e poucos resumos de tramas, de fontes posteriores.

Gaia, a Terra, foi uma das primeiras criaturas. Ela tramou para que seu marido impiedosamente opressivo, Urano ("céu"), fosse destronado pelo filho deles, Crono – que por sua vez foi derrotado por Zeus, o neto favorito de Gaia, num levante familiar de consequências universais. Aconselhado por sua avó primeva, Zeus conquistou a coroa do céu ao recrutar para suas batalhas contra a geração mais velha de deuses os monstruosos Cem Braços, que tinham sido presos por tiranos divinos anteriores. Também aconselhado por ela, ele engoliu uma de suas primeiras esposas, Métis ("inteligência astuta"), e, assim armado com cautelosa sabedoria, veio a garantir que seu próprio reino jamais fosse derrubado. Em vez de gerar um filho mais forte que Zeus, como havia sido predito, Métis, desamparada, ficou bem encolhida dentro do marido e deu à luz Atena, que nasceu, já adulta, da cabeça do chefe dos deuses.

Zeus, portanto, tinha uma dívida com Gaia. Com o passar do tempo e as reclamações dela do fardo sempre mais pesado dos homens, Zeus concebeu uma guerra de grandes proporções para diminuir a população mundial e aliviar a carga da superfície da Terra. As condições para a guerra de Troia brotaram de outro casamento divino impedido, um casamento de herói, um estupro e um sequestro.

Zeus desejava a ninfa Tétis, uma das cinquenta filhas do deus do mar, Nereu. Mas, ainda uma vez, temia que, caso esposasse uma deusa poderosa, um filho seu poderia acabar querendo substituí-lo. Então inventou um motivo para casar Tétis com um mortal inocente, Peleu, como recompensa pelo comportamento devoto desse herói. Foi nesse casamento esplêndido que Discórdia (Éris), que não fora convidada, lançou entre os convivas uma maçã com a inscrição *kallistei* – "à mais bela". Atena, Hera e Afrodite reclamaram o prêmio. O pai dos deuses escolheu um troiano, chamado Páris, para julgar a questão. Rejeitando as promessas das outras duas deusas, ele escolheu Afrodite e recebeu Helena como recompensa.

A mãe dela, Leda, fora certa vez possuída à força por Zeus, disfarçado de cisne. O nascimento esdrúxulo de Helena, de dentro de um ovo, pressagiava uma vida notável. Quando atingiu a idade de casar, tinha pretendentes em todos os cantos da Grécia. Menelau, filho de Atreu, foi o eleito, e, para evitar qualquer conflito, todos os pretendentes se viram forçados a um juramento de que tudo fariam para libertar Helena se algum dia ela estivesse em perigo. Odisseu, de Ítaca, que havia sugerido essa ideia, foi por sua vez ajudado pelo pai mortal de Helena, Tíndaro, que convenceu sua sobrinha, prima-irmã de Helena, a se casar com o jovem. O nome dela era Penélope.

Por fim, a fuga – ou rapto, como preferem alguns – e suas consequências. Numa visita a Menelau, na residência do casal em Esparta, Páris encontrou a recompensa prometida no concurso de beleza e, com a ajuda dos dons sedutores de Afrodite, convenceu Helena a partir com ele para Troia, pondo assim em movimento a mobilização das forças gregas para punir o transgressor ocidental. Nessa época, Odisseu e Penélope acabavam de ser abençoados com o primogênito, e o pai orgulhoso, relutante em deixar Ítaca para recuperar Helena, tentou enganar o grupo que o recrutava, liderado por Agamêmnon, irmão do marido ofendido. Usando um gorro de pele (embora fosse verão), ele começou a arar seu campo com uma combinação ridícula de boi e cavalo. Mas um dos visitantes, Palamedes, recusou-se a acreditar que Odisseu fosse louco. Pegou Telêmaco, o filhinho de Odisseu, dos braços da babá e colocou a criança na frente do arado. Quando Odisseu desviou para não machucar o filho, a mentira se revelou. Lá foi ele para a guerra.

O cerco de Troia durou dez anos. Depois da morte de Aquiles e Heitor, os principais guerreiros de ambos os lados, os gregos seguiram o conselho de Odisseu e se infiltraram na cidade escondidos dentro do Cavalo de Troia. No caos e matança subsequentes a esse ataque surpresa, Troia caiu, mas o templo de Atena dentro da cidadela foi violado por invasores. Consequentemente, a ira da deusa perseguiria os gregos – inclusive Odisseu – na volta para casa. O regresso dos heróis foi narrado numa epopeia antiga, hoje perdida, chamada *Nostoi*. Algo semelhante a esse poema deve ser o corpo da canção de Fêmio, o bardo local de Ítaca, que canta para os pretendentes sobre a jornada de volta ao lar dos gregos fatigados pela guerra (1, 325ss). Mais adiante, dentro da própria *Odisseia*, tomamos conhecimento da volta bem-sucedida de Nestor (3, 130ss), de como Ájax perdeu a vida, da viagem tristemente retardada de Menelau e do retorno fatal de seu irmão Agamêmnon (tudo em 4, 351ss). Cada uma dessas histórias contrasta com a narrativa geral da viagem de Odisseu. Em particular, a história de Agamêmnon – esfaqueado pela esposa e pelo amante dela logo depois do retorno triunfal – é uma advertência em forma de alerta explícito para Odisseu, da parte de ninguém menos que a própria vítima, no mundo inferior (11, 441ss). É aí também que Odisseu encontra o grande Aquiles, que escolheu uma vida breve de glória em vez de uma vida longa de volta a sua terra natal. Em outro notável contraste com o destino de seus antigos camaradas de combate, Odisseu consegue ao mesmo tempo a fama *e* o retorno em segurança, para obter a glória justamente *através* da volta para casa. Nisso, ele enfim se dá melhor que seu velho rival heroico. Seu regresso a Ítaca envolve mais uma batalha, dessa vez contra 108 jovens, os arrogantes pretendentes de Penélope, alguns deles seus conterrâneos da ilha. Reempossado em seu devido lugar, ladeado pelo filho e pelo pai, Odisseu é um modelo de inteligência, cuidado e perseverança. É o suprassumo do sobrevivente.

Mesmo em tempos antigos, reconhecia-se que a poesia homérica apresentava essas histórias da Guerra de Troia de uma forma singular. No século IV a.c., Aristóteles, em seu estudo sobre história e teoria literária, a *Poética* (1459b), observou que Homero "toma apenas uma porção da história e faz uso de muitos episódios, como o Catálogo das Naus e outros, por meio dos quais diversifica sua poesia. Mas os outros fazem seus poemas sobre uma pessoa, um tempo, uma ação com muitas partes, da forma como o criador dos *Cantos cíprios* e da *Pequena Ilíada* fez". Em resumo, a epopeia homérica tem unidade, enquanto os poemas cíclicos são apenas coletâneas.

Dessa forma, a *Ilíada* focaliza apenas alguns dias do último ano da guerra, a disputa entre Agamêmnon e seu melhor guerreiro, Aquiles, com seus resultados devastadores. No final do poema, Aquiles ainda está vivo, o Cavalo e a queda de Troia ainda estão no futuro: o poeta se esquiva de contar a saga toda. Mesmo assim, graças a alusões artísticas e justaposições dentro da história, a força emocional dos acontecimentos futuros marca cada parte do poema. Através da morte de Heitor pela mão de Aquiles, e da incursão de Príamo ao campo grego para recuperar o corpo de seu filho, sentimos, no nível mais pessoal, o *páthos* de uma cidade condenada.

Se a *Ilíada* é uma saga longa, condensada de modo brilhante e intensamente focada, a *Odisseia* é mais uma história simples contada através de uma narrativa complexa. A história do herói da Guerra de Troia começa quase no final de seu retorno, usa *flashbacks* para dar conta dos anos anteriores, sincroniza diversas subtramas e apresenta eventos importantes sobretudo por lembranças e pela perspectiva de outros. Em outras palavras, já no começo da literatura ocidental quase todos os recursos do cinema e do romance modernos são expostos com maestria.

Os quatro primeiros cantos (divisão tradicional do tamanho de capítulos) do poema são um belo exemplo da narração indireta da *Odisseia*. Não encontramos o herói. Até mesmo seu nome é postergado em alguns versos, uma vez que o poema começa com um substantivo genérico: "Do varão me narra, Musa, do muitas-vias, que muito/vagou após devastar a sacra cidade de Troia". Em vez de pôr Odisseu em cena desde o início, o poeta engenhosamente nos faz ouvir *outras* pessoas falando *sobre* o herói – os deuses, sua esposa e filho, aqueles que sentem saudade dele e aqueles que querem tomar seu lugar. Seu impacto ganha mais força exatamente pela ausência.

É natural que a ausência de Odisseu tenha maior efeito sobre seu filho, agora com vinte anos. Telêmaco só conhece o pai pelo que contam os outros. Mas então é posto em ação, para sair e descobrir o destino de Odisseu, por meio de uma combinação de fatores – os planos dos deuses, a crescente impaciência dos pretendentes de sua mãe e sua própria maioridade. A história de sua própria "odisseia" em miniatura, visitando os heróis que voltaram – Nestor e Menelau –, e a trama dos pretendentes para assassiná-lo ocupam os quatro primeiros cantos. Eles são chamados de "Telemaquia" ou a história de Telêmaco. Muitos críticos do século XIX afirmaram que integravam outra composição, agregada com pouca elegância ao poema. Mas as escassas incoerências que embasaram essa crítica são em muito superadas pelas ressonâncias ricas e significativas que emergem quando lemos a *Odisseia* dessa forma, como a história de um pai sendo aos poucos conhecido por seu filho. Telêmaco, dentro do poema, é como *nós*, fora dele – um público para o passado heroico.

Essa estratégia poética não só é atraente e persuasiva em termos de narrativa, como também é culturalmente adequada, uma vez que as noções gregas de proeza heroica e história familiar sempre ligaram intimamente a fama de pai e filho. Nos melhores casos, os filhos dão continuidade à fama de seus pais ou a aumentam. Odisseu, na *Ilíada*, chega a fazer juramentos com a expressão "como pai de Telêmaco" – afirmativa de que aquilo que diz é tão verdadeiro quanto sua paternidade. O próprio nome, Telêmaco, que quer dizer "lutar longe", é um adjetivo aplicável a Odisseu, tanto com o sentido de arqueiro como de guerreiro que lutou na distante Troia, mais que um epíteto adequado ao filho. É como se a identidade do filho dependesse das ações do pai. Ironicamente, a *Odisseia* começa com Telêmaco duvidando que Odisseu seja de fato seu pai (1, 215-16). Um dos objetivos principais dos quatro primeiros cantos é mostrar que o jovem merece ser reconhecido pelos outros como filho de Odisseu, e que possui as qualidades inatas que garantem seu laço paterno.

Nos quatro cantos seguintes do poema, o centro da atenção é Odisseu, então na última parte de sua viagem. Ao mesmo tempo que Telêmaco sai em viagem para saber do pai perdido, o herói começa a se aproximar de Ítaca. A ausência fortuita de Posêidon da companhia dos deuses permite que Atena, com o consentimento de Zeus, liberte seu favorito da ilha de Calipso, onde estava preso havia sete anos, cada dia mais inquieto, embora junto da bela ninfa. Outro naufrágio leva-o à terra dos feácios, onde Odisseu, revelando sua identidade, convence a família real a lhe dar retorno seguro para casa. O poema deixa claro que Odisseu fascina sua plateia com uma performance muito parecida com a do poeta real da composição: ele assume o posto de narrador nos quatro cantos seguintes, tecendo uma história de suas aventuras anteriores que inclui canibais gigantes, feiticeiras sedutoras, monstros marinhos, videntes, mágicos, fantasmas – ingredientes eternos das histórias populares de todo o mundo, elaboradas numa narrativa autobiográfica. Ao mesmo tempo que oferece a história desse marinheiro, a *Odisseia* se dá ao trabalho de construir um pano de fundo cuidadosamente nuançado da história que Odisseu relata. Nós o vemos encantando a plateia; ouvimos as reações dessa mesma plateia (inclusive quando decidem cobrir o narrador de mais presentes); podemos imaginar o bardo local, Demódoco, escutando com admiração e inveja esse contador de histórias recém-chegado – tudo isso certamente para indicar como *nós*, como plateia, devemos receber e apreciar toda a *Odisseia* homérica. Mais eletrizante ainda, ao colocar assim a "odisseia" das aventuras do herói, o poeta nos provoca com a ideia de que toda a "autobiografia" pode ser, ela própria, em grande parte, uma conveniente ficção.

Podemos notar a sequência e a forma dessa performance solicitada. As histórias que Odisseu relata parecem seguir um ritmo de dois episódios curtos, depois um longo, mais dois curtos, seguidos de outro longo. Por exemplo, os cícones e os lotófagos são descritos em menos de quarenta versos; eles levam ao episódio dos ciclopes, que faz uso de dez vezes mais versos para ser narrado. O mesmo acontece com as três histórias seguintes: Eolo (curta), lestrigões (curta) e Circe (longa). O efeito é quase o de uma maré. Outro padrão sutil vem à tona se considerarmos os episódios em termos sociais. Cada lugar que Odisseu descreve representa uma variante das condições de vida grega, se definirmos essas condições básicas como uma família estendida, a adoração dos deuses centrada no sacrifício e a agricultura. Os ciclopes são um exemplo negativo: eles não têm agricultura, não têm leis, vivem sozinhos e não se reúnem em assembleias (deficiências inconcebíveis numa comunidade grega). Os lotófagos vivem, aparentemente, sem memória cultural e levam os outros a esquecer. Circe e Calipso – deusas que vivem sozinhas – encarnam o que é impossível para mulheres gregas. Os feácios, por outro lado, parecem quase gregos. Adoram deuses reconhecíveis, gostam de canções de bardos e apreciam esportes competitivos. Mas estão distantes de qualquer conflito real e, portanto, do heroísmo – uma limitação impensável para comunidades antigas de verdade. Em resumo, a história de Odisseu funciona como uma lente de aumento ou vara de medida, esclarecendo e marcando o que se define como humano e helênico.

Não surpreende que pesquisadores em busca de alegorias tenham encontrado terreno fértil nessas histórias. Uma linha de leitura – já corrente no século II a.C. via a jornada de Odisseu como a saga de toda alma, seduzida pelos bens e preocupações do mundo, mas resistindo ao canto das sereias e conseguindo voltar a seu lar (celestial). Em tempos mais recentes, a crítica psicanalítica descobriu fantasias oral-narcisistas ou simbolismo fálico subjacentes ao texto. Ambientalistas podem ler nessas histórias considerações sobre o uso e abuso dos recursos naturais, ou uma celebração da tecnologia. Tal flexibilidade e infinita riqueza de sugestões mantém a história viva. No plano cognitivo, podemos traçar uma curva ascendente ao longo das recordações de Odisseu e encontrar a história da educação. De seu selvagem ataque pirata inicial aos cícones até seu desafio quase fatal ao ciclope enraivecido e, mais além, até sua perda de tudo o que tinha, ficamos com a sensação de que o herói de fato aprende. Ele se tornou mais sábio (e nos torna mais sábios) por ter visto as cidades e captado o modo de pensar de muitos povos.

Embora seja um momento central e um *tour de force* dentro da *Odisseia*, a história de aventura contada do canto 9 até o 12, na voz do próprio herói, surpreendentemente constitui apenas um sexto de todo o poema. No entanto, cristaliza e destila todos os temas principais do resto da composição. Muitos dos temas presentes na história das aventuras são desenvolvidos do canto 13 até o 24, abrangendo o tempo da volta de Odisseu a Ítaca através dos encontros com seus criados e seu filho, da luta com os pretendentes e do tão esperado encontro com a esposa. Por exemplo, por essa história ficamos sabendo como Odisseu com frequência deparou com terras desconhecidas; e então o vemos fazendo mais uma dessas descobertas, mas a de sua própria ilha. Ouvimos a respeito do poder de mulheres espertas – Circe e Calipso, sobretudo –, enquanto na história externa, contada pelo poeta mais que pelo próprio Odisseu, tais figuras fortes são recorrentes, na forma de Penélope, Clitemnestra e a rainha feácia Arete (talvez não por coincidência, parte da plateia da história contada por Odisseu). A comida sempre reaparece – constituindo problemas distintos nos episódios dos lotófagos, do ciclope, de Circe e, em especial, do gado de Sol – enquanto a narrativa externa lida com o apetite insaciável dos pretendentes. De fato, o poema toma o cuidado de traçar um paralelo entre a tripulação inconsequente de Odisseu, que devorou os rebanhos de Sol, e os arrogantes pretendentes, exaurindo em continuação o estoque doméstico do herói ausente. Assim como o deus destruiu os homens de Odisseu, o guerreiro que volta para casa eliminará os intrusos. Disfarce, astúcia, o uso inteligente da persuasão, tudo isso ocorre na história interna dos cantos 9 a 12, e encontra ressonância na narrativa mais geral. E, por meio do episódio do ciclope – seu comportamento, sua cegueira, o cumprimento da maldição de Posêidon –, nossa atenção é atraída especialmente para a noção de justiça cósmica. Esse conceito (chamado *diké*) abrangia para os gregos arcaicos não apenas o funcionamento adequado da natureza, mas de todo tipo de relações sociais, sobretudo o tratamento adequado aos estrangeiros. Não por acaso a história geral faz de Odisseu um vingador que retorna, um algoz da *hubris* dos pretendentes, um restaurador da ordem e um representante da justiça de Zeus na terra. Sob essa luz, a performance permanente da *Odisseia* na cultura grega representou não apenas um entretenimento duradouro, mas uma constante reafirmação de valores culturais, da busca de uma sociedade por sua estabilidade e inteireza.

Poema e poeta

De onde vem a nossa *Odisseia*? Talvez seja útil recuar no tempo. As traduções contemporâneas do épico partem de uma edição grega do poema bastante padronizada, quase sempre o texto da Oxford Classical editado por Thomas W. Allen (2ª ed., 1917).[1] O texto de Allen para a Oxford foi resultado de muitos anos de minucioso trabalho editorial. Como esse processo é crucial para o estabelecimento de um texto, porém invisível para a maioria dos leitores, vale a pena delinear aqui o básico.

Edições impressas da *Odisseia* estão em circulação desde 1488, quando Demetrius Chalcondyles, um grego que vivia em Florença, usou pela primeira vez a tecnologia recém-inventada do tipo móvel para conservar a joia da literatura grega antiga, a poesia homérica. Até então, os poemas haviam sido transmitidos apenas em manuscritos laboriosamente copiados à mão. Cerca de cem desses manuscritos da *Odisseia* chegaram aos nossos dias. Estão guardados em bibliotecas por toda a Europa, de Moscou, Bratislava e Viena até Florença, Veneza, Cidade do Vaticano, Munique, Paris e Oxford, e suas datas variam do século X dC ao século XVI, alguns tendo sido produzidos mesmo depois do surgimento da imprensa. Todos esses exemplares são baseados em manuscritos ainda mais antigos, que não existem mais, copiados por escribas profissionais gregos, monges ou leigos, em pergaminho (ou, em séculos mais recentes, em papel). Um estudioso que busque uma visão mais completa de uma obra antiga não pode confiar apenas nas primeiras edições impressas, mas deve recuar tanto quanto possível na direção da antiguidade. Portanto, através de uma combinação de viagem e pesquisa, do uso de fac-símiles ou relatos de outros estudiosos, Allen fez uma colação, ou trabalho de comparação

---

1 As obras citadas encontram-se listadas na Bibliografia, p. 627.

sistemática, palavra por palavra, de todos os manuscritos que conseguiu encontrar.

Quando existem tantos manuscritos gregos – como é o caso de Homero e, mais ainda, do Novo Testamento –, há variações inevitáveis de um para outro. Isso se dá por causa da atividade generalizada de fazer cópias e cópias de cópias de um texto popular no tempo anterior à imprensa. Todo escriba podia cometer erros, mesmo quando muito atento. Às vezes, os próprios escribas estavam fazendo cotejos e combinando a informação de diversos manuscritos a seu dispor. As diferenças são em geral pequenas – mudanças de tempo verbal, uso de uma forma mais antiga ou mais recente de um adjetivo, variações de grafia e assim por diante. Em diversos documentos, porém, a variação tem de fato um impacto sobre a trama ou a caracterização. Allen editou tudo aquilo em que os manuscritos coincidiam e, onde eram discordantes, escolheu a melhor variante, baseado no que sabia sobre uso, estilo, métrica e dicção poética homérica. É evidente que os editores da *Odisseia* – e eles têm sido muitos ao longo dos séculos – nunca concordam quando se trata de escolhas individuais quanto à melhor "leitura". Às vezes, para dar sentido a uma passagem, um editor recomenda uma palavra ou forma grega que não ocorre em nenhum manuscrito, a chamada *emenda*. Por isso edições acadêmicas, como a de Allen, sempre registram ao pé de cada página as variantes e uma seleção das especulações de editores anteriores.

Dois exemplos podem esclarecer o processo: 1) Quando a tripulação de Odisseu estava esperando o ciclope voltar à sua caverna, acenderam uma fogueira ["Tendo lá aceso o fogo"] e fizeram oferendas aos deuses ["sacrificamos"] (conforme McCrorie traduz o verbo grego *ethusamen*, seguindo o texto de Allen para

23 APRESENTAÇÃO

Od. 9, 231).[2] O editor da Oxford escolheu seguir versões em que esse verbo aparece, caracterizando os homens como cumpridores do rito. Mas, como consta em suas notas, diversos manuscritos, inclusive um exemplar do século XI de Florença, atribuem ao verbo grego desse verso o sentido de "restos" apenas, em lugar de "sacrifício"– detalhe pequeno, mas que dá colorido à passagem. 2) Às vezes, a parte questionada se estende por vários versos, como no verso 93 do canto 1, quando Atena está descrevendo como irá inspirar Telêmaco a viajar em busca de notícias do pai. O verso em todos os manuscritos diz "Vou enviá-lo a Esparta e à arenosa Pilos". No entanto, em uma "família" bastante grande de manuscritos correlatos, seguem-se dois outros versos: "E dali para Creta, até o senhor Idomeneu, que foi o segundo a voltar de Troia". Evidentemente, esses versos não correspondem à trama do poema na forma como nos chegou, em nenhum manuscrito – Telêmaco nunca vai a Creta. Mas eles nos provocam com a possibilidade de ter existido uma versão mais elaborada da "Telemaquia" (cantos 1-4 do poema).

Essa foi a trajetória da *Odisseia* até a Idade Média. Devemos ter presente que, no período anterior ao Renascimento italiano, seria difícil que alguém na Europa Ocidental conhecesse o poema diretamente. Caso se fizesse alguma ideia de quem era Odisseu, era por meio de citações latinas do final da Antiguidade ou pela menção de Ulisses (a versão latina de seu nome) por autores romanos bem conhecidos, como Virgílio, Ovídio, Sêneca, Horácio e Estácio. Dante, que coloca Ulisses no canto

---

2 Escolha igualmente adotada pelo tradutor da presente edição, conforme atestam as versões entre colchetes.

26 de seu *Inferno*, conhecia (ou inventou) uma versão do destino do herói totalmente distanciada da tradição grega – e com certeza ausente em Homero.

A partir do século XIII, e em especial depois da queda de Constantinopla para os turcos otomanos, em 1453, uma corrente de estudiosos gregos emigrou para a Itália e se voltou para o Ocidente. É plausível que devamos a disseminação de manuscritos da *Odisseia* a esses intelectuais bizantinos e seus alunos. O negócio de copiar o poema de geração em geração havia se expandido às terras falantes do grego ainda na Antiguidade. Os manuscritos medievais em que a tradução de McCrorie se apoia, em última análise, são um ponto-final. Mas como podemos dizer se esses manuscritos – o mais antigo é de cerca do ano 900 de nossa era – preservam com alguma exatidão o que os gregos da era arcaica sabiam da *Odisseia* de Homero?

Ainda hoje a questão suscita acalorados debates entre homeristas. Uma espécie de fonte de controle do nosso texto veio de fato crescendo ao longo do século passado – especificamente, fragmentos de papiros, isto é, pedaços de rolos antigos. Material de escrita barato e então muito difundido, feito de fibras vegetais, o papiro apodrece na maioria dos climas. Felizmente, a areia seca do Egito, que era um centro de cultura greco-romana, preserva esse material. Exploradores do século XIX descobriram grande quantidade de papiros – em geral rasgados, em antigos monturos de lixo ou usados para forrar esquifes de múmias. Esses papiros, que arqueólogos continuam descobrindo todos os anos, em geral contêm apenas poucas linhas. Mas o que sobrevive, datado de cerca de 300 a.C. a 200 da nossa era, é suficiente para demonstrar que os textos dos livros manuscritos medievais preservam em termos gerais os mesmos versos conhecidos pelos leitores de Homero em rolos de papiro da Antiguidade.

Mas o caminho dá algumas voltas até recuarmos ao período grego arcaico, quando a *Odisseia* foi registrada por escrito. Em primeiro lugar, não se pode ignorar o fato de que uma porção dos primeiros textos em papiro contém versos "extras", comparados aos textos "padrão" construídos em manuscritos completos na Idade Média. Os versos desses papiros espúrios, por assim dizer, soam como preenchimento – descrições adicionais, ou cenas complicadas, que no geral têm paralelos em outros pontos do poema. De onde vêm esses versos? Muito possivelmente refletem várias tradições de recitação do poema correntes por volta de 300 a.C.

Aqui entra um segundo fator: o academismo antigo. Logo depois da época de Alexandre, o Grande, que difundiu a cultura grega até a Índia, surgiram dois grandes centros de conhecimento, um em Pérgamo (cerca de 120 quilômetros a sudeste da antiga Troia, no que é hoje a Turquia), e outro em Alexandria, no Egito. A poesia homérica era não só a favorita de Alexandre (dizem que ele dormia com uma cópia da *Ilíada* debaixo do travesseiro), como também um símbolo valioso da difusão da alta cultura grega. Intelectuais gregos ardorosos, eruditos e competitivos, reunidos em centros de estudos mantidos pela realeza, escreviam e discutiam sobre a poesia homérica em todos os detalhes concebíveis, desde o uso de pronomes até a dieta alimentar dos heróis (observavam, atentos, que as personagens nunca comiam peixe). Um resultado de toda essa atividade acadêmica de Zenódoto, Aristófanes de Bizâncio e do grande Aristarco foi, ao que tudo indica, o estabelecimento de um texto antigo razoavelmente padronizado por volta de 150 a.C. – pelo menos depois dessa data versos "extras" ocorrem com muito menor frequência nos papiros. A *Odisseia* e a *Ilíada* devem ter passado por uma espécie de processo de peneiramento, uma padronização que lamentavelmente pode ter apagado algumas variações interessantes que floresceram até então.

Alguns estudiosos especulam que a *Odisseia* devia ser, por volta de 400 a.C., um tanto mais longa do que a nossa versão, ou bem diferente – dependendo da cidade onde se adquiria o texto ou, o que é mais presumível, de quem o recitava. Platão, que nasceu em 427 a.C., cita como "homéricos" muitos versos que não existem em nenhum de nossos textos ou que têm construção bastante diferente. À medida que recuamos no tempo, a *Odisseia* se encontra mais e mais nas mãos de intérpretes orais, como o rapsodo ("costurador de canção") chamado Íon, em torno de quem Platão escreveu um diálogo homônimo. Esse recitador, no relato literário de Platão, diz ter conhecimento enciclopédico porque conhece a poesia homérica muito bem (e Homero já era considerado um sábio universal na época de Platão). Essa parece ser uma atitude comum em relação ao poeta do século V a.C., quando grande parte do que era tido por educação se construía no aprendizado detalhado das epopeias.

Como rapsodo, Íon competia com outros intérpretes em festivais internacionais. Ele costumava também explicar Homero nos intervalos da apresentação dos poemas, como uma "palestra" dramática. Não é difícil imaginar esses intérpretes rapsódicos variando, expandido ou enfatizando trechos do poema, conforme as particularidades do público. Não existe nenhuma prova de que se limitassem a um texto exato. É possível também que as andanças de Odisseu fossem representadas por intérpretes que estavam, eles próprios, acostumados a viajar de uma praça a outra, sem parar. (Essa associação entre herói fictício e poeta de fato ocorre ainda hoje entre cantores épicos egípcios, como demonstrou o folclorista Dwight Reynolds.)

Não parece enfim muito distante do "rapsodo" historicamente comprovado – intérprete que afirma reproduzir a *Odisseia* "de Homero" – o fenômeno de um poeta de maestria oral compor no próprio ato da performance e variar sua composição de acordo com a plateia, da forma como poetas orais (e mesmo cantores de rap) ativos hoje em dia em várias culturas ainda costumam fazer. Mas aqui chegamos às regiões mais turvas na busca pela *Odisseia*, o reino da chamada "questão homérica". Será que existiu de fato um bardo chamado Homero? Se existiu, terá sido ele o primeiro a escrever, ou ditar, a *Odisseia* e a *Ilíada*? E se era um poeta oral praticante, o que o (ou a?) motivou a mudar de tecnologia?

Não sabemos com certeza data, local ou circunstâncias do registro escrito da *Odisseia*. É bem provável que o poema tenha se cristalizado ao longo de gerações de performances orais ao vivo e competições, no período entre 800 a.C. e 500 a.C. Ao que tudo indica, foi registrado por escrito bastante tarde, talvez sob o patronato dos governantes Pisistrátidas de Atenas (c. 540-510 a.C.), em função dos concursos de poesia homérica em festivais (veja Nagy, 2002). Tampouco contamos com qualquer informação confiável a respeito do poeta Homero. Os gregos do período clássico acreditavam que ele tinha vivido na Jônia (hoje, costa ocidental da Turquia) cerca de quatrocentos anos depois da Guerra de Troia (que teve lugar, segundo a avaliação antiga, por volta de 1150 a.C.). É totalmente possível que um grande intérprete chamado Homero tenha existido na época, mas é pouco crível que tenha sido responsável por nossa *Odisseia* em sua presente forma. Mesmo que ele seja o "autor" num sentido moderno – responsável pela escolha de cada palavra do poema conforme o conhecemos hoje –, não devemos esquecer que a obra, como demonstram suas alusões, estilo e linguagem arcaica artificial, também deve ser extremamente tradicional. As diversas camadas linguísticas da *Odisseia* sugerem que alguns elementos devem ser oriundos do próprio período que celebra – a época dos "heróis" da era micênica (c. 1600-1200 a.C.). Portanto, existe ao menos uma verdade simbólica embutida em uma das muitas lendas que circularam a respeito de Homero, segundo a qual ele era o filho de Telêmaco, filho de Odisseu. Independentemente de quando o poema tenha sido concebido, seu autor (graças à Musa) sentiu-se em contato quase imediato com seus eventos. O resultado é a composição vívida e eterna que podemos ler, ouvir e avaliar ainda hoje.

A técnica homérica

A textura da *Odisseia* e da *Ilíada*, a construção de cenas, discursos e versos, pode ser mais bem apreciada à luz de técnicas encontradas em epopeias tradicionais orais, do tipo apresentado ainda hoje em algumas partes do mundo (sobretudo na Ásia Central e na África), e antes comum em toda a Europa. Cinco argumentos que se entrelaçam sustentam a ideia de que a poesia homérica como a conhecemos vem de uma forma artística que não contava com a escrita.

Primeiro, o poema em si descreve a arte de narrar histórias sobre heróis e deuses empregando palavras relacionadas a "canção", nunca mencionando escrita ou mesmo recitação. Por exemplo, o cantor feácio Demódoco, no canto 8, canta três composições bastante diferentes, duas delas, semelhantes a *flashes* de noticiário, a respeito da Guerra de Troia, enquanto a terceira relata como o deus Hefesto surpreendeu sua esposa adúltera, Afrodite. Fêmio, o bardo de Ítaca, respondendo ao capricho da plateia (os inquietos pretendentes de Penélope), canta sobre a volta desastrada dos gregos (inclusive Odisseu, como esperavam os pretendentes). Penélope pode pedir que ele mude de assunto (1, 337-44), assim como Odisseu pode pedir uma performance específica a Demódoco (8, 492). A poesia de Homero pode não ter sido composta dessa maneira interativa, aberta à plateia, mas pelo menos *quer supor* suas raízes em situações assim. A *Odisseia* é uma *história* poderosa, uma narrativa sobre a memória, a volta para casa, a necessidade humana e o desejo. É também um *poema* finamente tecido, com todo o poder e a beleza que brotam do uso preciso de palavras e imagens. Mas, acima de tudo, é resultado de uma tradição centenária de apresentações públicas, uma tradição que a poesia em si identifica com o cantar de histórias.

No grego homérico, o poeta é um cantor (*aoidos*), e seu trabalho é a canção (*aoidé*) – palavra que acaba entrando para o inglês [e para o português] como "ode". A *Odisseia* começa com o poeta pedindo a uma deusa que conte a história do "muitas-vias". Ele invoca uma Musa (uma das nove filhas de Memória). Não por acaso, essas divindades narrativas nos emprestam a palavra "música". Mais uma vez, a poesia homérica se apresenta como algo que vai além do discurso comum, algo mais perto da voz especial dos deuses, uma forma de arte próxima do puro som harmonioso.

A tradição da canção épica que nos legou a *Odisseia* está longe de ser primitiva. Ao contrário, a poesia homérica é consciente ao extremo de seu próprio instrumento. A *Odisseia*, ainda mais que a outra grande epopeia que chegou até nós, a *Ilíada*, reflete repetidas vezes sobre o poder do canto narrativo para entronizar os feitos dos heróis e transmiti-los às gerações futuras. Consequentemente, na cultura que o poema descreve, os cantores ocupam um lugar de alta honra. Para um pretendente a herói, não entrar no repertório épico de um cantor significava o esquecimento, no que diz respeito ao futuro renome. Colocando de outra forma, a razão pela qual hoje conhecemos Odisseu e Aquiles, Helena e Penélope, é que a poesia épica cumpriu sua orgulhosa e ambiciosa promessa de imortalidade, de "fama imorredoura". A etimologia da própria palavra para "fama" na linguagem homérica deixa claro até que ponto todo esse sistema do canto celebrador dependia do desempenho oral. Pois *kleos*, "fama" ou "glória", é literalmente "aquilo que é ouvido". (A palavra inglesa *"loud"* [sonoro, alto] [e "clamor" em português, pela via do latim "clamor"] vem da mesma raiz.)

Segundo, as evidências arqueológicas demonstram que algo como a Guerra de Troia ocorreu na região descrita nos poemas, com armas de bronze como aquelas que Homero descreve e com a consequente destruição e deslocamento de populações. Além disso, a datação tradicional antiga da guerra, no século XII a.C., se encaixa no relato homérico de uma geração heroica final. Mas a escrita alfabética para registrar os relatos em verso ou prosa dessa guerra só estava disponível na Grécia em 800 a.C. na melhor das hipóteses, pela estimativa da maioria dos estudiosos, pelo menos trezentos anos à frente. Portanto, uma tradição oral de algum tipo deve ter existido antes dos textos homéricos.

A evidência da língua de Homero fornece uma terceira confirmação. O grego da *Odisseia* nunca foi uma língua falada em nenhuma época ou região. Multifacetado e às vezes bastante conservador, o "dialeto" homérico parece ter sido forjado por e para poetas: entre outras peculiaridades, contém formas que não possuem nenhuma base histórica, em comparação com outras línguas correlatas, mas que são convenientes para a métrica. Ao mesmo tempo, retém uma porção de formas de um dado conceito (tal como "pertencente a mim"), mas apenas quando as formas mantêm métricas distintas úteis, como "superior" e "super" em português, que oferecem convenientemente alternativas métricas ao poeta. Em resumo, a língua poética é tradicional e abarca gerações.

A quarta prova de um Homero "oral" vem da dicção poética. Em sua pesquisa de doutoramento nos anos 1920 e 1930, sobre "fórmulas" repetidas na poesia homérica, um jovem californiano, Milman Parry, descobriu que havia uma "economia" em ação ao investigar com rigor o sistema bem conhecido de adjetivos aplicados a personagens importantes dos poemas. Os personagens chamados de "pé-ligeiro" (Aquiles) e "muita-astúcia" (Odisseu) são descritos em outros versos do poema como "o brilhante Aquiles" ou "o muito hábil Odisseu". Quando isso acontece, não há mudança perceptível na ênfase narrativa. Ao contrário, os sintagmas em questão produzem uma forma métrica diferente. É preciso ter em mente que o verso homérico consiste de seis pés, com os cinco primeiros compostos ou por um dáctilo (uma sílaba longa mais duas curtas, – UU) ou um espondeu (duas sílabas longas, – –). O último pé do sexto verso é um espondeu ou um troqueu (uma longa e uma curta, –U, uma marcada, concluindo o efeito rítmico que a tradução de Mc-Crorie capta brilhantemente). Ora, o adjetivo "pé-ligeiro" com o nome "Aquiles" é, em grego, *podas ókus Akhilleus* – sintagma que preenche uma posição métrica ocupando dois pés e meio do verso hexâmetro dáctilo (UU–UU– –). Mas se substituirmos pelo adjetivo "brilhante", ao lado do nome do personagem, obteremos um segmento métrico curto, ocupando dois pés (*dios Akhilleus*, – UU – –). Contando esses sintagmas Parry provou que para todas e cada uma das figuras heroicas ou divinas principais em Homero existia um (e quase sempre *apenas* um) epíteto *por* posição métrica e caso gramatical (sujeito, objeto, genitivo e assim por diante). Portanto, a poesia homérica mais uma vez representa uma forma artística tradicional, multigeracional, pela simples razão de que nenhum poeta individual teria a motivação de divisar tal sistema tão completo e econômico. Ela foi criada provavelmente para a composição rápida do verso na performance ao vivo (conforme a poesia efetivamente apresenta a si própria com coerência).

O quinto argumento, o da prova comparativa, está relacionado ao anterior: Parry e seu colaborador Albert Lord descobriram cm trabalho de campo na antiga Iugoslávia que sistemas de dicção extensos e úteis, semelhantes a esse, eram empregados por intérpretes iletrados da poesia heroica tradicional servo-croata.[3] Desde seu trabalho dos anos 1930, pesquisado-

---

3 Uma versão ficcional das pesquisas empreendidas por Parry e seu assistente pode ser encontrada no romance *Dossiê H*, do escritor albanês Ismail Kadaré, trad. Bernardo Joffily. São Paulo: Companhia das Letras, 2001. [N. E.]

res de campo confirmaram essa tendência em dezenas de outros sistemas de poética oral.

Diante dessas indicações, não podemos pretender ler a *Odisseia* do jeito que se lê uma epopeia escrita, seja a *Eneida*, de Virgílio, a *Divina comédia*, de Dante, ou o *Paraíso perdido*, de Milton. Mais importante, nossa leitura deve levar em consideração a ressonância de sintagmas repetidos, uma vez que podemos ter certeza de que quase todos esses sintagmas já existiam na tradição poética e eram portanto conhecidos de uma plateia que ouvia a performance épica de Homero. Um poeta como o autor da *Odisseia* é capaz de criar efeitos significativos evocando, no momento exato, o mundo de associações embutido em um único sintagma que foi usado por gerações em muitos outros poemas, com um escopo de significados que sua plateia é capaz de apreciar. John Miles Foley (Foley, 1991 e 1999) chamou a poesia que disso resultou de "arte imanente", pois nesse meio de expressão o caráter alusivo enfatizado por fórmulas produz profundidades que vão muito além da superfície límpida do poema. Como os leitores modernos não conhecem o contexto em que essa arte começou a florescer, podemos esperar no máximo recuperar o espectro de significados de um sintagma olhando todas as suas ocorrências e calculando o efeito que teria se a plateia trouxesse, para a compreensão da cena, um reconhecimento de todas as outras situações em que um sintagma particular foi ou poderia ser usado. A técnica é diferente da técnica do romance. O leitor de *Os europeus* ou de *Ulysses* só descobre aos poucos, página a página, como são ricos certos sintagmas que James ou Joyce destinam a seus protagonistas. Cada romance cria sua própria linguagem, enquanto o épico oral grego contava com a longa experiência do público de uma rica tradição de recitação, já carregada de significado, para envolver e comover seus ouvintes de imediato.

Consideremos, por exemplo, a maneira como a caracterização de Telêmaco acontece na *Odisseia* com a ajuda de um estilo baseado na fórmula. Na primeira vez que vemos Telêmaco (1, 113), Atena, disfarçada de Mentes, acabou de chegar ao palácio de Ítaca. Telêmaco a vê antes de qualquer outro:

τὴν δὲ πολὺ πρῶτος ἴδε Τηλέμαχος θεοειδής
Primeiro a vê-la foi o deiforme Telêmaco

Theoeidés, "deiforme", é uma das quatro fórmulas epíteto-substantivo para Telêmaco no caso nominativo ou de sujeito. O simples fato de o poeta usar um epíteto para Telêmaco aqui, quando o vemos pela primeira vez, indica que a cena imediatamente seguinte é importante para o entendimento de seu caráter. O epíteto é como uma nota musical única soando no início de uma composição. Além disso, ele ocorre em contraste com qualquer um dos três outros epítetos que Homero poderia ter usado para Telêmaco, se tivesse moldado o verso um pouquinho diferente (*hieré* é "força sagrada", *pepnumenos*, "inteligente", e *hérós*, "o herói"). À medida que o poema progride, o epíteto *theoeidés* vem a se relacionar com um tema essencial da *Odisseia*, de como a aparência às vezes entra em conflito com a verdadeira identidade ou habilidade. Odisseu (disfarçado) faz um sermão sobre "aparências" depois de caçoarem dele nos jogos dos feácios (8, 166-85). Na situação dramática dessa passagem, ter uma boa "aparência" (*eidos*) indica que a pessoa nem fala bem nem é, de fato, muito inteligente. É significativo que o jovem ilhéu Euríalo, que tem habilidade atlé-

35 APRESENTAÇÃO

tica mas nenhuma elegância retórica, seja o objeto da repreensão de Odisseu; no decorrer do episódio feácio nós assistimos a seu aprendizado. No final do canto 8, ele tem a inteligência e a elegância de oferecer a Odisseu uma espada e um pedido de desculpas. Ora, esse processo de educação é exatamente o que acontece com Telêmaco no decorrer da *Odisseia* como um todo, conforme muitos críticos observaram. O adjetivo *theoeidés* marca o modo como Homero maneja esse tema tradicional, que podemos chamar de "o herói amadurece". Quando a plateia, ligada no sistema de sintagmas tradicional, ouve pela primeira vez Telêmaco descrito como "deiforme", ela recebe um pacote de mensagens temáticas e direções narrativas potenciais. No entanto, esse processo não se dá sem suspense. O filho de Odisseu pode acabar sendo como os outros que receberam esse epíteto: Páris, na *Ilíada* (*Alexandros theoeidés*), uma figura menos que heroica que depende da aparência para se virar, ou Euríalo, ingenuamente arrogante, mas educável. De fato, cada uma dessas duas alternativas temáticas surge no decorrer da *Odisseia*: o adjetivo *theoeidés* é usado três vezes para descrever um ou outro da dupla de pretendentes principais em Ítaca, o jovem arrogante Eurímaco e Antínoo, tipos perigosos, que não gostam de Telêmaco. O "jovem bom mas não perfeito" aparece também na figura do vidente Teoclímeno, ao qual o epíteto *theoeidés* é aplicado cinco vezes e cujo nome em si ("que ouve o deus") se encaixa com seu sentido. Quando esse jovem fugitivo encontra Telêmaco, vemos um importante estágio do crescimento deste; sem questionar, ele fica amigo do proscrito, mostrando assim que assimilou o código cultural referente a hóspedes-amigos. É tal a qualidade artística da repetição de fórmulas que é possível traçar linhas temáticas similares acompanhando o desenvolvimento de qualquer epíteto do poema.

Outro recurso poderoso usado na *Odisseia* é a caracterização por meio de discursos. Calculou-se que mais de metade do poema é apresentado nesse formato. Além de ser um estilo poético, discursar era com toda a probabilidade um fenômeno cultural importante. Os gregos antigos de todos os períodos admiravam a habilidade retórica. A *Ilíada* conta como Aquiles foi criado para ser um "orador de discursos e agente de feitos" (*Il*. 9, 443). Parte da atração e da influência da poesia homérica em eras posteriores vem de sua excelência na mimese, a representação de discurso direto. (Platão, por outro lado, aponta essa mesma técnica mimética como o perigo central dentro do épico homérico quando o baniu de sua cidade-estado ideal, em *A República*.) Esses discursos podem ser comandos, ameaças ou promessas proferidas de um personagem para outro, discursos públicos a assembleias, rememorações em companhia de convivas em um jantar ou mesmo monólogos dirigidos ao próprio coração e mente, como o discurso que Odisseu faz quando se vê correndo o risco de morrer afogado (5, 299-312).

Em vez de contar à plateia o que se passa na mente dos personagens do poema, o autor faz essas figuras falarem consigo mesmas. O resultado é que ficamos com uma sensação de intimidade, de intensa interação entre os heróis homéricos e seu ambiente, e dos meios específicos como se apresentam para o mundo. Outro refinamento na técnica consiste em justapor os discursos de diferentes personagens a fim de expressar conflito ou sugerir emoções mais profundas não expressas. A conversa entre Helena e Menelau no canto 4 (235-89), quando cada um conta uma história para seus visitantes, representa essa arte contrastante em sua forma mais elevada. Sem nenhum indício pela voz do próprio narrador, cria-se mesmo assim a impressão de que o herói envelhecido e sua esposa, que um dia causou tanta destruição, ainda estão imersos em suas queixas e protestos recíprocos. A série de encontros entre Odisseu e sua esposa Penélope, que se estende do canto 19 até o 23, permite que o leitor intua como é o relacionamento deles mais que qualquer informação que o narrador pudesse fornecer. E os paralelos próximos criados por esse uso de discursos diretos em série – por exemplo, as cinco histórias contadas por Odisseu disfarçado em Ítaca, ou os encontros de Telêmaco com Nestor e Menelau – enriquecem ainda mais o poema com sutis variações. Se com as fórmulas o poeta joga com o conhecimento comum de alusão e associação da plateia, com os discursos ele pode produzir novos e múltiplos pontos de vista.

Uma terceira característica técnica, o símile, pode ser considerado uma combinação da tradição da fórmula com o uso inovador do discurso. O símile homérico muitas vezes compreende mais detalhes do que podemos julgar necessários para fazer um cotejo. Vejamos dois exemplos que ocorrem no começo do canto 20, quando Odisseu, deitado sem dormir, se zanga com a visão das serviçais dormindo com os pretendentes:

[...] seu coração, dentro, latia.
Como a cadela, envolvendo os frágeis filhotes
ao estranhar um varão, late, sôfrega por brigar,
assim, em seu íntimo, latia, irritado com as vis ações.
(versos 13-16)

Depois de descrever como Odisseu controla sua raiva – "Após golpear o peito, reprovou o coração com o discurso" –, o poeta continua:

> e seu coração, obediente de todo, aguentou e resistiu
> sem cessar; ele próprio revirava-se para lá e para cá.
> Como quando varão, forte fogo ardendo, a um bucho
> cheio de sangue e gordura, para lá e para cá
> gira, almejando que bem rápido fique assado,
> assim ele, para lá e para cá, revirava-se, cogitando
> (versos 23-28)

Os detalhes aparentemente alheios, porém, evocam muitas coisas que uma comparação mais breve deixa passar. Se o poeta tivesse dito apenas "seu coração rosnava como um cão", a imagem poderia nos tocar, mas se perderia a possibilidade de um impacto emocional posterior. A versão expandida, de um jeito ao mesmo tempo estranhamente fora de sincronia e inteiramente apropriado, associa Odisseu a uma figura *feminina* – a mãe dos filhotes – que late para defendê-los contra um *macho* intromissor. Em termos da trama geral, Odisseu (por meio do símile) tornou-se igual a Penélope, uma mulher ferozmente independente que resiste às incursões masculinas em sua casa. De associação mais imediata, podemos lembrar a cena ocorrida não muito antes, quando Odisseu, chegando disfarçado a seu próprio palácio, é reconhecido por Argos, o cão que deixou para trás vinte anos antes. Agora infestado de carrapatos e abandonado, incapaz de se mover do monte de excremento onde se encontra, o cachorro abana o rabo com dificuldade e expira quando seu antigo dono passa por ele

(17, 291-327). Essa ligeira dissonância criada pelo símile lembra à plateia que Odisseu, embora na aparência velho e inútil no momento (como Argos), logo assumirá o papel de cão de guarda e mesmo caçador, ao castigar os pretendentes. Os símiles, portanto, empregam artisticamente, num formato comprimido, duas outras técnicas frequentes na poesia homérica: o uso do *flashback* e da previsão.

O segundo símile mencionado acima, na qual o herói é comparado a uma linguiça, num primeiro momento pode parecer um lugar-comum cômico, até arbitrariamente anti-heroico. O único ponto de ligação aparente vem da similaridade de movimento, uma vez que tanto o herói como a carne giram como que no espeto. E mais uma vez a técnica homérica repousa em nosso reconhecimento do lapso entre o evento imediato da trama e o remodelamento retórico dele. Odisseu não consegue dormir porque está em um momento de crise, ansioso quanto a sua capacidade de planejar e levar a cabo uma chacina, enquanto o cozinheiro anônimo do símile tem de lidar apenas com a preparação da comida. Mesmo assim, podemos imaginar que o guerreiro veterano podia muito bem desejar *ser* o cozinheiro pacífico, de forma que o símile é então focalizado na própria consciência do personagem que pretende descrever. Vale a pena lembrar, afinal, que quando vislumbramos Odisseu pela primeira vez no poema ele está ansioso por ver a fumaça subir da chaminé de sua casa. Além disso, o cozinheiro e o herói desejam ambos intensamente alguma coisa. O desejo do cozinheiro é explicitado – ele quer assar a carne –, e ele, ao menos, tem como realizar isso. Ao trazer à mente esse desejo universal, o poeta faz sua plateia adivinhar, quase sentir o gosto do imediatismo impositivo do desejo de vingança de Odisseu, sem nem mencioná-lo nesse momento. A insinuação é que também Odisseu logo estará no comando (para não dizer que "cozinhará" os pretendentes). Por fim, ambos os símiles desse trecho, o cachorro e o cozinheiro, tornam públicas, ao menos em sua memorável imagética, direções de pensamento internas, particulares. Ao se referir a ações cotidianas recorrentes, tornam natural e não problemática o que é, de fato, uma vingança singular e um tanto questionável e de proporções épicas.

A história e a *Odisseia*

Os progressos da arqueologia, da linguística e do estudo comparativo da cultura ao longo do século passado deixaram claro que o mundo pintado nas epopeias de Homero é uma criação poética. Tem elementos de eras da civilização grega que vão desde 1400 a.C. até o período da tirania de Pisístrato e seus herdeiros em Atenas, em meados do século VI. Assim como a cultura grega, os épicos absorveram influências do Oriente Médio e do Egito, talvez até do mar Negro e além. Ao mesmo tempo, os elementos básicos do mundo homérico são constantes na história e na vida social mediterrânea: as atividades de luta e navegação, o comércio, a colonização, a viticultura e a agricultura, a criação de assentamentos. Embora as técnicas de todas essas áreas mudem ao longo dos séculos, as atividades em si apresentam longos trechos de continuidade, até mesmo no século XXI.

Não cabe aqui nem mesmo o mais breve esboço da história da Grécia. Bastará observar que os falantes do grego devem ter se afastado, por volta de 1900 a.C., dos falantes de línguas próximas (os dialetos dentro da família indo-europeia, que evoluíram para as famílias linguísticas itálica, indo-arianas, germânica, celta, eslava e outras); viajando das estepes do sul da Rússia ou da região do Cáucaso, penetraram nos Bálcãs, no então longínquo sul. Em torno das costas do Egeu, encontraram altas civilizações já estabelecidas, entre elas os egípcios e os minoicos (um povo não grego centrado em Creta). Com o tempo, a cultura guerreira grega baseada em cidadelas e comando personalista fez empréstimos [culturais] dos minoicos e outros povos anteriores e depois tomou o seu lugar no que é hoje a Grécia central e as ilhas. O período micênico (c. 1600-1200 a.C.), assim chamado em função de uma das principais cidades [Micenas], se encerrou – não é claro por quê – com uma série de destruições, das quais a Guerra de Troia é, muito provável, uma reminiscência abstrata, destilada.

Depois da Antiguidade, a existência de Troia e da guerra em torno dela foi tomada como mera fábula. Quando as viagens ao Oriente ressurgiram durante o século XVIII, antiquários começaram a notar íntima semelhança entre as paisagens da época e as descrições homéricas da área da Ásia Menor associada às antigas lendas. No século XIX, a busca romântica pelas origens e a crescente devoção europeia a um passado clássico idealizado se combinaram para chamar mais atenção para os vestígios físicos do passado, culminando, nos anos 1870, com as investigações de um arqueólogo diletante rico, Heinrich Schliemann. No grande sítio arqueológico de Hissarlik, no oeste da Turquia moderna, Schliemann cavou e encontrou as ruínas de uma cidade antiga, camada sobre camada, que datavam do século XII a.C. e ainda mais antigas. A "Troia" enterrada havia muito voltava de repente à luz.

As escavações no local continuam até hoje. Embora nenhuma inscrição ou objeto indique que esse seja o lugar que os gregos cercaram e destruíram, esta foi muito claramente uma cidade extensa e rica, com grandes muralhas e portões não diferentes daqueles descritos na *Ilíada*. É pouco questionado de que se trata de Troia. Diversas de suas camadas ("Troias VI e VII"), datadas por volta da época da guerra troiana (como computado pelos próprios antigos), apresentam sinais de saque e incêndio. Não se pode provar se os gregos do continente – Agamêmnon dos micênicos, Menelau de Esparta e companheiros – efetuaram o ataque em algum momento entre 1325 e 1200 a.C. Nem se sabe quem eram os troianos, em termos étnicos e linguísticos, ou onde foram parar os restos de sua população.

As migrações para a Ásia Menor continental, sobretudo os assentamentos costeiros da Jônia, começaram antes do colapso da cultura palaciana micênica na Grécia continental. Foi talvez durante esse período que a história de uma grande cultura nesses lugares, uma vez dominados pelos gregos, ganhou popularidade. Não é impossível que a saga da Guerra de Troia remonte, até mesmo em algum tipo de forma versificada, aos fatos reais do século XII a.C. Os poemas que temos preservam alguns elementos que são de tempos micênicos, tanto linguística como culturalmente. Assim, os heróis de ambas as epopeias usam com regularidade armas e implementos de bronze; o ferro, que se tornou o metal mais comum depois do fim da cultura micênica (na chamada Idade das Trevas, de 1100-800 a.C.), é raras vezes mencionado. A luta com carros é conhecida. Os desenhos de escudos, elmos e espadas coincidem com objetos encontrados no século XII. Lugares nomeados no texto como fonte de tropas e navios em muitos casos nem eram habitados depois do século XII, e portanto os poemas devem preservar deles uma memória histórica antiga. E a confederação guerreira que dominou Troia parece se encaixar no padrão assentamento-cidadela da época que as epopeias se propõem descrever. A arqueologia mostra que Pilo e Tiro, Micenas e Tebas eram centros importantes na idade do bronze, e essas cidades figuram com destaque nas epopeias.

Ao mesmo tempo, é claro que séculos de transmissão e remodelamento dos poemas dentro de uma tradição oral permitiram que elementos históricos de outras eras se entrelaçassem às linhas mais antigas. Por exemplo, embora carros sejam usados, os heróis param e descem deles para lutar (ao contrário do uso que se fazia deles em culturas mais para o leste) – o que leva a pensar que o poeta não tinha certeza de como eram empregados de fato na guerra. Alguns objetos e nome de locais já do século VI a.C. foram detectados nas epopeias, embora o autor evidentemente tenha tentado arcaizar. As estruturas políticas da pólis ("cidade--estado"), cristalizadas pela primeira vez no século VIII a.C., e a importância do santuário de Apolo em Delfos, fenômeno do século VII, são outros traços não micênicos importantes. Já se disse que a ênfase na própria expedição grega unificada deve estar ligada a instituições "pan-helênicas" que se desenvolveram no século VIII, reunindo gregos de todas as regiões depois de vários séculos de isolamento (Nagy, 1999). Muitos indícios apontam portanto para um período de quatro séculos posteriores à Guerra de Troia como o período de incubação crucial para tradições épicas em contínuo desenvolvimento.

Se a cidadela em ruínas, objeto do cerco legendário, foi revelada, o que dizer do lugar de onde Odisseu saiu para ir a Troia e sua história? Ítaca hoje é uma ilha rochosa a cerca de cinquenta quilômetros da costa ocidental da Grécia continental. Pequena o suficiente para ser percorrida de bicicleta em um único dia, não é nem rica em antiguidade nem famosa – a não ser como lar e reino de Odisseu. Assim como a cidade de Troia, não há como afirmar se a ilha hoje chamada Ítaca ou Thiaki era o lugar imaginado pelo poeta da *Odisseia*. Escavações em curso por uma equipe da Universidade de Washington, em St. Louis, descobriram até agora restos que podem ser micênicos, cuja identidade ainda não está esclarecida. De qualquer forma, vale a pena lembrar que, mesmo dentro do poema, a vida em Ítaca dificilmente se comparava ao esplendor dos palácios visitados por Telêmaco no continente. O jovem herói conta a seu anfitrião Menelau que sua ilha natal, ao contrário de Esparta, não tem espaço suficiente para criar cavalos. Sob outros aspectos também podemos considerar que Ítaca fosse menos poderosa e importante. Desprovida de grandes forças, seu comandante Odisseu devia operar por outros meios: seu caráter indireto e astuto se encaixa no panorama de recursos reduzidos de seu compacto reino.

No entanto, a morada de Odisseu, mesmo de forma discreta, apresenta sinais de um centro econômico real. O rei tem rebanhos e manadas em outras ilhas e no continente. Empregados como o porcariço Eumeu, que foi obtido por compra ou conquista, mantêm os recursos da casa grande. As mulheres estão sempre trabalhando no palácio, produzindo tecidos. E o grande depósito de Odisseu, que Penélope visita no canto 21, está cheio de ouro, bronze e ferro. Esses bens imperecíveis eram usados ao longo de todos os primeiros tempos gregos para construir relações de trocas recíprocas com outros aristocratas, por meio de presentes ostentatórios. Os presentes de Menelau e Alcínoo se encaixam nessa dinâmica; Odisseu, como somos informados no canto 1 (verso 177), tinha o costume de fazer visitas, mesmo antes de suas viagens. Fora de ação durante vinte anos, no entanto, ele não só perdeu a oportunidade de participar desses importantes intercâmbios de prestígio, como também sofreu a ameaça de perder seu gado pela depredação dos pretendentes. O disfarce de mendigo que assume em Ítaca se aproxima perigosamente da verdade. A *Odisseia* parece reconhecer quão tênue é a linha divisória entre a existência confortável e a penúria. Sem dúvida, na economia de subsistência em que vivia a maioria dos gregos de muitas eras, essa lição faz sentido. A insistência do poema na perda e no ganho reflete ansiedades reais de que os infortúnios econômicos de apenas um homem pudessem comprometer as vidas de seus descendentes durante um longo tempo.

Leitores modernos estão interessados na "história" da política e da economia, contudo devemos lembrar que também se pode falar de história no âmbito dos sentimentos e atitudes condicionados por um conjunto de experiências reais. A maneira como os gregos do passado reagiam com criatividade às exigências e desafios de seu próprio tempo – isso também é história. Enquadrada na narrativa do regresso de Odisseu, a ideia persistente de que cada pessoa precisa de um *lugar* é tomada como um fato, sem apologia, sentimentalismo ou melodrama. Só nas ficções criadas por Odisseu (i.e., 14, 199ss) é que ouvimos falar de homens vagando em busca apenas de aventura. Sente-se que por baixo da eloquência e da economia da *Odisseia* existe a experiência de gerações de gregos ansiando por um lar – exilados políticos, guerreiros, colonizadores, marinheiros, bardos itinerantes. Como os turbulentos séculos em que surgiram numerosas cidades-estados gregas – de 900 a 700 a.C. – coincidem com o desenvolvimento da poesia épica, é ainda mais plausível que as plateias sentissem empatia com uma história de volta ao lar como essa. Em sua destilação de sentimentos e celebração da sobrevivência, mais do que na representação de fatos sociais, é que a epopeia pretende contar as verdades do passado.

Os deuses de Homero

Outra faceta atraente da epopeia homérica é o retrato persuasivo que ela traça de um mundo além do humano. Os deuses e deusas da Grécia arcaica são como humanos em quase tudo, menos numa coisa – nunca morrem. Sem idade e imortais, alimentados por néctar e ambrosia, com *ikhór* cristalino correndo nas veias em vez de sangue, os deuses vivem tranquilos numa calma desanuviada nas alturas nevadas do monte Olimpo, ao norte da Grécia. Podem teoricamente ignorar os humanos, limitados pela morte. Mas na imaginação grega os deuses precisam das pessoas tanto quanto as pessoas precisam deles. Os poemas homéricos revelam um fascínio por esse elo simbiótico entre deuses e mortais, um contato sempre oscilante entre adoração e antagonismo.

Os deuses são muito mais que uma fantasia homérica. Durante milênios, os gregos adoraram as divindades mencionadas nas epopeias e muitas mais. Não há como ter alguma certeza do que de fato tinham em mente ao fazê-lo. Mas, se tomarmos a *Odisseia* como guia, era algo assim: deuses são inquisitivos, intrometidos, orgulhosos de seus humanos favoritos e perigosamente suscetíveis de se enraivecer. Para conservar seu favor, os mortais precisam oferecer sacrifícios, certificar-se de preencher as narinas celestes com o aroma da carne assada.

O ritual de verter vinho, associado à oração, também funciona para aplacar os deuses. O herói luta para conquistar a única imortalidade acessível a humanos: a fama épica (*kleos*). Para tanto, precisa vencer obstáculos com ajuda divina ou ser espetacularmente derrotado, ao desprezá-la. Pode-se ver Odisseu envolvido numa questão religiosa, testando a eficácia de sua atitude em relação ao divino e determinando para si mesmo se os deuses vão lhe dar ouvidos e ajudá-lo.

O divino está em toda parte em Homero; sua poesia é profundamente teológica. Uma razão para a a epopeia se deter tanto em banquetes e bebidas, por exemplo, é porque esses eventos são cruciais: na Grécia arcaica, cada refeição era também um ato religioso. Cada amanhecer é, com efeito, obra de uma deusa, Aurora. Lua e sol, rios, cavernas e árvores são deuses ou abrigam um habitante divino. Num nível emocional mais profundo, ouvimos ao longo de toda a *Odisseia* que os humanos descendem efetivamente de Zeus, de Ares ou de Posêidon. Odisseu, o herói desse poema, tem uma ancestralidade interessante – seu avô materno, Autólico (cujo nome significa "o próprio lobo"), é um *trickster* e ladrão que, em algumas versões do mito, era filho de Hermes, deus conivente. A versão homérica abranda esse passado sombrio, defendendo em vez dela a história de que Hermes ensinou a Autólico a arte do roubo (19, 395-98).

Isso levanta a questão da moralidade dos deuses homéricos. Não muito depois de as epopeias ganharem forma, os filósofos já começavam a criticar suas divindades. Disse um moralista do século VI, Xenófanes: "Homero atribui aos deuses tudo o que é mais vergonhoso entre mortais. Eles roubam, cometem adultério e enganam uns aos outros". No começo do século IV a.C., Platão chegou ao ponto de banir a poesia de Homero da cidade idealizada, moralmente íntegra, que esboça em sua obra *A República*. A seu ver, a boa ordem do Estado era ameaçada não só quando seus líderes liam a respeito e imitavam os personagens que Homero apresentava como incapazes de controlar suas emoções. Era um risco também que seus habitantes acreditassem em divindades menos que perfeitas.

Os deuses de Homero podem constituir paradigmas éticos pobres, mas mesmo assim encarnam verdades reais. São *de fato* poderes maiores que nós, em ação no mundo. Esses poderes parecem caprichosos e às vezes cruéis. Emoções assoladoras – desejo ardente, embriaguez, a ira da guerra –, de onde mais elas poderiam vir senão de deuses? Chamar essas experiências respectivamente de Afrodite, Dionísio e Ares era dar-lhes nome, mas ao mesmo tempo controlá-las. Pois os deuses, uma vez humanizados, funcionam como uma família expandida e um tanto disfuncional, na qual existe ao menos alguma organização. Governando do alto está Zeus, que impõe suas ordens com raios brancos ardentes. Hades e Posêidon, seus irmãos, têm seus lugares no mar e debaixo da terra. Outros deuses e deusas alinham-se como filhos ou filhas de Zeus. Há uma bela economia em tal sistema politeísta – um deus equilibra o outro, de um modo quase comicamente doméstico. Se a mãe (Hera) diz não, você pode pedir para o pai (Zeus). Humanos conseguem o que pedem rezando a quantos deuses desejarem.

Quando se trata da *Odisseia*, Atena merece atenção especial. Embora não se saiba da história por Homero, o nascimento fora do comum da deusa virgem, filha de Métis ("astuta inteligência"), é bem conhecido. Podemos questionar por que essa deusa das habilidades – inclusive a habilidade da guerra – fica tão ligada ao modesto mortal Odisseu. Em primeiro lugar, ao que parece, porque ele é como ela: de fato, seu epíteto usual é *polimétis* (literalmente, "possuidor de grande inteligência astuta"). No entanto, sente-se um elemento de competição no relacionamento deles. Uma conversa reveladora entre deusa e protegido ocorre no canto 13, quando Odisseu acabou de voltar a sua ilha. Em resposta à sua conveniente ficção sobre como chegou em casa, Atena responde com uma repreensão amigável e um toque de orgulho:

> [...] Não ias,
> nem mesmo estando em tua terra, cessar os engodos
> e discursos furtivos, que do fundo te são caros.
> Vamos, não falemos mais disso, ambos conhecemos
> maneios, pois és, de longe, o melhor de todos os mortais
> em planos e discursos, e eu, entre todos os deuses,
> na astúcia famosa e nos maneios; [...]
> (versos 293-99)

Muitas histórias míticas contam de humanos que desafiaram os deuses e perderam. Então, parte do suspense da *Odisseia* deve brotar precisamente dessa perigosa colaboração entre divino e mortal. Odisseu irá, de alguma forma, ultrapassar a linha? Ele será bom a ponto de conquistar a admiração e ajuda da deusa? Ou se gaba demais da própria habilidade, correndo o risco de despertar o ciúme de Atena e cortejar o abandono ou a morte?

Na *Odisseia*, Zeus, seu irmão Posêidon e sua filha Atena são poderes mais que arbitrários ou independentes. O poeta, desde o começo da epopeia, enfatiza as complexas relações e repercussões familiares envolvidas quando essas três divindades se imiscuem em questões de justiça humana. Zeus, o deus-chefe, é responsável por manter a justiça em nível cósmico. Se alguém, grego ou troiano, é maltratado, Zeus pode ser invocado para testemunhar o ultraje e tomar a ação corretiva. Ele às vezes usa seus raios explosivos. Ao mesmo tempo, tanto Atena como Posêidon têm reclamações contra os gregos por injúrias pessoais (a dessacralização do templo troiano de Atena e o cegamento do ciclope Polifemo, filho de Posêidon). Então Zeus, enquanto mantém a ordem no mundo, tem de trabalhar também a harmonia do Olimpo. A esse respeito, as aventuras de Odisseu levam os deuses a uma nova compreensão de suas limitações e interdependência. Assim, um humano que respeita a religião pode alterar as configurações do divino.

Nesse sentido de ética, humana e divina, a *Odisseia*, em especial, é diferente de narrativas de vingança mais simples. Esta epopeia não trata de vingança brutal ou violência gratuita. Ao longo de todo o poema, a justeza de atos importantes – humanos ou divinos – é cuidadosamente analisada, debatida e avaliada. Disputas são discutidas e pesadas pelas várias figuras envolvidas. Já se pode ver em ação o espírito analítico que impregna o exame que Platão faz da justiça em seu diálogo *A República*, séculos depois. À primeira vista, o mundo da *Odisseia* pode parecer sem lei. Seus habitantes claramente vivem sem regras formais, escritas, estabelecidas e impostas por autoridades legais. Mas a justiça não depende de leis. De fato, a palavra grega *diké*, com frequência traduzida como "justiça", está mais próxima de ideias como costume, hábito e adequação. O jeito como estão as coisas normalmente, quando família, comunidade e mundo estão em ordem, é o jeito como as coisas devem estar. E isso não depende da adesão a algum código externo de comportamento.

Diké, nesse sentido grego arcaico, pode mesmo ser descrita como obra da natureza. Quando, por exemplo, Odisseu encontra sua mãe no mundo inferior e não pode abraçá-la, ela lhe diz que esse é o "jeito" (*diké*) de mortais, quando morrem, terem suas almas voando embora como um sonho, enquanto o corpo é queimado (11, 218-24). Animais também podem ter *diké*. Mas tanto humanos como animais às vezes ultrapassam os limites dessa "justiça" natural. Eles o fazem quando perturbam a ordem das coisas, seja se recusando a dar aos outros o que lhes é de direito, seja por tentar tirar os bens ou a honra de outrem. Essas ações – ao contrário de *diké* – são chamadas em grego de *hubris*.

Na *Odisseia*, os pretendentes de Penélope encarnam o comportamento da *hubris*. Eles não só estão rompendo as normas da hospitalidade, parte importante da *diké*, como cortejam com arrogância a rainha, sem levar em conta precedentes, verdade ou costume. Eles arruínam a casa e desonram seus habitantes. Odisseu, ao contrário, ao longo de todo o poema emprega sua sabedoria natural para se adaptar à maneira das coisas e à vontade dos deuses. É isso, mais que sua piedosa integridade, que o torna "justo" em termos homéricos. Sua vitória miraculosa sobre os 108 pretendentes é uma confirmação de que Zeus e os deuses olímpicos conservam o equilíbrio do mundo. Ultrapassar os limites acaba atraindo retaliação. Odisseu é o agente dessa justiça divina.

Para apreciar por completo a postura ética da *Odisseia*, pode ser útil conhecer algo mais sobre o elo entre justiça e hospitalidade. Na Grécia antiga, os conceitos de "anfitrião", "hóspede" e "estranho" são expressos por uma única palavra: *xenos*. A ideia unificada, tão diferente da forma como nós distinguimos os três conceitos, pode ser vista em ação ao longo de toda a *Odisseia*. Com insistência, o poema põe em primeiro plano o tema da *xenia* (a relação hóspede-anfitrião). A trama se desenrola em função dessa ideia, e os personagens, do ciclope até os pretendentes, são julgados pela maneira como exercem o ideal do tratamento adequado a estranhos. *Xenia*, em resumo, representa a epítome da moralidade da *Odisseia*.

Não é de surpreender que, numa cultura arcaica, pré-alfabetizada, onde não havia instituições internacionais ou normas reconhecidas, o comportamento correto em relação a estranhos fosse considerado obrigação sagrada. (O mesmo fenômeno pode ser observado ainda hoje em culturas pequenas e isoladas.) Essa era, com efeito, a única maneira pela qual indivíduos podiam sobreviver além dos limites de sua comunidade local. Zeus tinha um título especial, *Xenios*, para denotar seu papel como protetor de estrangeiros. Qualquer infração era, pois, uma ofensa contra o deus supremo.

Xenia representa um exemplo-chave de uma exigência cultural maior de reciprocidade. Pode-se ver esse grande princípio em ação numa série de outras áreas mencionadas nos poemas homéricos. O sacrifício de animais, as orações e a guerra eram baseados na ideia de que esse equilíbrio tinha de ser mantido, dando ou retribuindo favores ou hostilidade, fosse entre humanos ou entre humanos e deuses. As expectativas recíprocas subjacentes à *xenia* podem explicar a semântica do termo. Assim como qualquer "estranho" era um "hóspede" em potencial – e tinha de ser tratado como tal –, qualquer "hóspede" era, por implicação, um "anfitrião" em potencial, uma vez que se esperava que ele retribuísse qualquer tratamento que houvesse recebido.

Toda a saga da Guerra de Troia pode ser interpretada como um exemplo mítico das catástrofes produzidas por relações impróprias entre anfitrião e hóspede. Páris, o jovem príncipe troiano, era hóspede de Menelau em Esparta quando fugiu com a esposa do anfitrião, Helena. Os comandantes gregos que haviam jurado ajudar Menelau foram obrigados a vingar esse crime contra a *xenia*, até o extremo de cercar e arrasar Troia. (Dessa forma, o mito funciona como um precedente legal, justificando as práticas societárias por referência a um caso.) A volta de Odisseu desde Troia é, portanto, a continuação de uma lição de moral acerca da necessidade de manter o equilíbrio na intersecção dos níveis social e cósmico. Se Odisseu é bem tratado, está tudo bem no mundo.

A importância de um tema, assim como a maioria das ações sociais significativas na *Odisseia*, pode ser medida pela quantidade de vezes que o tema reaparece. Além disso, a repetição vem na forma de "roteiros" estilizados, quase previsíveis – que os homeristas chamam de "cenas típicas". É difícil dizer se os roteiros são recursos poéticos ou rituais sociais – um reforça o outro. O típico é o estrangeiro ser bem recebido com palavras gentis, com a oferta de um banho e roupas limpas, comida e bebida (e sem perguntas enquanto não forem cumpridas essas preliminares). Ele é estimulado a ficar o quanto quiser. Ao partir, lhe são fornecidos transporte e "presentes". Esses preciosos itens de troca constituem uma combinação de suvenir e declaração para o mundo da excelência do comportamento do anfitrião – porque a *xenia*, assim como tudo o mais na cultura grega, podia se tornar competitiva.

Se guerreiros como Odisseu podem se transformar em paradigmas de um comportamento que a divindade aprova, não é de surpreender que mortais especiais possam obter um lugar separado do de outros humanos, mais próximo dos deuses em termos de celebridade e poder. A ideia do "herói" como alguém entre homem e deus é uma invenção especificamente grega. Por todo o mundo grego, os túmulos de homens e mulheres que obtiveram fama na comunidade eram locais de adoração desde pelo menos o século VIII a.C., até mesmo na era cristã. Vale notar que nem todos eram, de jeito nenhum, heroicos no sentido corrente de hoje. Os *hérós* e *héroiné* não eram seres primordialmente morais, mas sim pessoas de grande força ou de conexões especiais com o divino. O poder de amaldiçoar ou causar dano a outros marcava o *status* de herói tanto quanto a coragem em prol da sociedade: esse era o lado escuro do poder de fazer o bem ou curar. Héracles, cujas aventuras o levaram por todo o mundo conhecido, combinava de maneira conspícua a coragem do guerreiro com seu comportamento anômalo, furioso mesmo (às vezes desculpado como "loucura" enviada por sua nêmesis, Hera). Ele morreu, mas paradoxalmente viveu para sempre ao ser levado para o Olimpo depois de sua morte feroz no monte Eta. Sua história pode ser tomada como um paradigma para outras – o herói luta, governa, muitas vezes peca, morre e ganha fama pós-morte (uma forma de imortalidade) ao lado de seu poder semidivino. Mesmo o parricida Édipo era associado a honras heroicas em diversos lugares; a peça *Édipo em Colono*, de Sófocles, conta da luta entre Atenas e Tebas na disputa pelo prêmio de abrigar seu túmulo.

Dentre aqueles associados à saga de Troia, figuras como Aquiles, Menelau, Agamêmnon e Diomedes eram adorados com ritos de sacrifício específicos do "culto" aos heróis em santuários por todo o Egeu. Os aspectos perigosos do herói podem ser em parte vislumbrados nas histórias sobre cada um desses homens, tanto dentro das epopeias homéricas quanto além delas. A fúria sagrada de Aquiles, que causou a destruição de seus próprios companheiros na guerra, bem como sua capacidade guerreira contra os troianos, comprovava seus poderes heroicos. Centenas de outros heróis, muitos deles desconhecidos no geral, são nomeados em outras fontes literárias ou em inscrições, uma vez que cada comunidade de alguma importância podia exibir seu herói local. Os pretensos túmulos de heróis e heroínas atraíam pessoas em busca da bênção e proteção que ancestrais assim poderosos poderiam prover. Trabalhos arqueológicos recentes demonstram que em muitos casos esses cultos começavam em tumbas reais de pessoas da era micênica, talvez locais redescobertos no século VIII e depois. No nível civil, as figuras heroicas eram muitas vezes pioneiros fundadores de uma cidade ou colônia, e assim constituíam epítomes da história e das ambições de uma comunidade. O fato de líderes de expedições colonizadoras serem por vezes assassinos fugitivos em nada diminuía sua heroicização. A história de Odisseu une diversos desses traços. Primeiro, há indícios de que era adorado como herói em Ítaca, com a consagração de trípodes arcaicos feita numa caverna perto da baía Polis (a data da sagração é discutível: século VIII ou III a.C.). Segundo, no século VI a.C. (e muito provavelmente antes), a *Teogonia*, de Hesíodo, atribuía a Odisseu dois filhos com Circe, chamados Latino e Ágrio, que afirmava-se terem governado, junto com Telêmaco, os etruscos do ocidente. Em outras palavras, Odisseu era ao mesmo tempo herói e pai de heróis colonizadores. Por fim, em sua fúria justificada contra os pretendentes, Odisseu se assemelha a seu rival Aquiles, como expoente de ira divina.

Personagem e triângulo doméstico

A *Odisseia* contém dezenas de personagens. Parte do encanto do poema está em sua capacidade de criar um mundo fictício realista, povoado não apenas por heróis, mas por escravos e criados que os servem, pastores e cocheiros, além de bardos e videntes. Segundo um importante tratado sobre arte literária, *Do sublime* (atribuído a certo "Longino" e presumivelmente escrito no século I de nossa era), os esboços de vida cotidiana da casa de Odisseu constantes do poema eram "comédia de costumes" (IX, 15: *kómóidia tis estin éthologoumené*).

Apesar de toda a profusão de personagens, o poema permanece focado em torno de três mortais: Odisseu, seu filho e sua esposa. O papel de Telêmaco como um foco da narrativa e figura próxima do público já foi mencionado. Mas que dizer de seus pais?

Um folclorista classificaria Odisseu, o protagonista compacto, rijo, que derrota grandes feras, como aquela figura universal do *trickster*. Esses personagens brotam da profundidade dos mitos. *Tricksters* bem conhecidos dos nativos norte-americanos e da África, personagens como Aranha, Corvo ou Coiote dão forma à maneira como o cosmos é organizado, criando novas terras ou inventando habilidades ou elementos essenciais, como a tecelagem ou o fogo. Hermes (em algumas versões, um ancestral de Odisseu) se encaixa nesse aspecto — o *Hino a Hermes* mostra sua invenção do sacrifício, por exemplo –, enquanto Odisseu apresenta qualidade de *trickster* numa dimensão mais humana. Assim como as figuras folclóricas, ele está associado à comida (como o mendigo esfaimado ou o senhor que dá vinho aos ciclopes, bem como o único guerreiro da *Ilíada* a insistir com Aquiles para que coma antes da batalha).

Como o *trickster*, ele é conhecido pelas relações com mulheres e comportamento lúbrico. Suas aventuras muitas vezes envolvem animais. Ele próprio não é bestial, mas goza mesmo assim de um status "limítrofe", por vezes na fronteira entre o mundo humano e o natural. Pode-se ler seu personagem como um avanço além da amoralidade do *trickster*: como ele sabe muito sobre comida, pode também resistir a tentações (cf. o gado de Sol) e, como sabe muito sobre mulheres também, pode resistir a Circe e a Calipso (ao menos no final). Odisseu encarna as exigências mais rígidas do *éthos* heroico, embora possa ser excessivo chamá-lo de *trickster* ético.

A *Odisseia*, porém, é mais que uma narrativa picaresca sobre um herói *trickster*. A mudança fundamental do folclore para o épico (ou, diriam alguns, "protorromance") depende da decisão do poeta de cravar Odisseu num conjunto de relacionamentos com outros personagens – um ambiente raro para o *trickster*, em geral um lobo solitário. A *Odisseia* insiste nessas conexões sociais por sua própria estrutura, entrelaçando as histórias de Telêmaco e Penélope com a de Odisseu, e emoldurando o todo dentro do motivo de uma família que com cautela avança ao encontro do destino. Vale a pena apontar ainda que a volta ao lar (*nostos*) de Odisseu é uma volta ao mesmo tempo pessoal e sociopolítica. Isso torna a *Odisseia* mais complexa e realista do que um simples romance sobre um casal que se reencontra. De fato, quando ouvimos falar de Odisseu pela primeira vez no poema, Penélope ainda nem foi mencionada; ele está sentado na praia da ilha de Calipso, desejando ver a fumaça da chaminé de seu lar. Um enraizamento e segurança mais amplos estão em questão com sua volta. Odisseu precisa de seu lugar no padrão social – como rei, guerreiro, aristocrata, pai, marido, filho – tanto quanto anseia pela intimidade privada com a esposa. Por outro lado, seu reencontro com Penélope renova toda Ítaca; até mesmo Laerte, seu pai, rejuvenesce, e, quando o poema termina, três gerações estão juntas, uma imagem ideal de continuidade e regeneração. Isso quer dizer, enfim, que o "caráter" de Odisseu no poema é uma função de sua abertura, sua habilidade de se permitir confiar em outros poucos (como Nausícaa), de perder ao menos um pouco da desconfiança do solitário. Engodo e espírito de sobrevivência – o legado do *trickster* – permitem que ele chegue em casa, onde imaginação, empatia e uma sensação de responsabilidade mais ampla completam sua reintegração, mesmo depois de vinte anos de ausência.

E que dizer da mulher que esperou todos esses anos? No final da *Odisseia*, sentimos que o heroísmo feminino é tão importante, senão mais, que o masculino. O heroísmo de Penélope assume uma forma que William Faulkner identificaria milênios depois entre os sobreviventes do Sul torturado dos Estados Unidos: uma calada capacidade de suportar.

Não podemos separar a caracterização de Penélope do cuidadoso tratamento do poeta com as mulheres em geral. As mulheres no poema são muito fascinantes porque seus retratos tendem a se sobrepor e ressoar. Penélope e a ninfa Calipso são ambas tecelãs e criadoras com uma ligação profunda com Odisseu; Helena parece Circe em seu conhecimento de drogas e seus efeitos sobre os homens; Arete, a rainha dos feácios, governa a casa da ilha, assim como Penélope; ela, assim como sua filha Nausícaa e a ninfa Leucoteia, revelam-se benfeitoras durante a busca do herói. E, claro, Atena – a astuta e sábia protetora de Odisseu – assume algo de todos esses papéis femininos como diretora de cena da trama e traça a volta do herói. Odisseu parece tão intimamente ligado a ela como à sua sofredora esposa. (Dada sua importância, uma teoria sobre a origem do poema sugere que a *Odisseia* foi registrada por escrito em Atenas, especificamente em honra da padroeira divina daquela cidade.)

São tantos e tão artísticos os retratos de mulheres fortes e fascinantes na *Odisseia* que mais de um crítico propôs que o poema tivesse sido composto para uma plateia predominantemente feminina. Indo um pouco mais longe, o romancista inglês Samuel Butler publicou, em 1897, *The Authoress of the Odyssey* [A autora da *Odisseia*], no qual sugere que uma moça escreveu a epopeia (alguém como Nausícaa). Sabendo o tipo de recepção que seu livro bastante irônico receberia dos homeristas "verdadeiros" de seu tempo, Butler divagou assim: "Será que os eminentes estudiosos homéricos encontraram tamanha seriedade nas partes mais humorísticas da *Odisseia* porque eles teriam colocado a seriedade ali? Para os sérios, tudo é sério".

A visão de Butler, infelizmente, vem carregada de uma dose de sexismo vitoriano – para ele, os indícios de um autor feminino eram dados por traços da *Odisseia* como um tom mais leve, um interesse narrativo em dinheiro e em mentiras e em certa confusão na descrição do cordame dos navios. Ele observou com correção que ninguém ri das mulheres na *Odisseia*, mesmo que as pessoas riam com bastante frequência na *Odisseia* como um todo (vinte e três vezes, contra onze vezes na *Ilíada*).

O que Butler e outros caracterizaram como uma diferença de visões de gênero nos dois poemas pode ter mais a ver com o tema e o conteúdo. A *Odisseia* parece ser muito mais humana, prática e pragmática; mais interessada no cotidiano que naquilo que é exclusivamente heroico; mais religiosa no sentido de que mostra a imanência do divino e os deuses moldando um final feliz; e mais esperançosa que a *Ilíada*, ao menos na sugestão de que é *possível* voltar para casa. Se isso reflete um ponto de vista "feminino" depende, é evidente, de como determinada cultura conceitua o gênero.

É inegável que os traços mais sofisticados de caracterização e *insight* psicológico na *Odisseia* têm como centro uma mulher, Penélope. No decorrer do poema, nós a vemos como mãe ansiosa, lidando com um filho que atinge a maioridade; como esposa fiel, saudosa do marido ausente há vinte anos; como chefe de uma casa real de grande dimensão, e como objeto do desejo de uma multidão de jovens pretendentes determinados. De fato, a história é tanto sobre Penélope quanto sobre Odisseu. Em sua inteligência e firmeza, ela permite que ele sobreviva, uma vez em casa. E é seu astuto teste final da cama que o leva a reconhecer seu laço emocional com ela, por ser um emblema dessa ligação.

Mas arrolar as qualidades de Penélope como se nunca fossem postas em dúvida é desperdiçar o suspense que a narrativa do poema consegue criar e manter. Ela vai continuar firme? O que ela quer *de verdade*? Em anos recentes, vimos numerosos estudos sobre Penélope inspirados por abordagens feministas (Cohen 1995; Felson-Rubin 1997; Katz 1991 e Doherty 1995). Com a ajuda deles, podemos apreciar melhor a complexidade e mesmo a ambivalência que o poeta homérico embutiu no retrato da rainha de Ítaca. A decisão de Penélope de aparecer diante dos pretendentes, embora declare abominá-los, e de instituir o concurso de arco e flecha justo quando seu marido voltou, deixa a plateia se perguntando sobre sua motivação e método. Ela cedeu, relutante, às exigências dos pretendentes, ou, ao contrário, intuiu que o sofredor Odisseu está de volta? Será possível que a vida solitária tenha lhe dado uma nova independência, de forma que ela (ao contrário de suas primas Helena e Clitemnestra) possa efetivamente tomar boas decisões na ausência do marido? Ela é de fato a força que mantém a casa? E o que tudo isso pode ter significado para uma plateia grega arcaica? A descrição do poema homérico – como a da trama de relações que Penélope mantém – permanece forte e provocante e o poema chega vívido ao século XXI.

TRADUÇÃO José Rubens Siqueira

INTRODUÇÃO CHRISTIAN WERNER

Para o verbete "odisseia", encontramos, no *Dicionário Houaiss da língua portuguesa*, três acepções:

1) longa perambulação ou viagem marcada por aventuras, eventos imprevistos e singulares;
2) narração de viagem cheia de aventuras singulares e inesperadas;
3) travessia ou investigação de caráter intelectual ou espiritual.

Embora não o esgotem, esses sentidos abarcam o conteúdo do poema atribuído a Homero, sobretudo quando se compara a *Odisseia* a outro poema épico grego, a *Ilíada*, atribuído por muitos, desde a Antiguidade, ao mesmo Homero. As obras deixaram duas expressões em português que aludem ao modo como se deu a recepção dos poemas no Ocidente: "gregos e troianos", em referência a um par de opostos inconciliáveis, e "odisseia", que, antes de tudo, remete a um percurso cheio de dificuldades e que convida a uma narração.

As acepções em estado de dicionário, embora de forma mais restrita, ou seja, sem dar conta de uma complexa teia mitopoética, fazem parte da história do termo grego *nostos*, cujo sentido básico e mais comum é "retorno", sendo composto por um lexema presente em "nost-algia", palavra moderna que designa a dor causada por uma distância virtualmente intransponível de um lugar ou tempo familiar e desejável. A raiz verbal do substantivo *nostos*, porém, tem a conotação mais precisa de "voltar são e salvo para casa", e também a de "retornar da morte para a vida" (Frame 2009): a primeira acepção do dicionário ("longa perambulação") está presente em *nostos*, ao passo que a segunda ("narração de viagem") pertence à história de outro substantivo que parece compartilhar da mesma raiz, *noos*, que se refere, em Homero, a uma faculdade cognitiva ligada à visão, e pode ser traduzido por "mente", "ideia" e "espírito". Tais sentidos de *nostos* apontam para uma constelação mítica na qual se articulam duas imagens ou ideias: o percurso da morte para a vida e o caminho da escuridão para a luz. Vejamos de que forma eles marcam a *Odisseia*, a partir de um roteiro que investiga os significados da palavra. Antes, contudo, passemos por um rápido resumo da narrativa.

O poema começa quando o herói decide retornar a sua ilha, Ítaca, e retomar o poder sobre ela e sua casa, instigado e auxiliado por dois deuses: Atena, que por diversas vezes estará ao lado de Odisseu (também conhecido por Ulisses, que deriva, através do latim *Ulixes*, das variantes dialetais gregas *Oluteus*, *Oluxeus* e *Oulixês*, entre outras), e Zeus, que em última instância tem controle sobre o retorno do herói (Marks 2008; Bakker 2013). Nos cantos de 1 a 4, o leitor acompanha Telêmaco e os pretendentes de Penélope, que, tendo se declarado viúva, viu-se cercada de um bando de jovens que a cortejam; não escolhe nenhum, acreditando no regresso do marido. Para pressioná-la, os pretendentes dilapidam as riquezas de Odisseu, enormes rebanhos de gado e ovelhas. Telêmaco, sentindo-se prejudicado, recebe uma visita de Atena e resolve partir em busca de novas acerca do pai. Começa por visitar dois nobres, Nestor e Menelau, antigos companheiros de arma de Odisseu.

Vinte anos antes, Odisseu participara da guerra contra Troia, também referida como Ílion. Páris, filho de Príamo, rei de Troia, seduzira a belíssima Helena, mulher de Menelau, rei de Esparta. Odisseu e seus companheiros de Ítaca e cercanias engrossaram o enorme contingente de tropas gregas[1] sob o comando de vários heróis, como Agamêmnon – comandante supremo, irmão de Menelau –, Aquiles, Ájax, Nestor e Diomedes. As tropas guerrearam Troia por dez anos, até aniquilar a cidade, matar a população masculina e escravizar mulheres e crianças, valendo-se do bem-sucedido artifício do cavalo de madeira que permitiu superar as muralhas de proteção. Fora uma guerra motivada tanto pela reparação da desonra causada pelo "rapto" de uma rainha casada com um nobre poderoso quanto pela perspectiva de bens materiais que a vitória propiciaria àqueles que resistissem até o triunfo final.

Terminada a guerra, alguns heróis chegaram rápida e facilmente em casa; outros, como Menelau e Odisseu, nem tanto. No canto 5, Odisseu está numa ilha distante das terras conhecidas pelos homens cuja senhora é a ninfa Calipso, de quem se vê obrigado a ser amante. Por ordem dos deuses, a ninfa permite que ele parta. O herói se lança ao mar numa jangada, destruída em uma tempestade enviada pelo deus que é seu antagonista, o senhor dos mares, Posêidon. Náufrago, Odisseu

---

1 O adjetivo "grego" não aparece nos poemas homéricos, mas sim os intercambiáveis "dânao", "aqueu"e "argivo".

chega a Esquéria, ilha do povo feácio. É muito bem recebido pelo casal real, Arete e Alcínoo, e sua filha, Nausícaa, que o celebram em banquetes, jogos esportivos e performances do poeta local, o excelente (e cego) Demódoco. O bardo canta três histórias: a briga entre Odisseu e Aquiles em certo momento da Guerra de Troia, o adultério de Afrodite com Ares e a tomada de Troia por meio da emboscada do cavalo de madeira, comandada por Odisseu (cantos 6-8). Só depois dessa terceira história o herói é confrontado pelo rei para revelar sua identidade; numa longa madrugada, ele conta todas as aventuras pelas quais passou até chegar à ilha de Calipso – entre elas, o cegamento do ciclope Polifemo, a resistência ao canto das Sirenas e o ano que passou com outra ninfa, a maga Circe (cantos 9-12).

No canto 13, enfim, Odisseu desembarca em Ítaca. Obedecendo a um conselho de Atena, que o torna irreconhecível ao transformá-lo em mendigo, ele não revelará a identidade a seus familiares. É como mendigo e declarando-se cretense que aparece a seu fiel porqueiro, Eumeu (canto 14), e com ele adentra sua antiga casa (canto 18), não sem antes, mais uma vez com o auxílio da deusa, identificar-se ao filho (canto 16). Sofrerá várias humilhações em sua própria morada (cantos 17-21), mas também cativará Penélope; ainda sem conhecer a identidade do estrangeiro, porém curiosamente à vontade na presença dele, a rainha estabelece uma prova entre os pretendentes para escolher o novo marido: desposará quem for capaz de manejar o arco de Odisseu e fazer a flecha passar entre doze machados (canto 19). Ninguém consegue, salvo o mendigo (canto 21), que dirige a segunda flecha contra um dos líderes dos pretendentes; na sequência, todos são chacinados (canto 22). Enfim, Odisseu revela sua identidade à esposa, passa com ela a noite (canto 23) e, no dia seguinte, precisa enfrentar os parentes furiosos dos pretendentes mortos (canto 24). Mas Zeus interfere, impedindo outra escaramuça, e o poema termina.

O retorno a casa

Quando pensamos em Odisseu, logo nos ocorre o estratagema de sua devotada Penélope, que de dia tecia uma mortalha para o sogro, Laerte, e à noite a desfazia; ou as aventuras a que o herói sobrevive depois que os navios sob seu comando deixam Troia. O poema tematiza sua própria condição de existência como uma rememoração de façanhas de homens notáveis no passado, ou seja, sugere que existe para rememorar, aproximar do presente uma linhagem de homens para sempre extinta, que um dia estiveram próximos dos deuses, a quem se ligavam por parentesco, ainda que distante: os "heróis" (Graziosi & Haubold 2005). Além de honra e riqueza, todo herói que se destacasse nos combates em Troia conquistaria a fama a ser perpetuada entre as gerações futuras, inclusive e em especial como canto poético. Assim, o herói supremo da *Ilíada* é Aquiles; graças a ele o poema existe. Odisseu, por seu turno, ao embarcar rumo a sua ilha, leva na bagagem enorme riqueza, provas de sua honra, e a glória de ter sido o derradeiro responsável pelo êxito da batalha final. A tudo isso, porém, são dados valores cambiáveis à medida que a *Odisseia* transcorre, e um mundo diverso daquele da *Ilíada* é apresentado no poema. A *Ilíada*, ou seja, a representação da Guerra de Troia e daquilo que motivou as ações de seus combatentes, é o passado da *Odisseia*.

O leitor moderno pode já ter deparado com obras que remetem a determinado aspecto da *Odisseia*, a saber, o dos problemas enfrentados por combatentes que retornam de uma guerra árdua; pensemos, por exemplo, em *Mrs. Dalloway*, de Virginia Woolf, e nos filmes sobre os norte-americanos que combateram no Vietnã. A *Odisseia* elabora uma postura crítica, ou pelo menos polêmica, em relação ao modo como a Guerra de Troia conferiu fama heroica a Odisseu e outros gregos. É crítica, por exemplo, ao acentuar danos irreparáveis causados à casa de um senhor quando de sua ausência excessivamente prolongada – Clitemnestra, esposa de Agamêmnon, trai o marido ausente com Egisto, que mata o titular quando ele retorna. É polêmica ao contrapor feitos heroicos e suas consequências, como o regresso de Odisseu e a morte de Aquiles. Quando se menciona um fato que, do ponto de vista da viagem de volta do herói, esqueleto do poema, está no passado (distante) – como o retorno do generalíssimo Agamêmnon a sua casa, onde, em companhia de sua valiosa concubina troiana, Cassandra, filha de Príamo, é vítima de emboscada –, essa história embutida coloca o poema sob determinada perspectiva: não há como Odisseu ter certeza de que Penélope não será a sua Clitemnestra, e isso explica que ele aceite a tática de Atena. O fracasso da volta de Agamêmnon, episódio várias vezes lembrado na *Odisseia*, sugere que a glória obtida pela destruição de Troia nada garante *a posteriori*, a não ser algum tipo de lembrança.

O Odisseu que a *Odisseia* quer que admiremos não é o herói das façanhas guerreiras em Troia. Quando navega ao longo da ilha das Sirenas, amarrado ao mastro de seu barco, é o único ouvinte de seus feitos pregressos narrados pelas criaturas míticas com um canto cuja finalidade é atrair para a morte quem o escuta; quando, vestido com sua armadura, atravessa o estreito entre Cila, um monstro que vive numa caverna, e Caríbdis, um espetacular redemoinho, é o espectador impotente da patética morte de seis companheiros. Nesses e em outros momentos, não é o herói, em primeiro lugar, que nos causa admiração, mas o estranho e fascinante mundo que conhecemos por intermédio dele. Também no Hades, quando Odisseu conversa com seus pares mortos, Agamêmnon e Aquiles, não se trata de uma conversa para lembrar as façanhas do passado, e sim de um lamento causado pela morte, contra a qual só resta, como consolo para quem não pode voltar para casa, o valor do filho, potencial herdeiro e perpetuador da linhagem do pai (Assunção 2003).

Algo diferente acontece naquela que é a aventura emblemática de Odisseu, o cegamento do ciclope Polifemo. Assistimos ao embate simbólico entre as duas mais importantes potências que podem se manifestar nas ações de um herói: a força bruta, pela qual se distinguem, por exemplo, Aquiles e Héracles (outro herói que, no poema, se opõe a Odisseu, embora, sobretudo como arqueiro, permita ao poeta usá-lo também como figura paralela a Odisseu), e a astúcia, cujo representante humano mais destacado é o próprio Odisseu (no plano divino, Atena e Hermes), que se dela fosse desprovido jamais teria sido capaz de discernir o único modo de escapar da caverna habitada por aquele ser de força descomedida. Odisseu é impotente para vencer Polifemo numa luta aberta (a tática dos fortes e rápidos, como Aquiles e Diomedes), e, à espera do momento correto de agir, vê perderem a vida alguns de seus companheiros, vítimas do canibalismo da criatura monstruosa. O herói até procura evocar a fama do exército aqueu, em particular a de Agamêmnon, como prestigioso cartão de visitas, mas o ciclope diverte-se com a ingenuidade do estranho que não conhece os costumes locais, em muito pouco semelhantes a instituições e hábitos "civilizados". Num átimo, porém, a inteligência de Odisseu – aparentemente falha por tê-lo conduzido a uma arapuca – arma um plano genial, em cujo centro está a absoluta negação do que é representado no heroísmo iliádico: Odisseu autodenomina-se Ninguém, o oposto do herói que, em momentos de luta aguerrida, gosta de bradar nome e linhagem. Esse falso nome vai confundir os outros ciclopes, que, alertados por Polifemo, já cego, não compreendem o que ele diz e o abandonam.

É nos instantes em que se sacrificam os protocolos heroicos mais prezados no mundo da guerra que Odisseu consegue escapar da morte. Paradoxalmente, porém, a *Odisseia* repetidas vezes confere a seu herói uma identidade (passageira?) de guerreiro belicoso. Quando por fim revela seu nome ao ciclope, já se afastando da praia, Odisseu deixa de ser Ninguém e fixa naquela terra selvagem sua identidade heroica. Assim, possibilita que Polifemo, filho de Posêidon, faça uma prece ao pai, pedindo que o retorno de Odisseu seja o mais sofrido e longo possível. É graças à revelação de sua identidade que o ciclope pode reagir – sem o nome do adversário, não há magia eficaz contra ele –, e pelas ações de Posêidon o poema existe. Dessa forma, ainda que a narrativa reitere não haver raposa mais sagaz que esse herói, sua ingenuidade ao entrar na caverna repleta de sinais sinistros e sua arrogância ao bradar seu nome épico nos indicam que heróis não são figuras a serem emuladas em seu todo, mas antes agentes de histórias impressionantes, e portanto portadores de qualidades notáveis em um mundo que não é aquele do público do poema.

O que está em jogo é a caracterização de Odisseu: ela seria inconsistente, já que em alguns instantes não age como o herói que personifica a astúcia? Por um lado, ao contrário de seus companheiros, ele não foi um bom leitor dos sinais oferecidos pela caverna, e só depois percebe que nada pode contra o ciclope, restando-lhe, mediante a tática apropriada, aguardar o momento propício da fuga. Por outro, mesmo que tenhamos a impressão de que a astúcia sucumbe, no final, ao "enérgico ânimo" que faz dos heróis homens física e mentalmente superiores a nós, ainda assim, o que garante não só a salvação de Odisseu mas também o trecho mais prazeroso da história são sua astúcia e a capacidade de não se deixar dominar pelo agudo sofrimento de ver os companheiros sendo devorados pela criatura antropófaga. Quando, já em Ítaca, buscar forças para enfrentar, praticamente sozinho, os mais de cem pretendentes de sua esposa, ele relembrará o embate com Polifemo (Werner 2009). Nesse momento, é de sua astúcia excepcional que recorda, e não da bazófia que encerra o episódio, indicando-nos o que há de exemplar e admirável na aventura, uma das razões para ela continuar a ser cantada.

A viagem de Odisseu tem três momentos: no primeiro, perde paulatinamente as naus em que ele e os companheiros partiram de Troia; no segundo, já sozinho, enfrenta o naufrágio da balsa que construíra na ilha de Calipso e chega à terra dos feácios, Esquéria. A partir desse momento, Posêidon nada mais poderá contra seu inimigo, e a deusa protetora de Odisseu, Atena, passará a zelar pelo mortal, que afirma ser seu preferido por assemelhar-se a ela – o que não significa que, no restante do percurso, o herói se eximirá de tomar decisões delicadas ou suportar grande sofrimento *sozinho*: Odisseu não é apenas astuto, mas resiliente. Mesmo que o narrador nos conte, desde o início, que o herói tem uma aliada desse porte, em nenhum momento ele nos deixa esquecer que Odisseu está submetido à mesma fragilidade humana que marca a condição de outros sofredores, como o porqueiro Eumeu, seu fiel escravo. Se a *Ilíada* é o poema do herói que, por seu caráter e decisões, apressa seu percurso rumo à morte, Odisseu é aquele que dela sempre de novo escapa (Pucci 1995).

Não é com pompa e circunstância que o náufrago anuncia sua identidade àqueles que o acolhem em Esquéria; calejado, demora a permitir que seus anfitriões, o casal real e sua filha, saibam que têm diante de si um mortal excepcional. Não deixa de ser curioso esse processo, que só em parte pode ser compreendido como a paulatina ressurreição de uma morte simbólica que culminou nos inúmeros anos que teve de passar na ilha de Calipso, "a que encobre" (Vernant em Schein 1996; Segal 1994). Logo antes de revelar sua identidade, ao ouvir o aedo feácio Demódoco cantar a história da conquista de Troia, o narrador diz que Odisseu chorava como uma mulher de cidade conquistada, viúva a ser levada como escrava pelo inimigo após perder o marido na guerra. Essa imagem, uma das várias comparações ou símiles estendidos que marcam o estilo homérico, sugere que as histórias que Odisseu conta na sequência para se apresentar ao povo que o conduzirá são e salvo para casa não são apenas o movimento encomiástico de reconquista de sua identidade, ou seja, um mero retorno a uma situação inicial. Odisseu não é mais o mesmo, entre outras razões, porque pelos cantos poéticos que ouve entre os feácios, sobre sua participação na guerra de Troia, ele compreende de outro modo o que viveu (Halliwell 2011; Peponi 2012). Uma dimensão de luto jamais deixará o herói, paralela ao permanente sofrimento que, na comparação, a mulher cativa enfrentará, para sempre longe do marido e à mercê de uma vida de pesados trabalhos.

Também não é suficiente supor que um certo realismo psicológico exija que, na narração da chegada à terra dos feácios, Odisseu, alquebrado viajante nu, não se jacte de saída de sua identidade para não ser confundido com um "ninguém" mentiroso. Ou então supor que o narrador prolongue sua narrativa somente para aumentar a tensão, utilizando uma estrutura temática que explorará ao máximo quando Odisseu chegar a Ítaca, a do forasteiro que aparenta ser alguém sem eira nem beira, que precisa conquistar a simpatia dos anfitriões em terra estranha. Uma odisseia é um *nostos* porque quem está longe de casa só consegue retornar graças à ajuda de um terceiro (Frame 2009).

Odisseu por pouco não regressa logo após a guerra. Voltava com Nestor, mas se desentende com ele e dá meia-volta rumo a Troia para se encontrar com Agamêmnon. Ora, "Nes-tor" é justamente "aquele que traz para casa" (mesmo radical verbal presente em *nostos*), de sorte que, apenas quando Odisseu encontra o benévolo mas sobretudo firme e justo rei "Alcí-noo" ("aquele que traz para casa por meio de sua força"), seu retorno pode ser bem-sucedido (Frame 2009).

Uma vez em Ítaca, inicia-se a segunda parte do poema, quando Odisseu assume o disfarce de um cretense atingido pelas vicissitudes do destino e, vagamundo, para sobreviver depende da bondade alheia e da própria astúcia. O cretense consegue a simpatia de Eumeu e, após Atena promover o reencontro e reconhecimento entre Odisseu e Telêmaco, o herói dirige-se a sua propriedade.

A viagem do filho

Não é apenas a viagem de Odisseu que compõe a estrutura narrativa do poema, mas também uma outra que, de forma extraordinária, posterga a efetiva entrada em cena do herói principal ao mesmo tempo que coloca em perspectiva sua gesta – um contraexemplo da tese de Erich Auerbach, segundo a qual só vale o primeiro plano na narrativa homérica, não havendo uma busca de perspectiva espacial e temporal (Auerbach 1976). Mas o retorno de Odisseu é narrado a partir de outros retornos.

Quando a história começa, a situação é de crise tanto para o herói, esquecido há tempos pelos deuses na ilha de Calipso, quanto para sua família. O filho, na fronteira entre a adolescência e a vida adulta, ainda não é senhor de sua casa, tomada pelos jovens pretendentes que, de forma abusiva e vil, consomem o patrimônio de Odisseu em banquetes diários – único modo de pressionar a rainha. Como são mais de cem pretendentes, filhos de famílias notáveis de Ítaca e cercanias, não há nenhuma medida prática por meio da qual o jovem possa pôr fim ao abuso. Além disso, Telêmaco cresceu sem pai, ou seja, sem um exemplo que lhe fizesse discernir o que ele próprio herdou de sua respeitável linhagem. A mãe de Odisseu já está morta e o avô paterno, Laerte, vive no campo como um pobre eremita cuja única companhia são os escravos. É Atena que, de novo transmutada em um aliado da família (primeiro Mentes, depois Mentor), consegue fazer com que Telêmaco encontre em si mesmo a motivação necessária para enfim sair de sua letargia infantil (Werner 2010 e 2013).

Quando mais tarde Odisseu, já em Ítaca, entra em casa disfarçado e, no final da prova do arco estabelecida por Penélope, dispara a primeira flecha contra seus inimigos, ele pode contar com a ajuda de um jovem que, temos certeza, não desapontará o pai. O narrador mostra que a herança dos valores que distinguem os ancestrais é um processo complexo e, para quem a ele assiste, assombroso. Se Homero fosse confrontado com uma discussão paradigmática cara à intelectualidade grega do século V a.C., qual seja, se o comportamento virtuoso de um indivíduo é inato ou adquirido, não parece que ele optaria por um dos polos. Todos os interlocutores de Telêmaco têm certeza de estar diante do filho de Odisseu – e não só pela semelhança física –, mas o próprio Telêmaco só entende o que isso significa em termos de direitos e deveres a partir do contato com seus pares e do choque contra seus inimigos.

Nos quatro cantos iniciais do poema, Telêmaco é potencialmente o protagonista da história. É certo que durante todo esse tempo Odisseu e a vingança inevitável contra os pretendentes são trazidos à consciência do leitor. Telêmaco, porém, filho único, assim como único filho varão de Laertes foi Odisseu, é quem continuará a linhagem do pai e será seu herdeiro em Ítaca. O percurso heroico de Odisseu seria virtualmente inútil se não tivesse um filho que desse continuidade ao prestígio de seu nome. Não surpreende, portanto, que o jovem não ocupe a posição de mero espectador passivo das façanhas inigualáveis do pai e, como ouvinte, daquelas da velha guarda de Troia. A situação é bem diferente do que vemos na Troia da *Ilíada*, onde um herói no auge do vigor físico, Heitor, é o comandante supremo do exército, pois seu pai, Príamo, é um ancião que apenas mantém certo poder político na cidade. O filho de Heitor, Astíanax, por sua vez, é uma criança.

Tanto Telêmaco quanto Odisseu, durante suas viagens, correm riscos diversos e precisam ser exímios leitores dos mais diferentes sinais, mormente daqueles que se manifestam nos discursos de seus interlocutores. Nesses momentos de "leitura", eles também necessitam ser hábeis manipuladores de palavras. Isso não muda quando ambos, já tendo travado contato, entram na casa de Odisseu e socializam com os pretendentes, Penélope e os escravos, sem poder revelar nada acerca da identidade verdadeira do combalido cretense.

Na casa de Odisseu, porém, imprevistos acontecem, como em toda odisseia: a velha ama Euricleia reconhece o herói por uma cicatriz juvenil (Auerbach 1976; Duarte 2012). Tão perto, tão longe: mesmo na véspera de sua derradeira vingança, para a qual o efeito surpresa, mencionado inúmeras vezes ao longo do poema, parece decisivo, Odisseu corre um último grande risco. Nesse momento, entretanto, somos confrontados, de forma clara e inequívoca, com um dado que permanecia disperso no poema: mediado por seu avô materno, o notório ladrão e mentiroso Autólico, Odisseu tem uma relação especial com Hermes, deus de ladrões, mercadores e viajantes (no universo da *Odisseia*, a fronteira entre as três categorias não é muito nítida). A maestria na dissimulação e na maquinação de estratagemas infalíveis quando o fracasso parece eminente, manifesta nas ações e falas de Odisseu e Telêmaco, tem uma pré-história, e disso nos damos conta num momento em que, aparentemente por um descuido, o herói, de novo, quase põe tudo a perder.

As narrativas

A *Odisseia* é um poema que contém um número bastante acentuado de narrativas dentro da narrativa principal, curtas e longas, até longuíssima, como no caso das aventuras contadas por Odisseu aos feácios: do canto 9 ao 12, narra tudo o que lhe acontecera (inclusive relatos que ele ouviu!) desde que saíra de Troia. As histórias são narradas por bardos profissionais, por criaturas divinas ou assombrosas, ou então por aqueles que vivenciaram o que contam; verdadeiras, mentirosas, duvidosas ou sonhadas.

Tomemos como primeiro exemplo o episódio da cicatriz mencionada há pouco. Embora seja o narrador que o conte, no momento mesmo em que a ama vê a cicatriz e reconhece seu senhor, não fica claro se o ponto de vista adotado por ele é o seu mesmo, narrador objetivo, ou de uma das personagens envolvidas – Odisseu ou ama –, que, naquele momento, como que teria se lembrado do evento que liga Odisseu a todos os servidores mais velhos da casa. De fato, o caráter objetivo da narrativa homérica é um equívoco, no mínimo parcial, na recepção dos poemas: o narrador conhece vários modos de embutir diferentes olhares, o de personagens e dele próprio, em sua narrativa (De Jong 2001).

Embora nem sempre seja óbvio por que algumas histórias são apresentadas com mais detalhes e outras, com menos – basta comparar o modo como o narrador transmite as três canções cantadas pelo bardo feácio Demódoco, no canto 8 –, é sempre significativa a ocasião em que alguém decide rememorar determinado evento passado. Quase nunca é o narrador que conta algo que aconteceu antes do evento que abre o poema, a decisão dos deuses de permitir que Odisseu partisse da ilha de Calipso e que Telêmaco fosse em busca de notícias do pai. Toda narrativa interna à narrativa principal é um ato de comunicação que envolve as personagens, mas também um ato dirigido ao ouvinte externo ao poema. Estão em jogo, de forma bastante concentrada, diferentes níveis de comunicação: pelo modo de as personagens se comunicarem entre si, o narrador se comunica com seu público.

Como fez no início do canto 9, o narrador também poderia ter dado a palavra a Odisseu na prolongada noite em que o herói enfim se reúne com a esposa, no canto 23. Todavia, não ouvimos Odisseu inebriando Penélope com a narrativa de sua viagem, apenas a voz do narrador, que não repete tudo de que já tomamos conhecimento anteriormente, mas faz um breve resumo. Isso indica o domínio da narração, pois uma narrativa tão longa ao final do poema seria um anticlímax. No entanto, essa razão, digamos técnica, não é a única.

Em primeiro lugar, na terra da vida boa e tranquila que é a ilha dos feácios, não pode faltar um excelente aedo, confrade de Homero – como ele, cego (Graziosi 2002) –, conhecedor de façanhas humanas e divinas, tão bom que, graças à Musa, narra eventos cuja veracidade, precisão e completude são elogiadas por alguém que deles participou, o próprio Odisseu (Werner 2013). As histórias de Demódoco, porém, também funcionam como uma estrutura contrastiva, ou, no mínimo, como um proêmio para a longuíssima narração de Odisseu. Mortais só excepcionalmente podem afirmar que determinado deus agiu entre os homens; mas, mesmo sem a lira e a onisciência que a Musa fornece a um bardo, Odisseu é dotado de algo que os gregos conceitualizaram por meio da Musa: a capacidade de fazer uma narrativa transformar acontecimentos terríveis numa experiência que causa deleite (Halliwell 2011). Mais que deleitar, Odisseu é capaz, como as Sirenas, de enfeitiçar seu público madrugada adentro (Peponi 2012). Se há um contador de histórias insuperável na *Odisseia*, esse é Odisseu.

Por meio das narrativas de Odisseu, o próprio Homero reforça seu domínio sobre as muitas idas e vindas que dão forma ao poema monumental e atestam seu domínio da tradição épica e folclórica que ultrapassa o próprio poema; como Odisseu, ele é um mestre dos volteios reais e metafóricos, espaciais, temporais e retóricos, ou seja, um homem "muitas-vias", *polutropos*, adjetivo que qualifica o herói no primeiro verso do poema (Pucci 1998). Ao invés de contar a história de Odisseu de modo linear, desde o fim de Troia até sua morte, distribui, por todo o poema, histórias e historietas, rememorações e previsões pertinentes à guerra e a seus heróis, todas elas guardando as mais diversas camadas de sentido que cumpre, tanto aos receptores internos quanto aos externos ao poema, perceber e interpretar (Werner 2011).

O mundo percorrido por Odisseu na sua década de errância não pertence às terras conhecidas pelos ouvintes de Homero; a viagem de Odisseu é uma viagem pelo imaginário e por meio dele. Isso não significa que os ouvintes e leitores de Homero, na recepção do poema na Antiguidade, tenham entendido o poema como uma ficção. Não se duvidava, por exemplo, que a Guerra de Troia tivesse acontecido, mas muito cedo se defendeu que Homero cometera excessos típicos dos poetas, cujo propósito era deleitar seu público. O poema se tornou canônico, era ouvido e lido por toda a elite, mas intelectuais de cepas diversas apresentavam correções aos eventos e informações relatados no poema.

Algo não muito diferente fazem os modernos quando, em um mapa do mundo mediterrâneo, traçam a viagem de Odisseu, eliminando aquilo que há de maravilhoso. Não há mapa capaz de reproduzir a ilha de Eólo, o senhor dos ventos, uma terra *que se move*. Na melhor das hipóteses, qualquer traçado contemporâneo é uma ficção aproximativa; na pior, um falseamento do modo como Homero e seus espectadores pensavam o mundo por meio da poesia. Assim, por exemplo, não há nenhuma palavra na Grécia arcaica ou clássica que se aplique àquilo que chamamos de mar Mediterrâneo. As coordenadas utilizadas pelo narrador para localizar seus ouvintes são outras. Claro que algumas delas são geopolíticas e dizem respeito ao mundo dos ouvintes, mas não temos mais acesso a esse mundo. O sítio arqueológico encontrado na Turquia no século XIX pelo alemão Schliemann talvez seja o da cidade que, em um processo longo e para sempre perdido, entrou na literatura grega e ocidental sob o nome de Troia, ou seja, sofreu uma guerra que passou a ser cantada em poemas. Ou talvez não.

Por isso, muito mais importantes para entendermos como um poeta falava de um mundo desconhecido para seus ouvintes gregos são as coordenadas antropológicas que dão forma à narrativa do herói, essas sim bastante familiares. Ao contar aos feácios o que viu e o que sofreu, Odisseu ao mesmo tempo diz como é (ou deveria ser) o mundo e o homem (grego), quais as normas de uma sociedade civilizada, quais os limites entre homens, deuses e animais, e até onde o engenho humano permite o domínio de forças indômitas (Vidal-Naquet em Segal 1996). Os ciclopes e Polifemo, por exemplo, são uma versão exacerbada dos incivilizados pretendentes de Penélope (Bakker 2013); Alcínoo e os feácios, idealmente tão hospitaleiros, são tão justos e prósperos quanto Odisseu e Ítaca sob o seu reinado, no passado e no futuro.

Além de Odisseu saber contar verdades com aparência (para nós) de mentiras – ao longo da história da recepção da *Odisseia*, mais de uma vez se assinalou que o herói teve sorte de encontrar um público tão crédulo quanto os feácios –, ele também é exímio contador de mentiras com aparência de verdades (Malta 2012a; Kelly 2008). Essa é mais uma razão para ouvirmos o longo relato do mestre do discurso *antes* de sua noite de segundas núpcias com Penélope, pois desde o instante em que chega a Ítaca até o momento em que, ainda como cretense, conversa a sós com a esposa, ele encanta quem o ouve, às vezes mais, às vezes menos, criando uma falsa biografia que altera de acordo com seus ouvintes ocasionais e quiçá a partir de outras versões antigas da história de seu retorno. Devemos nos perguntar, portanto, se, quando os ouvintes de Odisseu (e o narrador) o comparam a um aedo, o narrador nos indica haver algo no modo como Odisseu constrói suas histórias que independe do conteúdo de verdade da narrativa (Pratt 1993).

Só Odisseu é chamado, na *Ilíada* e na *Odisseia*, de *poluainos*. Esse adjetivo épico é composto por "muito" (*polu*) e pelo substantivo *ainos*, termo polissêmico que se refere a um tipo especial de discurso (Nagy 1979). Quem denomina Odisseu dessa forma ("muita-história") são as Sirenas, e, em vista do contexto, seu objetivo pode ser o de bajulá-lo como alguém que é "muito-elogiado", ou seja, "objeto de muitas histórias" (entre elas, por exemplo, a *Ilíada*, onde o adjetivo aparece mais vezes que na *Odisseia*), ou então como alguém "que conta muitas histórias", mas, nesse caso, decerto não conhece tantas histórias quanto elas (Pucci 1998).

Ainos, porém, não é qualquer história, mas aquela por meio da qual o narrador conta algo que desafia o interlocutor a buscar e compreender, além da superfície, um sentido profundo; entende-se, assim, por que o termo passou a ser utilizado, entre outros, para um tipo de narrativa que conhecemos como fábula. No final do canto 14, Odisseu, em sua identidade de mendigo cretense, lança mão de um *ainos*, muito elogiado por Eumeu, cujo objetivo é conseguir emprestado um manto para suportar a noite fria na cabana do porqueiro. A história, que carrega um elogio tanto de Odisseu, sua personagem central, quanto, de forma algo ambígua, do próprio cretense, tem uma função material, pragmática, interna ao poema, qual seja, conseguir o manto. Um nível de comunicação homólogo está presente na situação em que Odisseu conta sua longa história aos feácios, embora nem eles nem o narrador da *Odisseia* se refiram a essa narrativa como um *ainos*: Odisseu lucra uma quantidade nada desprezível de presentes de seus ouvintes após interromper sua narrativa e sugerir que já estaria na hora de ir se deitar.

Tanto no *ainos* contado a Eumeu quanto nas aventuras narradas aos feácios, o que menos interessa a nós, no momento em que Odisseu relata como cegou Polifemo ou conversou com Aquiles no Hades, é se a história é verdadeira ou não, em que pese o curioso elogio feito por Alcínoo a Odisseu quando da mencionada interrupção. A narração precisa atingir seu objetivo, e esse, mesmo quando for material (e ele com frequência o é, dadas as condições de vida de aedos e mendigos, grandes contadores de histórias no poema), é secundário em relação ao louvor (ou à censura), direto ou indireto, dos valores compartilhados (ou não) por quem narra e sua plateia. Boas histórias, sempre na forma e no conteúdo (na *Odisseia*, pelo menos idealmente, parece não haver separação entre ambos), refletem pessoas dignas, o que, por sua vez, depende sempre do contexto da comunicação. Não há como Odisseu ser louvado por Polifemo, por exemplo. Penélope, Telêmaco e Eumeu, sempre que ouvirem de um estranho que aporta em Ítaca notícias alvissareiras acerca de Odisseu, têm motivos de sobra para desconfiar das intenções do interlocutor, mesmo quando ele é um adivinho que nós sabemos ter razão ou então o próprio Odisseu disfarçado (Malta 2012b). Depois de acompanharmos as performances, verbais e não verbais, de Odisseu em Ítaca, vemos com outros olhos o modo como conquistou a confiança dos feácios. Em última instância, a história e a identidade de um indivíduo não são dados inequívocos, pois dependem de (repetidas) performances e sempre correm o risco de se tornar outra coisa. Não por acaso o ceticismo, qualidade que Penélope demonstra ter em alto grau, é tão valorizado no poema (Zerba 2009).

Para o cenário que o naufrágio de Odisseu, nu e sozinho, cria na terra dos feácios, já somos preparados de antemão, pois Telêmaco também viaja e depara, nos cantos 3 e 4, com homens justos, cortes suntuosas e contadores de histórias. É por meio do que é narrado em Pilos, onde reina Nestor, e em Esparta, governada por Menelau, que conhecemos outros casais e outras *"histórias* de retorno", um sentido suplementar de *nostos* na poesia épica grega. Assim como Penélope para Odisseu, Helena e Clitemnestra têm um papel fundamental no retorno de Menelau e Agamêmnon, respectivamente. Se Clitemnestra é uma adúltera para quem a *Odisseia* não tem quase nenhuma palavra simpática, Helena é uma figura ambígua, em geral odiada, mas também encantadora e admirada (Werner 2011). Em parte, é como se o poema precisasse, ao mesmo tempo, exibir uma heroína virtuosa ao máximo – Penélope – como responsável última pelo retorno do herói principal, e, em contraponto, flertar com imagens femininas imorais e amoralmente sensuais (Katz 1991; Felson 1997).

No canto 8, que narra o dia em que, desde a aurora, tudo parece levar apenas ao embarque de Odisseu rumo a Ítaca, somos surpreendidos pelo segundo canto de Demódoco, que recria o adultério de Afrodite, deusa da beleza e do amor e, na *Odisseia*, esposa de Hefesto, o hábil deus dos artesãos; o amante é Ares, deus da guerra na sua face mais violenta e desregrada. Aqui é difícil não pensar em Odisseu e Penélope. Essa história recontextualiza a briga que acabara de acontecer entre o herói e alguns feácios arrogantes, jovens excessivamente confiantes em seu vigor físico, avatares de Ares, que, durante uma série de disputas esportivas, zombam de Odisseu. Esse se mostra superior aos outros competidores no lançamento de disco e deixa claro que venceria em todas as outras modalidades, exceto na corrida.

Com isso, a tessitura narrativa reforça uma série de paralelos possíveis entre Odisseu e Hefesto, de um lado – ambos sobrepujados, num primeiro momento, por machos mais vistosos –, e de outro Aquiles e Ares, guerreiros confiantes no próprio vigor. E não só porque o primeiro canto de Demódoco já tivera Odisseu como um de seus personagens, mas porque a oposição entre as esferas da astúcia e da força é um tema subjacente a todo o canto 8. Desse modo, porém, de alguma forma Penélope se avizinha de Afrodite, ou seja, sua fidelidade recebe estranhos holofotes, e a potência de Odisseu é posta em suspenso: se no canto 5 ele é um amante cansado, é só no canto 10 que o veremos satisfazendo a ninfa Circe.

A exploração dos papéis sexuais do homem e da mulher, casados ou na idade de casar, é uma constante no poema e é sempre significativa; basta compararmos os cantos 3 e 4, complementares e inversamente simétricos, no que diz respeito aos casais que hospedam Telêmaco. No início do episódio dos feácios, tudo gira em torno de Nausícaa, virgem nubente, e assim o casamento como instituição social fundamental marca toda a estada de Odisseu, para quem, porém, a união com a jovem não é uma opção, pois, como sabemos desde a separação entre o herói e Calipso, Penélope e Ítaca jamais deixam de suscitar uma saudade quase mortal em Odisseu, salvo durante o ano que passa, indolente, com Circe.

Por quê, então, o narrador da *Odisseia*, em um episódio que mostra feácios e Odisseu se divertindo, escolhe como vítima de adultério um deus que tanto se assemelha a Odisseu? A explicação de que o canto, complementando uma intervenção de Alcínoo e um prazeroso espetáculo de dança, apazigua os ânimos do brioso Odisseu e dos inconsequentes feácios é, por certo, pertinente. Depois de Odisseu passar uma descompostura naqueles que lembram os pretendentes de Penélope (Louden 1999), assinalando que a beleza física não é nada se comparada a um discurso bem-feito, no qual forma e conteúdo moral se espelham, Demódoco, ao retratar um deus feio mas muito hábil que supera um deus muito mais belo e rápido, coloca numa chave potencialmente jocosa a moral que Odisseu havia apresentado com seriedade.

Todavia, se observarmos com atenção, veremos que quem ri são alguns deuses; de Odisseu e dos feácios apenas se diz que sentiram prazer, o efeito esperado de um canto ao fim de um agradável banquete. Além disso, resta o problema do objeto de desejo, Afrodite. Na cena divina, ouvimos Hermes comentar que, mesmo se tivesse passado por situação ainda mais vergonhosa que a de Ares, teria valido a pena dormir com a supremamente desejada Afrodite. Com isso, ficamos com duas "morais", a séria e a jocosa. Será que na *Odisseia* temos de fato apenas uma Penélope, aquela que sofre por conta da ausência do marido? Por um lado, sim: se Hermes consegue se identificar com Ares, para nós, receptores da *Odisseia*, é impossível nos identificarmos com os pretendentes, pois a vileza deles e o sofrimento da rainha são inequívocos no mundo mortal do poema, que também é o nosso.

Devemos levar em conta, porém, que a identidade de Penélope, mais que a de qualquer outra personagem do poema, é construída através dos olhos e, sobretudo, dos relatos dos outros; basta atentarmos ao que diz Atena sobre ela a Odisseu quando este chega a Ítaca, ou então à interpretação dada por Odisseu ao comportamento de Penélope quando ela aparece aos pretendentes e deles pede presentes, ao anunciar que enfim chegou o momento de se casar. Assim, se no primeiro canto somos apresentados a uma sofredora reduzida a um papel meramente passivo, sobretudo agora que o filho parece começar a tomar as rédeas da casa, no canto seguinte, um dos líderes dos pretendentes, Antínoo (que, até no nome, é "anti" a inteligência – *noos* – necessária para o *nostos*), apresenta Penélope como a principal responsável pela invasão da casa de Odisseu, já que durante três anos ela ludibriou quem a cortejava com a promessa de que escolheria o preferido assim que concluísse a mortalha que ela, astuta, desmanchava. A identidade de Penélope talvez seja tão elusiva dada a quantidade de papéis narrativos que precisa executar: mãe preocupada com a vida do filho; "viúva" declarada que precisa controlar seus pretendentes, de quem, contudo, arranca presentes; esposa fiel que decide, sozinha, organizar uma prova para escolher o novo marido (Felson 1997).

Muito se discutiu sobre a função da tessitura da mortalha na economia da *Odisseia*, já que a relação entre a rainha e aqueles que a cortejam, e, vale dizer, o prazo para a escolha do marido, não parece depender da descoberta da artimanha. Não se avança muito ao supor que a história seja tão ligada à representação tradicional de Penélope que não haveria como não ser incluída, mesmo no caso de ter sofrido notável alteração (em vez de fazer um vestido de casamento, que, uma vez terminado, permitiria as bodas, Penélope, a lutuosa, faz uma mortalha); mais produtivo é verificarmos que a história da mortalha é contada três vezes ao longo do poema, em contextos bem distintos e por outras personagens, mas com os mesmos versos, o que nos oferece uma situação diametralmente oposta, por exemplo, às três canções de Demódoco.

Na primeira vez, no canto 2, Antínoo apresenta uma Penélope em franca oposição à personagem sofredora e algo passiva do canto anterior; mas é justo essa imagem da rainha ardilosa que, em filigrana, a acompanha em algumas de suas cenas – sobretudo nos cantos 18 e 19, e que culmina no truque da cama ao qual submete Odisseu no canto 23, quando, sem ter certeza de que o homem que tem diante de si é seu marido, diz que ele pode dormir no leito do casal, que, porém, não está mais nos mesmos aposentos. Ora, a cama, uma obra-prima de carpintaria (Odisseu como artesão!), jamais poderia ter sido deslocada de onde estava a não ser por um homem, o que indicaria que Penélope lhe tinha sido infiel. Quando Odisseu reage, indicando conhecer a cama que nunca fora vista por mais ninguém além do casal e de uma velha serva fiel, Penélope tem certeza de que o marido voltou.

Enquanto Antínoo revela o engodo da mortalha durante uma assembleia de itacenses para mostrar a Telêmaco e aos demais habitantes não necessariamente comprometidos com os pretendentes que é Penélope a causadora da atual desgraça do jovem, fazendo com que a riqueza de sua família seja literalmente devorada, a rainha, no canto 19, repete a história na conversa que tem com o cretense (Odisseu) em um encontro ansiado pelos receptores do poema. Assim como Arete, a rainha feácia, a primeira atitude de Penélope ao ficar sozinha com o estranho é perguntar quem ele é. Como já fizera em Esquéria, Odisseu burla seu interlocutor e, talvez, o próprio receptor, pois ele elogia a rainha, por meio de um símile, como se estivesse elogiando um rei (Levaniouk 2011). Não surpreende que o longo diálogo entre os esposos no canto 19 seja uma das passagens nas quais alguns leitores julgam identificar um diálogo cifrado entre Odisseu e Penélope, através do qual ambos conversariam sobre a identidade verdadeira, já reconhecida, de Odisseu (Duarte 2012). Por mais engenhosa que seja essa interpretação, ela está em contradição com uma série de outras cenas, em particular o reconhecimento por meio do leito conjugal, o verdadeiro clímax no reencontro entre marido e mulher.

O elogio indireto do rei Odisseu funciona como pano de fundo para um (novo) elogio de Odisseu, ou melhor, para a contraposição entre duas situações, a presente, de Penélope, que não poderia ser mais desgraçada, e o significado do retorno do marido para ela. É nesse momento que a rainha conta a seu ouvinte que, embora seja esperta – a astúcia é sua única defesa contra a violência dos jovens –, a época dos ardis passou e não lhe resta nenhuma outra medida para evitar o que menos quer, o casamento. Não surpreenderia se agora Odisseu revelasse sua identidade para acalmar a esposa, mas esse instante não vem. Mesmo assim, é sobre Odisseu que os dois conversam, já que o cretense, como fizera com Eumeu, mas não diante dos pretendentes, evoca os instantes em que compartilhou da companhia do memorável herói.

Nesse momento, a frágil rainha, que sofre demais ao se sentir para sempre longe do marido, mas ao mesmo tempo experimenta certo consolo e prazer ao ouvir histórias sobre ele por intermédio de alguém que, sem nenhuma dúvida, com ele se parece inclusive no físico, não poderia estar mais distante da personagem do truque da mortalha, mormente por ser ela mesma vítima de uma armação – o disfarce de Odisseu, que, ao compor e recompor suas biografias, espelha uma manifestação da arte da solerte tecelã (Clayton 2004). Nesse sentido, é quase que por um acerto de contas poético que a penúltima burla do poema (a última é a identidade falsa apresentada por Odisseu ao pai) será aplicada com sucesso pela rainha, e a vítima será Odisseu. Se no canto de Demódoco o truque é de Hefesto, e Afrodite é só um corpo sem voz, ainda que belíssimo, vítima passiva da armadilha no leito conjugal, em Ítaca Penélope usa a cama construída com habilidade pelo marido como uma artimanha que confirma em definitivo a identidade dele e a astúcia dela. A "odisseia" de Odisseu é concluída graças a Penélope.

Enfim, no último canto ainda ouvimos mais uma vez a história da mortalha. A cena se passa no Hades, onde se encontram, primeiro, as almas ou espectros de Aquiles e Agamêmnon, que comparam o clímax fúnebre de suas carreiras heroicas, e depois chegam as almas dos pretendentes. Um deles, ao conversar com Agamêmnon, resume os eventos de Ítaca, inserindo a mesma história já conhecida, os mesmos versos. Mais uma vez, o contexto requalifica a história: do ponto de vista dos pretendentes, foi apenas graças a Penélope que Odisseu obteve a vitória contra eles, ou seja, juntos enganaram os pretendentes e idealizaram a prova do arco.

Essa última manifestação de um pretendente é mais um sinal claro de que as histórias narradas no poema não podem ser entendidas fora de seu contexto de enunciação, pois se trata de uma percepção equivocada dos eventos, e as múltiplas relações entre quem narra, o que é narrado e quem ouve, dentro e fora do poema, nem sempre saltam aos olhos ou são corretamente apreendidas por quem ouve. Ironicamente, a narração do pretendente faz com que Agamêmnon produza o elogio mais contundente de Penélope em todo o poema.

A investigação

Como já deve ter ficado claro até aqui, a *Odisseia* é, em vários níveis, composta por travessias que também são intelectuais: Odisseu aprende que o tipo de heroísmo que fez dele um vencedor em Troia tem seus limites no novo mundo de seu longo retorno, e que as façanhas que realizou em Troia têm outro sentido quando lhes é dada uma forma por meio de um canto poético; Telêmaco aprende que sua herança "genética", ou seja, o heroísmo do pai, depende de uma aprendizagem prática, na qual é fundamental que ele e seus interlocutores o vejam, de fato, como filho de Odisseu; Penélope, a cética, em nenhum momento pode se entregar a suas emoções e se submeter a uma das diferentes pressões que sofre (Zerba 2009). Em suma, aprendemos nós que todas as personagens têm propósitos e sentimentos em relação aos quais devemos medir tudo o que eles fazem e dizem.

Apesar de o estilo oral do poema dificultar uma distinção semântica precisa entre os vários termos que se referem a órgãos emocionais e cognitivos humanos, bem como a suas faculdades, é o *noos* aquele que mais particularmente circunscreve um tipo de inteligência que se distingue por não se submeter com facilidade à influência das emoções. No Hades descrito por Odisseu no canto 11, por exemplo, o adivinho tebano Tirésias é, entre os espectros que lá se encontram, o único a quem foi disponibilizada essa faculdade, ou seja, só ele ainda consegue saber de algo que extrapola a memória e pode auxiliar Odisseu em seus feitos futuros.

É graças a Tirésias que Odisseu sabe como agir quando chegar à ilha dos bois do Sol, derradeira escala para os companheiros de Odisseu ainda vivos àquela altura da viagem (canto 12). Ressalte-se que não basta o conhecimento objetivo; o herói informa aos companheiros que eles não podem devorar os bois sagrados, e mesmo assim eles sucumbem ao apetite (Bakker 2013). Se compararmos o Odisseu desse episódio com aquele que, a despeito de todos os sinais negativos e da vontade dos companheiros medrosos, quis entrar na caverna de Polifemo e lá permanecer até o dono voltar, vemos que a contenção parece ser algo que a personagem *adquire* ao longo de seu retorno, e não uma marca tradicional do herói. Ao completar a fuga bem--sucedida da caverna do ciclope, Odisseu não consegue deixar de bradar seu nome e reafirmar sua identidade heroica; mais tarde, porém, concluída a vingança contra os pretendentes, a ama Euricleia quer extravasar sua alegria por meio de gritos rituais e é de imediato contida pelo herói.

Se, no episódio do ciclope, a bazófia de se fazer conhecido possibilitou a vingança de Posêidon, em Ítaca Odisseu terá que firmar um acordo político com seus concidadãos – um pacto que ultrapasse o ciclo de vinganças – para conquistar paz e prosperidade em casa e na ilha. Feito inédito no mundo dos heróis, como fica claro pelo modo como Zeus é obrigado a intervir na derradeira cena do poema, quando Odisseu mais uma vez parece incorporar o furor guerreiro tão típico da *Ilíada* e que manifestara em sua partida da ilha dos ciclopes. Odisseu, portanto, é um herói da contenção, do autodomínio, não só porque seu retorno é bem-sucedido por conta dessa qualidade, mas porque é para ela que apontam todas as histórias acerca de suas façanhas em Troia mencionadas na *Odisseia*. Entretanto, não há como negar um resíduo inquietante de uma moral guerreira que poderíamos chamar de "iliádica".

Toda investigação ou aprendizagem que, graças ao fluxo da narrativa, marca uma personagem do poema é, antes de tudo, um movimento de que o receptor é convidado a participar e, ao mesmo tempo, uma cena construída para que o próprio receptor decida o que lhe foi mostrado e dito. Assim, os cantos iniciais são uma pequena "odisseia" de Telêmaco, uma viagem intelectual e real durante a qual o jovem precisa coletar elementos para deliberar sobre o destino de sua propriedade seriamente ameaçada. Ao mesmo tempo, o narrador nos apresenta uma série de indícios que nos leva a refletir acerca das dificuldades do retorno de Odisseu – por exemplo, até que ponto são elas resultado da ação de homens ou deuses. Nem tudo é dito de forma inequívoca, embora seja uma análise recorrente do discurso épico supor que o narrador nos informa tudo aquilo que julga importante para que acompanhemos sua narração e dela tiremos o máximo deleite.

Quando Telêmaco chega a Esparta, cidade regida por Menelau, logo fica claro para o ouvinte que o jovem não se dirigirá a um rei ou a um pai, mas sobretudo a um casal com uma história que produz marcas evidentes no presente. Na casa que recebe Telêmaco e seu companheiro de viagem, Pisístrato, filho de Nestor, festejam-se dois casamentos, um dos quais é o do filho bastardo do rei, Grandaflição. Impossível não lembrar do "rapto" de Helena, que tanto sofrimento causou não só a Menelau como a todos os gregos, e por causa do qual Menelau teve apenas uma filha (que também casa nesse mesmo dia!) com sua mulher legítima.

Na sequência, o narrador descarta os casamentos, revelando uma arbitrariedade que explicita a função deles, qual seja, evocar as consequências da união entre Helena e Páris. Ao fim do banquete no qual os dois hóspedes se entretiveram, Helena decide honrar a memória do desaparecido Odisseu e propõe que se contem histórias "troianas". É curioso que em nenhuma delas a personagem central seja o herói – em ambas, Helena é a protagonista, tanto na primeira, narrada pela própria rainha, na qual se caracteriza como esposa devotada ao primeiro marido, além de vítima da mesma Afrodite que ajuda Odisscu a conquistar Troia; como na segunda, narrada por Menelau, quando ela já desposou Deífobo, irmão de Páris, àquela altura já morto, e quase põe a perder o decisivo truque dos gregos, o cavalo de madeira. O narrador não é explícito, mas é difícil não pensar que a segunda história é apresentada por Menelau para que Telêmaco – e nós – tenhamos outra impressão de sua esposa.

Penélope decerto não é Helena, mas as duas histórias não deixam de apontar para o momento em que Odisseu estará de volta e dependerá de mulheres de cuja fidelidade, em última instância, não tem certeza (Olson 1995). De fato, todas as histórias e historietas do poema relacionam-se com o enredo principal, o retorno de Odisseu, mas os vínculos precisam ser construídos e reconstruídos pelos ouvintes, pois às vezes, como no caso do segundo canto de Demódoco, eles são ambíguos, assim como muitas vezes são ambíguos os sinais que as personagens principais do poema constantemente interpretam.

Arma importante contra aquilo que não se domina é o ceticismo. Sintomaticamente, o único lugar em que Odisseu parece estar à vontade é a terra dos feácios, onde tanto Nausícaa quanto Alcínoo nada dizem que lhe cause desconfiança (compare-se com a reação do herói ao acordar em Ítaca após ter sido conduzido pelos feácios), algo tanto mais notável se pensarmos nas situações muito parecidas, narradas entre os cantos 9 e 12, nas quais um rei ou uma ninfa quase causaram sua desgraça – entre os lestrigões, por exemplo, quando a filha do rei leva um companheiro de Odisseu diretamente para o estômago do pai; e na ilha de Circe, quando a maga quase transforma Odisseu em um animal. Até mesmo em Atena ele não confia incondicionalmente, e com razão, pois a deusa e ele mesmo são mestres do disfarce e do engodo. Além disso, embora em Troia ela tenha reiteradas vezes se revelado sua aliada, ele não mais vivenciou seus favores ao embarcar de volta, muito pelo contrário.

Odisseu, quando enfim desembarca em Ítaca, não reconhece a terra natal. Os motivos não são enunciados de forma unívoca na narração, o que sugere que não só as personagens, ao interagirem, como também o leitor, precisam tomar cuidado com o que ouvem. Por um lado, Atena cria uma neblina; por outro, Odisseu, afastado por vinte anos, tem o álibi de não reconhecer o que lhe era familiar. O narrador talvez esteja fazendo uso da estrutura que a crítica homérica chama "dupla motivação" – decisões, desejos ou pensamentos de mortais podem ser expressos, ao mesmo tempo, como oriundos dos deuses *e* de um órgão ou faculdade cognitiva e/ou emocional (Pelliccia 1995). No canto 13, a intervenção de Atena representaria a própria decisão do herói, ou seja, não revelar sua identidade para ninguém. Embora não se possa descartar que esse modelo esteja subjacente ao episódio em questão, ele não serve, todavia, para explicar as idas e vindas do verdadeiro duelo que se estabelece entre a deusa e o herói, e o narrador não se esforça por esclarecer se Atena espalhou a neblina apenas para que pudesse metamorfosear Odisseu e com ele preparar a vingança vindoura.

Por outro lado, nesse momento ainda não sabemos se Odisseu conseguirá ser sempre o herói astucioso que decide não agir de modo intempestivo; essa dúvida é parte integrante da caracterização do herói, ou seja, do ritmo de suas aventuras, passadas e futuras. Odisseu oscila entre o descontrole e um total controle, e isso faz parte de sua caracterização tradicional, de sorte que, na recepção de sua identidade heroica na literatura posterior, essa pôde refletir valores ora positivos ora negativos.

No primeiro momento da cena entre Atena e o herói, a atividade de reconhecimento diz respeito ao que se vê. Assim, não apenas Ítaca, mas também a deusa são desconhecidas ao herói, já que Atena aparece disfarçada de jovem pastor. Quanto a Odisseu, não lhe restam senão as palavras para alterar a realidade vista por seu interlocutor, pois acredita encontrar-se numa situação que lhe é amplamente desfavorável: não sabe onde está nem com quem está lidando e precisa proteger seu notável tesouro, os incontáveis presentes que recebeu dos nobres feácios. Trata-se do primeiro momento em que cria uma biografia mentirosa, o disfarce de cretense. Dessa forma, entre a deusa e o herói, que excelem na astúcia, respectivamente, dentre deuses e homens (pelo menos é o que a deusa afirma), fica estabelecido um embate, mais ou menos inofensivo, que retorna mesmo depois de parecer concluído por meio da revelação da identidade de Atena (Clay 1997). Decidir quem é o vencedor, ou seja, quem se mostra mais esperto em relação às intenções do outro, fica a cargo do leitor. Por um lado, a *persona* de pastor adotada por Atena não consegue fazer Odisseu revelar quem é; por outro, Odisseu declara que ele também sabe reconhecer um deus quando afirma em retrospectiva que a menina que o ajudou na ilha dos feácios (canto 7) era, na verdade, a deusa disfarçada, informação que o narrador já nos dera nesse episódio, mas que parecia não ser do conhecimento de Odisseu.

As semelhanças da cena entre a deusa e o herói e a do teste da cama arquitetado por Penélope não parecem casuais; em ambas, a realidade não é clara para o indivíduo. Assim, na *Odisseia*, o que importa para que os heróis permaneçam vivos e realizem seus objetivos é a inteligência e a astúcia, que não se contentam com a superfície aparente e sabem criar disfarces e mentiras. Todavia, as intersecções entre o que se vê e o que não se vê, e entre o que é dito e o que não é dito, produzem constantes interrogações acerca da caracterização de suas principais personagens, em especial, de Penélope e de Odisseu. O poema é fruto de um truque do seu narrador: a construção de um texto que não deixa de ser aberto mesmo ao recebermos, satisfeitos, um final feliz para o casal de Ítaca.

DA TRADUÇÃO

Para a presente tradução da *Odisseia*, baseei-me no texto grego das três edições citadas na Bibliografia ao final deste volume, bem como em pesquisas da bibliografia crítica.[1]

As características gerais mais relevantes que procurei conferir à tradução foram clareza, fluência e poeticidade, elementos fundamentais do original. Sintaticamente, o texto grego é, em geral, simples; quanto ao vocabulário, mesmo o sentido de termos compostos que só eram usados no dialeto "homérico" costumava ser cristalino para os ouvintes antigos, por isso a opção por termos compostos não eruditos, derivados da simples justaposição entre termos correntes do vernáculo.

Clareza e fluência não são estranhas a um poema narrativo oral: ainda que tenha sido escrito já nos séculos VIII ou VII a.C., durante vários séculos ele teve na performance oral seu meio

---

1 As passagens assinaladas entre colchetes [...] são prováveis interpolações tardias, ou seja, versos adicionados em um momento da transmissão dos textos em que o poema, na Antiguidade, já recebera uma forma escrita razoavelmente estável. Versos seguidos por uma numeração acrescida de um "a" são encontrados em um número muito pequeno de manuscritos e podem ter sido acrescentados ao poema em uma fase relativamente tardia de sua transmissão na Antiguidade.

precípuo de transmissão e recepção. De qualquer forma, a *Odisseia*, independentemente do modo como adquiriu a forma em que hoje é editada, resultou de uma tradição poética oral com protocolos particulares. A tradução procura reproduzir pelo menos alguns elementos próprios de tal oralidade, como, por exemplo, a repetição de expressões e estruturas poéticas, pois o modo como o sentido é construído na recepção do poema depende de tais repetições (Foley 1991 e 1999).

Para que elas fizessem sentido para um leitor da tradução, optou-se por reproduzir o mesmo conteúdo do verso original sempre que isso não forçasse uma ordem sintática estranha demais no português. Dessa forma, preservou-se boa parte dos *enjambements*, que, em Homero, são de vários tipos quanto à estrutura sintática, *grosso modo* os que ocorrem quando o sentido de um verso está completo no final, mas o verso seguinte compõe sua expansão ("De muitos homens viu urbes e a mente conheceu, / e muitas aflições sofreu ele no mar") e aqueles na sua variação sintaticamente mais marcada, quando uma frase carece de um elemento essencial ao final do verso ("Do varão me narra, Musa, do muitas-vias, que muito / vagou após devastar a sacra cidade de Troia."), estes últimos menos comuns.

Colaboram para o ritmo e a construção de sentido do poema tanto os *enjambements* quanto a posição em que determinado termo ou fórmula, da qual se fala mais abaixo, se encontra no verso.

Um exemplo no qual fica clara a importância conferida ao *enjambement* (1, 325-27 e 340-42):

> Entre eles cantor cantava, bem famoso, e, quietos,
> sentados ouviam. Dos aqueus cantava o retorno
> funesto, que, desde Troia, impôs-lhes Palas Atena.

[...] bebam vinho. Mas interrompe esse canto
funesto, que sempre, no peito, meu coração
tortura, depois que assaltou-me aflição inesquecível.

Primeiro o narrador (versos 325-27) e depois Penélope (versos
340-42) empregam o mesmo adjetivo, na mesma posição mé-
trica, em *enjambement*, para qualificar, ela, o próprio canto
apresentado naquele momento; ele, talvez ambiguamente, o
tema do canto. O modo semelhante *e* distinto como ambos ca-
racterizam o canto é acentuado pelo *enjambement* e salienta
um problema que é construído em vários níveis nessa cena
bastante importante.

A fórmula é um dos principais elementos definidores da
poesia oral grega em hexâmetros, podendo ser entendida
como um grupo de palavras reiterado, sempre na mesma po-
sição métrica. Ela é um meio expressivo que faz parte de uma
linguagem particular, qual seja, a dos poemas arcaicos em
hexâmetros; um autor a designou como "os sintagmas épicos
mais perfeitos gramaticalmente: métrica, fonética e semanti-
camente" (Bakker 2005, p. 123). O sistema de fórmulas foi um
meio utilizado pelo aedo para tornar presente, no momento
da performance do poema, uma realidade ausente, o mundo
passado dos heróis (Bakker 1997). Uma fórmula, portanto, não
é apenas um meio de expressão, mas também de performance,
a forma marcada de comunicação entre um aedo e seu público,
permitindo que se evoque um mundo que não existe mais e
que se espera continue a ser evocado pelas gerações futuras.

De modo mais restrito, fórmulas constituídas por um nome
acompanhado de um epíteto, um termo qualificativo (em ge-
ral, um adjetivo), sugerem uma realidade própria que tem um

sentido determinado *no* e *pelo* contexto épico. Assim, "Atena olhos-de-coruja" não é a deusa Atena cultuada em uma cidade específica, cercada de determinados mitos locais, e sim a Atena tal como configurada na poesia homérica e que se pretende faça sentido para *todos os gregos*. Vale lembrar que uma religião politeísta é fenômeno marcado pela pluralidade, de sorte que os poemas homéricos, à medida que se tornaram canônicos na Grécia arcaica, de algum modo também contribuíram para criar ou reforçar algum tipo de unidade religiosa, por tênue que fosse.

Outro exemplo (1, 328-31):

> Em cima, compreendeu no juízo seu inspirado canto
> a filha de Icário, Penélope bem-ajuizada;
> e a elevada escadaria de sua morada desceu,
> não indo sozinha: com ela seguiam duas criadas.

"Não sozinha", em *enjambement*, não tem apenas a função de informar ao ouvinte que Penélope estava acompanhada. A utilização dessa expressão na mesma posição do verso sublinha, para um ouvinte familiarizado com a linguagem formular do gênero, que uma mulher nobre não costuma aparecer sozinha diante de homens que não sejam da sua família, e isso é particularmente relevante para Penélope, caracterizada no poema como avessa aos pretendentes, portanto, reticente em deixar os aposentos femininos.

Em todas as demais passagens (6, 84; 18, 207; 19, 601) em que a expressão surge nessa mesma posição do verso – ou seja, comporta-se como uma fórmula –, trata-se da mesma situação social. A mulher é geralmente Penélope, e a fórmula participa da construção de uma cena em que se narra o deslocamento da rainha por sua casa. No modelo de tradução pelo qual se optou aqui, também é importante que a expressão formular "e a elevada escadaria de sua morada desceu" ocupe um verso inteiro, como no original grego, porque, quando a personagem tem uma fala antes de se locomover, a fórmula que antecede "não sozinha" é outra (18, 206-7 e 19, 600-1):

> Assim falou e *desceu dos aposentos lustrosos*,
> não indo sozinha: com ela seguiam duas criadas.

> Isso disse e *subiu aos aposentos lustrosos*,
> não sozinha, mas com ela iam outras criadas.

Num primeiro momento, a variação nas expressões que denotam o movimento da rainha parece ser de menor importância, contingência do estilo oral. Todavia, no caso da passagem do canto 1, enfatiza-se, por meio da "elevada escadaria", não só a riqueza da casa de Odisseu, mas sobretudo a distância (física e moral) entre Penélope e os pretendentes. Quanto às outras duas passagens com a fórmula para "duas criadas", é somente aqui, no verso anterior à repetição, que se utiliza a expressão formular "desceu/subiu dos/aos aposentos lustruosos". Trata-se da narração de dois eventos que ocorrem no mesmo dia, aquele em que Odisseu enfim vê sua mulher e com ela conversa; a fórmula delimita, no tempo, o encontro daqueles que ainda não podem se unir como casal. Assim, a expressão "aposentos lustrosos" está ligada à união marital entre os dois, e só é empregada mais uma vez (22, 428) em referência a esses mesmos aposentos, imediatamente antes da noite de "núpcias" entre os dois.

Desse modo, a tradução foi elaborada para permitir ao leitor a reconstrução desses nexos oriundos da repetição de palavras ou grupos de palavras, sobretudo quando na mesma posição do verso, já que no poema verifica-se a reiteração de cenas inteiras (por exemplo, a recepção de um hóspede), de ações específicas (a tríplice repetição do engodo de Penélope) ou de versos isolados, como visto acima. Além disso, ao não variar a tradução de determinado termo, marquei o uso reiterado de palavras que têm um caráter metonímico forte, ou seja, definem temas ou personagens: "fama" e cognatos, por exemplo, traduzem *kleos*, um termo que define a própria poesia épica. Diversas expressões ou termos isolados são destacados no original por meio da posição (início ou fim de versos), como o tematicamente muito importante "retorno/retornar".

"Inteligente" é um adjetivo que utilizo apenas para traduzir um particípio grego que na maior parte das vezes qualifica Telêmaco, personagem que, se não passa por certa "iniciação" ao longo do poema, no mínimo se vê em certas situações nas quais, para se sair bem, precisa agir de forma homóloga ao heroísmo do pai. Ora, é para isso que o adjetivo aponta desde o início do poema. Sua reiteração contribui para cristalizar a caracterização da personagem, tornando-a mais presente para o ouvinte do poema.

"Enfeitiçar" é um dos termos que, no poema, designam o efeito de um canto poético sobre seu público; o outro, muito mais comum, é "agradar". Ao termo, portanto, precisa ser conferido o devido destaque, e sua particularidade é assinalada já na primeira vez em que aparece no poema (1, 337-38):

> Fêmio, sabes muito outro feitiço que age sobre os mortais,
> ações de varões e deuses que cantores tornam famosas [...]

Seu conteúdo metapoético é essencial para a compreensão do poema e para isso os três sintagmas fundamentais dos dois versos citados, cujos núcleos são "feitiço", "ações" e "tornam famosas", devem ser distinguidos na forma como aparecem no original. Nem todas as fórmulas homéricas são aqui traduzidas por fórmulas equivalentes em português, apenas quando são particularmente significativas e / ou não exigem contorcionismo sintático. Na tradução de epítetos que, em grego, são compostos por uma única palavra, sempre se buscou, em primeiro lugar, a clareza de expressão, clareza que também é seu atributo na dicção homérica. Os epítetos, porém, são traduzidos de maneiras diversas:

* epítetos especiais, por exemplo, Atena "olhos-de-coruja": esses epítetos distintivos (ou seja, que costumam caracterizar apenas uma única realidade) são constitutivos da poesia épica grega e, portanto, receberam uma tradução distintiva por meio de adjetivos compostos por justaposição. Espero que tal opção reproduza, pelo menos em parte, a combinação de estranheza e familiaridade que tais adjetivos causavam à audiência antiga. Às vezes, um deus é referido no poema apenas por seu epíteto, por exemplo, "treme- -terra" e "juba-cobalto" para Posêidon, Argifonte para Hermes e Citereia para Afrodite – esses dois últimos epítetos não traduzidos porque seu sentido se perdeu, ou melhor, todas as interpretações oferecidas são incertas;

* epítetos genéricos, como "excelso": epítetos ornamentais dessa espécie são, com frequência, traduzidos por adjetivos simples ou sintagmas cuja estrutura seja comum na sintaxe da língua portuguesa,

pois tais epítetos, junto com o substantivo que qualificam, sobretudo quando na mesma posição do verso, funcionam metonimicamente, como se viu acima no emprego da expressão "não sozinha".

Enumero, a seguir, algumas fórmulas cujo sentido talvez não seja claro à primeira vista para o leitor da tradução:

* "o sacro ímpeto de Alcínoo": linguagem arcaica ou arcaizante, é uma perífrase do nome do agente, no caso, Alcínoo; "(sacra) força de Héracles (/Telêmaco)" é uma fórmula homóloga;
* "dirigiu-se-lhes e nomeou-os": com o tempo, "nomear", nessa e em fórmulas paralelas, perdeu o sentido de "chamar alguém pelo nome" e tornou-se virtualmente sinônimo de "dirigir-se a alguém";
* "varões, que sobre a terra comem pão": a fórmula reitera um traço inalienável da humanidade, a de que os homens comem pão e, portanto, não são deuses, animais ou criaturas intermediárias entre essas três categorias principais;
* "deusa divina": fórmula pleonástica que pode ser aplicada a qualquer deusa;
* "matança e perdição": esse é um outro caso em que dois elementos virtualmente sinônimos são usados em combinação; o termo aqui traduzido por "perdição" pode ter tido, no início, o sentido de "destino"; uma fórmula sinônima dessa é " (negra) perdição da morte";
* "mar embaçado": refere-se ao horizonte no mar, quando o limite entre céu e mar parece se dissolver em uma bruma;
* "leitos (bem) perfurados": enfatiza a excelência da carpintaria, ou seja, uma cama cujas partes estão bem encaixadas;
* "medo amarelo": aponta para a palidez resultante do medo;
* "bem femininas mulheres": enfatiza a oposição entre mulheres e homens.

Assim como uma performance épica, na época de composição dos poemas, representava um distanciamento significativo do tempo, do lugar e, em especial, da linguagem do público-alvo, a presente tradução não recuou diante da tarefa de recriar, mesmo que contra certas estruturas morfossintáticas da língua portuguesa, alguns elementos distintivos da linguagem artificial da poesia épica arcaica, por exemplo, o uso bastante comum de um verbo acompanhado de um sujeito ou objeto com a mesma raiz ("Entre eles cantor cantava": 1, 325). Isso foi feito levando-se em conta que, ainda que a tradução, num primeiro momento, possa soar estranha para um falante do português, a leitura contínua possibilitará que o texto se torne cada vez mais familiar e fluente.

É necessário levar em conta que a comunicação entre o aedo e seu público é oral, o que também ajuda a explicar construções sintáticas como a seguinte, na qual o falante como que muda de "intenção sintática" no meio da frase (8, 236-40):

> Estranho, como não nos desagrada o que falas,
>
> mas queres revelar a excelência que te segue,
>
> irado porque a ti esse varão, erguido na pista,
>
> provocou como mortal algum depreciaria tua excelência,
>
> todo que soubesse, em seu juízo, falar com acerto;

As fórmulas que introduzem ou fecham discursos diretos são, de propósito, mais duras sintaticamente no português, pois na performance dos poemas marcam a passagem do discurso de um sujeito de performance para outro, quais sejam, o aedo / Homero / narrador e a personagem (Bakker 2013). Em geral, quando a sintaxe soar arrevesada, é porque ela acentua algo significativo. Assim, quando Penélope conta para o cretense (Odisseu) que "primeiro o deus soprou, em meu juízo, um manto, / após grande urdidura armar no palácio, tramar – / fina e bem longa", tal sintaxe reproduz uma espécie de contraponto entre a ação de tecer e "destecer". De qualquer forma, oralmente, pode soar bem menos barroca.

No grego homérico, é muito comum a estrutura enfática do *husteron proteron*, "primeiro o que vem depois". Em português, sempre que o texto soasse muito estranho, não mantive essa forma. Assim, em vez de "cresceram e nasceram", optei por "nasceram e cresceram".

Não segui sempre os nomes da mitologia grega consagrados em português. Assim, adotei Sirenas (na *Odisseia*, apenas duas criaturas que vivem numa ilha) para quebrar a ideia comum de que as criaturas que Odisseu encontra em sua viagem se assemelham às sereias da mitologia nórdica. Diversos idiomas possuem dois termos distintos para essas criaturas bastante diversas (em inglês, *mermaids* e *sirens*). Odisseu, e não Ulisses, foi escolhido, sobretudo, para facilitar o jogo de linguagem que é feito no poema com palavras da família de "odiar".

Optei por traduzir alguns nomes próprios, pois faz parte da dicção épica a exploração poética e temática desses nomes, mas não traduzi nenhum nome de personagem central, único critério rígido adotado para a decisão acerca de quais nomes verter ou não. Escolhi traduzir boa parte dos nomes de três grupos principais: certos acidentes geográficos (como a pedra Corvo); personagens secundárias cujo nome contribui para criar uma espécie de atmosfera épica (pensemos nos nomes dos jagunços "figurantes" em *Grande sertão: veredas*) ou apontar determinado tema; e a maioria das personagens feácias, com exceção das centrais, pois elas remetem, em sua quase totalidade, ao ambiente marítimo, e compõem um catálogo, a certa altura, de nomes "falantes" (*noms parlants*), um típico *tour de force* do aedo grego (comparemos com o catálogo de nereidas na *Ilíada* e o das filhas de Oceano na *Teogonia*).

No final do volume, apresentamos um glossário composto por todos os nomes que receberam uma versão traduzida no poema, acompanhados do equivalente grego e, eventualmente, de uma explicação adicional acerca da tradução. Também acrescentamos ao glossário a maioria dos nomes não traduzidos cujo sentido parece ser explorado no poema ou em algum momento da evolução da tradição oral épica. Para esse segundo grupo, o nome vem acompanhado de uma tradução e, eventualmente, uma sumária explicação de seu sentido.

Utilizei "mui", que soa arcano, na fórmula "mui sacra Pilos". O tom do adjetivo contribui para a caracterização da cidade e sua ligação com seu rei, o ancião Nestor.

Ao termo "polvo", preferi "muitos-pés" (5, 432), por acreditar que o leitor atento saberá de que animal se trata e porque "muitos" fortalece a relação com Odisseu, caracterizado por uma série de epítetos com "muito-". No imaginário grego, o polvo também é uma criatura astuta (Vernant & Detienne 2008).

Uma família de termos importante no poema diz respeito à realidade da pólis. "Urbe" e "cidade" são usados indistintamente; busquei refletir, de alguma forma, o caráter fluido da nova realidade política e social que adquiria forma "clássica" durante os séculos de cristalização da linhagem do poema. Neste, também não há rigor no emprego dos termos que se referem a essa realidade.

Outro termo de difícil tradução, tendo em vista a realidade social grega, é *xenos*, que traduzo por "estranho", seu sinônimo "estrangeiro", "hóspede" ou "aliado", dependendo do contexto. "Aliado" deve ser entendido como uma aliança "pacífica" entre nobres, ou seja, não se trata de um contexto de guerra, mas de algo próximo daquilo que entendemos por "amizade", com a componente afetiva menos marcada e a presença de uma característica moral, pois o termo e seus cognatos implicam um feixe de deveres e direitos que devem ser respeitados por ambas as partes da relação.

Não é possível reconstruir com exatidão um modelo de moradia a partir do vocabulário utilizado na *Odisseia*; o que chamamos de "casa" ou "moradia" tem como equivalentes diversos termos gregos. Por um lado, o palácio de Menelau e o de Alcínoo claramente evocam estruturas mais majestosas que o período histórico em que o poema tomou forma; por outro, não se trata de uma reprodução dos palácios micênicos. De qualquer forma, o palácio de Odisseu, a cabana de Eumeu ou a gruta de Calipso refletem uma mesma estrutura básica cujo centro é uma construção quadrangular (*megaron*) que no singular traduziu-se por "salão" e, no plural, por "salões" ou "palácio", pois sua estrutura básica é um salão junto ao qual há um ou mais quartos. Nele aconteciam todas as atividades sociais masculinas. Esse termo aparece também no plural, podendo apenas indicar que se trata de uma casa majestosa ou sugerir que, ao contrário do normal, uma casa muito rica poderia ter mais de um salão. À entrada da casa se chega por meio de um pátio. O que se traduziu por "pórtico", "colunata" e "vestíbulo" diz respeito à entrada da casa, mas não lhes é dada uma descrição arquitetônica nem mínima nos poemas. No salão havia uma espécie de lareira usada para aquecimento e preparo de refeições.

No caso da morada de Odisseu, Penélope passa a maior parte do tempo nas dependências exclusivas das mulheres no segundo andar, ou seja, ela não é obrigada a frequentar o salão onde se reúnem os pretendentes, mas há certo contato, pois ela ouve o que lá se passa e vice-versa. Também há um ou mais depósitos, um deles referido como quarto de Odisseu, no qual se guardam provisões e riquezas, talvez em uma espécie de porão.

Duas atividades muito apreciadas, competições esportivas e dança, são realizadas em espaços próprios, ao ar livre, respectivamente traduzidos por "pista" e "arena".

O leitor moderno vai estranhar como vários objetos reluzem em Homero, desde pés até roupas, passando por poltronas; em geral isso se dá pelo uso extensivo de azeite de oliva.

Serviços domésticos e agrícolas ou pecuários são realizados sobretudo por empregados que alguns especialistas definem como escravos, outros, como trabalhadores livres dependentes. Diversos termos são utilizados em referência a eles, enfatizando sobretudo a relação entre o empregado e a casa na qual trabalha. Por isso o mesmo indivíduo, no poema, pode ser referido como "escravo", "criado" ou "servo" (Thalmann 1998).

Os termos "arauto" e "assistente" aludem a homens livres que realizam diversos tipos de atividades: o arauto é encarregado, por exemplo, de levar mensagens, acompanhar chefes em missões importantes e convocar assembleias; os assistentes compõem uma categoria mais geral e podem inclusive abarcar os arautos, sendo incumbidos, entre outros afazeres, de diversas tarefas domésticas, como preparar uma refeição.

"Rei" é um termo que, em Homero, não se refere a uma monarquia dinástica, de sorte que em uma mesma comunidade, como em Ítaca, pode haver diversos reis, que são os homens mais poderosos política e economicamente. "Rei", portanto, não é uma tradução ideal, mas é tradicional, já que, mesmo em Homero, toda comunidade tem um governante cuja autoridade predomina sobre os outros homens poderosos e que costuma ser passada de pai para filho.

Uma prática social bastante comum em Homero é a súplica, que pode ser realizada por meio de uma cerimônia ritual ou, no outro extremo, apenas por meio de um discurso mais ou menos formalizado. O gesto central é o toque nos joelhos daquele que se encontra em vantagem, ou seja, que recebe a súplica. Quando o próprio toque não for possível ou desejável, a menção dele ("tocar os joelhos") pode ser meramente incorporada no discurso.

As capacidades mentais e emocionais, bem como os órgãos que por elas são responsáveis e seu próprio resultado, eram compreendidos pelos gregos na época de Homero de um modo totalmente diverso daquele de hoje. Toda tradução, portanto, será meramente aproximativa. Assim, embora nenhum valor fosse atribuído ao cérebro, utilizamos "mente" para traduzir uma faculdade que se desenvolve no "peito" (ou simplesmente no "íntimo"), a região de todas essas faculdades. As duas principais são o "juízo", uma faculdade/órgão sobretudo intelectivo, e "ânimo", sobretudo emocional. "Ímpeto" é uma emoção ou faculdade central que diz respeito à energia sentida por um humano para realizar uma tarefa, com frequência, guerreira, e que comumente é referida como advinda da atuação direta de um deus sobre o humano.

Outro campo semântico de difícil tradução diz respeito ao destino ("sorte"; "quinhão"; "fado"). A referência principal é o

momento da morte, como em "o quinhão funesto... da morte".
O quinhão de Odisseu ("cumpre-lhe..."), porém, também é o
de um dia retornar a Ítaca. A porção de vida que cada um tem
pode ser referida como algo tecido pelas Fiandeiras quando
do nascimento, já que a sina de todos os mortais é, por defi-
nição, morrer após certo lapso de tempo. Nem todas as ações
dos homens encontram-se predeterminadas ou dependem de
uma decisão dos deuses para ocorrer, mas quando estes deci-
dem algo ("prender no jugo"), não há como o mortal escapar.
Quando alguém morre de forma inesperada ou de forma rá-
pida e indolor, fala-se das flechas de Ártemis ou Apolo, depen-
dendo do sexo do morto.

Por fim, algumas notas que esclarecem elementos de ordem
diversa no poema (os números identificam os versos):

CANTO 1

[110] O grego bebia o vinho diluindo-o em água.

[122] O sentido da fórmula "palavras plumadas" não é mais ine-
quívoco para nós, mas "plumadas" pode se referir ao voo das aves
ou de flechas, ou seja, ao modo como um discurso se dirige do
falante para o ouvinte ou, mais precisamente, ao discurso que
atinge seu alvo.

[344] Hélade refere-se a uma região da Grécia continental.

[349] "Come-grão": fórmula que reforça, através do modo de ali-
mentação, a mortalidade dos humanos, ou seja, a diferença entre
eles e os deuses.

[440] "Leito bem-perfurado", o sentido exato do epíteto se perdeu;
uma possibilidade é que se referia ao modo como cordas eram pre-
sas no leito para sustentar um colchão.

CANTO 2

[80] O cetro é marca de autoridade, utilizado em diferentes contextos; na assembleia, ele fica na mão daquele que tem a palavra.

[135] Erínias são divindades ctônicas terríveis, ligadas sobretudo à vingança.

[227] "Ancião" refere-se a Laerte.

CANTO 3

[2] "Páramo muito-bronze" refere-se ao céu, portanto, talvez, a sua firmeza e solidez, ou ao brilho das moradas dos deuses.

CANTO 5

[333-34] Leucoteia é o nome que essa heroína, Ino, ganhou após morrer e ser divinizada.

CANTO 6

[106] Leto, fecundada por Zeus, gerou Apolo e Ártemis, deuses flecheiros.

[162] Broto de palmeira no templo de Apolo em Delos, aqui utilizado para enfatizar a altura (portanto, a beleza), a juventude e o valor de Nausícaa (de Jong 2001).

CANTO 10

[81-82] Comentadores divergem na interpretação de Lamos e Telépilos: o primeiro talvez seja outro nome do rei dos lestrigões ou, mais provavelmente, do fundador da cidade, e o segundo o nome da cidade.

CANTO 11

[235] Aqui se inicia o que os eruditos chamam de "catálogo de heroínas", ou seja, uma sucessão de mulheres da idade dos heróis, boa parte delas, parceira sexual de deuses de quem geraram filhos homens.

[271] Epicasta é outro nome de Jocasta, mãe e esposa de Édipo.

[291] A história do adivinho que conquistou a filha de Neleu é contada com outras informações no canto 15 (versos 225ss.).

[300] O destino *post-mortem* dos gêmeos Castor e Pólux (ou Polideuces) varia nas fontes; aqui, às vezes estão no Hades, às vezes, entre os deuses tal imortais.

[601] Héracles, aqui, é tratado como possuidor de dupla natureza, pois, ao morrer, sua alma ou espectro rumou para o Hades, mas, ao mesmo tempo, foi imortalizado e está no Olimpo, casado com Juventude.

[623] Cérbero é o cão que vigia a entrada, ou melhor, a saída da morada de Hades.

[634] Gorgô é um monstro que inspira terror em quem para ele olha.

CANTO 12

[172] "Branquearam a água com os pinhos polidos": refere-se à espuma produzida na água do mar pelo movimento incessante dos remos.

CANTO 14

[145-7] Eumeu, por excesso de zelo, não nomeia Odisseu porque seu nome remete a "ódio".

CANTO 18

[6] O trocadilho é com Íris, a mensageira dos deuses na *Ilíada* (na *Odisseia* é Hermes).

CANTO 19

[179] Minos tem uma relação especial com Zeus, mas o que exatamente é dito aqui permance obscuro; é provável a relação com algum ritual de renovação da ordem social (por meio de leis?), portanto, com o renascimento, reinício de uma comunidade (Levaniouk 2011).

[404] O que Euricleia discretamente sugere é que Odisseu receba o nome Muito-rogado.

[518] Difícil reconstituir a história aludida por Penélope, pois pode remeter a duas histórias conhecidas distintas, ainda que inter-relacionadas; em uma delas as personagens são as irmãs Procne, Filomela, o rei Tereu e seu filho Ítis; nessa se conta de uma mãe que mata seu filho para vingar-se da violência do marido contra sua irmã. Todas as personagens envolvidas, no final, transformam-se em pássaros. Na outra versão, aquela à qual provavelmente Penélope alude (Levaniouk 2011), Filomela é casada com Zeto, rei que construiu as muralhas de Tebas, e, por ter somente um filho, Ítilo, tem inveja de Anfíon, irmão gêmeo do rei, e de sua esposa Níobe, que têm vasta prole. Ao tentar matar o primogênito desse casal, mata, sem querer, o próprio filho, e se transforma no rouxinol que, à noite, entoa lamentoso canto.

[573-75] Aqui é mencionado pela primeira vez o procedimento do concurso com o arco, cujos detalhes serão informados nos cantos 20 e, sobretudo, 21. O arco é de um modelo tal que a corda não permanece fixa nas duas extremidades, ou seja, cada atirador precisa retesá-la (armar o arco) antes de vergá-lo, o que é bastante difícil. Os machados que deveriam ser atravessados pelo arco são fixados no pátio ou no salão onde, na sequência, Odisseu matará todos os pretendentes.

DA TRADUÇÃO

CANTO 20

[66] As filhas de Pandareu têm uma vida tão desafortunada que, "literalmente, perdem sua face humana e são transformadas em criaturas terríveis, vingativas" como as Erínias (Levaniouk 2011, p. 278).

[156] Trata-se de um festa anual em honra de Apolo, que acontece no início da primavera, ou seja: na segunda metade do poema, o frio do final do inverno ainda é constante.

CANTO 21

[295] Referência à luta entre centauros e lapitas, comandados por Peirítoo, cujo casamento foi perturbado por um centauro que bebeu demais, foi punido e depois, debalde, buscou vingança.

CANTO 22

[444] Afrodite aqui é virtualmente sinônimo de desejo sexual.

CANTO 23

[275] Destrói-joio é como o povo, que desconhece a navegação e seus instrumentos, se referirá ao remo de Odisseu, assemelhado a uma ferramenta agrícola.

CANTO 24

[40] O que normalmente se traduz por "memória" é, de fato, uma capacidade mais ampla, não apenas mental mas também física; diz respeito à capacidade de pôr em prática um conhecimento – no caso, como o guerreiro está morto, ele não pode agir como um cavaleiro.

[413] Rumor é, aqui, uma divindade.

PERSONAGENS PRINCIPAIS

AGAMÊMNON comandou os aqueus em Troia; quando volta da guerra, é morto pela esposa Clitemnestra, que vivia em adultério com Egisto.

ALCÍNOO rei dos feácios, povo ligado ao deus Posêidon.

ANTICLEIA mãe de Odisseu, morre antes de o filho voltar para Ítaca.

ANTÍNOO junto com Eurímaco, lidera os pretendentes de Penélope.

AQUILES jovem herói, não muito depois de derrotar o maior guerreiro troiano, Heitor, é morto pelo irmão deste, Páris, em conjunto com Apolo.

ARETE esposa de Alcínoo, rei feácio.

AUTÓLICO avô materno de Odisseu; no imaginário grego, o espertalhão por excelência, cujo equivalente divino é Hermes.

CALIPSO ninfa que ajuda o náufrago Odisseu e o toma por marido, na sua ilha, durante sete anos.

CASSANDRA filha de Príamo e Hécuba, no final da guerra torna-se concubina de Agamêmnon, ao lado de quem morre assassinada.

CIRCE ninfa que conhece magia, num primeiro momento tenta prejudicar Odisseu e seus companheiros, mas depois os ajuda.

CLITEMNESTRA esposa de Agamêmnon e mãe de Orestes; vive em adultério com Egisto e participa da morte do marido e sua concubina quando estes chegam a Micenas.

DEMÓDOCO bardo cego dos feácios.

EUMEU porqueiro, foi escravizado quando criança; de origem nobre, é um fiel servidor da família de Odisseu.

EURÍALO jovem nobre feácio, desafia Odisseu e, uma vez que esse se mostra superior, oferece-lhe um presente valioso para se desculpar.

EURICLEIA fiel servidora da família de Odisseu, de quem foi ama; é de origem nobre.

EURÍLOCO principal companheiro de Odisseu, cujas instruções nem sempre segue.

EURÍMACO junto com Antínoo, um dos líderes dos pretendentes de Penélope.

FÊMIO bardo que os pretendentes obrigam a cantar na casa de Odisseu.

FILOCTETES guerreiro aqueu, é picado por uma cobra e, por conta do fedor da ferida, é abandonado em uma ilha no caminho para Troia; é resgatado anos depois, porque ele e/ou seu arco são imprescindíveis para a conquista da cidade.

FILOITIO pastor de bois de Odisseu.

HEITOR grande herói troiano, filho de Príamo e Hécuba, esposo de Andrômaca e pai de Astíanax.

HELENA esposa de Menelau, está na origem da guerra de Troia por ter sido raptada (ou seduzida: no imaginário grego antigo, são equivalentes) por Páris, jovem da família real de Troia; só teve uma filha com Menelau.

HÉRACLES herói da geração que antecede a dos heróis que lutaram em Troia; excelente arqueiro, também se destaca pela força.

LAERTE pai de Odisseu; quando este partiu para Troia, já não era mais o rei de Ítaca; vive afastado do ambiente político, em situação precária.

MENELAU esposo de Helena, também demorou para chegar a Esparta, sua cidade.

NAUSÍCAA filha adolescente – portanto, em idade de casar – de Alcínoo.

NEOPTÓLEMO filho de Aquiles com a princesa Deidamia; é levado a Troia quase no fim da guerra, pois uma profecia dizia que a cidade só seria tomada se ele e Filoctetes lá estivessem; na conquista da cidade, mata Príamo e o pequeno Astíanax, o caçula de Heitor e Andrômaca.

NESTOR ancião que lutou em Troia, sábio conselheiro, perdeu seu filho Antíloco na guerra; mora com a esposa e outros filhos homens em Pilos.

ODISSEU rei de Ítaca, participou da guerra de Troia, para onde foi quando Telêmaco, seu único filho com Penélope, ainda era bebê.

ORESTES filho de Agamêmnon, vinga a morte do pai, matando a mãe e seu marido Egisto.

PENÉLOPE esposa de Odisseu e parente de Clitemnestra e Helena.

POLIFEMO ciclope que captura Odisseu e é por ele cegado; filho de Posêidon.

PRÍAMO ancião troiano, ainda era rei da cidade, embora não lutasse no campo de batalha; na conquista da cidade, é morto por Neoptólemo.

TELÊMACO filho único de Odisseu e Penélope; tem cerca de vinte anos quando Odisseu chega a Ítaca.

ODISSEIA

1

Do varão me narra, Musa, do muitas-vias, que muito
vagou após devastar a sacra cidade de Troia.
De muitos homens viu urbes e a mente conheceu,
e muitas aflições sofreu ele no mar, em seu ânimo,
5   tentando garantir sua vida e o retorno dos companheiros.
Nem assim os companheiros socorreu, embora ansiasse:
por iniquidade própria, a deles, pereceram,
tolos, que as vacas de Sol Hipérion
devoraram. Esse, porém, tirou-lhes o dia do retorno.
10   De um ponto daí, deusa, filha de Zeus, fala também a nós.
Os outros todos que escaparam do abrupto fim
estavam em casa, após escapar da guerra e do mar.
Somente a ele, do retorno privado e da mulher,
detinha augusta ninfa, Calipso, deusa divina,
15   em cava gruta, almejando que fosse seu esposo.
Mas quando o ano chegou e os ciclos volveram-se,
os deuses destinaram-lhe a casa retornar,
rumo a Ítaca, e nem lá escapou de provas,
e estava entre os seus. Os deuses se apiedavam, todos,
20   salvo Posêidon. Incansável, manteve o ímpeto

contra o excelso Odisseu até esse em sua terra chegar.
Porém aquele foi ter com etíopes, distantes moradores –
etíopes, divididos em dois grupos, varões dos extremos:
uns, onde Hipérion mergulha, outros, onde levanta –,
25   para aceitar hecatombe de touros e carneiros.
Nisso deleitava-se, sentado no banquete; e os outros,
no palácio de Zeus Olímpio, estavam reunidos.
Entre eles tomou a palavra o pai de varões e deuses;
lembrara-se, no ânimo, do impecável Egisto,
30   a quem matou o filho de Agamêmnon, o afamado Orestes.
Dele lembrou-se e entre os imortais palavras enunciou:
"Incrível, não é que os mortais responsabilizam aos deuses?
Dizem de nós vir os males; mas eles também por si mesmos,
graças a sua iniquidade, além do quinhão têm aflições,
35   como agora Egisto: além do quinhão, do filho de Atreu
desposou a lídima esposa, e a ele, que retornara, matou,
sabendo do abrupto fim, pois já lhe disséramos,
enviando Hermes, o Argifonte aguda-mirada,
que não o matasse nem cortejasse a consorte:
40   'Por Orestes se dará a vingança pelo filho de Atreu
quando tornar-se jovem e desejar sua terra'.
Assim falou Hermes, mas não persuadiu,
benevolente, o juízo de Egisto. Agora tudo junto pagou".
Respondeu-lhe a deusa, Atena olhos-de-coruja:
45   "Nosso pai Cronida, supremo entre poderosos,
deveras jaz esse aí em merecido fim;
assim também pereça todo que isso fizer.
Mas pelo atilado Odisseu dilacera-se meu coração,
pelo desditoso; longe dos seus, há muito sofre misérias
50   em ilha correntosa, onde fica o umbigo do mar,

ilha arvorejada, onde uma deusa habita,
filha de Atlas juízo-ruinoso, que do mar
todo as profundas conhece, e ele mesmo sustém pilares
grandes que mantêm a terra e o páramo separados.
55 Sua filha segura o desgraçado, lamentador,
e sempre com moles e solertes contos
tenta enfeitiçá-lo para Ítaca olvidar. Mas Odisseu,
ansiando somente mirar fumaça irrompendo
de sua terra, deseja morrer. Para ele nem assim
60 aponta teu coração, Olímpio? Acaso Odisseu,
junto às naus argivas, não te agradou com caros sacrifícios
na larga Troia? Por que contra ele esse ódio, Zeus?".
Respondendo, disse-lhe Zeus junta-nuvens:
"Minha filha, que palavra te escapou da cerca de dentes!
65 Como eu, nesse caso, esqueceria o divino Odisseu,
aos mortais superior na mente e nos sacrifícios dados
aos deuses imortais, que dispõem do amplo céu?
Mas Posêidon sustém-terra em nada diminui
sua ira pelo ciclope, de quem Odisseu o olho cegou,
70 o excelso Polifemo, cuja robustez supera
a de todos os ciclopes. Gerou-o Toossa, a ninfa,
filha de Fórcis, que cuida do mar ruidoso,
unida a Posêidon em côncava gruta.
Depois disso, a Odisseu Posêidon treme-solo
75 não tenta matar, mas faz vagar longe da pátria.
Vamos, todos nós aqui planejemos
o retorno, para que chegue. Posêidon porá de lado
sua ira, pois por certo não poderá, contra todos
os deuses imortais em oposição, brigar sozinho".
80 Respondeu-lhe a deusa, Atena olhos-de-coruja:

"Nosso pai Cronida, supremo entre poderosos,
se isso agora é caro aos deuses ditosos,
que retorne Odisseu muito-juízo a sua casa,
e Hermes, então, o condutor Argifonte,
85   instiguemos à ilha Ogígia para, sem demora,
à ninfa belas-tranças anunciar o firme desígnio,
o retorno de Odisseu juízo-paciente, para que retorne.
Mas eu partirei para Ítaca a fim de seu filho
mais instigar e ímpeto pôr em seu peito:
90   que à ágora chame os aqueus cabelo-comprido
e anuncie a todos os pretendentes, que sempre abatem
suas copiosas ovelhas e lunadas vacas trôpegas.
Vou enviá-lo a Esparta e à arenosa Pilos
para do retorno do caro pai se informar, caso algo ouvir,
95   e que pertença-lhe distinta fama entre os homens".
Após falar assim, atou aos pés belas sandálias,
imortais, douradas, que a levavam sobre as águas
e sobre a terra sem-fim como lufadas de vento.
Tomou a brava lança, afiada com ponta de bronze,
100   pesada, grande, robusta, com que subjuga filas de varões
heróis contra quem tem rancor, a de pai ponderoso.
E partiu, dos cumes do Olimpo lançou-se
e parou na cidade de Ítaca, no pórtico de Odisseu,
no umbral do pátio, e na palma trazia lança brônzea,
105   na forma de um aliado, o líder dos táfios, Mentes.
Achou, claro, os arrogantes pretendentes; eles
com pedras, diante das portas, deleitavam o ânimo,
sentados no couro de bois que eles mesmos abateram.
Para eles os arautos e ágeis assistentes
110   misturavam, uns, vinho e água nas ânforas,

outros, com esponjas esburacadas, mesas
lavavam e dispunham, e muita carne partiam.
Primeiro a vê-la foi o deiforme Telêmaco;
sentado entre pretendentes, agastado no coração,
115 no íntimo mirava o distinto pai: ao voltar um dia,
fizesse esses pretendentes pela casa se dispersar,
retomasse ele mesmo sua prerrogativa e regesse sua casa.
Enquanto refletia, sentado entre os pretendentes, viu Atena.
Foi logo ao pórtico, indignado no ânimo
120 por um hóspede tardar nos portões. Parado perto,
apertou-lhe a mão direita, tomou a lança brônzea
e, falando, dirigiu-lhe palavras plumadas:
"Saudação, estranho, por nós serás acolhido. Depois,
após tomar parte no jantar, enunciarás o que precisas".
125 Assim falou, tomou a frente, e seguiu-o Palas Atena.
Quando eles estavam dentro da alta casa,
ela a lança postou, levando-a até um grande pilar,
dentro de um guarda-lança bem-polido, onde outras
lanças de Odisseu juízo-paciente havia, muitas;
130 a ela ele guiou à poltrona na qual estendera um tecido,
bela, artificiosa; embaixo, para os pés, banqueta.
Ao lado, para si, pôs variegada cadeira, longe dos outros
pretendentes, para o estranho, agastado com o alarido,
não se enfastiar do jantar, em meio a soberbos,
135 e para que o interrogasse acerca do pai ausente.
Uma criada despejou água – trazida em jarra
bela, dourada – sobre bacia prateada
para que se lavassem; ao lado estendeu polida mesa.
Governanta respeitável trouxe pão e pôs na frente,
140 e, junto, muitos petiscos, oferecendo o que havia.

O trinchador tomou e dispôs gamelas com carnes
de todo tipo, e junto deles punha taças douradas;
e para eles o arauto vinha, amiúde, escançar o vinho.
E entraram os arrogantes pretendentes. Então esses
145   em ordem sentaram-se em cadeiras e poltronas.
Para eles os arautos vertiam água nas mãos,
e pão as escravas, à frente, amontoavam em cestas,
[e moços preencheram ânforas com bebida
148ª   e a todos distribuíam após verter as primícias nos cálices].
E eles esticavam as mãos sobre os alimentos servidos.
150   Mas após apaziguarem o desejo por bebida e comida,
aos pretendentes interessou, no peito, outra coisa,
canto e dança, esses, o suplemento do banquete.
Lira muito bela um arauto pôs nas mãos
de Fêmio, que cantava aos pretendentes, obrigado.
155   E ele, dedilhando a lira, entoou belo prelúdio,
mas Telêmaco dirigiu-se a Atena olhos-de-coruja,
perto pondo a cabeça, para não os ouvirem os outros:
"Caro hóspede, te indignarás contra minha fala?
Bem, a eles isto interessa, lira e canto;
160   é fácil, pois comida de outrem devoram de graça,
do varão cujos ossos brancos já apodrecem na chuva,
jazendo em terra firme, ou ondas no mar os fazem rolar.
Se vissem que a Ítaca esse homem retornou,
todos rezariam para ser mais ligeiros nos pés
165   que mais abastados com ouro e vestes.
Não, está morto assim, vil quinhão, e não temos
consolo, ainda que algum dos homens terrestres
afirme que voltará: perdeu-se seu dia de retorno.
Mas vamos, diz-me isto e conta com precisão:

170 quem és? De que cidade vens? Quais teus ancestrais?
Chegaste em que nau? Como os nautas a ti
conduziram até Ítaca? Quem proclamaram ser?
De modo algum creio que a pé aqui chegaste.
A mim diz isto, a verdade, para eu bem saber,
175 se é tua primeira visita, ou se já és aliado
da família, pois muitos varões vinham a nossa casa,
outros, pois ele buscava a companhia de homens".
A ele, então, replicou a deusa, Atena olhos-de-coruja:
"Portanto a ti, com muita precisão, isso direi.
180 Proclamo ser Mentes, do atilado Anquíalo
o filho, e reino sobre o povo táfio.
Cheguei há pouco com nau e companheiros,
singrando o vinoso mar rumo a homens outra-língua,
até Temessa atrás de bronze, e levo ardente ferro.
185 Minha nau está aqui no campo, longe da cidade,
na baía de Rêitron, sob o Néion coberto de mato.
Aliados proclamamos ser, um da família do outro,
há tempo, caso ao ancião perguntares, indo até ele,
ao herói Laerte, do qual se diz que não vem mais
190 à cidade, mas distante, no sítio, sofre misérias
com velha criada que, a ele, comida e bebida
dispõe quando a fadiga se apossa de seus membros,
arrastando-se pelo seu fértil vinhedo no morro.
Então vim, pois falaram que ele estava na cidade,
195 teu pai; mas eis que deuses o tiraram do caminho.
Não está morto sobre a terra, o divino Odisseu,
mas, ainda vivo, creio, é retido no extenso mar,
em ilha correntosa, e homens cruéis o detêm,
selvagens, que algures o seguram contra a vontade.

200 Agora para ti eu adivinharei como no ânimo
lançam os imortais e como acredito que se dará,
não sendo adivinho nem conhecendo aves ao claro.
Não ficará mais muito tempo longe da cara
terra pátria, nem se grilhões de ferro o detiverem;
205 planejará seu retorno, já que é o muito-truque.
Mas vamos, diz-me isto e conta, com precisão,
se, de fato, grande assim, és filho dele, de Odisseu.
Incrível: na cabeça e nos belos olhos assemelhas-te
àquele, pois bem amiúde nos reunimos um com o outro,
210 antes de ele embarcar para Troia, aonde também outros
argivos, os melhores, foram em suas cavas naus.
Desde então Odisseu eu não vi, nem ele a mim".
A ela, então, o inteligente Telêmaco retrucou:
"Portanto eu a ti, hóspede, com muita precisão, direi.
215 Minha mãe diz que dele sou filho, mas eu mesmo
não sei: ninguém, por si só, sua origem conhece.
Tomara tivesse eu sido filho de algum ditoso
varão que envelhecesse junto a seus bens.
Agora, de quem se tornou o mais desventurado dos mortais,
220 dele afirmam que nasci, já que isso tu me indagas".
A ele, então, replicou a deusa, Atena olhos-de-coruja:
"Os deuses, por certo, não tornaram inglória tua linhagem
para o futuro, pois a ti, desse feitio, Penélope gerou.
Mas vamos, diz-me isto e conta com precisão:
225 que banquete, que multidão é essa? Precisas disso?
Festa ou casamento? Pois um almoço isso não é,
porque a mim, desmedidos, com soberba parecem
banquetear-se pela casa. Um varão se indignaria
vendo tanta vergonha, todo sensato que chegasse".

230 A ela, então, o inteligente Telêmaco retrucou:
"Hóspede, já que isso me perguntas e investigas,
naquela época esta casa rica e impecável devia
ser, enquanto aquele varão ainda estava na cidade.
Mas outro desejo foi o dos deuses, maquinando males,
235 ao tornarem desaparecido aquele mais que a todos
os homens, pois até com ele morto não me afligiria assim,
se, entre seus companheiros, tivesse sido subjugado em Troia,
ou nos braços dos seus, após arrematar a guerra.
Então todos os aqueus lhe teriam erigido um túmulo,
240 e a seu filho teria granjeado grande fama para o futuro.
Mas as Harpias o agarraram sem deixar rumor:
partiu desaparecido, despercebido, e dores e lamentos
deixou-me; aflito, não gemo por aquele
somente, pois deuses me armaram outras agruras vis.
245 Quantos nobres têm poder sobre as ilhas,
Dulíquion, Same e a matosa Zacintos,
e quantos regem pela rochosa Ítaca,
tantos cortejam minha mãe e esgotam a casa.
Ela, nem recusar as hediondas bodas nem as completar,
250 disso não é capaz; eles, porém, devastam, comendo,
minha casa. Logo despedaçarão também a mim".
E a ele, atenazada, dirigiu-se Palas Atena:
"Incrível, por certo do afastado Odisseu muito
precisas: nos aviltantes pretendentes descerla os braços.
255 Ah! Se de volta a casa, nas portas da frente,
estivesse com elmo, escudo e duas lanças,
tal como eu pela primeira vez o mirei,
em nossa casa bebendo e deleitando-se,
voltando de Éfira, de junto de Ilo, filho de Mermero,

135 CANTO 1

260 pois Odisseu foi também até lá sobre nau veloz
em busca de poção assassina para com ela
untar flechas ponta-brônzea. Mas aquele não lha
deu, pois temia indignar os deuses sempre-vivos;
mas meu pai lha deu, pois o amava por demais.
265 Assim Odisseu encontrasse os pretendentes;
todos seriam destino-veloz e bodas-amargas.
Não, isto repousa nos joelhos dos deuses,
se, após retornar, ele se vingará ou não
em seu palácio; já a ti peço que ponderes
270 como expulsarás os pretendentes do salão.
Vamos agora, ouve e atenta a meu discurso:
amanhã, convoca à ágora os heróis aqueus,
e discurso enuncia a todos, os deuses por testemunhas.
Pretendentes, ordena que se dispersem a suas casas,
275 e tua mãe, se o ânimo impele-a a ser desposada,
que vá logo à morada do pai, que muito possui;
eles irão preparar as bodas e dispor um dote
de grande monta, o que convém seguir com a filha amada.
Já a ti darei arguto conselho, caso fores persuadido:
280 equipa nau excelente com vinte remadores,
e parte em busca de novas do pai há tempo ausente,
para o caso de um mortal algo te dizer ou ouvires o rumor
de Zeus, que, mais que tudo, traz fama aos homens.
Primeiro vai a Pilos e interroga o divino Nestor,
285 e de lá até Esparta, para junto do loiro Menelau;
ele foi, dos aqueus couraça-brônzea, o último a chegar.
Se ouvires da subsistência e do retorno de teu pai,
sim, embora arruinado, ainda aguentarias um ano;
se ouvires que ele está morto e não vive mais,

290 após retornares, então, à cara terra pátria,
ergue-lhe sepulcro e também oferta oferendas
à farta, quanto convém, e dá a mãe a um varão.
Mas quando tiveres aquilo feito e completado,
planeja então no juízo e no ânimo
295 como os pretendentes em teu palácio
matarás, com truque ou às claras; tu não precisas
continuar com tolices, pois não tens mais idade.
Não escutaste que fama logrou o divino Orestes
entre todos os homens após matar o assassino do pai,
300 Egisto astúcia-ardilosa, que matara seu pai glorioso?
Também tu, amigo, pois te vejo muito belo e alto,
sê bravo para também gerações futuras te elogiarem.
Mas eu descerei agora à nau veloz,
até os companheiros, que, impacientes, me aguardam;
305 que a ti isso ocupe, e atenta a meu discurso".
A ela, então, o inteligente Telêmaco retrucou:
"Hóspede, por certo com benevolência dizes isso,
como pai para filho, e disso nunca me esquecerei.
Mas vamos, fica, embora sôfrego pela rota,
310 para que, banho tomado, após deleitar teu coração,
com um dom rumes ao navio de ânimo alegre,
algo valioso e muito belo, que te será preciosidade
minha, algo com que caros aliados a aliados presenteiam".
Respondeu-lhe a deusa, Atena olhos-de-coruja:
315 "Não me segures mais, pois almejo partir;
o dom, que teu coração pede que me dês,
no retorno seja dado para eu o levar para casa,
após muito belo pegares; para ti haverá retribuição".
Ela, após falar assim, partiu, Atena olhos-de-coruja,

320 e como ave pela chaminé voou; e no ânimo dele
pôs ímpeto e audácia e fê-lo lembrar-se do pai
ainda mais que no passado. Ele em seu juízo refletiu
e pasmou-se no ânimo: pensou tratar-se de um deus.
Presto foi aos pretendentes, herói feito deus.
325 Entre eles cantor cantava, bem famoso, e, quietos,
sentados ouviam. Dos aqueus cantava o retorno
funesto, que, desde Troia, impôs-lhes Palas Atena.
Em cima, compreendeu no juízo seu inspirado canto
a filha de Icário, Penélope bem-ajuizada;
330 e a elevada escadaria de sua morada desceu,
não indo sozinha: com ela seguiam duas criadas.
Quando alcançou os pretendentes, divina mulher,
parou ao lado do pilar do teto, sólida construção,
após puxar, para diante da face, o véu reluzente;
335 e criadas devotadas, uma de cada lado, se postaram.
Aos prantos, então dirigiu-se ao divino cantor:
"Fêmio, sabes muito outro feitiço que age sobre os mortais,
ações de varões e deuses que cantores tornam famosas;
desses canta um, sentado junto deles, e, quietos,
340 bebam vinho. Mas interrompe esse canto
funesto, que sempre, no peito, meu coração
tortura, depois que assaltou-me aflição inesquecível.
De notável pessoa tenho saudade, lembrando-me sempre
do varão cuja fama é ampla na Hélade até o meio de Argos".
345 A ela, então, o inteligente Telêmaco retrucou:
"Ora, minha mãe, por que te desagrada que o leal cantor
deleite como a mente o instiga? Não são os cantores
os responsáveis, mas, de algum modo, Zeus; ele que dá
ao homem come-grão como quiser, a cada um.

350 Não cabe indignação contra ele ao cantar a má sorte dos dânaos;
os homens, com efeito, tornam mais famoso o canto
que for o mais recente a circundar os ouvintes.
Que teu coração e ânimo suportem ouvir,
pois não só Odisseu perdeu o dia do retorno
355 em Troia; muitos outros heróis também pereceram.
Mas entra na casa e cuida de teus próprios afazeres,
do tear e da roca, e ordena às criadas
que executem o trabalho; o discurso ocupará os varões
todos, mormente a mim, de quem é o poder na casa".
360 Ela ficou pasma e foi de volta à casa,
pois o inteligente discurso do filho pôs no ânimo.
Subiu aos aposentos com as criadas mulheres
e chorou por Odisseu, caro esposo, até sono doce
lançar-lhe sobre as pálpebras Atena olhos-de-coruja.
365 E os pretendentes iniciaram arruaça no umbroso palácio;
todos rezaram para a seu lado no leito deitar-se.
Entre eles o inteligente Telêmaco tomou a palavra:
"Pretendentes de minha mãe, de brutal desmedida,
agora, deleitemo-nos com o banquete, e que barulheira
370 não haja, pois isto é belo, ouvir um aedo
deste feitio, semelhante a deuses na voz humana.
Pela manhã, indo até a ágora, sentemo-nos
todos e eu vos enunciarei um discurso resoluto:
abandonai o palácio; cuidai de outros banquetes,
375 comendo vossos bens, indo de uma casa a outra.
Se isto vos parece mais lucrativo e melhor,
o sustento de um só homem ser destruído de graça,
devastai-o; mas eu clamarei aos deuses sempre-vivos,
que Zeus um dia conceda que a retribuição ocorra;

380 então, seríeis destruídos de graça dentro de casa".
Assim falou, e todos, com dentes mordendo os lábios,
admiraram-se de Telêmaco, pois falou com audácia.
A ele, então, dirigiu-se Antínoo, filho de Persuasivo:
"Telêmaco, deveras te ensinam os próprios deuses
385 a seres fala-altiva e falares com audácia.
Que não a ti, de Ítaca cercada-de-mar, o filho de Crono
torne rei, o que te cabe por linhagem pelo legado paterno".
A ele, então, o inteligente Telêmaco retrucou:
"Antínoo, te irritarás contra minha fala?
390 Até isso, caso Zeus o desse, eu gostaria de conquistar.
Dizes que é o que há de pior entre os homens?
De modo algum é ruim ser rei. Rápido sua casa
torna-se rica, e ele mesmo é mais honrado.
Mas, na verdade, reis aqueus também há outros
395 muitos em Ítaca cercada-de-mar, jovens e anciãos;
que um deles isso tudo possua, pois morreu o divino Odisseu.
Eu, todavia, serei senhor de nossa casa
e de escravos que, para mim, apresou o divino Odisseu".
A ele, então, Eurímaco, filho de Polibo, retrucou:
400 "Telêmaco, repousa nos joelhos dos deuses
quem, em Ítaca cercada-de-mar, será rei dos aqueus;
e que tu mantenhas teus bens e reine sobre tua casa.
Que não venha varão que, contra ti, com violência
arranque teus bens enquanto Ítaca for habitada.
405 Mas quero-te, nobre, indagar acerca do hóspede:
de onde vem aquele varão? De que terra proclama
ser? Qual é sua linhagem e o solo pátrio?
Traz notícia de que teu pai está voltando
ou atrás de necessidade própria vem aqui?

410 Quão súbita foi a partida veloz, e não ficou
para travar contato; vil não aparentava ser".
A ele, então, o inteligente Telêmaco retrucou:
"Eurímaco, por certo perdeu-se o retorno de meu pai;
não mais confio em notícias se vêm de alhures,
415 nem atento à profecia que minha mãe,
para a casa chamando um profeta, dele indague.
Aquele é meu aliado paterno, de Tafos,
e proclama ser Mentes, do atilado Anquíalo
o filho, e reina sobre o navegador povo táfio".
420 Isso falou Telêmaco e no juízo reconheceu a deusa imortal.
E aqueles para a dança e o desejável canto
volveram-se e deleitaram-se, e ficaram até a noite.
Enquanto se deleitavam, veio-lhes a negra noite.
Então, para se deitar, voltaram a suas casas.
425 Telêmaco, onde, no pátio muito belo, seu quarto
de alto pé-direito fora feito, em local todo protegido,
lá rumou ao leito, cogitando muita coisa no juízo.
A seu lado, trazia tochas ardentes a sempre devotada
Euricleia, filha de Voz, filho de Persuadidor
430 a qual um dia Laerte comprou usando seus bens,
ela ainda na puberdade, e deu vinte bois;
como à devotada esposa honrava-a no palácio,
e no leito nunca a tomou, evitando a raiva da mulher:
a seu lado trazia tochas ardentes; das escravas era
435 a que dele mais gostava e o criou quando pequeno.
Ele abriu as portas do quarto sólido,
sentou-se na cama e tirou a túnica macia;
e essa lançou nas mãos da anciã de espírito agudo.
Ela, após dobrar a túnica, dela cuidar

440 e pendurá-la num gancho junto ao leito bem-perfurado,
saiu do quarto, fechou a porta com maçaneta
prateada e puxou o ferrolho por meio da correia.
Lá ele, por toda a noite, coberto por velo,
ponderava, em seu juízo, o trajeto que planejara Atena.

2

Quando surgiu a nasce-cedo, Aurora dedos-róseos,
pôs-se para fora do leito o caro filho de Odisseu;
vestiu suas vestes, pendurou a espada afiada no ombro,
sob os pés reluzentes, atou belas sandálias
5 e saiu do quarto, de frente semelhante a um deus.
De imediato aos arautos clara-voz ordenou
convocar à ágora os aqueus cabelo-comprido.
Aqueles os convocaram, e estes se reuniram bem rápido.
Então, após estarem reunidos, todos juntos,
10 foi à ágora e na palma trazia lança brônzea –
não sozinho, mas dois lépidos cães seguiam com ele.
Prodigiosa graça vertia Atena sobre ele;
e todo o povo contemplou-o em sua chegada.
Sentou-se no assento do pai; anciãos deram-lhe lugar.
15 Dentre eles o herói Egípcio começou a falar,
já encurvado pela idade e com muita experiência.
Também seu filho, o lanceiro Antifo,
para Ílion belos-potros rumara em cavas naus,
com o excelso Odisseu; mas matou-o o selvagem ciclope
20 na cava gruta, e por último aprontou-o para o jantar.

145   CANTO 2

Tinha três outros filhos: um juntava-se aos pretendentes,
Eurínomo, e dois cuidavam dos campos paternos.
Nem assim daquele olvidou, lamentando-se, atormentado.
Por ele vertendo lágrimas, tomou a palavra e disse:

25 "Ouvi agora de mim, itacenses, o que vou falar:
nossa assembleia não se reuniu, nem houve sessão
desde que o divino Odisseu partiu em cavas naus.
E agora, quem a reuniu? Quem tanto necessita,
algum dos jovens varões ou dos mais velhos?

30 Ouviu notícia de um exército a caminho,
do que nos deveria falar ao claro por antes saber,
ou anuncia e revela outro tema público?
Nobre parece-me, abençoado. Que para ele
Zeus complete o que deseja de bom em seu juízo".

35 Isso disse, e o prenúncio alegrou o caro filho de Odisseu;
não ficou tempo sentado, e desejou falar.
Postou-se no meio da ágora; o cetro pôs em sua mão
o arauto Persuadidor, versado no inteligente.
Então, primeiro ao ancião abordando, disse:

40 "Ancião, esse varão não está longe, logo saberás
quem – eu reuni o povo; enorme aflição me atinge.
Não ouvi notícia de um exército a caminho,
do que vos deveria falar ao claro por antes saber,
nem anuncio ou revelo outro tema público,

45 mas minha própria necessidade – um mal tombou em casa,
dois até: primeiro perdi o nobre pai, que um dia entre vós
aqui reinava e era como um pai amigável;
agora, porém, um muito maior, que logo a casa toda,
de todo, irá despedaçar e todo o sustento perder.

50 Pretendentes atacam minha mãe, contra sua vontade,

caros filhos de varões que, justo aqui, são os melhores,
eles que à casa do pai dela têm pavor de partir,
Icário, que deveria, ele, fazer o noivado da filha
e entregá-la a quem quisesse, a quem o agradasse.
55 E eles, frequentando nossa casa todos os dias,
abatendo bois, ovelhas e gordas cabras,
festejam e bebem fulgente vinho,
levianos. Isso se desperdiça à larga. Não há varão,
tal como era Odisseu, para afastar o dano da casa.
60 Nós não temos como afastá-los; sim, também depois
mostraremos ser débeis e pouco versados em bravura.
Por certo me defenderia, se capacidade eu tivesse.
Houve ações não mais toleráveis, e não é decoroso
como minha casa está em ruínas: indignai-vos também,
65 envergonhai-vos diante de outros homens, vizinhos,
os que moram nos arredores. E temei a cólera dos deuses
para que não se realinhem, irritados com vis ações.
Suplico por Zeus Olímpio e por Têmis,
que dissolve e instaura assembleias de homens:
70 recuai, amigos, deixai-me sozinho ser torturado
por funesta dor, a não ser que meu pai, o distinto Odisseu,
inimigo, tenha infligido males a aqueus belas-grevas,
pelos quais, vingando-vos, males infligis como inimigos,
esses aí instigando. A mim, seria mais vantajoso
75 que comêsseis meus bens imóveis e o gado:
se vós os tivésseis comido, logo haveria compensação;
sim, pela cidade rogaríamos, com discursos
pedindo bens, até que tudo fosse recuperado.
Mas agora dores ineludíveis lançais em meu ânimo".
80 Após falar assim, irado, lançou o cetro ao chão,

e lágrimas jorraram; e piedade tomou todo o povo.
Então todos os outros atentaram, e ninguém ousou
responder a Telêmaco com duros discursos.
Só Antínoo, respondendo, lhe disse:
85 "Telêmaco fala-altiva, de ímpeto incontido, que falaste,
aviltando-nos! Gostarias de nos pregar a mácula.
Contra ti nada fizeram os pretendentes aqueus,
e sim tua cara mãe, destacada conhecedora de estratagemas.
Já é o terceiro ano, e rápido será o quarto,
90 desde que frustra o ânimo no peito dos aqueus.
A todos dá esperança e faz promessas a cada varão,
enviando recados; e sua mente concebe outra coisa.
Pois cogitou este outro ardil no juízo:
após grande urdidura armar no palácio, tramava –
95 fina e bem longa. De imediato nos disse:
'Moços, meus pretendentes, morto o divino Odisseu,
esperai, mesmo ávidos por desposar-me, até o manto
eu completar – que meus fios, em vão, não se percam –,
mortalha para o herói Laerte, para quando a ele
100 o quinhão funesto agarrar, o da morte dolorosa;
que, contra mim, no povo, aqueia alguma se indigne
se ele sem pano jazer depois que muito granjeou'.
Assim falou, e foi persuadido nosso ânimo orgulhoso.
E então de dia tramava a enorme urdidura,
105 e à noite desenredava-a com tochas postadas ao lado.
Três anos o truque não se notou, e persuadiu os aqueus;
mas ao chegar o quarto ano e a primavera se achegar,
107ª as luas finando, e muitos dias passarem,
uma das mulheres falou, a que sabia ao claro,
e a apanhamos desenredando a trama radiante.

148 CANTO 2

110 E assim ela a completou, a contragosto, obrigada.
A ti os pretendentes isto responderão, para que saibas
tu mesmo em teu ânimo, e saibam todos os aqueus:
envia de volta tua mãe e ordena-lhe que aceite casar
com quem o pai mandar e a ela agradar.
115 Se ainda retardar muito tempo os filhos de aqueus,
refletindo, no ânimo, no que sobremodo lhe deu Atena –
a técnica de trabalhos bem belos, um juízo distinto
e truques que nunca ouvimos de alguém, nem das antigas,
as que no passado viveram, aqueias belas-tranças,
120 Tiro, Alcmena e Micena belas-tranças:
nenhuma delas ideias semelhantes às de Penélope
conheceu; porém, a que pensou não é moderada.
Bom, teus recursos e teus bens eles comerão
enquanto ela mantiver esta ideia, essa que agora
125 os deuses põem em seu peito: grande fama para si
adquire, mas, para ti, a saudade de muitos recursos.
Nós não iremos antes aos campos nem a outro lugar
até que seja desposada pelo aqueu que ela quiser".
A ele, então, o inteligente Telêmaco retrucou:
130 "Antínoo, é impossível afastar de casa, contra sua vontade,
quem me gerou, quem me criou, e meu pai está alhures,
vivo ou morto. É injusto eu pagar elevada compensação
a Icário, se, de bom grado, eu fizer minha mãe retornar.
Sofrerei males da parte de meu pai, e outros o deus
135 me dará, pois minha mãe invocará as hediondas Erínias
ao deixar sua casa. Indignação contra mim os homens
mostrarão: assim, eu nunca direi esse discurso.
Abandonai o palácio; cuidai de outros banquetes,
140 comendo vossos bens, indo de uma casa a outra.

Se isto vos parece melhor e mais lucrativo,
o sustento de um só homem ser destruído de graça,
devastai-o; mas clamarei aos deuses sempre-vivos
que Zeus um dia conceda que a retribuição ocorra;
145 então, seríeis destruídos de graça dentro de casa".
Assim falou Telêmaco, e duas águias Zeus ampla-visão
enviou-lhe do alto, do pico do monte, em voo.
As duas por um tempo voaram com lufada de vento,
próximas uma da outra esticando as asas;
150 mas quando alcançaram o meio da ágora muita-fala,
lá, após voltear, bateram suas asas rápido,
miraram as cabeças de todos e tinham a ruína nos olhos:
com as garras arranharam faces e pescoços
e à direita lançaram-se através das casas, da cidade deles.
155 Eles pasmaram-se com as aves ao vê-las,
e revolveram no ânimo o que iria, de fato, se completar.
Entre eles também falou o velho herói Haliterses,
filho de Buscador, o único a superar os de sua idade
no conhecimento das aves e nos enunciados proféticos.
160 Refletindo bem, entre eles tomou a palavra e disse:
"Ouvi agora de mim, itacenses, o que vou falar:
falo sobretudo aos pretendentes quando isto revelo.
Contra eles rola grande desgraça, pois Odisseu,
não muito tempo longe dos seus ficará, mas talvez já
165 esteja perto, e para esses aí engendra matança e perdição,
para todos: também será um mal para muitos outros
de nós, moradores de Ítaca bem-avistada. Não, bem antes
planejemos como os faremos parar: que eles, por si,
parem, pois isso lhes é de pronto muito melhor.
170 Não adivinho sem experiência, mas sei fazê-lo bem.

Afirmo que também para ele tudo se completou
como lhe discursei quando para Ílion embarcavam
os argivos, e com eles partiu Odisseu muita-astúcia:
após muitos males sofrer e perder todos os companheiros,
175 irreconhecível para todos, no vigésimo ano,
em casa chegaria. Tudo isso agora se completa".
A ele, então, Eurímaco, filho de Polibo, retrucou:
"Ancião, vamos agora, adivinha para teus filhos
em casa, para que um mal não sofram no futuro;
180 nisso sou muito melhor adivinho que tu.
São muitas as aves que, sob os raios do sol,
zanzam; nem todas, proféticas. Odisseu, porém,
longe pereceu, e assim também tu, com ele,
devias ter morrido; não enunciarias tantas profecias
185 e o já irado Telêmaco não atiçarias assim,
para tua casa aguardando um dom, caso ele o levar.
Eu, porém, te falarei, e isto se completará:
se com muito saber antigo ao varão mais jovem,
induzindo com palavras, incitas a endurecer,
190 a ele mesmo, primeiro, ocorrerão mais problemas,
[e nada poderá realizar por causa deles;]
e para ti, ancião, imporemos pena, que, no ânimo,
doerá pagar: duro te será o sofrimento.
A Telêmaco, diante de todos, eu mesmo aconselharei:
195 que a sua mãe ele ordene voltar à casa do pai,
e eles as bodas irão preparar e dispor um dote
de grande monta, o que convém seguir com filha amada.
Não creio que antes cessarão os filhos de aqueus
a difícil corte, pois, seja como for, a ninguém tememos,
200 por certo não a Telêmaco, embora sendo muito-discurso,

nem atentamos para profecia que tu, ancião,
anuncias, irrealizável, e és mais odiado ainda.
Já os bens serão vilmente consumidos, e jamais iguais
haverá, enquanto ela atrasar os aqueus
205 nessas bodas; mas nós, aguardando todos os dias,
por sua excelência disputamos e atrás de outras
não vamos, das adequadas ao casamento conosco".
A ele, então, o inteligente Telêmaco retrucou:
"Eurímaco e todos os outros ilustres pretendentes,
210 isso, de vós, não mais suplico nem disso falo.
Já o conhecem os deuses e todos os aqueus.
Mas vamos, dai-me nau veloz e vinte companheiros,
que, para mim, ida e volta, efetuarão o percurso.
Sim, irei a Esparta e à arenosa Pilos
215 buscar notícia do retorno do pai há tempo ausente,
caso um mortal algo me disser ou ouvir o rumor
de Zeus, que, mais que tudo, traz fama aos homens.
Se da subsistência e do retorno de meu pai ouvir,
sim, embora arruinado, ainda aguentaria um ano;
220 se ouvir que ele está morto e não vive mais,
após retornar, então, à cara terra pátria,
irei lhe erguer sepulcro e também ofertarei oferendas,
à farta, quanto convém, e a um varão darei a mãe".
Após falar assim, sentou-se, e entre eles ergueu-se
225 Mentor, que do impecável Odisseu era companheiro,
e este, ao embarcar, confiou-lhe toda a propriedade;
que obedecesse ao ancião e com firmeza tudo guardasse.
Refletindo bem, entre eles tomou a palavra e disse:
"Ouvi agora de mim, itacenses, o que vou falar:
230 que nunca mais um rei porta-cetro seja solícito,

152   CANTO 2

suave e amigável, nem, no juízo, saiba o medido,
mas sempre seja duro e cometa iniquidades,
pois ninguém se lembra do divino Odisseu,
dentre aqueles que regeu, e era como um pai amigável.

235 Mas não me oponho aos arrogantes pretendentes
quando agem, violentos, com tramoias da mente:
arriscando suas cabeças, devoram com violência
a casa, e de Odisseu afirmam nunca irá retornar.
Não, me indigno com o resto do povo, como todos

240 estão quietos, sentados, ao invés de, abordando-os,
segurardes, sendo muitos, os poucos pretendentes".
E a ele Leócrito, filho de Fortificante, retrucou:
"Insultante Mentor, doido no juízo, que coisa falaste,
instigando-os a nos fazer parar. É difícil, por um banquete,

245 brigar contra varões que estão em maior número.
Ainda que o itacense Odisseu, ao voltar em pessoa,
concebesse, no ânimo, expulsar do salão
os ilustres pretendentes que se banqueteiam na casa,
a esposa, mesmo dele muito carente, não se alegraria

250 com sua volta: lá mesmo alcançaria ultrajante fado
se combatesse o grupo; tu não falaste com adequação.
Vamos, dispersai-vos, cada um rumo a sua lida,
e para este aí apressarão a rota Mentor e Haliterses,
os quais, desde o início, são companheiros do pai.

255 Mas, creio, por muito tempo sentado, notícias
ouvirá em Ítaca e nunca completará essa rota".
Assim ele falou, e rápido dissolveu a assembleia.
Eis que se dispersaram, cada um rumo a sua casa,
e os pretendentes foram à casa do divino Odisseu.

260 Telêmaco, afastando-se até a orla do oceano,

lavou as mãos no mar cinzento e orou a Atena:

"Ouve-me, deus que ontem vieste até nossa casa

e me ordenaste, em nau sobre o mar embaçado,

buscar notícia do retorno do pai há tempo ausente

265 e partir. Tudo isso atrasam os aqueus,

e sobretudo os pretendentes com sua vil arrogância".

Assim falou, orando, e das cercanias veio-lhe Atena,

semelhante a Mentor no corpo e na voz humana,

e, falando, dirigiu-lhe palavras plumadas:

270 "Telêmaco, doravante não serás vil nem imponderado,

se, de fato, em ti foi instilado o bom ímpeto do pai,

distinto como ele era para completar palavra e ação;

então vã não será a rota, nem incompleta.

Mas se não és rebento dele e de Penélope,

275 então não espero que completes o que concebes.

Sim, poucos filhos com o pai se parecem,

a maioria é pior, e poucos, melhores que o pai.

Mas como doravante não serás vil nem imponderado,

e a astúcia de Odisseu de modo algum te falta,

280 há a expectativa, então, de que completes esses feitos.

Por ora ignora plano e mente dos pretendentes

irresponsáveis, pois nem são ponderados nem civilizados.

Não conhecem a negra perdição da morte

que deles está perto: todos, em um só dia, perecerão.

285 Não mais será postergada a rota que concebes:

para ti eu sou um tal companheiro de teu pai

que irei preparar nau veloz e contigo seguirei.

Já tu, indo para casa, junta-te aos pretendentes,

apronta provisões e em vasilhas tudo acomoda,

290 vinho em ânforas dupla-alça e cevada, tutano de varões,

em peles compactas; eu, entre o povo, companheiros
voluntários rápido selecionarei. Há naus,
muitas, em Ítaca cercada-de-mar, novas e antigas;
dessas escolherei para ti uma excelente,
295 e iremos ligeiro aprontá-la e lançar ao amplo mar".
Assim falou Atena, filha de Zeus; e não muito tempo
Telêmaco demorou-se após ouvir a voz humana do deus.
E foi para casa, agastado em seu coração.
Achou os arrogantes pretendentes em seu palácio
300 pelando cabras e queimando cerdas de cevados no pátio.
Eis que Antínoo riu e foi direto a Telêmaco;
deu-lhe forte aperto de mão, dirigiu-se-lhe e nomeou-o:
"Telêmaco fala-altiva, de ímpeto incontido, que outra
vileza no peito não te ocupe, palavra ou ação,
305 mas, por mim, come e bebe, igual no passado.
Por certo tudo isto os aqueus realizarão para ti,
nau e seletos remadores, para bem rápido chegares
à mui sacra Pilos atrás de notícia do ilustre pai".
A ele, então, o inteligente Telêmaco retrucou:
310 "Antínoo, não são possíveis entre vós, soberbos,
banquete atento e se gaudiar tranquilo.
Não basta já terdes devastado muitos e distintos
bens meus como pretendentes? Eu ainda era tolo.
Agora sou grande e, ao ouvir um discurso dos outros,
315 entendo; além disso, cresce meu ânimo;
tentarei lançar perniciosa perdição contra vós,
ou já em Pilos ou aqui mesmo nessa terra.
Eu irei, e não será vã a rota que menciono –
passageiro, pois dono nem de navio nem de remadores
320 sou: assim, creio, pareceu-vos mais vantajoso".

155   CANTO 2

Falou e puxou sua mão da mão de Antínoo,
fácil. E os pretendentes preparavam o banquete na casa.
Debochavam dele e o ridicularizavam com palavras;
e desse modo falavam os jovens arrogantes:
325 "Por certo Telêmaco cogita nossa matança.
Ou trará alguns protetores da arenosa Pilos
ou até de Esparta, pois agora seu anseio é terrível,
ou pretende também ir a Éfira, de fértil solo,
para de lá trazer droga tira-vida,
330 lançá-la numa ânfora e perder-nos a todos".
Por sua vez, retrucava outro dos jovens arrogantes:
"Quem sabe também ele próprio, sobre cava nau,
longe dos seus, pereça, vagando como Odisseu.
Assim ele avolumaria ainda mais nosso trabalho:
335 todos os bens dividiríamos, e a propriedade
daríamos a sua mãe e a quem a desposasse".
Assim falavam, e ele ao quarto alto-teto do pai desceu,
amplo, onde havia ouro e bronze amontoados,
roupas em baús e perfumado óleo em profusão.
340 Dentro, cântaros com vinho antigo, doce de beber,
estavam de pé, contendo divina bebida, pura,
ajustados em fila junto à parede, caso um dia Odisseu
a casa retornasse após padecer muita agonia.
Na frente, com tranca, portas sólidas, bem justas,
345 duplas; por lá a governanta, de noite e de dia,
passava, tudo guardando com mente multiperspicaz,
Euricleia, filha de Voz, filho de Persuadidor.
A ela dirigiu-se Telêmaco após chamá-la ao quarto:
"Mãezinha, vamos, derrama vinho em ânforas dupla-alça,
350 doce, o mais saboroso depois do que tu guardas,

pensando neste desditoso, caso vier de alhures
o divinal Odisseu após fugir da perdição da morte.
Enche doze, e cerra todas com tampos.
Despeja-me cevada em alforjes bem-costurados;
355   que haja vinte medidas de cereal, cevada moída na mó.
Tu mesma sê a única a saber; tudo esteja posto junto,
pois à noite eu o recolherei, quando já tiver
a mãe subido aos aposentos e pensado no repouso;
irei, com efeito, a Esparta e à arenosa Pilos
360   buscar notícia do retorno do caro pai, caso algo ouvir".
Assim falou, e pôs-se a ulular a cara nutriz Euricleia
e, lamentando-se, dirigiu-lhes palavras plumadas:
"Por quê, filho querido, veio a teu juízo
essa ideia? Como queres percorrer a extensa terra,
365   sendo o amado único? Ele pereceu apartado da pátria,
o divinal Odisseu, em terra estrangeira.
Eles, logo que fores, contra ti planejarão males por trás,
para morreres por um ardil, e tudo isso dividirão.
Não, permanece aqui junto ao que é teu; não careces
370   pelo mar ruidoso sofrer males nem ficar à deriva".
A ela, então, o inteligente Telêmaco retrucou:
"Coragem, mãezinha, o plano não existe sem um deus.
Não, jura que a minha mãe isso não relatarás
antes do décimo primeiro, décimo segundo dia
375   ou até que ela tenha saudade e ouça que parti
para, com seu choro, a catita cútis não machucar".
Isso disse, e a velha jurou a grande jura dos deuses.
E depois que jurou por completo essa jura,
logo derramou-lhe vinho em ânforas dupla-alça
380   e despejou-lhe cevada em alforjes bem-cosidos.

Telêmaco, indo para casa, juntou-se aos pretendentes.
Então teve outra ideia a deusa, Atena olhos-de-coruja:
assemelhada a Telêmaco, toda a cidade percorreu
e, de pé, ao lado de cada herói, enunciava o discurso,
385 pedindo que se reunissem à noite, junto à nau veloz.
Ela então a Ponderado, o ilustre filho de Prudente,
pediu nau veloz; ele, benevolente, prometeu-lha.
E o sol mergulhou, e todas as rotas escureciam;
nisso empurrou a nau veloz ao mar e nela colocou
390 todo cordame que levam as naus bom-convés.
Postou-a na ponta do porto; ao redor, nobres companheiros
em grupo reuniram-se: a deusa instigava cada um.
Então teve outra ideia a deusa, Atena olhos-de-coruja:
partiu rumo à casa do divino Odisseu;
395 lá, sobre os pretendentes, verteu doce sono,
fê-los-os vagar bêbados e derrubou as taças das mãos.
Apressavam-se pela urbe em ir dormir, e pouco tempo
ficavam sentados, pois sono caía sobre suas pálpebras.
Já Telêmaco, a ele dirigiu-se Atena olhos-de-coruja,
400 após chamá-lo para fora do palácio bom para morar,
semelhante a Mentor no corpo e na voz humana:
"Telêmaco, já teus companheiros belas-grevas
estão sentados junto aos remos e aguardam tua partida;
sim, vamos, não atrasemos mais tempo a jornada".
405 Falou assim e foi na frente Palas Atena
célere; ele depois, atrás das pegadas da deusa.
E quando tinham descido até a nau e o mar,
toparam na praia os companheiros cabelo-comprido.
E entre eles falou a sacra força de Telêmaco:
410 "Para cá, amigos: busquemos as provisões; já tudo

foi reunido na casa. Minha mãe de nada sabe
nem as escravas, e uma só ouviu meu discurso".
Após falar assim, foi na frente, e eles o seguiam.
Tendo tudo trazido, sobre a nau bom-convés
415 depositaram como pedira o caro filho de Odisseu.
Telêmaco embarcou na nau, e Atena comandava;
sentou-se na popa da nau, e próximo dela
sentou-se Telêmaco. E os outros soltaram os cabos
e, após embarcar, sentaram junto aos calços dos remos.
420 A eles brisa bem-vinda enviou Atena olhos-de-coruja,
Zéfiro sopra-do-alto, zunindo sobre o mar vinoso.
Telêmaco, instigando os companheiros, ordenou-lhes
pegar no cordame; e eles ouviram quem os instigou.
O mastro de abeto, dentro da côncava enora,
425 ergueram, fixaram e prenderam com estais,
e içaram a branca vela com tiras de couro bem-trançadas.
Vento inflou o meio da vela, e, nos dois lados, onda
agitada, púrpura, rugia na proa, e a nau se movia;
e ela corria onda abaixo, cumprindo o percurso.
430 E prenderam o cordame ao longo da negra nau veloz
e puseram de pé as ânforas cheias de vinho;
libavam aos imortais deuses sempiternos,
e, entre todos, mais à filha de Zeus, a olhos-de-coruja.
Toda a noite e pela aurora, ela a rota percorria.

3

E Sol levantou-se e deixou o oceano bem belo
até o páramo muito-bronze, para brilhar a imortais
e a humanos mortais sobre o solo fértil.
E eles a Pilos, a cidade bem-construída de Neleu,
5 chegaram. Os habitantes, na orla do mar, sacrificavam
touros negros a Posêidon, o treme-solo, juba-cobalto.
Eram nove grupos de assentos, e quinhentos estavam
sentados em cada, e cada um ofertava nove touros.
Enquanto comiam vísceras e ao deus queimavam coxas,
10 aqueles aportaram direto; a vela da nau simétrica,
após baixar, recolheram, atracaram-na e desceram.
Telêmaco desembarcou da nau, e Atena comandava.
A ele, primeiro, dirigiu-se a deusa, Atena olhos-de-coruja:
"Telêmaco, não precisas mais ter vergonha, nem um pouco.
15 Vë, por isso navegaste pelo oceano, para teres notícia
do pai, onde a terra o oculta e qual destino alcançou.
Vai agora direto a Nestor doma-cavalos;
que saibamos o plano que ele guarda no peito.
Suplica-lhe tu mesmo que fale sem subterfúgios.
20 Algo falso não dirá, pois é muito inteligente".

A ela, então, o inteligente Telêmaco retrucou:
"Mentor, como então devo chegar, como saudá-lo?
Ainda não sou versado em discursos argutos.
Varão jovem tem vergonha de inquirir um mais velho".
25 A ele, então, dirigiu-se a deusa, Atena olhos-de-coruja:
"Telêmaco, uma ideia tu mesmo terás em teu juízo,
e outra a divindade vai sugerir, pois não acredito
que em oposição aos deuses foste gerado e nutrido".
Falou assim e foi na frente Palas Atena,
30 célere; ele depois, atrás das pegadas da deusa.
Chegaram à reunião e aos assentos dos varões de Pilos,
e lá, sentado Nestor com os filhos, companheiros ao redor,
preparando o banquete, assavam e espetavam a carne.
Então viram os estranhos, e todos foram juntos,
35 com as mãos os saudaram e pediram que sentassem.
Primeiro Pisístrato, filho de Nestor, achegou-se,
tomou a mão de ambos e acomodou-os junto ao banquete
em velos macios, sobre a areia do mar,
ao lado do irmão, Trasímedes, e de seu pai.
40 Deu-lhes porções de vísceras e vinho vertia
em cálice dourado; com uma saudação, dirigiu-se
a Palas Atena, filha de Zeus porta-égide:
"Agora, estranho, faz oração ao senhor Posêidon;
topastes com seu banquete ao virdes para cá.
45 Mas quando tiveres libado e orado como é a norma,
dê também para esse aí o cálice de vinho doce como mel
para libar, pois creio que ele também, aos imortais,
faça preces: todos os homens precisam dos deuses.
Mas é mais jovem; tem a mesma idade que eu:
50 por isso a ti, por primeiro, darei a taça dourada".

Assim falou e entregou-lhe o cálice com doce vinho;
e alegrou-se Atena com o inteligente varão civilizado,
pois a ela, por primeiro, deu a taça dourada.
De imediato orou com fervor ao senhor Posêidon:
55 "Ouve, Posêidon sustém-terra, e não relutes,
para nós que oramos, em completar estes feitos.
A Nestor, primeiro, e aos filhos concede majestade,
e depois aos outros confere agradável retribuição,
a todos os pílios, pela esplêndida hecatombe.
60 Dá ainda que Telêmaco e eu retornemos após fazer
aquilo pelo qual para cá viemos com negra nau veloz".
Assim fez a prece e ela mesma tudo completou.
E deu a Telêmaco o belo cálice dupla-alça;
do mesmo modo fez a prece o caro filho de Odisseu.
65 Aqueles, após assar a carne de fora e a tirar de espetos,
repartiram-na e partilharam majestoso banquete.
Mas após apaziguarem o desejo por bebida e comida,
entre eles começou a falar o gerênio, o cavaleiro Nestor:
"Vê, agora é mais adequado investigar e questionar
70 quem são os estranhos, pois se deleitaram com a comida.
Estranhos, quem sois? Donde navegastes por fluentes vias?
Acaso devido a um assunto, ou, levianos, vagais,
tal como piratas ao mar? Esses vagam
arriscando suas vidas, levando dano a gentes alheias".
75 A ele, então, o inteligente Telêmaco retrucou
corajosamente; coragem, no peito, a própria Atena
pôs, para que acerca do pai ausente o interrogasse
e para que lhe pertencesse distinta fama entre os homens:
"Nestor, filho de Neleu, grande majestade dos aqueus,
80 perguntas de onde somos: eu te contarei.

Nós de Ítaca, sob o Néion, chegamos;
o assunto de que falo é privado, não da cidade.
A vasta fama de meu pai persigo, esperando algo ouvir,
do divino Odisseu juízo-paciente, que um dia, dizem,
85 contigo combatendo, aniquilou a cidade dos troianos.
Vê, de todos os outros que guerrearam contra troianos,
sabemos onde cada um finou-se em funesto fim;
a ele até fim ignoto impôs o filho de Crono.
Ninguém pode dizer ao claro quando finou-se,
90 se em terra firme subjugado por varões inimigos,
ou mesmo no oceano, entre as ondas de Anfitrite.
Por isso cheguei agora a teus joelhos, esperando quereres
narrar sua funesta ruína, se acaso viste
com teus olhos ou ouviste de outro o discurso
95 de que vaga: infeliz ao extremo, assim a mãe o gerou.
Nada edulcores, com respeito ou piedade por mim,
mas conta-me bem com que visão te deparaste.
Suplico-te, se um dia para ti meu pai, o nobre Odisseu,
cumpriu palavra ou ação sob promessa
100 na terra troiana, onde sofrestes desgraças, aqueus.
Disso agora para mim te lembra, e narra-me sem evasivas".
Respondeu-lhe o gerênio, o cavaleiro Nestor:
"Amigo, já que me lembraste da agonia que, naquela
terra, suportamos, filhos de aqueus, de ímpeto incontido,
105 de quanto com as naus sobre o mar embaçado
vagando atrás de butim aonde Aquiles comandasse,
de quanto em torno da grande urbe do senhor Príamo
lutamos; lá, então, quantos morreram, os melhores:
lá repousa o guerreiro Ájax, lá Aquiles,
110 lá Pátroclo, conselheiro de mesmo peso que deuses,

lá meu caro filho, não só forte como destemido,
Antíloco, notável como lesto corredor e guerreiro –
muitos outros males além desses sofremos: que
homem mortal poderia enunciá-los todos?

115 Nem se ficasses cinco, mesmo seis anos a meu lado
e inquirisses quantos males lá sofreram os divinos aqueus;
antes, irritado, para tua terra pátria voltarias.
Nove anos contra eles costuramos males com cuidado,
com todo truque, e quase não os completou o filho de Crono.

120 Lá ninguém queria rivalizar em astúcia diante dele,
pois o divino Odisseu por demais sobressaía,
com todo truque, o teu pai, caso de fato
fores dele o rebento. Reverência me toma ao mirar-te:
quanto aos discursos, são adequados, e não seria de crer

125 um varão mais jovem discursar com tal adequação.
Lá, durante essa época, eu e o divino Odisseu
nunca divergimos, nem na assembleia nem no conselho,
mas, em um só ânimo, com ideia e refletida decisão,
pensávamos como se daria o melhor para os aqueus.

130 Porém, após saquear a escarpada urbe de Príamo,
partimos nas naus e um deus dispersou os aqueus,
e Zeus, então, no juízo armou funesto retorno
para os argivos, pois nem ponderados nem civilizados
eram todos; assim muitos deles toparam sorte ruim

135 graças à cólera ruinosa da olhos-de-coruja, a de pai ponderoso,
que instituiu disputa entre ambos os filhos de Atreu.
Os dois chamaram à assembleia todos os aqueus
à toa, sem adequação, quando o sol se punha –
e eles foram, nocauteados por vinho, os filhos de aqueus –

140 e discursaram discursos, o porquê de a tropa reunir.

Lá Menelau ordenou a todos os aqueus
que se lembrassem do retorno sobre o amplo dorso do mar;
e a Agamêmnon de todo não agradou, pois esse queria
a tropa refrear e fazer sacras hecatombes
145 a fim de apaziguar a terrível raiva de Atena.
Tolo; não sabia que não seria convencida:
a mente dos deuses sempre-vivos não dá volta logo.
Assim os dois, retrucando com duras palavras,
firmes ficaram; e ergueram-se os aqueus belas-grevas
150 com ruído prodigioso, e a decisão, dupla, agradou-lhes.
À noite descansamos, revolvendo no juízo duras ações,
uns contra os outros; então Zeus forjou nefasta desgraça:
pela manhã puxamos naus, alguns, até o divino mar,
e nelas pusemos bens e mulheres cintura-marcada.
155 Mas metade da tropa persistiu em ficar para trás
lá mesmo, com o filho de Atreu, Agamêmnon, pastor de tropa;
metade, embarcamos e dirigimos as naus, que rápido
navegavam, e um deus alisou o mar muito-monstro.
Chegando a Tenedos, fizemos sacrifícios aos deuses,
160 ansiando ir para casa; e Zeus não projetava o retorno,
tinhoso, ele que uma segunda vez instigou disputa vil.
Uns partiram, após voltar às naus ambicurvas,
em torno do senhor Odisseu, o atilado variegada-astúcia,
de novo levando apoio ao filho de Atreu, Agamêmnon;
165 mas eu, com o conjunto das naus que me seguiam,
parti, pois sabia que a divindade armava males.
E partiu o filho viril de Tideu e instigou companheiros.
Bem depois, atrás de nós partiu o loiro Menelau;
em Lesbos alcançou-nos, ao revolvermos o longo trajeto:
170 ou prosseguiríamos ao norte da escarpada Quios,

junto à ilha de Psira, tendo ela à esquerda,
ou ao sul de Quios ao longo da ventosa Mimas.
Pedimos ao deus que exibisse um prodígio, e ele a nós
mostrou e ordenou que, rumo a Euboia, o meio do mar
175 cortássemos, para bem rápido escapar do nefasto.
E pôs-se a soprar sibilante vento; as naus, mui ligeiro,
atravessaram o piscoso percurso e em Gueraistos,
à noite, aportaram. A Posêidon muitas coxas de touros
depusemos, após medir a grande superfície das águas.
180 Era o quarto dia quando em Argos às naus simétricas
os companheiros do filho de Tideu, Diomedes doma-cavalos,
atracaram; mas eu até Pilos segui, e nunca cessou
a brisa depois que o deus começou a fazê-la soprar.
Assim cheguei, filho querido, na ignorância; nada sabia
185 daqueles aqueus, quem se salvou, quem foi destruído.
Uma vez sentado em meu palácio, as informações
que tive, como é norma, aprenderás, e não te esconderei.
Falou-se que chegaram bem os mirmidões, famosos na lança,
que o ilustre filho do animoso Aquiles conduziu,
190 e, a salvo, a Filoctetes, o radiante filho de Poias.
Idomeneu conduziu até Creta todos os companheiros
que escaparam da guerra, e o mar de nenhum o privou.
Do filho de Atreu até vós já ouvistes, mesmo longe vivendo,
como voltou, e como Egisto armou seu funesto fim.
195 Todavia, esse aí pagou de volta de forma lastimável.
Como é bom que o varão morto ainda deixe um filho,
pois também Orestes se vingou do assassino do pai,
Egisto astúcia-ardilosa, que matara seu pai glorioso.
Também tu, amigo, pois te vejo muito belo e alto,
200 sê bravo, para também gerações futuras te elogiarem".

A ele, então, o inteligente Telêmaco retrucou:
"Nestor, filho de Neleu, grande majestade dos aqueus,
deveras ele se vingou e os aqueus
levarão sua extensa fama, um canto aos vindouros.

205 Ah! Se deuses me revestissem com tão grande força
para vingar-me dos pretendentes pela acre transgressão,
desmedidos que, contra mim, engenham ações iníquas.
Mas os deuses não me destinaram tal fortuna,
a meu pai e a mim. Agora, todavia, cumpre aguentar".

210 Respondeu-lhe o gerênio, o cavaleiro Nestor:
"Amigo, já que disso me lembraste em tua fala,
dizem que por causa de tua mãe muitos pretendentes,
em teu palácio, em oposição a ti, engenham males.
Diz-me se és oprimido de bom grado ou se o povo

215 te odeia na cidade, seguindo sugestão do deus.
Quem sabe ele um dia se vingue de sua violência ao chegar,
ou sozinho, ou todos os aqueus presentes também.
Que a ti deseje ser cara Atena olhos-de-coruja
assim como um dia se ocupou do majestoso Odisseu

220 na terra troiana, onde nós, aqueus, sofremos agonias,
pois nunca vi deuses, assim às claras, sendo caros,
como ao lado daquele, às claras, esteve Palas Atena;
se a ti assim desejar ser cara e cuidar com o ânimo,
com isso alguns deles se esqueceriam das bodas".

225 A ele, então, o inteligente Telêmaco retrucou:
"Ancião, creio que nunca essa palavra se completará;
falaste grande demais; espanto-me. Não tenho esperança
de que isso ocorreria, nem se deuses o quisessem".
A ele, então, dirigiu-se a deusa, Atena olhos-de-coruja:

230 "Telêmaco, que palavra te escapou da cerca de dentes!

Fácil o deus, querendo, e de longe, salva um varão.
Eu mesmo preferiria, após padecer muita agonia,
voltar para casa e ver o dia do retorno
a voltar e ser morto no lar, como Agamêmnon,

235 que Egisto e sua esposa mataram com um truque.
Todavia a morte imparcial nem mesmo os deuses,
até a varão amado, são capazes de afastar sempre que
o quinhão funesto agarra, o da morte dolorosa".
Então a ela o inteligente Telêmaco retrucou:

240 "Mentor, não falemos mais disso, mesmo aflitos;
aquele nunca mais terá retorno de verdade, mas já
planejaram-lhe os imortais a negra perdição da morte.
Agora acerca de outra história quero inquirir e questionar
Nestor, pois é mais civilizado e prudente que outros:

245 três são as gerações de varões, dizem, que já regeu
e, para mim, parece um deus quando o miro.
Nestor, filho de Neleu, narra tu a verdade:
como morreu o filho de Atreu, Agamêmnon amplo-poder?
Onde estava Menelau? Que fim lhe armou

250 Egisto astúcia-ardilosa? Pois alguém bem melhor matou!
Ocorreu Menelau não estar na Argos aqueia, mas alhures
vagava entre os homens, e Egisto teve coragem de matar?".
Respondeu-lhe o gerênio, o cavaleiro Nestor:
"Portanto eu a ti, filho, falarei toda a verdade.

255 Isso tu mesmo podes adivinhar como teria ocorrido,
se tivesse se deparado com Egisto vivo no palácio
o filho de Atreu ao voltar de Troia, o loiro Menelau:
então sobre ele, morto, não teriam terra amontoado,
mas a ele cães e aves teriam devorado,

260 jazendo no solo longe da urbe, e a ele nenhuma

aqueia teria pranteado, pois feito bem inaudito armou.

Enquanto lá completávamos muitas provações,

ele, plácido no interior de Argos nutre-potro,

buscava enfeitiçar a esposa de Agamêmnon com palavras.

265 Ela, no início, rejeitava a ação ultrajante,

divina Clitemnestra, pois tinha um juízo valoroso.

Ao lado havia um varão cantor, a quem muito pediu

o filho de Atreu, indo a Troia, que guardasse a consorte.

Mas quando o quinhão dos deuses a prendeu no jugo,

270 então aquele conduziu esse cantor a uma ilha deserta,

deixou-o como presa e butim às aves de rapina

e, ambos querendo, conduziu-a até sua casa.

Muitas coxas queimou sobre sacros altares de deuses

e muitas oferendas pendurou, tecidos e ouro:

275 completou feito inaudito que nunca no ânimo esperara.

Quanto a nós, navegávamos juntos vindos de Troia,

o filho de Atreu e eu, sabendo ser caros um ao outro.

Mas ao chegarmos à sacra Súnion, ponta de Atenas,

lá, Febo Apolo, ao timoneiro de Menelau,

280 com suas flechas suaves, matou após chegar,

enquanto tinha nas mãos o leme da célere nau;

matou a Frôntis, filho de Onetor, superior aos outros

no pilotar um navio quando sopram rajadas.

Assim Menelau lá foi retido, embora sôfrego pela rota,

285 até enterrar o companheiro e oferecer oferendas.

Mas quando também ele, célere, indo sobre o mar vinoso

em côncavas naus, o escarpado monte Maleia

alcançou, então rota hedionda Zeus ampla-visão

planejou e verteu sopro de ventos sibilantes,

290 e ondas inchadas, portentosas, feito morros.

Lá, após as naus separar, umas achegou de Creta,
onde cidônios moravam, junto às correntes do Iardano.
Há uma pedra, lisa e escarpada, que cai no oceano
no extremo de Gortina no mar embaçado;
295 lá Noto empurrou grande onda rumo à ponta oeste,
até Faisto, e pequena pedra a grande onda quebrou.
As naus, vê, foram lá, e com esforço da morte escaparam
os varões, mas às naus, contra os recifes, destroçaram
as ondas; todavia, cinco outras naus proa-cobalto
300 achegaram-se do Egito, vento e água levando-as.
Assim ele lá, juntando muitos recursos e ouro,
vagou com as naus em meio a homens outra-língua;
nisso armava Egisto, em casa, estas funestas ações:
matou o filho de Atreu, e o povo esteve sob seu jugo.
305 Por sete anos reinou sobre Micenas muito-ouro;
então, no oitavo, veio-lhe um mal: o divino Orestes
voltou de Atenas e matou o assassino de seu pai,
Egisto astúcia-ardilosa, que a seu pai glorioso matara.
Após matá-lo, aos argivos deu banquete fúnebre
310 pela mãe hedionda e pelo covarde Egisto;
no mesmo dia veio-lhe Menelau bom-no-grito,
trazendo bens, tantos quanto as naus puderam levar.
Também tu, amigo, não vagues tempo longe de casa,
deixando teus bens para trás e, em tua casa, varões
315 tão soberbos; que não te devorem tudo,
dividindo teus bens, e tu o trajeto faças em vão.
Mas eu insisto e reclamo que até Menelau
vás; é ele que voltou há pouco do estrangeiro,
destes homens de onde nunca, no ânimo, esperariam
320 voltar todos que, primeiro, tempestades desviaram

no mar tão grande, de onde nem mesmo aves
no mesmo ano voltam, pois é grande e fero.
Mas agora vai com tua nau e teus companheiros;
se queres ir por terra, para ti há carro e cavalos,

325   e há meus filhos, que teus condutores serão
até a divina Lacedemônia, onde vive o loiro Menelau.
Suplica-lhe tu mesmo que fale sem subterfúgios.
Algo falso não dirá, pois é muito inteligente".
Assim falou, o sol desceu e vieram as trevas.

330   E entre eles falou a deusa, Atena olhos-de-coruja:
"Ancião, isso contaste ponto por ponto;
mas agora cortai as línguas e misturai o vinho
para que a Posêidon e a outros imortais
libemos e nos ocupemos do descanso, pois é hora.

335   A luz já desceu rumo às trevas, e não convém
tardar-se no banquete dos deuses, mas retornar".
Falou a filha de Zeus, e eles ouviram sua voz humana;
para eles os arautos vertiam água nas mãos,
e moços preencheram ânforas com bebida

340   e a todos distribuíam após verter as primícias nos cálices.
As línguas lançavam ao fogo, e de pé sobre elas libavam.
Mas depois de libar e beber quanto quis o ânimo,
então Atena e o deiforme Telêmaco,
ambos, prepararam-se para voltar à cava nau.

345   Mas Nestor os conteve e abordou-os com palavras:
"Que Zeus e outros deuses imortais impeçam isso,
que vós, para longe de mim, rumo à nau veloz, partis
como de alguém sem vestimenta, desvalido,
que não tem lençóis e muitas capas em casa,

350   nem para si nem para hóspedes terem sono suave.

Mas possuo, sim, capas e belas mantas.
Por certo o caro filho desse varão Odisseu não
repousará na plataforma da nau enquanto eu
viver e, depois, ficarem meus filhos no palácio
355 para hóspedes hospedar, todo que vier a minha casa".
A ele, então, dirigiu-se a deusa, Atena olhos-de-coruja:
"Isso falaste bem, caro ancião; convém que a ti
Telêmaco obedeça, já que é muito mais decoroso assim.
Mas ao passo que ele agora te seguirá para dormir
360 em teu palácio, eu, por outro lado, à negra nau
irei, para encorajar os companheiros e dizer-lhes tudo.
Proclamo ser, entre eles, o único de mais idade;
o restante, varões mais jovens, seguem por amizade,
todos com idade igual à do animoso Telêmaco.
365 Lá eu descansaria junto à negra nau côncava
agora; mas de manhã até os animosos caucônios
irei, onde obrigação me é devida, nem recente,
nem pequena. Já tu a ele, pois alcançou tua casa,
envia com o carro e um filho: dê-lhe os cavalos
370 que correm mais ligeiro, os melhores em força".
Assim falou e partiu Atena olhos-de-coruja
feito brita-ossos; e pasmaram-se todos os aqueus.
O ancião admirou-se quando viu com seus olhos;
tomou a mão de Telêmaco, dirigiu-se-lhe e nomeou-o:
375 "Amigo, não espero que fraco e covarde serás
se a ti, tão jovem, deuses acompanham, condutores.
Esse não era outro dos que habitam as moradas olímpias
mas a filha de Zeus, Tritoguêneia traz-butim,
que também honrava a teu nobre pai, entre os argivos.
380 Mas senhora, sê propícia, dá-me distinta fama,

a mim, meus filhos e minha respeitável consorte;
para ti sacrificarei novilha larga-fronte,
indomada, que nunca um varão sob o jugo guiou:
essa te sacrificarei, após envolver com ouro os chifres".
385 Assim falou, rezando, e o ouviu Palas Atena.
A estes conduziu o gerênio, o cavaleiro Nestor,
a seus filhos e genros, até sua bela morada.
Quando alcançaram a esplêndida casa desse senhor,
em ordem sentaram-se nas cadeiras e poltronas.
390 Aos que chegavam, o ancião misturou na ânfora
vinho suave, que no décimo primeiro ano
a governanta abriu após afrouxar a cobertura;
esse na ânfora o ancião misturou e, libando,
rezou à Atena, a filha de Zeus porta-égide.
395 Mas depois de libar e beber quanto quis o ânimo,
os outros, para se deitar, voltaram a suas casas,
mas a ele fez lá deitar o gerênio, o cavaleiro Nestor,
a Telêmaco, o caro filho do divino Odisseu,
num leito perfurado sob a colunata ressoante,
400 junto a Pisístrato boa-lança, líder de varões,
que, de seus filhos, ainda solteiro, vivia no palácio.
Ele mesmo se deitou no interior da alta casa,
e a senhora esposa preparou-lhe cama e lençóis.
Quando surgiu a nasce-cedo, Aurora dedos-róseos,
405 pôs-se para fora do leito o gerênio, o cavaleiro Nestor.
Após sair, sentou-se nas pedras polidas
que estavam diante de suas altas portas –
brancas, lustradas com óleo: sobre elas antes
Neleu sentava, conselheiro de mesmo peso que deuses;
410 mas ele, já subjugado pela morte, partira ao Hades,

e agora Nestor, o gerênio, sentava, guardião dos aqueus,
com o cetro. Em torno os filhos, em grupo, reuniram-se
após virem dos quartos, Siso, Troposo,
Perseu, Areto e o notável Trasímedes.
415 A eles então juntou-se o sexto, o herói Pisístrato,
e ao lado puseram o deiforme Telêmaco.
Entre eles começou a falar o gerênio, o cavaleiro Nestor:
"Céleres, caros filhos, cumpri-me um desejo
para, por primeiro, entre os deuses eu propiciar Atena,
420 que, visível a mim, veio ao rico banquete do deus.
Vamos, que vá um à planície atrás de vaca, para logo
chegar, e a conduza um varão vaqueiro de bois;
outro, indo à negra nau do animoso Telêmaco,
guie todos os seus companheiros e deixe só dois;
425 outro a Laerque verte-ouro para cá ordene
vir a fim de envolver com ouro os chifres da vaca.
Os restantes, ficai aqui reunidos, e instruí, lá dentro,
as escravas na casa, que preparem esplêndido banquete
e tragam assentos, madeira para o entorno e água clara".
430 Assim falou, e todos eles agiram: a vaca veio
da planície, e vieram da simétrica nau veloz
os companheiros do enérgico Telêmaco, e veio o ferreiro
com as ferramentas na mão, meios para efetuar sua arte,
a bigorna, o martelo e a bem-feita pinça,
435 com os quais trabalhava o ouro; e veio Atena
para os sacrifícios receber. O ancião, cavaleiro Nestor,
deu o ouro; aquele, então, com perícia os chifres da vaca
envolveu para a deusa, ao ver a oferenda, se alegrar.
A vaca conduziam pelos chifres Troposo e Siso.
440 Numa bacia florida, Areto trouxe do quarto

água para eles, e na outra mão, numa cesta, trazia
grãos de cevada; Trasímedes, firme guerreiro, machado
afiado na mão, estava ao lado para a vaca golpear.
Perseu tinha a gamela. O ancião, cavaleiro Nestor,
445 com água e cevada iniciou o rito; efusivo, a Atena
rezou ao dar primícias, lançando pelos da cabeça no fogo.
Mas após rezar e lançar grãos de cevada para a frente,
logo o filho de Nestor, o magnânimo Trasímedes,
golpeou-a, parado perto: o machado decepou os tendões
450 do pescoço e soltou o ímpeto da vaca; e elas ululararam,
as filhas, as noras e a respeitável esposa de Nestor,
Eurídice, a mais velha das filhas de Glorioso.
Os outros depois, erguendo-a do chão largas-rotas,
seguraram-na; e degolou-a Pisístrato, líder de tropa.
455 Ao jorrar negro sangue, a vida deixou os ossos,
e logo a desmembraram, rápido deceparam as coxas,
tudo pela ordem, com gordura encobriram-nas,
camada dupla, e sobre elas puseram peças cruas.
Queimava-as sobre toras o ancião e nelas fulgente vinho
460 aspergia; perto, jovens com garfos cinco-pontas nas mãos.
Mas após queimar coxas e comer vísceras,
cortaram o restante, transpassaram em espetos
e assaram, tendo nas mãos os espetos pontiagudos.
Nisso banhara a Telêmaco a bela Policasta,
465 a mais jovem filha de Nestor, filho de Neleu.
Depois de o banhar e ungir à larga com óleo,
lançou belo manto e uma túnica em torno dele,
e ele saiu da banheira, no porte semelhante a imortais;
indo para junto de Nestor, pastor de tropa, sentou-se.
470 Tendo assado a carne de fora e a tirado dos espetos,

banquetearam-se sentados; nobres varões se ergueram
e vinho escançavam em cálices dourados.
Mas após apaziguarem o desejo por bebida e comida,
entre eles começou a falar o gerênio, o cavaleiro Nestor:
475 "Filhos, vamos, para Telêmaco cavalos bela-pelagem
trazei e jungi ao carro para que percorram a rota".
Assim falou, e eles o ouviram direito e obedeceram,
e, céleres, jungiram cavalos velozes ao carro.
Nele a governanta colocou pão e vinho,
480 e alimentos que comem reis criados por Zeus.
Então Telêmaco subiu no carro muito belo;
ao lado, o filho de Nestor, Pisístrato, líder de tropa,
no carro subiu e as rédeas segurou com as mãos.
Chicoteou para puxarem, e eles de bom grado voaram
485 pela planície e deixaram a escarpada cidade de Pilos.
Agitaram o dia todo o jugo que levavam nos dois lados.
E o sol mergulhou, e todas as rotas escureciam;
e chegaram a Feras, rumo à casa de Diocles,
o filho de Tocaioso, que Alfeio gerou como filho.
490 Lá descansaram à noite, e ele lhes regalou.
Quando surgiu a nasce-cedo, Aurora dedos-róseos,
jungiram os cavalos e subiram no variegado carro;
e partiram do pórtico, da colunata ressoante.
Chicoteou para puxarem, e eles de bom grado voaram.
495 Atingiram a planície fértil, onde então tentaram
findar o trajeto; e os rápidos cavalos alongaram o passo.
E o sol mergulhou, e todas as rotas escureciam.

179   CANTO 3

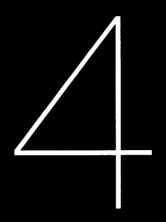

E eles chegaram à cava Lacedemônia, cavernosa,
e dirigiram-se à casa do majestoso Menelau.
Acharam-no em sua propriedade dando festa
a camaradas pelas bodas do filho e da filha impecável.
5   Essa ao filho de Aquiles rompe-batalhão enviava;
em Troia, primeiro, prometeu e indicou
que a daria, e os deuses lhes completavam as bodas.
A ela, pois, com cavalos e carro, enviava em viagem
à urbe bem famosa dos mirmidões, a quem aquele regia.
10 Para o filho, de Esparta fez conduzir a filha de Defensor,
para o muito amado que lhe nascera, o forte Grandaflição,
de escrava; deuses não deram mais rebento a Helena
desde que, primeiro, gerou a filha encantadora,
Hermíone, que tinha a formosura da dourada Afrodite.
15 Assim se banqueteavam, na enorme casa de alto pé-direito,
os vizinhos e camaradas do majestoso Menelau,
com deleite. E entre eles cantava divino cantor
com a lira; dois acrobatas, entre eles,
liderando canto e dança, volteavam no meio.
20 Pois aqueles dois, no pórtico da casa, eles e os cavalos,

o herói Telêmaco e o radiante filho de Nestor,
esperavam: achegando-se, viu-os o senhor Verídico,
ágil assistente do majestoso Menelau,
e foi levar a notícia, na casa, ao pastor de tropa;

25   parado perto, dirigiu-lhe palavras plumadas:
"Há dois estranhos aqui, Menelau criado-por-Zeus,
dois varões, assemelhados à linhagem do grande Zeus.
Pois diz: devemos soltar seus velozes cavalos
ou enviá-los de partida a outro para que os acolha?".

30   Muito perturbado, a ele dirigiu-se o loiro Menelau:
"Nunca foste tolo, Verídico, filho de Auxiliador,
no passado; agora, como criança, falas tolices.
Vê, nós dois, após amiúde comer regalos
de outros homens, aqui chegamos, esperando que Zeus,

35   no futuro, nos poupe de agonia. Pois solta os cavalos
dos estranhos e faça-os adentrar para festejar".
Assim falou, e ele correu pelo salão e chamou outros,
ágeis assistentes, que seguiram junto a ele.
Soltaram do jugo os cavalos suados

40   e prenderam-nos nos estábulos equestres;
a eles jogaram espelta e, com ela, branca cevada;
os carros apoiaram nas paredes resplandecentes
e os hóspedes introduziram na casa divina. Mirando-a,
admiravam-se com a casa do rei criado-por-Zeus:

45   assim como o do sol ou da lua, clarão havia
pela casa de alto pé-direito do majestoso Menelau.
Tendo-se deleitado em mirar com os olhos,
entraram na bem-polida banheira e banharam-se.
Após as escravas banhá-los, untá-los com óleo

50   e em torno lançar espessas capas e túnicas,

em poltronas sentaram-se junto a Menelau, filho de Atreu.
Uma criada despejou água – trazida em jarra
bela, dourada – sobre bacia prateada
para que se lavassem; ao lado estendeu polida mesa.
55 Governanta respeitável trouxe pão e pôs na frente,
e junto, muitos petiscos, oferecendo o que havia.
O trinchador tomou e dispôs gamelas com carnes
de todo o tipo, e junto deles punha taças douradas.
Saudando-os, dirigiu-se-lhes o loiro Menelau:
60 "De pão servi-vos e alegrai-vos; e após
partilhar do jantar, perguntaremos quem sois,
que varões. Em vós não pereceu a linhagem dos pais,
mas sois de linhagem dos que são reis criados-por-Zeus,
os porta-cetro, pois vis não gerariam gente de tal índole".
65 Falou e passou-lhes com a mão nacos de gordo
lombo de boi assado, pois com eles fora homenageado.
E eles esticavam as mãos sobre os alimentos servidos.
Mas após apaziguarem o desejo por bebida e comida,
então Telêmaco falava ao filho de Nestor,
70 perto pondo a cabeça para não os ouvirem os outros:
"Observa, filho de Nestor, tu que agradas meu ânimo,
o relampejo do bronze pela casa ruidosa,
e o do ouro, do âmbar, da prata e do marfim.
Morada assim, por dentro, creio ser a de Zeus Olímpio,
75 com tanta coisa sem conta: reverência me toma ao mirar".
No que disse, prestou atenção o loiro Menelau
que, falando, dirigiu-lhes palavras plumadas:
"Caros filhos, nenhum mortal deveria disputar com Zeus:
imortais são suas posses e morada;
80 dos varões, algum talvez disputará comigo

em posses. Sim, após muito padecer e muito vagar,
conduzi-as nas naus e no oitavo ano cheguei,
depois de vagar por Chipre, Fenícia e entre egípcios;
os etíopes alcancei, os sidônios, os erembos
85 e a Líbia, onde cordeiros de súbito têm chifres completos.
Três vezes ovelhas procriam no ciclo de um ano;
lá nem senhor nem pastor têm carência
de queijo e de carne e nem de leite doce,
mas sempre têm leite abundante para a ordenha.
90 Enquanto eu por aí, recolhendo muitos recursos,
vagava, outro assassinou meu irmão
às ocultas, de surpresa, com truque da nefasta esposa;
assim reino, não me agradando dessas posses.
Dos pais deveis ter ouvido isso, sejam eles quem
95 forem, pois muito padeci e perdi a propriedade
bem boa para morar, com muita coisa preciosa.
Eu deveria até com a terça parte em casa
ter vivido, e os varões, a salvo, os que morreram
na ampla Troia, longe de Argos nutre-potro.
100 Mas, ainda que chorando a todos, angustiado,
muitas vezes sentado em nosso palácio –
primeiro com lamento deleito-me no peito, depois
paro: rápido alguém se sacia do lamento gelado –
a eles todos não choro tanto, embora atormentado,
105 quanto a um único, que me faz odiar sono e alimento
ao lembrar, pois nenhum aqueu tanto aguentou
quanto Odisseu aguentou e assumiu. Assim foi preciso
ele sofrer agruras, e eu, dor sempre inesquecível
por ele, pois há muito está ausente, e nada sabemos,
110 se está vivo ou morto. Talvez chorem por ele agora

186   CANTO 4

Laerte, o ancião, a prudente Penélope
e Telêmaco, que deixou, recém-nascido, em casa".
Assim falou, e naquele instigou desejo de lamentar o pai:
após do pai ouvir, lágrimas das pálpebras ao chão lançou,
115 a capa púrpura tendo puxado para diante dos olhos
com ambas as mãos. Mirou-o Menelau
e então cogitou no juízo e no ânimo
se deixaria que ele mesmo se lembrasse do pai
ou primeiro o interrogaria e com minúcias iria testá-lo.
120 Enquanto revolvia isso no juízo e no ânimo,
Helena para fora do perfumado quarto alto-teto
veio, semelhante a Ártemis roca-dourada.
Para ela, Adreste postou cadeira bem-feita
e Alcipe trazia uma manta de lã suave;
125 Filó trazia prateada cesta, que lhe oferecera
Alcandra, esposa de Polibo, que morava na Tebas
egípcia, onde a maior parte da riqueza está nas casas:
ele deu a Menelau duas banheiras prateadas,
uma dupla de trípodes e dez medidas de ouro.
130 À parte, a esposa regalou Helena com belas graças:
deu-lhe roca dourada e uma cesta prateada
com rodas, com acabamento em ouro na borda.
Essa trouxe a criada Filó e a pôs junto de Helena,
repleta de fio preparado; e sobre ela
135 a roca estava estendida, carregada de roxa lã.
Sentou-se na cadeira, e, embaixo, para os pés, banqueta.
De pronto questionou o marido acerca de tudo:
"E sabemos, Menelau criado-por-Zeus, quem
esses varões proclamam ser para vir a nossa casa?
140 Engano-me ou digo a verdade? Pede-me o ânimo.

187   CANTO 4

Pois afirmo que nunca vi alguém tão parecido,
homem ou mulher, e reverência me toma ao mirar,
como esse aí se parece com o filho do enérgico Odisseu,
Telêmaco, que deixou, recém-nascido, em casa
145   aquele varão, quando por mim, cara-de-cadela, aqueus
foram até Troia, incitando guerra tenaz".
Respondendo, disse-lhe o loiro Menelau:
"Agora eu também percebo, mulher, como comparas:
daquele, sim, são tais pés e tais mãos,
150   o brilho dos olhos, a cabeça e os cabelos acima.
Há pouco eu, lembrando-me, sobre Odisseu
discursei, o quanto aquele, agoniado, aguentou
por mim, e ele verteu choro agudo sob as celhas,
a capa púrpura tendo puxado para diante dos olhos".
155   A ele, então, Pisístrato, filho de Nestor, retrucou:
"Filho de Atreu, Menelau criado-por-Zeus, líder de tropa,
deveras, esse aí é o filho daquele, como dizes;
mas ele é judicioso e considera indigno, no ânimo,
chegar pela primeira vez e falar impertinências
160   diante de ti, cuja voz nos deleita como a do deus.
A mim enviou o gerênio, o cavaleiro Nestor,
para segui-lo como condutor; ele desejava te ver
para que lhe sugiras alguma palavra ou ação.
Muitas aflições tem o filho de pai que se foi
165   no palácio onde não há outros que o ajudem;
assim agora para Telêmaco ele se foi, e outros não
há, esses que, na cidade, afastariam o mal".
Respondendo, disse-lhe o loiro Menelau:
"Incrível, deveras o filho de caro varão a minha casa
170   veio, ele que por mim aguentou muitas provas;

pensei que dele, ao voltar, seria mais amigo que de outros
argivos, se, pelo mar, tivesse aos dois permitido o retorno
com naus velozes ocorrer o Olímpio, Zeus ampla-visão.
Em Argos, tornaria uma urbe seu lar e casa lhe faria,
175 de Ítaca conduzindo-o com suas posses, seu filho
e todo o povo, após uma única cidade ter evacuado
entre as que há na região e por mim são regidas.
Estando aqui, amiúde nos reuniríamos; a nós nada
mais separaria em nossa amizade e deleite recíprocos
180 antes que a negra nuvem da morte nos encobrisse.
Mas isso deve ter invejado o próprio deus,
o que deixou sem retorno apenas aquele infeliz".
Assim falou, e neles todos instigou desejo de lamentar-se.
Chorava a argiva Helena, nascida de Zeus,
185 choravam Telêmaco e Menelau, filho de Atreu,
e nem o filho de Nestor manteve os olhos sem lágrimas:
lembrara-se, no ânimo, do impecável Antíloco,
morto pelo filho radiante da resplandecente Aurora.
Após dele lembrar-se, falou palavras plumadas:
190 "Filho de Atreu, Nestor, o ancião, dizia que superas
os mortais em inteligência quando de ti lembrávamo-nos
em nosso palácio e nos questionávamos um ao outro.
Agora, se acaso for possível, ouve-me: eu não
me deleito com lamentos no jantar, e também Aurora
195 nasce-cedo haverá. Não me indigna, em absoluto,
que se chore o homem que morre e o fado alcança.
É só esta a honraria aos lamentáveis mortais,
tosar-se a cabeleira e lágrimas lançar face abaixo.
Também meu irmão está morto, e não foi o pior
200 dos argivos. Tu deves sabê-lo; já eu nunca

o encontrei nem vi, e superior a outros dizem que foi
Antíloco, superior como lesto corredor e guerreiro".
Respondendo, disse-lhe o loiro Menelau:
"Meu caro, já que disseste tudo que inteligente varão
205   diria e faria, e mesmo um que fosse mais velho:
sim, és de tal pai, pois falas o que é inteligente.
Fácil se reconhece rebento de varão a quem o filho de Crono
destina fortuna quando ele casa e nasce,
e assim concedeu a Nestor, para sempre, todo dia,
210   que ele envelheça agradavelmente em seu palácio
e os filhos sejam sensatos e os melhores na lança.
Deixemos de lado o choro que antes ocorreu,
lembremo-nos de novo do jantar, e que vertam
água nas mãos. Discursos também haverá na aurora,
215   para que Telêmaco e eu conversemos entre nós".
Assim falou, e Seguro verteu água nas mãos,
o ágil assistente do majestoso Menelau.
E eles esticavam as mãos sobre os alimentos servidos.
Mas então teve outra ideia Helena, nascida de Zeus;
220   de pronto lançou droga no vinho do qual bebiam,
contra aflição e raiva, para o oblívio de todos os males.
Quem a tomasse, após ser misturada na ânfora,
nesse dia não lançaria lágrimas face abaixo,
nem se a mãe e o pai tivessem morrido,
225   nem se na sua frente irmão ou filho querido
com bronze tivessem matado, e a ele, visto com os olhos.
A filha de Zeus possuía tais drogas astuciosas,
benignas, que lhe deu Polidamna, esposa de Tôn,
no Egito, onde o solo fértil produz inúmeras
230   drogas, muitas benignas, misturadas, muitas funestas,

e cada um é médico habilidoso, superior a todos
os homens: sim, são da estirpe de Peã.
Após lançá-la e ordenar que o vinho se escançasse,
de novo, respondendo com um discurso, falou:
235 "Filho de Atreu, Menelau criado-por-Zeus, e também vós,
filhos de nobres varões: o deus a um, logo a outro –
Zeus – confere um bem ou um mal, pois pode tudo.
Agora continuai o banquete sentados no palácio
e deleitai-vos com discursos, pois contarei o que convém.
240 Tudo eu não vou enunciar nem especificar,
quantas provas enfrentou o perseverante Odisseu,
mas só esta que executou e ousou o vigoroso varão
na terra troiana, onde sofrestes desgraças, aqueus.
A si mesmo com golpes ultrajantes desfigurou,
245 jogou trapos vis nos ombros, e, semelhante a um servo,
imergiu na urbe amplas-ruas dos varões inimigos.
Ocultando a si mesmo, assemelhou-se a outro herói,
Pedinte, ele que um tal não era entre as naus aqueias.
A ele semelhante, imergiu na urbe troiana, e calaram-se
250 todos; eu fui a única a reconhecê-lo naquele estado
e o interroguei. Ele, com argúcia, esquivava-se.
Mas quando o banhei e ungi com óleo,
vesti-o com vestes e jurei poderosa jura,
que antes não revelaria Odisseu entre os troianos,
255 antes que ele chegasse às rápidas naus e às cabanas,
e então contou-me toda a ideia dos aqueus.
Muitos troianos tendo matado com bronze pontiagudo,
dirigiu-se aos argivos e levou muita informação.
Nisso outras troianas ululuaram alto; e meu peito
260 alegrou-se, pois meu coração já se inclinara a retornar

para casa logo, e lastimava a loucura que Afrodite
dera ao me levar para lá, longe da cara terra pátria,
eu deixando para trás a filha, o tálamo e o esposo
que de nada carece, no juízo e na aparência".
265 Respondendo, disse-lhe o loiro Menelau:
"Por certo isso tudo, mulher, falaste com adequação.
De muitos já apreendi o plano e a mente,
de varões heróis, e percorri a extensa terra;
mas nunca alguém assim eu vi com os olhos,
270 tal era o caro coração de Odisseu juízo-paciente.
Que foi isto que executou e ousou o vigoroso varão
no cavalo falquejado onde, assentados todos, os melhores
argivos trazíamos matança e perdição aos troianos!
Foste depois tu até lá; deve ter te ordenado
275 a divindade que quis dar glória aos troianos;
a ti, enquanto vinhas, seguia o teomórfico Deífobo.
Três vezes circundaste a cava tocaia, tocando-a,
e chamavas pelo nome os melhores dânaos,
copiando a voz das mulheres de todos os argivos.
280 E eu, o filho de Tideu e o divino Odisseu,
sentados no meio, escutamos quando gritaste.
Nós, os outros dois, pusemo-nos de pé com vontade
ou de ir para fora ou de dentro logo responder;
mas Odisseu segurou-nos e conteve nossa ânsia.
285 Todos os outros ficaram atentos, filhos de aqueus,
e só Anticlo quis responder-te com palavras.
Mas Odisseu apertou-lhe a boca com as mãos
fortes sem cessar e salvou todos os aqueus;
enquanto o retinha, para longe levou-te Palas Atena".
290 A ele, então, o inteligente Telêmaco retrucou:

"Filho de Atreu, Menelau criado-por-Zeus, líder de tropa,
assim é pior: isso não o afastou do funesto fim –
nem se de ferro fosse, no íntimo, seu coração.
Vamos, dirijamo-nos à cama para também agora,
295 adormecidos sob o doce sono, nos deleitarmos".
Assim falou, e a argiva Helena ordenou às escravas
que postassem camas sob a colunata, belas mantas
púrpura lançassem, em cima estendessem lençóis
e por último pusessem capas de lã para que se cobrissem.
300 Elas saíram do salão levando a tocha nas mãos
e estenderam a cama; aos hóspedes conduzia o arauto.
Esses no vestíbulo da casa, lá mesmo dormiram,
o herói Telêmaco e o radiante filho de Nestor.
O filho de Atreu dormiu no interior da alta casa;
305 ao lado Helena peplo-bom-talhe deitou-se, divina mulher.
Quando surgiu a nasce-cedo, Aurora dedos-róseos,
pôs-se para fora do leito Menelau bom-no-grito,
vestiu as vestes, pendurou a espada afiada no ombro
e sob os pés reluzentes, atou belas sandálias;
310 saiu do quarto, de frente semelhante a um deus.
Junto a Telêmaco sentou-se, dirigiu-se-lhe e nomeou-o:
"Que necessidade te trouxe aqui, herói Telêmaco,
à divina Lacedemônia sobre as amplas costas do mar?
Algo público ou privado? Isso me narra sem evasivas".
315 A ele, então, o inteligente Telêmaco retrucou:
"Filho de Atreu, Menelau criado-por-Zeus, líder de tropa,
vim para me narrares soada acerca do pai.
Minha casa é devorada, os férteis campos, destruídos,
a casa cheia de hostis varões, e eles sempre abatem
320 minhas numerosas ovelhas e lunadas vacas trôpegas:

193   CANTO 4

pretendentes de minha mãe, de brutal desmedida.
Assim agora me achego de teus joelhos, se quiseres
narrar seu funesto fim, se acaso viste
com teus olhos ou ouviste o discurso de outro
325 que vaga: infeliz ao extremo, assim a mãe o gerou.
Nada edulcores com respeito ou piedade por mim,
mas conta-me bem com que visão te deparaste.
Suplico-te, se um dia para ti meu pai, nobre Odisseu,
cumpriu palavra ou ação sob promessa
330 na terra troiana, onde sofrestes desgraças, aqueus.
Disso agora para mim te lembra, e narra sem evasivas".
Muito perturbado, a ele dirigiu-se o loiro Menelau:
"Incrível, deveras no leito de varão juízo-forte
cobiçaram deitar-se, eles próprios sendo covardes.
335 Como quando cerva, na moita de forte leão,
adormece os filhotes, lactentes recém-nascidos,
e investiga encostas e vales herbosos,
pastando, e ele então se achega de seu leito
e sobre aqueles dois lança fado ultrajante:
340 assim Odisseu sobre eles ultrajante fado lançará.
Tomara, ó Zeus pai, Atena e Apolo,
com o porte que, então, em Lesbos bem-construída,
na disputa com Filomeleides, ele se ergueu, lutou
e o derrubou com força, e se alegraram todos os aqueus –
345 assim aos pretendentes encontrasse Odisseu:
todos seriam destino-veloz e bodas-amargas.
Quanto ao que me indagas e suplicas, eu não
tergiversarei pelas bordas nem te enganarei,
mas do que me falou o veraz ancião marítimo,
350 disso nada esconderei de ti nem palavra ocultarei.

194   CANTO 4

No Egito, ansioso por retornar, os deuses a mim ainda
mantinham, pois não lhes fizera hecatombes completas;
[os deuses sempre queriam a lembrança do dever.]
Bem, uma ilha lá existe no mar muito encapelado
355 diante do Egito, e a denominam Faros,
tão distante dele quanto cava nau um dia inteiro
realiza quando um vento sibilante sopra de trás.
Há um porto seguro, donde naus simétricas
se lançam rumo ao mar após tirar a água escura.
360 Lá deuses mantinham-me há vinte dias; nunca ventos
havia que soprassem para o mar, os que de naus
tornam-se condutores sobre as amplas costas do mar.
Toda a comida e o ímpeto dos varões se teriam esgotado
se um deus não me tivesse lamentado, de mim se apiedado,
365 a filha do altivo Proteu, o ancião marítimo,
Eidotea, pois sobremodo instiguei seu ânimo.
Ela me achou andando só, longe de companheiros,
pois sempre vagavam em volta da ilha e pescavam
com anzóis recurvos, a fome a torturar o estômago.
370 Ela, de pé perto de mim, dirigiu-me a palavra e disse:
'És tão tolo, estranho, e juízo-frouxo;
ou de bom grado deixas estar e te deleitas com a agonia?
Pois há tempo na ilha és contido, nenhuma saída
consegues achar, e murcha o coração dos companheiros'.
375 Assim falou, e eu, respondendo, lhe disse:
'Eu te anuncio, seja que deusa tu fores,
que não sou detido aqui de bom grado, mas devo
ter ofendido os imortais, que dispõem do amplo céu.
Quanto a ti, diz-me – e os deuses sabem de tudo:
380 que imortal me detém e afastou do caminho,

e do retorno, como eu voltarei sobre o mar piscoso'.
Assim falei, e ela logo respondeu, deusa divina:
'Portanto eu te falarei, estranho, com muita precisão.
Costuma vir para cá o veraz ancião marítimo,
385 imortal, o egípcio Proteu, que do oceano
todo as profundas conhece, subordinado a Posêidon:
dizem que ele é meu pai e que me gerou.
Se acaso o emboscares e conseguir pegar,
ele te dirá o caminho, os pontos do trajeto
390 e o retorno, como voltarás sobre o mar piscoso.
Também te dirá, ó criado-por-Zeus, se quiseres,
qualquer mal ou bem que em teu palácio ocorreu
enquanto te ausentas por longo e difícil trajeto'.
Assim falou, e eu, respondendo, lhe disse:
395 'Tu mesma planeja a tocaia contra o ancião divino,
para que, antevendo-me ou pressentindo, não escape:
é difícil para um varão mortal dominar o deus'.
Assim falei, e ela logo respondeu, deusa divina:
'Portanto eu a ti, com muita precisão, direi.
400 Quando o sol já atinge o meio do firmamento,
então vem do mar o veraz ancião marítimo
com lufada de Zéfiro, encoberto pelo revolto escuro;
após sair, deita-se para dormir nas cavas grutas.
Em torno dele, filhotes de focas da bela filha do mar
405 juntos cochilam, do mar cinzento tendo emergido,
exalando acre odor do mar profundo.
Lá eu, conduzindo-te quando a aurora surgir,
te deitarei na fileira; e tu, seleciona companheiros,
três, os melhores junto às naus bom-convés.
410 Todos os malefícios te direi que vêm de tal ancião.

As focas, primeiro, irá contar e inspecionar;
mas quando todas viu e enumerou de cinco em cinco,
ele irá se deitar no meio, como pastor no rebanho de ovelhas.
Mas uma vez que o virdes repousar-se,
415 nesse momento fazei uso de vigor e força;
contende-o lá, mesmo que se agite, ávido por safar-se.
Ele tentará, tornando-se tudo o que sobre a terra
há de movente, e também água e fogo flama-divina.
Quanto a vós, firme aguentai e apertai-o mais.
420 Mas quando ele mesmo te inquirir com palavras,
tal como era quando o viste repousar-se,
nesse instante cessa a força e solta o ancião,
herói, e pergunta qual deus te oprime
e do retorno, como voltarás sobre o mar piscoso'.
425 Assim falou e mergulhou no mar faz-onda;
eu, até as naus, que estavam nas dunas,
fui, e muito meu coração revolveu-se enquanto ia.
Mas após descer até a nau e o mar,
preparamos o jantar e veio a noite imortal,
430 e então repousamos junto à rebentação do mar.
Quando surgiu a nasce-cedo, Aurora dedos-róseos,
então ao longo da orla do mar larga-passagem
fui e com ganas ajoelhei-me aos deuses; levei três
companheiros, aqueles em quem mais confiava para toda a
435 operação. Eidotea, após mergulhar no amplo ventre do mar,
trouxe quatro peles de focas do oceano,
todas recém-tiradas: armava um truque contra o pai.
Tendo escavado leitos nas dunas marinhas,
aguardava sentada; e nós fomos para bem perto dela:
440 deitamo-nos em fila, e pele lançou sobre cada um.

Lá deu-se a mais terrível tocaia, pois terrível a tortura
do odor nefasto de focas nutridas pelo mar;
quem, ao lado de monstro marinho, dormiria?
Mas ela nos salvou e planejou grande ajuda:
445 trouxe ambrosia e pôs sob o nariz de cada um,
pois bem doce exalava e destruiu o odor do monstro.
A manhã toda aguardamos com ânimo resistente,
e as focas vieram do mar em conjunto. Elas então
em fila deitaram-se junto à rebentação do mar;
450 o ancião, ao meio-dia, veio do mar, achou as focas
bem-nutridas, todas inspecionou e contou seu número.
A nós contou primeiro entre os monstros, e no ânimo
não pensou ser um truque; então também ele se deitou.
Nós, berrando, arremetemos, e em volta os braços
455 lançamos; e o ancião não esqueceu da arte ardilosa,
mas primeiro tornou-se um leão com bela juba,
e depois serpente, pantera e grande javali;
e tornou-se fluida água e árvore copa-elevada.
E nós firme aguentávamos com ânimo resistente.
460 Mas quando cansou-se o ancião perito em malefícios,
nesse momento, inquirindo-me com palavras, falou:
'Que deus contigo, filho de Atreu, planejou tal plano
para, com tocaia, eu ser pego sem remédio? De que precisas?'.
Assim falou, e eu, respondendo, lhe disse:
465 'Tu sabes, ancião – por que me inquires com evasivas? –
que há tempo na ilha sou detido, nenhuma saída
consigo achar e murcha-me o coração no íntimo.
Quanto a ti, diz-me – e os deuses sabem de tudo –
que imortal me detém e afastou do caminho,
470 e do retorno, como eu voltarei sobre o mar piscoso'.

Assim falei, e ele, logo respondendo, me disse:
'Por certo deverias a Zeus e aos outros deuses
ter feito belo sacrifício e embarcado para rápido
chegar a tua pátria, navegando sobre o mar vinoso.
475 Antes não terás teu quinhão; ver os teus e atingir
a casa bem-construída e tua terra pátria,
só depois que voltares à água do Egito, do rio
caído de Zeus, e fizeres sagradas hecatombes
aos deuses imortais, que dispõem do amplo céu;
480 os deuses então te darão o trajeto que desejas'.
Assim falou, e meu coração rachou-se,
porque ordenou-me, de novo sobre o mar embaçado,
viajar ao Egito, um longo e difícil trajeto.
Assim mesmo, respondendo com um discurso, falei:
485 'Isso, portanto, completarei, ancião, como ordenas.
Mas vamos, diz-me isto e conta com precisão:
todos com as naus a salvo chegaram, os aqueus,
os que Nestor e eu deixamos ao sair de Troia,
ou um finou-se em amargo fim, em sua nau
490 ou nos braços dos seus, após arrematar a guerra?'.
Assim falei, e ele, logo respondendo, me disse:
'Filho de Atreu, por que me indagas isso? Tu não precisas
saber, nem conhecer minha mente; afirmo que tu
pouco tempo não chorarás após de tudo estares a par.
495 Sim, muitos deles morreram, muitos restaram:
só dois chefes dos aqueus couraça-brônzea
no retorno morreram; também tu na luta estavas.
E um único, ainda vivo, é retido no extenso mar.
Ájax foi subjugado entre as naus longo-remo.
500 Primeiro, Posêidon aproximou-o das Pedras

Gyras, enormes, e salvou-se para fora do mar;
teria escapado da perdição, embora odiado por Atena,
se não tivesse lançado soberba fala, grande loucura:
disse que, contra deuses, escapou de grande abismo de mar.
505 Mas a ele, seus altos brados, Posêidon ouviu;
presto, após tomar o tridente nas mãos robustas,
golpeou a Pedra Gyra e fendeu-a em duas.
Parte lá mesmo ficou, parte no mar caiu,
onde estivera Ájax em sua grande loucura:
510 levou-o pelo infinito mar faz-onda.
Assim lá pereceu, após engolir água salgada.
Teu irmão mais ou menos fugiu da perdição e escapou
em cavas naus; salvou-o a senhora Hera.
Mas quando quase iria o escarpado monte Maleia
515 atingir, então, após apanhá-lo, uma rajada
pelo mar piscoso levou-o, com gemidos profundos,
até o limite das lavouras, onde habitara Tiestes
no passado, e então morava o filho de Tiestes, Egisto.
Mas quando também de lá surgia seguro retorno,
520 de novo os deuses desviaram o vento, em casa chegaram,
e ele, alegre, desembarcou na terra pátria
e beijava, tocando-a, sua pátria; dele muitas
cálidas lágrimas caíam, pois, feliz, viu sua terra.
Mas viu-o, da atalaia, o vigia que postara
525 Egisto astúcia-ardilosa; prometera-lhe, como paga,
dois talentos de ouro. Ficou de guarda um ano;
que não viesse de súbito e se lembrasse da força impetuosa.
E foi levar a notícia, na casa, ao pastor de tropa.
Presto Egisto planejou ardiloso estratagema:
530 após escolher, no povo, vinte, os melhores heróis,

armou tocaia e, do outro lado, pediu que se desse banquete.
E ele foi chamar Agamêmnon, pastor de tropa,
com cavalos e carro, cogitando ações ultrajantes.
Sem ele saber do fim, levou-o para cima e o matou
535 após o banquete como quem mata um boi no cocho.
Poupou-se companheiro algum que seguia o filho de Atreu,
nenhum de Egisto, todos mortos no palácio'.
Assim falou, e meu coração rachou-se;
chorava sentado na areia, e não mais meu coração
540 quis ficar vivo e enxergar a luz do sol.
Mas depois que chorei e rolei até me fartar,
então me disse o veraz ancião marítimo:
'Filho de Atreu, não chores mais, tanto tempo,
pois nada realizaremos; mas bem rápido
545 experimenta como chegarás à terra pátria.
De fato, ou o alcançarás ainda vivo ou Orestes
antes; e tu participarias do funeral'.
Assim falou, e meu coração, meu ânimo orgulhoso
de novo, em meu peito, embora atormentado, jubilou;
550 e, falando, dirigi-lhe palavras plumadas:
'Desses, então, eu sei; tu o terceiro varão nomeia,
seja quem for o ainda vivo, retido no extenso mar –
ou morto; embora atormentado, quero ouvir'.
Assim falei, e ele, logo respondendo, me disse:
555 'O filho de Laerte, que em Ítaca tem sua casa;
vi-o numa ilha, vertendo copiosas lágrimas,
no palácio da ninfa Calipso, que a ele, obrigado,
retém: não consegue atingir sua pátria terra.
Não tem naus com remos nem companheiros
560 que o levariam sobre as amplas costas do mar.

E para ti não há dito divino, Menelau criado-por-Zeus,
que em Argos nutre-potro vais morrer e achar o fado,
mas a ti até o campo Elísio, os limites da terra,
os imortais conduzirão, onde está o loiro Radamanto –
565 lá a subsistência é a mais fácil para os homens:
não há neve, nem forte tempestade nem chuva,
mas sempre rajadas de Zéfiro, soprando soantes,
Oceano envia para refrescar os homens –,
porque tens Helena e para eles és genro de Zeus'.
570 Assim falou e mergulhou no mar faz-onda,
e eu, até as naus, com os excelsos companheiros,
fui, e muito meu coração revolveu-se enquanto ia.
Mas após descermos até a nau e o mar,
preparamos o jantar e veio a noite imortal,
575 e então repousamos junto à rebentação do mar.
Quando surgiu a nasce-cedo, Aurora dedos-róseos,
primeiro puxamos as naus até o divino mar
e colocamos mastros e velas nas naus simétricas;
tendo embarcado, sentaram-se junto aos calços,
580 e, alinhados, o mar cinzento golpeavam com remos.
De novo no Egito, o rio caído de Zeus,
ancorei as naus e fiz hecatombes completas.
Depois de suspender a raiva dos deuses sempre-vivos,
ergui túmulo a Agamêmnon, para inextinguível ser sua fama.
585 Após isso completar, retornei, e deram-me uma brisa
os imortais, que rápido me conduziram à terra pátria.
Pois bem, agora fica em meu palácio
até chegar o décimo primeiro, décimo segundo dia.
Aí te enviarei são e salvo e darei radiantes presentes,
590 três cavalos e um carro bem-polido; depois

te darei bela taça para que libes aos deuses
imortais lembrando-te de mim todos os dias".
A ele, então, o inteligente Telêmaco retrucou:
"Filho de Atreu, por muito tempo não me retenhas aqui.
595 Até mesmo um ano junto a ti eu conseguiria
ficar, e não teria saudade de casa ou dos pais;
às maravilhas, ouvindo teus discursos e palavras,
deleito-me. Mas já se impacientam os companheiros
na mui sacra Pilos, e tempo tu aqui me reténs.
600 Já o dom, o que me deres, seja algo precioso:
cavalos não conduzirei a Ítaca, mas para ti mesmo
aqui os deixarei, para tua glória, pois reges planície
larga, na qual há muito trevo, há junça,
trigo, espelta e branca cevada em largas espigas.
605 Já em Ítaca não há trilhas largas nem prado;
é nutre-cabra, e mais agradável que nutre-potro.
Nenhuma ilha é para cavalos nem tem prado,
essas que jazem sobre o mar; e Ítaca supera todas".
Assim falou, e sorriu Menelau bom-no-grito,
610 com a mão acariciou-o, dirigiu-se-lhe e nomeou-o:
"És de sangue valoroso, caro filho, pois falas assim;
portanto eu farei a troca, pois sou capaz.
Dos dons, de quantos haveres há em minha casa,
vou te dar o mais belo e o mais valioso.
615 Vou te dar uma ânfora bem-feita: de prata
ela é toda, e sua borda tem acabamento em ouro,
obra de Hefesto. Deu-ma o herói Lúzio,
rei dos sidônios, quando em sua casa albergou-me
ao lá passar no retorno; com ela quero te presentear".
620 Assim falavam dessas coisas entre si,

203 CANTO 4

e convivas vieram à morada do rei divino.
Conduziam ovelhas e traziam fortificante vinho;
e pão enviaram-lhes as esposas belo-véu.
Assim eles preparavam a refeição no palácio.
625 E os pretendentes, diante do salão de Odisseu,
deleitavam-se com discos e lanças, arremessando-os
em solo nivelado, como no passado, desmedidos.
Sentados estavam Antínoo e o deiforme Eurímaco,
chefes dos pretendentes, de longe os melhores em valor.
630 O filho de Prudente, Ponderado, deles aproximou-se
e a Antínoo, inquirindo-o com um discurso, dirigiu-se:
"Antínoo, acaso sabemos ou não em nosso juízo
quando Telêmaco voltará da arenosa Pilos?
Partiu levando-me uma nau; ela me é necessária
635 para cruzar até a espaçosa Élida, onde tenho cavalos,
doze fêmeas, e, lactentes, mulas robustas,
não domadas: uma delas trarei e devo domar".
Assim falou, e espantaram-se no ânimo; não pensaram
que fora à Pilos de Neleu, mas, alhures, lá mesmo,
640 no campo estivesse com as ovelhas ou o porqueiro.
A ele, então, disse Antínoo, filho de Persuasivo:
"Narra-me sem evasivas: quando partiu e que jovens
seguiram-no? De Ítaca, seletos, ou seus próprios
empregados e escravos? Também isso poderia realizar.
645 Quanto a isto, diz-me a verdade para eu bem saber,
se à força, contra tua vontade, tomou a negra nau,
ou de bom grado lha deste ao pedir com um discurso".
A ele o filho de Prudente, Ponderado, retrucou:
"Eu de bom grado lha dei; o que faria qualquer outro,
650 quando um homem tal, inquieto no ânimo,

lhe solicitasse? Seria difícil negar o dom.
Jovens do povo, os melhores depois de nós,
esses o seguiram; percebi que embarcou, como chefe,
Mentor ou um deus que a ele em tudo se assemelhava.
655 Mas isto me espantou: vi aqui o divino Mentor
ontem de manhã; mas embarcara na nau para Pilos".
Após assim falar, dirigiu-se à casa do pai,
e desses dois irritou-se o ânimo arrogante.
Fizeram os pretendentes sentar-se e pararam os jogos.
660 E entre eles falou Antínoo, filho de Persuasivo,
atormentado; seu juízo, enegrecido, de muito ímpeto
encheu-se, e seus olhos pareciam fogo cintilante:
"Incrível, completou feito inaudito com soberba,
Telêmaco – esse trajeto; críamos que não o completaria.
665 Se contra tantos o jovem menino partiu assim,
após puxar a nau e escolher, do povo, os melhores,
dano ulterior começará a ocorrer; mas que sua
força Zeus destrua antes que nossa desgraça se torne.
Vamos, dai-me nau veloz e vinte companheiros,
670 para que, na sua volta, de tocaia o vigiemos
no canal entre Ítaca e a escarpada Samos;
que seja lastimável sua viagem motivada pelo pai".
Assim falou, e todos aprovavam e o incitavam;
presto, após se erguerem, foram à casa de Odisseu.
675 Eis que Penélope muito tempo não ignorou
os discursos que os pretendentes ruminaram no juízo.
Falou-lhe o arauto Médon, que soubera dos planos,
estando fora do pátio, e eles, dentro, o plano tramavam.
E foi, pela casa, levar a notícia a Penélope.
680 Quando passou pela soleira, dirigiu-se-lhe Penélope:

"Arauto, por que te enviaram os pretendentes ilustres?
Para ordenares às escravas do divino Odisseu
que cessem os afazeres e lhes preparem o banquete?
Nunca tivessem vindo me cortejar ou mesmo se reunido:
685   que pela última e derradeira vez agora aqui jantem.
Vós, amiúde reunidos, tantos recursos devastais,
as posses do atilado Telêmaco. Nada dos vossos
pais ouvistes no passado, ainda crianças,
como foi Odisseu entre vossos genitores,
690   nada fazendo nem falando de imoderado contra alguém
nesta terra? Isso é o costume dos reis divinos:
entre os mortais, odiará um; a outro, pode querer bem.
Ele nunca, de modo algum, foi iníquo para um varão.
Mas esse vosso ânimo e ações ultrajantes
695   se mostram, e não há gratidão no futuro por boa conduta".
E a ela dirigiu-se Médon, versado no inteligente:
"Vê bem, rainha, que isso fosse o mal maior.
Todavia, outra coisa, muito mais grave e aflitiva,
pensam os pretendentes; não o complete o filho de Crono!
700   Telêmaco anseiam matar com bronze afiado,
a casa voltando; partiu atrás de novas do pai
rumo à mui sacra Pilos e à divina Lacedemônia".
Assim falou, e os joelhos e o coração dela fraquejaram;
tempo ficou sem fala de palavras, seus olhos
705   encheram-se de lágrimas e a voz abundante conteve-se.
Bem depois, respondendo com palavras, lhe disse:
"Arauto, por que meu menino partiu? Ele não precisava
embarcar em naus velozes que são cavalos marinhos
próprios de varões e atravessam águas extensas.
710   Para que seu nome não fique entre os homens?".

Respondeu-lhe Médon, versado no inteligente:
"Não sei; ou algum deus o instigou, ou o próprio
ânimo foi impelido a ir a Pilos para informar-se
do retorno de seu pai ou de que fado alcançou".
715 Tendo falado assim, saiu pela casa de Odisseu.
A ela envolveu aniquiladora aflição, e não mais suportou
ficar na banqueta, mesmo muitas havendo na casa,
e sentou-se na soleira do quarto bem-trabalhado,
infeliz, chorando; em torno escravas soluçavam,
720 todas, tantas quantas na casa havia, jovens e velhas.
Entre elas, chorando sem parar, Penélope falou:
"Ouvi, queridas: o Olímpio, em excesso, deu-me dores,
mais que a todas que comigo cresceram e nasceram,
eu que primeiro perdi o nobre marido ânimo-leonino,
725 que em todas as qualidades supera os dânaos,
nobre, cuja fama é ampla na Hélade até o meio de Argos.
Agora, porém, rajadas agarraram meu menino amado
do palácio, sem registro, e que partira nem ouvi.
Terríveis! Nem vós pusestes no juízo, cada uma,
730 me acordar no leito, cientes ao claro no ânimo,
quando ele subiu na cava nau negra.
Se eu tivesse ouvido que se lançaria nesse trajeto,
então por certo ficaria, embora ávido por partir,
ou nesse palácio me deixaria morta.
735 Agora, ligeiro, alguém chame Finório, o ancião –
meu escravo, que deu-me meu pai quando vim para cá,
e meu jardim muita-árvore mantém – para que, bem rápido,
ele conte a Laerte tudo isso, sentado ao lado,
e assim, talvez, após no juízo um plano tramar,
740 saia de casa e se lamurie para o povo, esses com ganas

em matar seu descendente e do excelso Odisseu".
A ela, então, dirigiu-se a cara ama Euricleia:
"Moça querida, mata-me tu com bronze impiedoso,
ou me deixa na casa, mas nada te ocultarei.
745 Sabia eu de tudo e forneci-lhe quanto me ordenou,
comida e doce vinho; e arrancou-me poderosa jura:
que não te falasse antes do décimo segundo dia
ou até que tivesses saudade e ouvisses que partira,
para, com teu choro, a catita cútis não machucar.
750 Mas após te lavar, vestir roupas limpas no corpo
e subir aos aposentos com tuas criadas mulheres,
faz uma prece a Atena, filha de Zeus porta-égide:
então até mesmo da morte ela o poderá salvar.
E não desgrace o ancião desgraçado; não creio
755 que a deuses ditosos a estirpe de Arquésio de todo
seja odiosa, mas ainda haverá quem se ocupe
da casa grandiosa e dos férteis campos ao longe".
Isso dito, o choro acalmou e de seus olhos se afastou.
Ela, após se lavar, vestir roupas limpas no corpo
760 e subir aos aposentos com suas criadas mulheres,
pôs grãos de cevada no cesto e orou a Atena:
"Escuta-me, rebento de Zeus porta-égide, Atritone,
se um dia, no palácio, para ti o muita-astúcia Odisseu
queimou gordas coxas ou de boi ou de ovelha,
765 disso agora para mim te lembra: protege meu caro filho
e afasta os pretendentes dotados de vil arrogância".
Isso disse e ululou, e a deusa ouviu-lhe a prece.
E os pretendentes iniciaram uma arruaça no umbroso palácio;
desse modo falavam os jovens arrogantes:
770 "Claro, as bodas conosco a rainha muito-pretendente

apronta e não sabe que a morte do filho foi arranjada".
Assim diziam, mas não sabiam o que fora arranjado.
Entre eles, Antínoo tomou a palavra e disse:
"Insanos, escapai de discursos soberbos
775 todos vós, que ninguém anuncie também lá dentro.
Vamos, fiquemos de pé, em silêncio, e realizemos
o discurso que, no juízo, agradou a nós todos".
Isso disse e escolheu os vinte melhores heróis,
e se encaminharam à nau veloz na orla do oceano.
780 A nau, por primeiro, ao mar profundo puxaram,
mastro e velas puseram na negra nau
e aprontaram os remos nas correias de couro,
tudo em ordem; e desfraldaram a branca vela.
As armas lhes trouxeram assistentes magnânimos.
785 Após puxá-la da praia para a água, desembarcaram;
lá partilharam do jantar e aguardaram a chegada da noite.
Ela no andar de cima, Penélope bem-ajuizada,
jazia sem comer, sem tocar em comida ou bebida,
revolvendo se seu filho impecável escaparia da morte
790 ou seria subjugado pelos pretendentes soberbos.
Aquilo que no meio de varões o leão cogita,
com medo, ao fecharem ardiloso cerco em torno dele,
enquanto revolvia isso, veio-lhe sono prazeroso;
adormecia reclinada, e relaxavam todas suas articulações.
795 Então teve outra ideia a deusa, Atena olhos-de-coruja:
criou um espectro, de corpo feito mulher,
Altiva, a filha de Icário grandioso-ânimo,
que Eumelo desposou, em Feras habitando.
Enviou-o à morada do divino Odisseu
800 para que de Penélope, que se lamentava, gemendo,

afastasse o choro e lamento lacrimoso.

Entrou no quarto, passando pela correia do ferrolho,

parou acima da cabeça e dirigiu-lhe o discurso:

"Dormes, Penélope, agastada no caro coração?

805 Não, a ti não permitem os deuses de vida tranquila

que chores ou te atormentes, pois deve retornar

teu menino: de modo algum foi ofensivo aos deuses".

Respondeu-lhe Penélope bem-ajuizada,

docemente adormecida nos portais oníricos:

810 "Por quê, irmã, vieste para cá? Não costumas

aparecer, já que muito longe, distante habitas.

Então me ordenas parar com a agonia e as dores

muitas, que me perturbam no juízo e no ânimo;

eu que primeiro perdi o nobre marido ânimo-leonino,

815 que em todas as qualidades supera os dânaos,

nobre, cuja fama é ampla na Hélade até o meio de Argos.

Agora, porém, o menino querido partiu em cava nau,

tolo, não conhecendo bem labutas nem assembleias.

Por esse eu choro até mesmo mais que por aquele.

820 Por esse eu tremo e tenho medo que algo sofra

entre os da região aonde vai ou no mar:

inimigos há muitos que contra ele engenham,

ansiando matá-lo antes que atinja a terra pátria".

Respondendo-lhe, falou o débil espectro:

825 "Coragem, e em teu juízo não temas em excesso;

poderosa guia vai com ele, a quem também outros

varões rezam para que os acompanhe, pois é capaz,

Palas Atena: de ti, que se lamuria, ela se apieda,

e agora me enviou até ti para isso anunciar".

830 A ela, então, dirigiu-se Penélope bem-ajuizada:

"Se és mesmo um deus e de um deus a voz escutaste,
vamos, conta-me também acerca daquele sofredor,
se em algum lugar ainda vive e vê a luz do sol,
ou já está morto e na morada de Hades".
835 Respondendo-lhe, falou o débil espectro:
"Daquele não te farei um relato contínuo,
se está vivo ou morto; é ruim lançar frases ao vento".
Isso disse e junto ao ferrolho, pelo batente, deslizou
rumo às lufadas de vento; e ela pulou do sono,
840 a filha de Icário: seu caro coração rejubilou,
tão efetivo o sonho ao irromper no apogeu da noite.
E os pretendentes embarcaram e cruzavam fluentes vias,
revolvendo a abrupta morte de Telêmaco no juízo.
Há uma ilha no meio do mar, rochosa,
845 no meio entre Ítaca e a escarpada Samos,
Astéris, pequenina, na qual há portos abriga-nau,
um de cada lado; lá esperavam-no, de tocaia, os aqueus.

211   CANTO 4

5

Aurora, de junto do ilustre Títono, do leito
ergueu-se, para levar luz a imortais e a mortais;
os deuses estavam em assembleia, e, entre eles,
Zeus troveja-no-alto, cujo poder é o maior.
5 Atena relatava-lhes as muitas agruras de Odisseu,
lembrando-se; ele, na casa da ninfa, a preocupava:
"Zeus pai e outros ditosos deuses sempre-vivos,
nunca mais alguém seja solícito, suave e amigável
como rei porta-cetro, nem, no juízo, saiba o medido,
10 mas sempre seja duro e cometa iniquidades,
pois ninguém se lembra do divino Odisseu,
aqueles que regeu, e era como um pai amigável.
Mas ele está numa ilha, sofrendo forte agonia,
no palácio da ninfa Calipso, que o retém
15 e ele não consegue atingir sua terra pátria.
Não tem naus com remos nem companheiros
que o levariam sobre as amplas costas do mar.
Agora, porém, anseiam matar o menino amado
ao voltar para casa; partiu atrás de novas do pai
20 rumo à mui sacra Pilos e à divina Lacedemônia".

Respondendo-lhe, falou Zeus junta-nuvens:
"Minha filha, que palavra te escapou da cerca de dentes!
Vê bem, essa ideia não ponderaste tu mesma,
que Odisseu daqueles se vingue ao chegar?

25 Telêmaco envia tu com habilidade, pois és capaz,
para que, ileso de todo, sua pátria terra alcance
e os pretendentes, na nau, de volta retornem".
Falou e a Hermes, o caro filho, dirigiu-se:
"Hermes; sim, tu, pois de resto és o mensageiro:

30 à ninfa belas-tranças anuncia o firme desígnio,
o retorno de Odisseu juízo-paciente, que retornará
nem por deuses escoltado nem por homens mortais,
mas ele, em balsa muita-corda sofrendo misérias,
no vigésimo dia alcançará Esquéria grandes-glebas,

35 a terra dos feácios, na origem próximos dos deuses;
do fundo do peito, como a um deus irão honrá-lo
e numa nau conduzirão à cara terra pátria,
bronze, ouro a granel e vestes tendo-lhe dado,
muito, o que nem de Troia teria ganhado Odisseu,

40 ainda que incólume voltasse com sua parte do butim.
Assim seu quinhão é ver os seus e atingir
a casa com alto teto e a sua terra pátria".
Isso disse, e não desobedeceu o condutor Argifonte.
Presto então, atou aos pés belas sandálias,

45 imortais, douradas, que o levavam sobre as águas
e sobre a terra sem-fim como lufadas de vento.
Tomou a vara com que encanta olhos de varões,
de quem quer, e outros, adormecidos, desperta;
com ela nas mãos, voou o poderoso Argifonte.

50 Cruzou a Piéria e do céu tombou no mar;

apressou-se sobre as ondas feito gaivota,
que, pelos feros ventres do mar ruidoso,
a caçar peixes, as cerradas asas n'água molha:
a ela semelhante, por muita onda Hermes deixou-se ir.
55 Mas quando atingiu a ilha, longínqua,
lá, saindo do mar violeta, à terra firme
foi até alcançar a grande gruta, onde morava
a ninfa belas-tranças; e encontrou-a dentro.
Fogo na lareira, intenso, ardia, e até longe o odor
60 de cedro bem-rachado e tuia recendia pela ilha,
queimados; e ela dentro, cantando com bela voz,
ativa junto ao tear, tramava com áurea lançadeira.
Bosque havia em torno da caverna, verdejante:
amieiro, choupo-preto e perfumado cipreste.
65 Lá repousavam aves asa-comprida,
corujas, falconetes, corvos língua-comprida,
marinhos, que se ocupam de feitos marítimos.
Aí enroscava-se, em torno da cava gruta,
vinha exuberante, florejante com uvas.
70 Fontes em linha, quatro, fluíam com límpida água,
próximas entre si, cada uma correndo para um lado.
Em torno, prados macios com violeta e aipo
floriam; mesmo um imortal, lá chegando,
se admiraria ao olhar e se deleitaria no juízo.
75 Lá parado, admirava-se o condutor Argifonte.
Mas depois que tudo admirou em seu ânimo,
presto foi à ampla gruta. Vendo-o de frente,
não o desconheceu Calipso, deusa divina,
pois não se desconhecem os deuses mutuamente,
80 os imortais, nem se um bem longe habita.

Ao enérgico Odisseu dentro ele não encontrou,
mas esse chorava na praia, sentado, como antes,
com lágrimas, gemidos e aflições lacerando o ânimo:
costumava mirar o mar ruidoso, vertendo lágrimas.
85   E a Hermes perguntou Calipso, deusa divina,
tendo-o feito sentar-se em poltrona brilhante, lustrosa:
"Por que até mim vieste, Hermes bastão-dourado,
respeitável e caro? Não costumas aparecer.
Fala o que pensas; o ânimo ordena que eu cumpra
90   se posso cumprir, e se é algo que deve sê-lo.
[Vem mais para a frente para eu te honrar com um dom".]
Isso tendo dito, a deusa pôs ao lado uma mesa,
após enchê-la de ambrosia, e misturou o tinto néctar;
e ele bebia e comia, o condutor Argifonte.
95   Após jantar e o ânimo fortificar com a comida,
então a ela, com palavras respondendo, disse:
"Perguntas, deusa, por que eu, deus, vim; a ti,
sem subterfúgios, narrarei a história: tu o pedes.
Zeus me ordenou que cá viesse, sem eu querer;
100   quem, de bom grado, cruzaria tanta água salgada,
incontável? Não há urbe de homens perto, que a deuses
fazem sacrifícios e hecatombes seletas.
Mas não pode à mente de Zeus porta-égide
outro deus nem ultrapassar nem frustrar.
105   Diz que um varão está aí, o mais lastimoso de todos
os varões que em volta da urbe de Príamo lutaram
nove anos e, no décimo, a cidade pilharam e foram
para casa; no retorno, porém, ofenderam a Atena,
que instigou-lhes vento danoso e grandes ondas.
110   Então os outros todos pereceram, nobres companheiros,

e eis que vento e ondas trouxeram-no para cá.
A ele, agora, te ordenou de pronto o enviar de volta;
não lhe cumpre aqui, longe dos seus, morrer,
mas ainda é seu quinhão ver os seus e alcançar
115 a casa com alto teto e sua terra pátria".
Assim falou, e tremeu Calipso, deusa divina,
e, falando, dirigiu-lhe palavras plumadas:
"Sois terríveis, deuses, ciumentos mais que todos:
com deusas vos irritais quando deitam-se com varões
120 às claras ou se uma faz dele seu homem amado.
Assim, quando a Órion agarrou Aurora dedos-róseos,
com ela irritaram-se os deuses de vida tranquila
até que a ele, em Ortígia, a trono-dourado, pura Ártemis,
com suas flechas suaves, veio e matou.
125 Assim quando a Jasão Deméter belas-tranças,
cedendo a seu ânimo, uniu-se em enlace amoroso
sobre pousio com três sulcos; pouco tempo ignorou-o
Zeus, que o matou, lançando um raio cintilante.
Assim agora irritai-vos comigo, deuses, por ter um mortal.
130 A ele eu salvei enquanto a quilha cavalgava,
sozinho, pois sua nau veloz, com um raio cintilante
Zeus atingiu e despedaçou no meio do mar vinoso.
Então os outros todos pereceram, nobres companheiros,
mas eis que a ele vento e ondas para cá trouxeram.
135 A ele eu acolhia, alimentava e dizia
que o faria imortal e sem velhice por todos os dias.
Mas como não pode à mente de Zeus porta-égide
outro deus nem ultrapassar nem frustrar,
que vá, se ele o está incitando e instigando,
140 sobre o mar ruidoso. Conduzi-lo, porém, não posso;

não tenho naus com remos nem companheiros
que o conduziriam sobre as amplas costas do mar.
Mas a ele, solícita, vou sugerir e não esconder
como alcançará, ileso de todo, sua terra pátria".
145 E a ela dirigiu-se o condutor Argifonte:
"Assim agora envia-o de volta, e à cólera de Zeus atenta,
que nunca, no porvir, rancoroso, a ti seja cruel".
Isso dito, partiu o poderoso Argifonte;
e ela até o enérgico Odisseu, a senhora ninfa,
150 foi, logo após ouvir o comunicado de Zeus.
Achou-o na praia, sentado; nunca em seus olhos
as lágrimas secavam, e ia-se sua doce vitalidade,
chorando pelo retorno, pois já não lhe agradava a ninfa.
Mas à noite dormia, obrigado,
155 na cava gruta, sem querer, junto a ela, que queria;
de dia, nas pedras e nas praias sentado,
lacerando o ânimo com lágrimas, gemidos e aflições,
mirava o mar ruidoso, vertendo lágrimas.
Parada próximo, falou-lhe a deusa divina:
160 "Desditoso, não chores mais aqui, nem tua vida
se esvaia, pois agora, muito solícita, de volta te enviarei.
Vamos, corta grandes troncos e com bronze constrói
larga balsa; e o deque prende sobre ela,
ereto, para que te leve pelo mar embaçado.
165 Quanto a mim, pão, água e vinho tinto,
deliciosos, disporei, que de ti a fome afastariam,
e com roupas te cobrirei; e enviarei brisa detrás
para que, ileso de todo, tua terra pátria alcances
se quiserem os deuses, que dispõem do amplo céu,
170 esses que são mais fortes que eu para pensar e realizar".

Assim falou, e tremeu o muita-tenência, divino Odisseu,
e, falando, dirigiu-lhe palavras plumadas:
"Claro, deusa, que tu armas algo outro, não a condução,
quando pedes que de balsa cruze grande abismo de mar,
175 assombroso e aflitivo; esse nem simétricas naus
velozes cruzam, felizes com a brisa de Zeus.
E nem eu, contra ti, numa balsa embarcaria,
exceto se ousares, deusa, a grande jura jurar-me
de que não planejarás, contra mim, outra desgraça".
180 Assim falou, e sorriu Calipso, deusa divina,
com a mão acariciou-o, dirigiu-se-lhe e nomeou-o:
"De fato és trapaceiro, versado em sagacidade;
que discurso é esse que planejaste para falar!
Agora saibam disso a terra, o amplo céu acima
185 e a água que flui para baixo, a Estige – esse o maior
juramento, o mais terrível entre os deuses ditosos –
de que não planejarei, contra ti, outra desgraça.
Mas penso e planejarei exatamente o que para mim
mesma eu armaria, se tivesse tal necessidade.
190 Vê, minha mente é moderada, e em mim mesma
o ânimo no peito não é de ferro, mas compassivo".
Falou assim e foi na frente a deusa divina,
célere; ele depois, atrás das pegadas da deusa.
E chegaram à cava gruta, a deusa e o varão;
195 e ele lá sentou-se na poltrona donde se erguera
Hermes, e a ninfa serviu todo tipo de iguaria,
para comer e beber, o que mortais varões comem;
ela sentou-se em face do divino Odisseu,
e junto dela as escravas puseram ambrosia e néctar.
200 E eles esticavam as mãos sobre os alimentos servidos.

221   CANTO 5

Mas após deleitarem-se com bebida e comida,
entre eles começou a falar Calipso, deusa divina:
"Divinal filho de Laerte, Odisseu muito-truque,
então de fato para casa, à cara terra pátria
205 de pronto queres ir? Sê feliz, apesar de tudo.
Se soubesses, em teu juízo, quantas agruras
deverás aguentar antes de atingir a terra pátria,
ficando aqui mesmo, comigo cuidarias desta casa
e imortal serias, embora ansiando ver
210 tua esposa, que sempre desejas todos os dias.
Com certeza não pior que ela proclamo ser,
nem no porte, nem no físico, pois não é possível
que as mortais disputem com imortais em porte e aparência".
Respondendo, disse-lhe Odisseu muita-astúcia:
215 "Senhora deusa, não me odeies por isso. Também sei
de tudo, que, comparada a ti, a bem-ajuizada Penélope
é pior em aparência e altura a quem mira de frente:
ela é mortal, e tu, imortal e sem velhice.
Mas quero ainda assim e desejo todos os dias
220 voltar para casa e ver o dia do retorno.
Se de novo um deus me golpear no mar vinoso,
resistirei, tendo no peito ânimo resistente,
pois já muito, demais sofri e muito aguentei
em ondas e guerra; que, depois de tudo venha o retorno".
225 Assim falou, o sol desceu e vieram as trevas;
os dois tendo ido ao recesso da cava gruta,
deleitaram-se com o amor, lado a lado ficando.
Quando surgiu a nasce-cedo, Aurora dedos-róseos,
Odisseu presto vestiu capa e túnica,
230 e ela grande manto branco vestiu, a ninfa,

leve e gracioso, a cintura cingiu com cinto
belo, dourado, e sobre a cabeça deitou o véu.
Então projetou a condução do enérgico Odisseu:
deu-lhe grande machado, ajustado à palma da mão,
235 brônzeo, nas duas pontas agudo; nele havia
um cabo de oliveira muito belo, bem-engastado.
Deu-lhe depois enxó bem-polida e guiou-o na vereda
ao extremo da ilha, onde havia grandes árvores –
amieiro, choupo-negro e abeto alcança-o-céu –
240 há muito sem seiva, secas, que fácil lhe flutuariam.
Mas após lhe mostrar onde havia grandes árvores,
ela foi para casa, Calipso, deusa divina,
e ele cortou os troncos; e rápido realizou sua obra.
Vinte derrubou ao todo, podou-os com o bronze,
245 aplanou habilmente e endireitou com o prumo.
Trouxe a verruma Calipso, deusa divina;
furou então todos e encaixou-os entre si,
e a todos ajustou com pregos e encaixes.
O espaço do casco da nau que torneia um varão –
250 mercante, larga – bem-versado em carpintaria,
tão larga balsa construiu Odisseu.
O deque, ao erguer e estruturar com vários apoios,
fazia; e completava-o com largas pranchas.
Nele erguia um mastro e uma verga a ele adaptada;
255 depois disso, fez um leme para manobrar.
Circundou-a toda com cerca de salgueiro,
defesa contra ondas; nela despejou muita madeira.
Trouxe panos Calipso, deusa divina,
para fazer a vela; ele bem artefatou até isso.
260 Nela prendeu braços, adriças e escotas.

Com alavancas, então, empurrou-a ao mar divino.
Era o quarto dia, e para ele tudo foi completado;
e no quinto enviou-o da ilha a divina Calipso,
tendo-o banhado e vestido com vestes olorosas.
265 Dentro pôs-lhe a deusa um odre de vinho escuro,
esse um e outro de água, grande, e também comida
num alforje: pôs-lhe alimentos deliciosos, muitos;
e brisa fez que soprasse, tranquila e tépida.
Feliz com a brisa, soltou a vela o divino Odisseu.
270 Ele manobrou, hábil, com o leme,
sentado – sono em suas pálpebras não tombou –,
mirando as Plêiades e Boeiro, que tarde se põe,
e a Ursa, que Carro também denominam,
ela que dá uma volta no mesmo lugar e em Órion se fixa,
275 a única a não partilhar dos banhos no Oceano;
de fato, ordenara-lhe Calipso, deusa divina,
que cruzasse o mar com ela a sua esquerda.
Já dezessete dias navegava, o mar cruzando,
e no décimo oitavo surgiram montes umbrosos
280 da terra dos feácios, do ponto mais próximo a ele:
assemelhava-se a um escudo no mar embaçado.
E a ele, voltando dos etíopes, o poderoso treme-solo,
de longe, dos montes dos sólimos viu; surgiu-lhe
singrando pelo mar. Irou-se no peito ainda mais,
285 agitou a cabeça e a seu ânimo discursou:
"Incrível, por certo os deuses mudaram de opinião
acerca de Odisseu enquanto eu, entre etíopes, estava;
já próximo está da terra feácia, onde lhe cumpre
escapar do grande limite de agonia que o atinge.
290 Mas creio que o perseguirei até se fartar de desgraça".

Isso dito, reuniu nuvens e o mar turvou,
as mãos no tridente: atiçou todas as rajadas
de todos os ventos e, com nuvens, encobriu
terra e mar por igual; e a noite desceu do céu.
295 Juntos Euro e Noto caíram, o tempestuoso Zéfiro
e Bóreas, nascido do páramo, e grande onda rolava.
Então fraquejaram os joelhos e o coração de Odisseu,
e, perturbado, falou a seu ânimo enérgico:
"Ai de mim, pobre coitado, o que ainda me resta?
300 Temo que tudo que a deusa falou seja infalível:
disse que eu no mar, antes de atingir a terra pátria,
enfrentaria aflições: tudo isso agora se completa.
Com que nuvens cinge Zeus o amplo céu;
turvou o mar, e arremessam-se rajadas
305 de todos os ventos: agora é certo meu abrupto fim.
Três vezes ditosos, quatro, os dânaos que morreram
na ampla Troia, obsequiando os filhos de Atreu.
Tivesse eu morrido e meu destino alcançado
no dia em que, contra mim, lanças brônzeas numerosos
310 troianos lançaram em torno do finado filho de Peleu.
Teria obtido oferendas, e minha fama os aqueus levariam;
agora me foi destinado ser alcançado por morte deplorável".
Após falar assim, grande onda o golpeou do alto,
terrível, impetuosa, e chacoalhou a balsa.
315 Para longe da balsa ele próprio caiu, e o leme
das mãos deixou ir; ao meio quebrou-lhe o mastro
rajada de ventos mesclados, terrível.
Longe a vela e a verga caíram no mar.
Sob a água segurou-o muito tempo, e não pôde
320 logo subir, sob o furor da grande onda:

225   CANTO 5

as vestes o oprimiam, as que lhe dera a divina Calipso.
Bem depois emergiu, e da boca cuspiu água do mar,
acre, que em abundância da cabeça escorria.
Nem assim da balsa esqueceu, embora acabado,
325 mas, lançando-se nas ondas, agarrou-a,
e no meio sentou-se, da morte certeira tentando escapar.
Levava-a grande onda pela corrente, para lá e para cá.
Como Bóreas no fim do verão leva espinhos de cardo
pelo plaino, e, em profusão, se prendem um ao outro,
330 assim, pelo mar, ventos a levavam para lá e para cá:
ora Noto a Bóreas lançava-a para que fosse levada,
ora Euro a Zéfiro deixava-a para ser perseguida.
E viu-o a filha de Cadmo, Ino linda-canela,
Leucoteia, que antes fora mortal com voz humana,
335 e agora, no mar, partilhava da honra dos deuses.
Ela apiedou-se de Odisseu, sofrendo à deriva;
feito gaivota, em voo emergiu do oceano,
sentou-se sobre a balsa muita-corda e enunciou-lhe:
"Desditoso, por que assim a ti Posêidon treme-solo
340 odeia, terrível, já que te engendra muitos males?
Vê, não te destruirá, embora com muita vontade.
Mas aja assim, e creio que não te falta entendimento:
após tirar as roupas, deixa a balsa entregue aos ventos
e, nadando com os braços, esforça-te pelo retorno
345 à terra dos feácios, onde teu destino é escapar.
Vamos, esse véu sob o peito ajeita,
imortal; não temas sofrer nem ser destruído.
Mas quando, com as mãos, tocares terra firme,
solta-o e o lança rumo ao mar vinoso,
350 bem longe da terra, e vira-te para o outro lado".

Após falar assim, a deusa deu-lhe o véu,
e ela de volta no mar mergulhou, no faz-onda,
à gaivota assemelhada; e onda escura encobriu-a.
Mas ele cogitou, o muita-tenência, divino Odisseu,
355 e, perturbado, falou a seu ânimo enérgico:
"Ai de mim, que um ardil não tenha de novo tramado
um imortal, quando me ordena desembarcar da balsa.
Ainda não obedecerei, pois longe, com os olhos
a terra eu vi, onde ela me disse que escaparia.
360 Mas assim agirei, e parece-me ser o melhor:
enquanto houver troncos com encaixes ajustados,
aqui ficarei e resistirei, sofrendo agonias;
mas quando uma onda dissipar a balsa,
nadarei, pois não é possível prever algo melhor".
365 Enquanto revolvia isso no juízo e no ânimo,
lançou-lhe grande onda Posêidon treme-solo,
terrível e aflitiva, arqueada, e golpeou-o.
Como vento bravio que dissipa pilha de palha,
seca, e a ela dispersa para todos os lados,
370 assim dispersou seus grandes troncos. E Odisseu
cavalgava o tronco, como a guiar um cavalo de corrida.
Despiu-se da roupa que lhe dera a divina Calipso
e de imediato o véu sob o peito ajeitou;
de cabeça jogou-se no mar, estendendo os braços,
375 ansiando nadar. Viu-o o poderoso treme-solo,
moveu a cabeça e a seu ânimo discursou:
"Assim agora, após muitos males sofrer, vague no mar
até homens criados por Zeus encontrar.
Mas nem assim, espero, desprezarás a desgraça".
380 Falou assim, chicoteou os cavalos bela-pelagem,

e foi até Aigas, onde fica sua morada gloriosa.
Porém Atena, filha de Zeus, teve outra ideia:
dos outros ventos, deles o percurso estancou
e ordenou a todos que parassem e repousassem;
385 e instigou o ventoso Bóreas, que quebrou as ondas
para que ao navegador povo feácio se juntasse
Odisseu linhagem-divina, e fugisse da perdição da morte.
Lá, duas noites e dois dias, na onda potente
vagava, e seu coração amiúde pressentiu o fim.
390 Mas quando trouxe o terceiro dia Aurora belas-tranças,
então o vento parou e a calmaria
surgiu sem ventos; ele, próximo, viu a terra
com muito aguçado olhar, erguido por grande onda.
Como quando aos filhos felicidade traz a vida
395 do pai que jaz doente, sofrendo lancinante agonia,
definhando há tempo, pois hedionda divindade atacou-o,
e então, para sua felicidade, deuses o livram da desgraça –
tal felicidade sentiu Odisseu ao ver terra e bosque,
e nadou com pressa de pôr os pés em terra firme.
400 Mas quando estava à distância de um grito,
 ouviu um rugido contra os rochedos do oceano –
roncava grande onda contra a seca terra firme,
quebrando terrível, tudo coberto de espuma do mar;
sem angras protetoras de navios nem ancoradouros,
405 cabos salientes havia, e recifes e rochas.
Então fraquejaram os joelhos e o coração de Odisseu,
e, perturbado, ele falou a seu ânimo enérgico:
"Ai, após Zeus a mim conceder, sem esperança,
ver a terra, e eu completar a travessia desse abismo,
410 não se mostra saída para fora do mar cinza.

Lá fora há rochas pontiagudas, em torno a onda
freme com estrondo e, lisa, a rocha se ergue;
fundo é o mar até a beira e, impossível, com os pés,
ambos, se firmar, e escapar da desgraça.
415   Que a mim, tentando sair, não lance contra o penedo
grande onda, agarrando-me; será vão meu ímpeto.
Se mais para diante eu nadar, para acaso encontrar
praias oblíquas e angras do oceano,
temo que rajada novamente me agarre
420   e pelo mar piscoso me leve, com gemidos profundos,
ou que do mar divindade envie contra mim
enorme monstro, um dos tantos que nutre a famosa Anfitrite,
pois sei do ódio que me tem o famoso Treme-Solo".
Enquanto revolvia isso no juízo e no ânimo,
425   grande onda o levou rumo ao áspero cabo.
Lá a pele teria sido lacerada e os ossos, partidos,
se em seu juízo tal não lhe pusesse Atena olhos-de-coruja:
com ambas as mãos, arremetendo-se, agarrou o penedo
e nele grudou-se, gemendo, até a grande onda passar.
430   E assim dela escapou, mas, em refluxo, a ele de novo
golpeou, arremetendo-se, e longe lançou-o ao mar.
Como quando o muitos-pés da toca é arrancado
e nas ventosas copiosos pedregulhos se prendem,
assim, nas rochas, de suas mãos corajosas
435   a pele foi lacerada; e a ele grande onda encobriu.
Lá o infeliz Odisseu – mais que seu quinhão – teria morrido,
se sagacidade não lhe tivesse dado Atena olhos-de-coruja:
emergindo das ondas, que quebravam rumo à costa,
nadava pelo lado, mirando a terra, se acaso achasse
440   praias oblíquas e angras do oceano.

Mas quando diante da boca do rio belo-fluxo
chegou, nadando, aí pareceu-lhe ponto excelente,
livre de rochas, e havia proteção contra o vento;
reconheceu-o em seu fluxo e rezou em seu íntimo:
445 "Ouve-me, senhor, seja quem fores; muito-implorado,
vou a ti, fugindo do mar, das ameaças de Posêidon.
É digno de respeito, também aos deuses imortais,
todo varão que chega depois de vagar, como eu agora
alcanço tua corrente e joelhos após muito aguentar.
450 Pois, senhor, apieda-te; teu suplicante proclamo ser".
Isso dito, ele logo parou sua corrente, conteve a onda,
na frente dele produziu calmaria e salvou-o
rumo à foz do rio. Então os dois joelhos vergou
e os robustos braços: o mar dobrara seu coração.
455 Inchada estava sua carne, e muito mar gotejava
da boca e da pele. Eis que ele, sem fôlego e sem voz,
jazia, exaurido, e fadiga terrível o atingiu.
Quando voltou a si e no peito o ânimo se recompôs,
então sim soltou de si o véu da deusa.
460 No rio deságua-no-mar deixou-o tombar;
de volta levou-o grande onda com a corrente, e logo Ino
recebeu-o com suas mãos; ele, após do rio se afastar,
sob o junco arrojou-se e beijou o solo fértil.
Perturbado, falou a seu ânimo enérgico:
465 "Ai de mim, o que devo sofrer? O que ainda me resta?
Se, no rio, ao longo da incômoda noite eu vigiar,
que a geada vil e, junto, o fresco orvalho
não subjuguem o ânimo esgotado pela exaustão;
a brisa sopra do rio, gelada, antes da aurora.
470 Mas se subir ao penhasco e ao bosque umbroso,

230   CANTO 5

nos cerrados arbustos adormecer (se permitirem
o frio e a fadiga), e até mim o doce sono vier,
temo tornar-me presa e butim de feras".
Pareceu-lhe, ao refletir, ser mais vantajoso assim:
475 foi ao bosque que encontrou junto a uma clareira,
próximo à água. Eis que se pôs sob dois arbustos
nascidos no mesmo lugar: zambujeiro e oliveira.
Não os cortava o ímpeto de ventos que sopram úmidos,
e nunca o sol luzidio com seus raios os atingia,
480 nem chuva os cruzava de todo, tão compactos
nasceram, enredados um ao outro. Debaixo Odisseu
meteu-se, e presto juntou um leito com suas mãos,
largo, pois havia um monte de folhas, em abundância,
quantidade para dois, três homens se protegerem
485 contra o inverno, ainda que fosse muito duro.
Vendo-o, alegrou-se o muita-tenência, divino Odisseu,
deitou-se no centro e sobre si entornou um monte de folhas.
Como quando alguém oculta tição em cinza negra,
no limite das lavouras, onde não há outros vizinhos,
490 e salva o germe do fogo para não precisar acender alhures,
assim Odisseu cobriu-se com as folhas. E nele Atena
vertia sono sobre os olhos, para rápido o livrar
da fadiga penosa após encobrir suas pálpebras.

Assim ele lá dormia, o muita-tenência, divino Odisseu,
dominado por sono e fadiga. E Atena
foi até a terra, a cidade dos varões feácios.
Eles antes moravam na espaçosa Hipereia,
5   próximo aos ciclopes, varões arrogantes,
que os lesavam, pois na força eram superiores.
De lá fê-los erguer-se o deiforme Nauveloz,
e assentou-os em Esquéria, longe de varão come-grão;
em volta puxou muro para a cidade, construiu casas,
10   fez templos de deuses e dividiu as glebas.
Mas ele, já subjugado pela morte, partira ao Hades,
e Alcínoo regia, versado em projetos vindos de deuses.
A sua casa foi a deusa, Atena olhos-de-coruja,
o retorno do enérgico Odisseu armando.
15   Foi até o quarto muito artificioso no qual moça
dormia, semelhante a imortais no físico e na aparência,
Nausícaa, filha do enérgico Alcínoo,
e junto duas criadas, cuja beleza vinha das Graças,
de cada lado do umbral, as brilhantes portas trancadas.
20   Como o sopro do vento, lançou-se à cama da moça,

parou acima da cabeça e dirigiu-lhe o discurso,
assemelhada à filha de Dimas, famoso pelas naus,
de mesma idade que ela e agradável a seu ânimo.
Semelhante a ela, disse-lhe Atena olhos-de-coruja:
25 "Nausícaa, como a mãe te gerou assim desleixada?
Tuas vestes lustrosas jazem descuidadas,
e tuas bodas estão perto, onde tu mesma deves belezas
trajar e as de outros providenciar, de quem te conduzir;
graças a isso, marcha entre os homens um dizer
30 bom, e o pai e a senhora mãe se agradam.
Vamos, temos que lavar tudo quando a aurora surgir;
contigo seguirei como ajudante, para que rápido
aprontes, pois não serás virgem por muito tempo.
Pela cidade, já te cortejam os melhores
35 entre todos os feácios, onde está tua própria família.
Vamos, incita o famoso pai antes da aurora
a preparar mulas e carro, para que conduza
cintos, peplos e lustrosas mantas.
Também para ti mesma será bem melhor que ir
40 com os pés: os poços são bem longe da cidade".
Ela, após falar assim, partiu, Atena olhos-de-coruja,
ao Olimpo, onde dizem a sede dos deuses, sempre segura,
ficar: não é sacudido por ventos, nunca por chuva
é molhado nem neve a ele se achega, mas o céu de todo
45 se estende sem nuvens, e acima corre branco clarão;
ali deleitam-se os deuses ditosos todos os dias.
Para lá foi a olhos-de-coruja, após instruir a moça.
Logo veio Aurora belo-trono, que a despertou,
Nausícaa belo-peplo; presto espantou-se com o sonho
50 e saiu pela casa para anunciar aos genitores,

e lá dentro os encontrou, ao caro pai e à mãe.
Essa, sentada junto à lareira com criadas mulheres,
volteava fios púrpura na roca; e com aquele na porta
deparou, de saída para encontrar reis renomados
55 no conselho, chamado por ilustres feácios.
Ela, parada bem perto, disse ao caro pai:
"Querido papai, não poderias preparar-me um carro,
alto, boas-rodas, para eu levar esplêndidas vestes
ao rio para lavar, aquelas minhas que sujas estão?
60 Também convém que tu, na companhia dos próceres,
planejes planos com roupas limpas sobre a pele.
E são cinco os teus filhos que vivem no palácio,
dois deles casados, três, florescentes solteiros;
eles sempre querem, com roupas recém-lavadas,
65 ir à arena de dança: tudo isso ocupa meu juízo".
Assim falou, com vergonha de nomear vicejantes bodas
ao caro pai; ele tudo percebeu e reagiu com o discurso:
"Não te nego as mulas, criança, ou outra coisa.
Vai; e para ti os escravos prepararão um carro,
70 alto, boas-rodas, equipado com a parte superior".
Isso dito, deu a ordem aos escravos, e eles obedeceram.
Eles então, fora, o carro boas-rodas com mulas
aprontavam, conduziam as mulas e jungiram ao carro;
e a moça trazia do quarto resplandecentes roupas.
75 Essas ela dispôs sobre o carro bem-polido.
A mãe na canastra punha iguarias deliciosas
de todo o tipo, punha alimentos e vertia vinho
em odre de cabra; e a moça embarcou no carro.
Deu-lhe fluido óleo de oliva em lécito dourado
80 para que se ungisse com suas criadas mulheres.

Ela pegou o chicote e as rédeas lustrosas
e chicoteou para puxarem; e as mulas faziam estrépito.
Esticavam-se sem cessar; levavam a roupa e a ela,
não sozinha, mas com ela seguiam duas criadas.

85 Quando alcançaram a mui bela corrente do rio,
onde as tinas eram perenes, e muita água,
bela, corre do fundo, para limpar até o bem sujo,
lá elas desatrelaram as mulas para longe do carro.
Enxotaram-nas ao longo do vertiginoso rio

90 para pastarem capim doce como mel; e outras, do carro,
pegavam a roupa com as mãos e levavam à água escura,
e pisoteavam-na nas tinas rápido, rivalizando.
Mas depois de lavar e limpar toda a sujeira,
em ordem estenderam-na ao longo da orla, onde o mar

95 ao bater na praia mais lavava pedregulhos.
Elas se banharam e ungiram à larga com óleo,
partilharam o almoço junto às margens do rio
e aguardaram a roupa secar sob os raios do sol.
Mas após as escravas e ela deleitarem-se com comida,

100 brincavam com a bola, tendo as fitas soltado,
e entre elas Nausícaa alvos-braços dirigia a música.
Tal vai Ártemis pelos montes, a verte-setas,
ou pelo muito elevado Taigeto ou pelo Erimanto,
deleitando-se com javalis e corças velozes.

105 Com ela as ninfas, filhas de Zeus porta-égide,
campestres, brincam, e no juízo se alegra Leto;
aquela mantém cabeça e fronte acima de todas,
é fácil de reconhecer, e todas são belas –
assim, entre as criadas, sobressaía a virgem indomada.

110 Mas quando ia de novo retornar para casa,

após jungir as mulas e dobrar as belas vestes,
teve outra ideia a deusa, Atena olhos-de-coruja:
Odisseu despertaria e veria a moça de bela face
para que ela o guiasse à cidade dos varões feácios.
115 A rainha então lançou a bola para uma criada;
ela errou a criada, e em fundo remoinho caiu.
Soltaram alto grito, e despertou o divino Odisseu.
Sentando-se, revolvia no juízo e no ânimo:
"Ai de mim, dessa vez atinjo a terra de que mortais?
120 Serão eles desmedidos, selvagens e não civilizados,
ou hospitaleiros, com mente que teme o deus?
É como se me envolvesse feminina gritaria de moças,
de ninfas, que habitam escarpados cumes de montes,
fontes de rios e campos forrageiros;
125 talvez esteja perto de homens dotados de fala.
Pois bem, eu mesmo vou verificar e ver".
Isso dito, dos arbustos emergiu o divino Odisseu,
e do bosque cerrado quebrou, com mão encorpada, ramo
folheado, para no corpo proteger as vergonhas de homem.
130 Foi como leão da montanha, confiante na bravura,
que vem castigado por chuva, vento, e seus olhos
faíscam. Mas ele vai para o meio de bois e ovelhas
ou atrás de corças selvagens; ordena-lhe o estômago
que, para testar as ovelhas, vá a uma casa protetora –
135 assim ia Odisseu às moças belas-tranças
unir-se, embora nu: a necessidade o atingiu.
Aterrorizante pareceu a elas, enfeado pela salsugem,
e abalaram, uma para cada lado nas praias salientes.
Só a filha de Alcínoo ficou, pois nela Atena
140 pôs coragem no peito e tirou o medo dos membros.

Parada, encarou-o; ele, Odisseu, cogitou
se, tocando os joelhos, suplicaria à moça de bela face
ou assim mesmo, de longe, com palavras amáveis
suplicaria que mostrasse a cidade e desse-lhe roupas.
145 Pareceu-lhe, ao refletir, ser mais vantajoso assim,
de longe suplicar com palavras amáveis,
para a moça não se enraivecer, tocada nos joelhos.
De pronto amável e vantajoso discurso lhe disse:
"Imploro-te, senhora; és uma deusa ou mortal?
150 Se és deusa, uma das que dispõem do amplo céu,
a ti eu a Ártemis, a filha do grande Zeus,
comparo, próxima em aparência, altura e físico;
se és um mortal dos que moram sobre a terra,
três vezes ditosos são teu pai e a senhora tua mãe,
155 três vezes ditosos os irmãos; muito o ânimo deles,
sempre com gáudio, rejubila por tua causa,
ao mirarem tal rebento dirigir-se à arena.
Será no coração, de longe, o mais ditoso de todos
quem prevalecer com dádivas e para casa te conduzir.
160 Nunca vi mortal assim com meus olhos,
homem nem mulher, e reverência me toma ao mirar-te.
Sim, em Delos, certa vez, junto ao altar de Apolo, um tal
broto de palmeira, jovem e ascendente, percebi;
pois fui também até lá, e grande tropa seguia-me
165 em jornada na qual muitas agruras me atingiriam –
assim como, ao vê-lo, assombrei-me no ânimo
muito tempo, pois nunca ascendeu tal tronco da terra,
a ti, mulher, admiro, assombro-me e temo terrivelmente
tocar-te os joelhos; e cruel aflição me atinge.
170 Ontem, no vigésimo dia, escapei do mar vinoso;

até então onda e ventosas rajadas sempre me levavam
desde a ilha de Ogígia. Agora a divindade me expeliu,
para que também aqui eu sofra um mal: não creio
que cessará, mas deuses, antes, completarão ainda muitos.
175 Tem piedade, senhora; de ti, após padecer muito mal,
acheguei-me por primeiro; não conheço nenhum outro
homem dos que dispõem dessa cidade e terra.
Mostra a cidade e dê-me trapos para recobrir-me,
se trouxeste um saco de roupas ao vires para cá.
180 Que deuses te deem tudo que desejas em teu juízo,
marido e casa, e te presenteiem com concórdia
distinta; de fato, nada é mais forte e melhor que isto,
quando, em concórdia nas ideias, dominam a casa
marido e mulher: há muitas agonias a inimigos
185 e alegrias a amigos, e a reputação deles é máxima".
A ele, então, Nausícaa alvos-braços retrucou:
"Estranho, como não pareces ser vil nem insensato herói,
e Zeus mesmo, o Olímpio, fortuna distribui aos homens,
aos distintos e aos vis, o que ele quer a cada um:
190 também a ti talvez isso deu; porém, cumpre aguentares.
Pois bem, já que alcanças nossa terra e cidade,
não carecerás de veste nem de outra coisa
que convém a calejado suplicante diante de nós.
A urbe te mostrarei e vou dizer-te o nome do povo:
195 são os feácios que habitam essa cidade e regiao,
e eu mesma sou a filha do enérgico Alcínoo,
de quem depende o vigor e a força dos feácios".
Assim falou e deu ordens às criadas belas-tranças:
"Criadas, parai! Para onde fugis ao ver o herói?
200 Acaso pensais tratar-se de varão inimigo?

Não existe este varão, humano mortal, nem nascerá,
o que chegar à terra dos varões feácios
trazendo briga; somos caríssimos aos imortais.
Habitamos bem longe no mar muito encapelado,
205 nos confins, e nenhum outro mortal nos frequenta.
Mas esse aí, desgraçado, chega aqui após vagar,
e agora cumpre dele cuidar; sob Zeus estão todos
os estranhos e mendigos, e o dom é pequeno e querido.
Vamos, criadas, dai comida e bebida ao estranho,
210 e banhai-o no rio onde há proteção contra o vento".
Isso dito, elas pararam, entre si deram ordens
e acomodaram Odisseu junto à proteção, ordens
de Nausícaa, filha do enérgico Alcínoo;
ao lado dele, puseram manto e túnica para vestir-se;
215 deram-lhe, num lécito dourado, fluido óleo de oliva,
e lhe pediram que se banhasse nas correntes do rio.
Sim, então entre as criadas falou o divino Odisseu:
"Criadas, ficai paradas assim longe, para eu mesmo
banhar-me, tirando a salsugem dos ombros, e com óleo
220 me ungir; há tempo meu corpo não vê unguento.
Diante de vós eu não me banharei, pois tenho pudor
de ficar nu no meio de moças belas-tranças".
Assim falou, e foram para longe e informaram a jovem.
E ele, com água do rio, lavou a pele, o divino Odisseu,
225 da salsugem que cobria o dorso e os largos ombros;
e da cabeça removeu a sujeira do mar ruidoso.
Mas após tudo lavar e à larga se ungir,
vestiu as vestes que lhe dera a virgem indomada,
e a ele tornou Atena, nascida de Zeus,
230 maior e mais encorpado a quem o visse, e da cabeça

fez tombar madeixas cacheadas, semelhantes a jacintos.
Como quando reveste prata com ouro o varão
habilidoso, a quem ensinaram Hefesto e Palas Atenas
técnica de todo o tipo, e completa obras graciosas –
235   assim sobre ele verteu graça, na cabeça e nos ombros.
Então sentou-se, afastando-se até a orla do oceano,
fulgurante em beleza e graça; e a moça contemplava-o.
Então entre as criadas belas-tranças ela falou:
"Escutai-me, criadas alvos-braços, vou falar.
240   Com a ajuda de todos os deuses que ocupam o Olimpo
esse homem veio frequentar os excelsos feácios:
antes, com efeito, pareceu-me ser ordinário;
agora parece com deuses, que dispõem do amplo céu.
Tomara homem assim fosse chamado de meu marido,
245   morando nessa terra, e lhe agradasse ficar aqui mesmo.
Vamos, criadas, dai comida e bebida ao estranho".
Assim falou, e elas a ouviram direito e obedeceram,
e junto a Odisseu puseram comida e bebida.
Ele bebia e comia, o muita-tenência, divino Odisseu,
250   à larga; há muito tempo não tocava em comida.
E Nausícaa alvos-braços teve outra ideia:
após dobrar as vestes, colocou-as no belo carro,
jungiu as mulas forte-casco e ela mesma subiu.
Exortou Odisseu, dirigiu-se-lhe e nomeou-o:
255   "Agora, estranho, põe-te à cidade, para que te gule
à casa de meu atilado pai, onde tu, afirmo,
conhecerás, entre todos os feácios, os melhores.
Mas aja assim, e creio que não te falta entendimento:
ao passarmos pelos campos e culturas dos homens,
260   marcha rápido junto às criadas, atrás das mulas

e do carro; e eu, na estrada, serei a condutora.
E ao pisarmos na cidade, rodeada por muralha
elevada, belo porto há em cada lado da cidade
e a entrada é estreita; até a via naus ambicurvas
265 são puxadas. Todas têm uma rampa, cada uma.
Lá fica a ágora, em torno do belo templo de Posêidon,
ajustada com blocos arrastados de pedreira.
Lá ocupam-se com o cordame das negras naus,
com cabos e velas, e afilam seus remos.
270 Aos feácios arco e aljava não interessam,
mas velas, remos de naus e naus simétricas,
com as quais se alegram, cruzando o mar cinza.
Deles evito fala amarga, que ninguém por trás
me insulte; e são bastante soberbos na cidade.
275 Talvez um mais vil diga assim, após encontrar-nos:
'Quem é esse que segue Nausícaa, belo e alto,
um estranho? Onde o achou? Sim, será seu marido.
Por certo cuidou de alguém à deriva longe de sua nau,
varão de terra distante, pois não os há nas cercanias;
280 ou até ela, depois de prece, deus muito rogado chegou
após do páramo descer, e a terá por todos os dias.
É melhor, ela própria circulando, se achou marido
alhures; de fato, ela desonra, na cidade, aqueles
feácios que a cortejam, muitos e distintos'.
285 Assim falarão, essas seriam as críticas contra mim.
Também me indignaria contra toda que isso fizesse,
uma que, contra os seus, vivos o pai e a mãe,
se unisse a varões antes de atingir bodas públicas.
Estranho, atenta assim a minha palavra para que logo
290 obtenhas condução e retorno da parte de meu pai.

Toparemos o bosque radiante de Atena junto à trilha –
álamos; lá corre fonte e, no entorno, há um prado;
lá fica o domínio de meu pai e luxuriante vinhedo,
tão longe da cidade quanto a distância de um grito.
295 Lá sentado, aguarda um tempo, até nós
irmos à cidade e chegarmos à casa de meu pai.
Mas quando creres que nós chegamos à casa,
então também vai à cidade dos feácios e indaga
pela casa de meu pai, o enérgico Alcínoo.
300 É fácil de reconhecer, e até uma criança tola
te guiaria: de fato, não são semelhantes a ela
as casas dos feácios, tal é a casa de Alcínoo,
herói. Mas quando te abarcarem o pátio e a casa,
muito rápido cruza o salão, até alcançares
305 minha mãe. Ela senta-se junto à lareira, à luz do fogo,
volteando fios púrpura na roca, assombro à visão,
reclinada contra a coluna; criadas sentam-se atrás dela.
Aí mesmo a poltrona de meu pai está escorada,
na qual bebe vinho, sentado como um imortal.
310 Passa por ele e braços em torno dos joelhos da mãe
lança, a fim de que o dia do retorno vejas
rápido, com alegria, mesmo se és de bem longe.
Se ela em seu ânimo for benévola para contigo,
há a expectativa, então, de ver os teus e voltar
315 para a casa bem-construída e à tua terra pátria".
Após falar assim, açoitou, com chicote luzidio,
as mulas; elas rápido deixaram as correntes do rio.
Corriam bem e trotavam bem com seus cascos;
e ela conduzia direito, para que junto seguissem a pé
320 as criadas e Odisseu; com juízo aplicava o açoite.

E o sol mergulhou, e eles alcançaram o famoso bosque
consagrado a Atena, onde sentou-se o divino Odisseu.
De imediato orou à filha do grande Zeus:
"Ouve-me, rebento de Zeus porta-égide, Atrítone;
325   pelo menos agora me escuta, pois antes nunca escutaste
o golpeado ao golpear-me o famoso Treme-Solo.
Dá que aos feácios eu chegue, amigo e digno de piedade".
Assim falou, rezando, e ouviu-o Palas Atena;
e a ele ainda não apareceu de frente, pois respeitava
330   o irmão do pai: ele com veemência manteve o ímpeto
contra o excelso Odisseu até esse em sua terra chegar.

7

Assim ele rezava, o muita-tenência, divino Odisseu,
e a força das mulas levava a moça à cidade.
Ela, quando chegou à esplêndida casa do pai,
freou-as no pórtico; os irmãos, em torno dela,
5   postaram-se, semelhantes a imortais; do carro
soltaram as mulas e para dentro levaram as vestes.
Ela mesma foi a seu quarto; acendera-lhe o fogo
a anciã de Apeiraie, a camareira Eurimédussa,
que um dia naus ambicurvas trouxeram de Apeiraie;
10   elegeram-na honraria para Alcínoo, pois todos
os feácios regia, e como a um deus o povo o ouvia:
essa criou Nausícaa alvos-braços no palácio.
Ela atiçou-lhe o fogo e dentro preparou o jantar.
Então Odisseu moveu-se rumo à cidade; em torno Atena
15   verteu densa bruma, benévola para Odisseu,
para que nenhum animoso feácio, topando-o,
provocasse-o com palavras e perguntasse quem era.
Mas quando ia penetrar na cidade adorável,
então topou-o a deusa, Atena olhos-de-coruja,
20   semelhante a jovem menina levando um cântaro.

Parou diante dele, e ele a interpelou, o divino Odisseu:
"Criança, não me conduzirias à casa do varão
Alcínoo, que rege entre esses homens?
De fato eu, calejado estranho, aqui chego
25 de longe, terra distante; daí, não conheço nenhum
homem dos que dispõem dessa cidade e da terra".
A ele, então, dirigiu-se a deusa, Atena olhos-de-coruja:
"Portanto eu, pai estrangeiro, a casa que me pedes
mostrarei, já que mora perto de meu pai impecável.
30 Mas vai bem quieto, e eu na estrada te conduzirei,
e não encares homem algum nem o interrogues.
Vê, eles não toleram muito homens estrangeiros,
nem são hospitaleiros com quem vem de longe.
Confiantes em suas naus velozes, rápidas,
35 cruzam o grande mar, pois isso lhes deu o treme-solo:
suas naus são rápidas como asa ou pensamento".
Falou assim e foi na frente Palas Atena,
célere; ele depois, atrás das pegadas da deusa.
Os feácios, famosos pelas naus, não o perceberam
40 passando por eles na cidade; de fato, Atena
não permitia, a belas-tranças, fera deusa, pois névoa
prodigiosa verteu sobre ele, benévola em seu ânimo.
Assombrou-se Odisseu com portos e naus simétricas,
com a ágora dos próprios heróis e grandes muralhas,
45 altas, equipadas com estacas, assombro à visão.
Mas quando chegaram à esplêndida casa do rei,
entre eles começou a falar a deusa, Atena olhos-de-coruja:
"Esta é a casa, pai estrangeiro, que me pedes
para indicar-te. Toparás os reis criados por Zeus
50 partilhando banquete. Tu entra e no ânimo nada

temas, pois o varão audacioso, o melhor em todos
os feitos revela-se, ainda que venha de longe.
Bem, primeiro à senhora alcançarás no palácio;
Arete é o nome pelo qual é chamada, e os mesmos
55 progenitores tem que geraram o rei Alcínoo.
Primeiro a Nauveloz Posêidon treme-solo
gerou com Periboia, na beleza a melhor das mulheres,
a mais jovem filha do enérgico Eurimédon,
que um dia foi rei dos autoconfiantes gigantes.
60 Mas perdeu o iníquo povo e perdeu-se a si mesmo;
com ela Posêidon uniu-se e gerou a criança,
o animoso Nauveloz, que os feácios regia.
Nauveloz gerou Rompedor e Alcínoo.
Ao primeiro alvejou Apolo arco-de-prata, sem varão
65 e recém-casado, e na casa deixou única filha,
Arete; dela Alcínoo fez sua consorte
e honrou-a como não é honrada na terra outra
mulher das que hoje, sob os varões, a casa mantêm.
Assim ela, de coração, foi e tem sido honrada
70 pelos caros filhos, pelo próprio Alcínoo
e pelo povo, que, olhando-a como a um deus,
saúdam-na com discursos quando anda na cidade.
Sim, a ela não faltam ideias nobres;
solve brigas daqueles com quem for bénevola, até varões.
75 Se ela em seu ânimo for benévola para comigo,
há a expectativa de ver os teus e voltar
para a casa alto-teto e tua terra pátria".
Após falar assim, partiu Atena olhos-de-coruja
sobre o mar ruidoso, deixou a encantadora Esquéria,
80 dirigiu-se a Maratona e a Atenas amplas-vias

251   CANTO 7

e entrou na casa protetora de Erecteu. E Odisseu
ia à casa famosa de Alcínoo; muita coisa seu coração
revolvia, ele de pé, antes de atingir o brônzeo portal.
Assim como o do sol ou da lua, clarão havia
85   pela casa de alto pé-direito do enérgico Alcínoo.
Paredes brônzeas estendiam-se nas duas direções,
do umbral ao fundo, e, em torno, cornija de lápis-lazúli;
douradas portas fechavam a sólida casa;
prateados batentes estavam de pé no brônzeo portal,
90   prateado lintel sobre eles, e a maçaneta era dourada.
Dourados e prateados cães havia de cada lado,
que Hefesto fizera com arguto discernimento
para vigiarem a morada do enérgico Alcínoo,
sendo imortais e sem velhice por todos os dias.
95   Lá poltronas havia, apoiadas na parede nos dois lados,
do umbral ao fundo, formação contínua, onde mantos
finos, bem-tecidos, foram lançados, obra de mulheres.
Lá os líderes dos feácios costumavam sentar-se,
bebendo e comendo, pois possuíam em abundância.
100   Dourados mancebos sobre bases bem-feitas
estavam de pé com tochas ardentes nas mãos,
à noite iluminando a casa para os convidados.
Cinquenta escravas havia em sua casa, mulheres.
Umas moem em moinhos manuais grãos cor de maçã,
105   outras tecem a trama e volteiam os fios na roca,
sentadas, feito folhas de choupo altaneiro;
dos tecidos da fechada trama, pinga fluido óleo.
Como os feácios, mais hábeis que todos os varões
em guiar nau veloz sobre o mar, assim as mulheres
110   na arte do tear: sobremodo lhes deu Atena

252   CANTO 7

a técnica de trabalhos bem belos e juízo distinto.
Fora do pátio, próximo às portas, havia grande pomar
de quatro medidas e cerca corria de ambos os lados.
Lá havia grandes árvores, verdejantes,
115   pereiras, romãzeiras e macieiras fruto-radiante,
doces figueiras e oliveiras verdejantes.
Delas, nunca um fruto se perde ou falta,
inverno ou verão, o ano inteiro; não, é perene
o sopro de Zéfiro e faz uns crescer e outros madurar.
120   Pera após pera amadurece, maçã após maçã,
uva após uva, figo após figo.
Lá a sua vinha muito-fruto está enraizada:
uma parte, trecho ensolarado de solo plano,
é seca pelo sol, e outras partes eles recolhem
125   e outras pisoteiam; na frente há cachos
lançando flor, e outros escurecem aos poucos.
Lá canteiros arranjados junto à fileira mais externa
têm plantas de todo o tipo, cintilando o ano inteiro.
Dentro há duas fontes: uma, por todo o jardim
130   é distribuída; outra, sob o umbral do pátio se lança
à alta casa, donde os citadinos pegavam água:
tais, na casa de Alcínoo, os radiantes dons de deuses.
Lá parado, admirava-se o muita tenência, divino Odisseu.
Mas depois de com tudo se admirar em seu ânimo,
135   célere, por sobre o umbral, entrou na casa.
Encontrou os líderes e capitães dos feácios
libando com cálices a Argifonte aguda-mirada,
a quem por último libavam ao lembrar-se do repouso.
E ele cruzou o salão, o muita-tenência, divino Odisseu,
140   e junto densa bruma, que em torno dele vertia Atena,

até alcançar Arete e o rei Alcínoo.
Em torno dos joelhos de Arete Odisseu lançou os braços,
e a bruma definida pela deusa foi dele afastada.
Eles se calaram pela casa ao ver o herói,
145 espantados com a visão; e Odisseu fez a súplica:
"Arete, filha do excelso Rompedor,
teu esposo e teus joelhos alcanço, após muito aguentar,
e esses convivas: deuses a eles deem fortuna
durante suas vidas, e cada um legue aos filhos
150 os bens no palácio e a honraria, a que deu o povo.
Mas minha condução acelerai para eu chegar à pátria
rápido, pois longe dos meus há muito sofro misérias".
Após falar assim, sentou-se nas cinzas da lareira
junto ao fogo; e eles todos, atentos, se calaram.
155 Bem depois, tomou a palavra o ancião herói Donodenau,
que, entre os varões feácios, era o mais velho
e em discursos, superior, com muito saber antigo.
Refletindo bem, entre eles tomou a palavra e disse:
"Alcínoo, isto não é o melhor nem conveniente,
160 um estranho sentar-se no chão, nas cinzas da lareira;
esses aí aguardam teu discurso, contidos.
Vamos, o estranho em poltrona pinos-de-prata
faz sentar após erguê-lo, e aos arautos ordena
que vinho misturem para a Zeus prazer-no-raio
165 libarmos, ele que a respeitáveis suplicantes acompanha;
e que a governanta dê algo ao estranho para jantar".
Então, quando isso ouviu o sacro ímpeto de Alcínoo,
tomou Odisseu pela mão, o atilado variegada-astúcia,
ergueu-o da lareira e indicou-lhe resplendente poltrona,
170 após fazer o filho se levantar, Domapovo saúda-heróis,

sentado a seu lado e de quem mais gostava.
Uma criada despejou água – trazida em jarra
bela, dourada – sobre bacia prateada
para que se lavassem; ao lado estendeu polida mesa.
175 Governanta respeitável trouxe pão e pôs na frente,
e, junto, muitos petiscos, oferecendo o que havia.
Ele bebia e comia, o muita-tenência, divino Odisseu.
Nisso ao arauto falou o ímpeto de Alcínoo:
"Mentenomar, mistura na ânfora e distribui o vinho
180 a todos no salão, para que a Zeus prazer-no-raio
libemos, ele que a respeitáveis suplicantes acompanha".
Assim falou, e Mentenomar misturou vinho adoça-juízo
e a todos distribuiu, após verter as primícias nos cálices.
Mas depois de libar e beber quanto quis o ânimo,
185 entre eles Alcínoo tomou a palavra e disse:
"Atenção, líderes e capitães dos feácios,
vou falar o que o ânimo me ordena no peito.
Agora, após o banquete, vade dormir de volta à casa,
e pela manhã, após mais anciãos convocar,
190 entreteremos o estranho no palácio e aos deuses
faremos belos sacrifícios, e depois também da condução
lembraremos, para o estranho, livre de esforço e pena,
sob nossa condução alcançar sua terra pátria
rápido, com alegria, mesmo se é de bem longe.
195 Que no percurso não sofra nenhum mal e desgraça
antes de desembarcar em sua terra: lá, então,
sofrerá o que, para ele, o destino e as pesadas Fiandeiras
com linho fiaram ao nascer, quando a mãe o gerou.
Mas se algum dos imortais chegou do páramo,
200 então outra coisa é isso que os deuses engenham.

255   CANTO 7

Sempre, no passado, deuses apareciam vívidos
para nós, ao fazermos esplêndidas hecatombes,
e partilhavam do banquete sentados conosco.
E se um de nós, viajante, mesmo sozinho, os topa,
205 não se disfarçam, pois deles somos próximos
como os ciclopes e as tribos selvagens dos gigantes".
Respondendo, disse-lhe Odisseu muita-astúcia:
"Alcínoo, outra coisa deve ocupar teu juízo, pois não
me assemelho a imortais, que dispõem do amplo céu,
210 nem no porte nem no físico, mas a humanos mortais.
De quem vós sabeis que demais suportaram agonia,
a esses homens, em meus sofrimentos, me igualaria.
Sim, e ainda mais desgraças eu poderia enunciar,
todo o conjunto que, devido aos deuses, aguentei.
215 Mas permiti-me acabar o jantar, mesmo angustiado;
depois do hediondo estômago, nada mais canalha
existe, e que faz com que seja lembrado à força,
até por alguém dilacerado no íntimo e aflito.
Assim também me aflijo no íntimo, e ele, sem cessar,
220 ordena-me comer e beber, e de tudo a mim
faz esquecer, tudo que sofri, e exige que eu o encha.
Vós, apressai-vos, quando a aurora surgir,
para me desembarcar, desgraçado, em minha pátria,
ainda que muito sofra: que a vida se vá, eu vendo
225 meus bens, escravos e a enorme casa de alto pé-direito".
Assim falou, e todos aprovavam e incitavam o rei
a conduzir o estranho, pois falara com adequação.
E depois de libar e beber quanto quis o ânimo,
os outros, para se deitar, voltaram a suas casas,
230 e ele no salão ficou, o divino Odisseu,

e, junto dele, Arete e o deiforme Alcínoo,
sentados; e criados retiravam os apetrechos do jantar.
Entre eles, Arete alvos-braços iniciou os discursos,
pois reconhecera manto e túnica, ao ver as vestes
235 belas que ela própria tecera com criadas mulheres;
falando, dirigiu-lhe palavras plumadas:
"Estranho, isto primeiro eu mesma te perguntarei:
quem és – tua origem? Quem te deu essas vestes?
Não dizias que após vagar pelo mar aqui chegaste?".
240 Respondendo, disse-lhe Odisseu muita-astúcia:
"É difícil, rainha, fazer um relato contínuo,
pois muitas agruras me deram os deuses celestes;
mas isto eu te direi, o que me inqueres e questionas.
Uma ilha, Ogígia, longe no mar encontra-se.
245 Lá a filha de Atlas, a ardilosa Calipso,
mora, a belas-tranças, fera deusa; ninguém a ela
se une, nenhum deus, nenhum homem mortal.
Mas a mim, desgraçado, divindade guiou a seu lar,
sozinho, pois minha nau veloz com raio cintilante
250 Zeus atingiu e despedaçou no meio do mar vinoso.
Lá pereceram todos os outros, nobres companheiros,
mas eu, após abraçar a quilha da nau ambicurva,
nove dias fui levado; no décimo, a mim, na noite negra,
deuses achegaram da ilha de Ogígia, onde Calipso
255 belas-tranças mora, fera deusa, que, após me apanhar,
acolheu-me gentil, me alimentava e dizia
que me faria imortal e sem velhice por todos os dias.
Mas a mim, nunca meu ânimo no peito persuadiu.
Lá fiquei sete anos contínuos, e as vestes sempre
260 com lágrima molhava, as imortais que me deu Calipso.

257 CANTO 7

Mas quando chegou, em seu curso, o oitavo ano,
então ordenou-me que retornasse, incitada
por anúncio de Zeus, ou a ideia dela mudou.
Enviou-me sobre balsa muita-corda e deu-me muito,
265   comida e doce vinho, vestiu-me com vestes imortais
e fez que a brisa soprasse, tranquila e tépida.
Dezessete dias naveguei, cruzando o mar,
e no décimo oitavo surgiram montes umbrosos
da vossa terra, e rejubilou meu caro coração,
270   o do desventurado: eu ainda devia juntar-me à agonia,
muita, que sobre mim instigou Posêidon treme-solo.
Ele, impelindo ventos contra mim, bloqueou o curso,
agitou o mar extraordinário e de modo algum a onda
permitiu-me, gemendo sem cessar, ser levado na balsa.
275   A ela, depois, uma rajada destroçou; já eu,
nadando, cortei esse abismo, até que da terra vossa
vento e água, levando, achegaram-me.
Lá, ao tentar sair, onda teria me forçado contra a costa,
lançando-me às grandes rochas num ponto infeliz.
280   Mas, recuando, nadei de volta até chegar
a um rio, que me pareceu ponto excelente,
livre de rochas, e havia proteção contra o vento.
Já fora, caí e recompus meu fôlego, e a noite divina
chegou; eu, tendo saído para longe do rio
285   caído de Zeus, adormeci nas moitas, e em torno folhas
amontoei. E um deus vertia sono sem-fim.
Lá, entre as folhas, agastado em meu coração,
dormi a noite toda, durante a aurora e o meio do dia.
O sol mergulhou, e o doce sono deixou-me;
290   criadas de tua filha, na praia, percebi·

258   CANTO 7

brincando, entre as quais, ela, semelhante a deusas.

A ela supliquei; e não deixou de acertar ideia nobre,

como não esperarias que alguém mais jovem, ao topar-te,

fizesse: sim, os mais jovens são sempre insensatos.

295 Ela deu-me alimento suficiente e fulgente vinho,

banhou-me no rio e deu-me essas vestes.

O que te contei, apesar de angustiado, é a verdade".

A ele, então, Alcínoo respondeu e disse:

"Estranho, não foi apropriado isso que pensou

300 minha filha, pois a ti, com criadas mulheres,

não guiou a nossa casa, e tu suplicaste, primeiro, a ela".

Respondendo, disse-lhe Odisseu muita-astúcia:

"Herói, não censures, por mim, a moça impecável;

ela, de fato, ordenou que eu seguisse com as criadas,

305 mas fui eu quem não quis, com medo da reprovação,

para teu ânimo não se ressentir com a visão:

somos rancorosos, as tribos de homens sobre a terra".

A ele, então, Alcínoo respondeu e disse:

"Estranho, meu caro coração no peito não é do tipo

310 a ter raiva à toa; tudo que é moderado é melhor.

Tomara, ó Zeus pai, Atena e Apolo,

que alguém, sendo assim como és e pensando como eu,

tenha a minha filha, e eu o chame de meu genro,

aqui ficando: uma casa e riquezas eu te daria,

315 se quisesses ficar; contra a vontade, não te conteria

feácio algum; isso não seria caro a Zeus pai.

Eu mesmo marco essa condução, quero que saibas,

para amanhã; tu, o tempo todo, dominado pelo sono,

dormirás, e eles remarão na calmaria até que chegues

320 a tua pátria, em casa, ao lugar que te é caro,

ainda que seja bem mais distante que a Eubeia:
dizem que fica longe ao máximo, os que a viram
do nosso povo, quando ao loiro Radamanto
conduziram para que visitasse Titiô, filho de Terra.
325   Foram até lá e, sem fadiga, chegaram ao alvo
e, no mesmo dia, retornaram de volta para casa.
Conhecerás tu mesmo, em teu juízo, quão excelentes
são minhas naus e os moços no jogar água com o remo".
Isso dito, alegrou-se o muita-tenência, divino Odisseu.
330   Rezando, eis que falou, dirigiu-se-lhe e nomeou-o:
"Zeus pai, tomara que tudo quanto falou complete
Alcínoo; dele, sobre o solo fértil,
a fama seria inextinguível, e eu chegaria à pátria".
Assim falavam dessas coisas entre si,
335   e Arete alvos-braços ordenou às criadas
que postassem camas sob a colunata, belas mantas
púrpura lançassem, em cima estendessem lençóis
e por último pusessem capas de lã para que se cobrisse.
E elas saíram do salão com tocha nas mãos;
340   mas após aprontar a cama compacta, afobadas,
incitaram Odisseu, com palavras, a achegar-se:
"Mexe-te ao leito, estranho; a cama está pronta para ti".
Assim falavam, e ficou feliz com a ideia de repousar.
Assim ele lá dormia, o muita-tenência, divino Odisseu,
345   num leito perfurado sob a colunata ressoante;
e Alcínoo deitou-se no interior da alta casa,
e, ao lado, a senhora esposa preparou cama e lençóis.

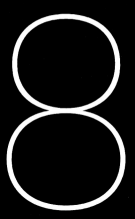

Quando surgiu a nasce-cedo, Aurora dedos-róseos,
saiu do leito o sacro ímpeto de Alcínoo,
e o divinal levantou-se, Odisseu arrasa-urbe.
A eles conduziu o sacro ímpeto de Alcínoo
5   à ágora dos feácios, construída ao lado de seus navios.
Após chegar, sentaram-se nas pedras polidas,
vizinhos; e ela percorreu a cidade, Palas Atena,
assemelhada ao arauto do atilado Alcínoo,
tramando o retorno do enérgico Odisseu,
10   e de pé, ao lado de cada herói, enunciava o discurso:
"Vamos lá, líderes e capitães dos feácios,
ide à ágora para vos informardes do estranho
que há pouco chegou à casa do atilado Alcínoo,
após vagar no mar, no porte semelhante a imortais".
15   Falou assim e incitou o ímpeto c ânimo de cada um.
Rápido, ágora e assentos encheram-se de mortais
reunidos; muitos, então, viram e contemplaram
o filho atilado de Laerte. Sim, nele Atena
verteu prodigiosa graça, na cabeça e nos ombros,
20   e fê-lo maior e mais encorpado a quem o visse,

para que se tornasse caro a todos os feácios,
assombroso e respeitável, e cumprisse as provas,
muitas, nas quais os feácios testaram Odisseu.
Então, após estarem reunidos, todos juntos,
25 entre eles Alcínoo tomou a palavra e disse:
"Atenção, líderes e capitães dos feácios,
vou falar o que o ânimo me ordena no peito.
Este estranho (não sei quem é) vagava e me alcançou,
ou vindo dos homens do levante, ou do poente;
30 condução tenta apressar e suplica que seja certa.
Que nós, como no passado, apressemos sua condução;
com efeito, ninguém que alcança minha casa
espera muito tempo, aflito, por causa de condução.
Vamos, puxemos até o divino mar negra nau
35 virgem, e que moços, cinquenta e dois,
escolham-se entre o povo, os que soem ser os melhores.
Após vós todos terdes prendido nos toletes os remos,
desembarcai; então ocupai-vos com rápido banquete,
vindo até nós: eu vos receberei a todos bem.
40 Aos moços é isso que peço; mas os outros,
vós, reis porta-cetro, até minha bela morada
ide para que no palácio ao estranho acolhamos;
que ninguém recuse. Fazei chamar o divino cantor,
Demódoco; a ele a divindade sobremodo deu canto
45 para deleitar por onde o ânimo o incita a cantar".
Após falar assim, foi na frente, e eles o seguiam,
os porta-cetro; e o arauto foi atrás do divino cantor.
E os moços selecionados, cinquenta e dois,
foram, como ordenara, à orla do mar ruidoso.
50 Mas após descerem até a nau e o mar,

puxaram negra nau ao mar profundo,
mastro e vela colocaram na negra nau
e aprontaram os remos nas correias de couro,
tudo em ordem, e desfraldaram a vela branca.
55 Da praia para a água a posicionaram; e então
rumaram à grande casa do atilado Alcínoo.
Colunata, pátio e casa estavam cheios de varões
reunidos; sim, eram muitos, jovens e velhos.
Para eles Alcínoo fez abater doze ovelhas e cabras,
60 oito porcos dente-branco e dois lunados bois;
esfolaram e prepararam-nos para amável banquete.
E o arauto achegou-se, conduzindo o leal cantor
a quem demais a Musa amou e lhe deu um bem e um mal:
privou-o dos olhos e deu-lhe doce canto.
65 Mentenomar pôs-lhe poltrona pinos-de-prata
no meio dos convivas, apoiando-a contra enorme pilar;
em um gancho pendurou a lira aguda
aí, sobre sua cabeça, e indicou como pegar com as mãos,
o arauto; ao lado pôs cesta e bela mesa,
70 ao lado, taça de vinho para beber quando o ânimo pedisse.
E os outross esticavam as mãos sobre os alimentos servidos.
Mas após apaziguarem o desejo por bebida e comida,
a Musa atiçou o cantor a cantar famosos feitos de varões,
porções do enredo cuja fama então ao amplo céu chegava,
75 a disputa entre Odisscu e Aquiles, filho de Peleu,
como então pelejaram no rico banquete dos deuses
com palavras assombrosas; o rei de varões, Agamêmnon,
alegrava-se na mente, pois os melhores aqueus brigavam.
Assim, de fato, anunciara-lhe no oráculo Febo Apolo
80 na mui divina Pito, quando cruzou o umbral de pedra

atrás do oráculo. Então rodava o início da desgraça
para troianos e dânaos mediante os planos do grande Zeus.
Isso cantava o cantor muito glorioso; e Odisseu
pegou o grande manto púrpura com as mãos robustas,

85   por sobre a cabeça conchegou-o e encobriu a bela face:
tinha vergonha dos feácios por chorar sob as celhas.
Quando o divino cantor parava de cantar,
enxugava as lágrimas, puxava o manto da cabeça
e, tomando o cálice dupla-alça, libava aos deuses;

90   mas quando recomeçava e instigavam-no a cantar
os nobres feácios, pois deleitavam-se com as palavras,
de novo Odisseu encobria a cabeça e lamentava-se.
Todos os outros não notavam que chorava,
e Alcínoo foi o único que o observou e percebeu,

95   sentado perto, e ouviu seus profundos gemidos.
De pronto entre os feácios navegadores falou:
"Atenção, líderes e capitães dos feácios:
já saciamos o ânimo com o banquete compartilhado
e a lira, essa parceira do banquete abundante;

100   agora vamos sair e experimentar as provas
todas, para que o estranho narre a quem lhe é caro,
após retornar a casa, quanto superamos os outros
no boxe, na luta, nos saltos e com os pés".
Após falar assim, foi na frente e eles o seguiam.

105   Em um gancho pendurou a lira aguda,
tomou a mão de Demódoco e levou-o do salão
o arauto: guiou-o pela via que tomaram os outros,
os melhores feácios, para admirar as provas.
Foram à ágora, e a eles juntou-se grande multidão,

110   miríades; e jovens levantaram-se, muitos e nobres.

Ergueram-se Topodanau, Velosnomar, Remador,
Barqueiro, Popeiro, Pertomar, Remeiro,
Marinheiro, Proeiro, Velocista, Embarquenau
e Cercomar, filho de Muitanau, esse de Carpinteiro;
115 e também Amplomar, semelhante a Ares destrói-gente,
filho de Chumbodanau e o melhor em beleza e porte
entre todos os feácios após o impecável Domapovo.
Levantaram-se três filhos do impecável Alcínoo,
Domapovo, Marinho e o excelso Nauglorioso.
120 E eles por primeiro puseram-se à prova com os pés.
Sua corrida estendia-se a partir da marca; todos juntos
céleres voaram, erguendo poeira do plaino.
Bem superior no correr foi o impecável Nauglorioso:
tanto quanto fazem duas mulas no pousio arado,
125 tão adiantado alcançou o povo, e o resto, atrás.
Outros na luta pungente se puseram à prova:
nessa, então, Amplomar superou todos os nobres.
No salto, Cercomar a todos ultrapassou;
no disco, então, bem melhor que todos foi Remador,
130 e no boxe, Domapovo, valoroso filho de Alcínoo.
Após no juízo deleitarem-se todos com as provas,
entre eles falou Domapovo, filho de Alcínoo:
"Vamos, amigos, perguntemos ao estranho se uma prova
aprendeu e conhece. No físico, ao menos, não é vil,
135 nas coxas, panturrilhas, ambos os braços em cima,
robusto pescoço e grande vigor: de juventude
não carece, mas foi alquebrado por muitos males.
Eu não digo haver outro mal maior que o mar
para debilitar um varão, ainda que seja bem forte".
140 A ele, então, Amplomar respondeu e disse:

"Domapovo, essa palavra falaste com adequação.
Tu mesmo agora o desafia, enunciando um discurso".
Quando isso ouviu o valoroso filho de Alcínoo,
foi postar-se no centro e a Odisseu dirigiu-se:
145 "Vai lá também tu, pai estrangeiro, tenta as provas,
se, talvez, uma aprendeste; pareces conhecer provas.
Sim, nada traz fama maior ao varão, ele vivo,
que o que executa com os pés e suas mãos.
Vai, tenta, dispersa agruras para longe do ânimo;
150 não mais será postergada a rota, mas, para ti, nau
já foi puxada, e há companheiros a postos".
Respondendo, disse-lhe Odisseu muita-astúcia:
"Domapovo, por que isso me impões, melindrando-me?
Agruras há em meu juízo bem mais que provas,
155 eu que antes muito sofri e muito aguentei,
e agora, em vossa assembleia, precisando retornar,
estou sentado, suplicando ao rei e a todo o povo".
E a ele Amplomar respondeu e provocou-o de frente:
"Sim, estranho, eu não te assemelho a herói versado
160 em provas, tais como há, muitas, entre os homens,
mas a quem, amiúde com nau de muitos calços,
chefe de marinheiros, esses que são mercadores,
fica atento à carga e de olho em mercadorias
e no lucro cobiçado; não pareces um atleta".
165 Olhando de baixo, disse-lhe Odisseu muita-astúcia:
"Estranho, não falaste bem; varão iníquo pareces.
Certo, os deuses não conferem graças a todo
varão, nem físico, nem juízo, nem eloquência.
De fato, um, na aparência, é varão mais débil,
170 mas deus coroa suas palavras com formosura; outros

deleitam-se em mirá-lo, e ele fala de forma segura,
com amável respeito, destaca-se na aglomeração
e, ao se deslocar na urbe, miram-no como a um deus.
Já outro, quanto à aparência, é semelhante a imortais,

175 mas a graça envolvente não coroa suas palavras:
assim também tua aparência é proeminente – e outra
nem um deus a faria –, mas na mente não és sagaz.
Perturbaste meu ânimo no caro peito,
falando sem elegância. Eu não desconheço provas,

180 como tu discursas, mas entre os primeiros penso
ter estado, ao confiar na juventude e em meus braços.
Agora estou preso a miséria e aflições: a muito resisti,
cruzando guerras de homens e ondas pungentes.
Mas mesmo após muitos males sofrer, à prova me porei:

185 insultoso foi o discurso, e me incitaste ao falar".
Falou e, com capa e tudo, pulou e tomou o disco,
maior, maciço, mais pesado e nem um pouco menor
que o tipo com o qual os feácios disputaram entre si.
Após girá-lo, lançou-o de sua mão robusta.

190 A pedra zuniu, e eles se encolheram contra o chão,
feácios longo-remo, varões famosos pelas naus,
com o lanço da pedra. Sobrepujou outras marcas,
veloz correndo de sua mão. Atena fixou o limite,
e, no corpo de um varão, dirigiu-se-lhe e nomeou-o:

195 "Também um cego, estranho, distinguiria essa marca
com o toque, pois misturada não está com o resto,
a primeira entre todas; e tu, fica confiante na prova:
nenhum feácio a alcançará nem lançará mais longe".
Isso dito, jubilou o muita-tenência, divino Odisseu,

200 alegre ao notar companheiro afável na pista.

269 CANTO 8

E então, mais leve, entre os feácios falou:
"Essa aí agora alcançai, jovens; logo outra, depois,
lançarei a tal distância, penso eu, ou ainda maior.
A quem quer que coração e ânimo impelir,
205 que venha pôr-se à prova, pois me zangastes demais,
no boxe, na luta ou até com os pés, não me oponho,
qualquer feácio, salvo o próprio Domapovo.
Pois ele me hospeda: quem combateria um amigo?
Insensato, claro, é aquele varão, um nada,
210 quem resolve disputar provas com quem o hospeda
em cidade estrangeira; destitui-se de tudo.
Quanto ao resto, nenhum rejeito nem menosprezo,
mas quero conhecê-los e medir-me de frente.
Em tudo não sou ruim, em todas as provas dos homens.
215 Sei bem manusear o arco todo polido;
seria o primeiro a flechar um varão na turba
de inimigos, ainda que vários, muitos companheiros
estivessem parados próximo, a flechar heróis.
Só Filoctetes superava-me com o arco
220 na terra troiana, quando nós, aqueus, disparávamos.
Quanto aos outros, afirmo ser muito melhor que eles,
tantos mortais quanto hoje sobre a terra comem pão.
Com os varões de antanho não quererei disputar,
nem com Héracles nem com Eurito da Oicália;
225 esses sim, até com imortais disputavam no arco e flecha.
Assim logo morreu o grande Eurito e não chegou
à velhice em seu palácio, pois, zangado, Apolo
matou-o porque o desafiara a atirar com o arco.
Lança atiro tão longe quanto nenhum outro a flecha.
230 Só temo que, com os pés, ultrapasse-me um

270   CANTO 8

feácio, pois de modo deveras ultrajante fui subjugado
em meio a muitas ondas, já que cuidados na nau
não eram perenes; por isso meus membros frouxos estão".
Assim falou, e eles todos, atentos, se calavam.
235 Somente Alcínoo, respondendo, lhe disse:
"Estranho, como não nos desagrada o que falas,
mas queres revelar a excelência que te segue,
irado porque a ti esse varão, erguido na pista,
provocou como mortal algum depreciaria tua excelência,
240 todo que soubesse, em seu juízo, falar com acerto;
mas agora atenta minha palavra, para também a outro
herói mencionares, quando em teu palácio
te banqueteares com tua esposa e teus filhos,
lembrando a nossa excelência, feitos que também a nós
245 Zeus confere sem parar desde o tempo dos pais.
Não somos impecáveis boxeadores nem lutadores,
mas com pés corremos rápido e com naus, os melhores;
sempre nos são caros banquete, lira, danças,
vestes para trocar, banhos quentes e leitos.
250 Pois bem, feácios que sois os melhores dançarinos,
folgai, para que o estranho diga a quem lhe é caro,
após retornar a casa, quanto superamos os outros
em navegação, pés, dança e canto.
Para Demódoco alguém, partindo logo, a lira aguda
255 traga, a que em algum lugar está em nossa casa".
Assim falou o teomórfico Alcínoo, e o arauto saiu
para trazer a côncava lira da casa do rei.
Do povo, ergueram-se organizadores seletos,
nove ao todo, que tudo bem montavam nas pistas;
260 alisaram a arena e aumentaram uma bela pista.

271   CANTO 8

E o arauto aproximou-se, levando a lira aguda

a Demódoco; ele foi ao meio, e, ao redor, moços

púberes, versados em dança, estavam à espera.

E golpearam a pista divina com os pés; Odisseu

265   contemplou o cintilar dos pés e admirou-se no ânimo.

Então aquele, dedilhando a lira, entoou belo prelúdio

acerca do amor entre Ares e Afrodite bela-grinalda,

como, na primeira vez, uniram-se na casa de Hefesto

às ocultas: Ares presenteou à larga e aviltou cama e lençóis

270   do senhor Hefesto. A esse presto veio um mensageiro,

Sol, que os percebera na união amorosa.

Hefesto, quando ouviu o discurso aflitivo,

foi à ferraria, ruminando males no fundo do juízo;

pôs sobre o cepo a grande bigorna e forjou laços

275   inquebráveis, inafrouxáveis, para lá ficarem imóveis.

Mas após montar, zangado, o ardil para Ares,

foi ao quarto, onde ficava sua cama querida.

Em torno dos postes, jogou laços abarcando todos os lados,

e muitos de cima caíam, pendendo da viga-mestra,

280   leves teias de aranha que ninguém poderia ver,

nem os deuses ditosos: montara algo bem ardiloso.

Mas após estender todo o ardil pela cama,

simulou ir a Lemnos, cidade bem-construída,

entre todas, de longe sua terra mais cara.

285   Cega vigia não mantinha Ares rédea-dourada,

quando viu Hefesto arte-famosa ir para longe;

dirigiu-se à casa do bem famoso Hefesto,

almejando amor com Citereia bela-grinalda.

Ela há pouco do pai muito possante, o filho de Crono,

290   chegara e sentara-se; e ele entrou na casa,

deu-lhe forte aperto de mão, dirigiu-se-lhe e nomeou-a:
"Ali, querida, deitados na cama, deleitemo-nos;
Hefesto não está mais em casa, mas já
foi a Lemnos encontrar os cíntios língua-agreste".
295 Assim falou, e ela alegrou-se com a ideia de repousar.
Subiram no leito e deitaram-se; em volta, os laços
artificiosos de Hefesto muito-juízo irromperam,
e não se podia mexer membro algum nem o erguer.
Então perceberam que não havia como fugir.
300 E achegou-se deles o bem famoso duas-curvas,
depois de meia-volta, antes de chegar em Lemnos,
pois Sol permanecia de vigia e avisara-lhe.
E foi a sua casa, agastado em seu coração.
Parado no pórtico, zanga selvagem o atingiu;
305 deu berro aterrorizante e gritou a todos os deuses:
"Zeus pai e outros ditosos deuses sempre-vivos,
vinde cá para verdes feitos risíveis e intoleráveis,
como a mim, zambo, a filha de Zeus, Afrodite,
sempre desonra e ama Ares infernal,
310 pois ele é belo e tem o pé perfeito, mas eu
nasci fraco. Para mim, nenhum outro é responsável,
exceto os dois pais, que não me deveriam ter gerado.
Mas vide onde os dois fazem amor deitados,
após subir em meu leito; atormento-me, vendo.
315 Não espero que se deitem assim nem por pouco tempo,
embora bem enamorados: logo os dois não quererão
estar dormindo. Mas o ardil, o laço os conterá
até que o pai devolva, na totalidade, as dádivas
que pus em suas mãos pela moça cara-de-cadela,
320 já que sua filha é bela, mas não é pudica".

Assim falou, e deuses reuniram-se na casa chão-brônzeo:
veio Posêidon sustém-terra, veio o supercorredor,
Hermes, e veio o senhor age-de-longe, Apolo.
Deusas mulheres, por pudor, ficaram todas em casa.
325   Pararam no pórtico os deuses, oferentes de bens;
e riso inextinguível irrompeu entre os deuses ditosos
ao verem as artes de Hefesto muito-juízo.
E assim falavam, fitando quem estava ao lado:
"Ações vis não excelem; o lento alcança o rápido,
330   assim como Hefesto, mesmo lento, agarrou Ares,
o mais rápido dos deuses que ocupam o Olimpo –
mesmo zambo, com arte o pegou; que pague o adúltero."
Assim falavam dessas coisas entre si;
e a Hermes disse o filho de Zeus, o senhor Apolo:
335   "Hermes, filho de Zeus, condutor, doador de bens,
eis que gostarias, imobilizado por laços poderosos,
de deitar na cama ao lado da dourada Afrodite?".
Respondeu-lhe o condutor Argifonte:
"Tomara isso ocorresse, senhor Apolo alveja-de-longe.
340   Que três vezes mais laços, invencíveis, me detivessem,
e vós me observásseis, deuses e todas as deusas,
mas eu deitaria junto à dourada Afrodite".
Assim falou, e riso irrompeu entre os deuses imortais.
Mas o riso não tomou Posêidon, e pedia, sem cessar,
345   a Hefesto obras-famosas que Ares libertasse;
e, falando, dirigiu-lhe palavras plumadas:
"Liberte-o; e eu prometo que ele, como ordenas,
vai te pagar tudo que se deve entre deuses imortais".
E a ele dirigiu-se o bem famoso duas-curvas:
350   "De mim, Posêidon sustém-terra, isso não peças:

reles é a garantia garantida em nome do reles.
Como eu te prenderia entre os deuses imortais
se Ares partisse, após escapar do dever e do laço?".
E a ele de novo dirigiu-se Posêidon treme-solo:
355 "Hefesto, se Ares, de fato, após escapar do dever,
partir em fuga, eu mesmo te pagarei isso".
Respondeu-lhe o bem famoso duas-curvas:
"Não é possível nem convém rejeitar tua palavra".
Após falar assim, o ímpeto de Hefesto soltou o laço.
360 E quando os dois foram soltos do laço bem forte,
presto se foram: ele pôs-se em direção à Trácia,
e ela alcançou Chipre, Afrodite ama-sorriso,
rumo a Pafos, onde tinha santuário e altar fragrante.
Lá as Graças banharam-na e untaram com óleo
365 imortal, o que cobre os deuses sempre-vivos,
e vestiram-na com vestes desejáveis, assombro à visão.
Isso o cantor bem famoso cantava; e Odisseu
deleitava-se no espírito ao ouvi-lo, ele e o restante
dos feácios longo-remo, varões famosos pelas naus.
370 E Alcínoo pediu que Marinho e Domapovo
sozinhos dançassem, pois deles ninguém era rival.
Quando eles a linda bola nas mãos pegaram,
púrpura, que lhes fizera o atilado Polibo,
essa um lançava em direção às nuvens umbrosas,
375 curvado para trás, e o outro da terra saltava para o alto
e amparava-a fácil antes de atingir o chão com os pés.
Mas após se porem à prova com a bola direto para cima,
então os dois dançaram sobre a terra nutre-muitos,
revezando amiúde; os outros moços batiam as mãos,
380 parados na pista, e com isso era grande o barulho.

Então a Alcínoo falou o divino Odisseu:
"Poderoso Alcínoo, insigne entre todos os povos,
prometeste que os dançarinos são os melhores,
e assim se verificou; reverência me toma ao mirá-los".
385 Isso dito, jubilou o sacro ímpeto de Alcínoo
e, de imediato, falou entre os feácios navegadores:
"Atenção, líderes e capitães dos feácios:
o estrangeiro parece-me deveras inteligente.
Vamos, demo-lhe um regalo, como é adequado.
390 Na cidade, doze reis muito destacados
têm poder como chefes, e eu mesmo, o décimo terceiro:
cada um de vós, para ele, manto bem-lavado, túnica
e uma medida de ouro valioso buscai.
Que logo tudo reunido tragamos, para que, com isso
395 nas mãos, alegre no ânimo o estranho vá ao jantar.
Que Amplomar com ele se reconcilie, com palavras
e um dom, pois uma palavra não falou com adequação".
Assim falou, e todos os outros aprovavam e o incitavam,
e cada um despachou seu arauto para trazer os presentes.
400 A ele, então, Amplomar respondeu e disse:
"Poderoso Alcínoo, insigne entre todos os povos,
portanto me reconciliarei com o estranho, como pedes.
Vou lhe dar esta espada toda de bronze, cujo punho
é de prata, e bainha de marfim recém-trabalhado
405 a envolve: para ele será de muita valia".
Após falar, pôs nas mãos a espada pinos-de-prata
e, continuando, dirigiu-lhe palavras plumadas:
"Sê feliz, pai estrangeiro; se foi falada uma palavra
fera, que rajadas de vento rápido a agarrem e levem.
410 Ver a esposa e a pátria alcançar: que deuses isso a ti

concedam, pois longe dos teus há muito sofres desgraças".
Respondendo, disse-lhe Odisseu muita-astúcia:
"Também tu, amigo, sê bem feliz, e os deuses te deem fortuna.
Que nunca, no futuro, da espada que deste tenhas saudade,
415 pois nos reconciliamos por meio de presente e palavras".
Falou e em torno dos ombros pôs a espada pinos-de-prata.
O sol mergulhou, e gloriosos dons eram-lhe trazidos.
Ilustres arautos os levavam à casa de Alcínoo;
após recebê-los, os filhos do impecável Alcínoo
420 junto à mãe respeitável puseram os belos presentes.
Aos homens conduziu o sacro ímpeto de Alcínoo,
e, após chegar, sentaram-se em altas poltronas.
Então a Arete dirigiu-se o ímpeto de Alcínoo:
"Aqui, mulher, traze bem destacado baú, o melhor;
425 dentro põe manto bem-lavado e túnica, tu mesma.
No fogo esquentai um caldeirão e aquecei-lhe água,
para que, banhado e tendo visto todos os bem dispostos
dons, esses que os impecáveis feácios cá trouxeram,
com o banquete se deleite, ouvindo o canto do aedo.
430 E a ele eu ofertarei essa minha bela taça
de ouro, para que, de mim se lembrando todos os dias,
libe no palácio a Zeus e aos outros deuses".
Assim falou, e Arete, entre as servas, pediu
que pusessem grande trípode no fogo, rápido.
435 A trípode para o banho puseram sobre o fogo ardente,
e dentro vertiam água e abaixo queimavam madeira.
O fogo rodeava o ventre da trípode, e a água aquecia;
ao estrangeiro Arete trazia do quarto
muito belo baú e nele punha os magníficos dons,
440 vestes e ouro, que os feácios lhe deram;

nele ela mesma colocou manto e bela túnica
e, falando, dirigiu-lhe palavras plumadas:
"Vê logo a tampa, e, célere, em cima dá um nó
para que ninguém te cause prejuízo na viagem
445 quando dormires doce sono, indo na negra nau".
Ao ouvir isso, o muita-tenência, divino Odisseu
logo a tampa encaixou e, célere, em cima deu um nó
variegado, que um dia lhe ensinara a senhora Circe.
De pronto, a governanta pediu-lhe que se banhasse
450 entrando na banheira; feliz no ânimo, ele viu
a água quente, já que amiúde não recebia cuidados
desde que deixara a morada de Calipso bela-juba;
antes fora cuidado sem cessar como um deus.
Após as escravas o banharem e untarem com óleo,
455 lançaram em torno dele bela capa e túnica,
e, fora da banheira, até aos varões bebe-vinho
foi. Nausícaa, cuja beleza provinha de deuses,
de pé ao lado de pilar do teto, sólida construção,
admirou Odisseu ao vê-lo com os olhos
460 e, falando, dirigiu-lhe palavras plumadas:
"Sê feliz, estranho, e que também um dia, na pátria,
de mim te lembres, a primeira a quem deves o resgate".
Respondendo, disse-lhe Odisseu muita-astúcia:
"Nausícaa, filha do enérgico Alcínoo,
465 que assim agora fixe Zeus, ressoante marido de Hera,
voltar para casa e ver o dia de retorno;
então a ti, também lá, rezarei como a um deus
sempre, todos os dias, pois tu me deste a vida, moça".
Falou e foi sentar na poltrona junto ao rei Alcínoo.
470 Eles já distribuíam porções e misturavam o vinho.

E o arauto achegou-se, conduzindo o leal cantor,
Demódoco, honrado pelo povo; eis que o sentou
em meio aos convivas, apoiando-o contra enorme pilar.
Então ao arauto dirigiu-se Odisseu muita-astúcia,

475 após cortar um naco do lombo, do qual restou grande parte,
um porco dente-branco, e farta banha havia em torno:
"Arauto, vamos, dá essa carne para que ele a coma,
a Demódoco, e eu o saudarei, embora angustiado:
para todos os homens sobre-a-terra os cantores

480 têm porção de honra e respeito, pois seus enredos
a Musa ensina e ama a raça dos cantores".
Assim falou, e o arauto, levando-a, pôs nas mãos
do herói Demódoco, que a aceitou e alegrou-se no ânimo.
E eles esticavam as mãos sobre os alimentos servidos.

485 Mas após apaziguarem o desejo por bebida e comida,
então a Demódoco falou Odisseu muita-astúcia:
"Demódoco, eu te louvo como a nenhum mortal;
ou a Musa ensinou-te, a filha de Zeus, ou Apolo:
cantas com muita elegância a sorte dos aqueus,

490 quanto fizeram, sofreram e aguentaram os aqueus,
como se lá tivesses estado ou de outrem escutado.
Pois bem, passa adiante e canta a arte do cavalo,
o de madeira, que Epeu produziu com Atena,
ardil que à acrópole conduziu o divino Odisseu

495 após enchê-lo de varões, que Ílion aniquilaram.
Se a mim essas coisas com adequação contares,
logo a todos os homens também discursarei
que o deus, benevolente, conferiu-te inspirado canto".
Isso dito, ele, instigado, pela deusa começava e exibia o canto,

500 tomando o trecho onde eles, após em naus bom-convés

embarcar, singravam, tendo lançado fogo nas tendas,
os argivos, e outros já rodeavam o bem famoso Odisseu,
sentados na ágora dos troianos, encobertos no cavalo,
pois os próprios troianos puxaram-no à acrópole.

505 Ele estava nessa posição, e parolavam muito e sem ordem,
sentados a sua volta. E três intenções lhes agradavam:
ou trespassar a oca madeira com bronze impiedoso,
ou lançá-lo das pedras após empurrá-lo ao topo,
ou deixá-lo, grande dom propiciador de deuses.

510 E foi assim, de fato, que depois iria cumprir-se:
o destino era a ruína quando a urbe encobrisse
grande cavalo de madeira onde, sentados, todos os melhores
argivos estivessem, levando matança e perdição aos troianos.
Cantava como os filhos dos aqueus saquearam a urbe,

515 despejados do cavalo, após da oca tocaia sair.
Cantava-os devastando a íngreme cidade por todo lado,
e Odisseu rumo à morada de Deífobo
indo, semelhante a Ares, com o excelso Menelau.
Disse que lá ousou e sofreu o mais terrível combate

520 e então venceu graças à animosa Atena.
Isso o cantor bem famoso cantava; e Odisseu
derretia-se, e lágrimas molhavam, sob as pálpebras, a face.
Como a mulher cai sobre o caro marido, e o chora,
o qual, na frente de sua cidade e do povo, caiu,

525 tentando afastar, para urbe e filhos, o dia impiedoso;
a ele, morrendo e convulsionando-se, ela vê
e o abraça e ulula com agudos. Mas aqueles, por trás,
golpeando-a com lanças nas costas e ombros,
levam-na como escrava, vida de pena e agonia;

530 e, com a dor mais lamentável, soçobra sua face –

assim Odisseu, sob as celhas, vertia lágrimas lamentáveis.
Ninguém mais notou que derramava lágrimas;
Alcínoo foi o único que o observou e percebeu,
sentado perto dele, e ouviu seus profundos gemidos.
535 Logo falou entre os feácios navegadores:
"Atenção, líderes e capitães dos feácios:
que Demódoco ponha de lado a lira aguda;
seu canto não mais alegra a todos.
Desde que, no jantar, ergueu-se o divino cantor,
540 desde então nunca cessou o agonizante choro
o estranho; grande tormento envolve seu juízo.
Ponha de lado, e por igual nos deleitaremos todos,
anfitriões e hóspede, pois bem mais belo será assim;
por causa do hóspede respeitável isto foi arranjado,
545 condução e amados dons, que, amigos, lhe damos.
O hóspede e o suplicante valem como irmão
ao varão que alcança discernimento, mesmo leve.
Assim também tu não escondas com ideias ladinas
o que te indagar; é mais belo que tu fales.
550 Diz teu nome, como lá te chamavam mãe e pai
e os outros que na cidade e nas cercanias habitam.
Entre os homens, ninguém é de todo sem nome,
nem o vil nem o nobre, após, de primeiro, nascer,
mas um nome os genitores a todo que geram atribuem.
555 Diz-me tua terra, o povo e a cidade,
para que lá te levem, mirando com o juízo, as naus.
De fato, não há timoneiros entre os feácios,
nem lemes existem, que outras naus possuem;
elas conhecem os pensamentos e o juízo dos varões,
560 e de todos conhecem as cidades e os campos férteis

dos homens, e rápido cruzam o abismo do mar,
encobertas em bruma e nuvens; e nunca têm
medo de dano sofrer ou de ser destruídas.
Mas isto um dia eu ouvi dizer meu pai
565 Nauveloz: falava que Posêidon se irritaria
conosco, pois somos seguros condutores de todos.
Disse que, um dia, a engenhosa nau de varões feácios,
voltando da condução sobre o mar embaçado,
golpearia e com grande morro encobriria nossa urbe.
570 Assim falava o ancião; e isso o deus pode completar
ou deixar incompleto, como for caro a seu ânimo.
Mas vamos, diz-me isto e conta, com precisão,
para onde vagaste, que regiões de homens atingiste
e que habitantes e urbes boas para morar,
575 os que são cruéis, selvagens e não civilizados,
e os amigos de hóspedes, com mente que teme o deus.
Fala por que choras e te lamentas dentro, no ânimo,
ao ouvir o destino dos argivos dânaos e de Ílion.
Isso deuses arranjaram, e destinaram a ruína
580 aos homens para que fosse canto aos vindouros.
Acaso também morreu, diante de Troia, parente teu,
nobre, um genro ou sogro? Eles são os mais
próximos após os de sangue, os da própria família.
Ou um varão companheiro, sabedor do que apraz,
585 nobre? De fato, não é pior que um irmão
quem, sendo companheiro, sabe o que é inteligente".

Respondendo, disse-lhe Odisseu muita-astúcia:
"Poderoso Alcínoo, insigne entre todos os povos,
eis algo belo, ouvir um aedo
deste feitio, semelhante a deuses na voz humana.
5 Não há, eu afirmo, feito mais agradável
que o gáudio a dominar todo o povo,
e, na casa, convivas prestam atenção ao cantor,
sentados em ordem, e ao lado abundam as mesas
em pão e carne, e vinho, tirando da ânfora,
10 traz o escanção e entorna nos cálices:
isso, em meu juízo, parece ser o mais belo.
E teu ânimo, de minhas tristes agruras, inclina-se
a indagar para, ainda mais aflito, eu gemer.
O que então primeiro, o quê, por último, contarei?
15 Muitas agruras deram-me deuses celestes.
Agora o nome enunciarei primeiro, para vós também
o saberdes, e eu, se escapar do dia impiedoso,
vosso aliado ser, embora longe habitando.
Sou Odisseu, filho de Laerte, que, por ardis, por todos
20 os homens sou conhecido: minha fama o céu atinge.

Habito a bem-avistada Ítaca; nela há um monte,
Nériton folhas-farfalhantes, saliente; perto, muitas
ilhas encontram-se próximas umas das outras,
Dulíquion, Same e a matosa Zacintos.

25 Ela própria, baixa, jaz no mar e é a última
rumo às trevas, e as outras, separadas, à aurora e ao sol –
bruta, mas bela nutre-moços. Eu, de forma alguma,
consigo ver algo mais doce que a terra da gente.
Sim, lá me detinha Calipso, deusa divina,

30 na cava gruta, almejando que fosse seu esposo;
igualmente Circe me deteve em seu palácio,
a ardilosa de Aiaie, almejando que fosse seu esposo.
Mas a mim, nunca meu ânimo no peito persuadiu.
Assim, nada mais doce que a terra da gente ou os pais

35 há, ainda que alguém, em terra estrangeira, longe,
habite gorda propriedade, afastado dos pais.
Vamos, que também meu retorno muita-agrura eu narre,
o que Zeus me enviou quando eu voltava de Troia.
Levando-me de Ílion, o vento achegou-me dos cícones,

40 de Ismaros; lá eu saqueei a cidade e os matei.
Da cidade tendo tomado esposas e muitas posses,
dividimos para eu ninguém deixar sem sua parte.
Então pedi que recuássemos com pé ágil,
e esses grandes tolos não obedeceram.

45 Lá bebiam muito vinho e junto à costa abatiam
muitas ovelhas e lunadas vacas trôpegas.
Nisso os remanescentes cícones outros cícones chamaram,
esses que eram seus vizinhos, muitos e melhores,
habitando no interior, sabendo com carros

50 combater contra varões e, se necessário, a pé.

E vieram, em número de folhas e flores na primavera,
na aurora; então veio o sinistro destino de Zeus
até nós, desventurados, para sofrermos muita aflição.
Postados, combateram junto às naus velozes,
55 atingindo-se uns aos outros com brônzeas lanças.
Ao longo da manhã, enquanto o sacro dia se alargava,
firmes, resistimos a eles, embora em maior número;
quando o sol se curvou rumo à hora de soltar os bois,
então os cícones, subjugando-os, vergaram os aqueus.
60 Seis de cada nau, companheiros belas-grevas,
pereceram; o restante, escapamos do quinhão da morte.
De lá navegamos para diante, atormentados no coração,
voltando da morte, após perder caros companheiros.
Mas não quis que as naus ambicurvas seguissem
65 sem três vezes gritarmos o nome dos pobres companheiros,
eles que pereceram no plaino, mortos pelos cícones.
Zeus junta-nuvens instigou vento bravio
com tempestade prodigiosa, e com nuvens encobriu
terra e mar por igual; e a noite desceu do céu.
70 Elas então foram levadas de lado, e suas velas
a força do vento rasgou em três, quatro pedaços.
Recolhemos às naus os trapos, apavorados,
e remamos com avidez rumo à costa.
Lá, por duas noites e dois dias, sempre sem parar
75 ficamos, consumindo o ânimo em fadiga e aflições.
Mas quando trouxe o terceiro dia Aurora belas-tranças,
após erguer os mastros e içar as brancas velas,
sentamos; e vento e timoneiros as dirigiam.
E agora ileso teria chegado à terra pátria,
80 mas, ao tentar dobrar o cabo Maleia, ondas, corrente

e Bóreas desviaram-me, e vaguei para longe de Citera.
De lá, nove dias, fui levado por ventos ruinosos
sobre o mar piscoso; mas no décimo desembarcamos
na terra dos lotófagos, que comem alimento floral.
85 Lá fomos para terra firme e tiramos a água,
e os companheiros logo jantaram junto às naus velozes.
Mas depois de consumirmos comida e bebida,
então pedi a companheiros que fossem pesquisar
quem seriam os varões, que sobre a terra comem pão,
90 após dois escolher e um terceiro, arauto, enviar com eles.
Eles, logo após partir, juntaram-se a varões lotófagos.
Pois os lotófagos não armaram o fim dos companheiros
nossos, mas deram-lhes lótus como alimento.
Todo aquele que comesse o fruto meloso do lótus
95 não desejava servir de mensageiro nem retornar,
mas preferia lá mesmo, com os varões lotófagos,
comendo lótus, permanecer e esquecer o retorno.
A eles, que choravam, conduzi às naus, à força,
e, nas cavas naus, empurrando-os sob os bancos, prendi;
100 e aos outros ordenei, leais companheiros,
que sem demora embarcassem nas rápidas naus
para ninguém do lótus comer e do retorno esquecer.
Eles logo embarcaram e sentaram junto aos calços,
e, alinhados, golpeavam o mar cinzento com remos.
105 De lá navegamos para diante, atormentados no coração.
E à terra dos ciclopes, soberbos, desregrados,
chegamos, eles que, confiantes nos deuses imortais,
não plantam árvores com as mãos nem aram,
mas, sem semear nem arar, isso tudo germina,
110 trigo, cevada e videiras, que produzem

288   CANTO 9

vinho de grandes uvas que a chuva de Zeus lhes fomenta.
Eles não têm assembleias decisórias nem normas,
mas habitam os cumes de montes elevados
em cavas grutas, e cada um impõe normas
115 sobre filhos e mulheres, e não cuidam uns dos outros.
E pequena ilha lá se espraia à margem do porto,
nem perto nem longe da terra dos ciclopes,
matosa; nela há cabras inumeráveis,
selvagens: movimento de homens não as afasta,
120 nem caçadores a frequentam, os que, no mato,
sofrem agonias percorrendo os picos dos montes.
Eis que não é coberta por rebanhos nem lavouras,
mas ela, sem que se semeie e are, todos os dias
está privada de homens, mas nutre cabras que balem.
125 Pois não há, junto aos ciclopes, naus face-vermelha,
nem varões construtores de naus lá há, que fariam
naus bom-convés capazes de tudo realizar,
indo às cidades dos homens, tantas vezes quanto
os varões, uns até os outros, com naus cruzam o mar;
130 para eles também a ilha tornariam habitável.
De modo algum é ruim, e tudo produziria na estação.
Nela há prados junto à costa do mar cinzento,
úmidos, macios; inesgotáveis seriam as videiras.
Nela há campos planos: densas espigas de trigo sempre
135 colheriam na estação, visto o muito chorume no solo.
Há porto seguro, onde de cabos não se precisa,
nem lançar âncoras nem prender amarras,
mas, tendo aportado, ficar o tempo até o ânimo
dos nautas os instigar e as brisas soprarem.
140 E na cabeça do porto flui água radiante,

fonte de uma caverna; em torno, álamos cresceram.
Para lá navegávamos, e um deus nos guiava
pela noite sombria, e nada se revelava à visão:
a bruma em torno era densa, e nem a lua,
145   do céu, se mostrava, encoberta por nuvens.
Com isso ninguém fitava a ilha com os olhos,
e nem grandes ondas rolando rumo à praia
vimos antes de as naus bom-convés aportarem.
Estando as naus atracadas, recolhemos todas as velas
150   e na rebentação do mar desembarcamos;
lá adormecemos e aguardamos a divina Aurora.
Quando surgiu a nasce-cedo, Aurora dedos-róseos,
admirados com a ilha, por ela perambulamos.
Ninfas, filhas de Zeus porta-égide, impeliam
155   cabras montesas para o almoço dos companheiros.
Rápido arcos curvos e dardos com longo soquete
pegamos das naus e, arranjados em grupos de três,
atiramos; e deus logo nos deu bichos arrebatadores.
Doze naus me seguiam, e a cada uma
160   nove cabras couberam; só para mim foram dez.
Então assim, o dia inteiro até o pôr do sol,
ficamos, compartilhando carne sem-fim e doce vinho,
pois não se consumira o vinho tinto das naus,
mas sobrava; muito cada um, em ânforas dupla-alça,
165   havia posto, após tomarmos a sacra urbe do cícones.
A terra dos ciclopes, que perto viviam, observávamos,
sua fumaça e o som de ovelhas e cabras.
Quando o sol mergulhou e vieram as trevas,
então repousamos na rebentação do mar.
170   Quando surgiu a nasce-cedo, Aurora dedos-róseos,

então eu, realizando assembleia, disse entre eles:
'Os outros, vós aqui ficai, meus leais companheiros;
mas eu, com minha nau e meus companheiros,
vou verificar esses homens, de que tipo eles são,
175 se desmedidos, selvagens e não civilizados,
ou hospitaleiros, com mente que teme o deus'.
Dito isso, embarquei e pedi aos companheiros
que também embarcassem e os cabos soltassem.
Logo embarcaram e sentaram-se junto aos calços,
180 e, alinhados, golpeavam o mar cinzento com remos.
Mas ao chegarmos a esse lugar que perto ficava,
lá vimos, no extremo, uma caverna junto ao mar,
alta, à sombra de loureiros. Lá, grande rebanho,
ovelhas e cabras, pernoitava; em torno, cerca
185 alta se construíra com blocos de uma pedreira,
com grandes pinheiros e carvalhos alta-copa.
Lá pernoitava um varão, portentoso, ele que o rebanho,
sozinho, apascentava, afastado: aos outros não
visitava, mas, longe vivendo, normas ignorava.
190 De fato, era um assombro portentoso, não parecia
um varão come-pão, mas um pico matoso
dos altos montes, que surge só, longe dos outros.
Então aos demais leais companheiros pedi
que lá, junto à nau, ficassem e guardassem a nau;
195 mas eu, após escolher doze nobres companheiros,
fui. Levava um odre de cabra com vinho escuro,
doce, que me dera Máron, filho de Euantes,
sacerdote de Apolo, que zela por Ismaros,
porque, junto com filho e esposa, nós o protegemos,
200 venerando-o, pois habitava bosque arvorejado

de Febo Apolo. Deu-me presentes radiantes:
de ouro bem trabalhado, sete pesos me deu,
me deu ânfora toda de prata, e depois
vinho em doze ânforas dupla-alça ao todo verteu,
205 doce, puro, bebida divina. A esse ninguém
conhecia, nem escravo nem criado, em sua casa,
só ele próprio, a cara esposa e uma só governanta.
Quando alguém bebesse esse vinho tinto, doce como mel,
enchia um cálice e doze medidas de água
210 vertia; um doce aroma da ânfora emanava,
prodigioso: então impossível seria abster-se.
Eu trazia um grande odre cheio dele, e também acepipes
no alforje: logo meu ânimo orgulhoso pensou
que encontraria varão vestido com grande bravura,
215 selvagem, não conhecendo bem tradições nem normas.
Céleres, nos dirigimos ao antro e dentro não
o achamos, mas apascentava no pasto gordos rebanhos.
Após chegar ao antro, a tudo contemplamos,
cestos abarrotados de queijo, cercados repletos
220 de ovelhas e cabritos: separados por categorias,
encerrados, à parte os mais velhos, à parte medianos,
à parte filhotes. Todas as vasilhas transbordavam de soro,
e baldes e tigelas, fabricadas, com as quais ordenhava.
Lá os companheiros suplicaram-me para, primeiro,
225 pegar algum queijo e voltar, e depois,
ligeiro, até a nau veloz, cabritos e ovelhas
dos cercados arrastar e navegar pela água salgada;
mas não obedeci (e teria sido muito mais vantajoso)
para poder vê-lo, esperando que me desse regalos.
230 Pois, após surgir, não seria amável com os companheiros.

Tendo lá aceso o fogo, sacrificamos e também nós
comemos parte do queijo e, dentro, o esperamos,
sentados, até voltar com ovelhas: trazia ponderoso peso
de madeira seca que seria usado para seu jantar.
235 Lançando-o fora do antro, produziu um estrondo;
nós, com medo, recuamos até o fundo do antro.
Ele à ampla gruta tocou o gordo rebanho,
tantas quantas ordenhava, e os machos deixou fora,
carneiros e bodes, no exterior, atrás da alta cerca.
240 Então ergueu e pôs na entrada grande rocha,
ponderosa: a ela, nem vinte e dois carros
ótimos, de quatro rodas, solevariam do solo;
tal rochedo, alcantilado, colocou na entrada.
Sentado, ordenhava ovelhas e cabras balentes,
245 tudo com adequação, e pôs um filhote sob cada uma.
Logo metade do branco leite separou para coalhar
e pôs os coalhos, após juntá-los, em cestos trançados;
metade lá colocou em barris, para que estivesse
disponível para ele beber em seu jantar.
250 Mas após ocupar-se de suas tarefas com zelo,
então, ao acender o fogo, viu-nos e perguntou:
'Estranhos, quem sois? Donde navegastes por fluentes vias?
Acaso devido a um assunto ou, levianos, vagais
tal qual piratas ao mar? Esses vagam
255 arriscando suas vidas, levando dano a gentes alheias'.
Assim falou, e nosso coração rachou-se,
atemorizados com a voz pesada e o portento em si.
Mesmo assim, com palavras respondendo, disse-lhe:
'Nós, aqueus vindos de Troia, vagamos longe do curso
260 devido a todos os ventos pelo grande abismo de mar

e, ansiando ir para casa, por outra rota, outros percursos,
viemos; assim, talvez, Zeus quis armar um plano.
Tropa de Agamêmnon, filho de Atreu, proclamamos ser,
desse cuja fama é agora a maior sob o céu:

265 devastou grande cidade e tropas dilacerou,
muitas. Nós, porém, chegando, a esses teus joelhos
nos dirigimos, esperando nos hospedares bem ou mesmo
dares um regalo, o que é costume entre hóspedes.
Mas respeita os deuses, poderoso; somos teus suplicantes.

270 Zeus é o vingador de suplicantes e hóspedes,
o dos-hóspedes, que respeitáveis hóspedes acompanha'.
Assim falei, e logo respondeu com impiedoso ânimo:
'És tolo, estrangeiro, ou vieste de longe,
tu que me pedes aos deuses temer ou evitar.

275 Os ciclopes não se preocupam com Zeus porta-égide
nem com deuses ditosos, pois somos bem mais poderosos;
nem eu, para evitar a braveza de Zeus, a ti pouparia
ou a teus companheiros se o ânimo não me pedisse.
Mas diz-me onde aportaste a nau engenhosa,

280 algures no extremo ou perto, preciso saber'.
Assim falou, testando-me, e eu, bem arguto, percebi;
respondendo, disse-lhe com palavras ardilosas:
'Minha nau sucumbiu a Posêidon treme-solo;
contra rochedo lançou-a nos limites de vossa terra,

285 levando-a rumo ao cabo; vento trouxe-a do mar.
Mas eu, com esses aí, escapei do abrupto fim'.
Assim falei, e não me respondeu com impiedoso ânimo,
mas, de súbito, sobre os companheiros estendeu as mãos,
e, tendo dois agarrado, como cachorrinhos ao chão

290 arrojou-os: miolos escorriam no chão e molhavam o solo.

Após cortá-los em pedaços, aprontou o jantar;
comia-os como leão da montanha, e nada deixou,
vísceras, carnes e ossos cheios de tutano.
Nós, aos prantos, erguemos os braços a Zeus,
295 vendo o feito terrível, e a impotência deteve o ânimo.
Mas quando o ciclope encheu o grande estômago,
após comer carne humana e, depois, beber leite puro,
deitou-se no antro, esticando-se entre o rebanho.
Considerei, no enérgico ânimo, dele chegar
300 mais perto, puxar a espada afiada da coxa
e golpear no peito onde o diafragma segura o fígado,
após alcançar com a mão; mas outro ânimo impediu.
Lá mesmo também nós nos finaríamos em abrupto fim;
da alta entrada, não teríamos conseguido, no braço,
305 afastar a ponderosa pedra que lá depositara.
Assim, gemendo, aguardamos a divina Aurora.
Quando surgiu a nasce-cedo, Aurora dedos-róseos,
ele acendeu o fogo e ordenhou esplêndido rebanho,
tudo com adequação, e sob cada fêmea deixou o filhote.
310 Mas após ocupar-se de suas tarefas com zelo,
de novo agarrou dois de nós e o almoço preparou.
Almoçou e para fora do antro tocou o gordo rebanho,
tendo removido fácil a grande rocha; mas então
de volta a pôs, como se tampa pusesse na aljava.
315 Com forte assobio, ao monte levou o gordo rebanho,
o ciclope; mas eu permaneci, ruminando males,
esperando me vingar, e Atena me dar o triunfo.
Este, em meu ânimo, mostrou-se o plano melhor:
jazia, junto ao cercado, grande vara do ciclope,
320 verde, de oliveira; podara a vara a fim de levá-la

quando secasse. Observando, nós a julgamos
grande tal mastro de negra nau vinte-remos,
amplo navio mercante, que cruza o grande abismo:
tal seu tamanho, tal a espessura a quem a visse.
325   Postado, dela cortei um pau de uma braça,
passei-o aos companheiros e pedi que o raspassem.
Eles deixaram-no liso; e eu afiei, posicionado,
a ponta, e logo o tomei e no fogo chamejante girei.
Condicionei-o bem, escondendo-o sob o esterco
330   que grassava pela caverna em abundância.
Aos outros, pedi-lhes que tirassem na sorte
quem ousaria comigo, após erguer a estaca,
friccionar seus olhos quando doce sono o alcançasse.
Foram destinados quem eu mesmo teria escolhido,
335   quatro, e eu mesmo, o quinto, entre eles me incluí.
Ele à noite voltou, apascentando o rebanho bela-pelagem.
Logo à ampla gruta tocou o gordo rebanho,
todo ele, besta alguma deixou dentro da alta cerca,
ou pensando algo, ou como um deus ordenara.
340   Então ergueu e pôs na entrada a grande rocha;
sentado, ordenhava ovelhas e cabras balentes,
tudo com adequação, e pôs um filhote sob cada uma.
Mas após ocupar-se de suas tarefas com zelo,
de novo agarrou dois de nós e preparou o jantar.
345   Então dirigi-me ao ciclope, parado perto,
com uma cumbuca com vinho escuro nas mãos:
'Ciclope, aqui, bebe vinho, após comer carne humana,
para saberes que vinho é esse que continha a nossa
nau: era libação para ti, caso a mim, apiedando-se,
350   para casa enviasses; mas tua loucura é insuportável.

Tinhoso! Como, no futuro, te alcançará algum outro
dos muitos homens? Pois com adequação não agiste'.
Falei, ele aceitou e tudo bebeu; deleitou-se ao extremo
ao beber a doce bebida e pediu-me de novo, a segunda vez:

355 'Sê gentil e dá-me mais um, e me diz teu nome
de pronto, para eu te dar um regalo que te agradará.
De fato, também aos ciclopes o solo fértil produz
vinho de grandes uvas que a chuva de Zeus lhes fomenta.
Mas este é destilado da ambrosia e do néctar'.

360 Assim falou, e eu, de novo, passei-lhe fulgente vinho;
três vezes dei, três vezes tudo bebeu com insensatez.
Mas quando o vinho circundou o juízo do ciclope,
então a ele me dirigi com palavras amáveis:
'Ciclope, perguntas meu nome famoso; a ti eu

365 direi, e, tu, dá-me um regalo, como prometeste.
Ninguém é meu nome; Ninguém denominam-me
a mãe, o pai e todos os outros companheiros'.
Isso falei, e ele logo respondeu-me com ânimo impiedoso:
'Ninguém comerei por último, dentre seus companheiros,

370 os outros antes: esse será teu regalo'.
Falou e, após reclinar-se, caiu de costas, e então
deitou-se, o encorpado pescoço de lado, e dele o sono
domina-tudo apossou-se: a garganta regurgitava vinho
e nacos de carne humana; sob o peso do vinho vomitava.

375 Então empurrei a estaca embaixo do monte de cinzas
para esquentá-la; com palavras a todos os companheiros
encorajava para ninguém recuar de medo.
Mas quando a estaca de oliveira, embora verde,
no fogo quase ia queimar, e refulgia às maravilhas,

380 então rápido retirei-a, e em torno companheiros

297   CANTO 9

postaram-se; a divindade neles soprou grande coragem.
Eles, após pegar a estaca de oliveira, afiada na ponta,
empurraram-na no olho; e eu, erguido sobre ela,
girava-a, como um varão fura a madeira do navio
385 com furador, e quem está abaixo o gira com correia,
tocando-o de cada lado, e ele corre sempre sem parar –
assim da estaca ponta-em-brasa tomamos, em seu olho
a girávamos, e sangue fluía em torno dela, quente.
O calor chamuscou em volta toda sua pálpebra e a celha,
390 e a pupila queimava; suas raízes crepitavam com o fogo.
Como quando o ferreiro mergulha na água fria
grande machado ou enxó, ao querer enrijá-los,
e alto eles sibilam: este, de novo, é o vigor do aço –
assim chiava seu olho em torno da estaca de oliveira,
395 e, aterrorizante, alto bradou, e em torno a rocha rugia.
Nós, com medo, recuamos. Mas ele a estaca
puxou do olho, salpicada de muito sangue.
Depois lançou-a para longe com as mãos, fora de si,
e alto chamava os ciclopes, que nas cercanias
400 moravam em cavernas entre os picos ventosos.
Tendo ouvido o grito, cada um acorria de um lado,
e, de pé em torno da gruta, indagavam o que o afligia:
'O quê, Polifemo, tanto te perturba para assim gritares
através da noite imortal e tirar-nos do sono?
405 Por certo ninguém quer teus rebanhos contra tua vontade!
Por certo ninguém tenta matar-te com ardil ou violência!'.
A eles, então, do antro falou o poderoso Polifemo:
'Amigos, Ninguém tenta com ardil, e não com violência'.
Eles, em resposta, falavam as palavras plumadas:
410 'Se então ninguém a ti, que estás sozinho, violenta,

de modo algum, é possível evitar a doença de Zeus;
mas, tu, faz uma prece ao pai, o senhor Posêidon'.
Assim falaram, afastando-se, e meu coração sorriu,
pois meu nome enganou-os, e a impecável astúcia.

415 E o ciclope, gemendo e contorcendo-se em dores,
apalpando-a com as mãos, afastou a pedra da entrada
e ele, na entrada, sentou-se, após estender os braços,
esperando pegar um de nós entre as ovelhas que saíam.
Assim esperava, em seu juízo, que eu fosse tolo.

420 E eu refletia como se daria a melhor solução,
se descobriria soltura da morte para mim e os demais
companheiros; todos os ardis, um plano eu tramava,
lutando pela vida, pois perto grande perigo havia.
Este, em meu ânimo, mostrou-se o plano melhor:

425 havia carneiros machos, bem-nutridos, de espesso velo,
belos e grandes, carregados de roxa lã;
eles, quieto, juntos eu prendia com vime bem-trançado,
sobre o qual dormia o portento ciclope que ignorava regras –
e tomava três a três: o do meio levava um homem,

430 os outros iam de cada lado, salvando os companheiros.
Três carneiros levavam cada herói; quanto a mim –
pois macho havia, de longe o melhor de todo o rebanho –,
agarrei-lhe as costas, sob o ventre felpudo enrolei-me
e me estendi; com as mãos, no prodigioso velo

435 enroscado, sem cessar segurei-me com ânimo resistente.
Assim, gemendo, aguardamos a divina Aurora.
Quando surgiu a nasce-cedo, Aurora dedos-róseos,
então ao pasto disparavam carneiros e bodes,
e as fêmeas baliam nos cercados, não ordenhadas,

440 os úberes a explodir. O senhor, torturado

por dor sinistra, apalpava o dorso de toda ovelha,
cada uma, de pé; isto ele, tolo, não percebeu:
que os homens se agarravam ao peito das ovelhas lanosas.
Último do rebanho, o carneiro passava pela entrada,
445 repleto de lã e de mim, com pensamentos cerrados.
Após tateá-lo, disse-lhe o forte Polifemo:
'Carneirinho, por que me vais assim pela gruta, do rebanho
o último? Não costumas marchar atrás de ovelhas,
mas, o primeiro entre todos, pastas as tenras flores do pasto
450 a passos largos, o primeiro a chegar às correntes dos rios,
o primeiro que almeja retornar ao curral
à noite; agora, o derradeiro. Por certo tu, do senhor,
tens saudade do olho? A ele cegou um homem vil,
com desprezíveis companheiros, após subjugar o juízo com vinho,
455 Ninguém, que afirmo ainda não ter escapado do fim.
Se pudesses pensar como eu e ter linguagem
para falar aonde aquele se esquiva de meu ímpeto;
então seus miolos, pela caverna, para lá e para cá –
ele golpeado, se espalhariam no solo, e meu coração
460 se aliviaria dos males que me deu esse nada, Ninguém'.
Falou assim e deixou o carneiro partir pela entrada.
Afastados um pouco da gruta e da cerca,
primeiro do carneiro me soltei e soltei os companheiros.
Ligeiro, os carneiros e bodes pé-fino, fartos em gordura,
465 amiúde olhando em volta, guiamos até à nau
chegar: nossos companheiros ficaram felizes conosco,
que escapamos da morte; aos outros deploravam, gemendo.
Mas não permiti – com as celhas, negava a cada um – que
chorassem, e ordenei que, rápido, o rebanho bela-pelagem
470 se lançasse na nau, e se navegasse pela salsa água.

Logo embarcaram, sentaram-se junto aos calços,
e, alinhados, golpeavam com remos o mar cinzento.
Mas quando estava à distância de um grito,
eu então me dirigi ao ciclope com provocações:
475 'Ciclope, não seria de homem covarde que irias
comer companheiros na cava gruta com violência brutal.
Por certo te atingiriam as ações sinistras,
tinhoso, sem escrúpulos em comer hóspedes
em tua casa; por isso puniram-te Zeus e outros deuses'.
480 Assim falei, e ele enraiveceu-se muito no coração;
lançou, após rebentá-lo, o pico de grande monte
que tombou bem na frente da nau proa-cobalto,
[por pouco, e falhou em atingir a ponta do leme.]
E o mar agitou-se por causa da rocha que caiu.
485 A nau, para terra firme, levava a onda em refluxo,
um vagalhão do alto-mar, e fê-la dirigir-se à costa.
Mas eu, com as mãos tendo pegado haste bem longa,
alavanquei a nau; aos companheiros pedi, incitando-os,
que tocassem os remos para escaparmos do dano,
490 sinalizando com a cabeça; peito para a frente, remaram.
Mas após percorrer, no mar, distância duas vezes maior,
então quis chamar o ciclope; em volta, com fala amável,
companheiros tentavam conter-me de todos os lados:
'Tinhoso! Por que queres provocar o varão selvagem?
495 Agora mesmo projetou projétil ao mar e levou a nau
de novo à costa, e já pensávamos lá perecer.
Se ele ouvir o som ou a fala de alguém,
despedaçará nossas cabeças e as tábuas da nau
ao projetar rochedo pontudo: tão longe arremessa'.
500 Assim falaram, mas sem convencer meu ânimo enérgico,

301 CANTO 9

e, respondendo, disse-lhe com ânimo rancoroso:
'Ciclope, se a ti algum homem mortal
interpelar sobre o ultrajante cegamento do olho,
afirma que Odisseu arrasa-urbe te cegou,
505   o filho de Laerte, que tem sua casa em Ítaca'.
Assim falei, e ele bramou e respondeu-me com o discurso:
'Incrível, de fato alcançou-me velho dito divino.
Havia aqui um adivinho, varão belo e grande,
Telemo, filho de Eurimo, que, superior na adivinhação,
510   envelheceu adivinhando para os ciclopes;
afirmou-me que tudo isso se completaria no futuro,
que, nas mãos de Odisseu, eu perderia a visão.
Mas sempre esperei que um herói grande e belo
aqui chegasse, investido de grande bravura;
515   agora a mim um pequeno, um nada, um fracote
o olho cegou, após me subjugar com vinho.
Mas te achega, Odisseu, para ser-te hospitaleiro
e instigar o famoso Treme-Solo a te dar condução,
pois dele sou filho, e meu pai ele proclama ser.
520   Ele mesmo, se quiser, me curará, e nenhum outro
dos deuses ditosos e dos homens mortais'.
Assim falou, e eu, respondendo, lhe disse:
'Tomara fosse capaz de a ti, de vida e vitalidade
privado, enviar à morada de Hades, para baixo,
525   assim como o olho não te curará o treme-solo'.
Assim falei, e ele então ao senhor Posêidon
rezou, estendendo os braços ao páramo estrelado:
'Ouve-me, Posêidon sustém-terra, juba-cobalto.
Se deveras sou teu, e meu pai proclamas ser,
530   dá-me que Odisseu arrasa-urbe a casa não volte,

o filho de Laerte, que tem sua casa em Ítaca.
Mas se é seu quinhão ver os seus e alcançar
a sua casa bem-construída e sua terra pátria,
chegue tarde, mal, após perder todo companheiro,
535 e em nau alheia, e encontre desgraças em casa'.
Assim falou, rezando, e ouviu o o juba-cobalto.
E ele, de novo, rocha muito maior tendo erguido,
girou-a e lançou, e aplicou força incomensurável.
E tombou atrás da nau proa-cobalto,
540 por pouco, e falhou em atingir a ponta do leme.
E o mar agitou-se por causa da rocha que caiu.
Onda a nau levou para a frente, e fê-la atingir terra firme.
Mas quando atingimos a ilha onde as outras
naus bom-convés estavam, e ao redor companheiros
545 persistiam em lamentar-se, sempre a nos aguardar,
dirigimo-nos para lá, a nau atracamos na praia
e desembarcamos na rebentação do mar.
Tiradas da côncava nau as bestas do ciclope,
dividimo-las para que a ninguém faltasse sua parte.
550 O carneiro, só para mim, os companheiros belas-grevas
deram, honraria na divisão do rebanho. A ele, na praia,
a Zeus nuvem-negra, filho de Crono, que rege todos,
imolei e suas coxas queimei. Mas ele desprezou o sacrifício,
e cogitava como soçobrariam todas
555 as naus bom-convés e meus leais companheiros.
Então assim, o dia inteiro até o pôr do sol,
ficamos, compartilhando carne sem-fim e doce vinho;
e quando o sol mergulhou e vieram as trevas,
repousamos na rebentação do mar.
560 Quando surgiu a nasce-cedo, Aurora dedos-róseos,

eu mesmo pedi aos companheiros, incitando-os,
que embarcassem e soltassem os cabos.
Logo embarcaram e sentaram-se junto aos calços,
e, alinhados, golpeavam o mar cinzento com remos.
565 De lá navegamos para diante, atormentados no coração,
voltando da morte, após perder caros companheiros.

"E à ilha de Eolo chegamos. Lá morava
o filho de Cavaleiro, Eolo, caro aos deuses imortais,
na ilha flutuante; em volta de toda ela, muralha
brônzea, inquebrável, se ergue como rocha lisa.
5 Dele também vivem doze rebentos no palácio,
seis filhas e seis filhos em plena juventude.
Lá ele as filhas deu aos filhos como esposas;
eles sempre, junto ao caro pai e à devotada mãe,
banqueteavam-se. Havia comida em profusão,
10 e a casa, cheirosa, reverberava no pátio
de dia; e à noite, junto às esposas respeitadas
dormem com cobertas nos leitos bem-perfurados.
E chegamos a sua cidade e à bela morada.
Mês inteiro hospedou-me e perguntava de tudo,
15 de Ílion, das argivas naus e do retorno dos aqueus;
e eu tudo a ele, ponto por ponto, contei.
Mas quando também eu pedi a viagem e roguei
ser conduzido, não negou e preparou a condução.
Deu-me saco de couro, que tirara de boi nove-anos,
20 onde prendeu as rotas dos ventos uivantes,

307   CANTO 10

pois o filho de Crono fê-lo supervisor de ventos,
que interrompesse ou instigasse qual quisesse.
Na cava nau amarrou-o com corda fulgurante,
prateada, para impedir o menor escoamento;
25   mas para mim fez soprar a lufada de Zéfiro
para levar as naus e a nós mesmos. Mas não iria
completar-se: nossa própria insensatez nos destruiu.
Nove dias navegamos sem parar, noite e dia,
e no décimo já aparecia o solo pátrio,
30   e até víamos homens perto mantendo o fogo.
Lá doce sono se achegou de mim, exausto;
sempre controlei o pé da nau, e a nenhum outro
companheiro a dera para logo chegarmos à terra pátria.
E os companheiros com palavras falavam entre si
35   e disseram que eu levava ouro e prata para casa,
presentes do enérgico Eolo, filho de Cavaleiro.
E assim falavam, fitando quem estava ao lado:
'Incrível, como ele é caro e honrado entre todos
os homens cuja cidade e terra alcança.
40   Muita coisa traz de Troia, belas posses
do butim, mas nós, após completar rota igual,
para casa voltaremos com as mãos vazias.
Agora deu-lhe isso, agradando-o por amizade,
Eolo. Vamos, rápido olhemos o que é isso,
45   quanto ouro e prata há dentro do saco'.
Isso falaram, e venceu o plano vil dos companheiros.
Soltaram o saco, e todos os ventos jorraram;
uma rajada logo os apanhou e levou para o alto-mar;
choravam, para longe da terra pátria. Já eu,
50   após despertar, no ânimo impecável cogitei:

ou morreria no mar, para fora da nau me atirando,
ou quieto resistiria e ainda entre os vivos ficaria.
Mas resisti e aguentei, e, encoberto, na nau
jazia; e as naus foram levadas por rajadas ruins de vento
55 de novo à ilha de Eolo, e gemiam os companheiros.
Lá fomos para terra firme e tiramos a água,
e os companheiros logo jantaram junto às naus velozes.
Mas depois de consumirmos comida e bebida,
então eu, junto com um arauto e um companheiro,
60 fui à gloriosa morada de Eolo; encontrei-o
banqueteando-se com a mulher e os filhos.
Entrando na casa, junto ao batente na soleira
sentamos; e eles pasmaram-se no ânimo e indagaram:
'Como vieste, Odisseu? Que divindade ruim te atacou?
65 Por certo te enviamos, gentis, para chegares
a tua pátria, em casa, ao lugar que te é caro'.
Assim falaram; e eu lhes disse, angustiado no coração:
'Injuriaram-me maus companheiros e, além deles, o sono
tinhoso. Mas ajudai, amigos, pois tendes esse poder'.
70 Assim falei, abordando-os com palavras macias,
mas se calavam; e o pai respondeu com o discurso:
'Sai da ilha bem rápido, mais desprezível dos mortais;
não é de praxe eu enviar de volta ou nortear
o varão que hostilizam os deuses ditosos.
75 Sai, já que, hostilizado pelos deuses, assim chegaste'.
Dito isso, com gemidos profundos saí expulso da casa.
De lá navegamos para diante, angustiados no coração.
Remada pungente oprimia o ânimo dos varões,
pois por nosso desatino não havia mais condução.
80 Seis dias navegamos sem parar, de noite e de dia;

no sétimo chegamos à escarpada cidade de Lamos,
a lestrigônia Telépilos, onde pastor a pastor
chama, trazendo o rebanho, e o outro, levando, responde.
Lá o varão insone conquistaria dupla paga,
85 uma, apascentando bois, outra, vigiando brancas ovelhas:
próximos são os caminhos da noite e do dia.
Lá fomos ao porto glorioso, que circunda rochedo
alcantilado por toda a extensão, de ambos os lados,
e cabos salientes, um defronte ao outro,
90 na boca projetam-se, e a entrada é estreita –
lá dentro eles aportaram, todos, as naus ambicurvas.
Eis que elas, dentro do cavo porto, foram presas
lado a lado; de fato, nele nunca crescia uma onda,
grande ou pequena, e havia luzente calmaria.
95 Somente eu contive fora a negra nau,
aí mesmo no extremo, e com cabos prendi à rocha.
Pus-me de pé após subir à escarpada atalaia;
lá não havia campos arados por bois ou varões,
e vimos somente fumaça irrompendo da terra.
100 Então ordenei que companheiros investigassem
quem seriam os varões que sobre a terra comem pão;
dois escolhi e um terceiro, arauto, enviei com eles.
Desembarcaram e seguiram em via plana por onde
carros vindos dos altos montes levavam madeira à urbe.
105 Uma moça encontraram diante da urbe pegando água,
a filha altiva do lestrigão Antífates.
Ela descera até a fonte, a belas-correntes
Artácia: de lá até a urbe carregavam água.
Eles, de pé ao lado, interpelavam-na e inquiriam
110 quem era o rei deles e sobre quem regia.

De pronto ela indicou a grandiosa casa do pai.
Eles, após chegarem à gloriosa casa, a esposa
acharam, alta como o pico de um monte, e a abominaram.
Ela logo fez chamar da ágora o glorioso Antífates,
115   seu marido, que contra eles armou funesto fim.
Presto agarrou um companheiro e preparou a refeição;
os outros dois, fugindo em disparada, chegaram às naus.
E aquele lançou um grito pela urbe; tendo ouvido,
acorriam os altivos lestrigões, cada um de um lado,
120   miríades, não assemelhados a varões, mas a gigantes.
Dos rochedos, lançavam penedos pesados demais
para varões; logo nefasto estrondo as naus percorreu,
de homens mortos e naus destroçadas:
tal peixes trespassados, acabaram em detestável jantar.
125   Enquanto eles os destruíam no porto mui profundo,
eu, após puxar da coxa a afiada espada,
com ela cortei os cabos da nau proa-cobalto;
logo pedi a meus companheiros, incitando-os,
que tocassem os remos para escaparmos do dano:
130   eles todos se apressaram, pois temeram o fim.
Com satisfação, mar adentro escapou das rochas salientes
minha nau; as outras, em conjunto, lá ficaram destruídas.
Então navegamos para diante, atormentados no coração,
voltando da morte, após perder caros companheiros.
135   E chegamos à ilha de Aiaie, onde morava
Circe belas-tranças, fera deusa de humana voz,
irmã de sangue do sinistro Aietes;
ambos nasceram de Sol ilumina-mortal,
tendo por mãe Persa, que Oceano gerou como filha.
140   Na praia aportamos a nau em silêncio,

311   CANTO 10

em porto abriga-nau, e um deus nos guiava.
Lá desembarcamos, dois dias e duas noites
jazemos, fadiga e aflições consumindo nosso ânimo.
Mas quando trouxe o terceiro dia Aurora belas-tranças,
145   peguei minha lança e a afiada espada
e rápido, para longe da nau, subi a um mirante
esperando ver lavouras de homens e ouvir uma voz.
Pus-me de pé, após subir à escarpada atalaia,
e fumaça surgiu-me da terra largas-rotas,
150   no palácio de Circe, através do capão cerrado e do mato.
Meditei, então, no juízo e no coração,
se investigaria, após ver a fumaça fulgente.
E pareceu-me, ao refletir, ser mais vantajoso assim:
primeiro ir à nau veloz na orla do oceano,
155   alimentar os companheiros e fazê-los investigar.
Mas quando estava perto da nau ambicurva,
comigo, sozinho, um deus comoveu-se,
e à trilha um grande cervo galhudo enviou
para mim. Esse ao rio rumava, vindo do pasto no bosque,
160   para beber, pois o ímpeto do sol já o atormentava.
Enquanto ele descia, na espinha, no meio das costas,
eu o atingi: a lança brônzea, certeira, atravessou-a.
Ele tombou no pó, berrando, e seu ânimo voou para longe.
Com o pé sobre ele, a lança brônzea do ferimento
165   arranquei. Após depô-la aí mesmo no chão,
deixei-a de lado; apanhei galhos e vime,
e com corda de uma braça, bem-trançada, nos dois lados
tendo torcido, prendi os pés do assombroso prodígio
e me dirigi à negra nau, levando-o nas costas
170   apoiado na lança, pois impossível, sobre o ombro,

levar com um braço: bastante grande era o animal.
Joguei-o diante da nau e despertei os companheiros
com fala amável, achegando-me a cada homem:
'Amigos, por certo não desceremos, embora angustiados,
175 à morada de Hades antes que chegue o dia fatal.
Vamos, enquanto na nau veloz houver comida e bebida,
lembremo-nos de comer e não nos esgotemos de fome'.
Assim falei, e presto obedeceram a minhas palavras.
Eles se descobriram junto à praia do mar ruidoso
180 e contemplaram o cervo: muito grande era o animal.
Mas após se deleitar em mirar com os olhos,
lavaram as mãos e prepararam bem majestoso jantar.
Então assim, o dia inteiro até o pôr do sol,
ficamos, compartilhando carne sem-fim e doce vinho;
185 e quando o sol mergulhou e vieram as trevas,
repousamos na rebentação do mar.
Quando surgiu a nasce-cedo, Aurora dedos-róseos,
então eu, realizando assembleia, disse entre eles:
'Ouvi meu discurso, companheiros, mesmo sofrendo.
190 Amigos, não sabemos onde é a treva, onde, a aurora,
nem onde o sol ilumina-mortal vai sob a terra
nem onde sobe. Mas planejemos ligeiro
se ainda haverá uma ideia: eu não creio que haja.
De fato, após subir à escarpada atalaia, observei
195 a ilha, que o mar infindo circunda como coroa.
A própria se estende rasa; fumaça, no meio dela,
vi com meus olhos através de capão cerrado e mato'.
Assim falei, e o coração rachou-se-lhes
ao lembrarem-se dos feitos do lestrigão Antífates
200 e da violência do ciclope, o enérgico devora-gente.

313   CANTO 10

Choravam alto, vertendo copiosas lágrimas;
mas em vão, de nada adiantou prantearem.
Em dois grupos, todos os companheiros belas-grevas
dividi e atribuí um líder a ambos.
205 Uns liderei, os outros, o deiforme Euríloco.
As pedras, num elmo brônzeo, sacudimos rápido.
Para fora pulou a pedra do enérgico Euríloco.
Partiu, e com ele, vinte e dois companheiros
aos prantos; deixaram-nos, lamentando-os, para trás.
210 Acharam no vale a casa bem-construída de Circe,
de pedras polidas, num local todo protegido.
No entorno, havia lobos da montanha e leões,
que ela enfeitiçara após lhes dar nocivas drogas.
Eles não atacaram os homens; pelo contrário,
215 mexendo os longos rabos, puseram-se de pé.
Tal cães que junto ao senhor que sai da mesa
rabeiam: sempre lhes traz o que agrada o ânimo –
assim, em torno deles, lobos garra-potente e leões
rabeavam. E eles temeram ao ver os terríveis portentos.
220 Postaram-se no pórtico da deusa belas-tranças
e ouviam Circe dentro, cantando com bela voz,
ativa junto ao grande tear imortal, tal como
são as finas, graciosas e radiantes obras das deusas.
Entre eles começou a falar Cidadão, líder de varões,
225 para mim o mais próximo e devotado dos companheiros:
'Amigos, dentro alguém, ativa junto ao tear,
com graça canta, e todo o solo em torno ressoa,
ou deusa ou mulher; vamos, gritemos sem demora'.
Assim falou, e eles chamaram com brados.
230 Ela, logo saindo, abriu as portas resplandecentes

e convidou-os. Seguiram-na todos em ignorância.
Euríloco deixou-se ficar, pois pensou ser um ardil.
Fê-los sentar-se, dentro, nas cadeiras e poltronas,
e para eles queijo, cevada e mel amarelo
235 em vinho prâmnio mexeu; e ao alimento misturou
drogas funestas, para de todo esquecerem a pátria.
Mas depois que lhes deu e beberam, de pronto,
com golpes de vara, no chiqueiro os confinou.
Eles, de porcos, tinham a cabeça, o som, as cerdas
240 e o corpo, mas a mente era firme como antes.
Assim pranteando foram confinados, e, para eles, Circe
lançou frutos do azevinho, do carvalho e da cornácea,
o que porcos leito-no-solo sempre comem.
Euríloco presto rumou à negra nau veloz
245 para dar notícia dos companheiros, o amargo destino.
Não foi capaz de dizer palavra, embora ansiando,
o peito golpeado por dor enorme: seus olhos
enchiam-se de lágrimas, e o ânimo pensava em lamento.
Mas após todos, com afeto, lhe perguntarem,
250 então contou o fim dos companheiros restantes:
'Fomos pelo bosque, como pediste, ilustre Odisseu;
encontramos, no vale, casa bem-construída, bela,
de pedras polidas, num local todo protegido.
Lá, ativa junto a grande tear, cantava de forma aguda
255 ou deusa ou mulher; e eles chamaram com brados.
Ela, logo saindo, abriu as portas resplandecentes
e convidou-os; eles todos seguiram-na em ignorância.
Mas eu deixei-me ficar, pensando ser um ardil.
E sumiram em conjunto, e nenhum deles
260 reapareceu; sentado, vigiei muito tempo'.

Assim falou, e eu a espada pinos-de-prata em volta
dos ombros lancei, grande, brônzea, e arco e flechas;
e presto pedi-lhe que me guiasse pelo mesmo caminho.
Mas ele, com as mãos em meus joelhos, suplicou-me
265 [e, lamentando-se, dirigiu-me palavras plumadas:]
'Não me obrigue a ir, criado-por-Zeus; deixa-me aqui:
sei que nem tu mesmo voltarás nem um outro
de teus companheiros trarás. Rápido com estes,
partamos, pois ainda escaparíamos do dia danoso'.
270 Assim falou, mas eu, respondendo, lhe disse:
'Euríloco, pois, que fiques aqui, neste lugar,
comendo e bebendo junto à negra nau côncava.
Eu irei: para mim é imperiosa a necessidade'.
Assim falando, da nau afastei-me e do mar.
275 Mas quando ia, ao longo do vale sagrado,
alcançar a grande casa de Circe muitas-drogas,
lá Hermes bastão-dourado encontrou a mim,
em direção à casa, ele semelhante a jovem varão
na prima barba, a mais graciosa época da juventude.
280 Deu-me forte aperto de mão e dirigiu-me a palavra:
'Não, infeliz, aonde pelos cumes vais sozinho,
ignorante da terra? Teus companheiros, na casa de Circe,
como porcos estão confinados em buraco bem-cercado.
Acaso vens libertá-los? Afirmo que nem mesmo tu
285 retornarás, e até tu ficarás onde os outros estão.
Vamos, a ti livrarei dos males e salvarei;
aqui, com essa droga benigna, à casa de Circe
vai; ela afastará de tua cabeça o dia danoso.
A ti direi todos os astutos malefícios de Circe:
290 vai te preparar mingau e, na comida, porá drogas.

Mas nem assim te poderá enfeitiçar: não o permitirá
a droga benigna que te darei; e direi tudo.
Quando Circe te golpear com a vara bem longa,
então tu, após puxar a afiada espada da coxa,

295 lança-te contra Circe como que louco por matá-la.
Ela, temerosa, pedirá que deites no leito.
Tu, então, não mais rejeites o leito da deusa
para ela libertar teus companheiros e cuidar de ti,
mas pede-lhe que jure a grande jura dos ditosos

300 de que outra desgraça não planejará contra ti
para que, quando nu, não te deixe vil e emasculado'.
Disse isso e deu-me a droga Argifonte,
após puxá-la do solo, e mostrou-me sua natureza.
Na raiz era preta, e ao leite assemelhava-se a flor;

305 os deuses chamam-na 'moli'. Extraí-la é difícil
para homens mortais; mas os deuses podem tudo.
Hermes, então, partiu rumo ao alto Olimpo
pela ilha matosa, e eu à casa de Circe
fui, e muito meu coração se revolveu enquanto ia.

310 Postei-me na porta da deusa belas-tranças;
310ª Circe, dentro, eu ouvia, cantando com bela voz.
Lá parado, gritei, e a deusa ouviu minha voz.
Ela, logo saindo, abriu as portas resplandecentes
e convidou-me; e eu a segui, angustiado no coração.
Dentro, fez-me sentar em poltrona pinos-de-prata,

315 bela, artificiosa; embaixo, para os pés, banqueta.
Fez-me um mingau em cálice dourado para eu beber
e nele a droga lançou, refletindo vilezas no ânimo.
E quando mo deu, bebi e não me enfeitiçou,
e, após golpear com a vara, dirigiu-me a palavra:

317 CANTO 10

320 'Vai já ao chiqueiro, deita com os outros companheiros'.
Assim falou, e eu puxei a afiada espada da coxa
e lancei-me contra Circe como que louco por matá-la.
Ela, gritando alto, jogou-se, tocou meus joelhos
e, lamentando-se, dirigiu-me palavras plumadas:
325 'Quem és? De que cidade vens? Quais teus ancestrais?
Espanta-me: bebeste a droga e não foste enfeitiçado.
Nenhum outro homem, não, resiste a essa droga
se a bebe, mal ela deixa a cerca dos dentes;
tu tens, no peito, espírito que não se pode encantar.
330 Então tu és Odisseu muitas-vias, do qual sempre
afirmou que viria Argifonte bastão-dourado,
e de Troia voltas com negra nau veloz.
Vamos, põe a espada na bainha, e os dois então
subiremos em nosso leito, para que, tendo-nos unido
335 num enlace amoroso, confiemos um no outro'.
Assim falou, mas eu, respondendo, lhe disse:
'Circe, como pedes para ser amigável contigo?
De meus companheiros fizeste porcos no palácio
e, tendo-me aqui, pedes com mente ardilosa
340 que vá ao quarto e suba em teu leito,
para que, nu, me tornes vil e emasculado.
Eu não poderia querer subir em teu leito
exceto se ousasses, deusa, a grande jura me jurar,
de que, contra mim, outra desgraça não planejarás'.
345 Assim falei, e ela logo jurou, como eu pedira.
Então, após jurar por completo essa jura,
nisso eu subi ao leito bem belo de Circe.
Enquanto isso, criadas estavam ocupadas no palácio,
quatro, as que faziam o trabalho da casa.

350 Eis que elas provinham das fontes, dos bosques
e dos rios sagrados, que correm até o mar.
Nas poltronas, uma delas lançava belas mantas
púrpura em cima, e embaixo punha panos;
outra, diante das poltronas, estendia mesas
355 de prata, e sobre elas dispunha cestas de ouro;
a terceira, em ânfora de prata misturou vinho
adoça-juízo, doce, e dispôs os cálices de ouro;
a quarta trouxe água e acendeu o fogo
alto sob a grande trípode; e a água esquentava.
360 Mas quando a água ferveu no bronze lúzio,
sentou-me na banheira e com a grande trípode me banhou,
cabeça, ombros, após a água temperar,
até arrancar fadiga tira-ânimo de meus membros.
Após me banhar e ungir à larga com óleo,
365 em torno de mim lançou bela capa e túnica,
e, lá dentro, fez-me sentar em poltrona pinos-de-prata,
bela, artificiosa; embaixo, para os pés, banqueta.
Uma criada despejou água – trazida em jarra
bela, dourada – sobre bacia prateada
370 para nos lavarmos; ao lado estendeu polida mesa.
Governanta respeitável trouxe pão e pôs na frente,
e, junto, muitos petiscos, oferecendo o que havia.
Ela me disse para comer; e tal não agradou a meu ânimo;
sentado, refletia, e o ânimo percebeu vilezas.
375 Quando Circe me viu sentado e não sobre a comida
esticando as mãos, mas com aflição hedionda,
chegando mais perto, dirigiu-me palavras plumadas:
'Por que assim, Odisseu, sentado como um mudo,
o ânimo consomes e não tocas em comida e bebida?

319   CANTO 10

380 Acaso supões outro ardil? Não precisas
temer, pois já te jurei o forte juramento'.
Assim falou, mas eu a ela, respondendo, disse:
'Circe, que homem, no caso de ser sensato,
antes ousaria compartilhar de comida e bebida,
385 antes de soltar e ver com os olhos os companheiros?
Mas se, solícita, pedes para beber e comer,
solta os leais companheiros para eu os ver com os olhos'.
Assim falei, e Circe partiu para fora do salão
com a vara na mão, abriu as portas do chiqueiro
390 e tangeu-os assemelhados a cevados de nove anos.
Eles postaram-se um diante do outro, e ela, por eles
passando, ungia cada um com outra poção.
De seus membros caíam cerdas que antes gerou
a poção ruinosa que lhes dera a senhora Circe;
395 e logo tornaram-se varões, mais jovens que dantes
e muito mais belos e melhores a quem os mirasse.
Reconheceram-me, e cada um apertou-me as mãos.
Em todos surgiu o lamento desejável, e pela casa
soou ruído aterrorizante; a própria deusa apiedava-se.
400 Ela, de pé perto de mim, falou, a deusa divina:
'Divinal filho de Laerte, Odisseu muito-truque,
vai agora à nau veloz na orla do oceano.
Primeiro puxai a nau para a terra firme,
e os bens e todas as armas depositai em caverna;
405 tu mesmo volta e conduze os leais companheiros'.
Assim falou, e obedeceu meu ânimo orgulhoso,
e me encaminhei à nau veloz na orla do oceano.
Então achei os leais companheiros na nau veloz,
infelizes, chorando, vertendo copiosas lágrimas.

410 Como bezerros campestres circundam vacas do rebanho
quando elas vão ao curral após saciar-se de pasto;
todos juntos saltam diante delas, e estábulos não mais
os retêm, mas, mugindo sem parar, correm em torno
das mães – assim eles, ao me verem com os olhos,
415 vertiam lágrimas. Ao ânimo deles parecia
ser como se tivessem chegado a sua pátria e cidade,
Ítaca escarpada, onde nasceram e foram criados.
Lamentando-se, dirigiam-me palavras plumadas:
'Como nos alegramos com teu retorno, criado-por-Zeus,
420 como se houvéssemos chegado a Ítaca, a terra pátria.
Vamos, conta-nos do fim dos outros companheiros'.
Assim falaram, mas eu lhes disse com palavras macias:
'Primeiro puxemos a nau para a terra firme,
e os bens depositemos em caverna, e todas as armas.
425 E apressai-vos todos em seguir junto comigo,
para verdes os companheiros na sacra casa de Circe
bebendo e comendo, pois em abundância possuem'.
Assim falei, e presto obedeceram minhas palavras.
Euríloco foi o único a tentar conter os companheiros
430 [e, falando, dirigiu-lhes palavras plumadas:]
'Coitados, aonde vamos? Qual desses males desejais?
Penetrar na morada de Circe, que a todos
tornará porcos ou lobos ou leões,
e como tais sua grande casa vigiaríamos, obrigados?
435 Assim o ciclope os prendeu, quando ao pátio foram
nossos companheiros, e com eles esse ousado Odisseu.
Também aqueles pereceram pela sua iniquidade'.
Assim falou, mas eu, no espírito, meditei
se, após puxar da coxa a espada aguçada,

440 com ela deceparia sua cabeça e a derrubaria no solo,
embora contraparente próximo; mas com fala amável
companheiros tentavam conter-me de todos os lados:
'Divinal, deixemos, se tu o ordenas,
que ele fique aqui junto à nau e a guarde;
445 guia-nos até a sacra morada de Circe'.
Assim falando, afastaram-se da nau e do mar.
E nem Euríloco, junto à cava nau, ficou para trás,
mas seguiu: temeu minha terrível reprovação.
Nisso Circe aos outros companheiros na casa
450 banhou gentilmente, ungiu à larga com óleo
e em torno lançou espessas capas e túnicas;
achamos a todos no palácio em belo banquete.
Eles, após terem se visto de frente e se reconhecido,
pranteavam, lamentando-se, e, em volta, a casa gemia.
455 Ela, de pé perto de mim, falou, a deusa divina:
'Divinal filho de Laerte, Odisseu muito-truque,
agora não mais inflameis choro copioso; também sei
quantas aflições sofrestes no mar piscoso,
quanto dano varões hostis causaram em terra firme.
460 Mas vamos, consumi a comida e bebei o vinho
até de novo recuperardes o ânimo no peito,
como quando primeiro partistes da terra pátria,
a escarpada Ítaca. Agora, exaustos e desanimados,
sempre lembrais a errância cruel. Nunca vosso
465 ânimo festeja, pois sofrestes demais'.
Assim falou, e nosso ânimo orgulhoso obedeceu.
E lá, por todos os dias durante o ciclo de um ano,
quedamos, compartilhando carne sem-fim e doce vinho;
mas quando o ano chegou, e as estações deram a volta,

470 as luas finando, e os longos dias passaram,
leais companheiros chamaram-me para fora e disseram:
'Insano, agora te lembra do solo pátrio,
se foi pelo deus definido salvar-te e alcançar
a casa bem-construída e a tua terra pátria'.
475 Assim falaram, e obedeceu meu ânimo orgulhoso.
Então assim, o dia inteiro até o pôr do sol,
quedamos, compartilhando carne sem-fim e doce vinho.
E quando o sol mergulhou e vieram as trevas,
eles deitaram-se pelos umbrosos salões.
480 Mas eu subi ao bem belo leito de Circe
e supliquei-lhe pelos joelhos, e a deusa ouviu minha voz,
[e, falando, dirigi-lhe palavras plumadas:]
'Circe, cumpra-me a promessa que prometeste,
para casa enviar-me; meu ânimo já está ávido
485 e o dos companheiros, que desgastam meu coração,
em volta de mim gemendo, quando acaso estás longe'.
Assim falei, e ela logo respondeu, deusa divina:
'Divinal filho de Laerte, Odisseu muito-truque,
não mais, a contragosto, fiqueis na minha casa.
490 Mas carece primeiro completar outra rota e ir
à morada de Hades e da atroz Perséfone
para consultar a alma do tebano Tirésias,
o adivinho cego, de quem o juízo é seguro;
para ele, embora morto, Perséfone deu espírito,
495 só ele é inteligente; sombras, os outros adejam'.
Assim falou, e meu coração rachou-se;
chorava deitado na cama, e meu coração não
quis ficar vivo e mirar a luz do sol.
Mas depois que chorei e rolei até me fartar,

500 a ela, falando, dirigi palavras plumadas:
'Circe, mas quem nessa rota será o guia?
Nunca alguém atingiu o Hades com negra nau'.
Assim falei, e ela logo respondeu, deusa divina:
'Divinal filho de Laerte, Odisseu muito-truque,
505 que a falta de guia junto à nau não te ocupe.
Fixa o mastro, desfralda a branca vela
e senta: a brisa de Bóreas a levará.
Mas após atravessar o Oceano com a nau,
onde há pequena praia e os bosques de Perséfone,
510 choupos altos e salgueiros que perdem a fruta,
a nau lá mesmo atraca no Oceano fundo-redemunho,
e tu próprio vai à casa bolorenta de Hades.
Lá no Aquerôn desembocam Piriflégueton
e Cóquito, um afluente da água da Estige –
515 uma rocha e a confluência de dois rios ressoantes;
lá então, herói, te aproxima e, como te ordeno,
fosso cava, em torno de um cúbito de altura e largura,
e em sua borda verte libação a todos os mortos,
primeiro, misto com mel, depois com vinho doce
520 e a terça com água; em cima asperge branca cevada.
Com zelo suplica às tíbias cabeças de mortos
que, uma vez em Ítaca, irás vaquilhona, a melhor,
sacrificar no palácio, enchendo o fogo de valores;
a Tirésias, só para ele, imolarás, à parte, ovelha
525 toda negra, a que sobressai entre vossos rebanhos.
Após suplicar com votos ao glorioso grupo de mortos,
lá sacrifica carneiro adulto e uma fêmea negra,
dirigidos ao Érebo, e te vira para longe, tu mesmo,
mirando as correntes do rio; lá muitas

530 almas de finados defuntos chegarão.
Então aos companheiros incita, e ordena-lhes
que as bestas deitadas, abatidas por bronze impiedoso,
queimem, após esfolá-las, e rezem aos deuses,
ao altivo Hades e à atroz Perséfone;
535 tu mesmo, após puxar a espada afiada da coxa,
senta, e não permitas que tíbias cabeças de mortos
se acheguem do sangue antes de ouvires Tirésias.
Então o adivinho logo virá até ti, ó líder de tropa,
para dizer-te a rota, os pontos do trajeto
540 e o retorno, como voltarás no mar piscoso'.
Assim falou, e logo veio Aurora trono-dourado.
Ela mesma, capa e túnica, com vestes vestiu-me,
e ela grande manto branco vestiu, a ninfa,
leve e gracioso, a cintura cingiu com cinto
545 belo, dourado, e sobre a cabeça deitou o véu.
Eu, cruzando a casa, instigava os companheiros
com fala amável, achegando-me a cada homem:
'Agora não mais, dormindo, resfolegai o doce sono,
mas vamos, pois já me orientou a senhora Circe'.
550 Assim falei, e de todos convenci o ânimo orgulhoso.
Mas nem mesmo de lá levei, incólumes, os companheiros.
O mais jovem, Ilusório, nem sobremodo
bravo na guerra nem em seu juízo ajustado,
longe de companheiros, sobre a casa sacra de Circe,
555 deitou-se sob o peso do vinho, desejando frescor.
Ao ouvir a surda arruaça de moventes companheiros,
de chofre se ergueu e esqueceu, em seu juízo,
de descer de volta dirigindo-se à alta escadaria,
e direto do alto do teto caiu. Quebrou o pescoço,

560 separado das vértebras, e a alma desceu ao Hades.
Quando estavam por partir, lhes dirigi o discurso:
'Acreditais, suponho, à cara terra pátria
estar indo; mas outra rota marcou-nos Circe,
à morada de Hades e da atroz Perséfone
565 para consultar a alma do tebano Tirésias'.
Assim falei, e o coração rachou-se-lhes.
Sentados lá mesmo, choravam e os cabelos arrancavam,
mas em vão, de nada adiantou prantear.
Mas enquanto à nau veloz na orla do oceano
570 íamos, angustiados, vertendo copiosas lágrimas,
Circe, já tendo lá chegado, na negra nau,
carneiro adulto prendeu e uma fêmea negra,
após passar à socapa: quem, ao deus que não quer,
com os olhos veria, na ida ou na volta?

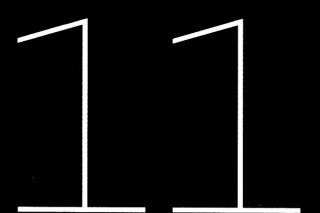

"Após descermos à nau e ao mar,
primeiro a puxamos até o divino oceano
e dispusemos mastro e vela na negra nau;
após as bestas pegar e pô-las a bordo, também nós
5 subimos, angustiados, vertendo copiosas lágrimas.
Para nós, detrás da nau proa-cobalto, soprava,
nobre companheira, benigna brisa enche-vela, que enviara
Circe belos-cachos, fera deusa de humana voz.
Nós cuidamos de cada cordame na nau
10 e sentamos, e vento e timoneiro a dirigiam.
O dia todo ela singrou, a vela esticada.
E o sol mergulhou, e todas as rotas escureciam;
e ela chegou ao confim de Oceano fundas-correntes.
Lá fica o povo, a cidade dos varões cimérios,
15 em bruma e nuvens encoberta; nunca a eles
Sol, luzidio, mira de cima com os raios,
nem quando avança rumo ao páramo estrelado,
nem quando do páramo se dirige à terra;
sempre noite letal se espraia sobre os pobres mortais.
20 Chegando lá, atracamos a nau e dela as bestas

tiramos; então, ao longo da corrente de Oceano,
nos dirigimos à terra que Circe indicara.
Lá, os animais do sacrifício, Perimedes e Euríloco
seguraram; e eu puxei a afiada espada da coxa,
25   cavei um fosso, cerca de um cúbito de altura e largura,
e em sua borda verti libação a todos os mortos:
primeiro, misto com mel, depois com vinho doce
e a terça com água; em cima aspergi branca cevada.
Com zelo supliquei às tíbias cabeças de mortos
30   que, uma vez em Ítaca, iria vaquilhona, a melhor,
sacrificar no palácio e encher o fogo de valores;
a Tirésias, só para ele, imolaria, à parte, ovelha
toda negra, a que sobressaísse entre nossos rebanhos.
Após a eles, ao grupo de mortos, com voto e súplica
35   suplicar, peguei as bestas e cortei seu pescoço
na direção do fosso, e fluía sangue escuro. Elas se reuniram,
as almas de finados defuntos subindo do Érebo:
moças, jovens solteiros, anciãos que muito penaram,
noivas delicadas com ânimo recém-afligido
40   e muitos feridos por lanças de bronze,
varões mortos em guerra com armas ensanguentadas.
A maioria acorria para o fosso de todos os lados
com grito prodigioso; e um medo amarelo me atingiu.
Então aos companheiros incitei e ordenei-lhes
45   que aos bichos deitados, abatidos por bronze impiedoso,
queimassem, após esfolá-los, e rezassem aos deuses,
ao forte Hades e à atroz Perséfone;
eu mesmo, após puxar a espada afiada da coxa,
sentei e não permiti que tíbias cabeças de mortos
50   se achegassem do sangue antes de ouvir Tirésias.

Primeiro veio a alma de Ilusório, o companheiro,
ainda não enterrado sob a terra largas-rotas;
o corpo, na casa de Circe, deixamos para trás,
não chorado, não sepulto, pois impelia-nos outra ação.
55 Quando o vi, chorei e apiedei-me no ânimo,
e, falando, dirigi-lhe palavras plumadas:
'Ilusório, como desceste às trevas brumosas?
Chegaste antes a pé que eu com negra nau!'.
Assim falei, e ele bramou e respondeu-me com discurso:
60 'Divinal filho de Laerte, Odisseu muito-truque,
perdeu-me o quinhão danoso do deus e vinho ilimitado;
deitado na morada de Circe, não pensei
descer de volta dirigindo-me à alta escadaria,
e direto do alto do teto caí, quebrei o pescoço,
65 separado das vértebras, e a alma desceu ao Hades.
Agora te suplico por aqueles lá trás, ausentes,
por tua esposa e teu pai que te criou quando pequeno,
e por Telêmaco, o único que no palácio deixaste;
sei que, indo daqui, da casa de Hades,
70 dirigirás a nau engenhosa até a ilha de Aiaie:
lá, senhor, peço-te então que lembres de mim.
Não me deixes não chorado e não sepulto ao partir
e te afastar para eu não te trazer a cólera de deuses,
mas me queima com todas as armas que tive
75 e ergue-me, junto à orla do mar cinzento, sepulcro
de varão infeliz, notícia também aos vindouros.
Completa-me isso e crava no túmulo o remo
com que, vivo, remava junto de meus companheiros'.
Assim falou, e eu, respondendo, lhe disse:
80 'Isso, infeliz, te completarei e executarei'.

Assim nós dois, trocando palavras tristes,
ficamos, eu sobre o sangue empunhando a espada,
e acolá muito falava o espectro do companheiro.
E achegou-se a alma de minha finada mãe,
85 a filha do enérgico Autólico, Anticleia,
que, viva, deixei para trás quando fui à sacra Ílion.
Quando a vi, chorei e apiedei-me no ânimo;
embora bem aflito, nem assim deixei que primeiro ela
se achegasse do sangue antes de eu ouvir Tirésias.
90 E veio a alma do tebano Tirésias
com um cetro dourado, reconheceu-me e disse:
'Divinal filho de Laerte, Odisseu muito-truque,
por que de novo, infeliz, deixaste a luz do sol
e vieste para ver mortos e a região sem deleite?
95 Pois arreda-te do fosso e afasta a espada afiada
para eu beber do sangue e falar-te sem evasivas'.
Assim falou, e eu recolhi a espada pinos-de-prata
e enfiei-a na bainha. Após beber o sangue escuro,
a mim dirigiu-se com palavras o adivinho impecável:
100 'Buscas retorno doce como o mel, ilustre Odisseu;
esse o deus tornará difícil para ti. Não creio
que Treme-Solo irá te ignorar, com rancor no ânimo,
irado, pois cegaste seu filho querido.
Porém ainda assim, mesmo sofrendo males, chegaríeis,
105 se quiseres conter teu ânimo e o dos companheiros
quando primeiro achegares a nau engenhosa
da ilha Trinácia, após escapar do mar violeta,
e achardes, pastando, vacas e robustas ovelhas
de Sol, que tudo enxerga e tudo ouve.
110 Se as deixares ilesas e cuidares do retorno,

também Ítaca, mesmo sofrendo males, alcançaríeis;
se as lesares, então te prevejo o fim
de barco e companheiros. Tu mesmo, se escapares,
chegarás tarde, mal, em nau alheia,
115   sem companheiro algum; encontrarás desgraças em casa,
varões soberbos que devoram teus recursos,
cortejando a excelsa esposa e oferecendo dádivas.
Contudo, vingarás a violência deles ao chegar.
Mas quando aos pretendentes, em teu palácio,
120   matares, com truque ou às claras, com bronze agudo,
então pega um remo maneável e marcha
até alcançares varões que não conhecem o mar
nem comem comida misturada a grãos de sal;
eles, claro, não conhecem naus face-púrpura
125   nem remos maneáveis, que são as asas das naus.
Sinal te direi, inequívoco, e não o irás ignorar:
quando contigo deparar-se outro passante
e disser que tens destrói-joio sobre o ombro ilustre,
então, após na terra cravares o remo maneável,
130   fazeres belos sacrifícios ao senhor Posêidon,
carneiro, touro e javali doméstico, reprodutor,
retorna para casa e oferta sacras hecatombes
aos deuses imortais, que dispõem do amplo céu,
a todos pela ordem. Do mar virá a ti,
135   bem suave, a morte, ela que te abaterá
debilitado por idade lustrosa; e em volta as gentes
serão afortunadas. Isso te digo sem evasivas'.
Assim falou, mas eu, respondendo-lhe, disse:
'Tirésias, isso destinaram os próprios deuses.
140   Mas vamos, diz-me isto e conta com precisão:

lá vejo a alma de minha finada mãe;
ela, quieta, sentada perto do sangue, a seu filho
não ousa mirar de frente nem dirigir a palavra.
Diga, senhor, como ela saberia que este sou eu?'.
145 Assim falei, e ele, logo respondendo, me disse:
'Simples palavra te direi e no juízo porei:
a todo que permitires, dos mortos finados,
achegar-se do sangue, esse vai te falar sem evasivas.
A quem negares, esse de volta irá para trás'.
150 Após falar, a alma entrou na casa de Hades,
a do senhor Tirésias, tendo contado o dito divino.
Mas eu lá fiquei, imóvel, até que a mãe a mim
veio e bebeu sangue escuro; de pronto me conheceu
e, lamentando-se, dirigiu-me palavras plumadas:
155 'Filho meu, como desceste às trevas brumosas
ainda vivo? É difícil, aos mortais, ver isto aqui.
No meio, há grandes rios e assombrosas correntes,
e primeiro Oceano, que não é possível cruzar
a pé, se alguém não tiver nau engenhosa.
160 Só agora de Troia chegas aqui, após vagar
com nau e companheiros muito tempo? Não foste
a Ítaca nem viste, no palácio, tua mulher?'.
Assim falou, mas eu, respondendo, lhe disse:
'A necessidade, minha mãe, me trouxe até Hades
165 para consultar a alma do tebano Tirésias;
ainda não me acheguei da Acaia nem a minha
terra desci, mas sempre vago em agonia,
desde o dia em que segui o divino Agamêmnon
até Ílion belos-potros para troianos combater.
170 Mas vamos, diz-me e conta com precisão:

que sina de morte dolorosa te subjugou?
Doença alongada? Ártemis verte-setas,
com suas flechas suaves, achegando-se, matou-te?
Fala-me algo do pai e do filho que deixei para trás,
175 se minha honraria ainda é deles, ou já um
outro varão a tem, e afirmam que nunca retornarei.
Fala-me da intenção e mente da lídima esposa,
se fica ao lado do filho e, firme, tudo guarda,
ou se já a desposou quem for o melhor dos aqueus'.
180 Assim falei, e ela logo respondeu, a senhora mãe:
'É claro que ela aguarda, com ânimo resistente,
em teu palácio; para ela sempre agonizantes
esvaem as noites e os dias, e verte lágrimas.
Ninguém tem tua bela honraria, mas, plácido,
185 Telêmaco gere os domínios e de banquetes partilhados
participa, dos quais convém varão sentenciador ocupar-se;
todos o convidam. Teu pai fica lá mesmo,
no campo, e à urbe não desce. Não tem, como leito,
estrado, capas e mantas lustrosas,
190 mas, no inverno, com escravos dorme na casa,
no pó perto do fogo, e vestes vis vestem sua pele.
Mas quando vem o verão e a opulenta época de frutas,
em toda parte no fértil vinhedo no morro,
amontoam-se leitos de folhas caídas no chão.
195 Lá deita, aflito, e enorme angústia avulta no juízo,
ansiando teu retorno; e cruel velhice o alcança.
Assim também pereci e alcancei o fado:
a mim, nem no palácio Verte-Setas aguda-mirada,
com suas flechas suaves, achegando-se, matou-me,
200 nem até mim veio doença, que, sobremodo

com hedionda definhação, dos membros tira a vida;
de mim a saudade de ti, os planos teus, ilustre Odisseu,
e a suavidade tua arrebataram-me a melíflua vida'.
Assim falou, e eu quis, após cogitar no juízo,
205 pegar a alma de minha finada mãe.
Três vezes lancei-me, e pegá-la o ânimo pedia,
três vezes de minhas mãos, como sombra ou sonho,
voou. No coração, minha dor fazia-se mais aguda,
e, falando, dirigi-lhe palavras plumadas:
210 'Minha mãe, por que te esquivas se anseio pegar-te,
para, no Hades abraçando-nos com carinho,
ambos nos deleitarmos com gemido gelado?
Isto é um espectro que até mim a ilustre Perséfone
instigou, para que, ainda mais aflito, eu gema?'.
215 Assim falei, e ela logo respondeu, a senhora mãe:
'Ai de mim, filho meu, herói em suprema desdita,
a ti Perséfone, filha de Zeus, não está ludibriando,
mas essa é a marca dos mortais quando alguém morre.
Não mais os tendões seguram carnes e ossos,
220 mas a eles o ímpeto superior do fogo chamejante
subjuga, e assim que a vida deixa os ossos brancos,
a alma, como um sonho, esvoaça e voa embora.
Mas almeja ir de pronto rumo à luz; sabe
de tudo isso, para, no futuro, também falares a tua mulher'.
225 Assim nós dois trocávamos palavras, e mulheres
vieram, pois as instigara a ilustre Perséfone,
tantas quantas eram as esposas e filhas dos melhores.
Elas, em torno do sangue negro, juntas se reuniram;
e eu decidia como iria a cada uma questionar.
230 Este, em meu ânimo, mostrou-se o plano melhor:

após desembainhar aguçada espada da coxa grossa,
não permitia que junto bebessem todas o sangue negro.
Elas, enfileiradas, achegavam-se, e cada uma
sua origem anunciava; e eu a todas questionava.
235 A primeira que vi foi Tiro nobre-pai,
que disse ser rebento do impecável Salmoneu,
e disse ser esposa de Creteu, filho de Eolo.
Ela pelo rio se apaixonou, o divino Enipeu,
que, de longe o mais belo dos rios, fluía pela terra,
240 e assim ela visitava as belas correntes de Enipeu.
Eis que assemelhado a ele, Terra-Solo sustém-terra,
na foz do rio vertiginoso, ao lado dela se deitou;
então agitada onda cercou-os, igual a um monte,
abobadada, e escondeu o deus e a mulher mortal.
245 Ela soltou seu cinto virginal e sono verteu-lhe.
Quando o deus completou os feitos amorosos,
apertou-lhe a mão, dirigiu-se-lhe e nomeou-a:
'Deleita-te com o amor, mulher; tempo passando,
gerarás crianças radiantes, pois vãos não são os enlaces
250 de imortais; e tu as cria e alimenta.
Agora vai para casa, contém-te e não me nomeies;
quanto a mim, vê, sou Posêidon treme-solo'.
Após falar assim, mergulhou no mar faz-onda.
E ela, após engravidar, gerou Pélias e Neleu,
255 e tornaram-se dois fortes assistentes do grande Zeus,
ambos: Pélias na espaçosa Iolcos
morava, rica em ovelhas; o outro, na arenosa Pilos.
Estes outros com Creteu gerou, augusta mulher,
Aison, Feres e Amitáon, alegre na luta de carros.
260 Depois dela vi Antíope, a filha de Asopo,

que no abraço de Zeus proclama ter deitado,
e gerou duas crianças, Anfíon e Zeto,
os primeiros a fundar o sítio de Tebas sete-portões
e murá-lo, pois, sem muros, não eram capazes
265 de habitar a espaçosa Tebas, embora fortes os dois.
Depois dela vi Alcmena, a esposa de Anfitríon,
que a Héracles espírito-ousado, ânimo-leonino,
gerou após unir-se, em seu abraço, a Zeus poderoso;
e Mégara, a filha do autoconfiante Creonte:
270 possuía-a o filho de Anfitríon com ímpeto sempre rijo.
E vi a mãe de Édipo, a bela Epicasta,
que feito inaudito fizera com mente ignorante
ao ser desposada pelo filho: ele, após matar o pai,
a desposou; logo deuses expuseram-nos aos homens.
275 Enquanto ele, sofrendo agonias, em Tebas muito amada,
regia os cadmeus graças a planos ruinosos de deuses,
ela foi à casa de Hades, o poderoso porteiro,
após apertar um nó, abrupto, da alta viga no quarto,
tomada pela dor. Deixou-lhe aflições no futuro,
280 muitas, tantas quantas as Erínias da mãe completam.
E vi Clóris bem bela, que um dia Neleu
desposou pela beleza, pois deu miríades de dádivas,
a filha mais nova de Anfíon, filho de Iaso,
que então em Orcômenos, na Mínia, regia com força.
285 Ela regia Pilos, e gerou-lhe crianças radiantes,
Nestor, Crômio e o bem honrado Periclímeno.
Além deles, gerou a altiva Peró, maravilha para os mortais,
a quem todos os vizinhos cortejavam; e Neleu só
a daria a quem lunadas vacas larga-fronte
290 tomasse do brioso Íficles e de Fílace trouxesse –

feito difícil. Só o adivinho impecável prometeu
trazê-las; e o duro quinhão do deus o enredou,
laços cruéis e pastores rústicos.

Mas quando meses e dias completaram-se,
295 e o ano fechou seu ciclo e voltaram as estações,
eis que então o brioso Íficles o soltou,
pois falou a palavra divina: completava-se o desígnio de Zeus.
E vi Leda, a consorte de Tíndaro,
ela que de Tíndaro gerou duas crianças juízo-forte,
300 Castor doma-cavalos e Polideuces bom-de-punho;
a esses, ambos vivos, cobria a terra brota-grão.
Eles, mesmo abaixo da terra, têm a honra de Zeus,
ora estão vivos, em dias alternados, ora, de novo,
mortos: atribuiu-se-lhes honra como aos deuses.
305 E depois dela, Ifimédeia, consorte de Aloeu,
mirei, que dizia ter-se unido a Posêidon.
Assim gerou duas crianças – e tiveram vida curta –,
o excelso Óton e Efialtes grande-fama.
A eles nutriu o solo fértil para serem os mais altos
310 e, de longe, os mais belos depois do glorioso Órion;
com nove anos, de fato, tinham eles nove cúbitos
de largura, e de altura alcançavam nove braças.
Até contra imortais no Olimpo ameaçaram
instaurar combate de guerra encapelada.
315 O Ossa ansiaram pôr sobre o Olimpo, e, sobre o Ossa,
Pélio folhas-farfalhantes, para alcançar o páramo.
E teriam tal feito completado, houvessem chegado à juventude;
matou-os o filho de Zeus que Leto bela-juba gerou,
a ambos, antes que florescesse a barba sob a têmpora,
320 e vicejante penugem o queixo cobrisse.

339   CANTO 11

E Fedra e Prócris eu vi, e a bela Ariadne,
filha de Minos, sinistro, ela que um dia Teseu
de Creta levava ao morro da Atenas
sagrada e não a desfrutou: antes matou-a Ártemis
325 na correntosa Dia com o testemunho de Dioniso.
Vi Maira, Climene e a hedionda Erifila,
que ouro valioso recebeu por seu marido.
A todas não vou enunciar nem especificar,
tantas as esposas e filhas de heróis que vi;
330 a noite imortal findaria antes. Mas é hora
de dormir, ou indo à nau veloz até os companheiros
ou aqui; a condução ocupará os deuses e vós".
Assim falou, e eles todos, atentos, se calavam,
tomados por feitiço no umbroso salão.
335 Entre eles, Arete alvos-braços tomou a palavra:
"Feácios, como parece-vos ser esse varão
em aparência, altura e, dentro, no juízo equilibrado?
Pois bem, é meu hóspede, e cada um partilha da honra.
Por isso não às pressas o enviai de volta nem os dons
340 restringi, ele assim carente, pois vós muitos
haveres tendes no palácio devido aos deuses".
Entre eles então falou o ancião, o herói Donodenau,
que dos varões feácios era o mais velho,
343ª em discursos, superior, com muito saber antigo:
"Amigos, nem longe do alvo nem de nossa opinião
345 discursa a rainha bem-ajuizada; vamos, obedecei.
De Alcínoo aqui presente dependem palavra e ação".
A ele, por sua vez, Alcínoo respondeu:
"Essa palavra, portanto, assim se dará, se eu,
vivo, reino sobre o navegador povo feácio.

350 Embora o hóspede anseie por retornar,
peço aguente ficar até amanhã quando os dons
eu completar. A condução ocupará os varões
todos, mormente a mim, de quem é o poder na cidade".
Respondendo, disse-lhe Odisseu muita-astúcia:
355 "Poderoso Alcínoo, insigne entre todos os povos,
se ordenasses que eu até um ano aqui ficasse,
instigasses a condução e desses radiantes dons,
até disso eu gostaria, e seria bem mais vantajoso
com a mão mais cheia voltar à cara pátria;
360 também mais respeitado e caro aos varões eu seria,
a todos quantos me vissem a Ítaca retornar".
A ele, por sua vez, Alcínoo respondeu e disse:
"Odisseu, ao te mirar, de ti não supomos
que sejas trapaceiro e furtivo, tal como muitos
365 que a negra terra nutre, homens em profusão,
que forjam mentiras cuja fonte ninguém veria.
Tua é a formosura das palavras, tens juízo distinto,
e contaste a história, hábil, como um cantor,
funestas agruras dos argivos todos e de ti mesmo.
370 Mas vamos, diz-me isto e conta com precisão,
se viste companheiros excelsos, esses que contigo
seguiram até Ílion e lá alcançaram o fado.
Bem longa é essa noite, ilimitada, e não é hora
de dormir no salão; tu, relata-me feitos prodigiosos.
375 Até a divina aurora eu resistiria, se, para mim,
no salão aguentasses discursar essas tuas agruras".
Respondendo, disse-lhe Odisseu muita-astúcia:
"Poderoso Alcínoo, insigne entre todos os povos,
há hora para muitas histórias, e hora para o sono.

341 CANTO 11

380 Se ainda almejas ouvir, eu não recusaria falar-te
de outros fatos ainda mais pungentes que esses,
agruras de meus companheiros que depois morreram:
escaparam da triste batalha contra os troianos
e no retorno pereceram devido a vil mulher.

385 Então dispersou, a pura Perséfone,
as almas das bem femininas mulheres
e achegou-se a alma de Agamêmnon, filho de Atreu,
aflita; em torno, outras reunidas, as que com ele
na casa de Egisto morreram e alcançaram o fado.

390 Reconheceu-me logo ao ver-me com os olhos;
choro agudo, verteu copiosas lágrimas,
abrindo os braços para mim com gana de abraçar.
Mas sua força não era mais firme nem o vigor
como no passado fora sobre os membros recurvos.

395 Quando eu o vi, chorei e apiedei-me no ânimo,
e, falando, dirigi-lhe palavras plumadas:
'Majestoso filho de Atreu, rei de varões, Agamêmnon,
que sina, que morte dolorosa te subjugou?
Estavas numa nau, e subjugou-te Posêidon,

400 após instigar sopro não invejável de ventos difíceis?
Varões hostis causaram-te dano em terra firme,
ao quereres roubar bois ou belos rebanhos de ovelhas?
Ou então lutavas por uma cidade e mulheres?'.
Assim falei, e ele, logo respondendo, me disse:

405 'Divinal filho de Laerte, Odisseu muito-truque,
não estava numa nau, nem subjugou-me Posêidon,
após instigar sopro não invejável de ventos difíceis;
nem varões hostis causaram-me dano em terra firme,
mas Egisto preparou o quinhão da morte

410 e matou-me com a nefasta esposa, após me chamar à casa,
depois do banquete, como quem mata boi no cocho.
Morri de morte deplorável; ao redor, outros companheiros,
sem cessar, foram mortos como porcos dente-branco
na casa de rico varão que muito possui,
415 quando de casamento, festa ou farta celebração.
Já encaraste a matança de muitos varões,
mortos em luta singular e também em batalha audaz;
mas após ver isto, lamentarias demais no ânimo,
como em volta das ânforas e das mesas cheias
420 jazíamos no salão, e todo o chão fumegava com sangue.
Pungentíssima, ouvi a voz da filha de Príamo,
Cassandra, a quem matou Clitemnestra astúcia-ardilosa
em volta de mim; eu sobre a terra ergui os braços
e lancei-os ao morrer pela espada. A cara-de-cadela
425 afastou-se e, mesmo eu indo ao Hades, não ousou,
com as mãos, cerrar meus olhos e pressionar-me a boca.
Assim, nada é mais terrível e canalha que a mulher,
aquela que, em seu juízo, lança tais feitos:
tal foi o feito, ultrajante, que aquela armou
430 ao preparar a morte do marido legítimo. Eu supus
que daria felicidade a meus filhos e escravos
ao chegar em casa; ela, versada no funesto,
verteu vergonha sobre si e as gerações futuras
das bem femininas mulheres, ainda que uma seja honesta'.
435 Assim falou, e eu, respondendo, lhe disse:
'Incrível, por certo à estirpe de Atreu Zeus ampla-visão
odiou desde o início usando femininas artimanhas;
por causa de Helena, muitos de nós perecemos,
e para ti, quando longe, Clitemnestra armou um ardil'.

440 Assim falei, e ele, logo respondendo, me disse:
'Por isso agora não sejas meigo com a esposa
e não lhe reveles todo o discurso que bem conheces,
mas diga-lhe algo, e o resto mantenha oculto.
Mas não para ti, Odisseu, a morte virá da mulher:
445 deveras sensata, projetos conhece bem no juízo
a filha de Icário, a bem-ajuizada Penélope.
De fato, recém-casada, nós a largamos
ao ir para a guerra; seu filho estava no peito,
infante, ele que agora ocupa lugar entre os varões,
450 afortunado; sim, a ele o caro pai verá ao voltar,
e ele ao pai abraçará, o que é a norma.
Minha esposa, nem que de meu filho com os olhos
me fartasse, permitiu; antes a mim mesmo matou.
Outra coisa te direi, e tu, em teu juízo, a guarda:
455 em segredo, não às claras, à tua cara terra pátria
leva a nau, pois nada é confiável entre as mulheres.
Mas vamos, diz-me isto e conta, com precisão,
se ouviste que algures ainda vive meu filho,
ou em Orcômenos, ou na arenosa Pilos,
460 ou junto a Menelau na ampla Esparta:
não está morto, mas sobre a terra, o divino Orestes!'.
Assim falou, e eu, respondendo, lhe disse:
'Filho de Atreu, por que me perguntas isso? Nada sei,
se está vivo ou morto; é ruim lançar ditos ao vento'.
465 Assim nós dois trocávamos palavras hediondas
de pé, aflitos, vertendo copiosas lágrimas;
e achegou-se a alma de Aquiles, filho de Peleu,
e a de Pátroclo e a do impecável Antíloco,
e a de Ájax, que em beleza e porte era o melhor

470 de todos os aqueus depois do impecável Aquiles.
 Reconheceu-me a alma do pé-ligeiro, descendente de Eaco,
 e, lamentando-se, dirigiu-me palavras plumadas:
 'Divinal filho de Laerte, Odisseu muito-truque,
 tinhoso, que feito ainda maior armarás no juízo?
475 Como ousaste descer ao Hades, onde os mortos,
 sem o juízo, moram, espectros de mortais esgotados?'.
 Assim falou, e eu, respondendo, lhe disse:
 'Aquiles, filho de Peleu, de longe o melhor dos aqueus,
 vim por precisar de Tirésias, para que me aconselhe
480 um plano – como chegar à escarpada Ítaca;
 ainda não me acheguei da Acaia nem a minha
 terra desci, mas sofro sempre. Aquiles, não há varão
 mais ditoso que tu no passado nem no futuro,
 pois antes, vivo, a ti honrávamos como aos deuses,
485 nós, argivos, e agora reges, soberano, entre os mortos
 aqui: assim, tendo morrido, não te aflijas, Aquiles'.
 Assim falei, e ele, logo respondendo, me disse:
 'Não me edulcores a morte, ilustre Odisseu.
 Preferiria estar vivo, trabalhando para um estranho
490 desprovido de gleba e com poucos víveres,
 a reger entre todos os mortos desassomados.
 Vamos, narra-me uma história de meu filho ilustre:
 ou foi à guerra para se destacar, ou não foi.
 E me fala do impecável Peleu, se de algo soubeste:
495 ou ainda mantém honraria entre os muitos mirmidões
 ou o desonram pela Hélade e por Ftia,
 pois a idade restringe seus braços e pernas.
 Fosse eu seu protetor sob os raios do sol,
 como um dia atuei na ampla Troia, ao matar

345 CANTO 11

500 gente excelente, defendendo os aqueus.
     Se assim, mesmo curto tempo, fosse eu à casa do pai,
     faria meu ímpeto e braços intocáveis odiados àqueles
     que o violentam e da honraria querem afastá-lo'.
     Isso falou, e eu, respondendo, lhe disse:
505 'Bem, do impecável Peleu nada soube,
     mas de teu filho, do caro Neoptólemo,
     enunciarei toda a verdade, como me pedes,
     pois eu próprio a ele, em cava nau simétrica,
     conduzi de Skyros até os aqueus belas-grevas.
510 Quando diante da urbe troiana ponderávamos planos,
     sempre por primeiro falava e não errava no discurso;
     o excelso Nestor e eu, só nós o superávamos.
     Mas ao combatermos no plaino troiano com bronze,
     nunca na multidão ficava nem na tropa de varões,
515 mas bem à frente corria com ímpeto sem rival;
     muitos varões matou na refrega terrível.
     Todos eu não vou anunciar nem nomear,
     quanta gente matou, defendendo os argivos,
     só como matou o filho de Telefo com bronze,
520 o herói Eurípilo, e muitos companheiros com ele,
     ceteus, pereceram por causa de dons femininos.
     Ele foi o mais belo que vi após o divino Mêmnon.
     Mas quando subimos no cavalo que laborara Epeu,
     os melhores argivos, e tudo foi ordenado por mim,
525 quando abrir a arguta tocaia e quando fechá-la,
     nisso os outros líderes e dirigentes dânaos
     lágrimas enxugavam, e seus membros tremiam embaixo.
     Ele nunca, de modo algum, eu vi com meus olhos
     nem empalidecer na bonita pele nem da face

530   lágrimas enxugar. Ele amiúde me suplicava
para sair do cavalo, e agarrava o cabo da espada
e a pesada lança de bronze, males desejando a troianos.
Porém, após saquear a escarpada urbe de Príamo,
com distinto quinhão e honraria, embarcou na nau,
535   ileso, nem atingido por bronze agudo,
nem ferido em combate mano a mano, o que
sucede na guerra: Ares enlouquece às cegas'.
Assim falei, e a alma do pé-ligeiro, descendente de Eaco,
partiu a passos largos pelo prado de asfódelos
540   com júbilo, pois seu filho eu disse ser insigne.
E as outras almas de defuntos finados,
de pé, aflitas, inquiriam, cada uma, suas agruras.
Sozinha, a alma de Ájax, filho de Télamon,
postou-se distante, enraivecida pela vitória
545   quando eu o venci, ao pleitear, junto às naus,
as armas de Aquiles; fixou-as a senhora sua mãe,
e filhos de troianos e Palas Atena julgaram.
Tomara não tivesse eu vencido essa disputa:
por causa delas, a terra se apossou de notável pessoa,
550   Ájax, que na aparência e nos feitos sobrepujou
os outros dânaos logo atrás do impecável Aquiles.
E a ele me dirigi com palavras amáveis:
'Ájax, filho do impecável Télamon, não irias,
nem morto, esquecer a raiva contra mim pelas armas
555   nefastas? Deuses tornaram-nas desgraça aos argivos.
Como torre para eles, pereceste; os aqueus por ti,
igual à cabeça de Aquiles, filho de Peleu,
afligiram-se sem parar ao faleceres. Nenhum outro
é responsável, mas Zeus a tropa de lanceiros dânaos

347   CANTO 11

560 odiou de forma terrível e para ti fixou o destino.
Mas vem aqui, senhor, para escutares palavras
nossas: subjuga o ímpeto e o ânimo orgulhoso'.
Assim falei, ele nada retrucou e foi atrás de outras
almas rumo ao Érebo de defuntos finados.
565 Podia, porém, ter falado, mesmo com raiva, e eu a ele;
mas meu ânimo quis, no caro peito,
enxergar as almas dos outros mortos.
Vi Minos, o filho radiante de Zeus,
com cetro dourado aplicando as normas aos mortos,
570 sentado; cercando-o, pediam do senhor as sentenças,
sentados e de pé, pela casa de Hades com largo portão.
Depois dele, percebi o portentoso Órion
agrupando feras pelo prado de asfódelos,
as que ele mesmo matou em montanhas solitárias,
575 com estaca toda brônzea nas mãos, inquebrável.
E Titiô enxerguei, o filho da majestosa Terra,
jazendo no solo, sobre nove medidas de campo arado,
e dois abutres, sentados de cada lado, rasgavam seu fígado,
furando o peritônio; ele não se defendia com as mãos.
580 Tentara violentar Leto, a majestosa consorte de Zeus,
indo ela a Pito após cruzar o Panopeu belas-arenas.
E, sim, vi Tântalo com seu duro sofrimento,
de pé na lagoa; a água batia em seu queixo.
Na posição do sedento, para beber não a alcançava:
585 quando o ancião se curvava, com gana de beber,
nisso a água sumia, engolida, e em volta dos pés
surgia a negra terra, e a divindade deixava-a seca.
Árvores copa-elevada deitavam frutos do topo,
pereiras, romãzeiras, macieiras fruto-radiante,

590 figueiras doces e oliveiras verdejantes;
quando o ancião se esticava para as pegar com as mãos,
o vento as arrojava rumo a nuvem umbrosa.
E, sim, vi Sísifo com seu duro sofrimento,
carregando pedra portentosa com as duas mãos.
595 Ele, apoiando-se nas mãos e nos pés,
empurrava a pedra morro acima; mas quando ia
lançá-la por sobre o cume, Crátaiis a revolvia;
então de volta ao solo, rolava a rocha aviltante.
Mas ele de novo a empurrava, retesando-se, suor
600 escorria dos membros, e poeira lançava-se da cabeça.
Depois dele, percebi a força de Héracles,
o espectro, pois ele mesmo, entre deuses imortais,
deleitava-se em festas com Juventude linda-canela,
filha do grande Zeus e de Hera sandália-dourada.
605 À volta dele, estrídulo de mortos, como se de aves,
terrorizados para todo lado; feito noite lúgubre,
trazia seu arco nu e, na corda, a flecha,
esquadrinhando, fero, sempre como se fosse atirar;
aterrorizante, no peito, em diagonal, talabarte,
610 cinturão dourado com obras maravilhosas,
ursos, porcos agrestes, leões de olhar cobiçoso,
batalhas, combates, matanças e carnificinas.
Que o artesão não tenha artefatado outro assim,
esse que tal cinturão colocou sob a sua arte!
615 Presto me reconheceu, ao ver-me com os olhos,
e, lamentando-se, dirigiu-me palavras plumadas:
'Divinal filho de Laerte, Odisseu muito-truque,
coitado, também arrastas um danoso quinhão,
o que eu mesmo suportava sob os raios do sol.

620 Eu era o filho de Zeus, filho de Crono, mas sofria
ilimitada agonia: muito tempo fui subordinado
a herói bem mais fraco, que me impôs duras provas.
Uma vez também cá me enviou para levar o cão: nenhuma
outra prova, pensou, me seria mais brutal.
625 Ao cão eu venci e conduzi para fora do Hades;
Hermes me guiou, e também Atena olhos-de-coruja'.
Após falar, a alma entrou de volta na casa de Hades,
mas eu lá fiquei, imóvel, caso algum ainda viesse
dos varões heróis que no passado morreram.
630 Teria ainda visto os varões de antanho que desejava,
Teseu e Peirítoo, filhos bem majestosos de deuses;
mas grupos de mortos, milhares, perto juntaram-se
com ruído prodigioso: medo amarelo me atingiu,
que a cabeça de Gorgô, portento assombroso,
635 da casa de Hades me enviaria a ilustre Perséfone.
Então de pronto fui à nau e pedi aos companheiros
que embarcassem e os cabos soltassem.
Eles logo embarcaram e sentaram-se junto aos calços;
638ª alinhados, golpeavam o mar cinzento com remos.
A nau ao longo do rio Oceano a corrente conduzia,
640 primeiro com remadas, e depois, bela brisa.

12

"Depois de deixar a corrente do rio Oceano,
a nau alcançou a onda do mar larga-passagem
e a ilha de Aiaie, onde de Aurora nasce-cedo
ficam arenas e morada, e os levantes de Sol;
5   dirigimo-nos para lá, atracamos na praia
e desembarcamos na rebentação do mar.
Lá adormecemos e aguardamos a divina Aurora.
Quando surgiu a nasce-cedo, Aurora dedos-róseos,
então enviei companheiros à casa de Circe
10   para buscar o cadáver, o morto Ilusório.
Cortamos os troncos, onde a praia é mais saliente,
e o enterramos, angustiados, vertendo copiosas lágrimas.
Após queimar o morto e as armas do morto,
erguemos um túmulo; sobre ele arrastamos
15   uma estela, e no topo cravamos o remo maneável.
Tudo realizamos em sequência; eis que Circe
não ignorou nossa volta do Hades e ligeiro
veio, após arrumar-se: com ela, criadas traziam
pão, muita carne e fulgente vinho tinto.
20   Ela, postada no centro, falou, a deusa divina:

'Terríveis, vós que vivos descestes à casa de Hades,
homens bimortos, quando os demais só morrem uma vez.
Mas vamos, consumi a comida e bebei o vinho
aqui mesmo o dia todo: despontando a aurora,
25 navegareis. E eu irei a rota indicar e tudo
sinalizar, para que, vítima de tramoia pungente,
no mar ou em terra, não padeceis sofrendo miséria'.
Assim falou, e obedeceu nosso ânimo orgulhoso.
Então, o dia inteiro até o pôr do sol, assim
30 ficamos, compartilhando carne sem-fim e doce vinho.
Quando o sol mergulhou e vieram as trevas,
eles deitaram-se ao longo da popa da nau;
ela tomou-me a mão, longe dos caros companheiros
me acomodou, deitou-se ao lado e interrogou-me;
35 e eu tudo a ela, ponto por ponto, contei.
Então a mim dirigiu-se com palavras a senhora Circe:
'Tudo isso foi assim completado; agora ouve
como te digo, e o próprio deus te lembrará.
Primeiro alcançarás as Sirenas, elas que a todos
40 os homens enfeitiçam, todo que as alcançar.
Aquele que se achegar na ignorância e escutar o som
das Sirenas, para ele mulher e crianças pequenas não mais
irão aparecer nem rejubilar com seu retorno a casa,
pois as Sirenas com canto agudo o enfeitiçam,
45 sentadas no prado, tendo ao redor monte de putrefatos
ossos de varões e suas peles ressequidas.
Passa ao largo e tampa os ouvidos dos companheiros
com amolecida cera melosa, para que nenhum
outro as ouça; mas tu mesmo, se quiseres, ouve
50 após te prenderem as mãos e os pés na nau veloz,

reto no mastro, e nele se amarrarem os cabos,
para que te deleites com a voz das duas Sirenas.
Se suplicares aos companheiros que te soltem,
que eles com ainda mais laços te prendam.

55 Após os companheiros te guiarem ao largo delas,
dessa vez, não mais te direi com detalhes
qual das rotas será a tua, mas tu mesmo,
no ânimo, considera; vou te falar das duas direções.
A partir daí há rochas salientes, e, contra elas,

60 ressoa grande vaga de Anfitrite olho-cobalto;
Plânctas, vê, denominam-nas os deuses ditosos.
Por lá nenhum alado consegue passar, nem pombos
tímidos, os que levam ambrosia a Zeus pai;
a um deles a rocha lisa sempre agarra,

65 mas outro o pai envia para completar o número.
Por lá nunca escapou nau de varões, uma que fosse:
tábuas de naus mescladas a corpos de heróis,
ondas do mar e rajadas de fogo maligno as levam.
Só navegou por aí aquela nau cruza-mar,

70 Argo, por todos conhecida, navegando desde Aietes;
presto a teriam lançado contra as grandes rochas,
mas Hera a guiou, pois que Jasão lhe era caro.
Encontrarás dois penedos: um alcança o amplo céu
e tem o pico agudo envolvido por nuvem

75 cobalto; esta nunca fenece, e nunca o céu limpo
envolve seu pico, nem no verão nem na época de frutas.
Não o subiria um varão mortal nem percorreria,
nem se vinte braços e pernas tivesse:
a pedra é lisa, semelhante a uma bem-polida.

80 No meio do penedo há uma gruta penumbrosa,

voltada para oeste, rumo ao Érebo, e vós junto dela
dirigireis a cava nau, ilustre Odisseu.
Da côncava nau nem um varão animoso,
com arco flechando, alcançaria a cava gruta.
85 É aí que mora Cila de latido assombroso.
Sua voz ao ladrar de um filhote de cão
equivale, mas ela mesma é portento vil; ninguém
se jubilaria ao vê-la, nem mesmo um deus.
Ela tem doze pés, todos sem panturrilha,
90 e seis são os pescoços bem longos, e, em cada um,
aterrorizante cabeça com dentes em três fileiras,
cerrados e múltiplos, cheios de negra morte.
Até a metade na cava gruta está embrenhada,
e mantém as cabeças fora da furna assombrosa;
95 lá mesmo ela pesca, em volta do penedo, buscando
delfins, focas e, se acaso pega, maior
portento, dos que, milhares, cria Anfitrite alto-gemido.
Nunca se ouviram nautas, incólumes, proclamar
ter escapado com a nau; leva, em cada cabeça,
100 um herói, após arrancá-lo da nau proa-cobalto.
O outro penedo verás que é mais raso, Odisseu,
os dois próximos entre si, à distância de uma flecha.
Nele há grande figueira, abundante em folhas;
abaixo dela, a divina Caríbdis sorve negra água.
105 Três vezes esguicha ao dia, três vezes sorve,
assombrosa: que lá não te encontres durante o sorvo;
do mal não te protegeria nem mesmo Treme-Solo.
Rápido, do penedo de Cila bem achegando
a nau, passa ao largo, pois é muito melhor
110 lastimar da nau seis companheiros que todos juntos'.

Assim falou, mas eu a ela, terrorizado, disse:
'Vamos, deusa, me diz sem evasivas
se acaso poderia esquivar-me da nefasta Caríbdis
e resistir à outra quando ela tentar lesar meus companheiros'.

115 Assim falei, e ela logo respondeu, deusa divina:
'Tinhoso! Não é que os feitos marciais te ocupam tanto,
o labor, que não te submetes a deuses imortais?
Ela não é mortal, vê, mas um mal imortal,
assombrosa, aflitiva, selvagem e indomável;

120 não é caso de bravura: o melhor é dela fugir.
Se te demoras, armado, junto à pedra,
temo que, de novo atacando, a ti alcance,
as cabeças todas, e agarre número igual de heróis.
Mas passa com todo ímpeto, grita por Crátaiis,

125 a mãe de Cila, que a gerou como desgraça aos mortais.
Ela então a impedirá de atacar uma segunda vez.
E à ilha de Trinácia chegarás; lá muitas
vacas de Sol e ovelhas robustas pastam.
Sete rebanhos de vacas há, e tantos de belas ovelhas,

130 cada um com cinquenta. Elas não têm descendentes
e nunca soçobram. Divinas são as pastoras,
ninfas belas-tranças, Luzidia e Brilhosa,
essas que a divina Neaira gerou para Sol Hipérion,
e a elas, após nutrir e gerar, a senhora mãe

135 transladou à ilha de Trinácia para longe morarem
e vigiarem as ovelhas paternas e as vacas lunadas.
Se as deixares intactas e cuidares do retorno,
também Ítaca, mesmo sofrendo males, alcançaríeis;
se as lesares, então prevejo-te o fim –

140 de barco e companheiros. Tu mesmo, se escapares,

357 CANTO 12

chegarás tarde, mal, após perder todo companheiro'.

Assim falou, e logo veio Aurora trono-dourado.

Ela, então, para dentro da ilha partiu, divina deusa;

mas eu fui de volta à nau e pedi aos companheiros

145 que entrassem e os cabos soltassem.

Eles logo embarcaram e sentaram-se junto aos calços

e, alinhados, golpeavam o mar cinzento com remos.

Para nós, detrás da nau proa-cobalto, soprava,

nobre companheira, benigna brisa enche-vela, que enviara

150 Circe belos-cachos, fera deusa de humana voz.

De pronto, após cuidar de cada cordame na nau,

sentamos, e vento e timoneiro a dirigiam.

Então aos companheiros disse, aflito no coração:

153ª 'Ouvi meu discurso, companheiros, mesmo sofrendo.

Amigos, não carece que só um ou dois conheçam

155 os ditos divinos que Circe me anunciou, deusa divina.

Assim eu falarei, para que, cientes, ou morramos

ou, evitando a perdição da morte, escapemos.

Das Sirenas prodigiosas, primeiro, mandou

que evitemos sua voz e o prado florido.

160 Mandou ainda que só eu a voz ouvisse; pois a mim,

com nó apertado prendei, para, imóvel, eu aí mesmo quedar,

reto no mastro, e nele fiquem amarrados os cabos.

Se eu vos suplicar e solicitar que me soltem,

que então vós com mais laços me amarreis'.

165 Tudo isso relatei e expus aos companheiros;

nisso a nau engenhosa, célere, alcançou

a ilha das Sirenas; brisa favorável a impelia.

Logo depois o vento parou, calmaria

surgiu sem ventos, e divindade amainou as ondas.

170 De pé, companheiros enrolaram a vela da nau.
Puseram-na na cava nau e eles, junto aos remos
sentados, branquearam a água com os pinhos polidos.
E eu a um grande naco de cera, com bronze afiado,
fragmentei e apertava com mãos robustas.
175 Logo a cera amoleceu, pois impeliu-a a grande pressão
e o raio de Sol, o senhor Hipérion;
tampei os ouvidos de cada um dos companheiros.
Na nau, prenderam-me mãos e pés, por igual,
reto no mastro, e nele amarraram os cabos;
180 sentados, golpeavam o mar cinzento com remos.
Mas quando estávamos à distância de um grito,
rápido viajando, elas não ignoraram a nau saltadora
surgir próxima, e deram vazão a canto agudo:
'Vem cá, Odisseu muita-história, grande glória dos aqueus,
185 ancora tua nau para ouvires nossa voz.
Nunca ninguém passou por aqui, em negra nau,
sem antes ouvir a melíflua voz que nos vem da boca;
mas ele se deleita e parte com mais saber.
De fato, sabemos tudo que, na extensa Troia,
190 aguentaram argivos e troianos por obra dos deuses.
Sabemos tudo que ocorre sobre a terra nutre-muitos'.
Assim falaram, lançando belíssima voz. Meu coração
quis ouvir, e num movimento das celhas
solicitei aos companheiros que me soltassem; eles remavam.
195 De pronto, ergueram-se Perimedes e Euríloco,
e com mais laços prenderam-me e apertaram bem.
Depois que por elas passamos, então nem mais
ouvimos o tom das Sirenas nem seu canto,
e presto meus leais companheiros retiraram a cera

359   CANTO 12

200 que tampara seus ouvidos, e soltaram-me dos laços.

Quando deixamos essa ilha, logo depois

vi fumaça e grande onda, e escutei um rugido.

Eles se assustaram, voaram os remos das mãos

e todos atroaram na corrente; parou lá mesmo

205 a nau, e braços não mais moviam os remos propulsores.

Eu, cruzando a nau, instigava os companheiros

com fala amável, achegando-me a cada homem:

'Amigos, por certo não somos inexpertos em males.

Este mal, vede, não é maior que quando o ciclope

210 prendeu-nos na cava gruta com violência brutal;

mas também lá, com minha excelência, plano e mente,

escapamos, e creio que disso lembraremos.

Vamos, o que eu falar, obedeçamos todos.

Com os cabos, golpeai a profunda rebentação do mar,

215 sentados junto às correias, esperando Zeus

conceder que evadamos e escapemos desse fim;

e para ti, timoneiro, isto imponho, e no ânimo

lança-o, pois controlas o leme da cava nau:

a nau, afasta para longe daquela fumaça e da onda,

220 busca o penedo, e que a nau de ti não escape,

mudando de rumo, e nos lances no mal'.

Assim falei, e presto obedeceram minhas palavras.

De Cila não mais falei, flagelo invencível,

para que, temerosos, os companheiros não abdicassem

225 da remada e se abrigassem a si mesmos.

E então a ordem pungente de Circe

negligenciei, pois pedira que não me armasse;

eu entrei na armadura gloriosa e duas lanças

grandes peguei nas mãos e subi na plataforma da nau,

230 na proa: aí esperei que primeiro surgisse
Cila rochosa, que trazia desgraça aos companheiros.
Nenhures pude vislumbrá-la, e meus olhos cansaram,
esquadrinhando em toda direção a rocha embaciada.
E nós, entre lamentações, navegávamos o estreito:
235 de um lado, Cila, de outro, a divina Caríbdis,
terrível, sorvia água salina do mar.
Quando regurgitava, como caldeirão em fogo alto,
efervescia toda, agitada, e, para o alto, a espuma
tombava sobre os picos dos dois penedos.
240 Mas quando engolia água salina do mar,
para dentro aparecia inteira, agitada, e ao redor as rochas
fremiam, terríveis, e embaixo surgia a terra
cobalto com areia; e um medo amarelo os atingiu.
Nós a miramos, temendo o fim;
245 então Cila, da côncava nau, tomou-me
seis companheiros, nos braços e força os melhores.
Quando fitei a nau veloz e também os companheiros,
já vislumbrei seus pés e braços acima,
alçados ao alto; e gritavam, chamando-me
250 pelo nome, a última vez, aflitos no coração.
Como quando, de um cabo, pescador com longa vara
lança petiscos como isca a peixes miúdos,
ao mar arremessa chifre de boi campestre,
fisga um peixe, puxa-o para fora e ele se convulsiona –
255 assim eles, convulsionando-se, eram alçados à rocha.
Lá na entrada devorou-os enquanto guinchavam,
e estendiam os braços a mim em terrível refrega.
Foi a cena mais deplorável que vi com meus olhos,
de tudo que aguentei, cruzando as rotas do mar.

260 Mas após dos rochedos escaparmos, da fera Caríbdis
e de Cila, logo depois à impecável ilha do deus
chegamos; lá estavam as belas vacas larga-fronte
e muitas ovelhas robustas de Sol Hipérion.
Então, quando eu ainda estava no mar, da negra nau
265 ouvi o mugido de vacas sendo encurraladas
e o balido das ovelhas; e em meu ânimo caiu a palavra
do adivinho cego, o tebano Tirésias,
e de Circe de Aiaie, que, com insistência, me ordenou
evitar a ilha de Sol deleita-mortal.
270 Então aos companheiros disse, aflito no coração:
'Ouvi meu discurso, companheiros, mesmo sofrendo,
pois vos direi os ditos proféticos de Tirésias
e de Circe de Aiaie, que com insistência me ordenou
evitar a ilha de Sol deleita-mortal:
275 dizia lá estar o mais terrível mal para nós.
Vamos, ao largo dessa ilha guiai a negra nau'.
Assim falei, e de cada um o coração se rachou.
Logo Euríloco respondeu com hediondo discurso:
'És tinhoso, Odisseu; teu ímpeto sobeja, teus membros
280 nunca cansam; é de supor seres todo de ferro,
tu que a companheiros extenuados por sono e fadiga
não permites desembarcar em terra, onde de novo,
na ilha correntosa, faríamos saborosa refeição,
mas pedes que erremos em vão na noite veloz,
285 vagando para longe da ilha no mar embaçado.
À noite, duros ventos, destroçadores de naus,
ocorrem; para onde alguém fugiria do abrupto fim,
se acaso de chofre viesse rajada de vento,
de Noto ou do revolto Zéfiro, os que mais

290   despedaçam naus, à revelia dos senhores deuses?
Mas agora por certo obedeçamos à negra noite
e preparemos o jantar, aguardando junto à nau veloz;
na aurora embarcando, nós a lançaremos ao amplo mar'.
Isso falou Euríloco, e os demais companheiros aprovaram.
295   Então percebi que a divindade armava males
e, falando, dirigi-lhe palavras plumadas:
'Euríloco, deveras forçai-me, eu sendo um só.
Vamos, agora jurai-me todos vigoroso juramento:
se um rebanho de vacas ou grande tropa de ovelhas
300   acharmos, que ninguém, com iniquidade vil,
mate uma vaca ou ovelha; tranquilos,
comei o alimento que deu Circe imortal'.
Assim falei, e eles logo juraram como eu pedi.
E após jurar por completo esse juramento,
305   ancoramos em porto cavo a nau engenhosa,
perto de água doce, e os companheiros desceram
da nau, e depois prepararam o jantar com destreza.
Mas após apaziguarem o desejo por bebida e comida,
choravam ao lembrar-se dos caros companheiros,
310   os que Cila comeu, pegando-os da cava nau;
enquanto choravam, veio-lhes sono prazeroso.
No terço final da noite, findo o périplo dos astros,
Zeus junta-nuvens instigou vento bravio
com prodigiosa tempestade e, com nuvens, encobriu
315   terra e mar por igual; e a noite desceu do céu.
Quando surgiu a nasce-cedo, Aurora dedos-róseos,
puxamos o barco e o levamos à cava gruta;
lá havia belas arenas e assentos de ninfas.
Então eu, realizando assembleia, disse entre eles:

363   CANTO 12

320 'Amigos, como na nau veloz há comida e bebida,
fiquemos longe daquelas vacas para não sofrermos;
essas vacas e robustas ovelhas são de fero deus,
de Sol, que tudo enxerga e tudo ouve'.
Assim falei, e de todos convenci o ânimo orgulhoso.

325 Mês inteiro, incessante, Noto soprou, e nenhum outro
vento surgiu depois, exceto Euro e Noto.
Enquanto tinham pão e vinho tinto,
distanciaram-se das vacas, almejando seu sustento.
Mas quando toda a comida da nau se esgotou,

330 e, errantes, por necessidade acossavam presas,
peixes e aves, o que lhes chegasse às mãos,
com anzóis recurvos, e a fome torturava o estômago,
nisso parti para dentro da ilha, para aos deuses
rogar, esperando que um me mostrasse a rota de volta.

335 Quando, dentro da ilha, escapei dos companheiros,
após lavar as mãos onde havia proteção contra o vento,
rezei a todos os deuses que ocupam o Olimpo;
e eles me vertiam doce sono sobre as pálpebras.
E Euríloco, entre os companheiros, iniciou plano vil:

340 'Ouvi meu discurso, companheiros, mesmo sofrendo.
Há muitas mortes hediondas para os pobres mortais,
e o mais deplorável é morrer, achar o fado, de fome.
Mas vamos, toquemos as melhores vacas de Sol
e sacrifiquemos aos deuses, que dispõem do amplo céu.

345 E se chegarmos a Ítaca, à terra pátria,
de imediato a Sol Hipérion ergueremos
templo rico, onde poremos oferendas, muitas e valiosas.
E se, enraivecido pelas vacas chifre-reto,
ele quiser destruir a nau, e o apoiarem os demais deuses,

350 prefiro de uma vez, boca aberta na onda, perder a vida
a fenecer longo tempo numa ilha deserta'.
Isso falou Euríloco, e os demais companheiros aprovaram.
De imediato, tocaram as melhores vacas de Sol
das cercanias, pois não longe da nau proa-cobalto
355 pastavam as lunadas, belas vacas larga-fronte;
a essas cercaram e oraram aos deuses,
após colher delicadas folhas de carvalho alta-copa,
pois não tinham branca cevada na nau bom-convés.
E depois de orar, degolar e esfolar,
360 deceparam as coxas e com gordura as encobriram,
camada dupla, e sobre elas puseram peças cruas.
Sem vinho para aspergir no chamejante sacrifício,
libavam com água e assavam todas as vísceras.
Mas após queimarem coxas e comerem vísceras,
365 trincharam o restante e transpassaram em espetos.
Nisso o sono prazeroso abandonou minhas pálpebras,
e me encaminhei à nau veloz e à orla do oceano.
Quando estava perto da nau ambicurva,
circundou-me o doce odor de gordura.
370 Com um clamor, entre os deuses imortais fiz-me ouvir:
'Zeus pai e outros ditosos deuses sempre-vivos,
deveras para a ruína me adormecestes em sono impiedoso,
e os companheiros, à espera, armaram grande feito'.
Rápido até Sol Hipérion foi o mensageiro,
375 Brilhosa peplo-bom-talhe, pois matamos as vacas dele.
Logo aos imortais falou, irado no coração:
'Zeus pai e outros ditosos deuses sempre-vivos,
puni os companheiros de Odisseu, filho de Laerte,
que, brutais, mataram-me as vacas, elas que a mim

365   CANTO 12

380 dão alegria quando vou ao páramo estrelado
e quando me dirijo do céu de volta à terra.
Se não me pagarem compensação devida,
descerei ao Hades e brilharei entre os mortos'.
Em resposta, disse-lhe Zeus junta-nuvens:
385 'Sol, quanto a ti, brilha para os imortais
e humanos mortais sobre o solo fértil;
já eu, rápido, posso lançar raio cintilante
na nau veloz, e estilhaçá-la no meio do mar vinoso'.
Pois isso eu ouvi de Calipso belas-tranças;
390 e ela disse ter ouvido do condutor Hermes.
Quando desci até a nau e o mar, pus-me a ralhar
com cada um, mas remédio algum
conseguimos achar: as vacas já estavam mortas.
Logo os deuses exibiram-lhes um prodígio:
395 as peles caminhavam, as carnes nos espetos mugiam,
cozidas ou cruas; e o som era como o das vacas.
Por seis dias então meus leais companheiros
banquetearam-se, tocando as melhores vacas de Sol;
quando o sétimo dia fixou Zeus, filho de Crono,
400 então o vento parou de correr com a tempestade,
e nós logo embarcamos e lançamo-la ao amplo mar,
após erguer o mastro e içar as brancas velas.
Mas quando deixamos a ilha, nenhuma outra
terra apareceu, exceto céu e mar,
405 e então nuvem cobalto pôs o filho de Crono
sobre a cava nau, e o mar escureceu abaixo dela.
Ela não correu muito mais tempo; rápido veio,
guinchando, Zéfiro, correndo com grande tempestade.
A rajada de vento rasgou os estais do mastro,

410 ambos, o mastro caiu para trás e todo cordame
tombou no porão; eis que ele, na popa da nau,
golpeou a cabeça do timoneiro e despedaçou os ossos
todos da cabeça: semelhante a um mergulhador,
caiu da plataforma, e o ânimo orgulhoso deixou os ossos.
415 Zeus trovejou e junto lançou um raio sobre a nau;
ela inteira sacolejou, golpeada pelo raio de Zeus,
e de enxofre se encheu: e os companheiros caíram da nau.
A eles, quais corvos-marinhos, em volta da negra nau
as ondas levavam, e o deus negou-lhes o retorno.
420 Já eu perambulava pela nau, até que uma onda
soltou as tábuas da quilha; essa, nua, a vaga levava.
E onda arrancou o mastro e arremessou-o contra a quilha;
mas nele pendurava-se o patarrás, feito de pele bovina.
Com ele, ambos juntei, quilha e mastro,
425 e, sentado sobre eles, fui levado por ventos ruinosos.
Nisso Zéfiro parou de correr com a tempestade,
e rápido veio Noto, trazendo aflições ao meu ânimo:
ainda uma vez medir a destrutiva Caríbdis.
Por toda a noite fui levado, e ao nascer do sol
430 cheguei ao penedo de Cila e à fera Caríbdis.
Essa sorvia água salina do mar;
mas eu, na grande figueira alçado ao alto,
nela preso, segurei-me como morcego. Impossível
apoiar-me com os pés firmemente ou subir:
435 as raízes estavam bem longe, os galhos, bem no alto,
longos e grandes, sombreavam Caríbdis.
Firme me segurei até ela de volta regurgitar
mastro e quilha; para mim, ansioso, vieram
por fim. Na hora em que sai da ágora para jantar o varão,

440 o que julga muita contenda de animosos pleiteadores,

nessa hora de Caríbdis surgiram os destroços.

Deixei que braços e pernas do alto despencassem,

e, no meio, ribombei, ao lado da madeira comprida;

sentado sobre ela, remei com minhas mãos.

445 O pai de varões e deuses não mais permitiu que Cila

eu encarasse, pois não escaparia de abrupto fim.

De lá, nove dias fui levado, e a mim, na décima noite,

da ilha de Ogígia achegaram os deuses, onde Calipso

mora, a belas-tranças, fera deusa de humana voz,

450 que me acolhia e zelava. Por que isso te reconto?

Pois já ontem te narrei na casa,

para ti e à altiva esposa; detesto

de novo recontar o falado por completo".

13

Assim falou, e todos, atentos, se calaram,
tomados por feitiço pelo umbroso salão.
A ele, por sua vez, Alcínoo respondeu e disse:
"Odisseu, como vieste a minha casa chão-brônzeo,
5   grandiosa, por isso creio que, não vagando de novo,
de volta retornarás, ainda que muito sofreste.
A cada um de vós, varões, dou essa ordem,
a todos que no meu palácio o vinho fulgente
dos conselheiros sempre bebeis e prestais atenção ao cantor:
10   roupas para o hóspede já no baú bem-polido
estão, ouro muito artificioso e todos os outros
dons que os comandantes feácios cá trouxeram;
vamos, ofereçamo-lhe grande trípode e caldeirão,
cada varão; a nós depois, amealhando junto ao povo,
15   se retribuirá: é duro um só ser generoso de graça".
Assim falou Alcínoo, e agradou-lhes o discurso;
eles, para se deitar, voltaram a suas casas.
Quando surgiu a nasce-cedo, Aurora dedos-róseos,
à nau apressaram-se e levaram fortificante bronze.
20   O sacro ímpeto de Alcínoo acomodou os objetos

sob os bancos, ao percorrer a nau; que aos companheiros
não estorvassem, ao impulsioná-la com sua remada;
e foram à casa de Alcínoo e ocuparam-se do banquete.
Sacrificou-lhes um boi o sacro ímpeto de Alcínoo
25   a Zeus nuvem-negra, o filho de Crono, que a todos rege.
Queimadas as coxas, partilharam com deleite
majestoso banquete; e entre eles cantava divino cantor,
Demódoco, honrado pelo povo. Mas Odisseu
amiúde dirigia a cabeça ao sol resplandecente,
30   ansioso que se pusesse; sim, tinha gana de retornar.
Como quando almeja comer o varão cujos bois vinosos,
o dia todo, pousio acima, tracionam arado articulado;
ele se alegra ao se pôr a luz do sol,
é hora de jantar, e os joelhos fraquejam quando vai:
35   assim para Odisseu – alegria! – se pôs a luz do sol.
De pronto entre os feácios navegadores falou
e, sobretudo a Alcínoo, fez um discurso revelador:
"Poderoso Alcínoo, insigne entre todos os povos,
conduzi-me, incólume, após libarem, e alegrai-vos.
40   Pois já se completou o que meu caro ânimo queria,
condução e caros dons: que esses os deuses celestes
me tornem afortunados; em casa, a impecável consorte,
após retornar, eu encontre com os meus, ilesos.
Vós, aqui ficando, regozijai-vos com as esposas
45   lídimas e os filhos; que deuses concedam sucesso
vário, e que mal algum ocorra na cidade".
Assim falou, e todos aprovavam e o incitavam
a conduzir o hóspede, pois falara com adequação.
E ao arauto falou o ímpeto de Alcínoo:
50   "Mentenomar, mistura na ânfora e distribui o vinho

a todos no salão, para que, após rezar a Zeus pai,
conduzamos o hóspede a sua terra pátria".
Isso dito, Mentenomar misturou vinho adoça-juízo
e distribuiu-o a todos, achegando-se; e aos deuses
55 ditosos libaram, os que dispõem do amplo céu,
a partir de seus assentos. E ergueu-se o divino Odisseu,
nas mãos de Arete pôs o cálice dupla-alça
e, falando, dirigiu-lhe palavras plumadas:
"Sê feliz, rainha, sem cessar, até a velhice
60 e a morte chegarem: essas aos homens sobrevêm.
Eu estou retornando; tu, nesta casa, te deleita
com os filhos, o povo e o rei Alcínoo".
Isso disse, e sob o umbral marchou o divino Odisseu.
O ímpeto de Alcínoo enviou com ele um arauto
65 para guiá-lo à nau veloz e à orla do oceano.
Eis que Arete enviava escravas mulheres com ele:
uma, com o manto bem-lavado nas mãos e a túnica,
a outra, com o compacto baú carregado;
a terceira levava pão e vinho tinto.
70 E após descerem até a nau e o mar,
logo tudo, toda comida e bebida, depuseram
os ilustres condutores, após receber, na cava nau;
e acomodaram, para Odisseu, manta e linho
na plataforma da cava nau, para dormir profundo
75 na popa. Ele mesmo embarcou e deitou-se
em silêncio; eles sentaram-se junto aos calços, a par,
em ordem, e o cabo soltaram da pedra furada.
Quando se reclinaram e com o remo jogaram água,
sono prazeroso caía-lhe sobre as pálpebras,
80 profundo, dulcíssimo, de perto semelhante à morte.

373   CANTO 13

A nau, como quatro cavalos machos no plaino,
todos juntos instigados por golpes de chicote,
para cima pulando, efetuam rápido o trajeto –
assim a sua popa pulava, e onda atrás,
85 agitada, grande, aviava-se do mar ressoante.
Ela, muito segura, corria firme; nem gavião
a acompanharia, a mais ligeira das aves.
Assim ela, rápido correndo, cortou as ondas do mar,
levando o varão com projetos similares aos dos deuses,
90 que antes muitas aflições sofreu em seu ânimo,
cruzando guerras de homens e ondas pungentes;
agora, sereno, dormia, esquecido do que sofrera.
Quando o astro ia alto, o mais luzente, que sobretudo
vem anunciar a luz de Aurora nasce-cedo,
95 da ilha achegou-se a nau cruza-mar.
Há um porto de Fórcis, o ancião do mar,
na cidade de Ítaca. Aí mesmo há dois salientes
cabos abruptos, a partir do porto agachando-se.
Eles rebatem grande onda que ventos bravos
100 trazem de fora; dentro, sem laços permanecem
naus bom-convés, ao atingirem o meio, a ancoragem.
Há na cabeça do porto uma oliveira folha-longa,
e, perto dela, a agradável caverna brumosa
consagrada a ninfas chamadas Náiades.
105 Nela há ânforas e vasos dupla-alça
de pedra; lá, então, abelhas fazem colmeias.
Nela há teares de pedra bem longos, onde ninfas
tramam mantos púrpura, assombro à visão;
nela há águas permanentes. E tem duas entradas:
110 uma, do lado de Bóreas, os homens podem usar;

a outra, do lado de Noto, é dos deuses: nunca por aí
entram os homens, é via dos imortais.
Nesse porto entraram, conhecendo-o de antemão. Depois,
a nau aportou em terra firme, mais ou menos até a metade,
115 ligeiro, pois impelida pela mão de tais remadores.
Eles da nau firme-banco desembarcaram em terra
e primeiro ergueram Odisseu da cava nau
junto com o linho e as mantas lustrosas,
e puseram-no sobre a areia, dominado pelo sono;
120 e ergueram os bens, que a ele feácios ilustres
deram ao ir para casa graças à animosa Atena.
Assim agruparam tudo ao pé da oliveira,
fora do caminho, para que homem viajante algum,
antes de Odisseu acordar, passando, o lesasse;
125 e eles retornaram para casa. Mas Treme-Solo
não esqueceu as ameaças com que ao excelso Odisseu
antes ameaçara, e indagou o desígnio de Zeus:
"Zeus pai, eu nunca mais, entre deuses imortais,
serei honrado, quando a mim mortais não honram –
130 justo os feácios, que são de minha estirpe.
De fato, pensei que Odisseu muito mal sofreria
antes de chegar em casa – do retorno nunca o privei
de todo, desde que tu, primeiro, juraste e sinalizaste;
eles o levaram, em nau veloz pelo mar, dormindo,
135 depuseram-no em Ítaca e deram-lhe dons incontáveis,
bronze, ouro a granel, veste tecida,
muito, o que nem de Troia teria recebido Odisseu,
ainda que incólume tivesse chegado com sua parte do butim".
Respondendo, disse-lhe Zeus junta-nuvens:
140 "Incrível, Treme-Solo amplo-poder, como falaste.

Por certo não te desonram os deuses; difícil seria
golpear com desonras o mais respeitável e nobre.
Ainda que a ti um varão, cedendo à força e ao vigor,
não honrasse, depois sempre tens a vingança.
145 Faz como quiseres e te for caro ao ânimo".
Respondeu-lhe Posêidon treme-solo:
"De imediato eu faria, nuvem-negra, como dizes;
mas sempre respeito e evito teu ânimo.
Agora, porém, quero a bem bela nau dos feácios,
150 quando ela voltar da condução sobre o mar embaçado,
golpear, para que cessem afinal e abdiquem da condução
de homens, e com grande morro encobrir sua urbe".
Respondendo, disse-lhe Zeus junta-nuvens:
"Querido, isto ao meu ânimo parece ser o melhor:
155 quando a ela, prestes a atracar, já mirar todo o povo
a partir da cidade, torne-a pedra perto da terra,
semelhante a nau veloz, para se espantarem todos
os homens, e que morro não encubra sua urbe".
Após isso escutar, Posêidon treme-solo
160 pôs-se rumo a Esquéria, onde vivem os feácios.
Lá aguardou; e ela bem perto chegou, a nau cruza-mar,
facilmente impelida. Para perto dela foi Treme-Solo
e tornou-a pedra e enraizou nas profundas,
após golpeá-la com a mão para baixo; e ele partiu.
165 Eles, entre si, falavam palavras plumadas,
os feácios navegadores, varões famosos pelas naus.
E assim falavam, fitando quem estava ao lado:
"Ai de mim, pois quem prendeu a nau veloz no mar,
prestes a atracar? Já estava toda visível!".
170 Assim falavam, e não sabiam o que fora arranjado.

E entre eles, Alcínoo tomou a palavra e disse:
"Incrível, de fato alcançou-me velho dito divino
de meu pai: dizia que Posêidon se irritaria
conosco, pois somos seguros condutores de todos.
175 Disse que, um dia, bem bela nau de varões feácios,
voltando da condução sobre o mar embaçado,
seria destroçada e um grande morro encobriria nossa urbe.
Assim falava o ancião; e tudo isso agora se completa.
Mas vamos, o que eu disser, obedeçamos todos.
180 Cessai a condução de mortais quando um deles
chegar a nossa cidade; e, a Posêidon, touros,
doze escolhidos, sacrifiquemos, esperando que se apiede,
e que um grande morro não encubra nossa urbe".
Assim falou, e eles temeram e prepararam os touros.
185 E assim eles rezavam ao senhor Posêidon,
dirigentes e capitães do povo dos feácios,
de pé em volta do altar. E acordou o divino Odisseu
do sono na terra pátria e não a conheceu,
já há muito afastado, pois um deus vertia bruma em torno,
190 Palas Atena, filha de Zeus, para que a ele mesmo
tornasse irreconhecível e a ele tudo explicasse,
e que não o conhecessem esposa, conterrâneos e os seus,
antes de os pretendentes expiarem toda a transgressão.
Assim tudo parecia mudar de forma para o senhor,
195 as sendas contínuas e os portos seguros,
rochedos alcantilados e árvores verdejantes.
De pé, tendo-se erguido, observou a terra pátria
e então bramou, bateu em suas coxas
com a palma das mãos e, lamuriando-se, disse:
200 "Ai de mim, dessa vez atinjo a terra de que mortais?

377 CANTO 13

Serão eles desmedidos, selvagens e não civilizados,
ou hospitaleiros, com mente que teme o deus?
Aonde devo levar esses muitos bens? Por onde eu
vago? Que eu tivesse ficado junto aos feácios
205   lá mesmo; eu até a outro rei poderoso
teria ido, e ele, depois de me acolher, me faria retornar.
Agora não sei onde os guardar, mas aqui não
os deixarei; que não se tornem butim para outros.
Incrível, não em tudo ponderados e civilizados
210   foram os líderes e capitães dos feácios,
eles que me trouxeram a outra terra; falaram que a mim
conduziriam a Ítaca bem-avistada e não cumpriram.
Zeus dos-suplicantes os puna, que também a outros
homens observa e pune quem comete uma falta.
215   Mas chega, que eu observe e conte as riquezas;
temo que partiram, na cava nau, levando-me algo".
Após falar assim, as trípodes bem belas e bacias
contava, o ouro e as belas vestes tecidas.
De nada sentiu falta. Lamentava a terra pátria,
220   arrastando-se ao longo da praia do mar bem ressoante,
lamuriando-se muito. E das cercanias veio-lhe Atena,
semelhante, no corpo, a jovem varão, pastor de ovelhas,
todo delicado, tal como são os filhos de senhores,
com manto engenhoso, dupla dobra nos ombros;
225   sob os pés reluzentes trazia sandálias e, nas mãos, a lança.
Vendo-a, Odisseu jubilou, foi até ela,
e, falando, dirigiu-lhe palavras plumadas:
"Meu caro, como és o primeiro que topo nessa terra,
saúdo-te, e não vem até mim com mente vil,
230   mas protege isto e protege a mim: a ti eu mesmo

rezo como ao deus e de teus joelhos me achego.
E diz-me isto, a verdade, para eu bem saber:
que terra, que povo, que varões vivem aqui?
Acaso uma ilha bem-avistada, ou uma ponta
235   de terra grandes-glebas jaz inclinada rumo ao mar?".
E a ele dirigiu-se a deusa, Atena olhos-de-coruja:
"És tolo, estranho, ou chegaste de longe,
se indagas acerca desta terra. Não é de todo
assim sem nome; muitos conhecem-na bem,
240   os que habitam na direção da aurora e do sol
e os que, mais atrás, rumo à treva brumosa.
Ela é escarpada, não é boa para cavalgar,
e não é muito pobre, mas larga não é.
Nela, de fato, o cereal é ilimitado, e nela vinho
245   há; sempre a toma chuva e farto orvalho.
É boa para criarem-se cabras e bois; há bosques
de todo o tipo, e bebedouros perenes nela há.
Assim, o nome de Ítaca, estranho, chegou a Troia,
que dizem ficar longe da terra aqueia".
250   Isso falou, e jubilou o muita-tenência, divino Odisseu,
alegre com sua terra pátria, como lhe disse
Palas Atena, filha de Zeus porta-égide;
e, falando, dirigiu-lhe palavras plumadas –
a ela não disse a verdade; refreou o discurso,
255   a mente muita-argúcia a calcular no peito:
"Ouvi falar de Ítaca também na ampla Creta,
longe no mar, e agora eu mesmo chego
com estas riquezas; tantas ainda deixei a meus filhos
e me exilei, pois matei o caro filho de Idomeneu,
260   Tocaioso, nos pés veloz, que na ampla Creta

vencia com os pés ligeiros varões diligentes,
porque quis se apropriar de todo meu butim
troiano, pelo qual sofri aflições no ânimo,
cruzando guerras de homens e ondas pungentes,
265 porque a seu pai eu não servi nem agradei
na terra troiana, mas liderei outros companheiros.
Com lança brônzea o atingi – ele que voltava
do campo –, de tocaia perto da trilha, eu e um companheiro;
uma noite muito escura tomava o céu, e a nós homem
270 nenhum percebeu, e, sem ser notado, tirei sua vida.
Mas depois de matá-lo com o bronze afiado,
de pronto fui a uma nau, a ilustres fenícios
supliquei e parte do butim, para seu gáudio, lhes dei;
pedi-lhes que me admitissem e levassem a Pilos
275 ou à divina Élida, onde dominam os epeus.
Mas então a força do vento os afastou de lá,
muito contra sua vontade, e não quiseram enganar-me;
de lá, vagando, chegamos aqui à noite.
Com esforço remamos à baía, e nenhum de nós
280 se lembrou de comer, mesmo muito carentes,
mas assim, após desembarcar da nau, deitamos todos.
Lá, de mim, exausto, o doce sono se achegou,
e eles, tendo recolhido minhas riquezas da cava nau,
puseram-nas onde eu mesmo repousava na areia.
285 Embarcaram rumo à Sidônia bem-habitada,
mas eu fui deixado aflito no coração".
Assim falou, e sorriu a deusa, Atena olhos-de-coruja,
e acariciou-o com a mão, já no corpo como uma mulher
bela, grande e conhecedora de radiantes trabalhos;
290 e, falando, dirigiu-lhe palavras plumadas:

"Ladino e furtivo aquele que te ultrapassasse
em todos os ardis, mesmo se um deus te topasse.
Tinhoso, variegada-astúcia, insaciável de ardis! Não ias,
nem mesmo estando em tua terra, cessar os engodos
295 e discursos furtivos, que do fundo te são caros.
Vamos, não falemos mais disso, ambos conhecemos
maneios, pois és, de longe, o melhor de todos os mortais
em planos e discursos, e eu, entre todos os deuses,
na astúcia famosa e nos maneios; e não reconheceste
300 Palas Atena, filha de Zeus, que sempre,
em todas as tarefas, está junto a ti e te protege,
e caro a todos os feácios também te tornou.
Agora, porém, aqui vim para contigo tramar um truque
e esconder toda a riqueza que a ti os ilustres feácios
305 deram ao ires para casa graças a meu plano e mente;
e vim dizer quantas agruras, em tua casa construída,
deverás suportar: resiste, mesmo sob pressão.
Não declares para nenhum homem ou mulher,
ninguém, que chegaste após vagar, mas, em silêncio,
310 sofre muitas aflições, submisso à violência dos varões".
Respondendo, disse-lhe Odisseu muita-astúcia:
"É difícil, deusa, a um mortal, frente a ti, reconhecer-te,
mesmo bem destro, pois te tornas semelhante a tudo.
Isto eu sei bem, que, no passado, eras minha amiga
315 enquanto em Troia peleávamos, os filhos de aqueus.
Porém, após saquear a escarpada urbe de Príamo,
partimos nas naus e um deus dispersou os aqueus,
e depois não mais te vi, filha de Zeus, nem percebi
entrares em minha nau para de mim afastares aflição.
320 Mas, sempre com coração dividido em meu peito,

vaguei, até que deuses me livraram da desgraça.
Por fim, na gorda cidade dos feácios,
encorajando-me com palavras, à urbe me guiaste.
Agora, pelo pai, me atiro a teus joelhos: não creio
325   ter chegado à bem-avistada Ítaca, mas por outra
terra erro, e creio que tu, melindrando-me,
falaste isso para iludires meu juízo;
diz-me se deveras à cara pátria cheguei".
Respondeu-lhe a deusa, Atena olhos-de-coruja:
330   "Sempre há, em teu peito, uma tal ideia,
por isso não consigo te deixar quando estás mal,
porque és decente, sagaz e sensato.
Outro varão que chegasse após vagar, feliz
iria até seu palácio para ver filhos e esposa;
335   a ti não é caro saber nem te informar
antes de testar tua esposa, que está sentada
no palácio, e para ela sempre agonizantes
se esvaem as noites e os dias, a verter lágrimas.
Eu, porém, disto nunca duvidei, mas no ânimo
340   sabia que retornarias após perder todo companheiro;
mas eu não quis, vê, lutar contra Posêidon,
irmão de meu pai, com rancor contra ti no ânimo,
irado, pois cegaste seu filho querido.
Mas vamos, Ítaca te mostrarei para te convenceres:
345   aquela é a baía de Fórcis, o ancião do mar,
e aquela, na cabeça do porto, a oliveira folha-longa
[e, perto dela, a agradável caverna brumosa,
consagrada a ninfas chamadas Náiades;]
aquela é a ampla gruta, arqueada, onde tu amiúde
350   sacrificaste hecatombes completas às ninfas;

e aquele é o Nérito, monte revestido com um bosque".
A deusa disse isso, dissipou a bruma e surgiu a região;
e então jubilou o muita-tenência, divino Odisseu,
alegre com sua terra, e beijou o solo fértil.

355 De pronto rezou às ninfas, após erguer as mãos:
"Ninfas Náiades, filhas de Zeus, eu nunca
pensei que vos fosse ver. Agora com preces suaves
alegrai-vos; também daremos dádivas como antes,
se me permitir a solícita filha de Zeus, a traz-butim,

360 eu mesmo viver e ela deixar meu caro filho crescer".
E a ele dirigiu-se a deusa, Atena olhos-de-coruja:
"Coragem, que isso não te ocupe o juízo;
os bens no recesso da caverna prodigiosa
ponhamos logo, para ficarem protegidos;

365 e cogitaremos como se dará, de longe, o melhor".
Após dizer isso, a deusa penetrou na gruta brumosa,
tateando atrás de buracos pelas paredes; já Odisseu,
presto, tudo trazia, ouro, rígido bronze
e vestes bem-feitas, coisas que os feácios lhe deram.

370 Isso bem condicionou, e uma pedra depôs na entrada
Palas Atena, a filha de Zeus porta-égide.
E os dois, sentados ao pé da sacra oliveira,
planejavam o fim dos pretendentes soberbos.
Então tomou a palavra a deusa, Atena olhos-de-coruja:

375 "Divinal filho de Laertc, Odisseu muito-truque,
planeja como descer o braço nos aviltantes pretendentes,
que, já três anos em teu salão, arrogam-se senhores,
cortejando a excelsa esposa e oferecendo dádivas;
ela, sempre chorando teu retorno no ânimo,

380 a todos dá esperança e faz promessas a cada varão,

enviando recados; e sua mente concebe outra coisa".
Respondendo, disse-lhe Odisseu muita-astúcia:
"Incrível, a sorte ruim de Agamêmnon, filho de Atreu,
por certo seria a minha, perecer no palácio,
385   se não me tivesses, deusa, tudo dito ponto por ponto.
Mas vamos, trama o plano de como me vingarei deles;
fica tu junto a mim, lançando ímpeto muita-coragem,
como quando arrancamos as reluzente faixas de Troia.
Se ficares assim zelosa junto a mim, olhos-de-coruja,
390   até mesmo contra trezentos varões eu lutaria
contigo, senhora deusa, se me socorresses, solícita".
Respondeu-lhe a deusa, Atena olhos-de-coruja:
"Por certo, junto a ti: não te perderei de vista
quando te ocupares disso; creio que muitos
395   respingarão o chão sem-fim com sangue e miolos,
os varões pretendentes que devoram teus recursos.
Vamos, te farei irreconhecível para todos os homens:
enrugarei a bela pele sobre os membros recurvos,
destruirei as madeixas loiras da cabeça, com trapos
400   te vestirei, visão que torna odioso quem os usa;
opacos ficarão teus olhos antes tão belos,
para que pareças repulsivo a todos os pretendentes,
a tua mulher e ao filho, ele que no palácio deixaste.
Tu mesmo primeiro te dirijas ao porqueiro,
405   o guardião de teus porcos, contigo também gentil,
que quer bem a teu filho e à prudente Penélope.
Vais encontrá-lo junto às porcas; elas pastam
junto à pedra Corvo sobre a fonte Aretusa,
bebendo água escura e comendo bolotas deliciosas,
410   que engordam o rico toicinho dos porcos.

Lá permanece e, junto a ele, tudo pergunta
enquanto eu for até Esparta belas-mulheres
chamar Telêmaco, teu caro filho, Odisseu,
que à espaçosa Lacedemônia, até Menelau,
415 partiu para se informar de tua fama, se ainda vivias".
Respondendo, disse-lhe Odisseu muita-astúcia:
"E por que não lhe disseste, sabendo tudo no juízo?
Para que ele também, vagando por aí, sofresse agonias
no mar ruidoso, e os outros comessem seus recursos?".
420 Respondeu-lhe a deusa, Atena olhos-de-coruja:
"Que ele não te cause tanta inquietação.
Eu mesma o conduzi, para conquistar distinta fama
ao ir para lá; ele não está se esfalfando, mas, tranquilo,
está na casa do filho de Atreu, junto a riqueza indizível.
425 É certo que jovens o tocaiam com negra nau,
ansiando matá-lo antes que atinja a terra pátria;
mas nisso não creio: antes ainda a terra cobrirá alguns
varões pretendentes que devoram teus recursos".
Após falar assim, com a vara tocou-o Atena.
430 Enrugou a bela pele sobre os membros recurvos,
destruiu as madeixas loiras da cabeça, com a pele
de um velho ancião envolveu todos os membros
e deixou opacos os olhos antes tão belos.
Envolveu-o com outro trapo vil e uma túnica,
435 rasgados, sujos, desfigurados por vil fumaça;
e enrolou-o na grande pele de um cervo veloz,
gasta. Deu-lhe bastão e repulsivo alforje,
todo rasgado, e nele uma corda havia, sua alça.
Os dois ponderaram assim e separaram-se. Ela então
440 foi à divina Lacedemônia atrás do filho de Odisseu.

385 CANTO 13

14

Mas ele, da baía, marchou pela trilha escarpada,
mato acima pelos cumes, para onde a ele Atena
indicou, o divino porcariço, que de seus recursos mais
cuidava, ele dentre os servos do divino Odisseu.
5   Eis que no vestíbulo o encontrou sentado, onde muro
alto, em local todo protegido, fora erguido,
belo e grande, todo em volta; o muro, o porqueiro
mesmo erguera para os porcos, ausente o senhor,
distante da senhora e do ancião Laerte,
10   com blocos arrastados e um arbusto espinhoso coroando.
Puxou, por fora, estacas, contínuas nas duas direções,
cerradas e numerosas, após fender o negror do carvalho.
No interior do cercado, fez doze chiqueiros,
perto um do outro, leitos de porcos; em cada,
15   cinquenta porcos que deitam no solo estavam presos,
fêmeas reprodutoras. Machos passavam a noite fora,
bem menos numerosos: escasseavam, pois comiam-nos
os excelsos pretendentes, já que o porqueiro enviava
sempre o melhor de todos os bem-nutridos cevados;
20   desses havia trezentos e sessenta.

Com eles, cães quais feras sempre passavam a noite,
quatro, que criara o porqueiro, líder de varões.
O homem estava ajustando sandálias em torno dos pés,
cortando bovina pele bem-tratada; os outros já
25 se haviam ido, um para cada lado, com os porcos reunidos,
os três; obrigado, o quarto enviara para a cidade,
levando porco aos soberbos pretendentes
para o abaterem e com carne saciar o ânimo.
De chofre, avistaram Odisseu os cães ladradores.
30 Eles, ruidosos, correram; mas Odisseu
sentou-se, astucioso, e o bastão caiu de sua mão.
Lá, ao lado de sua quinta, teria sofrido dor ultrajante;
mas o porqueiro, rápido, pés ligeiros, foi atrás,
lançando-se ao pórtico, e o couro caiu de sua mão.
35 Aos brados dispersou os cães, um para cada lado,
com pedras sucessivas, e dirigiu-se ao senhor:
"Ancião, quase meus cães te despedaçavam
num instante, e entornarias ignomínia sobre mim.
Já me deram os deuses outras aflições e gemidos:
40 angustiado, lamentando-me pelo excelso senhor,
fico sentado, e crio, para outros, porcos cevados
como alimento; mas ele, desejoso por comida,
vaga por povo e cidade de varões outra-língua,
se em algum lugar ainda vive e vê a luz do sol.
45 Vem, à cabana sigamos, ancião, para que também tu,
após com comida e bebida saciar-te no ânimo,
fales donde és e quantas agruras suportaste".
Dito isso, à cabana conduziu-o o divino porcariço
e fê-lo sentar-se; galhos espessos jogou
50 e sobre eles estendeu pele de felpudo bode selvagem,

na qual dormia, grande e espessa. Odisseu alegrou-se
por assim ser recebido, dirigiu-se-lhe e nomeou-o:
"Que Zeus te dê, anfitrião, e os outros deuses imortais,
o que mais desejas, pois, solícito, me recebeste".
55 Respondendo, disseste-lhe, porqueiro Eumeu:
"Estranho, não é minha norma desonrar um estranho,
nem se pior que tu chegasse; de fato, sob Zeus estão todos
os estranhos e mendigos. Pequeno e querido é o nosso dom,
pois esse é o hábito dos escravos, sempre temerosos
60 quando têm o poder senhores jovens.
Por certo os deuses estancaram seu retorno,
ele que iria me acolher com atenção e ofertar bens,
tanto quanto dá a seu servo um bondoso senhor,
casa, gleba e mulher muito-pretendente,
65 se, para ele, muito labuta, e o deus propicia a lida
como também propiciou essa lida onde fico.
De muito me teria valido o senhor, se aqui tivesse envelhecido;
mas morreu. Como devia a linhagem de Helena morrer
ajoelhada, pois soltou os joelhos de muito varão;
70 aquele também foi, pela honra de Agamêmnon,
até Ílion belos-potros para combater troianos".
Dito isso, com o cinto rápido prendeu a túnica
e foi aos chiqueiros onde confinava grupos de leitões.
De lá pegou dois, levou-os e a ambos abateu;
75 queimou as cerdas, cortou-os e transpassou nos espetos.
Após tudo assar, levou e pôs diante de Odisseu,
quente, espetos e tudo, e aspergiu branca cevada.
Então na cumbuca misturou vinho doce como mel,
e ele mesmo defronte sentou-se e, incitando-o, disse:
80 "Come agora, hóspede, o que cabe aos escravos,

leitões; porcos cevados comem os pretendentes,
sem atentar, no juízo, ao olhar divino ou à compunção.
Pois os deuses ditosos não gostam de ações terríveis,
mas honram a tradição, as ações moderadas dos homens.

85 Pois inimigos hostis, esses que sobre terra
estrangeira marcham, e Zeus lhes dá butim,
enchem as naus e embarcam para retornar a casa,
e em seu juízo cai o forte medo do olhar divino;
mas aqueles sabem, ouviram a voz de um deus,

90 do fim funesto dele, se não querem tradicionalmente
cortejar nem retornar aos seus, mas, tranquilos,
os bens abocanham, brutos, sem restrição.
Tantas quantas são as noites e os dias de Zeus,
nunca sacrificam só uma vítima ou duas;

95 brutos, devastam o vinho, exaurindo-o.
Sim, suas provisões eram incontáveis; tais nenhum
varão herói possui, nem no escuro continente
nem na própria Ítaca. Nem de vinte heróis
é tamanha a riqueza; e eu para ti contarei:

100 doze rebanhos bovinos no continente; tantos, de ovelhas,
tantos, de porcos machos, tantos, dispersos, de cabras
apascentam estrangeiros e varões pastores dele mesmo.
Aqui, rebanhos de cabras dispersos, onze no total,
nos confins se apascentam, e distintos varões vigiam.

105 Sempre um deles, a cada dia, leva-lhes uma cabeça,
das bem-nutridas cabras a que parecer a melhor.
Mas eu guardo e protejo essas porcas aqui
e o melhor dos porcos seleciono e envio-lhes".
Isso disse; o outro, com gosto, carne comia e vinho bebia,

110 voraz, quieto, e engendrava males aos pretendentes.

Após jantar e fortificar o ânimo com a comida,
também deu-lhe, após enchê-la, a caneca da qual bebia,
cheia de vinho. Ele a aceitou, alegrou-se no ânimo
e, falando, dirigiu-lhe palavras plumadas:
115 "Amigo, quem é que te comprou usando seus bens,
assim tão rico e poderoso como dizes?
Falavas que pereceu devido à honra de Agamêmnon.
Diz-me, talvez o conheça de alhures, tal homem.
Zeus talvez saiba, e os demais deuses imortais,
120 se eu poderia tê-lo visto e anunciar, pois longe vaguei".
Respondeu-lhe o porqueiro, líder de varões:
"Ancião, nenhum varão, chegando após vagar, aquele
anunciando, convenceria a mulher e o caro filho,
pois, carentes de cuidados, varões vagantes
125 mentem e não querem o que é verdade enunciar.
Aquele que, vagando, a cidade de Ítaca alcança,
vai até minha senhora com palavreado embusteiro;
ela o recebe bem, acolhe e tudo apura,
e, lamentando-se, tombam-lhe lágrimas das pálpebras,
130 norma para a mulher se o marido alhures perece.
Ligeiro também tu, ancião, fabricarias um conto,
se alguém capa e túnica, vestes, te desse.
Dele, já devem os cães e as aves velozes
a pele dos ossos estar puxando, e a vida o deixou;
135 ou no mar comeram-no os peixes, e seus ossos
jazem na costa, cobertos por muita areia.
Assim lá pereceu, e agruras ulteriores aos amigos,
todos, sobretudo a mim, se puseram; nunca outro
senhor assim amigável terei, em lugar algum,
140 nem se à casa do pai e da mãe novamente

chegar, onde primeiro nasci e fui criado.
Nem por eles ainda choro tanto, embora ansiando
com os olhos vê-los, estando na terra pátria;
mas a saudade do ausente Odisseu me domina.
145 Eu a ele, hóspede, embora não esteja aqui, me acanho
para nomear: demais me estimava e zelava no ânimo;
não, denomino-o irmão, até estando longe".
E a ele dirigiu-se o muita-tenência, divino Odisseu:
"Amigo, já que de todo o negarás, dizes que nunca
150 aquele voltará, e teu ânimo é sempre incrédulo –
pois eu não enunciarei assim, mas jurando,
que Odisseu está retornando. Bom anúncio seja o meu
de pronto, quando aquele vier e sua casa alcançar:
me vestirás com belas vestes, capa e túnica;
155 antes, embora bem necessitado, nada receberia.
Pois odioso igual aos portões de Hades a mim aquele
se torna, quem, cedendo à pobreza, usa palavreado embusteiro.
Saiba agora Zeus, antes dos deuses, a hospitaleira mesa
e o fogo-lar do impecável Odisseu, ao qual cheguei:
160 por certo tudo isso completa-se como afirmo.
Neste mesmo período interlunar chegará aqui Odisseu,
a lua minguando e depois crescendo;
a casa irá retornar e vingar-se de todo aquele
que aqui desonra sua esposa e o filho ilustre".
165 Respondendo, disseste-lhe, porqueiro Eumeu:
"Ancião, eis que nem eu essa recompensa pagarei
nem Odisseu virá mais para casa; mas tranquilo
bebe, e lembremos, adiante, outras coisas, e disso não
me faz lembrar: sim, o ânimo, em meu peito,
170 aflige-se quando sou lembrado do devotado senhor.

O juramento, pois, abandonemos, e Odisseu
venha como a ele queremos eu, Penélope,
o ancião Laerte e o deiforme Telêmaco.
Agora há inconsolável dor pelo filho que gerou Odisseu,
175 Telêmaco. Após os deuses o nutrirem feito broto,
pensava que ele também, entre varões, não seria pior
que seu caro pai, admirável em porte e beleza,
mas um imortal golpeou-o no juízo equilibrado –
ou um homem: partiu atrás de novas do pai
180 rumo à mui sacra Pilos. A ele os ilustres pretendentes,
na volta para casa, tocaiam, para a linhagem desaparecer
de Ítaca, sem o nome ficar, o do excelso Arquésio.
Pois a ele deixemos de lado: ou será pego
ou escapará, sobreposta a mão do filho de Crono.
185 Mas vamos, ancião, tuas próprias agruras relata-me
e diz-me a verdade, para eu bem conhecê-la:
quem és? De que cidade vens? Quais teus ancestrais?
Chegaste em que nau? Como a ti os nautas
conduziram até Ítaca? Quem proclamaram ser?
190 De modo algum creio que a pé aqui chegaste".
Respondendo, disse-lhe Odisseu muita-astúcia:
"Portanto a ti, com muita precisão, isso direi.
Houvesse nos agora, por bom tempo, comida
e doce vinho, e nós dentro da cabana ficássemos
195 para calmo banquete, e os outros seguissem obrando;
fácil, então, até durante um ano inteiro
não cessaria de contar as agruras que trago no ânimo,
todo o conjunto que, pelo poder dos deuses, aguentei.
Proclamo ser de uma linhagem da ampla Creta,
200 o filho de abastado varão. Muitos outros

filhos na casa nasceram e cresceram,
legítimos, da esposa. Gerou-me comprada mãe,
concubina, mas a mim, igual aos naturais, honrava
Castor, filho de Latidor, de cuja linhagem proclamo ser,
205 ele que um dia como deus honrou-se na terra cretense
por conta da fortuna, riqueza e filhos majestosos.
Mas a ele veio a sina da morte e levou-o
à casa de Hades; e eles os recursos dividiram,
os filhos magnânimos, e jogaram a sorte,
210 e bem pouco me deram, uma casa atribuíram.
Foi-me dada mulher de família abastada
graças a minha excelência, pois eu não era enganoso
nem fugia da guerra. Agora tudo já ficou para trás;
mas, de forma geral, os vestígios, se miras, creio
215 reconheceres, ainda que me tome abundante miséria.
Por certo audácia me deram Ares e Atena,
e força rompe-batalhão. Quando escolhia para tocaia
varões excelentes, engendrando males a inimigos,
nunca o ânimo orgulhoso pressentia minha morte,
220 ao contrário: após bem na frente saltar, com lança matava
quem, dentre os varões inimigos, recuasse com os pés.
Esse eu era na guerra; mas o trabalho não me era caro,
tampouco o senso doméstico que cria radiantes crianças;
sempre me foram caras naus com remos,
225 guerras, dardos bem-polidos e flechas –
coisas funestas, que para os outros horripilantes são.
Mas isso era-me caro, o que o deus pôs no juízo;
cada varão se deleita em trabalhos distintos.
Pois antes de pisarem em Troia os filhos de aqueus,
230 nove vezes comandei varões em naus velozes

contra varões estrangeiros, e cabia-me muita coisa.
Disso escolhia bens encantadores, e muito
era-me atribuído; logo minha casa enricou, e então
fiz-me assombroso e respeitável entre os cretenses.
235 Mas quando esta rota hedionda Zeus ampla-visão
planejou, a que soltou joelhos de muitos varões,
nisso insistiam que eu e o esplêndido Idomeneu
liderássemos naus até Ílion; e não havia meio
de recusar: atava-nos a dura fala do povo.
240 Nove anos lá combatemos, os filhos de aqueus,
e no décimo a urbe de Príamo pilhamos e partimos
para casa nas naus, e um deus dispersou os aqueus.
E para mim, coitado, armou males Zeus astucioso:
só um mês aguardei, deleitado com os filhos,
245 a lídima esposa e os bens; mas então
ao Egito o ânimo ordenou-me navegar,
e preparei naus, com excelsos companheiros.
Nove naus preparei e rápido a tropa foi reunida.
Por seis dias então meus leais companheiros
250 banquetearam-se, e eu providenciava muita vítima
para sacrificar aos deuses e àqueles dar um banquete.
No sétimo embarcamos e da ampla Creta
navegamos com Bóreas, belo vento sopra-do-alto,
fácil, como se descendo um caudal; e nenhuma
255 nau me foi danificada, mas ilesos e saudáveis
ficamos, e vento e timoneiros as dirigiam.
No quinto dia, atingimos o caudaloso Egito,
e ancorei no rio Egito as naus ambicurvas.
Então pedi aos leais companheiros
260 que lá ficassem junto às naus e as guardassem,

e instiguei batedores a buscar atalaias.
Aqueles cederam à desmedida, seguindo seu ímpeto,
e ligeiro os bem belos campos de varões egípcios
destruíam, levavam mulheres e crianças pequenas
265 e matavam os outros. Logo à cidade chegou a gritaria.
Tendo ouvido a algaravia, quando a aurora surgiu
vieram; o plaino todo encheu-se de soldados, carros
e relampejo brônzeo. Lá Zeus prazer-no-raio
lançou fuga vil em meus companheiros, e ninguém suportou
270 o enfrentamento, pois por todos os lados males havia.
Lá mataram a muitos dos nossos com bronze afiado
e a outros, vivos, levaram como escravos.
Mas para mim o próprio Zeus no juízo esta ideia
criou – eu devia era ter morrido, achado o destino
275 lá mesmo no Egito, pois ainda uma desgraça me coube:
rápido tirei da cabeça o elmo bem-construído,
o escudo, dos ombros, e a lança soltei da mão.
Dirigi-me para diante dos cavalos do rei,
tomei-lhe os joelhos e beijei. Ele acolheu-me e apiedou-se,
280 a mim, que chorava, pôs no carro e levou para casa.
De fato, contra mim muitos arremeteram com chuços,
ansiando matar-me: sim, sobremodo enraivecidos.
Mas ele os continha, e considerava a cólera de Zeus
dos-hóspedes, que mais se indigna com vis ações.
285 Então sete anos lá mesmo fiquei, e acumulei muitos
bens junto aos varões egípcios: todos me regalavam.
Mas quando sobreveio, em seu curso, o oitavo ano,
nisso chegou um varão fenício, mestre de engodos,
velhaco, que já fizera muitos males aos homens;
290 com seu juízo persuadiu-me a com ele ir

à Fenícia, onde ficavam sua casa e posses.
Então junto a ele fiquei no ciclo de um ano.
Mas quando dias e meses completaram-se,
e o ano fechou seu ciclo, e passaram as estações,
295 rumo à Líbia colocou-me em nau cruza-mar,
planejando mentiras, para eu levar carga com ele,
de sorte a lá me vender, e obteria preço indizível.
Obrigado, segui-lhe na nau, embora intuindo.
Ela corria com Bóreas, belo vento sopra-do-alto,
300 no meio, para lá de Creta; e Zeus armava-lhes o fim.
Mas quando deixamos Creta, nenhuma outra
terra apareceu, exceto o páramo e o mar,
e então nuvem cobalto pôs o filho de Crono
sobre a cava nau, e o mar escureceu abaixo dela.
305 E Zeus trovejou e junto lançou raio sobre a nau;
ela inteira sacolejou, golpeada pelo raio de Zeus,
e encheu-se de enxofre; e da nau caíram todos.
A eles, quais corvos-marinhos, em volta da negra nau
levavam as ondas, e o deus negou-lhes o retorno.
310 Mas o próprio Zeus para mim, aflito no ânimo,
o mastro indômito da nau proa-negra
pôs nas mãos, para poder escapar da desgraça.
Nele enroscado, fui levado por ventos ruinosos.
Nove dias fui levado; no décimo, da terra dos tesprótios,
315 achegou-me, rolando, grande onda na noite negra.
Lá de mim cuidou o rei dos tesprótios, Salvador,
um herói, sem cobrar; de fato, seu caro filho chegou
e levou-me, dobrado por friagem e exaustão, para casa,
após pelo braço me erguer, até chegar à morada do pai.
320 Vestiu-me com uma capa e uma túnica.

Então de Odisseu fui informado: aquele dizia
tê-lo hospedado e acolhido quando ia à terra pátria,
e mostrou-me as riquezas que Odisseu amealhara,
bronze, ouro e ferro muito trabalhado.
325 Agora, até a décima geração, um por um alimentariam;
tantos haveres do senhor havia em seu palácio.
Dele, disse-me que fora a Dodona, para do divino
carvalho alta-copa escutar a vontade de Zeus,
como voltaria para a gorda cidade de Ítaca,
330 já há muito afastado, ou às claras ou às ocultas;
jurou para mim mesmo, entre libações,
que puxara uma nau e preparara companheiros
que o conduziriam à cara terra pátria.
Mas antes enviou a mim; calhou ir uma nau
335 de homens tesprótios a Dulíquion muito-trigo.
Pediu, gentilmente, que para lá me levassem,
até o rei Acasto. E agradou-lhes, no juízo, plano vil
contra mim, para eu entrar de todo na miséria da desdita.
Quando longe da terra singrava a nau cruza-mar,
340 logo contra mim engenhavam o dia da escravidão:
despiram-me as vestes, capa e túnica,
e cobriram-me com outro trapo, vil, e uma túnica,
trapagem que podes ver diante dos olhos.
À noite chegamos aos campos de Ítaca bem-avistada.
345 Então amarraram-me na nau bom-convés,
com corda bem-trançada, firme, desembarcaram
e com avidez, junto à praia do mar, fizeram o jantar.
Mas meu laço afrouxaram os próprios deuses
fácil; com trapo encobrindo a cabeça,
350 desci pela prancha de carga e aproximei do mar

o peito, e então, com ambos os braços, por aí remei,
nadando, e bem rápido estava fora, longe deles.
Lá subi numa área com capão bem florido,
e deitei-me, agachado; eles, gemendo alto,
355 zanzavam. Porém não lhes pareceu vantajoso
investigar alhures, e de volta de novo embarcaram
na cava nau. Esconderam-me os próprios deuses
fácil, e a mim, guiando, aproximaram da quinta
de habilidoso varão: ainda é meu destino viver".
360 Respondendo, disseste-lhe, porqueiro Eumeu:
"Pobre hóspede, sim, meu ânimo muito agitaste
falando disso tudo que já sofreste e de quanto vagaste.
Mas não foi elegante, penso, nem disso me convencerás:
a menção a Odisseu. Por que tu, sendo tal, careces
365 levianamente mentir? Eu mesmo bem conheço
o retorno de meu senhor, odiado por todos os deuses
de todo, muito, pois não o subjugaram entre troianos
ou nos braços dos seus, após arrematar a guerra.
Morto em guerra, todos os aqueus lhe teriam erigido um túmulo,
370 e seu filho teria granjeado grande fama para o futuro.
A ele, porém, as Harpias agarraram sem registro.
Mas eu, junto aos porcos, apartado, nem à cidade
vou, salvo se, para algo, Penélope bem-ajuizada
reclamar que eu vá quando acaso chega notícia.
375 Mas aqueles, lá sentados, indagam cada detalhe,
uns, aflitos por causa do senhor há tempo ausente,
outros, alegres, a comida a devorar de graça.
Mas não me é caro indagar nem perguntar,
desde que certo varão etólio me enganou com um discurso;
380 ele, após matar um varão e pela terra muito vaguear,

401   CANTO 14

chegou a minha morada, e eu o aninhei.

Disse que em Creta, junto a Idomeneu, viu-o

reparando naus que rajadas despedaçaram;

e disse que chegaria no verão ou na época das frutas,

385 muitos bens trazendo, com excelsos companheiros.

Também tu, velho aflito, como um deus te trouxe a mim,

não tentes me comprazer nem enfeitiçar com mentiras;

não por causa disso eu te respeitarei e acolherei,

mas por temer a Zeus dos-hóspedes e de ti me apiedar".

390 Respondendo, disse-lhe Odisseu muita-astúcia:

"Deveras, esse teu ânimo no peito é incrédulo,

tanto que, mesmo jurando, não te induzi nem convenci.

Mas agora vamos, um acordo façamos; depois,

testemunhas de ambos serão os deuses que ocupam o Olimpo.

395 Se retornar teu senhor para essa morada,

veste-me com vestes, capa e túnica, e me envia

até Dulíquion, onde no ânimo foi-me caro estar.

Se teu senhor não chegar como estou dizendo,

instiga os escravos a lançar-me da grande rocha

400 para que outro mendigo evite te iludir".

Respondendo, disse-lhe o divino porqueiro:

"Hóspede, assim eu de boa fama e prestígio

gozaria entre os homens, de imediato e no futuro,

se eu, que te levei à cabana e te dei regalos,

405 depois te matasse e privasse do caro ânimo;

com fervor ofenderia Zeus, filho de Crono.

Agora é hora de comer; que logo meus companheiros cá

estivessem para na cabana prepararmos saboroso jantar".

Assim falavam dessas coisas entre si,

410 e para perto porcos e varões porcariços vieram.

Às fêmeas confinaram nos espaços para dormir,
e estrídulo indizível partiu das porcas encerradas.
Ele a seus companheiros isto ordenou, o divino porcariço:
"Trazei o melhor porco para eu sacrificar ao hóspede
415 longínquo; nós mesmos nos beneficiaremos, em agonia
há tempo vivendo, sofrendo por porcos dente-branco:
outros nossa fadiga, incompensada, devoram".
Isso dito, rachou lenha com bronze impiedoso;
e eles trouxeram um porco bem gordo de cinco anos.
420 Então o puseram na lareira. O porqueiro não
esqueceu os imortais, pois tinha um juízo bom;
ele, como primícias, no fogo lançou cerdas da cabeça
do porco dente-branco e rezou a todos os deuses
pelo retorno de Odisseu muito-juízo a sua casa.
425 De pé, golpeou-o com toco de carvalho, inteiriço;
e a vida o abandonou. Eles o degolaram, queimaram cerdas
e logo o desmembraram; o porqueiro dispôs peças cruas,
primícias de todos os membros, na gorda banha.
Isso no fogo lançou, após aspergir grãos de cevada;
430 cortaram o restante, transpassaram em espetos,
assaram com todo o cuidado, tudo retiraram,
e o conjunto lançaram à mesa. O porqueiro
ergueu-se para trinchar: no juízo bem sabia o correto.
E tudo em sete partes separou, dividindo;
435 uma única às ninfas e a Hermes, o filho de Maia,
dispôs, após rezar, e as restantes ofereceu a cada um.
A Odisseu honrou com nacos extensos de lombo
do porco dente-branco, e enalteceu o ânimo do senhor.
A ele, falando, dirigiu-se Odisseu muita-astúcia:
440 "Tomara, Eumeu, te tornes tão caro a Zeus pai

403   CANTO 14

como a mim, que com tantas benesses me honras".
Respondendo, disseste-lhe, porqueiro Eumeu:
"Come, insano hóspede, e deleita-te com isto
que temos; o deus uma coisa dará, outra negará,
445 como em seu ânimo quiser, pois pode tudo".
Falou e sacrificou o consagrado a deuses sempiternos;
após libar fulgente vinho a Odisseu arrasa-urbe,
o pôs em suas mãos, e esse sentou-se junto a sua parte.
Pão distribuia-lhes Dopátio, a quem o próprio
450 porqueiro adquirira sozinho, ausente o senhor,
sem o conhecimento da senhora e do ancião Laerte:
junto aos táfios comprou-o usando seus bens.
E eles esticavam as mãos sobre os alimentos servidos.
Mas após apaziguarem o desejo por bebida e comida,
455 Dopátio retirou o pão, e eles, após de pão e carne
fartar-se, para o repouso apressaram-se.
E a noite chegou, sinistra, lua escura; Zeus choveu
toda a noite, e soprou o grande Zéfiro sempre chuvoso.
E entre eles falou Odisseu, para testar o porqueiro,
460 a ver se, despindo-se, ele lhe daria a capa ou a outro
companheiro incitaria, pois que dele cuidava bastante:
"Escuta agora, Eumeu, e todos os outros companheiros;
gabando-me, contarei uma história: o vinho impõe,
doido, e te insta, embora muito-juízo, a cantar
465 e rir levianamente, impulsiona-te a dançar
e enunciar uma história que é melhor silenciar.
Mas como já soltei a língua, não me esquivarei.
Tomara eu fosse jovem, e minha força, segura,
como quando, sob Troia, sofremos ordenada tocaia.
470 Comandavam Odisseu e Menelau, filho de Atreu,

e com eles o terceiro a liderar era eu, pois mandaram.

Quando chegamos à urbe e sua muralha escarpada,

nós, em torno da cidade, por entre cerrados arbustos,

em meio a juncos do pântano, tombados sob as armas,

475 jazíamos, e a noite chegou, sinistra – junto Bóreas –,

gelada, e de cima vinha neve como geada,

fria, e gelo se acumulava em volta dos escudos.

Lá todos os outros dispunham de capas e túnicas

e dormiam tranquilos, os escudos a cobrir-lhe os ombros;

480 mas eu, a capa, ao partir, com companheiros deixei,

insensato, por não pensar que faria frio,

e segui só com escudo e cinturão resplandecente.

No terço final da noite, concluído o périplo das estrelas,

então me dirigi a Odisseu, que estava próximo;

485 com o cotovelo o cutuquei e ele sem demora entendeu:

'Divinal filho de Laerte, Odisseu muito-truque,

não mais entre os vivos ficarei, já que a mim a friagem

extenua, pois capa não tenho. Induziu-me a divindade

a vir só com túnica; agora não há mais como fugir'.

490 Assim falei, e então ele teve esta ideia no ânimo,

distinto como ele era para planejar e combater;

e pôs-se a falar em voz baixa e dirigiu-me o discurso:

'Quieto agora, que nenhum outro aqueu te escute'.

Falou e, sobre o cotovelo, ergueu a cabeça e enunciou:

495 'Ouvi, amigos; veio até mim, no sono, divino sonho.

Bem distantes das naus estamos, tomara alguém pudesse

dizer ao filho de Atreu, Agamêmnon, pastor de tropa,

que ordenasse mais homens viessem das naus'.

Assim falou, e lançou-se Toas, o filho de Andráimon,

500 célere; deixando para trás a capa marrom,

405   CANTO 14

pôs-se a correr rumo às naus. Eu, sob suas roupas,
deitei-me, feliz, e brilhou Aurora trono-dourado.
Fosse eu agora assim jovem, e minha força, segura;
um porqueiro me daria, na quinta, uma capa
505   por duas razões, amizade e respeito por bom herói.
E agora me desonram, eu com roupas vis sobre a pele".
Respondendo, disseste-lhe, porqueiro Eumeu:
"Ancião, tua história é impecável, a que contaste,
nenhuma palavra desvantajosa e sem adequação pronunciaste:
510   assim não terás falta de veste nem de outra coisa
que convém a um suplicante calejado diante de nós
agora; mas de manhã sacudirás teus trapos.
Pois não há muitas capas e túnicas sobressalentes
aqui para vestir, uma somente para cada homem.
515   Mas quando voltar o caro filho de Odisseu,
ele te dará vestimentas, capa e túnica,
e te enviará para onde teu coração e ânimo impelem".
Assim falou, ergueu-se e pôs-lhe, perto do fogo,
o leito, e nele lançou peles de ovelhas e cabras.
520   Aí Odisseu deitou-se. Eumeu lançou capa sobre ele,
compacta e grande, que, sobressalente, tinha pronta
para vestir quando fizesse mau tempo assustador.
Assim Odisseu aí repousou, e ao lado dele
os varões repousaram, jovens. Ao porqueiro
525   desagradava o repouso lá, dormir longe dos porcos,
então preparava-se para sair; Odisseu alegrou-se,
pois que cuidava de seus recursos, mesmo ele distante.
Primeiro espada afiada lançou em torno do ombro robusto,
em volta vestiu a capa protetora, bem compacta,
530   agarrou o couro de grande cabra bem-nutrida

e pegou afiada lança, proteção contra cães e varões.
E foi descansar onde os porcos dente-branco,
sob rocha côncava, dormiam, ao abrigo de Bóreas.

15

E até a espaçosa Lacedemônia Palas Atena
foi, ao ilustre filho do animoso Odisseu
lembrar do retorno e incitá-lo a retornar.
Encontrou Telêmaco e o radiante filho de Nestor
5 deitados no vestíbulo do majestoso Menelau;
o filho de Nestor era dominado por sono macio,
e a Telêmaco doce sono não dominava, mas, no ânimo,
na noite imortal, inquietações com o pai o acordavam.
Parada perto, disse-lhe Atena olhos-de-coruja:
10 "Telêmaco, não mais é belo, longe de casa, vagares;
deixaste bens para trás e, em tua casa, varões
tão soberbos: que não te devorem tudo,
teus bens dividindo, e tu o trajeto faças em vão.
Mas rápido instiga Menelau bom-no-grito
15 a enviar-te para ainda topares em casa a mãe impecável.
Pois seu pai e irmãos já a incentivam
a ser desposada por Eurímaco: ele supera todos
os pretendentes com dons e aumenta as dádivas do pai;
que, contra tua vontade, não se levem bens da casa.
20 Pois tu sabes, é tal o ânimo no peito da mulher:

quer expandir a casa daquele que a desposa,
e dos filhos anteriores e do caro esposo,
quando morto, não mais se lembra nem indaga.
Deverias tu mesmo, voltando, tudo entregar
25 à escrava que te parecer ser a mais nobre,
até deuses te revelarem majestosa consorte.
Outra palavra te direi, e tu compreende-a no ânimo:
os melhores pretendentes deliberadamente te tocaiam
no canal entre Ítaca e a escarpada Samos,
30 ansiando matar-te antes que atinjas a terra pátria.
Não creio nisso, porém: antes mesmo a terra cobrirá
os varões pretendentes, que devoram teus recursos.
Mas para longe das ilhas afasta a nau engenhosa,
e também à noite navega: chegará a ti uma brisa
35 que te envia um dos imortais que te guarda e protege.
E quando chegares à primeira praia de Ítaca,
expede à cidade a nau e todos os companheiros,
e tu mesmo primeiro ao porqueiro te dirijas,
o guardião de teus porcos, contigo também gentil.
40 Lá descansa à noite e expede-o à cidade
para anunciar a Penélope bem-ajuizada
que estás são e salvo e de Pilos retornaste".
Ela, após falar assim, partiu ao elevado Olimpo,
e ele ao filho de Nestor despertou do doce sono,
45 chutando-o com o pé, e lhe dirigiu o discurso:
"Acorda, Pisístrato, filho de Nestor; os cavalos monocasco
traze e junge ao carro para percorrermos a rota".
A ele, então, Pisístrato, filho de Nestor, retrucou:
"Telêmaco, não há como, mesmo com pressa, partir
50 pela noite escura a guiá-los: logo virá a aurora.

Espera, até que traga presentes e no carro os ponha
o herói, filho de Atreu, Menelau famoso-na-lança,
e te anime com palavras suaves e de volta te envie.
Desse o hóspede se lembra todos os dias,
55 do varão hospitaleiro que demonstrar amizade".
Assim falou, e logo veio Aurora trono-dourado.
E achegou-se deles Menelau bom-no-grito
após erguer-se do leito, de junto de Helena belas-madeixas.
A ele então vislumbrou o caro filho de Odisseu:
60 apressado, a túnica lustrosa em torno da pele
vestiu, lançou grande manto nos ombros robustos
o herói, foi para fora, e, parado ao lado, disse-lhe
Telêmaco, o caro filho do divino Odisseu:
"Filho de Atreu, Menelau criado-por-Zeus, líder de tropa,
65 já agora me envia de volta à cara terra pátria.
Já deseja meu ânimo, vê, partir para casa".
Respondeu-lhe Menelau bom-no-grito:
"Telêmaco, não por muito tempo aqui te deterei,
se anseias pelo retorno; indigno-me contra todo
70 varão hospitaleiro que com excesso acolhe
ou com excesso odeia: tudo que é medido é melhor.
Igual mal incitar o hóspede que não quer partir
a fazê-lo, e reter o que está apressado.
Carece acolher o hóspede presente, e despedir-se do que quer ir.
75 Mas fica até que eu traga presentes belos e os ponha no carro,
tu com os olhos os veja, e eu diga às mulheres que no salão
preparem o almoço com o que há em profusão.
Ambos há, majestade e esplendor, e também auxílio,
se, após comer, se percorre a extensa terra sem-fim.
80 Se queres perambular na Hélade até o meio de Argos,

para eu mesmo contigo seguir, jungirei cavalos
e às urbes dos homens te guiarei; ninguém a nós
enviará de volta assim, mas nos oferecerão
ou alguma trípode de fino bronze ou uma bacia,
85 ou duas mulas ou uma taça de ouro".
A ele, então, o inteligente Telêmaco retrucou:
"Filho de Atreu, Menelau criado-por-Zeus, líder de tropa,
quero já retornar até os meus, pois atrás não
deixei, ao vir, um guardião de minhas posses;
90 que, procurando o excelso pai, eu mesmo não pereça
ou que algum bem valioso do palácio se perca".
Ao ouvir isso, Menelau bom-no-grito
logo a sua esposa e às escravas ordenou
preparar almoço com o que havia em profusão.
95 E achegou-se Verídico, filho de Auxiliador,
após erguer-se do leito, pois não morava muito longe:
mandou-o acender o fogo Menelau bom-no-grito
e carne assar; e ele ouviu e obedeceu.
Menelau desceu ao aposento oloroso,
100 não sozinho; com ele iam Helena e Grandaflição.
Mas quando chegaram onde estavam seus bens,
o filho de Atreu tomou de um cálice dupla-alça
e ao filho, Grandaflição, pediu que separasse uma ânfora
de prata. Helena postou-se junto às arcas
105 onde havia peplos bem ornados que ela mesma lavrara.
Pegou um único deles e levou, divina mulher,
o que era o mais belo, com ornamentos, e o maior,
e como um astro refulgia; estava embaixo de todos.
E deslocaram-se de volta pela casa até alcançar
110 Telêmaco; e a ele disse o loiro Menelau:

"Telêmaco, o retorno, como em teu juízo concebes,
que isso te cumpra Zeus, o ressoante marido de Hera.
Dos dons, de quantos bens há em minha casa,
eu te darei o mais belo e mais valioso.
115 Uma ânfora bem-feita te darei: de prata
ela é toda, e sua borda tem acabamento em ouro,
obra de Hefesto. Deu-ma o herói Lúzio,
rei dos sidônios, quando em sua casa albergou-me
ao lá passar no retorno: com ela te quero presentear".
120 Falou assim e nas mãos colocou o cálice dupla-alça,
o herói, filho de Atreu. Eis que a ânfora luzidia
trazia o forte Grandaflição e pôs diante dele,
de prata. Ao lado postou-se Helena bela-face;
com o peplo nas mãos, dirigiu-se-lhe e nomeou-o:
125 "Dom também eu, filho querido, este te dou,
lembrança das mãos de Helena para as bodas desejadas;
que tua esposa o use: entrementes, junto à cara mãe,
deposita no palácio. Que tu, alegre, voltes
à casa bem-construída e a tua terra pátria".
130 Falou assim e nas mãos o pôs, e ele, alegre, recebeu.
Esses dons acomodou na cesta o herói Pisístrato,
após recebê-los, e tudo admirou em seu ânimo.
E levou-os para a casa Menelau de loiro cabelo.
Então os fez sentar em cadeiras e poltronas.
135 Uma criada despejou água – trazida em jarra
bela, dourada – sobre bacia prateada
para que se lavassem; ao lado estendeu polida mesa.
Governanta respeitável trouxe pão e pôs na frente,
e, junto, muitos petiscos, oferecendo o que havia.
140 Junto, o filho de Auxiliador partia carne e a distribuía;

e o filho do majestoso Menelau escançava vinho.
E eles esticavam as mãos sobre os alimentos servidos.
Mas após apaziguarem o desejo por bebida e comida,
então Telêmaco e o radiante filho de Nestor
145 jungiram os cavalos, subiram no variegado carro
e partiram do pórtico, da colunata ressoante.
E atrás deles ia o filho de Atreu, o loiro Menelau,
com vinho adoça-juízo na mão direita
em cálice dourado, para os dois libarem e partir.
150 Parado diante dos cavalos, saudando-os disse:
"Sede felizes, jovens, e a Nestor, pastor de tropa,
falai, pois, para mim, era como um pai amigável
enquanto em Troia peleávamos, os filhos de aqueus".
A ele, então, o inteligente Telêmaco retrucou:
155 "Deveras, a ele, ó criado por Zeus, como dizes,
tudo, ao chegarmos, contaremos. Tomara eu assim,
após retornar a Ítaca, encontrando Odisseu em casa,
pudesse falar que, tendo de ti obtido toda a amizade,
parti, e levei bens em profusão e distintos".
160 Depois de ter falado, em sua direção voou à direita
uma águia com cintilante gansa doméstica do pátio
nas garras, um prodígio; seguiam-na, berrando,
varões e mulheres. Ela deles se aproximou
e, à direita, adejou diante dos cavalos. Aqueles, vendo-a,
165 alegraram-se, e no peito de todos o ânimo esquentou.
Entre eles, Pisístrato, filho de Nestor, tomou a palavra:
"Analisa, Menelau criado-por-Zeus, líder de tropa,
se o deus mostrou o presságio a nós dois, ou a ti".
Assim falou, e cogitou Menelau caro-a-Ares
170 como, após pensar, com adequação lhe responderia.

Antes dele, Helena peplo-bom-talhe falou o discurso:
"Ouvi-me; eu adivinharei como em meu ânimo
lançam os imortais, e creio que assim se completará.
Como aquela pegou a gansa, criada na propriedade,
175   ao vir da montanha, onde família e filhote estão,
assim Odisseu, após muitos males sofrer e muito vagar,
a casa irá retornar e vingar-se; ou também já
em casa está, e a todos os pretendentes engendra um mal".
A ela, então, o inteligente Telêmaco retrucou:
180   "Que agora assim fixe Zeus, ressoante marido de Hera;
então a ti, também lá, rezarei como a um deus".
Falou, e sobre os cavalos lançou o chicote; eles bem rápido
saltaram, através da cidade, sôfregos pela planície.
Agitaram o dia todo o jugo que levavam nos dois lados.
185   E o sol mergulhou, e todas as rotas escureciam.
E chegaram a Feras, rumo à casa de Diocles,
o filho de Tocaioso, que Alfeio gerou como filho.
Lá descansaram à noite, e ele lhes regalou.
Quando surgiu a nasce-cedo, Aurora dedos-róseos,
190   jungiram os cavalos e subiram no variegado carro;
e partiram do pórtico, da colunata ressoante.
Chicoteou para puxarem, e eles de bom grado voaram.
Eis que rápido chegaram à escarpada cidade de Pilos;
então Telêmaco interpelou o filho de Nestor:
195   "Filho de Nestor, como aceitarias e cumpririas, sob promessa,
meu discurso? Aliados, para sempre, proclamamos ser
por causa da amizade dos pais, mas somos coetâneos.
Este caminho levará ainda mais à concórdia.
Não me afastes da nau, criado-por-Zeus: deixa-me aqui;
200   que o ancião, sem eu querer, não me retenha em casa,

ansiando acolher-me: carece que eu chegue bem rápido".
Assim falou, e o filho de Nestor planejou em seu ânimo
como, com adequação, cumpriria sob promessa.
Pareceu-lhe, ao refletir, ser mais vantajoso assim:
205 dirigiu os cavalos à nau veloz e à orla do mar,
na popa da nau desembarcou os belos dons,
vestes e ouro, que Menelau ao outro dera;
e a ele, incitando, dirigiu palavras plumadas:
"Com zelo agora embarca e incita todo companheiro
210 antes que eu em casa chegue e informe o ancião.
Tudo isto conheço bem no juízo e no ânimo:
como o ânimo dele é brutal, não te deixará ir,
mas ele mesmo cá virá te chamar, e não creio que ele
voltará sem nada, pois estará enraivecido de todo".
215 Falou assim, chicoteou os cavalos bela-pelagem
de volta à urbe dos pílios e rápido em casa chegou.
E Telêmaco, instigando os companheiros, ordenou:
"Organizai o equipamento, companheiros, na negra nau,
e nós mesmos embarquemos para realizar a rota".
220 Assim falou, e eles o ouviram direito e obedeceram,
e logo embarcaram e sentaram junto aos calços.
Ele isto preparava e rezava, e libava a Atena
junto à popa da nau; e das cercanias veio-lhe um varão
de terra distante, fugindo de Argos pois a um varão matara,
225 e era adivinho. Quanto à família, descendia de Melampo,
que antes morava em Pilos, mãe de ovelhas e cabras,
rico entre os pílios, notável habitante.
Então partiu à cidade de outros, fugindo da pátria
e do animoso Neleu, o mais ilustre dos vivos,
230 que dele muita riqueza, no ciclo de um ano,

418   CANTO 15

reteve à força. Então ele, no palácio de Fílaco,
preso com laço difícil, sofria fortes agonias
por causa da filha de Neleu e do desvario profundo,
que lhe pôs no juízo a deusa, Erínia visitante-da-casa.
235 Mas ele escapou da morte: tangeu bois muito-mugido
de Filace até Pilos, vingou-se do feito ultrajante
contra o excelso Neleu e, como esposa para o irmão,
conduziu-a à casa deste. E ele chegou à cidade de outros,
a Argos nutre-potros, pois aí era-lhe destinado
240 habitar, sendo o rei de muitos argivos.
Lá desposou sua mulher, fez casa grandiosa
e gerou Antífates e Adivinhoso, filhos poderosos.
Antífates gerou o animoso Oicleio,
e Oicleio, Anfiarau move-exército,
245 ao qual demais amaram Zeus porta-égide e Apolo
com todo amor; e não atingiu o umbral da velhice,
mas pereceu em Tebas por causa de dons femininos.
Dele os filhos foram Alcmaion e Anfíloco.
Adivinhoso, por sua vez, gerou Polifeides e Ilustre.
250 Mas a Ilustre raptou Aurora trono-dourado
por sua beleza, para que ficasse entre imortais;
e um adivinho, do autoconfiante Polifeides, Apolo
fez, de longe o melhor dos mortais após morrer Anfiarau.
Ele para Hiperésia mudou-se, com raiva do pai,
255 onde, morando, adivinhava para todo mortal.
Eis que o filho desse chegou, de nome Teoclímeno,
que então perto de Telêmaco se pôs; alcançou-o,
libando e rezando junto à negra nau veloz,
e, falando, dirigiu-lhe palavras plumadas:
260 "Meu caro, já que te alcanço sacrificando nesta terra,

suplico pelos sacrifícios e pela divindade e depois
por ti próprio e pelos companheiros que te seguem.
Diz a mim, que inquiro, o que é veraz e não ocultes:
quem és? De que cidade vens? Quais teus ancestrais?".
265   A ele, então, o inteligente Telêmaco retrucou:
"Pois eu te falarei, estranho, com muita precisão.
Sou de uma família de Ítaca, e meu pai é Odisseu,
se um dia existiu; agora já pereceu em funesto fim.
Por isso agora, após obter companheiros e negra nau,
270   parti e busquei notícia do pai há tempo ausente".
E a ele dirigiu-se o deiforme Teoclímeno:
"Assim também eu da pátria saí após matar varão
de meu povo. Muitos irmãos e parentes tinha,
por Argos nutre-potros, com grande poder sobre aqueus;
275   para evitar a negra perdição da morte que deles vem,
exilei-me, pois cumpre-me vagar entre os homens.
Mas admite-me na nau; exilado, suplico-te;
que eles não me matem, pois creio ser perseguido".
A ele, então, o inteligente Telêmaco retrucou:
280   "Claro, como queres, não te afastarei da nau simétrica,
mas vem; lá serás acolhido com o que temos".
Após falar assim, tomou-lhe a lança brônzea;
estendeu-a na plataforma da nau ambicurva,
e ele mesmo embarcou na nau cruza-mar.
285   Sentou-se na popa da nau, e junto dele
fez sentar Teoclímeno; e os outros soltaram os cabos.
Telêmaco, instigando os companheiros, pediu-lhes
pegar no cordame; e eles, com avidez, obedeceram.
O mastro de abeto, dentro da côncava enora
290   ergueram, fixaram e prenderam com estais;

e içaram branca vela com tiras de couro bem-trançadas.
A eles brisa bem-vinda enviou Atena olhos-de-coruja,
ventando, agitada, pelo céu para que, bem rápido,
a nau efetuasse a corrida pela água salina do mar.
295 Passou ao largo de Cruno e Cálcis belas-correntes.
E o sol mergulhou, e todas as rotas escureciam;
e ela alcançou Feas, impulsionada pela brisa de Zeus,
e passou pela diva Élida, onde dominam os epeus.
Lá, então, direcionou-a rumo às ilhas Ligeiras,
300 revolvendo se escaparia da morte ou seria pego.
Nisso os dois na cabana, Odisseu e o divino porcariço
jantavam; e junto deles jantavam os outros varões.
Mas após apaziguarem o desejo por bebida e comida,
entre eles falou Odisseu, testando o porqueiro:
305 ou ainda o acolheria com atenção e diria para ficar
lá mesmo na quinta ou o expediria à cidade:
"Escuta agora, Eumeu, e todos os outros companheiros:
de manhã almejo retornar à cidade
para mendigar; que a ti e aos companheiros eu não esgote.
310 Mas aconselha-me bem e oferta um nobre guia
que me leve até lá; pela urbe eu mesmo, por necessidade,
vagarei, esperando me estendam caneca e pãozinho.
E, tendo ido à casa do divino Odisseu,
um anúncio faria à bem-ajuizada Penélope
315 e me juntaria aos pretendentes soberbos,
esperando me darem refeição, pois têm comida a granel.
Logo poderia bem servi-los no que quisessem.
Pois eu falarei, e tu compreende e me escuta:
por meio de Hermes condutor, que, aos feitos
320 de todos os homens, graça e majestade confere,

421   CANTO 15

nenhum mortal disputaria comigo em serviços:
montar bem o fogo, rachar madeira combustível,
trinchar e assar e escançar o vinho,
serviços que aos bons prestam os inferiores".

325 Bem perturbado, a ele dirigiu-se o porqueiro Eumeu:
"Ai de mim, hóspede, por que ao teu juízo essa ideia
veio? Tu deveras almejas lá perecer,
se, de fato, queres penetrar na hoste de pretendentes,
cuja desmedida e violência atinge o céu ferroso.

330 Saiba que não são dessa espécie aí os seus serviçais,
mas jovens, bem-vestidos com capas e túnicas,
sempre reluzentes suas cabeças e belas faces,
esses que àqueles servem; bem-polidas mesas
estão sempre cheias de pão, carnes e vinho.

335 Não, fica; ninguém se irrita com tua presença,
nem eu nem companheiro algum que comigo está.
Mas quando voltar o caro filho de Odisseu,
ele com vestes te vestirá, capa e túnica,
e te enviará aonde coração e ânimo te impelem".

340 Respondeu-lhe o muita-tenência, divino Odisseu:
"Tomara, Eumeu, te tornes tão caro a Zeus pai
como a mim, pois cessaste minha errância, agonia terrível.
Perambulação, nada pior existe entre os mortais;
mas devido ao funesto estômago tem vis agruras

345 o varão a quem atingem errância, miséria e aflição.
Agora, como me reténs e ordenas que o aguarde,
vamos, fala-me da mãe do divino Odisseu
e do pai, que ele, ao partir, deixou no umbral da velhice,
se ainda estão entre os vivos sob os raios do sol

350 ou já estão mortos na morada de Hades".

E a ele dirigiu-se o porqueiro, líder de varões:
"Portanto a ti, hóspede, com muita precisão, direi.
Laerte ainda vive e para Zeus reza sempre
na casa que a vida desapareça de seus membros;
355 assustador como chora pelo filho ausente
e pela lídima esposa, atilada, que a ele demais
afligiu ao perecer e tornou-o um velho prematuro.
Ela pereceu de aflição pelo filho majestoso
em morte deplorável; assim não morra quem,
360 dos que nesta terra moram, me é caro e benfeitor.
De fato, enquanto ela vivia, embora muito aflita,
então era-me caro algo indagar e perguntar,
pois ela mesma criou a mim e Ctimena peplo-bom-talhe,
a filha altiva, a mais nova das crianças que gerou;
365 com ela fui criado, e honrava-me bem pouco menos.
Quando ambos atingimos a juventude muito amada,
casaram-na em Same e adquiriram muitos dons;
a mim com vestes, capa e túnica, aquela
cobriu, bem belas, para os pés deu alpercatas
370 e ao campo me enviou: ainda mais me amava.
Agora sinto falta disso; mas para mim mesmo
os deuses ditosos propiciam a lida onde fico:
disso comi e bebi, e dei aos que se deve respeito.
Da senhora não é possível ouvir algo amável,
375 nem palavra nem ação, desde que o mal caiu na casa,
os varões soberbos. E escravos demais almejam,
diante da senhora, conversar e de tudo se informar,
comer e beber, e então também algo levar para si,
ao campo, do que sempre esquenta o ânimo dos servos".
380 Respondendo, disse-lhe Odisseu muita-astúcia:

423   CANTO 15

"Incrível, quando eras tão pequeno, porqueiro Eumeu,
muito vagaste para longe de tua pátria e dos pais.
Mas vamos, diz-me isto e conta com precisão:
ou foi devastada a cidade de varões, com amplas ruas,
385 na qual habitavam teu pai e a senhora mãe,
ou a ti, isolado junto a ovelhas ou junto a bois,
varões inimigos, com naus, pegaram e venderam
para a casa desse varão, que pagou preço digno".
E a ele dirigiu-se o porqueiro, líder de varões:
390 "Hóspede, já que isso me perguntas e investigas,
em silêncio presta atenção, deleita-te e bebe vinho,
sentado. Essas noites são infindáveis: é possível dormir;
é possível deleitar-se em ouvir. Não carece que tu,
antes da hora, te deites; muito sono também irrita.
395 Quanto aos outros, a quem o ânimo do coração impele,
retirem-se e durmam; despontando a aurora,
comam e sigam com os porcos do senhor.
Nós dois na cabana, bebendo e banqueteando-nos,
com as agruras um do outro, deploráveis, nos deleitemos,
400 lembrando: mais tarde, até com aflições deleita-se o varão,
todo que muitos males sofreu e muito vagou.
Mas isto eu te direi, o que me inquires e questionas.
Há uma ilha chamada Síria, se já escutaste,
para cima da ilha Codorna, onde os raios do sol voltam
405 não populosa por demais, mas, de fato, boa:
bom gado, boas ovelhas, rica em vinho, muito trigo.
A fome nunca atinge a comunidade, e nenhuma outra
doença hedionda sobrevém aos pobres mortais:
mas quando as tribos de homens envelhecem na urbe,
410 vem Apolo arco-de-prata com Ártemis

e, com suas flechas suaves, chega e mata.
Há duas cidades, e para elas tudo em dois é dividido;
sobre essas duas meu pai regia,
Ricoso, filho de Açodado, semelhante aos imortais.

415 Lá chegaram varões fenícios, famosos pelas naus,
velhacos, trazendo milhares de adornos na negra nau.
Havia, na casa de meu pai, mulher fenícia,
bela e grande, conhecedora de radiantes trabalhos.
Eis que iludiram-na os muito experientes fenícios.

420 Primeiro, na lava de roupa, um deles, junto à cava nau,
uniu-se a ela em enlace amoroso, isso que ilude o juízo
de bem femininas mulheres, ainda que honestas sejam.
Indagou depois quem ela seria e de onde teria vindo.
Ela de pronto indicou a grandiosa casa de meu pai:

425 'De Sídon muito-bronze proclamo ser,
e sou filha de Aribas, cujas riquezas abundam;
mas os táfios, varões piratas, me raptaram,
ao voltar do mercado, cá me trouxeram e venderam,
para a casa desse varão, que pagou preço digno'.

430 E dirigiu-se-lhe o varão que a ela se unira em segredo:
'Portanto agora voltarias conosco para casa,
para veres a grandiosa casa do pai e da mãe
e a eles? Por certo ainda vivem e são ditos ricos'.
E a ele dirigiu-se a mulher e reagiu com o discurso:

435 'Isso seria possível se pelo menos quisésseis, nautas,
com jura garantir que para casa me levarão a salvo'.
Assim falou, e eles todos logo juraram como pediu.
E após jurar por completo esse juramento,
entre eles de novo falou a mulher e reagiu com o discurso:

440 'Silêncio agora; nenhum se dirija a mim com palavras,

um de vossos companheiros, encontrando-se ou na rua
ou junto à fonte, para ninguém ir à casa ao ancião
informar, o qual, após refletir, me prenderá
com laço difícil e conceberá vosso fim.

445 Mantende no juízo o discurso e apressai os negócios.
Mas quando a nau já estiver plena de recursos,
enviai à casa rápido uma mensagem:
trarei inclusive ouro, todo o que estiver à mão.
Também gostaria de dar outra paga pela viagem:

450 o filho do bom varão no palácio eu crio;
ele é tão ladino, também corre porta afora.
Eu o traria à nau, e para vós preço altíssimo
renderia onde o vendêsseis entre homens outra-língua'.
E ela, após falar assim, partiu à bela morada;

455 eles, lá permanecendo junto a nós um ano todo,
na côncava nau negociaram muitos recursos.
Mas quando a cava nau carregada estava para o retorno,
enviaram um mensageiro para avisar a mulher.
Chegou um varão multiperspicaz à casa de meu pai,

460 com corrente de ouro entrelaçado com âmbar.
Nela, no salão, as escravas e a senhora mãe
puseram as mãos em volta e com os olhos miravam,
preço oferecendo; e ele àquela acenou em silêncio.
Então, após acenar, partiu rumo à côncava nau,

465 e ela pegou-me pela mão e saiu de casa porta afora.
Encontrou, no vestíbulo, cálices e mesas
de varões convivas, que assessoravam meu pai.
Tinham ido a uma sessão para a fala do povo,
e ela, rápido, três taças ocultou sob o colo

470 e levou-as; eu a segui por conta de cego juízo.

E o sol mergulhou, e todas as rotas escureciam;
e nós fomos ao porto famoso, apressando-nos,
onde estava a nau saltadora dos varões fenícios.
Eles então embarcaram e cruzavam fluentes caminhos,
475 após embarcarem a nós dois; e Zeus lançava a brisa.
Seis dias navegamos sem parar, de noite e de dia;
mas quando o sétimo dia fixou Zeus, filho de Crono,
então atingiu àquela mulher Ártemis verte-setas,
e no porão ribombou, após cair como andorinha-do-mar.
480 Para tornar-se butim de focas e peixes,
jogaram-na; e eu fui deixado, aflito no coração.
E de Ítaca achegaram-se, levando-os vento e água,
onde Laerte comprou-me usando seus bens.
Assim esta terra eu vi com meus olhos".
485 E o divinal Odisseu respondeu-lhe com o discurso:
"Eumeu, sim, muito agitaste meu ânimo no peito,
falando dessas tantas aflições que já sofreste no ânimo.
Mas para ti, junto ao mal, pôs também algo bom
Zeus, pois chegaste, após muito penar, à casa de varão
490 amigável, que agora te fornece alimento e bebida,
gentil, e vives com bons recursos; mas eu,
após vagar por muitas urbes de mortais, chego aqui".
Assim falavam dessas coisas entre si,
e não dormiram um tempo longo, mas curto;
495 logo veio Aurora belo-trono. Aproximando-se da praia,
os companheiros de Telêmaco soltaram vela, abaixaram mastro,
rápido, e à ancoragem a nau impulsionaram com remos.
Lançaram a âncora e prenderam os cabos da popa;
eles mesmos desembarcaram na rebentação do mar,
500 prepararam refeição e misturaram fulgente vinho.

Mas após apaziguarem o desejo por bebida e comida,
entre eles o inteligente Telêmaco tomou a palavra:
"Vós agora à cidade guiai a negra nau,
mas eu irei às terras cultivadas e aos pastores;
505 descerei à noite à cidade, após ver meus campos.
De manhã vos ofertarei uma recompensa,
belo banquete com carnes e vinho suave".
E a ele dirigiu-se o deiforme Teoclímeno:
"Aonde eu, filho querido, devo ir? Devo chegar à casa
510 de que varão dos que regem pela rochosa Ítaca?
Ou devo ir direto à casa de tua mãe e tua?".
A ele, então, o inteligente Telêmaco retrucou:
"Em outras condições eu te mandaria até nós:
não há falta de regalos; mas para ti mesmo
515 será pior, pois eu estarei longe, e a ti a mãe
não verá, pois amiúde aos pretendentes, na casa,
não se mostra, mas longe, em cima, tece a trama.
Mas outro varão te indico, a quem poderás te dirigir,
Eurímaco, o filho radiante do atilado Polibo,
520 a quem agora como a um deus os itacenses miram;
também é o mais nobre varão que espera
desposar minha mãe e possuir a honraria de Odisseu.
Mas disto sabe Zeus Olímpio, morando no céu,
se, para eles, antes das bodas, cumprirá o dia danoso".
525 Assim para ele, após falar, voou à direita uma ave,
gavião, o rápido mensageiro de Apolo; nos pés
depenava um pombo e deixava cair penas no chão,
entre a nau e o próprio Telêmaco.
Teoclímeno, afastando-o dos companheiros,
530 deu-lhe forte aperto de mão e dirigiu-lhe a palavra:

"Telêmaco, não sem o concurso do deus voou o pássaro
à direita; reconheço nele, olhando de frente, um presságio.
Não há outra linhagem mais régia que a tua
na cidade de Ítaca, vós sois mais potentes sempre".
535 A ele, então, o inteligente Telêmaco retrucou:
"Ah! Se essa palavra, hóspede, se cumprisse;
então rápido conhecerias a amizade e muitos dons
meus, tantos que, se alguém te visse, te diria ditoso".
Falou e interpelou Peiraio, confiável companheiro:
540 "Peiraio, filho de Clítio, tu, em tudo, é quem mais me atende
entre os companheiros que a Pilos foram comigo;
também agora o estranho conduza e em tua casa,
gentil, o acolhe e honra até eu chegar".
A ele, então, retrucou Peiraio famoso-na-lança:
545 "Telêmaco, mesmo se ficares muito tempo aqui,
eu o hospedarei, e a ele regalos não serão necessários".
Após falar assim, foi até a nau e pediu aos companheiros
que também eles embarcassem e soltassem os cabos.
Eles logo embarcaram e sentaram-se junto aos calços.
550 E Telêmaco atou aos pés belas sandálias
e tomou a brava lança, afiada com ponta de bronze,
da plataforma da nau; e eles soltaram os cabos.
Após afastá-la, navegavam à cidade, como pedira
Telêmaco, o caro filho do divino Odisseu;
555 rápido avançando, os pés levaram-no até o pátio,
onde havia miríades de porcas, com as quais o porqueiro
distinto dormia, versado no que agrada aos senhores.

16

Nisso os dois na cabana, Odisseu e o divino porcariço,
preparavam o desjejum de manhã, após acender o fogo,
e enviaram os pastores com o conjunto de porcos.
E para Telêmaco abanaram o rabo os cães ladradores
5 e não ladraram com sua chegada. Viu o divino Odisseu
os cães abanando o rabo, e o som de pés o envolveu.
Eis que logo a Eumeu dirigiu palavras plumadas:
"Eumeu, por certo cá chegará um companheiro
ou outro conhecido, pois os cães não ladram,
10 mas abanam o rabo; e escuto o ruído de pés".
Não havia terminado a fala quando seu caro filho
parou no pórtico. Estuporado, ergueu-se o porqueiro,
e de suas mãos caíram as vasilhas com que se ocupava,
misturando fulgente vinho. Ele apresentou-se ao senhor,
15 beijou o na cabeça, nos dois belos olhos
e em ambas as mãos; e dele tombou espessa lágrima.
Como um pai com afeto saúda o caro filho
que chega de terra distante no décimo ano,
único e muito amado, por quem sofreu agonia demais –
20 assim ao deiforme Telêmaco o porcariço divino

433 CANTO 16

beijou e abraçou-o todo, como a quem da morte escapou.
Chorando, dirigiu-lhe palavras plumadas:
"Chegaste, Telêmaco, doce luz; não mais eu a ti
pensava ver depois que partiste com a nau a Pilos.

25 Mas vamos, entra, caro filho, para que no ânimo
me deleite, vendo-te, há pouco de volta, aqui dentro.
Por certo não vens amiúde ao campo nem aos pastores,
mas ficas na urbe, pois assim deve agradar-te no ânimo
observar a reunião infernal de varões pretendentes".

30 A ele, então, o inteligente Telêmaco retrucou:
"Será assim, papá; por tua causa vim para cá,
para que te veja com os olhos e escute palavra,
se minha mãe ainda se mantém no palácio, ou já um
outro varão a desposou, e quiçá na cama de Odisseu,

35 carente de ocupantes, há vis teias de aranha".
E a ele dirigiu-se o porqueiro, líder de varões:
"É claro que ela aguarda, com ânimo resistente,
em teu palácio; para ela sempre agonizantes
esvaem as noites e os dias, e verte lágrimas".

40 Após falar assim, tomou-lhe a lança brônzea;
e ele foi para dentro, cruzou o umbral de pedra.
Quando achegou-se, cedeu-lhe assento o pai Odisseu;
Telêmaco, do outro lado, conteve-o e disse:
"Senta, estranho; nós também temos assento alhures

45 em nossa quinta; há um varão aqui que o arranjará".
Isso disse, e ele de novo sentou. Para o outro o porqueiro
jogou galhos verdes e um velo sobre eles;
lá então sentou-se o caro filho de Odisseu.
Para eles o porqueiro dispôs gamelas com carnes

50 cozidas, que na véspera deixaram ao comer;

pão amontoava, com zelo, em cestas,

e eis que na cumbuca misturou vinho doce como mel;

ele próprio sentou-se diante do divino Odisseu.

E eles esticavam as mãos sobre os alimentos servidos.

55 Mas após apaziguarem o desejo por comida e bebida,

nisso Telêmaco interpelou o divino porcariço:

"Papá, de onde veio esse estranho? Como nautas

trouxeram-no até Ítaca? Quem proclamaram ser?

De modo algum creio que a pé aqui chegou".

60 Respondendo, disseste-lhe, porqueiro Eumeu:

"Portanto eu te falarei, filho, toda a verdade.

Proclama ser de uma família da ampla Creta,

e diz ter perambulado por muitas urbes,

vagando: isso destinou-lhe a divindade.

65 Agora, porém, fugiu da nau de varões tesprótios

e chegou a minha quinta, e eu o porei em tuas mãos.

Faça como quiseres; teu suplicante proclama ser".

A ele, então, o inteligente Telêmaco retrucou:

"Eumeu, deveras aflitiva essa fala que falaste.

70 Como é que ao estranho eu acolherei em casa?

Eu próprio sou jovem e nos braços não confio

para afastar um varão quando, primeiro, endurece.

No peito de minha mãe, o ânimo cogita dividido:

ou ficar aqui junto a mim e dirigir a casa,

75 respeitando a cama do marido e a fala do povo,

ou já seguir quem for, dos aqueus, o melhor

varão que a corteja no palácio e que mais oferta.

Mas ao estranho, pois alcançou tua casa,

vou vesti-lo com capa e túnica, belas vestes,

80 darei uma espada duas-lâminas e sandálias para os pés

e enviarei aonde coração e ânimo o impelem.
Se queres, cuida dele tu e retém-no na quinta;
vestes para cá enviarei, e também comida,
para que a ti e aos companheiros não esgote.

85 Para lá, entre os pretendentes, eu não o permitiria
ir, pois se entregam a desmedida assaz iníqua;
que não o provoquem: minha aflição seria terrível.
Mesmo a um varão altivo é difícil fazer algo
em meio aos outros, em número tão superior".

90 E a ele dirigiu-se o muita-tenência, divino Odisseu:
"Amigo, como é norma que eu também responda,
ao ouvir-te dilacera-se meu caro coração,
tais as iniquidades que, falastes, pretendentes engenham
no palácio em oposição a ti, sendo quem és.

95 Diz-me, és oprimido de bom grado ou a ti o povo
odeia na região, seguindo a sugestão de um deus?
Ou em algo censura irmãos, justo em quem um varão,
na peleja, confia, mesmo se ocorre grande contenda?
Tomara fosse eu tão jovem como jovem é meu ânimo,

100 ou o filho do impecável Odisseu eu fora, ou mesmo o próprio,
que chegasse, vagando: resta ainda uma parte de esperança;
logo depois um completo estranho poderia cortar minha cabeça
caso eu não me tornasse um mal para todos eles,
achegando-me ao salão de Odisseu, filho de Laerte.

105 Se eles, mais numerosos, me subjugassem,
preferiria, assassinado em meu palácio,
estar morto a sempre afrontar estes ultrajes,
eles a maltratar estranhos e arrastar escravas
de forma ultrajante na bela morada,

110 emborcando vinho e comendo pão

assim à toa, sem fim, para um feito sem remate".

A ele, então, o inteligente Telêmaco retrucou:

"Portanto a ti, hóspede, com muita precisão, direi.

Nem todo o povo, com ódio, contra mim endurece,

115   nem censuro irmãos, justo em quem um varão,

na peleja, confia, mesmo se ocorre grande contenda.

Em nossa linhagem o filho de Crono só dá um único:

o único filho que Arquésio gerou foi Laerte;

o único, então, Odisseu, a quem, como pai, gerou; Odisseu,

120   o único, a mim, no palácio, gerou e deixou, sem desfrutar.

Por isso, agora, miríades de inimigos na casa há.

Com efeito, quantos nobres têm poder sobre as ilhas,

Dulíquion, Same e a matosa Zacintos,

e quantos regem pela rochosa Ítaca,

125   tantos cortejam minha mãe e esgotam a casa.

Ela, nem recusar as hediondas bodas nem as completar,

disso não é capaz; eles, porém, devastam, comendo,

minha casa. Logo despedaçarão também a mim.

Não, isso repousa nos joelhos dos deuses.

130   Papá, vai bem rápido e à prudente Penélope

diz que estou são e salvo e de Pilos cheguei.

Eu ficarei aqui mesmo, e tu, para cá, retorna

após só a ela anunciares; que nenhum outro aqueu

seja informado: muitos, contra mim, engenham males".

135   Respondendo, disseste-lhe, porqueiro Eumeu:

"Compreendo, reflito; pedes para quem isso entende.

Mas vamos, diz-me isto e conta, com precisão,

se também pela mesma via levo o anúncio a Laerte,

desventurado, que há tempo, tão aflito por Odisseu,

140   observa os cultivos e com os escravos na casa

bebe e come quando o ânimo no peito ordena;
e agora, desde que tu com nau partiste a Pilos,
dizem que ele não come nem bebe como sempre,
nem os cultivos olha, mas, com gemido e lamento,
145 senta chorando, e soçobra a pele em volta dos ossos".
A ele, então, o inteligente Telêmaco retrucou:
"Tanto pior. Ainda assim o deixemos, embora angustiados.
Se para os mortais tudo dependesse da vontade,
primeiro escolheríamos o dia do retorno de meu pai.
150 Vai, dá o recado e volta, e não perambules
pelos campos atrás dele; e instrua a mãe
a mandar criada governanta o mais rápido possível,
às ocultas: ela poderá dar o recado ao ancião".
Falou, e o porqueiro com as mãos pegou sandálias,
155 atou-as aos pés e à cidade rumou. E Atena não
ignorou o porcariço Eumeu saindo da quinta
e se achegou: o corpo como de uma mulher
bela, grande e conhecedora de radiantes trabalhos.
Parou no vestíbulo da cabana, aparecendo a Odisseu;
160 Telêmaco não a viu diretamente nem observou –
nem sempre os deuses a todos aparecem vívidos –,
mas Odisseu e os cães a viram, e não latiram,
e com ganidos fugiram ao outro lado da quinta.
Ela com as celhas sinalizou; notou-a o divino Odisseu,
165 saiu do salão, para além do grande muro do pátio
e parou diante dela. E a ele disse Atena:
"Divinal filho de Laerte, Odisseu muito-truque,
diga já agora a teu filho uma palavra e não ocultes,
para, após talhar a perdição da morte aos pretendentes,
170 irdes à cidade bem famosa, os dois; eu própria, não

estarei muito tempo longe de vós, sôfrega por guerrear".
Falou, e com a dourada vara golpeou-o Atena.
Primeiro, para ele, manto bem-lavado e túnica
pôs em torno do peito, e ampliou seu porte e juventude.
175 Logo tornou-se pele-bronzeada, o maxilar esticou-se,
e preta ficou a barba em volta do queixo.
Ela, após agir assim, partiu de volta; e Odisseu
foi à cabana. O caro filho assombrou-se com ele,
receou ser um deus, lançou os olhos ao outro lado
180 e, falando, dirigiu-lhe palavras plumadas:
"Diferente de antes, estranho, surgiste agora mesmo,
tens outras vestes e tua pele não é a mesma.
Por certo és um deus, eles que dispõem do amplo céu.
Sê propício para te darmos sacrifícios comprazedores
185 e dons de ouro, bem-feitos; e poupa os nossos".
Respondeu-lhe o muita-tenência, divino Odisseu:
"Não sou um deus; por que me comparas a imortais?
Porém sou teu pai, aquele por quem gemes
e sofres muita agonia, submetido à violência de varões".
190 Após falar assim, beijou o filho, e, da face,
escorreram lágrimas ao chão; antes as contivera.
Não convencido de que era seu pai, Telêmaco
de novo a ele dirigiu palavras em resposta e disse:
"Tu não és Odisseu, o meu pai, mas divindade que a mim
195 enfeitiça, para que, chorando ainda mais, eu gema.
Por certo um varão mortal não engendraria isso
com sua própria mente, exceto se o deus, ele mesmo,
viesse e, querendo, fácil tornasse-o jovem ou velho.
Com efeito, há pouco eras velho e vestias andrajos;
200 agora te assemelhas a deuses, que dispõem do amplo céu".

439   CANTO 16

Respondendo, disse-lhe Odisseu muita-astúcia:
"Telêmaco, não convém, com o caro pai aqui dentro,
ficares aturdido em excesso nem te admirares.
Vê, nenhum outro Odisseu ainda virá para cá,
205 mas eu aqui, tal e qual, após muito sofrer, muito vagar,
cheguei no vigésimo ano à terra pátria.
Mas sabe que este feito foi de Atena traz-butim,
a qual me torna assim como quer, pois é capaz,
ora semelhante a um mendigo, ora, de novo,
210 a jovem varão com belas vestes no corpo.
É fácil para os deuses, que dispõem do amplo céu,
ou glorificar um homem mortal ou rebaixá-lo".
Após falar assim, sentou-se, e Telêmaco
abraçou o nobre pai e gemeu, vertendo lágrimas.
215 E nesses dois foi instigado desejo por lamento;
choravam alto, com mais veemência que pássaros,
brita-ossos ou abutres garra-adunca, cujo filhotes
camponeses sequestram antes de tornarem-se alados –
assim eles, sob as celhas, vertiam lágrimas lamentáveis.
220 Enquanto choravam, teria se posto a luz do sol,
se Telêmaco não tivesse logo interpelado o pai:
"Pois a ti, em que nau agora, caro pai, nautas te
conduziram até Ítaca? Quem proclamaram ser?
De modo algum creio que a pé aqui chegaste".
225 E a ele dirigiu-se o muita-tenência, divino Odisseu:
"Portanto eu a ti, filho, contarei a verdade.
Feácios trouxeram-me, famosos pelas naus; também a outros
homens conduzem, aqueles que os alcançarem;
a mim trouxeram, em nau veloz pelo mar, dormindo,
230 depuseram-me em Ítaca e deram-me dons incontáveis,

bronze, ouro a granel, veste tecida.

Isso, graças aos deuses, encontra-se numa gruta;

agora, aqui vim por instruções de Atena,

para planejarmos a matança dos inimigos.

235 Mas vamos, diz-me o número de pretendentes,

para que eu saiba quantos e que varões são;

após ter cogitado em meu ânimo impecável,

ponderarei: ou só nós dois poderemos resistir,

os únicos, ou deveremos a outros buscar".

240 A ele, então, o inteligente Telêmaco retrucou:

"Pai, sempre ouvi de tua grande fama,

lanceiro nos braços e refletido nos planos;

mas falaste grande demais, espanto-me: não teria como

dois varões combaterem contra muitos e altivos.

245 De pretendentes não há uma dezena ou só duas,

mas muito mais; logo saberás aqui o número.

De Dulíquion, cinquenta e dois

jovens seletos, e seis servos os seguem;

de Same, são vinte e quatro heróis;

250 de Zacintos, vinte são os jovens aqueus;

e da própria Ítaca, doze, os melhores todos,

e com eles estão o arauto Médon, um divino cantor,

e dois assistentes, versados trinchadores.

Se a eles todos encararmos quando dentro estiverem,

255 que não te seja amarga e cruel a vingança pela violência.

Mas tu, se puderes cogitar algum protetor,

pondera, um que nos protegesse com ânimo solícito".

E a ele dirigiu-se o muita-tenência, divino Odisseu:

"Portanto eu falarei, e tu compreende e me escuta,

260 e observa se, para nós, Atena com o pai Zeus

bastará ou se devo cogitar algum outro protetor".

A ele, então, o inteligente Telêmaco retrucou:

"Distintos, sim, esses dois protetores de quem falas,

embora no alto, nas nuvens sentados; eles a outros

265 varões também regem, e a deuses imortais".

E a ele dirigiu-se o muita-tenência, divino Odisseu:

"Sabe que os dois, muito tempo, não ficarão longe

do combate violento quando entre os pretendentes e nós,

em meu palácio, o ímpeto de Ares se decidir.

270 Mas agora, quando a aurora aparecer, parte

para casa e reúne-te aos pretendentes soberbos;

o porcariço me levará mais tarde à cidade,

eu assemelhado a um mendigo débil e velho.

Se me desonrarem pela casa, que teu caro coração

275 resista no peito, mesmo que eu sofra de forma vil,

ainda que, na casa, pelos pés me puxem porta afora

ou com petardos me atinjam: tu, ao vires, te contém.

Claro, manda-os interromper tal loucura,

com palavras amáveis convencendo-os; a ti eles não

280 obedecerão, pois perto deles já chega o dia fatal.

Outra coisa te direi, e tu, em teu juízo, a lança:

quando a muito-plano puser em meu juízo, Atena,

a ti farei um sinal com a cabeça, e presta atenção:

tantas armas marciais quantas há no palácio,

285 guarda-as no fundo do quarto de alto pé-direito,

todas; e aos pretendentes, com palavras macias,

ludibria ao te arguirem sentindo falta delas:

'Tirei-as da fumaça, pois não pareciam mais com aquelas

que Odisseu deixou para trás ao ir a Troia,

290 mas se desfiguraram, tão atingidas foram pelo bafo do fogo.

Ademais, o filho de Crono pôs algo maior no meu juízo,
que, bêbados, após começar briga entre vós,
não vos ferissem uns aos outros e estragassem o banquete
e a corte: o ferro, por si, puxa o homem'.
295 Só para nós, duas espadas e duas lanças
deixa, e duas adargas para pegar com as mãos,
de sorte a nos lançar sobre elas e as agarrar; e a eles
Palas Atena enfeitiçará e também o astucioso Zeus.
Outra coisa te direi, e tu em teu juízo a lança:
300 se de verdade és meu e de nosso sangue,
que ninguém saiba que Odisseu está dentro;
que Laerte disso não saiba, nem o porqueiro,
nenhum servo nem a própria Penélope,
mas só tu e eu conheceremos a intenção das mulheres.
305 Ainda poderíamos testar os escravos varões,
quem acaso nos honra e teme no ânimo,
e quem é malcriado e te desonra, sendo quem és".
Respondendo, disse-lhe o filho ilustre:
"Pai, meu ânimo também depois, penso,
310 conhecerás: não me dominam ideias frouxas.
Mas isso eu não penso que será uma vantagem
para nós dois, e peço-te que ponderes.
Muito tempo ficarás em vão testando cada um,
campos percorrendo; e eles, no palácio, tranquilos,
315 os bens abocanham, brutos, sem restrição.
Mas eu peço que examines as mulheres,
as que te desonram e as que são inocentes;
aos varões eu não quereria, pela quinta,
que os testássemos, isso faremos depois,
320 se de verdade sabes de prodígio de Zeus porta-égide".

Assim falavam dessas coisas entre si,
e eis que a Ítaca foi guiada a nau engenhosa
que trouxe Telêmaco e todos os companheiros de Pilos.
Quando eles entraram no porto bem profundo,
325 puxaram a negra nau para a terra firme,
as armas lhes carregaram assistentes autoconfiantes
e logo até Clítio levaram os presentes bem belos.
Mas um arauto enviaram à casa de Odisseu
para fazer o anúncio à bem-ajuizada Penélope:
330 que Telêmaco estava no campo e mandara a nau
à cidade singrar, para que, temerosa no ânimo,
a altiva senhora não vertesse lágrima suave.
E os dois toparam-se, arauto e divino porqueiro,
por causa do mesmo anúncio a ser dado à mulher.
335 Mas quando atingiram a casa do divino senhor,
o arauto, junto às servas, no meio delas, falou:
"Vê, rainha, teu caro filho já voltou".
E para Penélope falou o porcariço, parado perto,
tudo que o caro filho pedira que lhe enunciasse.
340 Mas depois que transmitiu o anúncio inteiro,
foi em direção aos porcos e deixou casa e salão.
E os pretendentes, perturbados e abatidos no ânimo,
saíram do palácio, para além do grande muro do pátio,
e lá mesmo, diante dos portões, sentaram-se.
345 Entre eles Eurímaco, filho de Polibo, começou a falar:
"Amigos, feito inaudito, com soberba, foi cumprido
por Telêmaco, esse trajeto! Cremos que não o cumpriria.
Vamos, negra nau puxemos, a que for a melhor,
e reunamos marinheiros remadores que, de pronto,
350 àqueles anunciarão que rápido a casa retornem".

Não havia sido dito tudo quando Anfínomo viu a nau,
após afastar-se de seu lugar, no porto bem profundo,
eles recolhendo a vela e segurando os remos nas mãos.
Gargalhou com prazer e dirigiu-se aos companheiros:
355 "Não enviemos mais o anúncio; ei-los aí dentro.
Ou um deus lhes disse isso, ou viram eles mesmos
a nau passando, e não conseguiram alcançá-la".
Assim falou, ergueram-se e foram à orla do mar.
Rápido puxaram a negra nau para a terra firme,
360 e assistentes autoconfiantes lhes levaram as armas.
Eles à ágora foram em grupo e a ninguém mais
permitiam, nem jovem nem velho, com eles sentar.
Entre eles falou Antínoo, filho de Persuasivo:
"Incrível como os deuses livraram da desgraça esse varão.
365 De dia, vigias sentavam-se pelos picos ventosos,
sempre se revezando; quando o sol se punha,
nunca em terra descansávamos à noite, mas no mar,
com nau veloz navegando, esperávamos a diva Aurora,
tocaiando Telêmaco, para pegá-lo e matá-lo;
370 nisso, eis que um deus o levou para casa.
Nós, aqui, para ele planejemos funesto fim,
para Telêmaco: que de nós não escape, pois não creio,
estando ele vivo, que esses feitos serão realizados.
Ele próprio é hábil na mente,
375 e o povo não nos traz mais apoio.
Mexei-vos, antes que ele convoque os aqueus
para a ágora: não creio que relaxará,
mas se entregará à ira, e, de pé entre todos, contará
que lhe costuramos morte abrupta mas não o alcançamos;
380 e eles não aprovarão ao ouvir os feitos danosos:

que não nos inflijam dano e nos expulsem

de nossa terra, obrigando-nos a partir para outras regiões.

Que o matemos após pegá-lo no campo, longe da urbe,

ou na senda: retenhamos seus recursos e posses,

385 após tudo dividir entre nós com adequação, e a propriedade

a daremos a sua mãe e a quem a desposar.

Se a vós esse discurso desagrada e antes preferis

que ele viva e mantenha todos os bens paternos,

então não devoremos aos montes as posses fascinantes

390 aqui reunidas, mas cada um, da sua morada,

que a corteje, tentando com dádivas; ela então

casará com quem mais ofertar e a ela for destinado".

Assim falou, e eles todos, atentos, se calaram.

E entre eles Anfínomo tomou a palavra e disse –

395 o ilustre filho de Niso, o senhor filho de Areto,

ele que da herbosa, fértil Dulíquion

conduzia pretendentes e quem a Penélope mais

agradava pelos discursos, pois tinha juízo valoroso.

Refletindo bem, entre eles tomou a palavra e disse:

400 "Amigos, eu não gostaria que Telêmaco

fosse assassinado: é terrível a linhagem divina

matar; primeiro indaguemos os planos dos deuses.

Se permitirem as normas do grande Zeus,

eu mesmo o matarei e exortarei todos os outros;

405 se os deuses desencorajarem, peço que desistam".

Assim falou Anfínomo, e agradou-lhes o discurso.

Presto, após se eguerem, foram à casa de Odisseu,

chegaram e sentaram-se nas poltronas polidas.

E ela outra coisa pensou, Penélope bem-ajuizada:

410 aparecer aos pretendentes, donos de brutal desmedida.

Soubera, no palácio, do planejado fim de seu filho;
falara-lhe o arauto Médon, que dos planos se inteirara.
E pôs-se rumo ao salão com suas criadas mulheres.
Quando alcançou os pretendentes, divina mulher,
415   parou ao lado do pilar do teto, sólida construção,
após puxar, para diante da face, o véu reluzente,
e a Antínoo reprovou, dirigiu-se-lhe e nomeou-o:
"Antínoo, desmedido, artífice de males; e dizem de ti,
na terra de Ítaca, que entre os camaradas és o melhor
420   em planos e discursos; mas estás longe de sê-lo.
Louco, por que tu, para Telêmaco, o quinhão da morte
costuras e desconsideras os suplicantes, dos quais é Zeus
testemunha? Não é pio costurar males um para o outro.
Não sabes de quando aqui chegou teu pai, em fuga,
425   temendo o povo? Sim, estavam muito enraivecidos,
porque, tendo-se ligado aos piratas táfios,
ele lesara os tesprótios, que eram nossos aliados.
A ele quiseram destruir, arrancar seu coração
e devorar o rico e delicioso sustento;
430   mas Odisseu a eles, ansiosos, segurou e conteve.
Agora comes em sua casa de graça, cortejas a esposa,
o filho tentas matar e a mim me enche de aflições.
Para e exorta os outros a também parar".
A ela Eurímaco, filho de Polibo, retrucou:
435   "Filha de Icário, Penélope bem ajuizada,
coragem: que isso não te ocupe o juízo.
Não existe o varão, nem existirá nem nascerá,
que contra Telêmaco, teu filho, descerá o braço
enquanto eu viver e sobre a terra vigiar.
440   Pois assim eu falarei, e de fato isto se completará:

de pronto seu negro sangue jorrará em volta da lança
nossa, pois também a mim Odisseu arrasa-urbe
amiúde em seus joelhos me sentava, carne assada
punha-me nas mãos e servia-me o vinho tinto.
445 Por isso Telêmaco me é, de longe, o mais caro de todos
os varões e por certo peço-lhe não temer morte
advinda de pretendentes; a dos deuses não se evita".
Assim falou, encorajador, e ele mesmo preparava seu fim.
Ela, após subir aos aposentos lustrosos,
450 chorou por Odisseu, caro esposo, até para ela sono
doce sobre as pálpebras lançar Atena olhos-de-coruja.
À noite, o divino porqueiro com Odisseu e o filho
veio ter; eles, diligentes, preparavam o jantar,
após abater um porco de um ano. E Atena,
455 postando-se perto, a Odisseu, filho de Laerte,
com golpes da vara de novo fez dele um ancião
e vestiu-lhe vestes ordinárias no corpo, para o porcariço,
ao vê-lo, não o reconhecer e à prudente Penélope
correr a anunciar, incapaz de segurar no juízo.
460 A ele Telêmaco, por primeiro, o discurso enunciou:
"Já chegaste, divino Eumeu? Que relato corre a cidade?
Acaso os arrogantes pretendentes já voltaram
da tocaia, ou ainda lá me esperam a caminho de casa?".
Respondendo, disseste-lhe, porqueiro Eumeu:
465 "Isso não me interessou apurar e indagar,
quando à cidade desci; o ânimo pediu-me bem rápido,
após o anúncio fazer, que para cá retornasse.
Topou-me o veloz mensageiro dos companheiros,
o arauto, que por primeiro falou palavra a tua mãe.
470 Outra coisa sei, pois vi com os olhos:

já acima da cidade, onde fica a colina de Hermes,
ia andando, quando vi uma nau veloz dirigir-se
a nosso porto: muitos varões sobre ela havia,
cheia de escudos e lanças duas-curvas;
475 pensei que esses fossem eles, mas não sei".
Assim falou, e sorriu a sacra força de Telêmaco,
olhando para o pai e evitando os olhos do porcariço.
Eles, após concluir a tarefa e terem aprontado o jantar,
jantaram, e ao ânimo porção alguma faltou.
480 Mas após apaziguarem o desejo por comida e bebida,
lembraram-se do repouso e aceitaram o dom do sono.

17

Quando surgiu a nasce-cedo, Aurora dedos-róseos,
depois de atar aos pés belas sandálias,
Telêmaco, o caro filho do divino Odisseu,
tomou a brava lança, que à sua palma se adequava,
5   e ansiando ir à urbe falou a seu porcariço:
"Sim, papá, eu irei à cidade, para que a mim
minha mãe me veja; não creio que ela interrompa
o hediondo pranto e o lamento lacrimoso
antes de ver-me em pessoa. E a ti peço isto:
10   esse infeliz estranho leva à cidade, para que lá
refeição mendigue. Quem quiser lhe dará,
caneca e pãozinho; eu não posso a todos
os homens sustentar: tenho aflições no ânimo.
Se o estranho ficar muito irado, pior para ele
15   será; vê, é-me caro a verdade enunciar".
Respondendo, disse-lhe Odisseu muita-astúcia:
"Amigo, nem eu mesmo desejo aqui permanecer.
Para o mendigo é melhor na cidade que no campo
mendigar refeição; quem quiser me dará.
20   Não estou mais na idade de ficar na quinta

para submeter-me em tudo ao senhor que ordena.

Vai; que me leve esse varão, a quem tu pedes,

logo após eu me aquecer com o fogo, e o calor despontar.

Ruins ao extremo essas roupas: que não me dobre

25 a geada matutina; dizeis que a cidade é distante".

Assim falou, e Telêmaco marchou ao longo do pátio,

veloz nos pés, e engendrava males aos pretendentes.

Mas quando atingiu a casa boa para morar,

a lança postou, levando-a até enorme pilar;

30 ele foi para dentro, cruzando o umbral de pedra.

A primeira a vê-lo foi a nutriz Euricleia,

a estender velos sobre artificiosas poltronas;

aos prantos, logo acorreu a ele; as outras

escravas de Odisseu juízo-paciente reuniam-se

35 em volta dele e beijavam-lhe, com afeto, cabeça e ombros.

E ela saiu do quarto, Penélope bem-ajuizada,

semelhante a Ártemis ou dourada Afrodite;

em torno do caro filho lançou os braços, aos prantos,

beijou-o na cabeça e nos dois belos olhos

40 e, lamentando-se, dirigiu-lhe palavras plumadas:

"Chegaste, Telêmaco, doce luz; não mais pensava

ver-te após teres partido com a nau para Pilos,

de surpresa, a minha revelia, atrás de novas do caro pai.

Vamos, conta-me com que visão te deparaste".

45 A ela, então, o inteligente Telêmaco retrucou:

"Minha mãe, favor não chorar nem meu coração

no peito agitar, pois escapei de abrupto fim;

mas, após te lavar, vestir roupas limpas no corpo

e subir aos aposentos com tuas criadas mulheres,

50 reza a todos os deuses que sacrifícios completos

farás, se acaso Zeus completar a vingança.

Quanto a mim, rumarei à ágora para chamar

o estranho que de lá trouxe quando voltei.

Enviei-o na frente com os excelsos companheiros,

55 e pedi a Peiraio que o levasse a sua casa,

que gentil o acolhesse e honrasse até minha chegada".

Assim ele falou, e para ela o discurso foi plumado.

Ela, após se lavar e vestir roupas limpas no corpo,

rezou a todos os deuses que sacrifícios completos

60 faria, se acaso Zeus completasse a vingança.

Telêmaco então cruzou o salão e saiu com a lança;

dois lépidos cães seguiam com ele.

Eis que prodigiosa graça sobre ele vertia Atena;

todo o povo contemplava-o em sua chegada.

65 E os arrogantes pretendentes reuniram-se em torno dele,

falando como nobres e no juízo ruminando males.

Mas ele evitou a grande aglomeração,

e onde Mentor sentou-se, e Antifo e Haliterses,

todos, desde o início, companheiros de seu pai,

70 para lá se dirigiu e sentou; e inqueriam-no de tudo.

E deles aproximou-se Peiraio famoso-na-lança,

levando o estranho à ágora pela urbe; muito tempo

Telêmaco não ficou longe do estranho, logo achegou-se.

E a ele Peiraio, por primeiro, o discurso enunciou:

75 "Telêmaco, manda logo mulheres a minha casa

para buscar as dádivas que te deu Menelau".

A ele, então, o inteligente Telêmaco retrucou:

"Peiraio, não sabemos como se darão as coisas.

Se a mim os orgulhosos pretendentes no palácio

80 de surpresa matarem e dividirem todos os bens paternos,

prefiro que tu, não um deles, as possuas e aproveites;
e se eu lograr contra eles matança e perdição,
então para mim, alegre, leva-as à casa com alegria".
Assim falou e guiou o calejado estranho à morada.

85 E quando atingiram a casa boa para morar,
depuseram as capas nas cadeiras e poltronas,
foram até a banheira bem-polida e se banharam.
Após as escravas banhá-los, untá-los com óleo
e em torno lançar espessas capas e túnicas,

90 saíram da banheira e sentaram nas cadeiras.
Uma criada despejou água – trazida em jarra
bela, dourada – sobre bacia prateada
para que se lavassem; ao lado estendéu polida mesa.
Governanta respeitável trouxe pão e pôs na frente,

95 e, junto, muitos petiscos, oferecendo o que havia.
A mãe sentou-se defronte, junto ao pilar do salão,
reclinada na cadeira, volteando os finos fios.
E eles esticavam as mãos sobre os alimentos servidos.
Mas após apaziguarem o desejo por comida e bebida,

100 entre eles começou a falar Penélope bem-ajuizada:
"Telêmaco, subirei aos aposentos
e deitarei na cama, que me é rica em gemidos,
sempre úmida com minhas lágrimas, desde que Odisseu
partiu com os filhos de Atreu a Ílion; e não pudeste,

105 antes de os orgulhosos pretendentes chegarem a essa casa,
do retorno de teu pai falar-me às claras, se algo ouviste".
A ela, então, o inteligente Telêmaco retrucou:
"Portanto eu a ti, mãe, contarei a verdade.
Partimos rumo a Pilos e Nestor, pastor de tropa.

110 Após me receber em sua alta casa,

acolheu-me, gentil, como o pai a seu filho
que há pouco voltou depois de tempo: assim ele de mim
cuidou, gentil, com os filhos majestosos.

Acerca de Odisseu juízo-paciente, disse que nunca
115   ouviu de mortal se estava vivo ou morto,
e a mim ao filho de Atreu, Menelau famoso-na-lança,
enviou com cavalos e carro bem-ajustado.
Lá vi a argiva Helena, graças à qual muito
aguentaram argivos e troianos por obra dos deuses.
120   Então perguntou-me logo Menelau bom-no-grito
de que eu carecia para ir à divina Lacedemônia;
e eu contei-lhe toda a verdade.
Então a mim, com palavras respondendo, disse:
'Incrível, deveras no leito de varão juízo-forte
125   cobiçaram deitar-se, eles próprios sendo covardes.
Como quando a cerva, na toca de um leão,
bota os recém-nascidos lactentes para dormir,
e investiga encostas e vales herbosos, a pastar,
e então a fera se achega a seu leito
130   e sobre aqueles dois lança fado ultrajante:
assim Odisseu sobre eles lançará fado ultrajante.
Tomara, ó Zeus pai, Atena e Apolo,
com o porte que, então, em Lesbos bem-construída,
na disputa com Filomeleides, se ergueu, lutou
135   e o derrubou com força, e se alegraram todos os aqueus:
assim aos pretendentes encontrasse Odisseu;
todos seriam destino-veloz e bodas-amargas.
Quanto ao que me indagas e suplicas, eu não
tergiversarei pelas bordas nem te enganarei,
140   mas do que me falou o veraz ancião marítimo,

457   CANTO 17

disso nada esconderei de ti nem palavra ocultarei.
Disse que numa ilha o viu, sofrendo fortes agonias,
no palácio da ninfa Calipso, que a ele, à força,
retém: não consegue atingir sua terra pátria.
145 Não tem naus com remos nem companheiros
que o levariam sobre as amplas costas do mar'.
Assim falou o filho de Atreu, Menelau famoso-na-lança.
Após isso completar, retornei; deram-me uma brisa
os imortais, que rápido me conduziram à terra pátria".
150 Assim falou, e agitou o ânimo dela no peito.
Também entre eles falou o deiforme Teoclímeno:
"Respeitável esposa de Odisseu, filho de Laerte,
ele não sabe ao claro, já minha fala entende:
com precisão para ti adivinharei e não esconderei.
155 Saiba agora Zeus, antes dos deuses, e a hospitaleira mesa
e o fogo-lar do impecável Odisseu, ao qual cheguei,
que Odisseu já está na terra pátria,
sentado ou circulando; informado dessas vis ações,
a todos os pretendentes engendra um mal:
160 tal o presságio que eu, na nau bom-convés,
sentado, observei e bradei a Telêmaco".
E a ele dirigiu-se Penélope bem-ajuizada:
"Ah! Se essa palavra, hóspede, se cumprisse;
então rápido conhecerias a amizade e muitos dons
165 meus, tantos que, se alguém te visse, te diria ditoso".
Assim falavam dessas coisas entre si,
e os pretendentes, diante do salão de Odisseu,
deleitavam-se com discos e arremesso de lanças
em solo nivelado, desmedidos como no passado.
170 Mas na hora do jantar, quando vieram os rebanhos

do campo, de todo o lado, e os que sempre os guiavam,
então lhes disse Médon – era ele o que mais
agradava, dos arautos, e no banquete juntava-se a eles:
"Jovens, agora que vos haveis deleitado no peito com as provas,
175   dirigi-vos à casa para prepararmos o banquete;
não é ruim fazer a refeição na hora certa".
Isso disse, ergueram-se e, persuadidos pelo discurso, foram.
E quando atingiram a casa boa para morar,
capas depuseram nas cadeiras e poltronas,
180   e grandes ovelhas e gordas cabras abateram,
e abateram porcos cevados e um boi do rebanho,
preparativos para o banquete. E aqueles do campo à cidade
se puseram em marcha, Odisseu e o divino porcariço.
Entre eles começou a falar o porqueiro, líder de varões:
185   "Assim seja, hóspede, já que tens gana de ir à cidade
hoje, como meu senhor impôs; por certo, eu preferiria
que aqui ficasses como protetor da quinta.
Mas eu o respeito e temo que, contra mim, no futuro
ralhe: são duras as censuras dos senhores.
190   Agora vamos; vê, já passou a maior parte
do dia, e logo, à noitinha, te será mais frio".
Respondendo, disse-lhe Odisseu muita-astúcia:
"Compreendo, reflito; pedes para quem isso entende.
Pois vamos, e tu, então, segue sempre na frente.
195   Dê-me o cajado, se acaso tens um cortado,
para apoio, pois dissestes ser a via bem acidentada".
Falou e sobre os ombros lançou o repulsivo alforje,
todo rasgado, e nele a alça era uma corda;
e Eumeu deu-lhe um bastão perfeito.
200   Os dois partiram, e cães e varões pastores na quinta

ficaram, protegendo-a. Ele à cidade guiou o senhor
com aparência de mendigo, débil e velho,
apoiado no bastão; vestes ordinárias vestia no corpo.
Mas quando, descendo pela via escarpada,
205 estavam perto da cidade e à fonte chegaram –
trabalhada, belo-fluxo, onde os citadinos pegavam água,
construída por Ítaco, Nérito e Polictor:
em volta havia bosque de álamos nutridos por água,
todo em círculo, e para baixo fluía água fria
210 do alto de um rochedo; sobre ele fora erguido um altar
às ninfas, onde todos os viandantes sacrificavam –
lá alcançou-os Preto, filho de Finório,
tocando cabras, distintas entre todos os caprinos,
refeição para os pretendentes; seguiam-no dois pastores.
215 Vendo-os, dirigiu-se-lhes e nomeou-os com ralho
terrível e ultrajante, e o coração de Odisseu agitou-se:
"Agora, de fato, o vil ao vil com razão conduz,
como o deus sempre leva o igual ao igual.
Desgraçado porqueiro, para onde levas esse glutão,
220 mendigo encrenqueiro, comedor de sobras de jantar?
Encostado em muito umbral, roçará os ombros,
mendigando nacos, não espadas nem bacias.
Se tu mo desses para tornar-se protetor da quinta,
limpar currais e levar folhagem aos cabritos,
225 poderia, bebendo soro, até engrossar a coxa.
Mas sim, como aprendeu serviços vis, não quererá
fazer o serviço, mas, curvando-se pelos arredores,
prefere, mendigando, engordar seu estômago insaciável.
Mas eu te falarei, e isto se completará:
230 se ele se dirigir à casa do divino Odisseu,

a muitas banquetas lançadas pelas mãos dos varões
suas costelas extenuarão, ao ser atingido na casa".
Isso disse, avançou e com o pé saltou, insensato,
contra a coxa de Odisseu; o golpe não o pôs para fora da trilha,
235   mas firme permaneceu. Ele, Odisseu, cogitou
se, indo atrás, com o cajado tiraria sua vida
ou, contra o solo, lançaria a cabeça, após erguê-lo pelo meio;
mas aguentou, conteve-se no juízo. Com aquele o porqueiro
ralhou, encarando-o, e, alto, orou, mãos para cima:
240   "Ninfas da fonte, filhas de Zeus, se um dia Odisseu
coxas queimou-vos, encobertas com gorda gordura,
de ovelhas e cabritos, para mim cumpri este desejo:
que volte esse varão, e o guie a divindade.
Então espantaria toda tua radiância,
245   que, agora, desmedido, carregas, sempre vagando
pela urbe; e as cabras, pastores ruins as aniquilam".
A ele, então, Preto replicou, o pastor de cabras:
"Incrível, como falou o cão perito em malefícios!
A ele, um dia, eu mesmo, sobre negra nau bom-convés,
250   guiarei para longe de Ítaca, para onde me renda boa quantia.
Ah! Se a Telêmaco atingisse Apolo arco-de-prata
hoje no palácio, ou pelos pretendentes fosse subjugado,
assim como Odisseu, longe, perdeu o dia do retorno".
Isso disse e deixou-os lá, e eles, tranquilos, se foram;
255   ele marchou e bem rápido chegou à casa do senhor.
Logo foi para dentro e entre os pretendentes sentou-se,
diante de Eurímaco, de quem mais gostava.
A seu lado naco das carnes puseram os que serviam,
e governanta respeitável trouxe pão e pôs na frente,
260   para comer. Odisseu e o divino porcariço

461   CANTO 17

achegaram-se e pararam, e envolveu-os a cadência
da côncava lira: Fêmio entoava-lhes um prelúdio.
E Odisseu, pegando o porqueiro pelo braço, falou:
"Sim, Eumeu, essa, de fato, é a bela casa de Odisseu;

265 é fácil de reconhecer, mesmo se vista entre muitas.
Cômodos em sucessão, seu pátio se completa
com muro e cornijas e os portões são engenhosos,
duplos; nenhum homem os equiparia melhor.
Percebo que nela se banqueteiam muitos

270 varões, pois se espraia odor de gordura, e dentro a lira
soa, a que os deuses fizeram companheira do banquete".
Respondendo, disseste-lhe, porqueiro Eumeu:
"Reconheceste fácil, pois de resto não és imponderado.
Mas vamos, ponderemos como serão estas ações:

275 ou tu por primeiro entra na casa boa para morar
e te junta aos pretendentes, e eu ficarei aqui;
ou, se quiseres, aguarda, e eu irei antes.
Mas não te demores; que ninguém, percebendo-te fora,
te atinja ou golpeie: peço que ponderes".

280 Respondeu-lhe o muita-tenência, divino Odisseu:
"Compreendo, reflito; pedes para quem isso entende.
Pronto, vai antes, e eu aqui ficarei,
pois não sou inexperto em socos e arremessos.
Meu ânimo aguenta, já sofri muitos males

285 em ondas e guerra; que depois disto, aquilo ocorra.
Não é possível escamotear o sôfrego estômago,
funesto, que confere muitos males aos homens;
por causa dele, equipam-se naus firme-bancos
e pelo mar ruidoso levam males aos inimigos".

290 Assim falavam dessas coisas entre si.

E um cão, deitado, ergueu cabeça e orelhas,
Argo, de Odisseu juízo-paciente, ao qual ele mesmo
criou, mas dele não desfrutou; antes à sacra Ílion
partiu. No passado levavam-no os jovens varões
295 atrás de cabras selvagens, coelhos e cervos;
no presente, desprezado, jazia, ausente o senhor,
sobre muito esterco de bois e mulas, que,
diante dos portões, acumulava-se, até que o levassem
os escravos de Odisseu para estercar o grande terreno.
300 Lá jazia o cão, Argo, cheio de carrapato.
E então, quando percebeu Odisseu próximo,
ele abanou o rabo, deixou cair as duas orelhas
e depois não conseguiu mais perto de seu mestre
chegar. E ele, olhando para longe, secou as lágrimas,
305 evitando fácil Eumeu, e rápido perguntou-lhe:
"Eumeu, é bem espantoso que jaza esse cão no esterco.
É belo no porte, e isto não sei ao claro,
se além da bela estampa era rápido na corrida,
ou somente como os cães de mesa dos varões
310 são: por causa da radiância, tratam-nos os senhores".
Respondendo, disseste-lhe, porqueiro Eumeu:
"De fato, esse cão, do varão que longe morreu,
se no porte e nos feitos fosse tal como
quando, ao ir a Troia, deixou-o para trás Odisseu,
315 logo, mirando-o, admirarias rapidez e bravura.
Não escapava, no âmago da mata profunda,
o animal que perseguisse; era também perito em pegadas.
Agora passa mal, pois seu senhor, distante da pátria,
finou, e dele as mulheres negligentes não tratam.
320 Escravos, quando os senhores não mais comandam,

então não querem mais fazer o apropriado:
de metade da excelência priva Zeus ampla-visão
ao varão que o dia escravizador agarra".
Isso dito, entrou na casa boa para morar
325 e foi direto ao salão atrás dos ilustres pretendentes.
Quanto a Argo, apanhou-o o destino da negra morte
assim que viu Odisseu no vigésimo ano.
Ao porqueiro, o primeiro a vê-lo entrar no salão
foi o deiforme Telêmaco, que rápido o chamou
330 até si, acenando. Ele observou e pegou uma banqueta
– nela o trinchador sentava, muita carne
trinchando aos pretendentes que na casa se banqueteavam;
levou-a à mesa de Telêmaco e postou-a
diante dele, onde então sentou-se. Para ele o arauto
335 uma porção pegou, serviu-a e tirou pão do cesto.
Logo atrás dele entrou na casa Odisseu,
com a aparência de mendigo débil e velho,
apoiado no bastão; vestes ordinárias no corpo vestia.
Sentou-se no umbral de freixo das portas,
340 apoiado no batente de cipreste, que um dia carpinteiro
aplanou, hábil, e com o prumo endireitou.
Telêmaco chamou o porqueiro até si e dirigiu-se a ele,
após tomar um pão inteiro do cesto bem belo
e carne, tanta quanta em suas mãos cabia:
345 "Leva isso, dá ao estranho e peça-lhe
que mendigue, achegando-se, a todos os pretendentes;
pudor não é boa companhia para um varão necessitado".
Isso dito, em seguida partiu o porcariço,
que então dirigiu-lhe palavras plumadas:
350 "Hóspede, Telêmaco te dá isso e pede

que mendigues, achegando-te, a todos os pretendentes;
pudor não é bom, diz, para um varão pedinte".
Respondendo, disse-lhe Odisseu muita-astúcia:
"Senhor Zeus, seja Telêmaco fortunado entre os varões,
355 e lhe ocorra tudo que deseja em seu juízo".
Falou, e com as duas mãos recebeu e acomodou
a comida lá mesmo, diante dos pés, sobre o ultrajante alforje,
e comia enquanto o cantor no palácio cantava.
Quando tinha jantado, e o divino cantor calara,
360 os pretendentes iniciaram arruaça no palácio. E Atena,
postando-se perto de Odisseu, filho de Laerte,
instigou-o a recolher migalhas entre os pretendentes
e a reconhecer quem era correto, e quem, desregrado;
mas nem assim protegeria algum do mal.
365 Pôs-se a pedir a cada um, da esquerda para a direita;
estendia a mão como se já mendigasse há muito.
Eles, apiedados, lhe davam e, pasmados,
inquiriam um ao outro quem seria e de onde teria vindo.
Entre eles falou Preto, o pastor de cabras:
370 "Ouvi-me, pretendentes da esplêndida rainha,
acerca desse estranho, pois, sim, já antes o vi.
De fato até aqui o porqueiro conduziu-o,
e dele não sei ao claro de que linhagem proclama ser".
Isso dito, Antínoo, com palavras, provocou o porqueiro:
375 "Notório porqueiro, por que à cidade tu a ele
guiaste? Não temos vagamundos suficientes,
mendigos encrenqueiros, comedores de sobras do jantar?
Ou não te basta que devorem o sustento de teu senhor
os aqui reunidos, e tu também o chamaste para dentro?".
380 Respondendo, disseste-lhe, porqueiro Eumeu:

465 CANTO 17

"Antínoo, embora sejas distinto, bem não falaste:
quem chama um estrangeiro quando está de visita
a um terceiro, exceto no caso de um destes profissionais,
adivinho, médico de males, carpinteiro
385   ou também cantor inspirado, que deleita, cantando?
São esses os mortais chamados pela terra sem-fim;
a um mendigo, que o iria dilapidar, ninguém chamaria.
Mas sempre és duro, mais que todos os pretendentes,
com os escravos de Odisseu, em especial comigo; eu
390   não me importo, enquanto a prudente Penélope
e o deiforme Telêmaco viverem no palácio".
A ele, então, o inteligente Telêmaco retrucou:
"Quieto, a ele não respondas demais com palavras;
Antínoo costuma provocar de forma vil, sempre
395   com duros discursos, e instiga também os demais".
Falou e a Antínoo dirigiu palavras plumadas:
"Antínoo, cuidas bem de mim como, do filho, o pai,
ao pedires que ao estranho se escorrace do salão
com discurso coativo: que isso o deus não complete.
400   Vai, dá-lhe algo; não me recuses, pois peço-o eu.
Nisso não te envergonhes de minha mãe ou de outro
escravo dos que vivem na casa do divino Odisseu.
Mas não há, em teu peito, uma tal ideia;
preferes bem mais comer a obsequiar alguém".
405   E a ele Antínoo, respondendo, disse:
"Telêmaco fala-altiva, de ímpeto incontido, que falaste!
Se todos os pretendentes tanto lhe entregassem,
por três meses a propriedade o manteria longe".
Assim falou e de debaixo da mesa puxou
410   a banqueta onde apoiava os pés luzidios ao festar.

Os outros todos colaboraram, e pejaram o alforje
de pão e carne. Pois ligeiro teria Odisseu
voltado à soleira e provado a dádiva dos aqueus;
postou-se, porém, junto a Antínoo e disse-lhe:
415 "Dá, amigo; o pior dos aqueus não me pareces
ser, mas o melhor, pois te assemelhas a um rei.
Por isso é preciso que da comida dês ainda mais
que os outros; e eu te glorificarei pela terra sem-fim.
Também eu, um dia, entre os homens, morei em casa
420 rica, afortunado, e amiúde obsequiava um errante,
fosse como ele fosse e do que precisasse ao chegar;
tinha miríades de escravos e muita outra coisa
com que se vive bem e se é tido como rico.
Mas Zeus, filho de Crono, destruiu; quis de algum modo –
425 ele que a mim, com piratas muito errantes, incitou-me
ir ao Egito, um longo trajeto, para que me arruinasse.
E ancorei no rio Egito as naus ambicurvas.
Então pedi aos leais companheiros
que lá ficassem junto às naus e as guardassem,
430 e instiguei batedores a buscar atalaias.
Aqueles cederam à desmedida, seguindo seu ímpeto,
e bem rápido os belos campos de varões egípcios
destruíam, levavam mulheres e crianças pequenas,
e a outros matavam. Logo a gritaria chegou à cidade.
435 Tendo ouvido a algaravia quando a aurora surgiu,
vieram; o plaino todo pejou-se de soldados e carros
e relampejo brônzeo. Lá Zeus prazer-no-raio lançou
vil pavor em meus companheiros; nenhum suportou
ficar imóvel, a encarar, pois por todos os lados males havia.
440 Lá a muitos dos nossos mataram com bronze afiado

e a outros, vivos, levaram para trabalhos forçados.
A mim, rumo a Chipre, deram-me a aliado que chegara,
Dominador, filho de Iaso, que regia Chipre com vigor.
Assim, de lá cheguei aqui, sofrendo misérias".

445 A ele, por sua vez, Antínoo respondeu e disse:
"Que divindade trouxe essa miséria, flagelo do jantar?
Posta-te assim no centro, afastado de minha mesa,
para que rápido não vejas amargos Egito e Chipre:
que audacioso e aviltante pedinte és tu.

450 Em sequência, pedes a cada um; e eles dão,
levianos, pois não existe contenção nem remorso
no ofertar bens alheios, pois há muito para cada um".
Recuando, disse-lhe Odisseu muita-astúcia:
"Incrível, tanto te falta em juízo quanto te sobra em estampa.

455 A quem alcançasse tua casa, nem grão de sal darias,
tu que, agora sentado na mesa alheia, nada me pudeste
do pão pegar e ofertar; e há muito disponível".
Assim falou, e Antínoo enraiveceu-se mais no coração,
olhou-o de cima e dirigiu-lhe palavras plumadas:

460 "Agora, creio, não será bonito como, salão afora,
recuarás, pois falas até insultos".
Isso dito, tomou a banqueta e acertou o ombro direito
de Odisseu, bem no alto. Ele postou-se como uma pedra,
firme, e o projétil de Antínoo não o desequilibrou;

465 quieto, meneou a cabeça, ruminando males.
Retornando à soleira, sentou-se; no chão o alforje
bem-fornido depôs e entre os pretendentes falou:
"Ouvi-me, pretendentes da esplêndida rainha,
vou falar o que o ânimo me ordena no peito.

470 Por certo não há angústia nem aflição no juízo

quando um homem, combatendo por seus bens,
é atingido – seja pelos bois ou brancas ovelhas;
mas Antínoo me atingiu por causa do reles estômago
funesto, que confere muitos males aos homens.

475 Mas se acaso para mendigos há deuses e Erínias,
que antes das bodas a morte certeira alcance Antínoo".
E a ele dirigiu-se Antínoo, filho de Persuasivo:
"Come tranquilo, estranho, sentado, ou vai a outro lugar;
que os jovens pela casa não te puxem, ao falares assim,

480 ou pelo pé ou pelo braço, rasgando-te inteiro".
Assim falou, e eles todos se indignaram por demais;
e desse modo falavam os jovens arrogantes:
"Antínoo, não foi bonito atingir o miserável errante.
Maldito, se acaso for algum deus celeste!

485 Deuses, assemelhados a estranhos de outras terras,
tomando todas as formas, percorrem as cidades,
a observar a desmedida dos homens e a boa norma".
Isso diziam os pretendentes, e ele desprezou os discursos.
Telêmaco foi tomado de angústia enorme no coração,

490 mas lágrima ao solo não verteu das pálpebras;
quieto, meneou a cabeça, ruminando males.
Como Penélope bem-ajuizada escutou quando
ele foi atingido no salão, entre as escravas disse:
"Tomara desse modo te atinja Apolo arco-famoso".

495 E a ela a governanta Eurínome dirigiu o discurso:
"Que a nossos votos se una a realização;
nenhum desses aí alcançaria a Aurora belo-trono".
E a ela dirigiu-se Penélope bem-ajuizada:
"Mãezinha, odiosos são todos, pois engenham males;

500 e Antínoo é quem mais se assemelha à negra morte.

469   CANTO 17

Um hóspede miserável erra pela casa,
aos homens mendigando, pois a necessidade impõe;
então todos os outros o abarrotaram e obsequiaram,
e ele com a banqueta atingiu-o abaixo do ombro direito".
505 Ela assim falava entre as escravas mulheres,
sentada no aposento; e ele jantava, o divino Odisseu.
Penélope chamou o divino porqueiro até si e dirigiu-se-lhe:
"Anda, divino Eumeu, vai até o estranho e lhe diga
que venha, para que o saúde e interrogue,
510 se acaso de Odisseu juízo-paciente tem informação
ou o viu com os olhos; parece alguém que muito vagou".
Respondendo, disseste-lhe, porqueiro Eumeu:
"Se para ti, rainha, se calassem os aqueus;
o que ele discursa enfeitiçaria teu caro coração.
515 Por três noites o tive, e por três dias segurei-o
na cabana: fui o primeiro que ele alcançou, após fugir da nau;
mas não concluiu a narração de sua desgraça.
Como um varão observa o cantor, que dos deuses
aprendeu e canta palavras desejáveis aos mortais
520 que têm ganas de ouvi-lo sem cessar quando canta –
assim ele me enfeitiçou, sentado em meu salão.
Afirma ter laços ancestrais de hospitalidade com Odisseu,
quando morava em Creta, onde está a linhagem de Minos.
Assim, de lá chegou aqui, sofrendo misérias,
525 rolo-rolando. Reivindica ter ouvido, acerca de Odisseu,
que perto está, na fértil terra dos varões tesprótios,
vivo; e bens em profusão traz para sua morada".
E a ele replicou Penélope bem-ajuizada:
"Vai, chama-o aqui, para ele o expor diante de mim.
530 Que aqueles se divirtam sentados na frente das portas

ou aqui pela casa, pois seu ânimo é gaudioso.

Claro, suas posses intactas estão na propriedade,

pão e doce vinho; isso comem seus servos,

e eles, frequentando nossa casa todos os dias,

535 abatendo bois, ovelhas e gordas cabras,

festejam e bebem fulgente vinho,

levianos. Isso se desperdiça à larga. Não há varão,

tal como era Odisseu, para afastar o dano da casa.

Se Odisseu voltasse e alcançasse sua terra pátria,

540 logo, com seu filho, iria vingar-se da violência dos varões".

Assim falou, e Telêmaco alto espirrou, e em volta a casa,

ameaçadora, ecoou. Riu Penélope,

e eis que logo a Eumeu dirigiu palavras plumadas:

"Vai, chama o estranho para encontrar-me aqui.

545 Não viste que meu filho espirrou para todas as palavras?

Assim não ficaria incompleta a morte dos pretendentes,

de todos, e nenhum escaparia da perdição da morte.

Outra coisa te direi, e tu, em teu juízo, a lança:

se eu reconhecer que ele, sem evasivas, tudo expõe,

550 vou vesti-lo com capa e túnica, belas vestes".

Isso disse, e partiu o porcariço após ouvir o discurso

e, parado perto, dirigiu-lhe palavras plumadas:

"Pai estrangeiro, chama-te Penélope bem-ajuizada,

a mãe de Telêmaco; o ânimo lhe pede

555 inquirir do esposo, embora agruras tenha sofrido.

Se reconhecer que tu, sem evasivas, tudo expões,

vai vestir-te com capa e túnica, das quais careces

por demais; a mendigar pão pela comunidade,

o estômago encherás: dar-te-á quem quiser".

560 E a ele replicou o muita-tenência, divino Odisseu:

471   CANTO 17

"Eumeu, eu logo, sem evasivas, tudo exporia
à filha de Icário, Penélope bem-ajuizada:
conheço isso bem, pois aguentamos igual agonia.
Mas temo a reunião dos cruéis pretendentes,
565 cuja desmedida e violência atingem o céu ferroso.
Pois agora, quando esse varão aí – eu andava pela casa
e nada de ruim fizera – atingiu-me e feriu,
disso nem Telêmaco me protegeu nem algum outro.
Por isso agora peça a Penélope que, no palácio,
570 espere, embora ávida, até o sol se pôr;
que então me indague acerca do marido, o dia de retorno,
sentando-me mais perto junto ao fogo. Vê, roupas
tenho ordinárias; bem sabes, pois supliquei a ti primeiro".
Assim falou, e saiu o porqueiro após ouvir o discurso.
575 A ele, ao passar pela soleira, dirigiu-se Penélope:
"Tu não o trazes, Eumeu? O que pensou o errante?
Acaso teme alguém em excesso ou por outra razão
mostra pudor pela casa? É ruim um errante pudico".
Respondendo, disseste-lhe, porqueiro Eumeu:
580 "Discursa com adequação o que outro também pensaria,
tentando evitar a desmedida dos varões arrogantes.
Mas pede que tu esperes até o sol se pôr.
Também para ti mesma será bem melhor, rainha,
sozinha, quando ao estranho falar uma palavra e ouvir".
585 E a ele replicou Penélope bem-ajuizada:
"Insensato não é, o estranho; pensa nas consequências.
Pois tais não há por aí, entre homens mortais,
tão desmedidos varões que engenham iníquas ações".
Ela assim falou, e foi o porcariço divino
590 até o grupo de pretendentes após tudo expor.

De pronto a Telêmaco dirigiu palavras plumadas,
perto pondo a cabeça, para não os ouvirem os outros:
"Meu caro, partirei para cuidar dos porcos e disto,
de teu e meu sustento; que aqui tudo seja tua atribuição.
595 Primeiro, zela por ti, e pondera no ânimo
para que nada sofras; muitos aqueus atentam vilezas:
que Zeus os destrua antes que se tornem nossa desgraça".
A ele então o inteligente Telêmaco retrucou:
"Será assim, papá; parte após petiscares:
600 de manhã, vem e traz belos animais para o sacrifício.
Eu e os imortais nos ocuparemos daquilo tudo".
Isso dito, aquele de novo sentou-se na cadeira bem-polida.
Tendo-se saciado, no ânimo, de comida e bebida,
foi em direção aos porcos e deixou os muros e o salão
605 cheio de convivas. Eles com dança e canto
deleitavam-se, pois já se aproximara o fim da tarde.

18

E chegou o mendigo das redondezas, que, pela urbe
de Ítaca, mendigava, e sobressaía, com estômago louco,
por comer e beber sem cessar; não tinha força
nem vigor, mas na aparência era bem grande de se ver.
5   Seu nome era Borregoso: pusera-o sua augusta mãe
ao nascer; os jovens, todos, chamavam-no Iro,
pois levava mensagens sempre que pedissem.
Ao chegar, tentou expulsar Odisseu de sua casa,
e, provocativo, dirigiu-lhe palavras plumadas:
10   "Sai do pórtico, velho, que não te puxem logo o pé.
Não percebes que todos piscam para mim
e pedem que te puxe? Eu, porém, tenho pudor.
Vamos, senão presto brigamos também a socos".
Olhando de baixo, disse-lhe Odisseu muita-astúcia:
15   "Insano, não faço nem falo nada ruim contra ti,
nem invejo que alguém até muito separe e te dê.
Essa soleira abarcará os dois, e não carece que
invejes o que é de outro; a mim pareces um errante
como eu, e os deuses vão oferecer fortuna.
20   A socos, não me desafies demais, não me enraiveças;

477   CANTO 18

que eu, embora velho, não te manche, peito e lábios,
de sangue: ainda mais tranquilidade haveria para mim
amanhã, pois não creio que tu te voltarias
uma segunda vez ao salão de Odisseu, filho de Laerte".
25 Enraivecido, disse-lhe o errante Iro:
"Incrível, não é que o glutão fala de forma loquaz,
como velha no forno? Contra ele armarei vilezas,
vou golpeá-lo com as duas mãos e, no chão, cada dente
dos maxilares quebrarei, como de porco destrói-colheita.
30 Agora cinta-te, para que todos nos assistam
lutando: como combaterias varão mais jovem?".
Assim eles, diante das portas altas,
na soleira polida, animosos discutiam.
A ambos escutou o ímpeto sagrado de Antínoo,
35 que gargalhou com prazer e disse aos pretendentes:
"Amigos, por certo antes não ocorreu algo semelhante,
nunca tal deleite o deus conduziu a esta casa:
o estrangeiro e Iro estão brigando entre si,
vão combater a socos; rápido, vamos incitá-los".
40 Assim falou, e todos eles pularam, rindo,
e reuniram-se em torno dos mendigos maltrapilhos.
E entre eles falou Antínoo, filho de Persuasivo:
"Ouvi-me, pretendentes orgulhosos, vou falar.
Buchos de cabra, aí no fogo, para o jantar
45 dispusemos, após enchê-los de banha e sangue.
Aquele que vencer e for o mais forte,
que avance, e da iguaria, o que quiser, escolha ele mesmo;
sempre aqui, entre nós, comerá, e nenhum outro
mendigo pedinte permitiremos que se misture".
50 Assim falou Antínoo, e agradou-lhes o discurso.

Com mente ardilosa, disse-lhes Odisseu muita-astúcia:
"Amigos, é impossível com varão mais jovem lutar
um velho varão, combalido pela carência; mas impele-me
o estômago, este vilão, a me subjugar a golpes.
55 Vamos, agora jurai-me todos vigorosa jura:
que ninguém, apoiando Iro, com braço pesado a mim
golpeie e seja iníquo, e à força submeta-me a ele".
Assim falou, e todos eles juraram como pediu.
Porém, após jurarem por completo essa jura,
60 entre eles falou a sacra força de Telêmaco:
"Hóspede, se o orgulhoso ânimo do coração te impele
a repeli-lo, a nenhum dos outros aqueus
temas, pois quem te acertar combaterá mais homens.
Sou eu que te hospedo, e dois reis aprovaram,
65 Eurímaco e Antínoo, ambos inteligentes".
Assim falou, e todos aprovaram. E Odisseu
cintou-se com trapos na genitália, mostrou as coxas,
belas e grandes, e apareceram seus ombros largos,
o peito e os braços robustos; e Atena,
70 achegando-se, inchou os membros do pastor de homens.
Os pretendentes, todos, irritaram-se com soberba;
e assim falavam, fitando quem estava ao lado:
"Logo Iro – ex-Iro – obterá um mal autoinfligido,
tal é a coxa que, de sob os trapos, o velho mostra".
75 Assim falavam, e Iro sentiu-se mal no ânimo.
Mesmo assim, após cintá-lo à força, servos levaram-no,
medroso; e as carnes tremiam em torno dos membros.
Antínoo reprovou-o, dirigiu-se-lhe e nomeou-o:
"Agora, exibidão, não deverias existir nem ter nascido,
80 se, de fato, para ele tremes e te apavoras assim,

para velho varão combalido pela carência que o atingiu.

Mas o que te direi, isto também se cumprirá:

se ele te vencer e for o mais forte,

te enviarei ao continente, após te lançar em negra nau,

85 rumo ao rei Apresador, flagelo de todos os mortais,

que deve te cortar nariz e orelhas com impiedoso bronze,

arrancar os genitais e dar crua refeição aos cães".

Assim falou, e mais tremeram seus membros embaixo.

Levaram-no ao centro; e os dois estenderam os braços.

90 Então cogitou o muita-tenência, divino Odisseu,

se o golpearia de sorte que a alma lá o deixasse, caído,

ou se o golpearia de leve e o deixaria estendido no chão.

Pareceu-lhe, ao refletir, ser mais vantajoso assim:

ele o golpearia de leve, para os aqueus não perceberem.

95 Então, mãos para cima, Iro golpeou seu ombro direito,

e Odisseu golpeou-lhe o pescoço sob a orelha e o osso adentro

esmagou: de pronto à boca subiu sangue vermelho,

e ele tombou no pó, gritando, e mordeu os dentes,

chutando a terra; e os pretendentes ilustres,

100 erguendo as mãos, morreram de rir. E Odisseu

arrastou-o do pórtico pelo pé, para alcançar o pátio

e os portões da colunata; contra o muro do pátio

encostou-o e fê-lo sentar-se, na mão pôs-lhe o bastão

e, falando, dirigiu-lhe palavras plumadas:

105 "Agora senta, afugentando cães e porcos;

não sejas tu o chefe de estranhos e mendigos,

sendo reles, para que não proves mal ainda maior".

Falou e sobre os ombros lançou o repulsivo alforje,

todo rasgado, e nele, como alça, havia uma corda.

110 Retornando à soleira, sentou-se; e eles entraram,

rindo com prazer, e saudaram-no com palavras:
"Que Zeus te dê, estranho, e os outros deuses imortais,
o que mais desejas e caro for a teu ânimo,
tu que fizeste aquele insaciável parar de errar
115 pelas redondezas; logo o levaremos ao continente
rumo ao rei Apresador, flagelo de todo mortal".
Isso dito, alegrou-se o divino Odisseu.
Eis que Antínoo pôs-lhe ao lado um grande bucho,
cheio de gordura e sangue; e Anfínomo
120 tirou dois pães da cesta e pôs ao lado;
com cálice dourado, cumprimentou-o e disse:
"Sê feliz, pai estrangeiro: tenhas, ainda que no futuro,
fortuna; agora, de fato, estás preso a muitos males".
Respondendo, disse Odisseu muita-astúcia:
125 "Anfínomo, deveras me pareces ser inteligente.
Tens um pai de valor, de Niso de Dulíquion ouvi
a nobre fama, que é bom e rico;
dele dizem que nasceste, e pareces varão correto.
Por isso te direi, e me compreende e me escuta:
130 nada mais débil que o homem a terra nutre
entre tudo que sobre a terra respira e circula.
Nunca alguém pensa que no futuro um mal sofrerá
enquanto deuses ofertam sucesso, e os joelhos se mexem;
mas quando deuses venturosos completam o funesto,
135 também isso, sem o querer, suporta com ânimo resistente.
É tal a mente dos homens sobre-a-terra
como o dia que conduz o pai de varões e deuses.
Também eu, um dia, seria fortunado entre os varões,
mas fiz muita coisa iníqua, cedendo à força e ao vigor,
140 confiante em meu pai e em meus irmãos.

Por isso jamais um varão ignore as regras,
mas, quieto, suporte os dons de deuses, o que derem.
Que iniquidades vejo os pretendentes maquinar!
Devastam as posses e desonram a esposa
145 do varão que, penso, não mais dos seus e do solo pátrio
longe ficará por longo tempo: está bem perto. Mas que
um deus à casa te acompanhe; que não te depares com ele
quando retornar para sua terra pátria:
creio que, não sem sangue, os pretendentes e ele
150 se distinguirão, após entrar sob seu teto."
Isso disse e, após libar, bebeu o vinho doce como mel,
e de volta pôs o cálice nas mãos do ordenador de tropa.
E esse cruzou o salão, agastado em seu coração,
curvando a cabeça, pois já via o mal no ânimo.
155 Nem assim fugiu da morte; também o prendeu Atena
para as mãos e a lança de Telêmaco o subjugarem à força.
De volta logo sentou-se na poltrona de onde se erguera.
E no juízo dela pôs a deusa, Atena olhos-de-coruja,
no da filha de Icário, Penélope bem-ajuizada,
160 aos pretendentes aparecer, para sobremodo alargar
o ânimo dos pretendentes e tornar-se honrada
diante do marido e do filho mais que no passado.
Deu risada inútil, dirigiu a palavra e nomeou:
"Eurínome, meu ânimo deseja – não como antes –
165 aparecer aos pretendentes, embora de todo odiados;
ao filho diria uma palavra, que isto seria mais vantajoso,
não concordar em tudo com os pretendentes soberbos,
que falam bem, mas, por trás, pensam vilezas".
E a ela a governanta Eurínome dirigiu o discurso:
170 "Por certo isso tudo, criança, falaste com adequação.

Vamos – e a teu filho diga uma palavra e não esconda –,
após lavar a pele e ungir o rosto;
com o rosto manchado por lágrimas, assim não
vás, pois é pior sempre se afligir sem cessar.
175 Com efeito, já está na idade teu filho, quem tu muito
rogaste aos deuses veres com barba".
E a ela replicou Penélope bem-ajuizada:
"Eurínome, embora preocupada, não me induzas
lavar a pele e ungir-me com óleo;
180 minha radiância os deuses que ocupam o Olimpo,
destruíram desde que aquele partiu em cavas naus.
Mas pede, por favor, que Autónoe e Hipodameia
venham para, junto a mim, se postarem no palácio.
Sozinha não irei até os varões, pois tenho pudor
184ª de unir-me, obrigada, aos pretendentes soberbos".
185 Assim falou, e a anciã saiu cruzando o salão,
anunciando às mulheres e instigando-as a ir.
Então teve outra ideia a deusa, Atena olhos-de-coruja:
na filha de Icário vertia doce sono;
adormecia reclinada e fraquejaram todas suas juntas
190 aí mesmo, na cadeira. Nisso a deusa divina
dava-lhe dons imortais para os aqueus contemplá-la.
Primeiro sua bela pele limpou com cosmético
imortal, com o qual Citereia bela-coroa
se unge quando vai à desejável dança das Graças.
195 Fê-la maior e mais encorpada a quem a visse
e mais alva a fez que marfim talhado.
Ela, após assim agir, partiu, a deusa divina.
E vieram as servas alvos-braços do salão,
com ruído achegando-se. Doce sono deixou-a,

200 ela esfregou o rosto com as mãos e disse:
"Sim, a mim, em terrível aflição, sono macio encobriu.
Tomara morte assim macia me desse a pura Ártemis
agora logo, para não mais, lamentando-me no ânimo,
desgastar a vitalidade, saudosa do caro esposo,
205 de sua excelência múltipla, pois superava os aqueus".
Assim falou e desceu dos aposentos lustrosos,
não indo sozinha: com ela seguiam duas criadas.
Quando alcançou os pretendentes, divina mulher,
parou ao lado do pilar do teto, sólida construção,
210 após puxar, para diante da face, o véu reluzente;
e criada devotada, uma de cada lado, se postou.
Lá fraquejaram os joelhos deles, o desejo enfeitiçou-lhes o ânimo
e todos rezaram para deitar-se a seu lado no leito.
E ela falou a Telêmaco, seu caro filho:
215 "Telêmaco, não mais teu juízo é seguro nem tua ideia;
quando criança, até mais, no juízo aplicavas tua esperteza.
Agora que és grande e alcanças a medida da juventude,
e alguém de fora diria que de varão afortunado
és rebento, ao mirar-te o tamanho e a beleza;
220 não mais teu juízo é apropriado nem tua ideia.
Vê esse feito que, no palácio, ocorreu:
tu permitiste que o estranho fosse assim ultrajado.
E agora, se algo o estranho, em nosso palácio
sentado, sofresse, graças a pungente mau-trato?
225 Para ti haveria vergonha e vexame entre os homens".
A ela, então, o inteligente Telêmaco retrucou:
"Minha mãe, não fico indignado que disso tens raiva;
mas no ânimo penso e conheço cada coisa,
as nobres e as piores; no passado ainda era tolo.

230 Mas vê, não posso pensar tudo de modo inteligente;
sentados junto a mim, um ali, outro lá, confundem-me,
esses aí, refletindo vilezas, e não há quem me ajude.
Vê, a luta do estranho e de Iro não ocorreu
como queriam os pretendentes, e na força aquele foi melhor.
235 Tomara, ó Zeus pai, Atena e Apolo,
que agora em nosso palácio os pretendentes
deixassem pender as cabeças, subjugados, uns no pátio,
outros na casa, os membros a fraquejar como agora
os de Iro, que lá nos portões do pátio está sentado,
240 a cabeça curva, igual a um ébrio,
incapaz de endireitar-se de pé ou de voltar
a casa, ou aonde for seu retorno, pois os membros fraquejam".
Assim falavam dessas coisas entre si.
E Eurímaco com palavras dirigiu-se a Penélope:
245 "Filha de Icário, Penélope bem-ajuizada:
se te vissem todos os aqueus na jônia Argos,
mais pretendentes em vosso palácio,
de manhã, se banqueteariam, pois ultrapassas as mulheres
em aparência, altura e, por dentro, juízo equilibrado".
250 Respondeu-lhe Penélope bem-ajuizada:
"Eurímaco, minha excelência, aparência e porte,
os imortais destruíram quando a Ílion embarcavam
os argivos, e ia com eles meu marido Odisseu.
Se ele viesse e de minha vida cuidasse,
255 maior seria minha fama, e mais bela, a situação.
Agora me angustio, tantos os males que o deus me enviou.
Sim, quando foi e deixou a terra pátria,
tomou-me a mão direita pelo pulso e me disse:
'Mulher, não creio que os aqueus belas-grevas,

260 de Troia voltarão bem, todos incólumes;
pois dizem que os troianos são varões guerreiros,
tanto lanceiros quanto arqueadores de flechas
e montadores de cavalos casco-veloz, que bem rápido
decidem grande justa em guerra niveladora.
265 Assim não sei se o deus me trará de volta ou serei pego
lá mesmo em Troia; que aqui tudo seja tua atribuição.
Lembra-te do pai e da mãe no palácio
como agora ou ainda mais, estando eu longe;
mas quando vires barba no menino,
270 sê desposada por quem quiseres, após tua casa deixar'.
Assim aquele falou; tudo isso agora se completa.
Noite haverá em que a hedionda boda se achegará
de mim, maldita, de quem Zeus tirou a fortuna.
Mas este atroz sofrimento atinge o ânimo do coração:
275 não é essa a tradição dos pretendentes de antanho,
esses que valorosa mulher e filha de homem rico
querem cortejar e com outros disputam.
Eles mesmos trazem bois e robustas ovelhas,
banquete à família da jovem, e dão radiantes dons;
280 mas não a comida de outrem devoram de graça".
Isso dito, alegrou-se o muita-tenência, divino Odisseu,
porque ela arrancava dons, enfeitiçava o ânimo
com palavras amáveis, mas sua mente concebia outra coisa.
E a ela replicou Antínoo, filho de Persuasivo:
285 "Filha de Icário, Penélope bem-ajuizada,
presentes dos aqueus que para cá quiserem trazê-los,
recebe-os: não é belo recusar um dom.
E nós não iremos antes aos campos nem alhures
até que sejas desposada pelo aqueu que for o melhor".

290 Assim falou Antínoo, e agradou-lhes o discurso.
Para trazer os dons cada um despachou seu arauto.
Para Antínoo trouxe grande peplo bem belo,
variegado: nele havia fivelas, doze no total,
douradas, ajustadas com fechos bem-torcidos.
295 Colar para Eurímaco, bem artificioso, presto trouxe,
de ouro, entrelaçado com âmbar, como o sol.
Brincos para Euridamas dois assistentes trouxeram,
de três olhos tal amora: intensa graça deles irradiava.
Do senhor Pisandro, filho de Polictor,
300 gargantilha trouxe o assistente, adorno bem belo.
Cada um dos aqueus trouxe um belo dom.
Ela então subiu aos aposentos, a divina mulher,
e com ela servas levavam os bem belos dons;
e aqueles para a dança e o desejável canto
305 volveram-se e deleitaram-se, e ficaram até a noite.
Enquanto se deleitavam, veio-lhes a negra noite.
De pronto três braseiros postaram-se no palácio
para alumiar; neles, em volta, lenha se pôs
sem seiva, há muito seca, recém-rachada com bronze,
310 e junto misturaram-se gravetos: em turnos, iluminavam
as escravas de Odisseu juízo-paciente. Mas a essas ele
próprio, o divinal, falou, Odisseu muita-astúcia:
"Escravas de Odisseu, senhor há tempo ausente,
dirigi vos à morada onde está a respeitável senhora.
315 junto a ela na roca fiai e deleitai-a,
sentadas no salão, ou cardai a lã com as mãos;
eu providenciarei luz para todos esses aí.
Caso eles queiram aguardar Aurora belo-trono,
não me vencerão: sou deveras muita-resistência".

320 Assim falou, e elas riram, olhando-se entre si.
Reprovou-o, com uma afronta, Preta bela-face;
a essa Finório gerou, e dela Penélope cuidou,
criou-a como filha e brinquedos lhe deu para o ânimo.
Mas nem assim afligia-se no juízo por Penélope:
325 a Eurímaco unia-se e o amava.
Ela a Odisseu reprovou com palavras insultuosas:
"Estranho insolente, tu és alguém alucinado no juízo,
e não queres ir dormir na casa do artífice de bronze
ou num galpão; ficas aqui falando muito,
330 com audácia entre muitos homens, e, no ânimo, não
temes: por certo vinho domina teu juízo, ou sempre
tens uma mente tal, porque falas em vão,
ou estás fora de ti pois a Iro venceste, aquele errante.
Que logo outro melhor que Iro contra ti não se erga,
335 um que te golpeie em volta da cabeça com braço robusto
e para fora da casa te leve, sujo com muito sangue".
Olhando de baixo, disse-lhe Odisseu muita-astúcia:
"Bem rápido direi a Telêmaco, cadela, como falas,
eu indo até ele, para que te corte em pedaços".
340 Assim falando, com palavras amedrontou as mulheres.
Cruzaram o salão, e fraquejaram seus membros
de temor, pois pensaram que ele enunciara a verdade.
E ele, alumiando, junto aos braseiros chamejantes
ficou, a todos mirando; o coração revolvia em seu ânimo
345 outra coisa, que não ficaria incompleta.
Atena de modo algum deixou os arrogantes pretendentes
reprimirem-se no opróbrio aflitivo, para, ainda mais,
a angústia entrar no coração de Odisseu, filho de Laerte.
Entre eles Eurímaco, filho de Polibo, começou a falar,

488   CANTO 18

350 provocando Odisseu; e riso nos companheiros gerou:
"Ouvi-me, pretendentes da esplêndida senhora,
vou falar o que o ânimo me ordena no peito.
Não sem um deus chegou este homem à casa de Odisseu;
parece-me, de todo, que a fulgência das tochas é dele,
355 da sua cabeça, pois nela não há cabelo, nem pouco".
Falou e nisso dirigiu-se a Odisseu arrasa-urbe:
"Estranho, gostarias de empregar-te, se eu te escolhesse,
no limite das lavouras – a paga te será suficiente –,
recolhendo espinheiros e plantando grandes árvores?
360 Lá forneceria eu mesmo alimento constante,
com vestes te vestiria e para os pés daria alpercatas.
Mas sim, como aprendeste serviços vis, não quererás
fazer o serviço, mas curvar-se pelas redondezas
preferes, para poder engordar teu estômago insaciável".
365 Respondendo, disse-lhe Odisseu muita-astúcia:
"Tomara, Eurímaco, rivalizássemos ambos no campo
durante a primavera, quando os dias são longos,
no pasto: foice eu teria, boa-curva,
e tu também isso terias para no campo nos testarmos,
370 jejuando até a escuridão total, e pasto haveria!
Se bois também houvesse para conduzir, os melhores,
ardentes, enormes, ambos saciados de pasto,
mesma idade, tração igual, boa força,
seriam quatro medidas, e o torrão cederia sob o arado.
375 assim me verias, se os sulcos, de uma só vez, não cortaria.
Se guerra também, de um lado, o filho de Crono instigasse
hoje, e eu tivesse um escudo, duas lanças
e um elmo todo de bronze ajustado nas têmporas,
assim me verias unindo-me aos primeiros na vanguarda,

489 CANTO 18

380 e não falarias insultos contra esse meu estômago.
Mas és tão desmedido e tua mente é intratável;
e acreditas ser alguém grande e poderoso
porque te reúnes com poucos e não valorosos.
Se Odisseu voltasse e alcançasse sua terra pátria,
385 logo para ti essas portas, embora muito largas,
seriam estreitas ao tentares fugir pórtico afora".
Assim falou, e Eurímaco enraiveceu-se mais no coração,
olhou de baixo e dirigiu-lhe palavras plumadas:
"Canalha, rápido te aprontarei um mal, do jeito que falas
390 com audácia entre muitos homens e no ânimo não
temes: por certo vinho domina teu juízo, ou sempre
tens uma mente tal, porque falas em vão,
ou estás fora de ti pois a Iro venceste, o errante?".
Assim falou e pegou uma banqueta; e Odisseu,
395 junto aos joelhos de Anfínomo de Dulíquion, sentou,
temendo Eurímaco, que acabou por atingir do escanção
o braço direito; a jarra, ao cair no chão, atroou,
e o varão gritou de dor e caiu de costas na poeira.
E os pretendentes iniciaram arruaça no umbroso palácio,
400 e assim falavam, fitando quem estava ao lado:
"O estranho, vagando alhures, deveria ter morrido
antes de chegar; assim não liberaria tal tumulto.
Agora brigamos por causa de mendigos, e com o banquete
fino não haverá prazer, pois vence o mais infame".
405 E entre eles falou a sacra força de Telêmaco:
"Insanos, enlouqueceis e não mais ocultais no ânimo
a comida e a bebida; um dos deuses vos instiga.
Mas, após o banquete, vade dormir de volta a casa
quando o ânimo pedir; mas eu não persigo ninguém".

410 Assim falou, e todos, os dentes mordendo os lábios,
admiraram-se de Telêmaco, pois falou com audácia.
E, entre eles, Anfínomo tomou a palavra e disse,
o ilustre filho de Niso, o senhor filho de Areto:
"Amigos, ninguém, por ocasião de fala civilizada,
415 abordando com palavras confrontantes, endureceria;
nem maltrateis o estranho nem, de resto, um
dos escravos que vivem na casa do divino Odisseu.
Vamos, que o escanção verta as primícias nos cálices,
para, tendo libado, irmos dormir de volta a casa;
420 que com o estranho deixemos, no palácio de Odisseu,
que se preocupe Telêmaco, pois sua casa amiga alcançou".
Isso disse, e falou um discurso que agradou a todos.
Para eles, na ânfora, fez a mistura o herói Caminheiro,
o arauto de Dulíquion; era o assistente de Anfínomo.
425 E a todos serviu, achegando-se; eles aos deuses
ditosos libaram e beberam do vinho doce como mel.
Mas depois de libar e beber quanto o ânimo quis,
partiram para descansar, cada um rumo a sua casa.

19

Mas ele no salão ficou, o divino Odisseu,
a matança dos pretendentes cogitando com Atena.
De pronto a Telêmaco dirigiu palavras plumadas:
"Telêmaco, carece dentro guardar as armas de guerra,
5   todas, e aos pretendentes, com palavras macias,
persuadir quando te arguirem, sentindo sua falta:
'Tirei-as da fumaça, pois não parecem mais com estas,
as que Odisseu, ao ir a Troia, deixou para trás,
mas se desfiguraram, tanto atingiu-as o bafo do fogo.
10   Além disso, o deus soprou algo mais grave no juízo:
que, bêbados, não instaurásseis briga entre vós,
feríssei-vos uns aos outros e estragásseis o banquete
e a corte: o ferro, ele mesmo, puxa o homem'".
Assim falou, Telêmaco obedeceu ao caro pai
15   e, após chamá-la para si, disse à ama Euricleia:
"Mãezinha, vamos, segura as mulheres no salão
até que eu guarde no quarto as belas armas do pai;
na casa a fumaça delas se apossa, descuidadas,
já que ausente o pai; eu era tolo, mas agora
20   quero pô-las onde o bafo do fogo não chega".

E a ele replicou a querida ama Euricleia:
"Que agora, filho, te aposses da reflexão
para ocupar-te da casa e vigiar todos os bens.
Vamos, quem então irá contigo e levará a luz,
25 já que não deixas sair as escravas que alumiariam?".
A ela, então, o inteligente Telêmaco retrucou:
"O estranho aí: não deixarei inativo quem de meu
cereal pegue, mesmo de longe tendo chegado".
Assim ele falou, e para ela o discurso foi plumado;
30 e trancou as portas do palácio bom para morar.
Eis que os dois se levantaram, Odisseu e o filho ilustre,
e carregavam elmos, escudos umbigados
e lanças afiadas; na frente, Palas Atena,
munida de lâmpada dourada, produzia bem bela luz.
35 Nisso, de súbito, falou Telêmaco ao pai:
"Pai, grande assombro, sim, vejo com os olhos;
tudo, as paredes do palácio, as belas traves,
as vigas de abeto, os pilares que se sobre-erguem,
parece-me, aos olhos, como se de fogo chamejante.
40 Aqui há um deus, dos que dispõem do amplo céu".
Respondendo, disse-lhe Odisseu muita-astúcia:
"Quieto, contém tua mente e nada perguntes;
essa é a tradição dos deuses que ocupam o Olimpo.
Mas vai te deitar e eu ficarei aqui,
45 para ainda às escravas e a tua mãe provocar;
ela, lamentando-se, indagará acerca de tudo".
Assim falou, e Telêmaco cruzou o salão,
sob tochas luzentes, indo descansar no quarto,
onde sempre deita quando doce sono o alcança;
50 nisso lá também dormiu e aguardava a divina Aurora.

Mas ele no salão ficou, o divino Odisseu,
a matança dos pretendentes cogitando com Atena.
E ela saiu do quarto, Penélope bem-ajuizada,
semelhante a Ártemis ou à dourada Afrodite.
55 Junto ao fogo postaram-lhe a cadeira onde sentava-se,
bem-acabada com marfim e ouro, que um dia fez
Icmálio, o artesão, e embaixo pôs banqueta para os pés;
em cima dela jogaram grande velo.
Lá sentou-se, então, Penélope bem-ajuizada.
60 E do salão vieram as escravas alvos-braços.
Elas retiraram o excesso de comida, as mesas
e os cálices, de onde beberam os poderosos varões;
o fogo dos braseiros lançaram no chão, e neles novas
achas, muitas, queimaram para alumiar e aquecer.
65 Preta a Odisseu reprovou, uma segunda vez:
"Estranho, também agora importunarás aqui, à noite
circulando pela casa, e espiarás as mulheres?
Não! Aproveita o banquete, insolente, e sai pela porta;
ou, rápido, atingido por brasa, porta afora te irás".
70 Olhando de baixo, disse-lhe Odisseu muita-astúcia:
"Insana, por que me coages assim, com ânimo rancoroso?
Por eu estar sujo, vestir ordinárias vestes sobre a pele
e mendigar pelos arredores? A necessidade me compele.
Assim são os varões mendigos e vagamundos.
75 Também eu, um dia, afortunado, entre os homens
morei em casa rica, e amiúde obsequiava um errante,
fosse como ele fosse e do que precisasse ao chegar;
tinha miríades de escravos e muita outra coisa
com que se vive bem e se é tido como rico.
80 Mas Zeus, filho de Crono, destruiu; quis de algum modo.

Por isso, agora, também tu, mulher, não percas toda
a radiância com que, agora, entre escravas, és superior;
que a senhora, rancorosa, não endureça contra ti,
ou volte Odisseu: ainda resta parte de esperança.
85 Mesmo que tenha morrido e assim não mais retorne,
o filho, porém, já tem o valor do pai, graças a Apolo –
Telêmaco, no salão das mulheres, ele a nenhuma
iníqua ignora, pois não tem mais idade".
Assim falou, escutou-lhe Penélope bem-ajuizada,
90 e à serva reprovou, dirigiu-se-lhe e nomeou-a:
"De modo algum, atrevida, cadela petulante, ignorei
teu inaudito feito, com que besuntarás tua cabeça.
Sabias tudo direito, pois de mim mesma ouviste
que a este estranho eu iria, no palácio,
95 indagar acerca do esposo, pois sofro copiosa angústia".
Falou e à governanta Eurínome disse o discurso:
"Eurínome, traz banqueta e velo sobre ela,
para que, sentado, o estranho fale sua fala
e escute de mim, pois quero interrogá-lo".
100 Assim falou, e ela de pronto trouxe e postou
banqueta bem-polida e jogou sobre ela um velo;
lá sentou-se então o muita-tenência, divino Odisseu.
Entre eles começou a falar Penélope bem-ajuizada:
"Estranho, eu mesma, primeiro, te porei esta questão:
105 quem és? De que cidade vens? Quais teus ancestrais?".
Respondendo, disse-lhe Odisseu muita-astúcia:
"Mulher, a ti nenhum mortal pela terra sem-fim
censuraria: tua fama chega ao amplo céu,
como a de um rei impecável, que, temente ao deus,
110 regendo sobre muitos e altivos varões,

sustenta as boas tradições; e a negra terra produz
trigo e cevada, as árvores carregam de fruto,
as ovelhas se reproduzem sem vacilar, o mar fornece peixes,
e o povo, graças à boa liderança, excele.

115 Por isso agora apura de mim o restante em tua casa;
só não me indagues linhagem e terra pátria,
para não encheres, ainda mais, meu ânimo com dores,
ao me fazeres lembrar: sou muito-gemido demais. Não carece
que eu, na casa de outrem, com lamento e pranto,

120 me sente, pois é pior sempre sem trégua se afligir.
Que nenhuma escrava se indigne comigo, nem mesmo tu,
e diga que navego em choro, o juízo nocauteado por vinho".
Respondeu-lhe Penélope bem-ajuizada:
"Estranho, minha excelência, aparência e porte

125 os imortais destruíram quando a Ílion embarcavam
os argivos, e ia com eles meu marido Odisseu.
Se ele viesse e de minha vida cuidasse,
maior seria minha fama, e mais bela a situação.
Agora me angustio: tantos males o deus me enviou!

130 Com efeito, quantos nobres têm poder sobre as ilhas,
Dulíquion, Same e a matosa Zacintos,
e quantos habitam ao longo de Ítaca bem-avistada;
esses cortejam-me, sem que eu queira, e esgotam a casa.
Por isso nem a estranhos atento, nem a suplicantes

135 ou a algum dos arautos, esses profissionais;
mas, saudosa de Odisseu, derreto-me no caro coração.
Eles aplicam-se às bodas, e eu arremato truques.
Primeiro o deus soprou, em meu juízo, um manto,
após grande urdidura armar no palácio, tramar –

140 fina e bem longa. De imediato lhes disse:

'Moços, meus pretendentes, morto o divino Odisseu,
esperai, mesmo ávidos por desposar-me, até o manto
eu completar – que meus fios, em vão, não se percam –,
mortalha para o herói Laerte, para quando a ele
145 o quinhão funesto agarrar, o da morte dolorosa;
que, contra mim, no povo, aqueia alguma se indigne
se ele sem pano jazer depois que muito granjeou'.
Assim falei, e foi persuadido o ânimo orgulhoso.
E então de dia eu tramava a enorme urdidura,
150 e nas noites desenredava-a à luz de tochas.
Três anos não fui notada, e persuadi os aqueus;
mas ao chegar o quarto ano e a primavera se aproximar,
as luas finando e muitos dias passando,
então a mim, por meio de servas, cadelas insolentes,
155 eles me pegaram, e com palavras me repreenderam.
E assim completei a mortalha a contragosto, obrigada.
Agora não consigo escapar das bodas nem outro
plano mais intento; muito me instigam os pais
a casar, e o filho irrita-se com quem devora o sustento,
160 e disso ele sabe, pois já é varão sobremodo capaz
de ocupar-se da casa, a quem Zeus fortuna oferta.
Mas mesmo assim me fala tua linhagem, donde és:
de carvalho não és, nem de rocha, como no velho dito".
Respondendo, disse-lhe Odisseu muita-astúcia:
165 "Respeitável esposa de Odisseu, filho de Laerte,
não cessarás de indagar acerca de minha origem?
Pois eu te direi. Por certo me entregarás a angústia
ainda maior: é o que ocorre quando está longe
de sua pátria o varão por tanto tempo quanto eu agora,
170 tendo vagado por muita urbe de mortais, sofrendo agonias.

Mas também assim falarei do que me perguntas e apuras.
Há uma terra, Creta, no meio do mar vinoso,
bela e fértil, banhada por correntes; nela há muitos
homens, sem-fim, e noventa cidades.
175 Todas falam outras línguas, mescladas; numa, aqueus,
noutra, vero-cretenses enérgicos, noutra, cidônios,
dórios triplo-tronco e pelasgos divinos.
Entre elas há Cnossos, grande cidade, onde
por nove anos reinou Minos, íntimo do grande Zeus,
180 pai de meu pai, o animoso Deucálion.
Deucálion a mim gerou e ao senhor Idomeneu.
Mas este, em naus recurvas, rumo a Ílion,
partiu com os filhos de Atreu. Meu nome famoso é Abrasador,
o mais jovem na família; e ele é o mais velho e aguerrido.
185 Lá eu vi Odisseu e dei-lhe dons de hóspede.
Também a ele, a Creta levou-o a força do vento;
ansiava ir a Troia, após vagar para longe de Maleia.
Ancorou em Amniso, onde fica a caverna de Eileitiia,
em angra difícil, e com esforço escapou das rajadas.
190 Logo perguntou de Idomeneu ao subir à cidade;
disse ser seu aliado, caro e respeitável.
Já era a décima ou undécima aurora para ele,
que ia com suas naus recurvas rumo a Ílion.
Levei-o para casa e bem hospedei,
195 acolhendo-o, gentil, com o muito que na casa havia;
e a ele e aos outros companheiros que o seguiam,
dei cevada da comunidade, juntei fulgente vinho
e bois para sacrificar, de sorte a saciar seu ânimo.
Lá ficaram, doze dias, os divinos aqueus;
200 detinha-os o grande vento Bóreas, que sobre a terra não

deixava ficar-se de pé, e dura divindade instigava-o;
no décimo terceiro, o vento caiu, e eles partiram".
Falava, contando muito fato enganoso como genuíno.
Penélope, ao ouvir, chorava, a pele derretia.
205 Como derrete a neve para baixo nos cumes dos montes,
essa que Euro derrete quando Zéfiro o deixa cair,
e, ao derreter, os rios correm cheios –
assim derretia sua bela face, vertendo lágrimas,
pranteando o marido a seu lado sentado. E Odisseu,
210 lamentando no ânimo, apiedava-se da esposa,
e os olhos, como se cornos ou ferro, firmes estavam,
serenos nas pálpebras; com truque, conteve as lágrimas.
Ela, após deleitar-se com lamento muita-lágrima,
de novo, com palavras respondendo, lhe disse:
215 "Pois agora a ti, estranho, creio que testarei,
se de verdade lá, com excelsos companheiros,
hospedaste meu marido no palácio como dizes.
Fala-me, que vestes no corpo vestia,
como ele mesmo estava, bem como seus companheiros".
220 Respondendo, disse-lhe Odisseu muita-astúcia:
"Ó mulher, é difícil de alguém, há tanto tempo longe,
falar, pois este já lhe é o vigésimo ano
desde que de lá saiu e partiu de minha pátria;
mas te direi como ele aparece em meu íntimo.
225 Capa púrpura de lã tinha o divino Odisseu,
dupla: nela havia fivela de ouro
com duplo entalhe, e, na frente, um artefato:
com as patas dianteiras, cão segurava veado variegado,
mirando-o convulsionar-se. Todos isto admiravam,
230 o cão mirava o corço – os dois de ouro – sufocando-o,

e o outro, ansiando escapar, convulsionava-se nas patas.
E a túnica observei, lustrosa no corpo,
tal como casca de cebola seca;
era assim macia, e fúlgida como o sol.
235 De fato, muitas mulheres o contemplavam.
Outra coisa te direi, e tu, em teu juízo, a lança:
não sei, ou isso vestia no corpo Odisseu de casa,
ou um companheiro presenteou-o ao sair em nau veloz,
ou alhures algum aliado, pois de muitos Odisseu
240 era amigo: poucos aqueus a ele assemelhavam-se.
Também eu lhe dei brônzea espada e dupla
túnica, bela, púrpura, com franjas,
e, com respeito, enviei-o à nau bom-convés.
E um arauto, pouco mais velho que ele,
245 seguia-o; também dele te falarei, como era:
ombros arqueados, pele escura, cabeleira lanosa,
Passolargo de nome; mais que a seus outros companheiros
honrava-o Odisseu, pois, no juízo, adequava-se a ele".
Assim falou, e nela instigou mais desejo por lamento,
250 reconhecendo os sinais seguros que lhe enunciou Odisseu.
Ela, após deleitar-se com lamento muita-lágrima,
então, respondendo com um discurso, lhe disse:
"Pois agora, hóspede, se antes já mereceras piedade,
agora em meu palácio terás estima e respeito,
255 pois eu mesma lhe dei essas roupas das quais falaste,
trouxe-as do quarto, dobradas, e a elas juntei luzidia fivela
para adorná-lo. Mas a ele jamais saudarei de novo
ao voltar para casa, sua cara terra pátria.
Por isso, com má sorte, sobre cava nau, Odisseu
260 partiu para vivenciar a inominável Ruinosa-Ílion".

Respondendo, disse-lhe Odisseu muita-astúcia:
"Respeitável esposa de Odisseu, filho de Laerte,
não mais a bela pele arruínes agora nem o ânimo
derretas, chorando o esposo. Não me indigno de modo algum:
265　　mulheres também lamentam outros – ao perder um varão
consorte, para quem filhos gerou após unir-se em amor –
que não apenas Odisseu, que dizem ser feito deus.
Mas cessa o choro e apreende minha fala:
sem evasivas para ti discursarei e não esconderei
270　　que acerca do retorno de Odisseu eu já ouvi:
está perto, no fértil povoado dos varões tesprótios,
vivo; e traz bens em profusão e distintos,
pedindo pela região. Mas os leais companheiros
perdeu, e a côncava nau, no mar vinoso,
275　　ao sair da ilha de Trinácia: tinham ódio por ele
Zeus e Sol, pois às suas vacas mataram os companheiros.
Todos eles pereceram no mar encapelado;
mas a ele, sobre a quilha da nau, onda jogou na terra,
a terra dos feácios, na origem próximos dos deuses:
280　　eles, de coração, honraram-no como a um deus,
deram-lhe muitos dons e quiseram eles mesmos levá-lo
para casa, incólume. Há tempo, aqui, Odisseu
estaria; mas, vê, isto pareceu-lhe mais vantajoso no ânimo,
bens juntar, percorrendo a extensa terra:
285　　mais que os homens mortais, muita vantagem
conhece Odisseu, e mortal algum seria seu rival.
Assim me contou o rei dos tesprótios, Salvador;
jurou para mim mesmo, entre libações,
que puxara uma nau e preparara companheiros
290　　que o conduziriam à cara terra pátria.

Mas antes enviou a mim; calhou ir uma nau
de homens tesprótios a Dulíquion muito-trigo.
Mostrou-me as riquezas que amealhara Odisseu:
agora, até a décima geração, um por um alimentariam,
295 tantos haveres do senhor havia em seu palácio.
Dele, disse-me que foi a Dodona, para do divino
carvalho alta-copa escutar o desígnio de Zeus:
como voltaria para a cara terra pátria,
já há muito afastado, se às claras ou às ocultas.
300 Assim ele, desse modo, está seguro e já chegará,
bem perto, e longe dos seus e do solo pátrio
ficará pouco tempo. De tudo te darei juramento:
saiba agora Zeus primeiro, supremo deus e o melhor,
e o fogo-lar do impecável Odisseu, ao qual cheguei;
305 por certo tudo isso completa-se como afirmo.
Neste mesmo período interlunar chegará aqui Odisseu,
a lua minguando e depois crescendo".
E a ele replicou Penélope bem-ajuizada:
"Ah! Se essa palavra, hóspede, se cumprisse,
310 então rápido conhecerias a amizade e muitos dons
meus, tantos que, se alguém te visse, te diria ditoso.
Mas como no ânimo me ocorre, assim mesmo será:
nem Odisseu virá mais para casa, nem tu condução
obterás, pois senhores não há mais na casa,
315 tal como Odisseu entre os varões – se um dia viveu! ,
para receber e acompanhar hóspedes respeitáveis.
Mas criadas, lavai-o, armai um leito,
estrado, lençóis e mantas lustrosas
para, bem aquecido, alcançar Aurora belo-trono.
320 Assim que amanhecer, banhai-o e ungi-o

505 CANTO 19

e que almoce ao lado de Telêmaco,
sentado no salão. Entre aqueles, pior para quem,
destrói-ânimo, molestá-lo: desta casa nada
mais obterá, mesmo enraivecido ao extremo.
325 Pois, hóspede, como saberás se outra
mulher sobrepujo na mente e astúcia refletida,
se sujo, vestido com andrajos, no palácio
comeres? Os homens chegam ao fim em pouco tempo.
Quem for, ele mesmo, intratável e versado no intratável,
330 contra ele todos os mortais invocam males futuros
enquanto viver, e dele, morto, todos debocham;
quem for, ele mesmo, impecável e versado no impecável,
sua extensa fama espalham os aliados
entre todos os homens, e muitos dizem que é nobre".
335 Respondendo, disse-lhe Odisseu muita-astúcia:
"Respeitável esposa de Odisseu, filho de Laerte,
quanto aos lençóis e mantas lustrosas, são-me
odiosos desde que me afastei dos montes nevados
de Creta, viajando sobre nau longo-remo;
340 deito-me como sempre passei as noites insones.
Muitas noites, de fato, em abrigo noturno ultrajante,
passei e aguardei a divina Aurora belo-trono.
Nem a meu ânimo lavarem-me os pés
agrada; não tocará meu pé alguma mulher
345 daquelas que te fazem o trabalho da casa,
salvo se houver vetusta anciã, sempre devotada,
uma que sofreu no juízo tanto quanto eu:
não me incomodaria se uma tal lavasse meus pés".
E a ele replicou Penélope bem-ajuizada:
350 "Caro hóspede, nunca varão tão inteligente,

506 CANTO 19

mais caro, hóspede de longe, alcançou minha casa,
tão inteligente e sensato é tudo o que falas.
Sim, tenho uma anciã com ideias argutas no juízo,
ela que bem nutriu e criou aquele infeliz,

355 e recebeu-o nos braços quando primeiro gerou-o a mãe:
essa lavará teus pés, embora sendo bem fraca.
Vamos, agora: após levantares, bem-ajuizada Euricleia,
lava o coetâneo de teu senhor; talvez de Odisseu
os pés e as mãos já sejam assim, como os dele.

360 Na desgraça os mortais envelhecem rápido".
Assim falou, e a anciã cobriu a face com as mãos,
lágrimas quentes verteu e falou uma fala chorosa:
"Ai de mim, filho, nada posso fazer por ti, a quem,
embora temente ao deus, Zeus abominou entre os homens.

365 Nunca mortal algum a Zeus prazer-no-raio queimou
tantas coxas gordas ou hecatombes seletas
quantas lhe ofereceste, orando a Zeus que atingisses
idade reluzente e criasses o filho ilustre;
e agora só de ti tirou de todo o dia do retorno.

370 Assim também dele debocharam mulheres
de estranhos longínquos, ao atingir uma casa famosa,
como de ti essas cadelas aqui debocharam, todas:
lançam opróbrio e tanta vergonha que agora as evitas
ao não permitires que os pés te lavem; a mim, sem eu não querer,

375 pediu a filha de Icário, Penélope bem-ajuizada.
Teus dois pés lavarei, por ti e pela própria Penélope,
já que dentro de mim o ânimo foi instigado
por agruras. Vamos, agora atenta à fala que vou falar:
já muitos estranhos calejados aqui chegaram,

380 mas afirmo nunca ter visto alguém tão parecido,

em corpo, voz e pés, com Odisseu, como pareces tu".
Respondendo, disse-lhe Odisseu muita-astúcia:
"Anciã, assim falam todos que viram com os olhos
a nós dois, que ambos muito nos assemelhamos
385 um ao outro, como tu mesma, refletindo, dizes".
Assim falou, e a anciã pegou resplandecente bacia,
na qual pés limpava, e muita água derramou nela,
fria, e depois, quente, misturou. E Odisseu
sentou-se longe da lareira e dirigiu-se logo à penumbra:
390 de pronto em seu ânimo temeu que ela, ao tocá-lo,
a cicatriz percebesse, e suas ações se esclarecessem.
Próxima, lavava seu senhor; de pronto reconheceu
a cicatriz, a de quando javali com branco dente o feriu
ao ir ao Parnasso atrás de Autólico e seus filhos –
395 o distinto pai de sua mãe, superior aos homens
no roubo e no juramento: o próprio deus o presenteou,
Hermes; a esse queimava comprazedoras coxas
de ovelhas e cabritos, e ele, solícito, o acompanhava.
E Autólico foi à gorda comunidade de Ítaca
400 e encontrou a criança recém-nascida de sua filha.
Euricleia a pôs nos caros joelhos dele
no fim do jantar, dirigiu-se-lhe e nomeou-o:
"Autólico, agora tu mesmo acha o nome, o que darás
à criança de tua cara criança: para ti, muito-rogado ele é".
405 A ela, por sua vez, Autólico respondeu e disse:
"Meu genro e filha, colocai o nome que vou falar:
com o ódio de muitos eu mesmo cheguei aqui,
de varões e mulheres pela terra nutre-muitos;
que seu nome epônimo seja Odisseu. Quanto a mim,
410 quando, ao tornar-se jovem, à grande casa materna

fores, ao Parnasso, onde estão meus bens,
deles eu lhe darei e a ele, agradado, de volta enviarei".
Por isso foi Odisseu, para receber presentes radiantes.
Eis que a ele Autólico e os filhos de Autólico
415 saudaram com as mãos e palavras amáveis;
a mãe da mãe, Muidivina, abraçou Odisseu
e beijou-o na cabeça e nos dois belos olhos.
E Autólico ordenou que os filhos majestosos
o almoço preparassem; e o ouviram.
420 Rápido trouxeram boi macho de cinco anos;
esfolaram e desmembraram-no por inteiro,
cortaram com destreza, transpassaram em espetos,
assaram com todo o cuidado e dividiram as porções.
Então assim, o dia inteiro até o pôr do sol,
425 jantaram, e o ânimo não careceu de banquete parelho;
e quando o sol mergulhou e vieram as trevas,
então repousaram e aceitaram o dom do sono.
Quando surgiu a nasce-cedo, Aurora dedos-róseos,
foram para a caça, tanto os cães quanto os próprios
430 filhos de Autólico; com eles, ia o divino Odisseu.
Rumaram à escarpada montanha, coberta de mata,
o Parnasso, e rápido atingiram as fendas ventosas.
Então o sol começou a alcançar as glebas,
vindo do corre-macio, Oceano suave-corrente,
435 e eles o vale atingiram, os caçadores: à frente,
à procura de pegadas, iam os cães, e atrás,
os filhos de Autólico; com eles, o divino Odisseu
seguia perto dos cães, brandindo lança sombra-longa.
E lá, na toca compacta, espreitava grande javali.
440 Não a cortava o ímpeto de ventos que sopram úmidos,

nunca o sol luzidio com seus raios a atingia,
nem chuva a cruzava por completo: tão compacta
era, e havia um monte de folhas, grande abundância.
Envolveu-o o som dos pés de varões e cães
445 ao chegarem, caçando; ele de frente, moita afora,
a crina bem eriçada, mirando com fogo nos olhos,
pôs-se perto deles. Eis que Odisseu foi o primeiro
a lançar-se, erguendo a longa lança na mão encorpada,
ansioso por feri-lo; e o javali antecipou-se e feriu-o
450 sobre o joelho, e muita carne extraiu com o dente,
lançando-se de lado, mas não atingiu o osso do herói.
E Odisseu golpeou-o, acertando sua espádua direita,
e certeira atravessou a ponta da lança luzidia;
tombou no pó, berrando, e sua vida voou para longe.
455 Daquele, então, os caros filhos de Autólico cuidaram,
e o ferimento do impecável, excelso Odisseu,
destros, ataram, com um encanto o negro sangue
contiveram e rápido rumaram à morada do caro pai.
Eis que a ele Autólico e os filhos de Autólico
460 curaram direito e lhe deram dádivas radiantes;
alegre, com alegria amigável enviaram-o logo
a Ítaca. Por ele o pai e a senhora mãe
alegraram-se ao retornar, e inqueriram-no de tudo,
a cicatriz, de como a obteve; e ele contou-lhes bem,
465 como, ao caçar, machucou-o javali com branco dente
ao ir ao Parnasso com os filhos de Autólico.
Então a anciã, com as mãos para baixo, pegou a cicatriz,
reconheceu-a ao nela tocar e empurrou o pé para longe:
a panturrilha caiu na bacia, o bronze estrepitou
470 e para o outro lado inclinou-se; água entornou pelo chão.

Alegria e aflição tomaram seu juízo, seus olhos
de lágrimas se encheram e a voz abundante conteve-se.
Tocando-o no queixo, dirigiu-se a Odisseu:
"De fato és Odisseu, querida criança; mas antes
475 não te reconheci, antes de tocar todo o meu senhor".
Falou e fitou Penélope com os olhos,
querendo indicar que o caro esposo lá dentro estava.
Penélope não foi capaz de mirar direto ou perceber,
pois Atena desviou sua mente. E Odisseu,
480 com a mão direita, alcançou Euricleia, pegou-a pelo pescoço,
com a outra, puxou-a mais perto de si e falou:
"Mãezinha, por que queres destruir-me? Tu me nutriste
nesse teu peito; agora, após padecer muita agonia,
cheguei no vigésimo ano à terra pátria.
485 Mas como ponderaste isso e o deus lançou-o em teu ânimo,
quieta, que nenhum outro no palácio te escute.
Pois assim eu falarei, e isto se cumprirá:
se o deus fizer eu subjugar os ilustres pretendentes,
nem a ti, embora minha ama, pouparei, quando as outras
490 escravas mulheres, em meu palácio, eu matar".
E a ele replicou a bem-ajuizada Euricleia:
"Meu filho, que palavra te escapou da cerca de dentes!
Pois sabes, este é meu ímpeto, firme e inflexível;
aguentarei como se eu fosse de pedra dura ou ferro.
495 Outra coisa te direi, e tu, em teu juízo, a lança:
se o deus te fizer subjugar os ilustres pretendentes,
então te enumerarei as mulheres no palácio,
as que te desonram e as que são inocentes".
Respondendo, disse-lhe Odisseu muita-astúcia:
500 "Mãezinha, por que falas delas? Disso não careces.

511   CANTO 19

Eu mesmo irei bem ponderar e observar cada uma.
Mas silencia o discurso e entrega aos deuses".
Assim falou, e a anciã saiu, cruzando o salão
para buscar água, que derramara toda.

505 Então, após o lavar e ungir à larga com óleo,
de novo para perto do fogo Odisseu puxou a banqueta,
para se aquecer e encobriu a cicatriz sob os trapos.
E entre eles começou a falar Penélope bem-ajuizada:
"Eu mesma, hóspede, ainda te porei esta pequena questão:

510 sim, logo será a hora do prazeroso repouso,
a quem quer que o doce sono agarrar, ainda que inquieto.
Mas a divindade deu-me aflição desmesurada:
de dia deleito-me com lamentos, gemendo
e olhando para minhas obras e as das servas na casa;

515 mas, quando a noite vem, e o repouso agarra todos,
deito no leito, e, em volta de meu coração pulsante, copiosas
aflições agudas me perturbam, a lamentadora.
Como quando a filha de Pandareu, a filomela do verde,
com graça canta ao postar-se, recente, a primavera,

520 sentada entre as folhas copiosas das árvores,
ela que, amiúde modulando, verte som bem ecoante,
deplorando o filho, o caro Ítilo, que um dia, com bronze,
matou por engano, o filho do rei Zeto –
assim também meu ânimo acirra-se em duas direções,

525 a ver se fico ao lado do filho e, firme, tudo guardo,
meus bens, escravos e a enorme e alta casa,
respeitando a cama do marido e a fala do povo,
ou se já sigo quem for o melhor dos aqueus
que me corteja no salão, oferecendo dádivas sem-fim.

530 Enquanto meu filho ainda era tolo e juízo-frouxo,

ele não me permitia casar e deixar a morada do esposo;
agora que é grande e alcança a medida da juventude,
já me roga que retorne, para fora do palácio,
impaciente com as posses que os aqueus lhe devoram.
535 Mas vamos, escuta e responde a este meu sonho.
Meus vinte gansos, pela casa, comem o trigo
da água, e, ao vê-los, rejubilo-me.
Vinda de um monte, grande águia com bico curvo
o pescoço de todos quebra e os mata; deixa-os empilhados,
540 juntos, na casa, e ascende rumo ao céu divino.
Mas eu pranteava e ululava no sonho,
e a minha volta reuniram-se aqueias belas-tranças,
eu, triste, chorando, pois a águia matara-me os gansos.
Voltando, ela pousou numa projeção da cumeeira
545 e, com voz humana, quis me conter e disse:
'Coragem, filha de Icário grande-fama;
não é sonho, mas ótima realidade a se cumprir para ti.
Os gansos são os pretendentes, e eu, uma ave águia
era antes, e agora, como teu marido, voltei,
550 e contra todos os pretendentes lançarei ultrajante destino'.
Assim falou, e o doce sono deixou-me;
esquadrinhei em torno e percebi os gansos na casa,
debicando trigo junto à gamela onde costumam".
Respondendo, disse-lhe Odisseu muita-astúcia:
555 "Mulher, não é possível responder ao sonho,
dobrando-o para outro lado, pois a ti o próprio Odisseu
informou como cumprirá: a ruína surge aos pretendentes,
a todos, e nenhum escapará da perdição da morte".
E a ele replicou Penélope bem-ajuizada:
560 "Bem, estranho, insolúveis, intrincados sonhos

ocorrem, e nem tudo se cumpre para os homens.
Pois de dois tipos são os portões dos tíbios sonhos:
um é feito com chifres, o outro é de marfim.
Dos sonhos, os que passam pelo marfim talhado,
565 esses emaranham-se, levando palavras irrealizáveis;
os que passam pela porta de cornos polidos,
esses realizam o que é real quando um mortal os vê.
Mas para mim não creio que daí o terrível sonho
veio; por certo a mim e ao filho daria felicidade!
570 Mas outra coisa te direi, e tu, em teu juízo, a lança:
esta aurora aí já virá, vil de se nomear, que da casa
de Odisseu me afastará: agora estabelecerei prova
com os machados, esses que ele, em seu palácio,
em ordem fixava, como escoras de quilha, doze no total;
575 posicionado bem longe, ele disparava a flecha através.
Agora incumbirei aos pretendentes esta prova:
quem mais fácil armar o arco com o punho
e flechar por meio de todos os doze machados,
a esse eu seguirei, apartando-me desta casa
580 marital, muito bela, plena de vitualhas
de que um dia, creio, lembrarei, mesmo que em sonho".
Respondendo, disse-lhe Odisseu muita-astúcia:
"Respeitável esposa de Odisseu, filho de Laerte,
agora não mais postergues essa prova no palácio:
585 antes, para ti, o muita-astúcia voltará para cá, Odisseu,
antes que esses aí, esse arco bem-polido manuseando,
retesarem a corda e flecharem através do ferro".
E a ele replicou Penélope bem-ajuizada:
"Se quisesses a mim, estranho, sentado no palácio,
590 deleitar, doce sono não cairia sobre minhas pálpebras.

514   CANTO 19

Mas não é possível que fiquem sempre sem sono
os homens: a cada coisa atribuíram um quinhão
os imortais para os mortais sobre o solo fértil.
Mas, quanto a mim, após subir aos aposentos,
595 repousarei na cama que me foi feita rica em gemidos,
sempre úmida com minhas lágrimas, desde que Odisseu
partiu para vivenciar a inominável Ruinosa-Ílion.
Lá eu descansarei; e, tu, descansa aqui na casa,
ou no chão estendendo-te, ou que te armem a cama".
600 Isso disse e subiu aos aposentos lustrosos,
não sozinha, mas com ela iam outras criadas.
Após subir aos aposentos com as servas mulheres,
chorou por Odisseu, caro esposo, até, para ela, sono
doce sobre as pálpebras lançar Atena olhos-de-coruja.

20

Assim, no vestíbulo deitou-se o divino Odisseu:
embaixo estendeu pele de boi não curtida e, sobre ela,
muitos velos de ovelhas, que os aqueus imolavam;
Eurínome lançou uma capa por cima dele, deitado.
5 Lá Odisseu, cogitando no ânimo males aos pretendentes,
jazia, desperto; e as mulheres salão afora
correram, elas que aos pretendentes se uniam há tempo,
uma para a outra exibindo risada e gáudio.
E o ânimo dele agitou-se no caro peito;
10 muito cogitou no juízo e no ânimo,
se, indo atrás, arranjaria a morte de cada uma
ou deixaria se unirem aos pretendentes soberbos,
a última e derradeira vez; seu coração, dentro, latia.
Como a cadela, envolvendo os frágeis filhotes
15 ao estranhar um varão, late, aôfrega por brigar,
assim, em seu íntimo, latia, irritado com as vis ações.
Após golpear o peito, reprovou o coração com o discurso:
"Suporta, coração: suportaste outro feito mais canalha
no dia em que o ciclope, de potência incontida, comeu
20 os altivos companheiros; tu resististe até a astúcia a ti

conduzir para fora do antro, pensando que morrerias".
Assim falou, abordando o caro coração no peito;
e seu coração, obediente de todo, aguentou e resistiu
sem cessar; ele próprio revirava-se para lá e para cá.

25 Como quando varão, forte fogo ardendo, a um bucho
cheio de sangue e gordura, para lá e para cá
gira, almejando que bem rápido fique assado,
assim ele, para lá e para cá, revirava-se, cogitando
como desceria os braços nos aviltantes pretendentes,

30 ele, um só, contra muitos. E das cercanias veio-lhe Atena:
desceu do páramo, de corpo semelhante a uma mulher,
parou acima de sua cabeça e dirigiu-lhe o discurso:
"Como de novo acordaste, herói em máxima desdita?
Essa é tua casa, essa é tua mulher na casa

35 e o menino, assim como se deseja ser um filho".
Respondendo, disse-lhe Odisseu muita-astúcia:
"Por certo isso tudo, deusa, falaste ponto por ponto,
mas algo meu ânimo aqui, no íntimo, cogita:
como, nos aviltantes pretendentes, descerei os braços,

40 um único sendo; eles estão sempre juntos lá dentro.
Além disso, algo maior no juízo cogito:
mesmo que eu matasse, graças a Zeus e a ti,
como me safaria? Peço que tu isso ponderes".
A ele, então, replicou a deusa, Atena olhos-de-coruja:

45 "Tinhoso! Alguém já ouve o companheiro inferior,
que é mortal e não conhece tantos planos;
e eu sou uma deusa, que te guarda para sempre
em todos os labores. Vou te falar de forma explícita:
se emboscada de cinquenta homens mortais

50 nos cercasse, sôfregos, em Ares, por matar-nos aos dois,

520   CANTO 20

também deles tangerias vacas e robustas ovelhas.
Pois que também o sono te pegue; é irritante vigiar
toda a noite desperto, e já te esquivarás dos males".
Assim falou e sono vertia sobre suas pálpebras,
55 e ela de pronto foi ao Olimpo, divina deusa.
Quando prendeu-o o sono, soltando tribulações do ânimo,
solta-membros, a esposa acordou, a sempre devotada,
e chorava sentada sobre o leito macio.
Mas após se fartar de chorar em seu ânimo,
60 a Ártemis, por primeiro, rezou a divina mulher:
"Ártemis, senhora deusa, filha de Zeus, que, para mim,
flecha no peito agora lances e me tomes a vida
nesse momento, ou então rajada me agarre,
leve-me embora por caminhos brumosos
65 e me lance na foz de Oceano flui-de-volta.
Como quando rajadas tomaram as filhas de Pandareu:
os deuses destruíram seus pais, e elas restaram,
órfãs, no palácio, e delas cuidou a divina Afrodite
com queijo, doce mel e prazeroso vinho;
70 Hera deu-lhes, mais que a todas as mulheres,
formosura e sensatez; altura entregou a pura Ártemis;
e a técnica de trabalhos esplêndidos ensinou Atena.
Quando a divina Afrodite subiu ao grande Olimpo
para pedir a meta das bodas vicejantes para as jovens
75 a Zeus prazer-no-raio, pois ele sabe bem de tudo,
o que é e não é do destino dos homens mortais,
nisso as Harpias agarraram as jovens
e deram-nas às hediondas Erínias para servi-las –
comigo desaparecessem os que têm casas olímpias,
80 ou me atingisse Ártemis belas-tranças, para que Odisseu

eu fitasse ao descer para debaixo da terra hedionda
e aqui não enchesse de gáudio a mente de varão inferior.
Mas isso também é mal suportável, quando alguém
de dia chora, o coração atormenta-se à larga

85 e sono domina-o à noite: ele faz esquecer de tudo,
de bens e males, depois que as pálpebras encobre.
Mas para mim até sonhos ruins enviou o deus.
Idêntico a ele, dormiu comigo de novo essa noite,
tal como era quando foi com o exército; meu coração

90 alegrou-se, pois pensei não ser sonho, mas realidade".
Assim falou, e logo veio Aurora trono-dourado.
A voz da esposa em prantos ouviu o divino Odisseu;
então cogitou e pareceu-lhe, em seu ânimo,
que ela já o reconhecia, de pé, junto a sua cabeça.

95 Pois após juntar manto e velo, nos quais dormira,
pô-los no salão sobre uma poltrona, e o couro de boi
levar para fora, a Zeus orou, mãos para cima:
"Zeus pai, se a mim, com intenção, à firme e úmida
terra, à minha, trouxestes, após me lesardes demais,

100 prenúncio pronuncie um dos homens que desperta
dentro, e, fora, prodígio de Zeus, ademais, apareça".
Assim falou, rezando, e ouviu-o Zeus astucioso,
e logo trovejou do Olimpo fulgurante,
do alto das nuvens; e jubilou o divino Odisseu.

105 Prenúncio, vindo da casa, mulher emitiu, moleira,
perto, junto a seus moinhos, os do pastor de tropa,
nos quais labutavam doze mulheres ao todo,
preparando cevada e flocos de trigo, tutano de varões.
As outras dormiam, após o trigo terem moído,

110 e só ela ainda não parara, e era a mais fraca.

Ela deteve o moinho e disse a frase, um sinal para Odisseu:
"Zeus pai, que aos deuses e homens reges,
com vigor trovejaste do páramo estrelado,
onde nuvem não há; é prodígio que mostras a alguém.
115 Efetua agora também para mim, infeliz, a frase que direi:
seja esta a última e derradeira vez que os pretendentes
partilham do amável banquete no palácio de Odisseu;
eles afrouxaram meus joelhos, a preparar-lhes cevada,
fadiga aflitiva: agora ocorra seu último banquete".
120 Assim falou, e alegraram o divino Odisseu a soada
e o trovão de Zeus: pensou que se puniriam os infratores.
As outras escravas, ao longo da bela casa de Odisseu,
reuniram-se, e na lareira atiçavam fogo incansável.
E Telêmaco da cama se ergueu, herói feito deus,
125 vestiu suas vestes, pendurou a espada afiada no ombro,
sob os pés reluzentes, atou belas sandálias
e tomou a brava lança, afiada com ponta de bronze.
Eis que se postou na soleira e se dirigiu a Euricleia:
"Querida mãezinha, como honraste o estranho na casa?
130 Com cama e comida, ou jaz assim, descuidado?
Pois desse jeito é minha mãe, embora sensata:
é confuso como honra quem é, entre os homens mortais,
o pior, e o mais valoroso desonra e envia de volta".
E a ele replicou a bem-ajuizada Euricleia:
135 "A ela, inocente, não culpes agora, filho.
Vinho bebeu, sentado, enquanto quis.
De pão, disse não mais ter fome, pois ela perguntou-lhe.
Mas quando se lembrou do repouso e do sono,
ela pediu às escravas que aprontassem o estrado.
140 Ele, como alguém de todo lastimoso e desventurado,

não quis repousar em leitos e mantas,
mas em pele de boi não curtida e velo de ovelhas
dormiu no vestíbulo; e nós o cobrimos com uma capa".
Assim falou, e Telêmaco cruzou o salão com a lança;
145 e dois lépidos cães seguiam com ele.
Foi à ágora para junto dos aqueus belas-grevas.
Ela, a seu turno, ordenou às escravas, divina mulher,
Euricleia, filha de Voz, filho de Persuadidor:
"Mexei-vos, vós aí, mãos à obra, varrei a casa
150 e borrifai, e nas poltronas bem-feitas cobertas
lançai, púrpura; e vós aí, esfregai com esponjas
todas as mesas, por inteiro, limpai as ânforas
e os cálices dupla-alça; vós aí, atrás de água,
ide à fonte e trazei, voltando bem rápido.
155 Pouco tempo os pretendentes se ausentarão do salão,
mas bem cedo voltarão, pois, para todos, é a festa".
Assim falou, e elas a ouviram direito e obedeceram.
Vinte delas foram à fonte com água escura,
e as outras, lá mesmo na casa, labutavam com destreza.
160 E entraram os servos orgulhosos; eles, então,
bem e com destreza, lenha racharam, e as mulheres
voltaram da fonte. Depois deles veio o porcariço
conduzindo três cevados, os melhores entre todos.
A esses deixou pastando no belo pátio,
165 e ele próprio a Odisseu, com agrados, dirigiu-se:
"Hóspede, acaso os aqueus te olham com mais atenção
ou te desonram no palácio como antes?".
Respondendo, disse-lhe Odisseu muita-astúcia:
"Tomara, Eumeu, os deuses punissem a infâmia
170 que eles, com violência ultrajante, engenham

na casa de outrem, e não compartilham de respeito".
Assim falavam dessas coisas entre si.

E Preto aproximou-se deles, o pastor de cabras,
e com ele dois pastores; tocavam cabras,
175   caprinos seletos, refeição dos pretendentes.
A essas prenderam sob a colunata ressoante,
e ele próprio dirigiu-se a Odisseu com provocações:
"Estranho, também agora importunarás aqui na casa,
mendigando aos homens, e não sairás pela porta?
180   De modo algum creio que nos separaremos
antes de provar os braços, pois tu, sem elegância,
mendigas: também alhures há banquetes de aqueus".
Falou, e a ele não se dirigiu Odisseu muita-astúcia,
mas, quieto, meneou a cabeça, ruminando males.
185   Como terceiro, juntou-se-lhes Filoitio, líder de varões,
guiando vaquilhona aos pretendentes e gordas cabras.
Transportaram-nos balseiros, eles que também a outros
homens conduzem, quem quer que a eles chegue.
Prendeu-as bem sob a colunata ressoante,
190   e ele próprio questionou o porqueiro, parado perto:
"Quem é esse estranho, porqueiro, recém-chegado
a nossa morada? Proclama ser de quais
varões? Qual é sua linhagem e o solo pátrio?
Desventurado, no porte parece um senhor real.
195   Mas os deuses atormentam os homens muito errantes,
sempre que – até para reis – destinam agonia".
Falou, saudou-o com a mão direita, de pé ao lado,
e, falando, dirigiu-lhe palavras plumadas:
"Sê feliz, pai estrangeiro: tenhas, mesmo no futuro,
200   fortuna; agora, de fato, estás preso a muitos males.

Zeus pai, deus algum é mais destrutivo que tu;
não te compunge que varões, após gerá-los tu,
se unam a miséria e aflições deploráveis.
Suei quando te percebi, e meus olhos lacrimejaram
205 ao lembrar-me de Odisseu, já que penso que aquele,
com trapos tais, entre os homens vaga,
se em algum lugar ainda vive e vê a luz do sol.
Se já está morto, na morada de Hades,
ai de mim pelo impecável Odisseu, que me alocou
210 para vacas, ainda pequeno, na terra dos cefalênios.
Agora elas tornaram-se ilimitadas, e melhor não
vingaria, para um varão, a cepa de vacas larga-fronte.
Outros me pedem que as conduza para eles mesmos
comê-las, e o filho, no palácio, desconsideram
215 e, com o olhar dos deuses, não tremem: já anseiam
os bens dividir, o senhor há tempo ausente.
Mas meu ânimo, no caro peito, por isso
revira-se demais: é um grande mal, havendo o filho,
buscar a terra de outros, partindo com vacas e tudo
220 até varões estranhos; mas o que me arrepia é ficar aqui,
sentado junto a vacas de terceiros, a sofrer agonias.
Há tempo já teria a outro rei poderoso
alcançado em fuga, pois aqui não é mais suportável;
mais ainda creio que o miserável, caso volte um dia,
225 faria esses pretendentes pela casa dispersar".
Respondendo, disse-lhe Odisseu muita-astúcia:
"Vaqueiro, como nem vil nem insensato herói pareces,
e reconheço também eu que sensatez atinge teu juízo,
por isso te direi e ainda grande jura jurarei:
230 saiba agora Zeus primeiro, supremo deus e o melhor,

526   CANTO 20

e o fogo-lar do impecável Odisseu, ao qual cheguei:
por certo, estando tu aqui, chegará em casa Odisseu,
e com teus olhos enxergarás, se quiseres,
os pretendentes mortos, que aqui se arrogam senhores".
235 E a ele replicou o varão vaqueiro de bois:
"Ah! Se essa palavra, estranho, cumprisse o filho de Crono;
saberias que força é a minha, como agem os braços".
Do mesmo modo, Eumeu rezou a todos os deuses
pelo retorno de Odisseu muito-juízo a sua casa.
240 Assim falavam dessas coisas entre si.
Os pretendentes, para Telêmaco, o quinhão da morte
arranjavam; e ave lhes veio, do lado esquerdo,
águia voa-alto, e levava um tímido pombo.
Entre eles, Anfínomo tomou a palavra e disse:
245 "Meus caros, este plano não nos será bem-sucedido,
a morte de Telêmaco; vamos, lembremos do banquete".
Assim falou Anfínomo, e agradou-lhes o discurso.
Entrando na casa do divino Odisseu,
mantos depuseram nas cadeiras e poltronas,
250 abateram grandes ovelhas e gordas cabras,
e abateram porcos cevados e uma vaca do rebanho.
Após assar as vísceras, distribuíam-nas, e vinho
nas ânforas misturavam; as taças repartia o porqueiro.
E distribuía-lhes pão Filoitio, líder de varões,
255 em belas cestas, e Preto escançava o vinho.
E eles esticavam as mãos sobre os alimentos servidos.
E Telêmaco alocou Odisseu, aplicando sua esperteza,
dentro do bem-erigido salão, junto ao umbral de pedra,
após lá postar banqueta ultrajante e pequena mesa.
260 Ao lado pôs pedaços das vísceras, verteu vinho

em cálice dourado e dirigiu-lhe o discurso:
"Ali agora senta e com os varões bebe vinho;
eu próprio afastarei de ti provocações e braços
de todos os pretendentes, pois não é comunitária
265 esta casa, mas de Odisseu, e para mim a adquiriu.
Vós, pretendentes, afastai o ânimo da reprovação
e dos braços, para que disputa e briga não comecem".
Assim falou, e todos, os dentes mordendo os lábios,
admiraram-se de Telêmaco, pois falara com audácia.
270 E entre eles falou Antínoo, filho de Persuasivo:
"Embora seja duro, aceitemos, aqueus, o discurso
de Telêmaco; enunciou grandes ameaças contra nós.
Sim, Zeus não permitiu, o filho de Crono, caso contrário
já o teríamos interrompido no salão, embora orador potente".
275 Assim falou Antínoo e desprezou o discurso.
Arautos, pela cidade, a sacra hecatombe aos deuses
levavam; e eles reuniram-se, os aqueus longas-madeixas,
sob o bosque umbroso de Apolo alveja-de-longe.
Aqueles, após assar a carne de fora e a tirar dos espetos,
280 repartiram-na e partilharam majestoso banquete.
Junto a Odisseu, pedaço puseram os que serviam,
igual ao que receberam os outros, pois isso ordenou
Telêmaco, o caro filho do divino Odisseu.
De modo algum Atena permitiu que os arrogantes pretendentes
285 se reprimissem no tratamento vexatório, para ainda mais
angústia entrar no coração de Odisseu, filho de Laerte.
Entre os pretendentes, havia um varão que ignorava regras,
tinha o nome de Ctesipo e morava em Same.
Ele agora, confiante nos bens de seu pai,
290 cortejava a esposa de Odisseu há muito ausente.

Ele então, entre os soberbos pretendentes, falou:
"Ouvi-me, pretendentes orgulhosos, vou falar.
Como convém, há tempo o hóspede já tem uma porção
igual, pois não é belo nem civilizado frustrar
295 os hóspedes de Telêmaco, todo que vier a esta casa.
Que também eu lhe dê um dom, para ele próprio
oferecer honraria à serva do banho ou a outro
dos escravos que vivem na casa do divino Odisseu".
Isso dito, jogou um pé de vaca com a mão encorpada,
300 tirando-o da cesta. Odisseu evitou-o,
ligeiro inclinando a cabeça, e sorriu no ânimo,
deveras sardônico; e o pé atingiu a bem-feita parede.
A Ctesipo, Telêmaco reprovou com o discurso:
"Ctesipo, por certo isto foi vantajoso para tua vida:
305 não acertaste o hóspede; o próprio evitou o projétil.
Na certa eu te acertaria ao meio com lança afiada,
e, ao invés das bodas, teu pai se ocuparia do enterro.
Assim, que em minha casa ninguém afrontas demonstre,
mas em meu ânimo penso e conheço cada coisa,
310 as nobres e as piores; no passado ainda era tolo.
Mas embora até suportemos observar isso tudo,
o abate de ovelhas, o consumo de vinho,
e comida: é duro para um só muitos conter.
Mas chega, não mais me infligi males como inimigos.
315 Se já tendes gana de matar-me com bronze,
até disso eu gostaria, e seria bem mais vantajoso
estar morto que sempre afrontar estes ultrajes,
estranhos maltratados e escravas mulheres
seduzidas de forma ultrajante na bela morada".
320 Assim falou, e eles todos, atentos, se calavam.

Bem depois, Agelau, filho de Domador, falou entre eles:
"Amigos, ninguém, por ocasião de fala civilizada,
endureceria replicando com palavras hostis;
não maltrateis o estranho nem, de resto, algum
325 dos escravos que vivem na casa do divino Odisseu.
Para Telêmaco e a mãe eu mesmo diria uma fala
amigável, se agradasse ao coração de ambos.
Enquanto o vosso ânimo, no peito, esperava
pelo retorno de Odisseu muito-juízo a sua casa,
330 não cabia indignação por aguardar e conter
os pretendentes na casa, pois isto era mais vantajoso,
o retorno de Odisseu, ele chegar de volta em casa;
agora isto já é evidente, ele não mais retornará.
Vamos, sentado ao lado da mãe, enumere-lhe isto:
335 despose quem for o melhor varão e mais ofertar,
para que tu, satisfeito, administres todos os bens paternos,
comendo e bebendo, e ela dirija a casa de outrem".
A ele, então, o inteligente Telêmaco retrucou:
"Por Zeus, não, Agelau, e pelas aflições de meu pai,
340 que alhures, longe de Ítaca, morreu ou está vagando,
não atraso as bodas de minha mãe, mas peço
que despose quem quiser, e dou-lhe dádivas indizíveis.
Envergonho-me de escorraçá-la da casa, obrigada,
com um discurso impositivo: que isso o deus não realize".
345 Isso disse Telêmaco; entre os pretendentes, Palas Atena
provocou riso inextinguível e desnorteou suas ideias.
Eles então riam, mas com alheios maxilares,
e eis que comiam carne sangrenta, seus olhos
enchiam-se de lágrimas, e o ânimo pensava em lamento.
350 Também entre eles falou o deiforme Teoclímeno:

"Miseráveis, que mal é este de que sofreis? A noite
recobre vossas cabeças, faces e, embaixo, os joelhos,
o gemido é uma tocha, nas faces, o choro,
e de sangue estão borrifadas paredes e belas traves;
355   cheio de espectros está o vestíbulo, cheio, o pátio,
ansiando ir ao Érebo rumo às trevas; o sol
sumiu do páramo, e névoa danosa espalhou-se".
Assim falou, e eles todos riram dele com prazer.
Entre eles Eurímaco, filho de Polibo, começou a falar:
360   "Está louco o estranho recém-chegado de alhures.
Mas a ele, jovens, rápido conduzi porta afora
para chegar à ágora, já que isso assemelha-se à noite".
A ele, por sua vez, falou o deiforme Teoclímeno:
"Eurímaco, não te peço que me ofereças condutores.
365   Tenho olhos, ouvidos, ambos os pés
e mente perfeita no peito, em nada ultrajante;
com eles sairei pela porta, pois percebo vir contra vós
um mal, do qual não fugirá nem escapará nenhum
de vós, pretendentes, que pela casa do excelso Odisseu,
370   violentos com varões, engenham ações iníquas".
Isso dito, saiu da casa boa para morar
e rumou à de Peiraio, que, solícito, o recebeu.
E todos os pretendentes, olhando-se uns aos outros,
provocavam Telêmaco, rindo dos estrangeiros.
375   E desse modo falavam os jovens arrogantes:
"Telêmaco, ninguém tem piores hóspedes que tu.
Tens esse aí, um errante impertinente,
carente de comida e vinho, em trabalho algum
experiente nem na força, mas só um peso para a terra;
380   quanto ao outro, aqui postou-se para adivinhar.

Mas se eu te convencesse, digo que seria mais vantajoso,
após lançar os estranhos em nau de muitos calços,
à Sicília os enviar, que te renderiam certo valor".
Isso diziam os pretendentes; e ele desprezou os discursos,
385 mas, quieto, observou o pai, sempre aguardando
quando, nos aviltantes pretendentes, desceria os braços.
E ela defronte colocou banqueta belíssima,
a filha de Icário, Penélope bem-ajuizada,
e ouviu o discurso de cada um dos varões no salão.
390 Eles, então, rindo, prepararam a refeição,
agradável e deliciosa, pois muitos animais imolaram;
nada seria mais desprazeroso que um jantar
como esse que logo iriam a deusa e o poderoso varão
instaurar: aqueles, por primeiro, engenharam ultrajes.

21

E no juízo dela pôs a deusa, Atena olhos-de-coruja,
no da filha de Icário, Penélope bem-ajuizada,
apresentar aos pretendentes o arco e o ferro cinza
no palácio de Odisseu, apetrechos e início da matança.
5 Subiu a elevada escadaria de sua morada
e com a mão encorpada pegou a chave boa-curva,
bela e dourada; e tinha um cabo de marfim.
Pôs-se rumo ao quarto com as servas mulheres,
o bem no fundo; lá estavam os haveres do senhor,
10 bronze, ouro e ferro muito trabalhado.
E lá estavam o arco estica-e-volta e a aljava
porta-flecha, e nela havia muitas setas desoladoras,
dons que lhe deu o aliado, ao topá-lo na Lacedemônia,
Ífito, filho de Eurito, semelhante aos imortais.
15 Os dois, na Messênia, encontraram-se um ao outro
na casa do atilado Tocaioso; quanto a Odisseu,
viera atrás de uma dívida que todo o povo lhe devia:
ovelhas e cabras, de Ítaca, os varões messênios levaram,
trezentas, em naus muito-calço, e pastores.
20 Por isso fora Odisseu em missão pela longa rota,

535   CANTO 21

ainda menino: enviaram-no o pai e os outros anciãos.
Já Ífito buscava as éguas que perdera,
doze fêmeas com lactentes mulas robustas.
Essas então também se tornaram destino de matança para ele
25 quando encontrou o filho ânimo-potente de Zeus,
o herói Héracles, experto em grandes feitos.
Matou a Ífito, que hospedava em sua própria casa,
Héracles, tinhoso, desrespeitando os deuses e a mesa
que a seu lado pusera; ainda assim, até o matou,
30 e ele mesmo manteve as éguas forte-casco no palácio.
Perguntando por elas, Ífito encontrara Odisseu e dera-lhe o arco
que, no passado, carregava o grande Eurito, e esse ao filho
deixara, ao morrer na casa de alto pé-direito.
A Ífito Odisseu deu espada afiada e brava lança,
35 o início de confiável aliança. Não junto à mesa
conheceram-se um ao outro. Antes o filho de Zeus matou
Ífito, filho de Eurito, semelhante aos imortais,
que lhe dera o arco. A este nunca o divino Odisseu,
quando ia para a guerra sobre as negras naus,
40 escolhia, mas aí mesmo, lembrança do caro aliado,
guardava, no palácio, e carregava-o em sua própria terra.
Quando ela chegou àquele quarto, a divina mulher,
e pisou no umbral de madeira, que um dia artesão
aplanou, hábil, endireitou com o prumo
45 e nele ajustou batentes e pôs portas brilhantes –,
de pronto ela soltou a correia da maçaneta,
enfiou a chave e, mirando em frente, empurrou
os ferrolhos das portas. Essas rangeram como touro
pastando no prado; assim rangeram as belas portas,
50 golpeadas pela chave, e presto se lhe escancararam.

Ela então dirigiu-se ao estrado elevado; lá baús
havia, e neles, roupas perfumadas.
Esticando-se, do prego desenganchou o arco,
acomodado num estojo que o envolvia, brilhante.
55 Sentada lá mesmo, descansando-o nos caros joelhos,
chorou, bem alto, e tomou o arco do senhor.
Após deleitar-se com lamento muita-lágrima,
rumou ao salão atrás dos ilustres pretendentes,
tendo na mão o arco estica-e-volta e a aljava
60 porta-flecha, e nela havia muitas setas desoladoras.
Com Penélope, servas levavam caixa onde havia
muito ferro, e bronze, apetrechos do senhor.
Quando alcançou os pretendentes, divina mulher,
parou ao lado do pilar do teto, sólida construção,
65 após puxar, para diante da face, o véu reluzente;
e criada devotada, uma de cada lado, se postou.
Presto, entre os pretendentes, tomou a palavra e disse:
"Ouvi-me, pretendentes orgulhosos, vós que esta casa
atacai para comer e beber sempre, sem parar,
70 o varão há muito ausente; e nenhuma outra
evasiva que fosse conseguistes arrumar,
mas que ansiais desposar-me e tornar sua mulher.
Bem, pretendentes, agi, pois eis o prêmio:
a prova será o manuseio do grande arco do divino Odisseu;
75 quem mais fácil armar o arco com o punho
e flechar através de todos os doze machados,
a esse eu seguirei, apartando-me desta casa
marital, muito bela, plena de vitualhas,
de que um dia, creio, lembrarei, ainda que em sonho".
80 Assim falou e pediu a Eumeu, divino porcariço,

537 CANTO 21

que apresentasse o arco e o ferro cinza aos pretendentes.
Com lágrimas, Eumeu recebeu-o e depôs no chão;
o vaqueiro também chorava, pois viu o arco do senhor.
E Antínoo falou, dirigiu-se-lhes e nomeou-os:
85 "Rústicos tolos, atentos somente ao efêmero,
dois coitados, por que lágrimas derramai e a mulher,
o ânimo em seu peito agitais? É natural que seu
ânimo revolva em aflição, pois perdeu o caro consorte.
Porém, em silêncio, comei sentados ou, porta afora,
90 aos prantos, saí, deixando o arco aqui mesmo
aos pretendentes, prova inócua, pois não creio
que facilmente esse arco bem polido será armado.
Não há varão entre todos estes aqui
tal como era Odisseu; eu próprio o vi –
95 tenho na memória – e era ainda criança tola".
Assim falou, e o ânimo dele, no peito, esperava
retesar a corda e flechar através do ferro.
A uma flecha, ele seria o primeiro a prová-la
das mãos do impecável Odisseu, a quem desonrava,
100 sentado nos salões, a instigar os pretendentes.
E entre eles falou a sacra força de Telêmaco:
"Incrível, de fato, Zeus, filho de Crono, fez-me tolo.
Minha cara mãe me disse, embora sendo sensata,
que seguiria um outro, apartando-se desta casa;
105 e eu estou rindo, deleito-me no ânimo estúpido.
Bem, pretendentes, agi, pois eis que se revela o prêmio:
tal mulher no presente não há em terra aqueia,
nem na sacra Pilos, em Argos ou Micenas,
nem na própria Ítaca nem no escuro continente.
110 Vós mesmos disso sabeis: por que louvar minha mãe?

Pois bem, não remancheis com desculpas nem vos
desvieis da fixação do arco por muito tempo. Vamos ver.
Também eu próprio poderia testar-me no arco:
se eu vergar e flechar através do ferro,
115 não me angustiaria se a senhora mãe esta casa
deixasse, indo com outro, quando eu para trás ficaria,
capaz de apossar-me dos belos apetrechos do pai".
Falou e, após levantar-se, dos ombros tirou
a capa púrpura, bem como a espada afiada puxou.
120 Primeiro cravou os machados, tendo cavado um sulco
para todos, único, longo; com o prumo endireitou-os
e socou a terra ao redor. Todos se espantaram, ao ver
com que adequação os cravou: e nunca antes os vira.
Eis que se postou na soleira e experimentava o arco.
125 Três vezes abalou-o com gana de vergá-lo,
três vezes relaxou, embora esperasse isto no ânimo:
retesar a corda e flechar através do ferro.
Então teria, com força, vergado, puxando uma quarta vez,
mas Odisseu, acenando a cabeça, conteve-o em sua ânsia.
130 E entre eles falou a sacra força de Telêmaco:
"Incrível, por certo no futuro serei vil e fracote,
ou sou muito jovem e nos braços ainda não confio
para afastar um varão quando, mais velho, endurece.
Mas ide, vós que na força sois melhores que eu,
135 o arco experimental, e finalizemos a prova".
Isso dito, postou o arco no chão, longe de si,
apoiando-o contra as portas bem-polidas, justas,
apoiou o projétil veloz na bela extremidade do arco
e sentou-se de volta na poltrona de onde se erguera.
140 E entre eles falou Antínoo, filho de Persuasivo:

"Todos os pretendentes, postai-vos em ordem,
pela direita, a partir do lugar de onde se serve o vinho".
Assim falou Antínoo, e agradou-lhes o discurso.
E Leodes ergueu-se primeiro, o filho de Olhovíneo;
145 ele era o áugure deles e junto da bela ânfora
sentava-se, sempre bem no fundo: só a ele a iniquidade
era odiosa, e indignava-se contra todos os pretendentes.
Ele foi o primeiro a pegar o arco e o projétil veloz.
Eis que se postou na soleira, experimentava o arco,
150 e não o vergou; antes cansou, relaxando as mãos
indolentes, delicadas. E entre os pretendentes falou:
"Amigos, eu não o vergo; que outro o pegue.
Este arco, de fato, privará muitos nobres
de seu ânimo e vida, pois é muito melhor
155 estar morto que, vivo, errar o alvo pelo qual sempre
nos reunimos aqui, todos os dias, à espera.
Ainda agora no juízo cada um espera e deseja
desposar Penélope, a consorte de Odisseu;
mas quando testar o arco e der-se conta,
160 então que corteje outra das aqueias belo-peplo,
tentando-a com dádivas. Quanto a Penélope, então
desposará aquele que mais ofertar e for o destinado".
Assim falou e postou o arco longe de si,
apoiando-o contra as portas bem-polidas, justas,
165 apoiou o projétil veloz na bela extremidade do arco
e sentou-se de volta na poltrona de onde se erguera.
E Antínoo reprovou-o, dirigiu-se-lhe e nomeou-o:
"Leodes, que palavra te escapou da cerca de dentes,
assombrosa e aflitiva, e indigno-me ao ouvir.
170 Sim, se este arco aqui privar os nobres

de seu ânimo e vida, é porque não lograste tu vergá-lo.

Pois a ti a senhora mãe não gerou tão valoroso

a ponto de ser arqueador de arco e flechas;

mas outros vergarão ligeiro, os pretendentes ilustres".

175 Assim falou, e chamou Preto, o pastor de cabras:

"Vamos lá, Preto, acende o fogo nos salões,

põe ao lado grande banqueta e, sobre ela, velo,

e traze, de dentro, grande naco de sebo

para que, jovens, esquentando, untando com óleo,

180 o arco experimentemos e finalizemos a prova".

Assim falou, e Preto logo acendeu o fogo incansável,

trouxe a banqueta, pôs ao lado e, sobre ela, velo.

E trouxe, de dentro, grande naco de sebo.

Com ele, jovens, esquentando, tentaram; e não conseguiam

185 vergar, pois eram carentes, e muito, de força.

Antínoo ainda aguardava e o deiforme Eurímaco,

chefes dos pretendentes, de longe os melhores em excelência.

E ambos saíram da casa ao mesmo tempo, juntos,

o vaqueiro e o porcariço do divino Odisseu;

190 e ele próprio saiu atrás deles, o divino Odisseu.

Mas quando longe das portas e fora do pátio estavam,

pôs-se a falar e, a eles, com palavras amáveis, dirigiu-se:

"Vaqueiro e também tu, porcariço, eu poderia algo dizer

ou devo esconder? Mas meu ânimo pede que revele.

195 Como seríeis na defesa de Odisseu, se acaso chegasse

bem assim, de chofre, e um deus o trouxesse?

Defenderíeis os pretendentes ou Odisseu?

Falai como a vós coração e ânimo impelem".

E a ele replicou o varão vaqueiro de bois:

200 "Tomara, pai Zeus, completes esse desejo!

541 CANTO 21

Que voltasse aquele varão, e o guiasse a divindade:
saberias que força é a minha, como agem os braços".
Do mesmo modo Eumeu rezou a todos os deuses
pelo retorno de Odisseu muito-juízo a sua casa.

205 E após reconhecer, desses, a mente veraz,
de novo a eles, com palavras respondendo, disse:
"Sim, em casa – sou eu mesmo aqui: aguentei muitos males
e cheguei no vigésimo ano à terra pátria.
Reconheço que, dentre os servos, só vi a vós dois

210 desejosos da minha presença; não ouvi nenhum outro
rezando para eu a casa retornar.
Para os dois, como se dará, contarei a verdade:
se um deus me permitir subjugar os ilustres pretendentes,
farei conduzir esposas para ambos e oferecerei bens

215 e, perto de mim, casas bem-feitas; depois, para mim,
sereis companheiros e irmãos de Telêmaco.
Pois bem, que um sinal inequívoco, outro, eu mostre,
para me reconhecerem e se assegurarem no ânimo:
a cicatriz que me deixou um dia javali com branco dente

220 quando fui ao Parnasso com os filhos de Autólico".
Isso dito, afastou os trapos da grande cicatriz.
Os dois, ao verem bem e observarem tudo,
choravam, lançaram os braços em volta do atilado Odisseu
e lhe beijavam, com afeto, cabeça e ombros;

225 do mesmo modo, Odisseu beijou-lhes cabeças e mãos.
E choraram tanto que o sol se teria posto,
se o próprio Odisseu não os tivesse contido e dito:
"Cessai o pranto e o lamento, que ninguém,
ao sair do salão, veja, e vá falar lá dentro.

230 Entrai um por um, não todos juntos,

primeiro eu, depois vós. E que este seja o sinal:
os restantes, todos os pretendentes ilustres,
não deixarão que me sejam dados o arco e a aljava;
mas tu, divino Eumeu, levando o arco pela casa,
235 nas minhas mãos o põe, e diz às mulheres
que cerrem as portas do salão, compactas, justas.
Se alguma, dentro, ouvir gemido ou ruído
de varões no nosso cercado, que pelas portas
não saiam, mas fiquem lá mesmo atentas na lida.
240 A ti, divino Filoitio, encarrego de trancares as portas do pátio
com o ferrolho e, célere, em cima finalizar com um nó".
Isso dito, entrou na casa boa para morar;
e então sentou-se na banqueta de onde se erguera.
Também entraram os dois escravos do divino Odisseu.
245 Eurímaco já o arco brandia nas mãos,
esquentando-o aqui e ali na fulgência do fogo: nem assim
foi capaz de armá-lo, e forte gemeu no glorioso coração;
perturbado, dirigiu-se-lhes e nomeou-os:
"Incrível, minha aflição é por mim mesmo e por todos.
250 Não lamento tanto pelas bodas, embora isso me atormente –
há muitas outras aqueias, umas na própria
Ítaca cercada-de-mar, outras, nas cidades restantes –,
mas que de tal modo carentes somos da força
do excelso Odisseu, que não conseguimos vergar
255 o arco: ignomínia, a se noticiar também aos vindouros".
A ele, então, dirigiu-se Antínoo, filho de Persuasivo:
"Eurímaco, não será assim. Também tu percebes.
Sim, agora há, na comunidade, a festa do deus,
sagrada: quem estiraria o arco? Não, tranquilos,
260 deponhamo-no. E os machados todos, podemos deixá-los

de pé: não creio que alguém os pegará
após entrar no salão de Odisseu, filho de Laerte.
Vamos, que o escanção verta as primícias nos cálices
para, tendo libado, guardarmos o arco recurvo.
265 Pela manhã, ordenai a Preto, o pastor de cabras,
cabras trazer, notáveis entre todos os rebanhos caprinos,
para, tendo coxas disposto a Apolo arco-famoso,
o arco experimentarmos e finalizar a prova".
Assim falou Antínoo, e agradou-lhes o discurso.
270 Para eles os arautos vertiam água nas mãos,
e moços preencheram ânforas com bebida
e a todos distribuíam após verter primícias nos cálices.
Mas depois de libar e beber tudo que quis o ânimo,
com mente ardilosa disse-lhes Odisseu muita-astúcia:
275 "Ouvi-me, pretendentes da esplêndida senhora,
[vou falar o que o ânimo me ordena no peito.]
Sobremodo a Eurímaco e ao deiforme Antínoo
eu suplico, pois esta palavra falou com adequação:
cessar agora com o arco e entregar aos deuses;
280 pela manhã o deus dará supremacia a quem quiser.
Mas vamos, dai-me o arco bem-polido, para entre vós
eu testar-me nos braços e na força: ou ainda tenho
vigor sobre os membros recurvos, tal como no passado,
ou já foi perdido por meu desleixo e errância".
285 Assim falou, e eles todos se indignaram por demais,
com medo de que armasse o arco bem-polido.
Antínoo reprovou-o, dirigiu-se-lhe e nomeou-o:
"Pobre estrangeiro, não tens juízo, nem um pouco.
Não te contentas em, tranquilo, entre nós, soberbos,
290 jantar, não ser privado de tua porção e ouvir

nossas conversas e falas? Nenhum outro
estranho e mendigo ouve nossas falas.
O vinho doce como mel te perturba, o que também a outros
lesa, quem o toma vorazmente e sem medida bebe.
295 O vinho também ao centauro, o esplêndido Eurítion,
cegou, no salão do animoso Peirítoo,
quando foi até os lápitas; ele cegou o juízo com vinho
e, louco, aprontou vilezas na morada de Peirítoo.
Aflição tomou conta dos heróis e, pórtico afora,
300 arrastaram-no de chofre, com impiedoso bronze, orelha
e nariz tendo ceifado; ele, cego em seu juízo,
partiu, suportando sua ruína com ânimo juízo-cego.
Daí para centauros e varões se deu a contenda,
e mal para si mesmo aquele, primeiro, trouxe, bêbado.
305 Assim, também para ti, grande desgraça anuncio se o arco
armares; de fato, não toparás com a bondade de alguém
em nossa vizinhança, e a ti, para longe, em negra nau,
rumo ao rei Apresador, flagelo de todos os mortais,
te enviaremos; e de lá não te salvarás. Vamos, bebe
310 tranquilo e não disputes contra varões mais jovens".
E a ele replicou Penélope bem-ajuizada:
"Antínoo, não é belo nem civilizado frustrar
os hóspedes de Telêmaco, todo que vier a esta casa.
Esperas, se esse estranho o grande arco de Odisseu
315 armar, confiante em seus braços e força,
que para casa me conduza e torne sua esposa?
Nem ele mesmo, no peito, isso espera;
nenhum de vós, por causa disso, aflito no ânimo
jante aqui, pois não convém de modo algum".
320 E a ela Eurímaco, o filho de Polibo, retrucou:

545   CANTO 21

"Filha de Icário, Penélope bem-ajuizada,
não pensamos que ele te conduzirá, nem convém,
mas envergonha-nos o dizer de varões e mulheres;
que nunca diga algum outro aqueu mais vil:

325 'Sim, varões bem piores que o impecável varão cortejam
a esposa, e de modo algum armam o arco bem-polido.
Mas um outro, varão mendigo, que chegou após vagar,
fácil vergou o arco e lançou através do ferro'.
Assim dirão, e contra nós haveria essas críticas".

330 E a ele replicou Penélope bem-ajuizada:
"Eurímaco, não é possível, nos arredores, boa fama
terem esses que, desonrando, comem a propriedade
de nobre varão: por que justo isso propondes como crítica?
Esse estranho é bem grande e robusto,

335 e proclama, na linhagem, ser filho de pai valoroso.
Pois bem, dai-lhe o arco bem-polido para vermos.
Pois assim eu falarei, e isto se cumprirá:
se ele o armar, e Apolo lhe conferir o triunfo,
vesti-lo-ei com capa e manto, belas vestes,

340 e darei afiada lança, proteção contra cães e varões,
e espada duas-lâminas; darei sandálias para os pés
e o enviarei para onde coração e ânimo o impelem".
A ela então o inteligente Telêmaco retrucou:
"Minha mãe, mais do que eu, nenhum aqueu tem

345 o direito de dar ou negar o arco a quem eu quiser,
nem dentre todos que regem pela rochosa Ítaca,
nem de todos os das ilhas rumo a Élis nutre-potros;
ninguém poderá me impedir, se eu quiser, de
ao estranho dar, de uma vez, esse arco para o levar.

350 Mas entra na casa e cuida de teus próprios afazeres,

do tear e da roca, e às criadas ordena
que o trabalho executem; o arco ocupará os varões,
todos, mormente a mim, de quem é o poder na casa".
Ela ficou pasma e foi de volta à casa,
355   pois o inteligente discurso do filho pôs no ânimo.
Tendo subido aos aposentos com as servas mulheres,
chorou por Odisseu, caro esposo, até para ela sono
doce lançar sobre as pálpebras Atena olhos-de-coruja.
E pegou o arco curvo e levava-o o divino porcariço.
360   Eis que todos os pretendentes gritaram no palácio;
e desse modo falavam os jovens arrogantes:
"Para onde levas o curvo arco, porqueiro desgraçado,
inepto? Logo, sobre porcos, cães ligeiros te comerão,
só, longe dos homens, os que criaste, se Apolo
365   e os outros deuses imortais nos forem propícios".
Assim falavam, e ele pôs o que levava no mesmo lugar,
com medo, pois muitos, no palácio, gritaram.
E Telêmaco, ameaçando do outro lado, bradou:
"Papá, leva o arco; não podes a todos acatar;
370   senão eu, embora mais jovem, te persigo no campo,
lançando pedras: na força sou superior.
Tomara desse modo, a todos esses que estão pela casa,
os pretendentes, eu fosse superior nos braços e na força;
então rápido, de forma medonha, a uns enviaria de volta
375   para fora de minha casa, pois engenham males".
Assim falou, e eles todos riram dele com prazer,
os pretendentes, e deixaram de lado a dura raiva
por Telêmaco; e, levando o arco pela casa, o porcariço
o pôs nas mãos do atilado Odisseu, parado ao lado.
380   E após chamá-la para si, disse à ama Euricleia:

547   CANTO 21

"Telêmaco te pede, bem-ajuizada Euricleia,
que cerres as portas do salão, compactas, justas;
se alguma criada, dentro, ouvir gemido ou ruído
de varões no nosso cercado, que pelas portas
385 não saia, mas fique lá mesmo atenta na lida".
Assim ele falou, e para ela o discurso foi plumado,
e trancou as portas do palácio bom para morar.
Em silêncio, da casa saltou Filoitio porta afora,
e trancou então as portas do pátio bem-murado.
390 Jazia, sob a colunata, cabo de nau ambicurva,
de papiro, com o qual prendeu as portas e entrou.
Então sentou-se na banqueta de onde se erguera,
olhando para Odisseu. Esse já brandia o arco,
virando-o para todo lado, testando aqui e ali
395 se vermes teriam comido os chifres, ausente o senhor.
E assim falavam, fitando quem estava ao lado:
"Por certo era algum conhecedor de arcos;
talvez alhures ele tenha um assim em casa
ou intencione fazer um, do modo como, nas mãos,
400 aciona-o aqui e ali, vagabundo calejado em vilania".
Por sua vez, dizia outro dos jovens arrogantes:
"Tomara um dia tope com o sucesso num grau
tal quanto for sua capacidade de armar o arco".
Isso diziam os pretendentes; e Odisseu muita-astúcia,
405 logo após manusear o grande arco e olhá-lo inteiro,
como quando um varão, hábil na lira e no canto,
fácil retesa em torno do novo pino a corda,
e prende nos dois lados a bem-trançada tripa de ovelha –
assim, sem esforço, ao grande arco vergou Odisseu.
410 Tendo-a pegado com a mão direita, testou a corda;

em sua mão, cantou belamente, igual a andorinha no canto.
Grande angústia se apossou dos pretendentes, e sua cor
mudou. E Zeus ribombou forte, revelando sinais.
Então alegrou-se o muita-tenência, divino Odisseu,
415 pois prodígio enviou-lhe o filho de Crono curva-astúcia.
Pegou flecha rápida, que ao seu lado estava na mesa,
nua; no interior da cava aljava estavam as outras,
das quais logo iriam os aqueus experimentar.
Pondo-a contra o braço do arco, puxou corda e fendas
420 de lá mesmo, da banqueta, sentado, e lançou a flecha,
mirando em frente, e acertou o topo do cabo
de todos os machados: cruzou toda a extensão porta afora
a flecha pesada de bronze. E a Telêmaco disse:
"Telêmaco, esse hóspede sentado em teu palácio
425 não te denigre, e não errei o alvo nem me cansei
vergando o arco; meu ímpeto ainda é firme,
não aquele que, com desonra, depreciaram os pretendentes.
Chegou a hora de também preparar o jantar dos aqueus,
à luz do dia, e depois, além disso, divertir-se
430 com música e lira, essas, o suplemento do banquete".
Falou e com as celhas sinalizou; e embainhou aguda espada
Telêmaco, o caro filho do divino Odisseu,
em torno da lança pôs a cara mão e, perto do outro,
junto à poltrona, se pôs, armado com fúlgido bronze.

22

E ele se despiu dos trapos, Odisseu muita-astúcia,
saltou na grande soleira com o arco e a aljava
cheia de flechas, despejou as rápidas setas
aí mesmo, diante dos pés, e aos pretendentes falou:
5 "Essa disputa inócua já foi completada;
agora outro alvo, que nunca um varão atingiu,
conhecerei, se acertá-lo e Apolo me der o triunfo".
Falou e contra Antínoo direcionou a flecha afiada.
Quanto a este, ia levar à boca bela taça,
10 dourada, dupla-alça, e já a brandia nas mãos
para vinho beber; no ânimo não se ocupava
' de sua morte. Quem pensaria, entre varões em banquete,
que um único entre muitos, ainda que fosse bem forte,
lhe prepararia o negro finamento da morte vil?
15 A ele Odisseu, mirando a goela, com seta atingiu,
e, certeira, o delicado pescoço a ponta atravessou.
Tombou para o outro lado, ao ser atingido,
o cálice caiu-lhe da mão, e logo das narinas jorrou
espesso sangue; rápido, para longe de si, a mesa
20 empurrou com o golpe do pé, e jogou os comes no chão:

pão e carne assada mancharam-se. E os pretendentes
iniciaram arruaça pela casa; ao verem caído o varão,
ergueram-se das poltronas, chocados, e puseram-se
a esquadrinhar todo o lugar até a bem-feita parede;
25   em nenhum lugar havia escudo ou brava lança para pegar.
E ralharam contra Odisseu com raivosas palavras:
"É grave, estranho, flechares varões; nunca mais
outras provas toparás; agora é certa tua abrupta ruína.
Mataste o herói que, de longe, era o melhor
30   dos jovens em Ítaca; por isso abutres te comerão aqui".
Falavam assim, todos eles, pois pensavam que
Odisseu matara o varão sem querer; tolos, não percebiam
que também a todos eles o nó da morte já se amarrara.
Olhando de cima, disse-lhes Odisseu muita-astúcia:
35   "Cães, críeis que eu não mais chegaria de volta a casa
da terra dos troianos, pois assoláveis minha morada,
vos deitáveis com as servas mulheres à força,
cortejáveis, eu próprio ainda vivo, minha esposa,
nem temendo os deuses, que dispõem do amplo céu,
40   nem que algum homem se indignasse no futuro:
agora a vós todos o nó da morte está amarrado".
Assim falou, e medo amarelo a todos atingiu;
e cada um esquadrinhou por onde escaparia
43ª   do abrupto fim. Lá todos, atentos, se calavam;
só Eurímaco, respondendo, lhe disse:
45   "Se deveras como o itacense Odisseu voltaste,
isto falaste com correção: os aqueus fizeram
muita coisa iníqua no palácio, muita no campo.
Mas ele jaz aí, aquele que de tudo é culpado,
Antínoo, pois ele planejava esses feitos todos,

50 por certo não tão carente ou desejoso das bodas,
mas com ideias que não lhe completou o filho de Crono:
ser rei na cidade de Ítaca bem-construída,
ele próprio, e matar teu filho numa emboscada.
Agora ele está morto, e é justo, e, tu, poupa o povo
55 teu. Nós, no futuro, após juntar indenização na cidade
por tudo que foi bebido e comido no palácio,
cada um por si levando reparação, valendo vinte bois,
em bronze e ouro, te compensaremos até teu coração
rejubilar; antes disso, é compreensível tua raiva".
60 Olhando de baixo, disse-lhe Odisseu muita-astúcia:
"Eurímaco, nem se me compensásseis com toda a herança
paterna que agora é vossa e se somásseis mais de alhures,
nem assim ainda repousariam meus braços da matança,
antes de os pretendentes expiarem toda a transgressão.
65 Agora encontra-se diante de vós lutar ou tentar fugir,
caso alguém da perdição da morte logre se safar;
penso, porém, que ninguém escapará do abrupto fim".
Assim falou, e lhes fraquejaram joelhos e coração.
Entre eles falou Eurímaco de novo, a segunda vez:
70 "Amigos, esse varão não conterá os braços intocáveis,
mas, agora que pegou o bem-polido arco e a aljava,
a partir da soleira polida flechará até nos matar
a todos. Pois lembremo-nos do prazer da luta:
espadas desembainhai e contraponde mesas
75 às setas sina-rápida; que todos contra ele juntos
avancemos, procurando afastá-lo da soleira e da porta;
subamos à cidade e um grito de alerta rápido ocorra.
Assim, logo o varão aí flecharia uma última vez".
Tendo dito isso, puxou a espada afiada,

80 brônzea, nas duas pontas aguda, e saltou contra ele
    com rugido horrífico; ao mesmo tempo o divino Odisseu
    a seta disparava e atingiu-lhe o peito junto aos mamilos,
    e o projétil veloz perfurou seu fígado. Eis que da mão
    soltou a espada no chão e, abraçando uma mesa,
85 tombou, contorcendo-se, e jogou comida no chão
    e taça dupla-alça; bateu a fronte no chão,
    aflito no ânimo, e, com ambos os pés a poltrona
    chutando, fê-la oscilar: pelos olhos verteu-se escuridão.
    E Anfínomo irrompeu contra o majestoso Odisseu,
90 saltando na sua frente, e puxou a afiada espada,
    a ver se talvez o fizesse da porta recuar. Mas eis que antes
    Telêmaco o atingiu de trás com lança ponta-de-bronze
    no meio dos ombros, e impeliu-a através do peito;
    com estrondo o varão caiu, e sua fronte inteira golpeou a terra.
95 Telêmaco apressou-se, deixando a lança sombra-longa
    aí mesmo em Anfínomo; temia que um aqueu,
    ao puxar a lança sombra-longa, ou o golpeasse,
    investindo com a espada, ou o acertasse, ele inclinado.
    Pôs-se a correr, bem ligeiro alcançou o caro pai
100 e, parado perto, dirigiu-lhe palavras plumadas:
    "Pai, já te trarei escudo e duas lanças,
    e elmo todo de bronze, nas têmporas ajustado,
    e eu mesmo vou e me revestirei, e darei ao porcariço
    e ao vaqueiro outras armas: é melhor estar armado".
105 Respondendo, disse-lhe Odisseu muita-astúcia:
    "Traz correndo, enquanto há setas para me defender;
    temo que me empurrem para longe da porta, estando só".
    Assim falou, e Telêmaco obedeceu ao caro pai
    e rumou ao quarto onde lhe jaziam as armas gloriosas.

110 De lá quatro escudos tirou, oito lanças
e quatro elmos ponta-brônzea com espessa crina.
Foi e levou-os, e bem ligeiro alcançou o caro pai.
Primeiro ele mesmo vestiu o bronze no corpo;
também os dois escravos vestiram bela armadura
115 e circundaram Odisseu, o atilado variegada-astúcia.
Ele, enquanto havia flechas para se defender,
os pretendentes, um por um, em sua casa,
atingia, mirando-os; e eles caíam uns sobre os outros.
Mas quando as setas abandonaram o senhor que flechava,
120 contra o batente do bem-construído salão apoiou o arco,
em repouso contra a parede resplandecente;
em volta dos ombros pôs escudo quatro-camadas,
e sobre a altiva cabeça colocou elmo bem-feito
com crina, e terrível crista movia-se para baixo;
125 e escolheu duas bravas lanças armadas com bronze.
Porta traseira havia na bem-feita parede,
e, junto à extremidade da soleira do bem-construído salão,
uma passagem, selada por portas bem justas, levava a um corredor;
Odisseu pediu ao divino porcariço que se postasse
130 perto dela: era o único ponto de assalto.
E entre aqueles falou Agelau, anunciando palavra a todos:
"Amigos, alguém não subiria pela porta traseira
e falaria ao povo, e um grito de alerta rápido ocorreria?
Assim, agora logo, o varão aí flecharia uma última vez".
135 A ele, então, replicou Preto, o pastor de cabras:
"Impossível, Agelau criado-por-Zeus: perigosa é a proximidade,
entre as belas portas e o pátio; difícil cruzar a boca do corredor.
Até um só varão a todos conteria, um que fosse bravo.
Pois bem, do quarto trarei armamento

140 para vos armardes, pois lá dentro, penso, e não alhures
depuseram as armas Odisseu e o filho ilustre".
Dito isso, subiu Preto, o pastor de cabras,
para os quartos de Odisseu pelas aberturas do salão.
De lá pegou doze escudos, número igual de lanças
145 e tantos elmos ponta-de-bronze com espessa crina;
voltou e, bem rápido levando-as, deu aos pretendentes.
Então os joelhos e o coração de Odisseu fraquejaram,
ao vê-los vestir as armas e com as mãos as lanças
compridas manejar; a tarefa pareceu-lhe grande.
150 De pronto a Telêmaco dirigiu palavras plumadas:
"Telêmaco, por certo, no palácio, uma das mulheres
conspira um combate ruim para nós – ou Preto".
A ele então falou o inteligente Telêmaco:
"Pai, nisto eu próprio errei, e nenhum outro
155 é responsável: a porta compacta, justa,
aberta deixei; o espião deles foi melhor.
Pois vai, divino Eumeu, fecha a porta do quarto
e observa se é alguma das mulheres que realiza isso
ou o filho de Finório, Preto, no que acredito".
160 Assim falavam dessas coisas entre si.
E de volta ao quarto foi Preto, o pastor de cabras,
buscar belas armas; o divino porcariço viu
e logo disse a Odisseu, que estava próximo:
"Divinal filho de Laerte, Odisseu muito-truque,
165 lá de novo vai para o quarto o varão infernal,
aquele que pensamos fosse; tu, diz-me sem evasivas:
devo eu matá-lo, caso seja mais forte,
ou trago-o aqui, para que ele expie as transgressões
muitas, tantas quantas armou em tua casa?".

170 Respondendo, disse-lhe Odisseu muita-astúcia:
"Aos pretendentes ilustres, Telêmaco e eu
deteremos no palácio, ainda que venham com ímpeto;
vós, os dois, prendei seus braços e pernas juntos por trás,
jogai-o no quarto e o prendei nas tábuas por trás.
175 Após amarrar uma corda trançada em torno dele,
puxai para o alto do pilar e aproximai das vigas
para, ainda vivo por muito tempo, sofrer dores cruéis".
Assim falou, e eles o ouviram direito e obedeceram;
rumaram ao quarto, e ele, lá dentro, ignorou-os.
180 Preto, no fundo do quarto, procurava por armas,
e os dois, cada um ao lado de um umbral, esperaram.
Quando cruzava a soleira, Preto, o pastor de cabras,
levava em uma mão belo elmo de quatro camadas,
na outra, largo escudo antigo, salpicado de ferrugem,
185 do herói Laerte, que, quando jovem, o portava –
mas então largado, e soltas as correias nas costuras.
Os dois, num salto, o agarraram e puxaram para dentro
pelo topete, ao solo jogaram-no, aflito no coração,
e prenderam-lhe pés e mãos com laço apertado,
190 puxando muito bem as pontas, como ordenara
o filho de Laerte, divino Odisseu muita-tenência;
após amarrar corda trançada em torno dele,
alçaram-no para o alto do pilar e o aproximaram das vigas.
Provocando, a ele te dirigiste, porqueiro Eumeu:
195 "Agora, Preto, vigiarás à vera por toda a noite,
em cama macia deitado como te convém;
das correntes de Oceano, a dedos-róseos tu não
ignorarás em sua vinda, a trono-dourado, quando trazes
cabras para os pretendentes prepararem banquete na casa".

200 Assim ele foi deixado, estendido com laço nefasto;
e os dois vestiram suas armas, fecharam a porta brilhante
e foram até Odisseu, o atilado variegada-astúcia.
Lá, respirando ímpeto, enfrentavam-se: na soleira os quatro,
poucos, e os outros dentro da casa, muitos e nobres.
205 E para perto deles achegou-se a filha de Zeus, Atena,
semelhante a Mentor no corpo e na voz humana.
Vendo-a, Odisseu alegrou-se e lhe disse:
"Mentor, afasta a desgraça e lembra do caro companheiro,
pois muito fiz para ti; e tens a mesma idade que eu".
210 Assim falou, pensando ser Atena move-exército.
E do outro lado os pretendentes gritaram no palácio.
Primeiro reprovou-a Agelau, filho de Domador:
"Mentor, que Odisseu não te persuada com palavras
a combater os pretendentes e defendê-lo.
215 Creio que nossa ideia se realizará assim:
quando os matarmos, ao pai e ao filho,
então tu também estarás morto pelo que pretendes
fazer no palácio; pagarás com a própria cabeça.
Após eliminarmos vossa violência com bronze,
220 tantos bens quantos tens, os de dentro e os de fora,
nós os juntaremos aos de Odisseu; e aos teus filhos não
deixaremos que vivam no palácio nem que as filhas
e a devotada esposa andem pela cidade de Ítaca".
Isso dito, Atena enraiveceu-se mais no coração
225 e ralhou contra Odisseu com raivosas palavras:
"Odisseu, teu ímpeto não é mais tão firme, nem tão bravo és
como quando, por Helena alvos-braços, de nobre pai,
por nove anos troianos combateste sempre, sem cessar,
e muitos varões mataste na refrega terrível

230 e, com teu plano, tomou-se a urbe amplas-ruas de Príamo.
Como agora, quando alcançaste tua casa e teus bens,
gemes em face dos pretendentes para ser bravo?
Pois vem cá, querido, põe-te do meu lado e me observa,
para que saibas quem é, para ti, entre varões inimigos,
235 Mentor, filho de Bravo, na retribuição pelo benfazer".
Isso disse, mas de modo algum deu a vitória decisiva,
pois ainda, claro, testava a força e a bravura
de Odisseu e de seu filho majestoso.
Ela própria, para cima da viga mestra do salão enegrecido,
240 lançou-se e sentou, de frente similar à andorinha.
Aos pretendentes instigavam Agelau, filho de Domador,
Eurínomo, Anfimédon, Demoptólemo,
Pisandro, filho de Polictor, e o atilado Polibo:
eram, dos pretendentes, de longe os melhores em valor
245 entre os que ainda viviam e lutavam por suas almas;
aos outros já haviam subjugado o arco e as setas em massa.
Entre eles falou Agelau, anunciando palavra a todos:
"Amigos, o varão aí logo conterá os braços intocáveis;
também Mentor já foi, após falar bazófias vãs,
250 e eles foram deixados sozinhos nas portas da frente.
Assim agora não lanceis todos juntos as lanças longas,
mas vamos, atirai primeiro vós seis, esperando que Zeus
conceda Odisseu ser atingido e a glória, granjeada.
Os outros não preocupam no caso de ele cair".
255 Assim falou, e eles todos atiraram, como pediu,
ansiosos; e todos os projéteis Atena tornou estéreis.
Um deles o batente do bem-construído salão
atingiu; outro, a porta compacta, justa.
De outro, o chuço pesado de bronze caiu na parede.

561   CANTO 22

260 Mas após evitarem as lanças dos pretendentes,
entre eles tomou a palavra o muita-tenência, divino Odisseu:
"Amigos, agora eu diria que nós também
atirássemos no grupo de pretendentes, que aspiram
matar-nos, acrescentando males aos anteriores".
265 Assim falou, e eles todos atiraram lanças agudas
mirando em frente; a Demoptólemo, Odisseu;
a Euríades, Telêmaco; a Élato, o porcariço;
e a Pisandro matou o varão vaqueiro de bois.
Assim todos juntos morderam o chão incomensurável;
270 os pretendentes dirigiram-se ao fundo do salão,
saltaram à frente e puxaram as lanças dos corpos.
E de novo os pretendentes atiraram lanças agudas,
ansiosos; e a maioria dos projéteis Atena tornou estéreis.
Um deles o batente do bem-construído salão
275 atingiu; outro, a porta compacta, justa.
De outro, o chuço pesado de bronze caiu na parede.
Anfimédon atingiu Telêmaco no carpo da mão
de raspão, e o bronze feriu a pele mais externa.
Ctesipo a Eumeu, por cima do escudo, seu ombro riscou
280 com grande lança, que voou e caiu no chão.
Eles, de novo, em volta do atilado Odisseu variegada-astúcia,
atiraram lanças agudas no grupo de pretendentes.
Então a Euridamas atingiu Odisseu arrasa-urbe;
a Anfimédon, Telêmaco; e a Polibo, o porcariço;
285 a Ctesipo, na sequência, o varão vaqueiro de bois
atingiu no peito e, proclamando, lhe disse:
"Filho de Politerses, ama-provocação, nunca jamais,
cedendo à insensatez, fales grande: entrega o discurso
aos deuses, pois são muito superiores.

290 Isso aí é teu presente em troca do pé de boi que deste
ao excelso Odisseu quando pela casa mendigava".
Assim falou o vaqueiro de lunados bois. Odisseu
com longa lança feriu o filho de Domador no corpo a corpo.
Telêmaco feriu Leócrito, filho de Fortificante,
295 com lança no meio do estômago, e o bronze o transpassou;
caiu de frente e golpeou o chão com toda a fronte.
E então Atena destrói-mortal ergueu a égide
do alto, do telhado; e o juízo dos pretendentes se apavorou.
Fugiram de medo no salão como rebanho de vacas:
300 a elas moscardo dardejante ataca e agita
na estação primaveril, quando os dias são longos.
E aqueles, como abutres com garra adunca e bico curvo
que descem das montanhas e arremetem contra aves:
essas na planície disparam, esquivando-se nas nuvens,
305 e eles, com um impulso, matam-nas, e defesa alguma
há, nem fuga; e os varões se comprazem com a captura –
assim eles, num rompante contra os pretendentes,
os golpeavam pela casa, e deles gemido aviltante partia,
cabeças golpeadas, e todo o chão fumegava com sangue.
310 E Leodes, num rompante, tocou os joelhos de Odisseu
e, suplicando, dirigiu-lhe palavras plumadas:
"Toco teus joelhos, Odisseu; tenha-me respeito e piedade.
Afirmo que nunca a uma das mulheres no palácio
falei ou algo iníquo fiz, mas aos outros
315 pretendentes tentei conter, a todo que isso fizesse.
Mas não os convenci a tirar as mãos das vilezas;
assim um destino ultrajante topa com a iniquidade.
Mas eu, entre eles, o áugure, nada tendo feito,
cairei: pelas boas ações, não há gratidão no futuro".

320 Olhando de baixo, disse-lhe Odisseu muita-astúcia:
"Vê, se proclamas entre eles ter sido o áugure,
deves ter amiúde rezado no palácio
para que remoto fosse meu doce retorno,
minha esposa te seguisse e gerasse crianças:
325 por isso não deverias escapar da morte tenebrosa".
Isso dito, com a mão encorpada pegou a espada
deitada, que Agelau deixara tombar no chão,
abatido. Com ela seu pescoço varou pelo meio.
Balbuciando, a cabeça uniu-se à poeira.
330 O cantor, filho de Térpio, fugia da negra morte,
Fêmio, que cantava aos pretendentes, obrigado.
Postou-se perto da porta traseira,
nas mãos, a lira aguda; dividido, cogitou, no juízo,
ou esgueirar-se do salão até o altar do grande Zeus-do-pátio,
335 bem-construído, e sentar-se onde, amiúde,
Laerte e Odisseu queimaram coxas de bois,
ou suplicar pelos joelhos, após correr até Odisseu.
Pareceu-lhe, ao refletir, ser mais vantajoso assim,
tocar os joelhos de Odisseu, filho de Laerte.
340 E ele depôs a côncava lira no chão
entre a ânfora e a poltrona pinos-de-prata.
Correu então até Odisseu, tocou nos seus joelhos
e, suplicando, dirigiu-lhe palavras plumadas:
"Toco teus joelhos, Odisseu; tenha-me respeito e piedade.
345 Para ti, no futuro, tormento haverá se um cantor
matares, eu que canto para deuses e homens.
O que sei vem de mim, e deus, em meu juízo, enredos
de todo o tipo plantou; e convém junto a ti cantar
como a um deus. Assim não almejes degolar-me.

350 Também Telêmaco isto poderia dizer, teu caro filho,
que eu nem de bom grado nem com aspirações tua casa
frequentava para cantar aos pretendentes após os banquetes;
muito mais numerosos e fortes, guiavam-me, obrigado".
Assim falou, e escutou-lhe a sacra força de Telêmaco
355 e logo disse a seu pai, que estava próximo:
"Contem-te, não fira esse aí, inocente, com bronze.
Também salvemos o arauto Médon, que sempre de mim
se ocupou em nossa casa quando eu era criança,
se já não o matou Filoitio ou o porqueiro,
360 ou ele em tua mira entrou ao te agitares pela casa".
Isso disse, e ouviu-o Médon, versado no inteligente;
agachado, jazia sob uma poltrona, envolto no couro
de boi recém-esfolado para fugir da negra morte.
Logo veio de sob a poltrona, despiu a pele de boi
365 e então correu até Telêmaco, tocou nos seus joelhos
e, suplicando, dirigiu-lhe palavras plumadas:
"Amigo, eu estou aqui, te acalma e diz ao pai
que, com força total, não me fira com o bronze afiado,
com raiva dos varões pretendentes que devastaram-lhe
370 os bens no palácio e a ti, tolos, não honraram".
Sorrindo, disse-lhe Odisseu muita-astúcia:
"Coragem, pois esse aí já te acolheu e salvou,
para que saibas no ânimo e fales também a outro
que muito melhor que a maldade é o benfazer.
375 Mas após saírem pela porta do palácio, sentai
longe da matança no pátio, tu e o cantor muita-fala,
enquanto eu, pela casa, trabalhar no que for preciso".
Assim falou, e os dois saíram do salão;
sentaram-se junto ao altar do grande Zeus,

380 esquadrinhando todo o lugar, sempre esperando a morte.
Odisseu esquadrinhou toda sua casa, caso ainda um varão,
vivo, estivesse oculto, em fuga da negra morte.
Viu-os, absolutamente todos, em sangue e poeira
caídos, muitos, como peixes aos quais pescadores,
385 rumo à cava praia para fora do mar cinzento,
retiram com rede esburacada, e eles todos,
saudosos das ondas do mar, empilham-se sobre a areia:
deles o resplandescente sol tira a vida –
assim os pretendentes, um sobre o outro, empilhados.
390 Então a Telêmaco falou Odisseu muita-astúcia:
"Telêmaco, vamos, chama a ama Euricleia,
vou falar uma fala que me inquieta".
Isso disse, e Telêmaco obedeceu ao caro pai
e, após sacudir a porta, falou à ama Euricleia:
395 "Mexe-te para cá, vetusta anciã, tu que as mulheres
escravas, as nossas, no palácio espionas,
vem; chama-te meu pai, quer falar-te algo".
Assim ele falou, e para ela o discurso foi plumado.
Abriu as portas do palácio bom para morar
400 e veio; e Telêmaco liderava na frente.
Achou depois Odisseu entre os corpos defuntos,
salpicado de sangue e sujeira como um leão
que marcha após comer boi campestre:
todo o seu peito e as faces, nos dois lados,
405 têm sangue, terrível de se encarar de frente –
assim estava Odisseu salpicado nas pernas e braços.
Ela, quando viu os corpos e o sangue infindável,
pôs-se a ulular, já que vira grande feito;
mas Odisseu segurou-a e conteve-a em sua ânsia.

410 Falando, dirigiu-lhe palavras plumadas:
"No ânimo, anciã, compraze-te, contém-te e não ulules;
não é pio, sobre varões defuntos, se jactar.
O quinhão dos deuses subjugou-os, e feitos terríveis:
não estimavam nenhum dos homens mortais,
415 nem vil nem mesmo nobre, todo que a eles chegasse;
assim um destino ultrajante topa com a iniquidade.
Mas vamos, enumera-me tu as mulheres do palácio,
as que me desonram e as que são inocentes".
E a ele replicou a cara ama Euricleia:
420 "Portanto eu a ti, filho, contarei a verdade.
Cinquenta mulheres tens no palácio,
escravas, a quem ensinamos a executar os serviços,
desenredar a lã e longe ficar do amasio escravo.
Doze delas, no total, embarcaram no aviltamento,
425 não prezando a mim nem à própria Penélope.
Telêmaco só agora cresceu, e a ele a mãe não
permitia dar ordens acerca das escravas mulheres.
Pois bem, eu subirei aos aposentos lustrosos
e falarei a tua esposa, sobre quem o deus sono enviou".
430 Respondendo, disse-lhe Odisseu muita-astúcia:
"Ainda não a despertes; diz às mulheres que aqui
venham, essas que antes engenharam ultrajes".
Assim falou, e a anciã saiu pelo palácio,
anunciando às mulheres e instigando-as a ir.
435 Mas ele a Telêmaco, ao vaqueiro e ao porcariço,
após chamá-los até si, dirigiu palavras plumadas:
"Começai a levar os corpos e ordenai às mulheres:
que depois às poltronas bem belas e às mesas,
com água e esponjas esburacadas, limpem.

440 Mas quando tiverdes arrumado toda a casa,
conduzi as escravas para fora do bem-erigido salão
e, no espaço entre a rotunda e o impecável muro do pátio,
acertai-as com espadas aguçadas até de todas
terdes tirado as almas, e elas, esquecido Afrodite,
445 que, sob os pretendentes, possuíam, e uniam-se às ocultas".
Assim falou, e as mulheres vieram juntas, todas,
lamentando-se de forma atroz, vertendo copiosas lágrimas.
Primeiro levaram os corpos dos defuntos
e os depuseram sob a colunata do pátio bem-murado,
450 empilhando-os um sobre o outro; Odisseu dava ordens,
ele próprio impelindo-as. Elas os levavam, obrigadas.
E depois às poltronas bem belas e às mesas,
com água e esponjas esburacadas, limparam.
Telêmaco, o vaqueiro e o porcariço, com pás,
455 o chão da casa, sólida construção, raspavam;
e as servas levavam os corpos para fora e depunham.
Mas quando já haviam arrumado o salão inteiro,
as escravas foram levadas para fora do bem-erigido salão,
no espaço entre a rotunda e o impecável muro do pátio,
460 e agrupadas no aperto de onde não se podia escapar.
E entre eles o inteligente Telêmaco começou a falar:
"Vede, com morte limpa eu não tiraria a vida
delas, que insultos entornaram sobre minha cabeça
e nossa mãe, e ao lado dos pretendentes dormiam".
465 Assim falou e o cabo de nau proa-negra,
após prender no grande pilar, jogou em volta da rotunda
e para cima bem esticou, para pé algum atingir o chão.
Como quando melros asa-comprida ou pombas

chocam-se com uma rede disposta num arbusto,
470   arremetendo para o abrigo, e hediondo leito lhes cabe –
assim elas, em fila, tinham as cabeças, e ao redor de cada uma,
nos pescoços, havia nós para provocar deplorável fim.
Convulsionaram os pés pouco tempo, de fato não muito.
E para fora arrastaram Preto pelo pórtico e pátio;
475   dele as narinas e orelhas com bronze impiedoso
cortaram e os genitais arrancaram, crua refeição aos cães,
e deceparam-lhe as mãos e os pés com ânimo rancoroso.
Depois de lavar as mãos e os pés,
foram para a casa até Odisseu, e o feito estava pronto.
480   E ele dirigiu-se à cara ama Euricleia:
"Traz enxofre, anciã, remédio de males, e traz-me fogo
para que eu fumigue o salão; e tu a Penélope
ordena que venha aqui com servas mulheres;
e apressa todas as escravas pela casa para virem".
485   E a ele dirigiu-se a cara ama Euricleia:
"Sim, meu filho, isso falaste com adequação.
Mas vamos, trarei para ti capa e manto, vestes;
que não assim, coberto com trapos nos largos ombros,
fiques no palácio: isso poderia causar indignação".
490   Respondendo, disse-lhe Odisseu muita-astúcia:
"Agora, antes de mais nada, que fogo eu tenha no palácio".
Assim falou, e não desobedeceu a cara ama Euricleia,
e, sim, trouxe fogo e enxofre. E Odisseu
fumigou direito o salão, a casa e o pátio.
495   E a anciã saiu pela bela casa de Odisseu,
anunciando às mulheres e impelindo-as a ir;
e elas saíram do salão com tocha nas mãos.

Elas, claro, abraçavam e saudavam Odisseu,
e beijavam, com afeto, cabeça, ombros
500   e mãos, pegando-as; e atingiu-o um doce desejo
por pranto e gemido, e no juízo a todas reconheceu.

23

E a anciã subiu aos aposentos, exultante,
para dizer à senhora que o caro esposo dentro estava;
os joelhos se aceleraram, os pés em ligeira sucessão.
Parou na cabeceira e lhe dirigiu o discurso:
5   "Acorda, Penélope, cara filha, e vejas
com teus olhos o que desejas todos os dias.
Odisseu chegou, alcançou a casa, ainda que tarde.
Matou os pretendentes arrogantes, que sua casa
lesavam, os bens comiam e o filho constrangiam".
10   E a ela replicou Penélope bem-ajuizada:
"Cara mãezinha, louca te tornaram os deuses, capazes
de fazer insensato mesmo quem é muito refletido,
e pôr na trilha da prudência quem tem juízo frouxo;
eles até a ti lesaram, antes com ânimo moderado.
15   Por que debochas de mim, que tenho ânimo aflito,
falando coisas sem nexo, e até me despertas do sono
doce, que cobriu minhas pálpebras e me prendeu?
Nunca dormi desse jeito desde que Odisseu
partiu para vivenciar a inominável Ruinosa-Ílion.
20   Pois bem, agora desce e vai de volta ao salão.

573   CANTO 23

Se até mim outra das mulheres que me pertencem
tivesse vindo e isso anunciado, despertando-me do sono,
então rápido, de forma medonha a teria mandado embora
de volta para o salão; nisso a velhice conta a teu favor".

25 E a ela replicou a cara ama Euricleia:
"Não debocho de ti, filha cara, mas vê, à vera
Odisseu chegou e alcançou a casa como afirmo:
o hóspede que todos desonraram no palácio.
Telêmaco, claro, há tempo sabia que dentro estava,

30 mas, com prudência, as ideias do pai ocultou
até se vingarem da violência dos varões arrogantes".
Assim falou, e aquela se alegrou e, pulando da cama,
enroscou-se na anciã, lançou lágrimas das pálpebras
e, falando, dirigiu-lhe palavras plumadas:

35 "Pois bem, cara mãezinha, narra-me sem evasivas:
se deveras já alcançou a casa, como afirmas,
como, nos aviltantes pretendentes, desceu os braços,
um único sendo? Eles, dentro, ficavam sempre juntos".
E a ela replicou a cara ama Euricleia:

40 "Não vi, não fui informada, só o gemido ouvi
ao serem mortos; nós, no fundo do bem-erigido quarto,
estávamos, terrorizadas, contidas por portas bem-justas,
até que por fim teu filho me chamou do salão,
Telêmaco, pois o pai o enviara para que me chamasse.

45 Encontrei Odisseu de pé entre os cadáveres defuntos;
eles, cercando-o, ocupavam o chão duro,
jazendo um sobre o outro: vendo, teu ânimo jubilaria,
ele salpicado de sangue e sujeira como um leão.
Agora todos já estão juntos nos portões do pátio,

50 e ele a casa bem bela fumiga,

tendo aceso grande fogo; enviou-me para te chamar.
Mas vem, que vós dois embarqueis no gáudio,
ambos, no caro coração, pois muitos males sofrestes.
Agora, por fim, este longo desejo foi realizado:

55 ele chegou, vivo, a seu lar, e achou a ti
e ao menino no palácio; com ele aqueles agiram mal,
os pretendentes, e deles todos vingou-se em sua casa".
E a ela replicou Penélope bem-ajuizada:
"Cara mãezinha, ainda não proclames alto, exultante.

60 Sabes que felicidade daria sua presença no palácio
a todos, sobretudo a mim e ao filho que geramos;
mas essa narração não é verdadeira como falas,
pois um deus matou os pretendentes ilustres,
irritado com a violência aflitiva e os feitos vis.

65 Não estimavam nenhum dos homens mortais,
nem vil nem mesmo nobre, todo que os alcançasse;
assim, pela iniquidade, sofreram um mal. Mas Odisseu
perdeu o retorno longe da Acaia e pereceu".
Respondeu-lhe a cara ama Euricleia:

70 "Filha, que palavra te escapou da cerca de dentes!
O marido na casa, junto à lareira, e disseste que nunca
em casa chegaria; teu ânimo é sempre incrédulo.
Pois bem, para ti sinal inequívoco, outro, direi:
a cicatriz que lhe infligiu o javali com branca presa.

75 Essa, ao banhá-lo, observei e quis dizer-te;
mas a mim, pondo-me na boca as mãos,
ele não permitiu falar, graças à mente muita-argúcia.
Mas vem; eu porei a mim mesma em jogo:
se te engano, mata-me em morte miserável".

80 Respondeu-lhe Penélope bem-ajuizada:

"Mãezinha, para ti é difícil, dos deuses sempiternos,
descobrir os planos, mesmo sendo multiperspicaz;
ainda assim vamos atrás de meu filho, para eu ver
os varões pretendentes mortos e quem os matou".

85 Assim falou e desceu dos aposentos; seu coração muito
revolvia: ou de longe ao amado marido iria inquirir,
ou, de pé, a seu lado, beijaria-lhe a face e a mão tomaria.
E ela para dentro foi, cruzou o umbral de pedra
e sentou-se então diante de Odisseu, à luz do fogo,

90 no lado oposto; eis que ele, contra enorme pilar
sentado, para baixo olhava, a ver se algo lhe diria
a altiva cônjuge depois de o ver com os olhos.
Quieta, ficou tempo imóvel, estupor em seu coração;
com o olhar, ora em seu rosto o reconhecia,

95 ora o desconhecia, com roupas vis sobre a pele.
E Telêmaco reprovou-a, dirigiu-se-lhe e nomeou-a:
"Minha mãe, desmãe, que ânimo intratável!
Por que meu pai assim desdenhas, e não junto dele,
sentada, com palavras o interrogas ou investigas?

100 Por certo outra esposa não assim, com ânimo resistente,
se afastaria do marido que, após aguentar muitos males,
chegasse no vigésimo ano à terra pátria;
teu coração, sempre, é mais duro que pedra".
E a ele replicou Penélope bem-ajuizada:

105 "Filho meu, no peito o estupor domina meu ânimo,
não sou capaz de dizer palavra, nem de indagar,
nem de encarar de frente. Se, de verdade,
é Odisseu e alcançou a casa, por certo nós dois
nos reconheceremos um ao outro ainda melhor: temos

110 sinais, ocultos de outrem, que só nós dois conhecemos".

Assim falou, e sorriu o muita-tenência, divino Odisseu.
De pronto a Telêmaco dirigiu palavras plumadas:
"Telêmaco, quanto a tua mãe, deixa que, no palácio,
me teste; rápido ponderará, e com mais vigor ainda.
115   Agora estou sujo e visto ordinárias vestes sobre a pele,
por isso me desonra e ainda não pensa que sou ele.
Nós cogitaremos qual será, de longe, a melhor solução.
De fato, se alguém mata um só herói na cidade,
atrás do qual não há muitos que o ajudem,
120   foge, abandonando parentes e a terra pátria;
quanto a nós, o esteio matamos, os melhores
moços em Ítaca; peço que tu isso ponderes".
A ele, então, o inteligente Telêmaco retrucou:
"Disso cuida tu, caro pai; que tua é a melhor
125   astúcia entre os homens, isso se diz, e contigo nenhum
outro varão, entre os homens mortais, disputaria.
Nós, com sofreguidão, junto seguiremos, e não penso
que se carecerá de bravura, tanta quanto a força deixar".
Respondendo, disse-lhe Odisseu muita-astúcia:
130   "Portanto eu falarei como me parece ser o melhor.
Primeiro vos lavai e vesti com túnicas,
e ordenai às escravas no palácio que vestes escolham;
e que o divino cantor, levando a lira aguda,
para nós conduza dança amiga de folguedos;
135   assim diria haver bodas na casa alguém ao ouvir
ou quem subir pela rua ou habitar em torno.
Antes não se espraie na cidade o relato da matança
dos varões pretendentes, antes de sairmos
até nosso sítio muita-árvore. Lá então
140   ponderaremos que vantagem o Olímpio concederá".

Assim falou, e eles o ouviram direito e obedeceram.
Primeiro se lavaram e vestiram túnicas,
e aprontaram-se as mulheres; e o divino cantor pegou
a côncava lira, e neles instigou o desejo
145   por doce música e dança impecável.
A grande casa reverberava com os pés
dos varões que dançavam e das mulheres bela-cinta.
E assim falava quem fora da casa ouvisse:
"Por certo um já desposou a rainha muito-pretendente,
150   tinhosa, que não suportou, de seu marido legítimo,
guardar a grande casa para sempre até ele chegar".
Assim diziam, mas não sabiam o que fora arranjado.
E ao enérgico Odisseu, em sua casa,
a governanta Eurínome lavou e com óleo ungiu,
155   e em torno dele belo manto lançou e uma túnica.
Por sobre sua cabeça muita beleza verteu Atena,
maior e mais encorpado a quem o visse; da fronte
fez tombar madeixas cacheadas, semelhantes a jacintos.
Como quando reveste a prata com ouro o varão
160   habilidoso, a quem ensinaram Hefesto e Palas Atena
técnica de todo o tipo, e completa obras graciosas –
assim verteu graça sobre ele, na cabeça e nos ombros.
E saiu da banheira, no porte semelhante a imortais.
Logo sentou-se de novo na poltrona de onde se erguera,
165   em face de sua esposa, e a ela disse o discurso:
"Insana, mais que o das bem femininas mulheres,
tornaram duro teu coração os que têm morada olímpia;
outra mulher não assim, com ânimo resistente,
se afastaria do marido, que, após aguentar muitos males,
170   chegasse no vigésimo ano à terra pátria.

Pois bem, mãezinha, apronta a cama para, mesmo só,
eu deitar; sim, o coração no seu peito é de ferro".
E a ele replicou Penélope bem-ajuizada:
"Insano, em nada sou altiva nem indiferente,
175 nem estou admirada demais; sei muito bem como eras
quando de Ítaca saíste sobre nau longo-remo.
Pois bem, apronta-lhe o leito sólido, Euricleia,
fora do bem-erigido quarto, aquele que ele mesmo fez;
aí posiciona o leito sólido e joga os lençóis,
180 velos, capas e mantas lustrosas".
Assim falou, testando o marido; e Odisseu,
perturbado, disse à sempre devotada esposa:
"Ó mulher, deveras aflitiva essa fala que falaste.
Quem pôs a cama alhures? Seria difícil,
185 até para um bem destro, exceto se o deus, ele mesmo,
querendo, fácil a pusesse em outro lugar.
Dos varões, nenhum vivente mortal, nem muito jovem,
fácil a removeria, pois grande sinal foi feito
na cama fabricada; eu mesmo a laborei, e nenhum outro.
190 Arbusto folha-longa, oliveira, crescia dentro da cerca,
florescente em seu auge; era maciço como um pilar.
Envolvendo-o, construí um tálamo; terminei
com pedras uma ao lado da outra, cobri-o com um telhado
e portas coloquei bem unidas em compacto ajuste.
195 Depois podei a folhagem da oliveira folha-longa,
e, cortando fora o toro da raiz, poli-o com bronze,
bem e com destreza, e com o prumo o endireitei,
fabricando uma coluna, e as pranchas furei com verruma.
Tendo por ela iniciado, moldei a cama até terminar,
200 artificiando com ouro, prata e marfim;

nela estiquei luzente tira de couro de boi, vermelha.
Assim esse sinal te anuncio; e de nada sei:
ou ainda está imóvel, mulher, a cama, ou já algum
varão a pôs alhures, cortando, embaixo, a base da oliveira".

205 Assim falou, e os joelhos e o coração dela fraquejaram,
reconhecendo os sinais seguros que lhe enunciou Odisseu;
aos prantos, foi logo até ele, as mãos em volta
do pescoço de Odisseu lançou, beijou sua fronte e disse:
"Não te ressintas comigo, Odisseu, pois, de resto, mais

210 que todos, eras inteligente; os deuses nos deram agonia,
os que não nos permitiram ficar um com o outro,
gozar a juventude e chegar ao umbral da velhice.
Mas agora não me odeies por isto nem te indignes,
por que não te saudei com afeto tão logo te vi.

215 Pois sempre meu ânimo no caro peito
tremia que um mortal me ludibriasse com palavras
ao chegar, pois muitos planejam estratagemas vis.
Também não a argiva Helena, gerada de Zeus,
a varão estrangeiro teria se unido em enlace amoroso

220 se soubesse que de volta os filhos marciais dos aqueus
iriam conduzi-la para casa, à cara pátria.
O deus instigou-a a executar a ação ultrajante;
antes ela não pôs, em seu próprio coração, a cegueira
funesta, que também para nós seria a origem do luto.

225 Agora, pois já contaste os sinais inequívocos
de nossa cama, a qual outro mortal nunca viu,
mas só tu, eu e minha serva, uma única,
Actóris, que me deu meu pai quando vim para cá,
a que nos guardou as portas do sólido quarto –

230 já convences meu ânimo, embora seja bem intratável".

Assim falou, e nele mais ainda instigou desejo por lamento;
soluçava segurando a esposa perfeita, sempre devotada.
Como quando a terra dá felicidade aos que nadam,
àqueles cuja nau engenhosa Posêidon, em alto-mar,
235   golpeou, impulsionada por vento e vaga potente;
poucos escapam da cinzenta água salgada, até a terra
nadando, e muita salsugem gruda na pele:
felizes pisam na terra, após fugir da desgraça –
assim deu-lhe felicidade o marido quando ela o viu,
240   e não havia como soltar os alvos braços de seu pescoço.
Enquanto choravam, teria surgido Aurora dedos-róseos,
se não tivesse tido outra ideia a deusa, Atena olhos-de-coruja:
a noite, em seu final, estendeu, e a Aurora, a seu turno,
a trono-dourado, conteve no Oceano e não deixou os cavalos
245   pé-veloz jungir, os que trazem luz aos homens,
Luzidio e Brilho, os potros que conduzem Aurora.
Então falou à sua esposa Odisseu muita-astúcia:
"Mulher, ainda não ao fim de todas as provas
chegamos, pois depois ainda haverá labor desmesurado,
250   muito e duro, e carece que eu o cumpra por inteiro.
Pois assim adivinhou-me a alma de Tirésias
no dia em que desci à morada de Hades
em busca do retorno dos companheiros e do meu.
Pois bem, vamos para a cama, mulher, que agora
255   nos deleitemos com o doce sono".
E a ele replicou Penélope bem-ajuizada:
"O leito, vê, tu o terás sempre que no ânimo
teu quiseres, já que os deuses te permitiram voltar
à casa bem-construída e a tua terra pátria.
260   Mas como ponderaste e o deus lançou em teu ânimo,

vamos, fala-me da prova, pois também depois, penso,
serei informada, e saber logo, de fato, pior não é".
Respondendo, disse-lhe Odisseu muita-astúcia:
"Insana, por que de novo, insistindo muito, pedes
265 que eu fale? Mas eu te direi e nada esconderei.
Por certo teu ânimo não jubilará; nem eu mesmo
jubilo, pois a muitas cidades de mortais mandou-me
partir, tendo nas mãos um remo maneável,
até alcançar varões que o mar não conhecem
270 nem comem comida misturada a grãos de sal;
eles, claro, não conhecem naus face-púrpura,
nem remos maneáveis, que são as asas das naus.
Este sinal me disse, inequívoco, e não o ocultarei de ti:
quando comigo deparar-se outro passante
275 e disser que tenho destrói-joio sobre o ilustre ombro,
então pediu-me para na terra cravar o remo,
fazer belos sacrifícios ao senhor Posêidon,
carneiro, touro e javali doméstico reprodutor,
retornar para casa e ofertar sacras hecatombes
280 aos deuses imortais, que dispõem do amplo céu,
a todos pela ordem. Do mar me virá,
bem suave, a morte, ela que me abaterá
debilitado por idade lustrosa; e em volta as gentes
serão afortunadas. Isso tudo, me disse, se completará".
285 E a ele replicou Penélope bem-ajuizada:
"Se, de fato, ao menos a velhice completarem os deuses,
há a esperança, então, de que escaparás de males".
Assim falavam dessas coisas entre si;
nisso Eurínome e a ama aprontaram o leito
290 com roupa macia sob tochas iluminadoras.

Mas após fazer a cama sólida, afobadas,
a anciã retornou à casa para descansar,
e Eurínome, a camareira, a eles conduziu
no percurso à cama com uma tocha nas mãos;
295 e após guiá-los ao quarto, voltou. Eles então,
felizes, atingiram a cama antiga.
E Telêmaco, o vaqueiro e o porcariço
pararam os pés na dança e pararam as mulheres,
e eles mesmos deitaram-se pelos umbrosos salões.
300 Aqueles dois, após se deleitarem com o amor prazeroso,
deleitaram-se com histórias que um narrava ao outro:
ela, o que suportou no palácio, divina mulher,
a observar a infernal reunião de varões pretendentes
que, por causa dela, muitos bois e robustas ovelhas
305 abatiam, e dos cântaros muito vinho foi tirado;
e o divinal Odisseu, quantas agruras infligiu
aos homens e quanto ele mesmo, agoniado, aguentou,
tudo ele contou. Ela deleitou-se, escutando, e o sono não
tombou em suas pálpebras antes de ele tudo contar.
310 Começou como primeiro subjugou os cícones e depois
chegou à gorda lavoura dos varões lotófagos;
e quanto o ciclope realizou, e como fez pagar sua pena
pelos altivos companheiros que comeu sem piedade;
e como alcançou Eolo, que, solícito, o recebeu
315 e lhe deu condução, e ainda não devia a cara pátria
atingir, mas agarraram-no rajadas de vento
e, com gemidos profundos, pelo mar piscoso foi levado;
e como alcançou a lestrigônia Telépilos
e esses que destruíram naus e companheiros belas-grevas
320 [todos: Odisseu, o único, escapou em negra nau].

583   CANTO 23

E contou o truque e a muita ardileza de Circe,
e como foi à casa bolorenta de Hades
para consultar a alma do tebano Tirésias
com nau muito-calço, e viu todos os companheiros
325 e a mãe que o gerou e criou quando pequeno;
e como ouviu o som das Sirenas incessantes,
como alcançou as pedras Plânctas e a fera Caríbdis
e Cila, da qual varões nunca escaparam incólumes;
e como os companheiros abateram vacas de Sol;
330 e como com raio fumoso Zeus troveja-no-alto
atingiu a nau veloz, e pereceram os nobres companheiros,
todos por igual, mas ele escapou da nefasta perdição;
e como alcançou a ilha Ogígia e a ninfa Calipso,
que o reteve, almejando que fosse seu esposo,
335 e na cava caverna o alimentava e dizia
que o faria imortal e sem velhice por todos os dias;
mas a ele, nunca persuadiu seu ânimo no peito;
e como alcançou, após muito penar, os feácios,
eles que, de coração, como a um deus o honraram
340 e, numa nau, conduziram à cara terra pátria,
tendo lhe dado bronze, ouro a granel e vestes.
Isso, claro, falou por último, quando o doce sono
solta-membros o assaltou, soltando as tribulações do ânimo.
Então teve outra ideia a deusa, Atena olhos-de-coruja:
345 quando supôs que Odisseu em seu ânimo
tivesse gozado o leito e o sono com sua esposa,
de pronto, do Oceano, à trono-dourado nasce-cedo
incitou para trazer luz aos homens. E Odisseu pulou
da cama macia e deu uma ordem à esposa:
350 "Mulher, já estamos saciados de muitas provas,

os dois, tu aqui, meu retorno muita-agrura
pranteando; mas Zeus e outros deuses a mim, aflito,
ansiando, longe me seguravam da terra pátria.
Agora, após alcançarmos, os dois, o leito desejado,
355 dos bens que tenho cuida no palácio,
e ovelhas, as que soberbos pretendentes devastaram,
muitas eu mesmo apresarei, e outras os aqueus
nos darão até terem enchido todos os currais.
Quanto a mim, porém, irei ao sítio muita-árvore
360 para ver o nobre pai, que sofre copiosa angústia;
para ti, mulher, isto peço, embora sejas sensata:
logo haverá uma notícia, ao nascer do sol,
sobre os varões pretendentes que matei no palácio:
após subir aos aposentos com as servas mulheres,
365 senta, não olhes para ninguém nem faças perguntas".
Assim falou e, sobre os ombros, pôs as belas armas,
incitou Telêmaco, o vaqueiro e o porcariço
e a todos pediu pegarem aprestos de guerra com as mãos.
Eles não lhe desobedeceram, armaram-se com bronze,
370 abriram as portas e se foram; e chefiava Odisseu.
Luz já havia sobre a terra, e então a eles Atena,
após com a noite ocultá-los, ligeiro retirou-os da cidade.

24

E Hermes, o cilênio, convocou as almas
dos varões pretendentes. Tinha nas mãos a vara
bela, dourada, com que enfeitiça os olhos dos varões
que bem entender, e outros, adormecidos, desperta.
5   Com ela agita e conduz, e elas seguem, guinchando.
Como morcegos no recesso de prodigioso antro,
guinchando, voam, quando, da colônia, algum
tomba da pedra (seguram-se mutuamente no alto),
assim elas, guinchando, seguiam juntas; chefiava-as
10 o benéfico Hermes pelos caminhos brumosos.
Margearam as correntes de Oceano e a pedra Leucas
e até os portões de Sol e a terra dos Sonhos
foram; e rápido desceram o prado de asfódelos,
onde habitam as almas, espectros dos esgotados.
15 E encontraram a alma de Aquiles, filho de Peleu,
e a de Pátroclo e a do impecável Antíloco,
e a de Ájax, que foi o melhor em beleza e porte
de todos os aqueus depois do impecável filho de Peleu.
Assim eles em torno dele juntaram-se; e para perto
20 achegou-se a alma de Agamêmnon, filho de Atreu,

aflita; em torno, outras reunidas, as que com ele
morreram na casa de Egisto e alcançaram o fado.
A ele, por primeiro, falou a alma do filho de Peleu:
"Filho de Atreu, dizíamos tu a Zeus prazer-no-raio
25 seres por demais caro, todos os dias, dentre varões heróis,
porque regias sobre muitos e altivos
na terra troiana, onde, aqueus, agonias sofremos.
Sim, e cedo também te atingiria
o quinhão funesto que ninguém que nasceu evita.
30 Como devias, gozando da prerrogativa de tua regência,
ter morrido e encontrado o destino na região troiana!
Então todos os aqueus teriam erigido um túmulo a ti,
e também a teu filho grande fama granjeado para o futuro;
agora foi-te destinado ser pego por morte deplorável".
35 A ele, por sua vez, falou a alma do filho de Atreu:
"Próspero filho de Peleu, Aquiles semelhante aos imortais,
tu que morreste em Troia longe de Argos; a tua volta outros
foram mortos, os melhores filhos de troianos e aqueus,
combatendo por ti: tu, no turbilhão de poeira,
40 jazias, grande na grandeza, sem memória da equitação.
E nós combatemos o dia inteiro; de forma alguma
teríamos findo a luta se Zeus, com tempestade, não a tivesse.
Mas depois que às naus te levamos, longe da luta,
depositamos sobre o leito e limpamos a bela pele
45 com água quente e óleo; em torno de ti muita
lágrima cálida vertiam os aqueus e tosavam madeixas.
E a mãe veio do mar com imortais marítimas
após ouvir o anúncio; e um grito pelo mar espraiou-se,
prodigioso, e um tremor balançou todos os aqueus.
50 Então teriam se arremessado rumo às cavas naus

se o varão com muito saber antigo não os tivesse contido,
Nestor, cujo plano, também no passado, era o melhor.
Refletindo bem, entre eles tomou a palavra e disse:
'Detei-vos, argivos, não fujais, juventude dos aqueus.

55 Essa aí é a mãe; do mar, com imortais marítimas,
vem para encontrar o filho falecido'.
Isso dito, eles pararam a fuga, os animosos aqueus.
Em volta de ti, postaram-se as filhas do ancião do mar,
infelizes, gemendo, e vestiram-te com vestes imortais.

60 Musas, nove no total, alternando-se com bela voz,
cantavam o treno; lá não verias, sem lágrima, nenhum
argivo: de tal forma ressoou a música aguda.
Pois a ti dezessete noites e dias sem parar
choramos, deuses imortais e homens mortais.

65 No décimo oitavo te demos ao fogo; em tua volta muitas
ovelhas e cabras matamos, bem gordas, e lunadas vacas.
Queimavas em vestes de deuses, com muito óleo
e doce mel; e muitos heróis aqueus
moviam-se em armas em volta da pira onde queimavas,

70 infantaria e combatentes com carro. Grande alarido se fez.
Mas após a chama de Hefesto terminar contigo,
pela manhã coligimos teus ossos fúlgidos, Aquiles,
e pusemos em vinho puro e óleo. Tua mãe ofertou
dourada ânfora dupla-alça; oferenda de Dioniso

75 disse ser, trabalho do bem famoso Hefesto.
Nela jazem teus ossos fúlgidos, ilustre Aquiles,
misturados com os do morto Pátroclo, filho de Meneceu,
separados dos de Antíloco, que mais honravas entre todos
os outros companheiros após a morte de Pátroclo.

80 Em torno deles, grande e impecável túmulo

ergueu o sacro exército dos lanceiros argivos
no cabo saliente sobre o largo Helesponto,
para ser longe-visível, a partir do mar, aos varões,
esses que vivem agora e os que haverá no futuro.
85 E a mãe pediu dos deuses bem belos prêmios
e fixou-os no meio da pista para os melhores aqueus.
Já participei do funeral de muitos varões
heróis, quando, uma vez falecido o rei,
os jovens se cintam e se aprontam para as provas;
90 mas, tendo-os visto, terias muito admirado no ânimo,
tais os bem belos prêmios que, para ti, a deusa fixou,
Tétis pés-de-prata: eras muito caro aos deuses.
Assim tu, nem após morrer, perdeste o nome, mas sempre
entre todos os homens tua fama será distinta, Aquiles.
95 E eu? Que prazer foi este após arrematar a guerra?
No retorno, Zeus me armou funesta destruição
pelas mãos de Egisto e da maldita esposa".
Assim falavam dessas coisas entre si.
E achegou-se deles o condutor Argifonte,
100 guiando as almas dos pretendentes que Odisseu dominou.
Os dois, pasmos, foram direto quando as viram.
A alma de Agamêmnon, filho de Atreu, reconheceu
o caro filho de Melaneu, o esplêndido Anfimédon:
ele fora seu aliado, quando em Ítaca morava.
105 A ele, por primeiro, falou a alma do filho de Atreu:
"Anfimédon, o que sofrestes para baixar à terra lúgubre,
todos seletos coetâneos? Ninguém, de outra forma,
distinguiria e escolheria, na cidade, melhores varões.
Estáveis numa nau, e subjugou-vos Posêidon,
110 após instigar ventos difíceis e grandes ondas?

592   CANTO 24

Varões hostis causaram-vos dano em terra firme,
ao quererdes bois roubar ou belos rebanhos de ovelhas?
Ou então lutáveis por uma cidade e mulheres?
Diz a mim, que inquiro; proclamo ser teu aliado.

115 Ou não te lembras quando fui até lá, a vossa casa,
com o excelso Menelau, para instigar Odisseu
a junto seguir até Ílion sobre naus bom-convés?
Por uma lua inteira, ao todo, cruzamos o amplo mar,
com esforço tendo convencido Odisseu arrasa-urbe".

120 E a ele, por sua vez, falou a alma de Anfimédon:
"Majestoso filho de Atreu, rei de varões, Agamêmnon,
lembro-me, ó criado-por-Zeus, de tudo isso que falaste;
e a ti eu tudo, bem direito e com precisão, contarei:
nossa nociva morte certeira, tal como se efetuou.

125 Cortejávamos a esposa de Odisseu há tempo ausente;
ela nem recusava as hediondas bodas nem as completava,
planejando para nós a negra perdição da morte.
Pois cogitou este outro ardil no juízo:
após grande urdidura armar no palácio, tramava –

130 fina e bem longa. De imediato nos disse:
'Moços, meus pretendentes, morto o divino Odisseu,
esperai, mesmo ávidos por desposar-me, até o manto
eu completar – que meus fios, em vão, não se percam –,
mortalha para o herói Laerte, para quando a ele

135 o quinhão funesto agarrar, o da morte dolorosa;
que, contra mim, no povo, aqueia alguma se indigne
se ele sem pano jazer depois que muito granjeou'.
Assim falou, e foi persuadido nosso ânimo orgulhoso.
E então de dia tramava a enorme urdidura

140 e nas noites desenredava-a com tochas postadas ao lado.

Três anos o truque não se notou, e persuadiu os aqueus;
mas ao chegar o quarto ano e a primavera se achegar,
as luas finando, e muitos dias passaram,
uma das mulheres falou, a que sabia ao claro,
145 e a apanhamos desenredando a trama radiante.
E assim ela a completou, a contragosto, obrigada.
Justo quando mostrou a capa, após tramar a urdidura,
lavada, semelhante ao sol ou à lua,
nisso divindade vil trouxe Odisseu de um lugar
150 até o limite das lavouras, onde habitava o porqueiro.
Até lá foi o caro filho do divino Odisseu,
vindo da arenosa Pilos com negra nau.
Os dois, para os pretendentes, elaboraram morte vil
e rumaram à cidade bem famosa, Odisseu
155 depois, mas Telêmaco liderava na frente.
Trouxe-o o porcariço com vestes vis sobre a pele,
assemelhado a débil e velho mendigo
apoiado no bastão; ordinárias vestes no corpo vestia.
Nenhum de nós foi capaz de reconhecer que ele era Odisseu
160 ao mostrar-se de chofre, nem os mais velhos,
mas dele debochamos e lhe atiramos coisas.
E por um tempo resistiu, sendo atingido e reprovado
em seu palácio, com ânimo resistente;
mas quando o incitou o espírito de Zeus porta-égide,
165 com Telêmaco pegou as bem belas armas,
depositou-as no quarto e passou os ferrolhos;
e ele, com sua muita-argúcia, pediu à esposa
que apresentasse aos pretendentes o arco e o ferro cinza,
para nós, desventurados, apetrechos e o início da matança.
170 E nenhum de nós conseguiu retesar a corda

do arco poderoso, por sermos carentes de força, e muito.

Mas quando as mãos de Odisseu tocaram o grande arco,

todos nós reclamamos com palavras

que o arco não se lhe desse, nem se muito pedisse,

175 e somente Telêmaco nos fez concordar.

Ele recebeu-o com a mão, o muita-tenência, divino Odisseu,

e fácil vergou o arco e lançou através do ferro.

Eis que se postou na soleira e despejou as rápidas setas,

esquadrinhando, terrível, e atingiu o rei Antínoo.

180 Depois contra os demais disparou tristes projéteis,

mirando em frente; e eles caíam uns sobre os outros.

É evidente que um deus era deles ajudante.

Logo por toda a casa, seguindo seu ímpeto,

matavam ao redor. Gemido ultrajante deles partia,

185 cabeças golpeadas, e todo o chão fumegava com sangue.

Assim nós, Agamêmnon, morremos, de quem, agora, ainda

os corpos, sem os ritos, jazem no palácio de Odisseu;

os parentes ainda não sabem em suas casas,

eles que, após limpar o negro sangue dos ferimentos

190 e nos expor, lamentariam: essa, a honraria dos mortos".

A ele, por sua vez, falou a alma do filho de Atreu:

"Afortunado filho de Laerte, Odisseu muito-truque,

deveras, com grande excelência, conquistaste esposa:

quão valoroso juízo teve a impecável Penélope,

195 filha de Icário, quão bem se lembrou de Odisseu,

seu varão legítimo. Por isso sua fama nunca findará,

a de sua excelência, e aos humanos farão um canto

agradável os imortais pela prudente Penélope.

Não armou vis ações como a filha de Tindareu,

200 que ao marido legítimo matou, e hediondo canto

haverá entre os homens e dura reputação atribuirá
às bem femininas mulheres, mesmo às honestas".
Assim falavam dessas coisas entre si
de pé na morada de Hades sob os confins da terra.
205 E aqueles desceram da cidade e logo chegaram ao sítio
belamente arranjado de Laerte, que um dia o próprio
Laerte adquiriu, depois que muito labutou.
Aí era sua propriedade; abrigo corria por todo o entorno,
no qual costumavam comer, sentar-se e dormir
210 os escravos, obrigados, que faziam o que ele quisesse.
Aí mandava mulher siciliana, anciã, que do ancião
cuidava, gentil, no campo, longe da cidade.
Lá Odisseu aos escravos e ao filho falou o discurso:
"Vós, ide agora para dentro da casa bem-construída,
215 e, como refeição, presto sacrificai um porco, o melhor;
quanto a mim, testarei nosso pai,
se me reconhece e observa com os olhos
ou desconhece, pois longe estive muito tempo".
Após falar, aos escravos entregou as armas marciais.
220 Eles, depois, rápido alcançaram a casa, e Odisseu
se achegou para averiguar o pomar muito-fruto.
Quando desceu pelo grande pomar, não achou Finório,
um escravo ou os filhos; mas eis que eles,
para recolher espinheiros, úteis como cerca do pomar,
225 haviam saído, e deles, na estrada, o ancião era o líder.
Ao pai, sozinho, achou no pomar bem-arranjado,
cavando em volta de uma árvore. Vestia suja túnica,
remendada, ultrajante; em volta da panturrilha, de couro,
polainas costuradas amarrara, evitando arranhões,
230 e luvas nas mãos por causa de amoreiras. Na cabeça,

trazia gorro de cabra, avultando a angústia.

Quando então o viu o muita-tenência, divino Odisseu,

torturado pela velhice e com enorme angústia no juízo,

postou-se sob elevada pereira e lágrimas verteu.

235 Então cogitou no juízo e no ânimo:

beijar e abraçar seu pai e com minúcias

contar como voltou e alcançou a terra pátria,

ou primeiro o interrogaria e com minúcias o testaria.

Pareceu-lhe, ao refletir, ser mais vantajoso assim,

240 primeiro testá-lo com palavras provocadoras.

Nisso refletindo, foi direto lá mesmo o divino Odisseu.

Aquele, cabeça abaixada, desenterrava uma árvore;

parado ao lado, disse-lhe o filho ilustre:

"Ancião, imperícia não te domina no trato

245 do pomar, mas teu cuidado domina bem. Não há, de todo,

nem planta, nem figueira, nem videira, nenhuma oliveira,

nem pereira, nem canteiro sem teu cuidado no jardim.

Outra coisa te direi, e não ponhas raiva no ânimo:

a ti mesmo o valoroso cuidado não domina, mas velhice

250 funesta te domina, secura vil e vestes ultrajantes.

Por certo não devido à inação um senhor descuida de ti,

e nada de um escravo assoma em ti ao mirar-se

aparência e altura, pois pareces um varão que é rei.

Pareces alguém que, após se banhar e comer,

255 suavemente repousa, pois é tradição dos anciãos.

Pois bem, fala-me disto e conta com precisão:

de que varão és escravo? De quem o pomar que cuidas?

A mim diz isto, a verdade, para eu bem saber:

se esta aonde cheguei é deveras Ítaca, como me disse

260 aquele varão que há pouco topei ao vir para cá,

não muito prestativo, pois tudo não aguentou
falar e ouvir minha palavra, quando perguntei
acerca de meu aliado, se acaso vive e existe,
ou já está morto na morada de Hades.

265 Pois eu te falarei, e tu compreende e me escuta:
certa vez hospedei um varão, na cara terra pátria,
que chegou até nós, e nunca outro mortal
mais caro, hóspede de longe, alcançou minha casa.
Proclamou ser de Ítaca quanto à família, e disse

270 que Laerte, filho de Arquésio, era seu pai.
A ele eu levei para casa e bem hospedei,
acolhendo-o, gentil, com o muito que havia na casa,
e dei-lhe os presentes, dons de hóspede, que convém.
Dei-lhe sete pesos de ouro bem-trabalhado,

275 dei-lhe ânfora toda de prata com desenho floral,
doze túnicas simples, número igual de cobertas,
tantos belos mantos, e, somado a isso, tantas túnicas;
à parte, mulheres versadas em trabalhos impecáveis,
quatro formosas, as que ele mesmo quisesse escolher".

280 Respondeu-lhe o pai, vertendo copiosas lágrimas:
"Estranho, a esta terra chegas da qual perguntas,
e varões desmedidos e iníquos a dominam.
Premiaste-o com presentes, miríades ofertando, estéreis;
se o tivesses alcançado, vivo, na cidade de Ítaca,

285 então ele te enviaria de volta, retribuindo com belos dons
e nobre hospedagem: essa é a norma para quem inicia.
Pois bem, diz-me isto e conta com precisão
qual já é o ano desde que o hospedaste,
teu hóspede infeliz, meu filho, se um dia existiu,

290 desventurado, que, longe dos caros e do solo pátrio,

ou no mar comeram-no os peixes ou em terra firme
tornou-se presa de feras e aves de rapina. A ele mãe não
amortalhou e chorou, nem o pai, esses que o geramos;
nem a esposa muita-dádiva, a prudente Penélope,
295 ululou pelo marido junto ao leito, como convém,
após cerrar os olhos: essa é a honraria dos mortos.
A mim diz isto, a verdade, para eu bem saber:
quem és? De que cidade vens? Quais teus ancestrais?
E onde está a nau veloz, que aqui trouxe a ti
300 e excelsos companheiros? Ou como passageiro chegaste
em nau alheia, e eles se foram após desembarcar-te?".
Respondendo, disse-lhe Odisseu muita-astúcia:
"Portanto a ti tudo direi com muita precisão.
Eu sou de Alibas, onde habito morada gloriosa,
305 filho do senhor Afidas, filho de Polipêmon;
e meu nome é Seleto. Mas a mim divindade
fez vagar para longe da Sicília até, sem querer, cá chegar;
minha nau está aqui no campo, longe da cidade.
Mas para Odisseu este já é o quinto ano
310 desde que de lá partiu e saiu de minha pátria,
desventurado. Ótimas lhe foram as aves ao se ir,
destras, com que eu me alegrei, enviando-o de volta,
e ele se alegrou ao partir; no ânimo ambos esperávamos
ainda nos encontrar, aliados, e dar dons radiantes".
315 Isso disse, e ao outro encobriu escura nuvem de angústia;
com ambas as mãos tendo apanhado fuliginoso pó,
verteu-o sobre a grisalha cabeça, gemendo sem cessar.
O ânimo do outro se agitou, e, subindo as narinas, já
o ímpeto lancinante eclodia ao mirar o caro pai.
320 E beijou-o e abraçou, após saltar até ele, e disse:

"Sim, aquele por quem indagas, pai, sou eu mesmo aqui,
e cheguei no vigésimo ano à terra pátria.
Mas contém o pranto e o lamento lacrimoso.
Pois eu te falarei, e é imperiosa a pressa, apesar de tudo:
325   matei os pretendentes em nossa casa,
punindo o opróbrio aflitivo e as vis ações".
A ele, por sua vez, Laerte respondeu e disse:
"Se deveras como Odisseu, meu filho, chegaste,
sinal inequívoco diz-me agora para eu me convencer".
330   Respondendo, disse-lhe Odisseu muita-astúcia:
"A cicatriz primeiro, esta aqui, observa com os olhos,
a que no Parnasso me deixou javali com branco dente
quando lá fui; tu me enviaste, e a senhora mãe,
até Autólico, o caro pai da mãe, para eu receber
335   presentes que, após vir aqui, me prometeu e indicou.
Pois bem, que a ti das árvores pelo pomar bem-arranjado
eu fale, as que um dia me deste, e eu te pedi cada uma,
ainda criança, seguindo-te pelo jardim; por elas
caminhávamos, e tu falaste o nome de cada uma.
340   Pereiras, treze me deste, e dez macieiras,
figueiras, quarenta; assim filas de videiras nomeaste
para me dar, cinquenta, uma por vez frutificando o ano
inteiro: ali no alto há uvas de todos os tipos
sempre que as estações de Zeus sobre elas pesam de cima".
345   Assim falou, e os joelhos e o coração dele fraquejaram,
reconhecendo os sinais seguros que lhe enunciou Odisseu.
Em torno do caro filho lançou os braços; a ele, ao desmaiar,
amparou-o o muita-tenência, divino Odisseu.
Quando voltou a si e no peito o ânimo se recompôs,
350   retomou a palavra e respondeu-lhe:

"Zeus pai, por certo ainda sois deuses no alto Olimpo
se, de fato, os pretendentes pagaram pela iníqua desmedida.
Agora tenho terrível temor no juízo que logo todos
venham para cá, os itacenses, e mensagens
355 enviem por todo lugar até as cidades dos cefalênios".
Respondendo, disse-lhe Odisseu muita-astúcia:
"Coragem, que isso não ocupe teu juízo.
Mas vamos à casa que fica perto do pomar;
até lá Telêmaco, o vaqueiro e o porcariço
360 enviei, para que bem rápido preparassem refeição".
Após assim falarem, dirigiram-se à bela casa.
Eles, quando atingiram a casa boa para morar,
acharam Telêmaco, o vaqueiro e o porcariço
cortando muita carne e misturando fulgente vinho.
365 Nisso ao enérgico Laerte, em sua propriedade,
a serva siciliana lavou e com óleo ungiu,
e em torno dele bela capa lançou; e Atena,
achegando-se, inchou os membros do pastor de homens,
e maior e mais encorpado fê-lo para quem olhasse.
370 E saiu da banheira; o caro filho espantou-se com ele
quando o viu, semelhante a deuses imortais de frente,
e, falando, dirigiu-lhe palavras plumadas:
"Pai, deveras a ti um dos deuses sempiternos
em aparência e altura fez melhor para quem te olhar".
375 A ele, então, o inteligente Laerte retrucou:
"Tomara, ó Zeus pai, Atena e Apolo,
tal como quando Nérico tomei, bem-construída cidade
num cabo do continente, regendo os cefalênios,
que eu assim, ontem estando em nossa morada
380 com armas nos ombros, tivesse postado-me e afastado

os varões pretendentes; assim teria soltado seus joelhos,
de muitos no palácio, e terias alegrado-te no íntimo".
Assim falavam dessas coisas entre si.
Após concluírem a tarefa e aprontado o banquete,
385 em ordem sentaram-se nas cadeiras e poltronas.
Ali teriam posto a mão no almoço; e para perto
veio o ancião Finório e, junto, os filhos desse ancião,
extenuados pela lida, após sair e chamá-los
a mãe, a anciã siciliana, que os criou e de Laerte
390 cuidava, gentil, pois a velhice o capturara.
Eles, ao verem Odisseu e avaliarem no ânimo,
ficaram parados no salão, estuporados; Odisseu,
com palavras amáveis abordando-os, disse:
"Ancião, senta para o almoço, olvidai o assombro;
395 há tempo aspirando pôr a mão na comida
esperamos no salão, sempre vos aguardando".
Assim falou, e Finório foi direto, abrindo os braços,
os dois, pegou as mãos de Odisseu pelo punho, beijou-as
e, falando, dirigiu-lhe palavras plumadas:
400 "Amigo, já que retornaste a nós, desejosos demais
e não mais crendo, e os próprios deuses te guiaram,
salve e sê muito feliz, e deuses te deem fortuna.
A mim diz isto, a verdade, para eu bem saber:
ou já sabe ao claro a bem-ajuizada Penélope
405 que tu retornaste aqui, ou expeçamos um mensageiro".
Respondendo, disse-lhe Odisseu muita-astúcia:
"Ancião, ela já sabe; por que carece que disso te ocupes?".
Isso disse, e ele de novo sentou-se na cadeira bem-polida.
Também os filhos de Finório, em volta, ao glorioso Odisseu
410 saudaram com palavras, apertaram-lhe as mãos

e em ordem sentaram-se ao lado de Finório, seu pai.
Assim, em volta do banquete, se ocupavam no salão.
E Rumor, o mensageiro, rápido percorreu toda a cidade,
relatando a perdição da hedionda morte dos pretendentes.
415 Eles assim que ouviram, cada um acorreu de outro lado,
com queixume e gemido, à frente da morada de Odisseu.
Os corpos, cada família retirou da casa e enterrou;
os de outras cidades, a família encarregava pescadores
que os levassem para casa, pondo-os sobre naus velozes.
420 E eles à ágora foram em grupo, angustiados no coração.
Então, após estarem reunidos, todos juntos,
entre eles Persuasivo levantou-se e falou,
pois, por seu filho, brutal aflição jazia no peito,
Antínoo, a quem por primeiro matou o divino Odisseu.
425 Por ele vertendo lágrimas, tomou a palavra e disse:
"Amigos, feito inaudito esse varão armou contra aqueus:
aqueles com naus conduziu, muitos e nobres,
e destruiu as côncavas naus e destruiu toda a tropa;
estes, de longe os melhores cefalênios, matou após chegar.
430 Pois mexei-vos antes que ele, rápido, alcance Pilos
ou a divina Élida, onde dominam os epeus:
vamos, ou depois seremos sempre ridicularizados.
Isto é opróbrio a se noticiar também aos vindouros,
se não castigarmos aos assassinos dos filhos
435 e irmãos; para mim, no juízo não seria doce
viver, mas rápido morreria e aos defuntos me uniria.
Mas vamos, que aqueles não atravessem antes".
Assim falou, chorando, e piedade atingiu todos os aqueus.
E deles achegaram-se Médon e o divino cantor,
440 vindos do palácio de Odisseu, após o sono os deixar,

e postaram-se no meio; assombro tomou cada varão.
Entre eles falou Médon, versado no inteligente:
"Ouvi-me agora, itacenses, pois Odisseu não sem
a ajuda dos deuses imortais armou esses feitos;
445   eu próprio vi o deus não mortal que de Odisseu
achegou-se e a Mentor em tudo se assemelhava.
E o deus imortal ora aparecia diante de Odisseu,
encorajando-o, ora, agitando os pretendentes,
tremulava-os pela casa; e eles caíam uns sobre os outros".
450   Assim falou, e medo amarelo a todos atingiu.
Entre eles também falou o ancião, o herói Haliterses,
filho de Buscador, o único que via o passado e o futuro.
Refletindo bem, entre eles tomou a palavra e disse:
"Ouvi agora de mim, itacenses, o que vou falar:
455   por causa de vossa vileza esses feitos ocorreram;
não vos persuadi, nem Mentor, pastor de homens,
a fazer vossos filhos interromper a loucura,
eles que feito inaudito fizeram com iniquidade vil,
devastando as posses e desonrando a esposa
460   de nobre varão; afirmavam que nunca retornaria.
Agora assim ocorra, que eu vos persuada do que digo:
não vamos, que a ninguém acometa um mal autoinfligido".
Assim falou, e um grupo se ergueu com grande alarido,
mais da metade; os outros, juntos, lá mesmo ficaram.
465   A uns não agradou o discurso no juízo, mas Persuasivo
persuadiu outros que logo se apressaram rumo às armas.
Mas após vestirem bronze lampejante sobre a pele,
em conjunto reuniram-se diante da espaçosa cidade.
A eles Persuasivo passou a liderar em sua tolice.
470   Pensou que puniria o assassinato do filho; mas não iria

604   CANTO 24

de novo retornar, e lá mesmo alcançaria seu destino.

E Atena a Zeus, filho de Crono, dirigiu-se:

"Nosso pai Cronida, supremo entre poderosos,

diga a mim, que inquiro: o que tua ideia dentro contém?

475 Guerra danosa ulterior e combate terrível

arranjarás, ou imporás amizade entre os dois lados?".

Respondendo, disse-lhe Zeus junta-nuvens:

"Minha filha, por que isso me perguntas e apuras?

Vê bem, essa ideia não ponderaste tu mesma,

480 que deles Odisseu se vingasse ao chegar?

Faz como quiseres, mas digo-te o que convém.

Já que aos pretendentes castigou o divino Odisseu,

que ele, após firmarem pacto confiável, reine sempre,

e nós, quanto à matança de filhos e irmãos,

485 imponhamos o olvido; que sejam eles amigáveis entre si

como antes, e que haja riqueza e paz em abundância".

Isso disse e instigou Atena, que já o ansiava antes;

e ela partiu, tendo-se lançado dos cumes do Olimpo.

Após estes apaziguarem o desejo por comida adoça-juízo,

490 entre eles tomou a palavra o muita-tenência, divino Odisseu:

"Alguém deveria sair e ver; temo que estejam perto".

Assim falou; e o filho de Finório saiu, como pediu,

postou-se na soleira e viu perto todos aqueles.

De pronto a Odisseu dirigiu palavras plumadas:

495 "Eles já estão aí perto; armemo-nos bem ligeiro".

Assim falou, e eles apressaram-se e vestiram as armas,

quatro em volta de Odisseu e os seis filhos de Finório.

Entre eles Laerte e Finório vestiram as armas,

embora fossem grisalhos, guerreiros pelas circunstâncias.

500 Mas após sobre a pele vestir o bronze lampejante,

abriram as portas, se foram, e chefiava Odisseu.

E achegou-se deles a filha de Zeus, Atena,

semelhante a Mentor no corpo e na voz humana.

Vendo-a, alegrou-se o muita-tenência, divino Odisseu

505 e de pronto falou a Telêmaco, seu caro filho:

"Telêmaco, agora isto entenderás tu mesmo, chegando

onde os melhores entre os varões combatentes se medem:

não aviltar a linhagem dos ancestrais que, também antes,

na bravura e virilidade excelemos sobre toda a terra".

510 A ele, então, o inteligente Telêmaco retrucou:

"Verás, se quiseres, caro pai, a mim com esse ânimo

não aviltando tua linhagem, como dizes".

Assim falou, e Laerte alegrou-se e enunciou o discurso:

"Que dia tenho hoje, caros deuses! Deveras alegro-me;

515 meu filho e seu filho rivalizam em excelência".

E, parada ao lado, disse-lhe Atena olhos-de-coruja:

"Filho de Arquésio, mais caro de todos os companheiros,

tendo rezado à filha olhos-de-coruja e a Zeus pai,

brande e de pronto arremessa a lança sombra-longa".

520 Isso dito, grande potência insuflou Palas Atena.

Tendo então rezado à grande filha de Zeus,

brandiu e de pronto arremessou a lança sombra-longa;

e atingiu Persuasivo através do elmo face-brônzea.

Esse a lança não afastou, e o bronze o varou;

525 com estrondo caiu, e retiniu sua armadura.

Caíram, sobre os da vanguarda, Odisseu e o filho ilustre,

e golpearam com espadas e lanças duas-curvas.

E agora a todos teriam matado e deixado sem retorno

se Atena, a filha de Zeus porta-égide,

530 não tivesse com a voz gritado e contido todo o povo:

"Abstende-vos da guerra aflitiva, itacenses,
para, sem sangue, vos separardes bem rápido".
Assim falou Atena, e o medo amarelo os dominou.
Eles se assustaram, das mãos voaram as armas,
535 e todas no chão caíram quando a voz da deusa soou;
e voltaram-se para a cidade, almejando permanecer vivos.
E aterrorizante berro deu o muita-tenência, divino Odisseu,
e arremeteu, após se agachar, feito águia voa-alto.
Então o filho de Crono lançou raio fumoso,
540 que caiu diante da olhos-de-coruja, a pai-ponderoso.
Então a Odisseu falou Atena olhos-de-coruja:
"Divinal filho de Laerte, Odisseu muito-truque,
contém-te, para com a justa da guerra niveladora;
que não te tenha raiva o filho de Crono, Zeus ampla-visão".
545 Assim falou Atena, e ele obedeceu e alegrou-se no ânimo.
Um pacto para o futuro impôs entre ambas as partes
Palas Atena, a filha de Zeus porta-égide,
semelhante a Mentor no corpo e na voz humana.

POSFÁCIO LUIZ ALFREDO GARCIA-ROZA

A *Odisseia* é a *narrativa* de um retorno: o retorno de Odisseu (Ulisses) a Ítaca, sua terra natal, após ter participado do cerco à cidade de Ílion (Troia). A *Ilíada*, por sua vez, é a narrativa das últimas semanas da Guerra de Troia: ambas atribuídas ao poeta/aedo Homero, que teria vivido no século VIII a.c.

Mais do que a narrativa *de* um retorno, a *Odisseia* é a narrativa-retorno ou a narrativa-acontecimento do retorno de Odisseu. E aqui o acontecimento não é uma experiência vivida por alguém, algo percebido ou mesmo sofrido, mas algo *narrado* por alguém, algo que se passa no âmbito da fala e não da experiência subjetiva. O objeto dessa narrativa-acontecimento pode ser real, imaginário, fictício. Ele é, para os ouvintes de Homero, tão verdadeiro como as sereias que atraem para a morte Odisseu e seus companheiros, ou como Aquiles, Heitor e o ciclope Polifemo, bem como Apolo e Atena, deuses protetores dos heróis-guerreiros durante os combates. Não está em questão se eles existem ou não, se são "verdadeiros" ou "fictícios": sua realidade consiste em serem narrados pelo poeta-aedo.

Assim, a *Odisseia* não é o relato da longa e atribulada viagem de Odisseu em sua volta ao lar, tal como a *Ilíada* não é o relato da Guerra de Troia. Ou seja: os dois poemas, com seus mais de 27 mil versos, não têm valor documental. Mesmo porque Homero teria vivido no século VIII a.C., enquanto a Guerra de Troia teria se dado no século XIII a.C. Homero não poderia ter sido testemunha dos combates na planície de Troia ou do retorno de Odisseu, nem poderia ter se valido do testemunho dos próprios combatentes. Os heróis da Guerra de Troia – Aquiles, Heitor, Nestor, Menelau, Agamêmnon e o próprio Odisseu – teriam vivido por volta de 1200 a.C. Quatro ou cinco séculos separam Homero dos gregos e troianos protagonistas da *Ilíada* e da *Odisseia*. Acrescente-se a isso o fato de a escrita passar a ser usada no mundo grego somente no final do século VIII a.C., e constata-se que Homero e seus heróis-guerreiros eram, pois, analfabetos. A escrita chamada Linear B desaparecera juntamente com a destruição e a extinção da civilização micênica no século XI a.C. Não havia, portanto, possibilidade de registro escrito ser utilizado por Homero, quatro séculos mais tarde, ao compor a *Odisseia*. Isso significa que a *Odisseia* não foi *escrita* por Homero. Essa narrativa era "cantada" pelo poeta em suas apresentações aos *aristoi*, a aristocracia guerreira da Grécia arcaica.

Homero era um aedo, um portador da palavra poética que, com seus cantos, remetia os ouvintes aos acontecimentos originais, aos gestos dos deuses e dos heróis, ao tempo mítico dos começos. O próprio passado ao qual ele se referia não era propriamente um passado, mas outra dimensão do cosmos, outra dimensão do tempo e do espaço, à qual somente o aedo, com auxílio das Musas, tinha acesso.

Se a *Odisseia* não foi *escrita* por Homero, mas composta oralmente por ele séculos depois dos supostos eventos, por conseguinte Odisseu e sua mulher, Penélope, assim como seu filho, Telêmaco, e os demais protagonistas da *Odisseia*, não são propriamente *existentes*, eles "existem" enquanto *narrados/cantados* por Homero ou – se preferirmos, "existem" tanto quanto existiram o aedo cego Demódoco, a feiticeira Circe, a bela princesa Nausícaa, o monstro Cila ou o cão Argos de Odisseu. O mesmo raciocínio pode ser aplicado à *Ilíada*. Não há nenhum registro concreto referente a uma guerra que tivesse durado uma década, ocorrida no século XIII a.c. e cujo término teria se dado com o cerco e a tomada de Troia pelos gregos. Portanto, a longa e minuciosa narrativa de Homero consiste em ser uma *narrativa épica* e nada mais. Ela não remete a uma guerra que teria ocorrido na região de Troia – o que não exclui a possibilidade de ter ocorrido um pequeno conflito entre gregos e troianos por volta do século XIII a.c. A chamada Guerra de Troia, com seus heróis Aquiles, Heitor, Agamêmnon, é a *Ilíada*, assim como o retorno de Odisseu para Ítaca é a *Odisseia*, ambos poemas épicos compostos por Homero.

Levado ao extremo, esse raciocínio pode colocar em dúvida a própria existência de Homero. Na Grécia arcaica, "Homero" poderia designar tanto um poeta/aedo único como um grupo deles. Em uma cultura exclusivamente oral, os poetas/aedos eram a memória viva. Cabia a eles cantar em seus poemas o tempo passado, o tempo presente e o tempo futuro, visto serem os aedos sacralizados pelos deuses e inspirados pelas Musas. O aedo não era poeta porque fazia poesia, mas fazia poesia porque era poeta, vidente, profeta, sábio. Desse modo, poderíamos imaginar tanto um grupo de poetas/aedos que desde o século XIII a.C. cantava e transmitia, de geração a geração, as narrativas lendárias de uma Troia arcaica destruída pelos gregos e do retorno de Odisseu a Ítaca, como poderíamos imaginar um indivíduo singular, um aedo solitário chamado Homero, compondo e narrando / cantando pelas cidades da Grécia esses dois poemas. Não há historicamente nenhuma prova concreta a favor de uma ou de outra hipótese. Dispomos apenas de traços mnêmicos conservados durante séculos pela tradição e que posteriormente foram transcritos da forma oral para a escrita em lascas de madeira, papiro, pele animal, até chegar ao papel; e que, 23 séculos depois, em 1488, foram impressos em Florença. Foi no entanto a Homero, poeta do século VIII a.C., que a tradição atribuiu a autoria da *Ilíada* e da *Odisseia*.

O mais surpreendente, no entanto, é que a argumentação sobre a natureza do objeto da *narrativa* pode ser aplicada também ao narrador. O próprio Homero talvez seja uma criação da *Odisseia* e da *Ilíada*. Podemos concordar que a tese é improvável, mas não impossível. No canto 9 da *Odisseia*, Odisseu, herói de Homero, assume a *primeira pessoa*, e a narrativa épica passa a se dar no interior de uma outra em que o herói da segunda narrativa é o objeto da primeira, e Odisseu se torna simultaneamente herói e narrador; da mesma forma, Demódoco, o aedo cego do canto 8 da *Odisseia*, poderia ser o próprio Homero.[1] Esse desdobramento, porém, só pode ser feito com a condição de descredenciarmos ou desqualificarmos o estatuto de aedo atribuído ao poeta *mestre da verdade* da Grécia arcaica, o que implicaria a desqualificação da figura do aedo enquanto tal.

---

1 Cf. Frederico Lourenço, "Prefácio", in Homero, *Odisseia*, trad. Frederico Lourenço. São Paulo: Penguin Classics Companhia das Letras, 2011, p. 101.

Não estamos discutindo aqui a *autoria* dos poemas, questão inexistente na Grécia arcaica, mas defendendo a *autenticidade* da *Odisseia* e da *Ilíada* como poemas em versos hexâmetros compostos no século VIII a.c. e atribuídos nominalmente a um poeta chamado Homero, cuja existência ainda é um enigma a ser decifrado, mas cujos poemas épicos são eternos. Mesmo quando questionada a autoria da *Ilíada* e da *Odisseia*, não resta dúvida quanto à *autenticidade* de ambos os poemas, isto porque, como assinala Bernard Knox,[2] a língua de Homero nunca foi falada por ninguém, é uma língua artificial, uma criação dos próprios versos épicos que passou a ser empregada pelos aedos e mantida por séculos no canto dos poetas pela sua qualidade literária.

Quanto à existência de Homero e ao fato de ser ele o autor da *Odisseia* e da *Iliada*, temos que, no final do século VIII a.c., século de Homero, a escrita renasce na Grécia. Não aquela micênica extinta havia séculos, mas uma nova que absorveu palavras e signos de diferentes dialetos da língua falada na Grécia e do alfabeto fenício. Com o renascimento da escrita, é provável que os escribas eruditos do final do século VIII e começo do VII a.c. tenham transcrito os poemas cantados / narrados por Homero para o papiro e posteriormente para o papel.

A primeira pergunta que nos ocorre é: quem ditou os poemas para o(s) escriba(s)? O próprio Homero? Alguém além dele saberia de cor os 27 109 versos que compõem a *Odisseia* e a *Ilíada*? Se não foi ele, quem teria sido? A quem Homero confiaria o que hoje em dia chamaríamos de seu *projeto editorial*?

---

2 Cf. Bernard Knox, "Introdução", ibid., p. 19.

A segunda pergunta é mais delicada. Se nem mesmo Homero sabia cada verso da *Ilíada* e da *Odisseia*, já que o poeta / aedo não decorava fiel e integralmente o poema – ele fazia uso de um estoque de versos, fórmulas, estas sim decoradas, a partir dos quais recompunha o poema; ele *improvisava* em cima de uma estrutura decorada, de modo que a cada apresentação do poeta / aedo uma nova *Ilíada* e uma nova *Odisseia* eram cantadas / narradas –, então qual *Odisseia* foi ditada para o(s) escriba(s)? A mais próxima da original? Mas qual original? Se tanto a *Odisseia* como a *Ilíada* eram textos orais, compostos para serem ouvidos e não para serem lidos, como apontar o texto oral original?

Não há nem nunca houve *Odisseia* original, a *primeira Odisseia*. A *Odisseia* "legítima" é aquela *cantada* pelo aedo, inspirado pelas Musas, para a escuta dos *aristoi*.

Não resta dúvida quanto ao fato de a *Odisseia* ser posterior à *Ilíada*. Há passagens na *Odisseia* que remetem a acontecimentos da *Ilíada*, ao passo que o contrário não ocorre. É o caso do episódio do cavalo de Troia, que não é mencionado na própria *Ilíada* e recebe uma referência breve e incompleta no canto 4 da *Odisseia*, apesar de ser o ardil inventado por Odisseu para ultrapassar as muralhas de Troia.

A dúvida algumas vezes levantada é se os dois poemas foram criações do mesmo poeta. A *Ilíada* canta as façanhas do herói-guerreiro, principalmente a fúria desmedida de Aquiles contra Heitor e o seu ressentimento desmedido contra Agamêmnon; a *Odisseia*, por sua vez, é o poema das aventuras e desventuras de Odisseu em seu retorno a Ítaca e aos braços de Penélope. No entanto, a disparidade de tema e de ênfase não sugere diferentes poetas/aedos; a qualidade literária, a harmonia dos versos hexâmetros está presente em ambos. Até mesmo o canto 22, apontado por alguns críticos como a parte da *Odisseia* que, pelo conteúdo, destoaria do conjunto do poema, como se tivesse sido composto por outro aedo, pode ser tomado como o "Homero da *Odisseia*" buscando no "Homero da *Ilíada*" a fúria insana de Aquiles para compor a sequência de cenas finais do retorno de Odisseu. Final digno do maior poema épico do Ocidente.

Resta ainda a lenda segundo a qual Homero era cego. Analfabeto e cego. Soam excessivas duas características tão restritivas atribuídas ao homem que criou os dois poemas seminais da literatura, que até hoje alimentam não somente a ela mas também as artes cênicas e o imaginário do homem ocidental.

Como isso seria possível? A resposta pode ser que esse homem não era deficiente, mas privilegiado. O poeta/aedo da Grécia arcaica não era uma pessoa comum, tampouco um *aristoi*: ele se apresentava como portador de um dom divino, o de ser inspirado pelas Musas. A primeira frase da *Odisseia* é: "Do varão me narra, Musa, do muitas-vias, que muito vagou após devastar a sacra cidade de Troia". Quem é esse "me" da frase senão o aedo que cantava o poema e pedia a inspiração da Musa, isto é, o próprio Homero?

Seja quem for que tenha sido Homero, resta pouca dúvida quanto ao fato de os dois poemas serem obra de um mesmo poeta. É praticamente impossível que duas pessoas, ainda que dois aedos, tenham composto ao mesmo tempo os versos hexâmetros/dactílicos de que são feitos os dois poemas. Também é pouco admissível que o segundo poema (*Odisseia*) tenha sido "criado" em data posterior sobre o modelo do primeiro (*Ilíada*), escrito por um poeta laico, isto é, não aedo. O dom do aedo não podia ser mantido nem transmitido no ou pelo texto escrito.

O canto do aedo é a palavra sacralizada pelas divindades Apolo e Mnemosyne. Cada *Odisseia* "legítima" é uma repetição diferencial. Um acontecimento único. Não há um modelo e suas cópias, cada "cópia" é um novo canto cantado pelo poeta inspirado. Pela mesma razão, o poema não pode ser ouvido por uma pessoa comum e repetido por ela para outros ouvintes. A palavra do poeta não era uma moeda que pudesse ser passada adiante por quem a recebesse, a não ser que esse alguém fosse outro aedo. O próprio ato da escuta se tornava sacralizado quando se tratava da escuta do canto do aedo.

Sem dúvida essa magia que unia a narrativa e a escuta num mesmo acontecimento sacralizado pelas Musas foi perdida ao ser transcrito o poema. Aquilo que era a narrativa do poeta / aedo deixou de ser um acontecimento para se transformar em documento escrito, ainda que "ditado" pelo poeta; o que era poesia sagrada tornou-se poesia laica, podendo ser copiada e multiplicada ao infinito. Apesar da perda da sacralidade, a *Odisseia* permanece, passados quase 3 mil anos, o maior poema épico da literatura ocidental.

O SILÊNCIO DAS SEREIAS FRANZ KAFKA

Comprovação de que mesmo meios insuficientes, e até infantis, podem servir à salvação.

A fim de se proteger das sereias, Odisseu entupiu de cera os ouvidos e mandou que o acorrentassem com firmeza ao mastro. É claro que, desde sempre, todos os viajantes teriam podido fazer algo assim (a não ser aqueles aos quais as sereias atraíam já desde muito longe), mas o mundo inteiro sabia que de nada adiantava. O canto das sereias impregnava tudo – que dirá um punhado de cera –, e a paixão dos seduzidos teria arrebentado muito mais que correntes e mastro. Nisso, porém, Odisseu nem pensava, embora talvez já tivesse ouvido falar a respeito; confiava plenamente no punhado de cera e no feixe de correntes, e, munido de inocente alegria com os meiozinhos de que dispunha, partiu ao encontro das sereias.

As sereias, contudo, possuem uma arma ainda mais terrível que seu canto: seu silêncio. É certo que nunca aconteceu, mas seria talvez concebível que alguém tivesse se salvado de seu canto; de sua mudez, jamais. O sentimento de tê-las vencido com as próprias forças, a avassaladora arrogância daí resultante, nada neste mundo é capaz de conter.

E, de fato, as poderosas cantoras não cantaram quando Odisseu chegou, fosse porque acreditassem que só o silêncio podia com aquele oponente ou porque a visão da bem-aventurança no rosto dele – que não pensava senão em cera e correntes – as tivesse feito esquecer todo o canto.

Odisseu, porém, não ouviu seu silêncio, por assim dizer; acreditou que cantassem e que só ele estivesse a salvo de ouvi-las; com um olhar fugaz, observou primeiro o movimento de seus pescoços, o respirar fundo, os olhos cheios de lágrimas, a boca semiaberta, e acreditou que fizessem parte das árias soando inaudíveis a seu redor. Mas logo tudo isso resvalou por seus olhos voltados para o longe; as sereias verdadeiramente desapareceram, e, justo quando estava mais próximo delas, ele já nem mais sabia de sua existência.

Elas, por sua vez, mais belas que nunca, esticavam-se e giravam o corpo, deixando os cabelos horripilantes soprar livres ao vento e alongando as garras na rocha; não queriam mais seduzir, mas somente apanhar ainda, pelo máximo de tempo possível, o brilho que refletia dos grandes olhos de Odisseu.

Se as sereias tivessem consciência, teriam sido aniquiladas então; mas permaneceram. Apenas, Odisseu escapou-lhes.

Dessa história, aliás, relata-se ainda um complemento. Diz-se que Odisseu era tão astuto, uma tal raposa, que nem mesmo a deusa do destino logrou penetrar em seu íntimo; embora isto já não seja compreensível à razão humana, talvez ele tenha de fato percebido que as sereias estavam mudas, tendo então, de certo modo, contraposto a elas e aos deuses toda a simulação acima tão somente como um escudo.

[1917] TRADUÇÃO Sergio Tellaroli

ÍTACA KONSTANTINOS KAVÁFIS

Se partires um dia rumo a Ítaca,
faz votos de que o caminho seja longo,
repleto de aventuras, repleto de saber.
Nem Lestrigões nem os Ciclopes
nem o colérico Posídon te intimidem;
eles no teu caminho jamais encontrarás
se altivo for teu pensamento, se sutil
emoção teu corpo e teu espírito tocar.
Nem Lestrigões nem os Ciclopes
nem o bravio Posídon hás de ver,
se tu mesmo não os levares dentro da alma,
se tua alma não os puser diante de ti.

Faz votos de que o caminho seja longo.
Numerosas serão as manhãs de verão
nas quais, com que prazer, com que alegria,
tu hás de entrar pela primeira vez um porto
para correr as lojas dos fenícios
e belas mercancias adquirir:
madrepérolas, corais, âmbares, ébanos,

e perfumes sensuais de toda a espécie,
quanto houver de aromas deleitosos.
A muitas cidades do Egito peregrina
para aprender, para aprender dos doutos.

Tem todo o tempo Ítaca na mente.
Estás predestinado a ali chegar.
Mas não apresses a viagem nunca.
Melhor muitos anos levares de jornada
e fundeares na ilha velho enfim,
rico de quanto ganhaste no caminho,
sem esperar riquezas que Ítaca te desse.
Uma bela viagem deu-te Ítaca.
Sem ela não te ponhas a caminho.
Mais do que isso não lhe cumpre dar-te.

Ítaca não te iludiu, se a achas pobre.
Tu te tornaste sábio, um homem de experiência,
e agora sabes o que significam Ítacas.

[1911] TRADUÇÃO José Paulo Paes

GLOSSÁRIO DE NOMES PRÓPRIOS

Para a tradução dos nomes e a composição deste glossário (cf. *Da tradução*, no início deste volume), foram utilizados diversos livros que constam na bibliografia, especialmente Snell *et al.* (1955-2010), Frame (2009) e Finkelberg (2011). Na primeira parte, as entradas se referem aos nomes utilizados na tradução, com seus equivalentes mais conhecidos; na segunda, a lista é invertida, informando os nomes próprios aqui utilizados a partir dos mais conhecidos, em geral o nome grego vernaculizado. Nessa segunda parte, em algumas entradas proponho uma tradução para o nome; em outras, uma paráfrase. Quando há divergências entre os eruditos acerca do sentido de um nome, optei por informar apenas o(s) mais aceito(s). Não são todos os nomes próprios da *Odisseia* que constam a seguir, apenas os mais significativos para o poema e/ou os que ilustram a atmosfera do gênero épico, além de algumas das personagens centrais com nomes cristalizados no imaginário ocidental.

Primeira parte
Nomes próprios traduzidos

ABRASADOR Áiton
AÇODADO Ormeno
ADIVINHOSO Mântio
ALTIVA Iftima
AMPLOMAR Euríalo
APRESADOR Équeto
AURORA Éos
AUXILIADOR Boetoo

BARQUEIRO Nauteu
BORREGOSO Arnaio
BRANCADEUSA Leucoteia
BRAVO Alcimo
BRILHO Lampo
BRILHOSA Lampetia
BUSCADOR Mastor

CAMINHEIRO Múlio
CARPINTEIRO Técton
CAVALEIRO Hipotes
CERCOMAR Anfíalo
CHUMBODANAU Naubolo
CIDADÃO Polites
CODORNA Ortígia
CORVO Córax

DEFENSOR Alector
DOMADOR Damastor
DOMAPOVO Laodamas
DOMINATOR Dmétor
DONODENAU Equeneu
DOPÁTIO Messáulio

EMBARQUENAU Anabesineu

FINÓRIO Dólio
FORTIFICANTE Euenor

GLORIOSO Climeno

GRAÇA Cárite
GRANDAFLIÇÃO Megapentes

ILUSÓRIO Elpenor
ILUSTRE Cleito

JUVENTUDE Hebe

LATIDOR Hílax
LUZIDIA Faetussa
LUZIDIO Faêton
LÚZIO Fáidimo

MARINHEIRO Ponteu
MARINHO Hálio
MENTENOMAR Pontônoo
MUIDIVINA Anfitee
MUITANAU Polineu
MUITAPOSSE Polipêmon
MUITOSDOMA Polidamna

NÃOPOUPA Afidas
NAUGLORIOSO Clitoneu
NAUVELOZ Nausítoo

OLHOVÍNEO Oinops

PASSOLARGO Euríbates
PEDINTE Dectes
PERSUADIDOR Pisenor
PERSUASIVO Eupeites
PONDERADO Noêmon
POPEIRO Primneu
PRETA Melantó
PRETO Melanteu / Melântio
    (nomes intercambiáveis)
PROEIRO Proreu
PRUDENTE Frônio

REMADOR Elatreu
REMEIRO Eretmeu
RICOSO Ctésio

ROMPEDOR Rexenor
RUMOR Ossa

SALVADOR Fêidon
SEGURO Asfalíon
SELETO Epérito
SISO Equéfron
SOL Hélio

TOCAIOSO Ors(t)íloco
TOPODANAU Acroneu
TROPOSO Estratio

VELOCISTA Tôon ·
VELOSNOMAR Ocíalo
VERÍDICO Eteoneu
VOZ Óps

Segunda parte
Nomes próprios conhecidos

ACRONEU Topodanau
AFIDAS Nãopoupa
AGELAU "o que conduz o exército"
ÁITON Abrasador
ALCIMO Bravo
ALCÍNOO "aquele que leva para casa com sua força"
ALCMAION "destemido"
ALECTOR Defensor
ANABESINEU Embarquenau
ANFIALO Cercomar
ANFIARAU "mui sacro"
ANFÍLOCO "que arma uma tocaia em torno"
ANFIMÉDON "o que protege em torno"
ANFITEE Muidivina
ANQUÍALO "que está perto do mar"
ANTICLEIA "oposta à fama" ou "com fama correspondente"

ANTICLO "o que vai contra a glória (de outrem)"
ANTÍFATES "golpeador"
ANTÍNOO "o que tem uma mente contrária" ou "o que é contra o retorno"
ARETE "rogada"
ARETO "rogado"
ARNAIO Borregoso
ASFALÍON Seguro
AUTÓLICO "o próprio lobo" ou "um verdadeiro lobo"

BOETOO Auxiliador

CALIPSO "ocultadora"
CARÍBDIS o poeta mesmo faz a sua "etimologia" ao escolher um verbo que sonoramente remete ao nome e foi traduzido por "deglutir" (12, 104)
CÁRITE Graça
CASTOR o animal ou "superador"
CILA o próprio poeta explica o nome ao mencionar que faz um som como o latido de um "filhote de cão", termo que remete, em grego, a Cila (12, 85)
CLEITO Ilustre
CLIMENE "gloriosa"
CLIMENO Glorioso
CLITONEU Nauglorioso
CLÓRIS "lívida"
CÓRAX Corvo
CTÉSIO Ricoso

DAMASTOR Domador
DECTES Pedinte
DEMÓDOCO "recebido pelo povo"
DMÉTOR Dominator
DÓLIO Finório

EGÍPCIO muito provavelmente o nome está ligado ao Egito

EIDOTEA "que tem aparência divina"

ELATREU Remador

ELPENOR Ilusório; seu nome vem de *elpis*, expectativa (equivocada)

ÉOS Aurora

EPÉRITO Seleto

EQUÉFRON Siso

EQUENEU Donodenau

ÉQUETO Apresador

ERETMEU Remeiro

ESTRATIO Troposo

ETEONEU Verídico

EUANTES "vicejante"

EUENOR Fortificante

EUMEU "o que vai atrás do bem"

EUPEITES Persuasivo

EURÍALO Amplomar

EURÍBATES Passolargo

EURICLEIA "que tem ampla fama"

EURIDAMAS "amplojugo"

EURÍLOCO "que realiza ampla tocaia"

EURÍMACO "que realiza amplo combate"

EURIMÉDON "que tem amplo domínio"

EURIMÉDUSSA equivalente feminino de Eurimédon

EURÍNOME "aquela que tem amplo comando"

EURÍNOMO equivalente masculino de Eurínome

FAÊTON Luzidio

FAETUSSA Luzidia

FÁIDIMO Lúzio

FÊIDON Salvador

FÊMIO "famoso" ou "que torna famoso"

FRÔNIO Prudente

FRÔNTIS "zelo"

HÁLIO Marinho

HALITERSES talvez "corajoso no mar"

HARPIA "redemoinho"

HEBE Juventude

HÉLIO Sol

HÍLAX Latidor

HIPOTES Cavaleiro

IFTIMA Altiva

LAMPETIA Brilhosa

LAMPO Brilho

LAODAMAS Domapovo

LEUCOTEIA Brancadeusa

MAIRA "cintilante"

MÂNTIO Adivinhoso

MASTOR Buscador

MEGAPENTES Grandaflição

MELANTEU/MELÂNTIO (nomes intercambiáveis) Preto

MELANTÓ Preta

MENTES "possante"

MENTOR "potente" ou "conselheiro"

MESSÁULIO Dopátio

MÚLIO Caminheiro

NAUBOLO Chumbodanau

NAUSÍTOO Nauveloz

NAUTEU Barqueiro

NELEU talvez "impiedoso", tendo em vista a história na qual a personagem aparece

NESTOR seu nome está ligado a "retorno" e "mente, espírito"

NOÊMON Ponderado

OCÍALO Veloznomar

ODISSEU a etimologia é desconhecida, mas o poema joga

com algumas potencialidades,
sobretudo "ser objeto de ódio"
OINOPS Olhovíneo
ONETOR "fomentador"
ÓPS Voz
ORMENO Açodado
ORS(T)ÍLOCO Tocaioso
OSSA Rumor
ORTÍGIA Codorna

PEIRÍTOO "mui veloz"
PENÉLOPE etimologicamente,
a derivação mais provável é de
penelops, um tipo de ave-d'água
PISANDRO "persuade varão"
PISENOR Persuadidor
PISÍSTRATO "persuade exército"
POLIDAMNA "o que a muitos
domina"
POLIFEIDES "poupa muitos"
POLIFEMO ligado a fama
POLINEU Muitanau
POLIPÊMON Muitaposse
POLITERSES "mui corajoso"
POLITES Cidadão
PONTEU Marinheiro
PONTÔNOO Mentenomar
PRIMNEU Popeiro
PROREU Proeiro

REXENOR Rompedor

TÉCTON Carpinteiro
TÊMIS "regra"ou "norma"
TEOCLÍMENO "conhecido dos deuses"
ou "que ouve algo dos deuses"
TÉRPIO "que produz deleite"
TOAS provável relação com "veloz"
e "correr", que, mesmo se não for
etimológica (pode ser derivado
de um adjetivo étnico), é sonora
TÔON Velocista

BIBLIOGRAFIA

Outras edições

ALLEN, T. W.

1917-19. *Homeri: Opera*, v. 3-4, 2ª ed. Oxford: Oxford University Press.

MÜHL, Peter von der

1984. *Homeri Odyssea*, 3ª ed. Leipzig: Teubner.

SCHADEWALDT, Wolfgang

2007. *Homer: Die Odyssee*. Tradução. Düsseldorf: Artemis & Winkler.

THIEL, Helmut van

1991. *Homerii Odyssea*. Hildesheim: Olms.

Obras de referência e comentários

AMEIS, K. F.; C. HENTZE & P. CAUER

1920. *Homers* Odyssee: *Für den Schulgebrauch erklärt*. Leipzig: Teubner.

BOWIE, A. M.

2013. *Homer: Odyssey, Books XIII and XIV*. Cambridge: Cambridge University Press.

CHANTRAINE, Pierre

1948-53. *Grammaire homérique*. 2 v. Paris: Klincksieck.

GARVIE, A. F.

1994. *Homer: Odyssey Books VI-VIII*. Cambridge: Cambridge University Press.

HEUBECK, Alfred et al.

1988-92. *A Commentary on Homer's Odyssey*. Oxford: Oxford University Press.

LATACZ, Joachim & Anton BIERL (orgs.)

2000. *Homers Ilias: Gesamtkommentar*. Berlim: De Gruyter.

RUTHERFORD, R. B.

1992. *Homer: Odyssey Books XIX and XX*. Cambridge: Cambridge University Press.

SNELL, Bruno *et al.*

1955-2010. *Lexikon des frühgriechischen Epos*. Göttingen: Vandenhoeck & Ruprecht.

STANFORD, William B.

1965. *The Odyssey of Homer*. 2 vols. Londres: Macmillan.

STEINER, Deborah

2010. *Homer: Odyssey, Books XVII and XVIII*. Cambridge: Cambridge University Press.

Estudos

ALLAN, William

2006. "Divine Justice and Cosmic Order in Early Greek Epic". *The Journal of Hellenic Studies*, v. 126, pp. 1-35.

ASSUNÇÃO, Teodoro R.

2003. "Ulisses e Aquiles repensando a morte (*Odisseia* XI, 478-91)". *Kriterion*, v. 107, pp. 100-09.

2003-04. "Nota sobre o *gastér* funesto e ultracão na *Odisseia*". *Kléos – Revista de Filosofia Antiga*, v. 7-8, pp. 55-69.

2009. "Nourriture(s) dans l'*Odyssée*: Fruits, légumes et les oies de Pénélope". *Nuntius antiquus*, v. 4, pp. 162-80.

AUERBACH, Erich

1976. "A cicatriz de Ulisses", in *Mimesis: A representação da realidade na literatura ocidental*, trad. George Bernard Sperber, 2ª ed. São Paulo: Perspectiva.

AUSTIN, Norman

1975. *Archery at the Dark of the Moon*. Berkeley: University of California Press.

BAKKER, Egbert J.

1997. *Poetry in Speech: Orality and Homeric Discourse*. Ithaca: Cornell University Press.

2005. *Pointing to the Past: From Formula to Performance in Homeric Poetics*. Washington DC: Center for Hellenic Studies.

2013. *The Meaning of Meat and the Structure of the "Odyssey"*. Cambridge: Cambridge.

BAKKER, Egbert J. & Ahuvia KAHANE

1997. *Written Voices, Spoken Signs: Tradition, Performance and the Epic Text*. Washington DC: Center for Hellenic Studies.

BERGREN, Ann

2008. *Weaving Truth: Essays on Language an the Female in Greek Thought*. Washington DC: Center for Hellenic Studies.

BESSLICH, Siegfried

1966. *Schweigen – Verschweigen – Übergehen: Die Darstellung des Unausgesprochenen in der Odyssee*. Heidelberg: Carl Winter.

BONIFAZI, Anna

2009. "Inquiring into *Nostos* and its Cognates". *American Journal of Philology*, v. 130, pp. 481-510.

2012. *Homer's Versicolored Fabric*. Washington DC: Center for Hellenic Studies.

BUTTI DE LIMA, Paulo

2003. "A 'prosa' de Homero". *Phaos*, v. 3, pp. 53-76.

CAIRNS, Douglas L.

1993. *Aidôs: The Psychology and Ethics of Honour and Shame in Ancient Greek Literature*. Oxford: Oxford University Press.

CALVINO, Italo

1993. "As odisseias na *Odisseia*", in *Por que ler os clássicos*, trad.

Nilson Moulin. São Paulo: Companhia das Letras.

CLAY, Jenny S.

1997. *The Wrath of Athena: Gods and Men in the Odyssey*. Lanham: Rowman & Littlefield.

CLAYTON, Barbara

2004. *A Penelopean Poetics: Reweaving the Feminine in Homer's Odyssey*. Lanham: Lexington.

COHEN, Beth (org.)

1995. *Distaff Side: Representing the Female in Homer's Odyssey*. Oxford: Oxford University Press.

COOK, Erwin F.

1995. *The Odyssey in Athens: Myths of Cultural Origin*. Ithaca: Cornell University Press.

CROTTY, Kevin

1994. *The Poetics of Supplication: Homer's "Iliad" and "Odyssey"*. Ithaca: Cornell University Press.

DETIENNE, Marcel & Jean-Pierre VERNANT

1989. *Les Ruses de l'intelligence: La Métis des grecs*. Paris: Flammarion [ed. bras.: *Métis: As astúcias da inteligência*, trad. Filomena Hirata. São Paulo: Odysseus, 2008].

DOHERTY, Lillian E.

1995. *Siren Songs: Gender, Audiences, and Narrators in the Odyssey*. Ann Arbor: University of Michigan Press.

2009 (org.). *Oxford Readings in Classical Studies: Homer's "Odyssey"*. Oxford: Oxford University Press.

DOUGHERTY, Carol

2001. *The Raft of Odysseus: The Ethnographic Imagination of Homer's Odyssey*. Oxford: Oxford University Press.

DUARTE, Adriane da S.

2001. "As relações entre retorno e glória na *Odisseia*". *Letras clássicas*, n. 5, pp. 89-98.

2012. *Cenas de reconhecimento na poesia grega*. Campinas: Editora da Unicamp.

EDWARDS, Anthony T.

1985. *Achilles in the Odyssey*. Königstein: Hain.

ERBSE, Hartmut

1972. *Beiträge zum Verständnis der* Odyssee. Berlim: De Gruyter.

FELSON, Nancy

1997. *Regarding Penelope: From Courtship to Poetics*. Norman / Londres: University of Oklahoma Press.

FENIK, Bernard

1974. *Studies in the* Odyssey. Wiesbaden: Franz Steiner.

FINKELBERG, M. (org.)

2011. *The Homer encyclopedia*. 3 v. Malden: Wiley-Blackwell.

FOLEY, John M.

1985. *Oral-formulaic Theory and Research: An Introduction and Annotated Bibliography*. Nova York: Garland Publishing.

1991. *Immanent Art: From Structure to Meaning in Traditional Oral Epic*. Bloomington: Indiana University Press.

1993. *Traditional Oral Epic: The Odyssey, Beowulf, and the Serbo-Croatian Return Song*. Berkeley: University of California Press.

1999. *Homer's Traditional Art*. University Park: Pennsylvania State University Press.

2005 (org.). *A Companion to Ancient Epic*. Oxford: Blackwell.

FORD, Andrew

1992. *Homer: The Poetry of the Past*. Ithaca: Cornell University Press.

FRAME, Douglas

2009. *Hippota Nestor*. Washington DC: Center for Hellenic Studies.

GOLDHILL, Simon

1991. *The Poets Voice: Essays on Poetics and Greek Literature*. Cambridge: Cambridge University Press.

GRAZIOSI, Barbara

2002. *Inventing Homer: The Early Reception of Epic*. Cambridge: Cambridge University Press.

GRAZIOSI, Barbara & Emily GREENWOOD (orgs.)

2007. *Homer in the Twentieth Century: Between World Literature and the Western Canon*. Oxford: Oxford University Press.

GRAZIOSI, Barbara & Johannes HAUBOLD

2005. *Homer: The Resonance of Epic*. Londres: Duckworth.

HALL, Edith

2008. *The Return of Ulysses: A Cultural History of Homer's Odyssey*. Baltimore: Johns Hopkins University Press

HALLIWELL, Stephen

2011. *Between Ecstasy and Truth: Interpretations of Greek Poetics from Homer to Longinus*. Oxford: Oxford University Press.

HAUBOLD, Johannes

2000. *Homer's People: Epic Poetry and Social Formation*. Cambridge: Cambridge University Press.

DE JONG, Irene J. F.

1999 (org.). *Homer: Critical Assessments*. Londres: Routledge.

2001. *A Narratological Commentary on the Odyssey*. Cambridge: Cambridge University Press.

KAHANE, Ahuvia

2005. *Diachronic Dialogues: Authority and Continuity in Homer and the Homeric Tradition*. Lanham: Rowman & Littlefield.

KATZ, Marilyn A.

1991. *Penelope's Renown: Meaning and Indeterminacy in the* Odyssey. Princeton: Princeton University Press.

KELLY, Adrian

2008. "Performance and Rivalry: Homer, Odysseus, and Hesiod", in M. Revermann& P. Wilson (org.). *Performance, Iconography, Reception: Studies in Honour of Oliver Taplin*. Oxford: Oxford University Press.

LEDBETTER, Grace M.

2003. *Poetics Before Plato: Interpretation and Authority in Early Greek Theories of Poetry*. Princeton: Princeton University Press.

LEVANIOUK, Olga A.

2011. *Eve of the Festival: Making Myth in Odyssey 19*. Washington DC: Center for Hellenic Studies.

LORD, Albert B.

1960. *The Singer of Tales*. Cambridge/MA: Harvard University Press.

LOUDEN, Bruce

1999. *The Odyssey: Structure, Narration and Meaning*. Baltimore: Johns Hopkins University Press.

LOWE, N. J.

2000. *The Classical Plot and the Invention of Western Narrative*. Cambridge: Cambridge University Press.

MALTA, André

2012a. *Homero múltiplo*. São Paulo: Edusp.

2012b. "Penélope e a arte da indecisão na *Odisseia*". *Nuntius antiquus*, v. 8, pp. 7-28.

MARKS, Jim

2008. *Zeus in the* Odyssey. Washington DC: Center for Hellenic Studies.

MARTIN, Richard P.

1984. "Hesiod, Odysseus, and the Instruction of Princes". *Transactions and Proceedings of the American Philological Association*, v. 114, pp. 29-48.

1993. "Telemachus and the Last Hero Song". *Colby Quarterly*, v. 29, pp. 222-40.

MINCHIN, Elizabeth

2001. *Homer and the Resources of Memory: Somme Applications* of *Cognitive Theory to the Iliad and the "Odyssey"*. Oxford: Oxford University Press.

MONTANARI, Franco (org.)

2002. *Omero tremila anni dopo*. Roma: Edizioni di Storia e Letteratura.

MORRIS, Ian & Barry POWELL (orgs.)

1997. *A New Companion to Homer*. Leiden: Brill.

MOST, Glenn W.

1989. "The Structure and Function of Odysseus' *Apologoi*". *Transactions and Proceedings of the American Philological Association*, v. 119, pp. 15-30.

MOULTON, Carroll

1977. *Similes in the Homeric Poems*. Göttingen: Vandenhoeck & Ruprecht.

NAGY, Gregory

1974. *Comparative Studies in Greek and Indic Meter*. Cambridge (MA): Harvard University Press.

1990. *Greek Mythology and Poetics*. Ithaca: Cornell University Press.

1999. *The Best of the Achaeans: Concepts of the Hero in Archaic Greek Poetry*, 2ª ed. Baltimore: Johns Hopkins University Press.

2002. *Plato's Rhapsody and Homer's Music: The Poetics of the Panathenaic Festival in Classical Athens*. Cambridge (MA), Atenas: Center of Hellenic Studies.

2010. *Homer the Preclassic*. Berkeley / Los Angeles / Londres: University of California Press.

2012. "Signs of Hero Cult in Homeric Poetry", in F. Montanari, A. Rengakos & C. Tsagalis (orgs.). *Homeric Contexts: Neoanalysis and the Interpretation of Oral Poetry*. Trends in Classics – Supplementary Volumes, 12. Berlim: De Gruyter, pp. 27-74.

OLSON, S. Douglas

1995. *Blood and Iron: Stories and Storytelling in Homer's* Odyssey. Leiden: Brill.

PAPADOPOULOU-BELMEHDI, Ioanna

1994. *Le Chant de Pénélope. Poétique du tissage féminin dans l'Odyssée*. Paris: Belin.

PARRY, Milman

1971. *The Making of Homeric Verse: The Collected Papers of Milman Parry*. Oxford: Oxford University Press.

PELLICIA, Hayden

1995. *Mind, Body and Speech in Homer and Pindar*. Göttingen: Vandenhoeck & Ruprecht.

PEPONI, Anastasia-Erasmia

2012. *Frontiers of Pleasure: Models of Aesthetic Response in Archaic and Classical Greek Thought.* Oxford: Oxford University Press.

PERADOTTO, John

1990. *Man in the Middle Voice: Name and Narrative in the* Odyssey. Princeton: Princeton University Press.

PRATT, Louise H.

1993. *Lying and Poetry from Homer to Pindar: Falsehood and Deception in Archaic Greek Poetics.* Ann Arbor: University of Michigan Press.

PUCCI, Pietro

1995. *Odysseus Polutropos: Intertextual Readings in the* Odyssey *and the* Iliad. Ithaca: Cornell University Press.

1998. *The Song of the Sirens: Essays on Homer.* Lanham: Rowman & Littlefield.

REYNOLDS, Dwight

1995. *Heroic Poets, Poetic Heroes; the Etnography of Performance in an Arabic Oral Epic Tradition.* Ithaca (NY): Cornell University Press

RICHARDSON, Scott D.

1990. *The Homeric Narrator.* Nashville: Vanderbilt University Press.

ROOD, Naomi J.

2006. "Implied Vengeance in the Simile of Grieving Vultures (Odyssey 16, 216-19)". *Classical Quarterly*, v. 56, pp. 1-11.

RÖSLER, Wolfgang

1980. "Die Entdeckung der Fiktionalität in der Antike". *Poetica* 12, pp. 283-319.

RÜTER, Klaus

1969. *Odysseeinterpretationen: Untersuchungen zum ersten Buch und zur Phaiakis.* Göttingen: Vandenhoeck & Ruprecht.

SAÏD, Suzanne

1979. "Les crimes des prétendants, la maison d'Ulysse et les festins de l' *Odyssée*", in S. Saïd, F. Desbordes, J. Bouffartigue& A. Moreau (eds.). *Études de littérature ancienne.* Paris: Presses de l'École Normale Supérieure.

SCHEIN, Seth L. (org.)

1996. *Reading the* Odyssey: *Selected Interpretive Essays.* Princeton: Princeton University Press.

SCODEL, Ruth

2002. *Listening to Homer: Tradition, Narrative, and Audience.* Ann Arbor: University of Michigan Press.

SEAFORD, Richard

1994. *Reciprocity and Ritual: Homer and Tragedy in the Developing City-State*. Oxford: Oxford University Press.

SEGAL, Charles

1994. *Singers, Heroes and Gods in the* Odyssey. Ithaca: Cornell University Press.

THALMANN, William G.

1984. *Conventions of Form and Thought in Early Greek Epic*. Baltimore: Johns Hopkins University Press.

1998. *The Swineherd and the Bow: Representations of Class in the* Odyssey. Ithaca / Londres: Cornell University Press.

VAN DER VALK, Marchinus H. A. L. H.

1949. *Textual Criticism of the* Odyssey. Leiden: Sijthoff.

WERNER, Christian

2001. "A ambiguidade do *kleos* na *Odisseia*". *Letras clássicas*, v. 5, pp. 99-108.

2005a. "Os limites da autoridade de Odisseu na *Odisseia*". *Calíope*, v. 13, pp. 9-29.

2005b. "A liberdade restrita do aedo homérico". *Línguas & Letras*, v. 6, pp. 171-82.

2009. "Reputação e presságio na assembleia homérica: *Poluphemos* em *Odisseia* 2, 150". *PhaoS*, v. 9, pp. 29-52.

2010. "A deusa compõe um 'mito': O jovem Odisseu em busca de veneno (*Odisseia* 1, 255-68)". *Nuntius Antiquus*, v. 6, pp. 7-27.

2011. "O mito do retorno dos heróis de Troia e as funções narrativas dos presságios na *Odisseia* de Homero". *História, imagem e narrativas*, n. 12, pp. 1-23.

2012. "Afamada estória: 'Famigerado' (*Primeiras estórias*) e o canto IX da *Odisseia*". *Nuntius Antiquus*, v. 8, n. 1, pp. 29-50. [PDF]

2013. "A presença do ausente e a performance do *kleos* no canto I da *Odisseia*", in R. Brose. *et al.* (orgs.). *Oralidade, escrita e performance na antiguidade*. Fortaleza: Expressão Gráfica Editora.

WEST, Martin L.

1997. *The East Face of Helicon: West Asiatic Elements in Greek Poetry and Myth*. Oxford: Oxford University Press.

ZERBA, Michelle

2009. "What Penelope Knew: Doubt and Scepticism in the *Odyssey*". *Classical Quarterly*, v. 59, pp. 295-31.

SOBRE O AUTOR

HOMERO Poeta ao qual se atribuíram os poemas épicos *Ilíada* e *Odisseia*. É pouco provável que um poeta com esse nome tenha existido, e não é mais possível reconstruir, com um mínimo de precisão, o processo pelo qual, entre os séculos VIII e VI a.c., o texto dos poemas adquiriu a forma na qual hoje são lidos. Uma das razões é que quase nada sabemos acerca do uso da escrita na Grécia no século VIII a.c., nem por que nem quando alguém teve a ideia de *escrever* um poema, já que performances poético-musicais faziam parte do cotidiano grego, ou seja, ainda no século V a.c., esse era o modo principal de recepção de uma composição poética. Por muito tempo, a poesia oral épica era composta no momento mesmo de sua apresentação. Muitos estudiosos modernos creem que um poeta muito bom tenha desenvolvido, com o uso da escrita, um poema monumental – a *Ilíada* –, e que, quando se apresentava diante do público, deixava de improvisar episódios individuais da tradição heroica grega e declamava trechos do poema, que passou a ser conhecido em toda a Grécia.

Se isso for verdade – e disso nunca teremos certeza –, então também é provável que um outro poeta teria composto um segundo poema monumental, a *Odisseia*, tentando sobrepujar o autor da *Ilíada*. Fato é que, ainda no século VI a.c., "Homero", na Grécia, era o nome associado a um gênero poético, o épico, e a ele também eram atribuídos outros poemas. Somente no século V a.c. a *Ilíada* e a *Odisseia* adquiriram, em Atenas, um estatuto canônico tal que todo poema épico posterior passou a ser medido em relação a eles ou a emulá-los. Não à toa várias cidades gregas disputaram, desde cedo, a honra de ter sido a terra natal do bardo. Outra história que se conta sobre ele é que era cego, assim como seu confrade Demódoco, personagem da *Odisseia*. Para tornar vivo o passado heroico, o poeta, se abençoado pelas Musas, não precisaria ter visto nada do que conta. Dizer que Homero era cego é apontar para características da própria tradição épica.

SOBRE O TRADUTOR

CHRISTIAN WERNER Professor livre-docente de língua e literatura grega na Universidade de São Paulo, é autor da monografia *Memórias da guerra de Troia: a performance do passado épico na Odisseia de Homero* (Coimbra, 2018) e de traduções de Eurípides e Hesíodo, além de artigos e capítulos de livro sobre diversos aspectos da literatura grega arcaica e clássica e de sua recepção na modernidade, especialmente em João Guimarães Rosa.

AGRADECIMENTOS

A tradução da *Odisseia* teve uma longa gestação, o que espero lhe ter sido benéfica. Parte substancial do trabalho foi realizada com um "auxílio à pesquisa" da Fapesp entre 2007 e 2008; agradeço não apenas à instituição, mas também ao parecerista anônimo que comentou a tradução. Amigos e colegas contribuíram de modos diversos e preciosos: Adriane Duarte, Robert de Brose, Filomena Hirata, Maria Beatriz Florenzano, Teodoro R. Assunção, Jaa Torrano, André Malta Campos, Pedro Paulo Funari, Lucia Sano, Jacyntho L. Brandão, Zélia de Almeida Cardoso, Mary Lafer, Caroline Evangelista Lopes, Alisson A. de Araújo, Leonardo Vieira e Júlio de Figueiredo Lopes Rego. Um agradecimento especial a Tania Bueno de Paula e à direção e equipe da Biblioteca Florestan Fernandes, o coração da Faculdade de Filosofia, Letras e Ciências Humanas da Universidade de São Paulo, cujo trabalho permite que o meu aconteça. A tradução não teria alcançado a forma presente sem o zelo e a inteligência de Mariana Delfini e, sobretudo, Maria Emília Bender, para quem vão as palavras do rei Alcínoo: "Tua é a formosura das palavras, em ti tens juízo distinto, e contaste a história, hábil, como um cantor". Dedico a tradução a Erika Werner pelo amor, paciência e companheirismo.

CRÉDITOS

A apresentação de Richard P. Martin foi originalmente publicada em *The Odyssey* (tradução para o inglês de Edward McCrorie) e aqui traduzida com a permissão de Johns Hopkins University Press. © 2004 Johns Hopkins University Press.

O posfácio do escritor Luiz Alfredo Garcia-Roza foi escrito especialmente para a primeira edição, publicada pela Cosac Naify.

"O silêncio das sereias" foi escrito em 23 de outubro de 1917, publicado em *Beim Bau der chinesischen Mauer und andere Schriften aus dem Nachlaß (in der Fassung der Handschrift)*. Frankfurt am Main: Fischer, 1994.

"Ítaca" foi escrito em 1911 e integra o livro *Poemas. Seleção, estudo crítico, notas e tradução de José Paulo Paes*. Rio de Janeiro: José Olympio, 2006.

A editora agradece a Sergio Telarolli por ceder gentilmente a tradução de "O silêncio das sereias", de Franz Kafka, e a Dora Paes e a Editora José Olympio pela tradução de "Ítaca" de Konstantinos Kaváfis.

© Ubu Editora, 2018

Colagens ODIRES MLÁSZHO

Coordenação editorial MARIA EMILIA BENDER
Assistentes editoriais ISABELA SANCHES, JÚLIA KNAIPP
Preparação MARIANA DELFINI
Revisão THIAGO LINS, CLÁUDIA CANTARIN
Design ELAINE RAMOS, GABRIELA CASTRO
Assistente de design LIVIA TAKEMURA
Reproduções fotográficas NINO ANDRÉS
Tratamento de imagem CARLOS MESQUITA
Produção gráfica MARINA AMBRASAS

2ª reimpressão, 2023

Dados Internacionais de Catalogação na Publicação (CIP)
Angélica Ilacqua CRB-8/7057

Odisseia: Homero
Tradução e introdução: Christian Werner
Colagens: Odires Mlászho
São Paulo: Ubu Editora, 2018
640 pp.

ISBN 978 85 92886 15 8

1. Literatura grega 2. Poesia épica clássica I. Werner,
Christian. II. Martin, Richard P. III. Garcia-Roza, Luiz
Alfredo IV. Kafka, Franz V. Kaváfis, Konstantinos.

821 1402   CDD-883

Índices para catálogo sistemático:
I. Literatura grega: Poesia épica: 883

UBU EDITORA
Largo do Arouche 161 sobreloja 2
01219 011 São Paulo SP
ubueditora.com.br
professor@ubueditora.com.br
❋ /ubueditora

Fonte TIEMPOS, NATIONAL
Papel PÓLEN BOLD 70 G/M²
Impressão MARGRAF

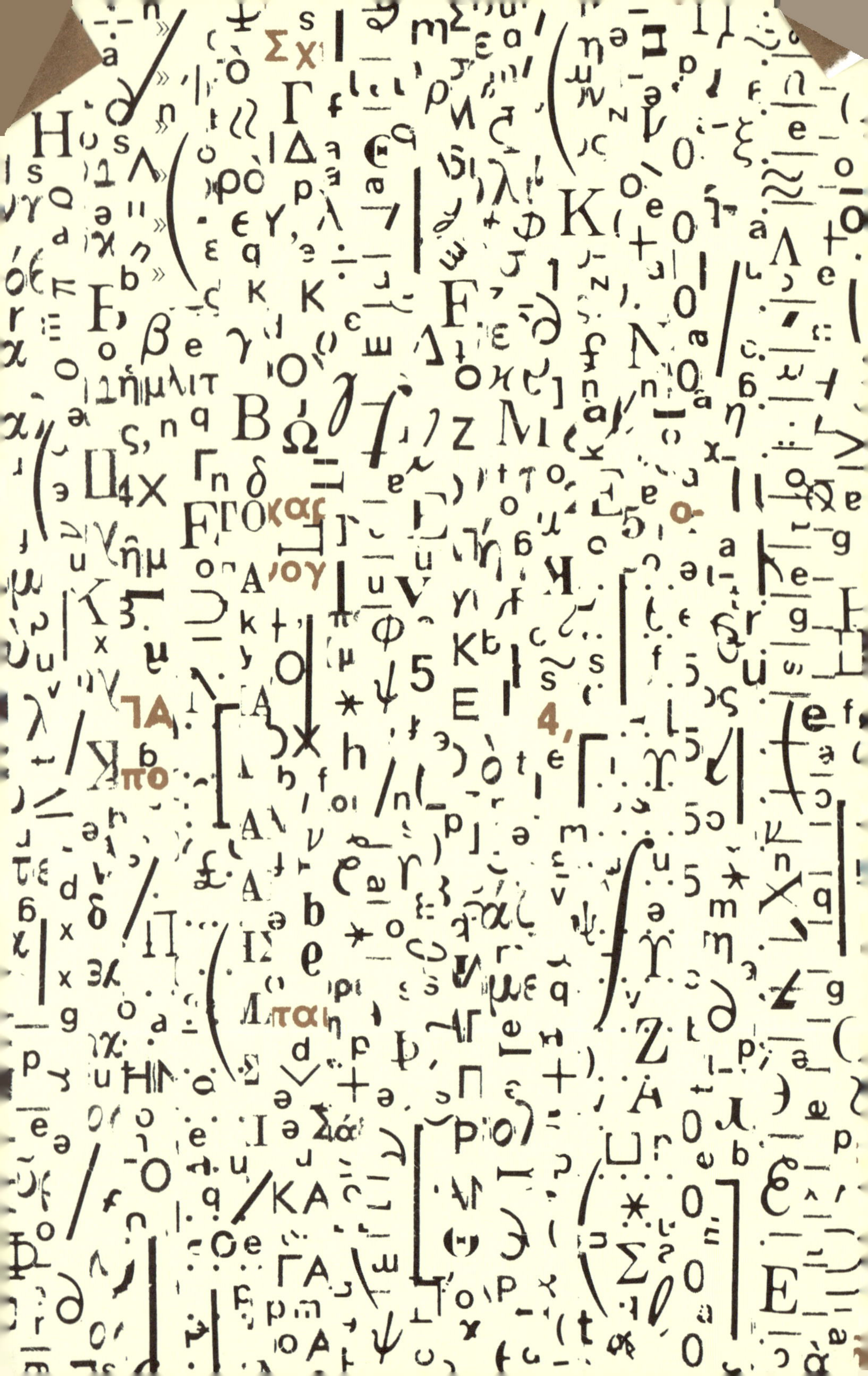